Brigitte Baude

Rainer Wiesner · Verlorene Jahre

Rainer Wiesner

Verlorene Jahre

Roman

AUGUST VON GOETHE LITERATURVERLAG

IM GROSSEN HIRSCHGRABEN ZU FRANKFURT A/M

Das Programm des Verlages widmet sich
– in Erinnerung an die
Zusammenarbeit Heinrich Heines
und Annette von Droste-Hülshoffs
mit der Herausgeberin Elise von Hohenhausen –
der Literatur neuer Autoren.
Das Lektorat nimmt daher Manuskripte an,
um deren Einsendung das gebildete Publikum
gebeten wird.

©2009 FRANKFURTER LITERATURVERLAG FRANKFURT AM MAIN
Ein Unternehmen der Holding
FRANKFURTER VERLAGSGRUPPE
AKTIENGESELLSCHAFT AUGUST VON GOETHE
In der Straße des Goethehauses/Großer Hirschgraben 15
D-60311 Frankfurt a/M
Tel. 069-40-894-0 ✳ Fax 069-40-894-194
email: lektorat@frankfurter-literaturverlag.de

Medien- und Buchverlage
DR. VON HÄNSEL-HOHENHAUSEN
seit 1987

Websites der Verlagshäuser der Frankfurter Verlagsgruppe:

www.frankfurter-verlagsgruppe.de
www.frankfurter-literaturverlag.de
www.frankfurter-taschenbuchverlag.de
www.august-goethe-literaturverlag.de
www.fouqué-literaturverlag.de
www.weimarer-schiller-presse.de
www.deutsche-hochschulschriften.de
www.deutsche-bibliothek-der-wissenschaften.de
www.haensel-hohenhausen.de

Bibliografische Information der Deutschen Nationalbibliothek
Die Deutsche Nationalbibliothek verzeichnet diese Publikation in der Deutschen
Nationalbibliografie; detaillierte bibliografische Daten sind im Internet
über http://ddb.d-nb.de abrufbar.

Lektorat: Dr. phil. Andreas Berger
Satz und Gestaltung: Josephine Winkler
ISBN 978-3-8372-0620-3

Die Autoren des Verlags unterstützen das Albert-Schweitzer-Kinderdorf in Hessen e.V.,
das verlassenen Kindern ein Zuhause gibt.
Wenn Sie sich als Leser an dieser Förderung beteiligen möchten, überweisen Sie bitte
einen – auch gern geringen – Beitrag an die Sparkasse Hanau, Kto. 19380, BLZ 506 500 23,
mit dem Stichwort „Literatur verbindet". Die Autoren und der Verlag danken Ihnen dafür!

Gedruckt auf säurefreiem, alterungsbeständigem Papier,
hergestellt aus chlorfrei gebleichtem Zellstoff (TcF-Norm)

Printed in Germany

meiner Familie

Inhalt

Vorwort

Im Jahr 2007 hatte ich einen schweren Unfall. Um die Folgen zu überwinden, musste ich mein Umfeld neu identifizieren und das eigene Leistungsvermögen prüfen. Die Schmerzen waren zeitweise so unerträglich, dass ich mit wenig Optimismus in die Zukunft schaute. Ein Mensch, der an ein tägliches Arbeitspensum gewöhnt ist, wird plötzlich völlig hilflos. Der Lebensmut und der Wille, etwas zu schaffen, verringern sich.

So ging es mir nach etwa zehn Wochen. Die Verletzungen führten dazu, dass ich den Glauben an mich und das künftige Leben verlor. Die Gefahr, depressiv zu werden, wurde von Tag zu Tag größer!

Ich begann, mich täglichen Atmungs- und Bewegungsübungen zu unterziehen, um zu verhindern, dass noch mehr Körperfunktionen eingeschränkt werden.

Dann sagte ich mir. „Das kann es nicht gewesen sein. Nimm dein Leben in die Hände, hör auf zu grübeln und suche dir ein neues Betätigungsfeld."

Meine Familie hat mir während des Unfalls sehr geholfen. Sie, meine Frau, die Töchter, die Söhne und die Schwiegerkinder, haben mir jeder auf seine Weise in Zeiten größter Not beigestanden.

Meine Frau hat trotz ihrer Berufstätigkeit und des Haushalts mit mir gemeinsam komplizierte Schreib- und Rechenaufgaben gelöst. Das war die effektivste Form, mein Denk- und Schreibvermögen wieder zu entwickeln.

Nach knapp 13 Wochen konnte ich erste Handlungen ohne fremde Hilfe wieder ausführen. Wenn mich Freunde und Bekannte fragten, wie es mir geht, konnte ich ihnen glücklich sagen: „Jeden Tag ein bisschen besser."

Mit neuem Mut ausgerüstet, kramte ich eines Vormittags in alten Unterlagen aus meinen Studientagen in den Siebziger- und Achtzigerjahren in Potsdam und Dresden herum. Dabei stieß ich auf Notizen, die mich an eine wahre Begebenheit aus dem Leben eines ehemaligen Kommilitonen erinnerten, dessen Betreuer ich während seines Studienbeginns war. Das war in den Jahren 1974/1975. Die Fortsetzung seiner mich sehr berührenden Geschichte lernte ich während eines zweiten Studiums 1981 und eines Treffens 1992 ebenfalls in Potsdam kennen.

Es ist die Geschichte einer sich auf ungewöhnliche Art entwickelnden Familie!

Als sie und er sich bei den Weltfestspielen im August 1973 in Berlin kennenlernten, war sie 18 und er 22 Jahre, sie noch ein Jahr Gymnasiastin und er schon Abiturient.

Jahre später, als sie sich zufällig wieder sahen, war er Lehrer und Mitglied der Sozialistischen Einheitspartei Deutschlands in der Deutschen Demokratischen Republik und sie diplomierte Juristin in der Bundesrepublik Deutschland.

Ihr Kampf um eine Familiengründung hat sich über mehr als 17 Jahre hingezogen. Hätten aber beide nicht an ihre unerschütterliche Liebe zueinander geglaubt, würde es heute diese Familie mit ihren Kindern und beruflichen Erfolgen nicht geben. Ich wünsche ihnen für die Zukunft alles Glück dieser Erde!

Was aber der Zusammenhalt einer Familie als der kleinsten Zelle der Gesellschaft und die ehrliche Liebe zwischen einer Frau und einem Mann vermag, das haben mir Martina und Peter gezeigt. Ich persönlich bin froh, das Glück der beiden in anderer Form in 35 Ehejahren selbst erfahren und kennengelernt zu haben. Die Achtung des Partners löst eine enorme Kraft aus, die wichtig für die Selbstfindung des eigenen Standpunkts ist.

Deshalb ist dieses Buch meiner Frau, unseren Kindern und Schwiegerkindern gewidmet, und ich wünsche mir, mit ihnen noch viele schöne und gemeinsame Jahre, ganz besonders aber mit meiner Frau, zu verbringen.

Die Namen und die Orte sind frei gewählt. Übereinstimmungen von Personen und deren Namen sowie genannten Einrichtungen und Behörden sind rein zufällig und nicht gewollt.

Das Kribbeln im Bauch

Es passiert jeden Tag: Zufällig begegnen sich eine Frau und ein Mann. Im Vorbeigehen werfen sie sich flüchtige Blicke zu, mehr unbewusst betrachten sie sich.

Ein nicht bestimmbares Etwas beeinflusst diesen kurzen Moment und kann entscheidend für ihr ganzes Leben sein. Keiner von beiden kennt die Bestimmung dieser Kraft, ihren Zweck und ihr eigentliches Ziel!

Der Zufall will es aber, dass sich beide ein zweites, ein drittes Mal treffen. Sie finden sich interessant! Dabei beginnt sich eine zarte, verletzbare Beziehung aufzubauen. Sie finden Gefallen aneinander!

Es entsteht ein Verhältnis, vergleichbar mit einem kleinen, verwundbaren Kind oder einer zarten Blume, die beide in ihrer anfänglichen Entwicklung völlig hilflos ihrer Umwelt ausgesetzt sind. Dieses verwundbare und verletzbare Ding ist die Liebe!

Noch ist es kein zueinander gesprochenes Bekenntnis. Nein, es ist etwas tief in ihren Herzen Schlummerndes, von Tag zu Tag und von Begegnung zu Begegnung Wachsendes, größer Werdendes, das sie innerlich auf Schritt und Tritt begleitet und sie in ihren Gedanken Tag und Nacht beschäftigt, ohne dass sie es öffentlich anderen Mitmenschen zeigen.

Bei ihr, der Frau, und auch bei ihm, dem Mann, baut sich eine Barriere auf, die beide gern überwinden möchten, aber aus innerem Respekt voreinander und der ehrlichen Achtung des anderen Geschlechts gegenüber noch nicht überwinden können.

Macht es nicht dieser Respekt voreinander erst möglich, eine tiefere Beziehung zwischen zwei Menschen entstehen zu lassen?

Unbestimmt sind der Zeitpunkt und nicht voraussehbar der Moment, an dem beide wie ein Wunder zur gleichen Zeit diesen Schritt gehen.

Der erste Kuss passiert. Jetzt folgen weitere! Die Neugierde auf den anderen wächst. Die plötzliche Nähe zueinander wird zu einer ersten Gier nach den Formen des anderen Körpers.

So nah waren sich beide bisher noch nie gekommen. Ein Abtasten der äußeren und der versteckten Partien ihrer Körper überschreitet vorhandenes Schulwissen und das häufig prüde Gestammel der Eltern.

Es macht sie neugierig, und sie wollen immer mehr! Das führt zu einem immer größeren Verlangen nach dem anderen.

Trotz des neuen, bisher unbekannten Drängens bleibt die Achtung und Zärtlichkeit zueinander erhalten. Keiner zwingt den anderen Partner, etwas zu tun, was dieser noch nicht will.

Sicherlich überwindet die Bedachtheit der Frau das stürmische Verlangen des Mannes.

Doch ist es nicht schön, den gemeinsamen Zeitpunkt zu finden, an dem beide dem Wunsche folgen, nämlich das höchste Gefühl der Liebe, die körperliche Vereinigung zu vollziehen?

*

Martina von Holsten und Peter Weseck treffen sich in einem Forum mit Jugendlichen der Deutschen Demokratischen Republik und der Bundesrepublik Deutschland während des Festivals 1973 in Ostberlin, der Hauptstadt der Deutschen Demokratischen Republik.

Zwei junge Menschen aus zwei völlig unterschiedlichen Welten sitzen sich plötzlich gegenüber.

Martina in Jeans und einem Oberteil, bunt und auffällig. An den Füßen trägt sie leichte rosa Sandalen. Er, Peter, im Blauhemd der Freien Deutschen Jugend, schwarzen Stoffhosen mit Bügelfalte und Halbschuhen, natürlich ebenfalls schwarz gehalten.

Anfangs gehen die Blicke beider in die Runde von 20 Teilnehmern. Jeder wollte für sich ergründen, wen er vor sich hat. Später beginnt die genauere Betrachtung der Anwesenden in der näheren Umgebung. Jeder bleibt anonym dem anderen gegenüber und aufgrund der Propaganda der Systeme distanziert und in gewisser Hinsicht arrogant und unpersönlich.

Martinas und Peters Blicke kreuzen sich dabei mehrfach kurz und verstohlen. Schöne Augen hat sie, aber eine von den Imperialisten aus Westdeutschland, denkt Peter ziemlich geringschätzig und konzentriert sich auf das Gesprächsthema, das der Sekretär der Bezirksleitung der FDJ mit einigen Fragen an die Anwesenden interessant zu gestalten versucht.

Peter meldet sich zu Wort und erklärt den Teilnehmern die Vorteile des Sozialismus in der DDR. Er hat immerhin vor zwei Jahren das Abitur mit dem Prädikat „sehr gut" abgeschlossen. Eigentlich wollte er Offizier der Nationalen Volksarmee werden, aber ein gesundheitliches Problem führte zur Untauglichkeit für den Militärdienst.

So ein kommunistischer Spinner, denkt Martina. Was weiß der schon von der Welt? Sie blickt gelangweilt in die Runde und vermeidet ab sofort, ihn anzusehen.

Bald jedoch merkt sie, dass sein Äußeres, sein Auftreten, ja, selbst seine Stimme sie immer mehr gefangen nehmen. Sie möchte sich das nicht eingestehen, aber ein gewisser positiver Eindruck bleibt, stärker als ihr eigentlich recht ist.

Nach der zweistündigen, kontroversen Diskussion verlässt Martina den Raum, ohne sich noch einmal umzuschauen. Sie beeilt sich, die nächste S-Bahn nach Berlin-Mitte zu erreichen.

Nicht mehr sehen kann sie dadurch die verstohlenen, interessierten Blicke von Peter, der unmittelbar nach ihr den Raum verlässt. Er hat sie während der Diskussion, an der er sich nur noch zweimal beteiligte, immer wieder unbemerkt betrachtet.

*

Eigentlich hätte sie gar nicht hier sitzen dürfen, aber durch die Unterstützung ihres Vaters wird sie als Freundin des Vorsitzenden einer alternativen Jugendgruppe des Nordens der BRD, Lars heißt er, ausgegeben. Da sie nichts anderes in den Ferien zu tun hat, ist sie mit nach Berlin gefahren und zu diesem Forum gekommen.

Ihre Unterkunft ist privat. Ihr Vater hat ein Zimmer in einem guten Hotel von einem seiner Bekannten aus der Ständigen Vertretung der Bundesrepublik in der DDR reservieren lassen.

Martina von Holsten ist 18 Jahre alt und die Tochter eines reichen Gutsbesitzers aus Norddeutschland. Sie ist Gymnasiastin mit hervorragenden Leistungen und deshalb der ganze Stolz ihres Vaters. Ihre Mutter, eine Adlige aus Italien, starb bei ihrer Geburt. So ist sie für ihren Vater das Ein und Alles, noch dazu, als sie mit jedem Lebensjahr ihrer Mutter immer ähnlicher wird.

Zum Besitz der Familie gehören große Ländereien in Schleswig-Holstein, Molkereien, Metzgereien und andere Verarbeitungsbetriebe.

Sie hat einen vier Jahre älteren Bruder, der zurzeit an seiner Diplomarbeit in Betriebswirtschaft schreibt. Er gilt als Spitzenmann seines Fachs und ist ideal für die Übernahme des Unternehmens der Familie, sagt ihr Vater. Arnim hat eine Ehefrau, die aus einer Wurstfabrikantenfamilie aus Bayern stammt. Beide haben ein Kind, ein zweites ist unterwegs. Zwischen ihnen entschei-den die finanziellen und gesellschaftlichen Aspekte, nicht aber unbedingt die Liebe, noch dazu, da Luises geistiges Vermögen nicht sehr berauschend ist. Hauptsache, reich!

Martina selbst hat noch keine rechten Vorstellungen, was sie nach dem Abitur studieren möchte, vielleicht Jura oder auch Betriebswirtschaft? Sie weiß es noch nicht.

Sie erreicht mit der S-Bahn ihren vorübergehenden Wohnsitz. An der Rezeption wird sie von einer etwa vierzigjährigen Frau begrüßt.

„Guten Tag, Zimmer 408, bitte", sagt Martina immer noch benommen von der strittigen Diskussion. Ich glaube, an solch einem Gelaber nehme ich hier nicht mehr teil. Gedankenversunken nimmt sie den Schlüssel und will zum Fahrstuhl gehen.

„Fräulein von Holsten, hier ist ein Brief für Sie abgegeben worden, und würden Sie bitte die Treppe benutzen. Leider ist seit heute Mittag unser Fahrstuhl defekt!"

Mit einem nicht sehr freundlichen Aufstöhnen beginnt sie den Aufstieg in den vierten Stock, und das bei der schwülen Luft. In ihrem Zimmer angekommen, überlegt sie, ob sie erst den Brief lesen soll und dann duschen geht oder umgekehrt. Sie legt sich auf das Bett, schaltet den Fernseher ein und liest dann doch zuerst den Brief. Diesen hat der Verwalter ihres Vaters geschrieben. Er kennt Martina seit ihrer Geburt. Als kleines Mädchen hat er sie häufig vorne auf dem Kutschbock seines Einspänners mit zu Erledigungen in die nahegelegene Stadt genommen. Später, als sie älter wurde und reiten konnte, nahm er sie zu Inspektionen auf die vielen Weiden ihres Vaters mit.

Onkel Ole, so nennt sie ihn, versteht etwas von seinem Fach und ist ihr in vielen Fällen ein guter, warmherziger Ratgeber.

Seine Frau Grit arbeitet ebenfalls auf dem Gut. Sie ist für das festangestellte und saisonale Personal zuständig. Nach dem Tod von Martinas Mutter übernahm sie auf Bitten ihres Vaters, Albrecht von Holsten, die Betreuung und Erziehung von Martina. Ole und

Grit Sörensen haben selbst keine Kinder und so widmen sich beide mit innerer Wärme und Herzlichkeit der Erziehung der Tochter des Gutsbesitzers. Sie halten diesem dadurch den Rücken für seine Geschäfte frei. Ole und Grit sind so etwas wie Onkel und Tante für sie.

Onkel Ole schreibt kurz von zu Hause, wie es allen geht, und teilt ihr mit, dass ihr Bruder Arnim dieses Wochenende nicht nach Berlin kommen kann, da er plötzlich zu Studien in die USA fliegen muss.

„Heute geht aber auch alles schief, wir wollten uns doch am Abend an der Weltzeituhr treffen und durch Ostberlin bummeln. Verdammt!" Nach einer Weile: „Dann gehe ich eben allein!" Zornig spricht sie mit sich selbst.

Mehr unbewusst schaltet sie die Fernsehprogramme durch und bleibt beim Deutschen Fernsehfunk, dem einzigen Sender der DDR, hängen. Hier zeigt man Konzerte unter anderem der Puhdys, einer Ostrockgruppe, vom Alexanderplatz. Da gehe ich heute Abend hin! Und wenn es die ganze Nacht durch geht, denkt sie. Plötzlich findet sie zu ihrer alten Form zurück und wird wieder die fröhliche, unternehmungslustige Martina von Holsten.

Eins, zwei, drei, fix zieht sie sich ihre verschwitzten Sachen aus und steht unter der erfrischenden Dusche. Das tut gut, herrlich. Sie trocknet sich ab und kehrt vom Bad in ihr Zimmer zurück.

Hier läuft sie am großen Spiegel vorbei und bleibt plötzlich stehen, um sich zu betrachten. Sie ist einen Meter und fünfundsiebzig groß, nicht zu dick und nicht zu dünn. Die Haare sind dunkelbraun und halblang. Die Ohren stehen nicht ab, und das Gesicht ist schön geschnitten. Die Schultern fallen leicht ab, und trotz ihrer vielen sportlichen Betätigungen sind die Arme kräftig, aber nicht zu muskulös.

Ihre Brüste sind voll, aber fest und gleichmäßig gewachsen. Auch die Brustwarzen haben ein zur Brust passendes und nicht übertriebenes Maß erreicht. Ihr Bauch ist flach, aber das Becken etwas breiter als normal, findet sie. Die Jungs in ihrer Klasse am Gymnasium sprechen von einem sehr „gebärfreudigen Becken", die Blödmänner. Die Oberschenkel sind gut geformt, ebenso die Unterschenkel. Das hat sie in erster Linie dem Reiten zu verdanken. Ihnen schließen sich schlanke Füße an.

Der einzige Makel, den sie empfindet, ist ihr Schamhaar. Dieser riesige, dunkle Busch von Haaren hat ihr schon in mancher Bikinihose Schwierigkeiten bereitet. Aber was soll's? Wozu gibt es Scheren und Rasiermesser, denkt sie bei sich.

Martina beginnt sich anzukleiden. Sie wählt einen hellblauen Minirock, der rechtsseitig geschlitzt ist. Ja, hm, was mache ich? Einen BH bei der Wärme? Nee, dann nehme ich die bunte Bluse, leicht ausgeschnitten, aber nicht zu tief, und der Stoff ist etwas fester. Da sieht man die Nippel nicht gleich, denkt sie.

„Fertig", spricht sie mit sich selbst, „und nun noch die Haare gekämmt, Duft aufgelegt und dann ab!"

Als sie mit allem zufrieden ist und sich nochmals im Spiegel betrachtet, befällt sie ein leichtes Kribbeln im Bauch. Sie muss an den Spruch ihrer Großmutter denken: „Wenn du dieses zarte Kribbeln verspürst, ist der Mann deines Lebens in deiner Nähe." Ach Großmutter, wo soll ich hier unter lauter Kommunisten und parteitreuen Bürgern den Mann meines Lebens finden? Da wirst du dich wohl täuschen.

*

Überall auf den Straßen und Plätzen sind Tausende von Menschen aus aller Welt anzutreffen. Es ist ein buntes Treiben, und die Völkerverständigung klappt. Der Gedanke „Es lebe die internationale Solidarität" wird von den meisten Teilnehmern getragen.

Peter Weseck hat es nicht leicht, durch die Menschenmassen zu seinem Quartier zu kommen. Er wohnt mit weiteren 110 Jugendfreunden und Funktionären in der 13. Oberschule in Berlin-Mitte. Sie bilden eine Hundertschaft der Bezirksorganisation Dresden der Freien Deutschen Jugend. Peter ist als Zehnergruppenleiter eingeteilt.

„Na, Peter, wie war die Diskussion mit den Westdeutschen?"

Peter schrickt zusammen, denn er ist mit seinen Gedanken immer noch bei dem Mädchen, das ihm gegenüber gesessen hat. „Ach die, na ja, es verlief alles etwas kontrovers. Keiner wollte dem anderen recht geben. Jeder beharrte auf seinem Standpunkt."

„Und der Genosse von der Bezirksleitung hat sich da nicht durchgesetzt?", fragt Klaus. Wie er weiter heißt, wusste Peter nicht.

„Nicht so richtig." Peter will das Thema loswerden.

„Das muss ich in meinem Bericht erwähnen", sagt Klaus, „vergiss nicht, morgen Früh um 6 Uhr ist Lagebesprechung." Und weg ist er. Scheiß Lagebesprechung, sitzen, diskutieren, festlegen, und dann kommt doch wieder alles anders, als man denkt, geht es Peter durch den Kopf, und das schon um 6 Uhr. Da muss ich spätestens um 23 Uhr auf der Matratze liegen. Ausgerechnet heute, wo ich meine Verwandten hier in Berlin besuchen wollte. Mist, verdammter! Peter macht das Ganze keinen Spaß mehr. Das Treffen mit den Verwandten war ihm wichtig.

Dann muss ich es morgen noch einmal versuchen. Ja, wenn ich wüsste, wo ich das Mädchen von heute Nachmittag finden könnte, dann würde mir schon etwas einfallen. Ich gehe mich erst einmal waschen, dann Abendbrot essen und danach auf zum Alexanderplatz.

Nach einer reichlichen Stunde meldet sich Peter beim diensthabenden Lagerleiter ab. Er trägt ein weißes, kurzärmliges Hemd, dunkelblaue Stoffhosen und Sandalen.

Mit der nächsten S-Bahn fährt er zum Alex. Eine fantastische Stimmung empfängt ihn hier. Die „Puhdys" verlassen soeben die Bühne, und „Karat" beginnt aufzubauen.

Zuerst werde ich mir eine Thüringer Bratwurst gönnen, denn das Kommissbrot zum Abend war wieder „hervorragend", und dann mal schauen, wen ich vielleicht Bekanntes hier finde. Er macht sich auf den Weg. Eine Gruppe von Mädchen aus seiner Hundertschaft trifft er als Erstes, sie möchten ihn mitnehmen, aber er möchte sich erst einmal umsehen.

Viele Stände sind aufgebaut, die einen zur Propaganda, andere aber zeigen die Leistungen einiger Betriebe und Genossenschaften aus den Bezirken oder stellen die Volkskunst der DDR und das Leben und die Arbeit der Menschen im Lande vor.

Peter interessiert sich für die Geschichte der landwirtschaftlichen Entwicklung und die Volkskunst. Somit sind diese Stände für ihn am interessantesten. Neben den landwirtschaftlichen Erneuerungen und der Kunst aus dem Erzgebirge gilt seine Aufmerksamkeit der Ostseeküste mit ihren Inseln und deren Volkskunst.

Die Blaudruckkeramik von Rügen interessiert ihn besonders. Der Stand ist gut besucht. Plötzlich fällt hinter ihm ein Gegenstand zu Boden und zerbricht. Die junge Frau äußert ihr Erschrecken und entschuldigt sich. Peter dreht sich um und hilft ihr, die Scherben aufzuheben. Während sie aufstehen und sich ansehen, stutzen sie.

„Kennen wir uns nicht?", fragt Peter, der zuerst die Fassung wiederfindet.

„Sehr plump, die Anmache. Meine peinliche Situation ausnutzen wollen, wie?", sagt Martina mit einem Lächeln im Gesicht. Dann fragt sie überrascht: „Warst du nicht heute Nachmittag mit bei dieser Diskussion?"

„Ja, das war ich", sagt Peter.

„Dann bist du derjenige, der mir gegenüber saß und vom Sozialismus erzählt hat?"

„Ja, der bin ich!"

„Sag mal, glaubst du wirklich an das, wovon du gesprochen hast?"

„Ja, sicher", antwortet Peter mit voller, innerlicher Überzeugung. Martina schüttelt den Kopf. Gemeinsam verlassen sie den Stand und mischen sich unter die Jugendlichen, die das Konzert von „Karat" sehen und hören möchten. Peter denkt bei sich, Zufälle gibt es, die man nicht mehr loslassen sollte. Was mache ich jetzt mit ihr?

Doch Martina hilft ihm, dieses Problem zu lösen. „Hast du etwas Besonderes vor, Jugendfreund?", sagt sie mit etwas spöttischem Unterton.

„Ja, dich ausführen", rutscht es ihm mit leicht rot werdendem Kopf heraus.

Martina bemerkt das und ist irgendwie darüber erfreut, aber auch etwas durcheinander. Sie spürt bei ihrem plötzlichen Aufeinandertreffen wieder dieses geheimnisvolle Kribbeln im Bauch. Bei genauerer Betrachtung beginnt sie, ihn immer sympathischer und interessanter zu finden.

Beide laufen nebeneinander über den Alexanderplatz, und Peter versucht, Martina das eine oder andere, was sie zu sehen bekommen, zu erklären. Am Rand des Platzes in einer kleinen Nebengasse stoßen sie auf einen Verkaufsstand mit Klapptischen und Klappstühlen, der vorwiegend von Pärchen belagert wird.

„Suchen wir uns ein Plätzchen? Ich habe fürchterlichen Durst und auch Hunger. Seit heute Morgen habe ich nichts mehr gegessen", sagt Martina.

Peter ist sofort damit einverstanden und findet am Rand des Platzes unter einem Rotdornbaum einen freien Tisch. Beide setzen sich gegenüber.

„Was möchtest du essen? Es gibt Bockwurst mit Kartoffelsalat, Currywurst, Bratwurst, Broiler, Erbsensuppe, Fettbemmen, Buletten und Eierflockensuppe", liest Peter den Aushang vor.

„Was sind denn Broiler?", fragt Martina mit unwissendem Gesichtsausdruck.

„Gebratene Hähnchen", sagt er etwas erstaunt.

Peter ist nicht bekannt, dass es in der Bundesrepublik diesen Begriff nicht gibt. Hier spricht man grundsätzlich von Hähnchen.

„Nein, das wäre mir zu viel, ich nehme eine Bockwurst mit Kartoffelsalat und eine Cola", bestellt Martina.

Peter geht zum Verkaufsstand und stellt sich an.

„Die Bockwurst ist eben ausgegangen, ich bitte um etwas Geduld", ruft die Verkäuferin.

Er bleibt wegen seiner günstigen Position stehen, denn immer mehr Leute drängen jetzt in die Gasse. Martina verteidigt ihren Tisch. Peter beobachtet sie dabei, um einzugreifen, wenn es erforderlich wird. Aber sie tritt recht resolut auf. Donnerwetter, die Jugendfreundin ist ja ein Klasseweib. Wie die sich Respekt verschafft, denkt er so bei sich. Martina hatte das rechte Bein über das linke geschlagen. Dabei gab der Schlitz den rechten Oberschenkel fast völlig frei. Tolle Beine hat sie, und ihre Oberweite ist auch in Ordnung. Auch in ihrer Wut sind ihr Gesicht und ihr Körper sehr schön. Das wäre meine Traumfrau! Aber leider, leider ist sie aus dem Westen.

Martina hat den Kampf um den Tisch gewonnen. Wir waren die Ersten, denkt sie zufrieden. Jetzt hatte sie Zeit, ihre Umgebung zu betrachten. Bei ihren Beobachtungen bleibt sie am Kiosk hängen, an dem Peter nach ihren Getränken und dem Essen ansteht.

Das ist ein verdammt hübscher Kerl, der gefällt mir! Seine Art, sein Auftreten, seine Höflichkeit, wie er mit allem umgeht, das ist beeindruckend. Oma, ich spüre, das Kribbeln in meinem Bauch wird immer stärker. Wenn er nicht aus dem Osten käme, würde ich nach deinen Vorhersagen ihn als den Mann meines Lebens festhalten.

Peter kehrt nach einer reichlichen halben Stunde an den Tisch zurück. Solange hat es gedauert, neue Bockwurst anzuliefern und warm zu machen.

Martina empfängt ihn mit einem Lächeln im Gesicht, aber völlig geistesabwesend. Sie ist immer noch bei ihrer Großmutter und deren Voraussage. Peter reißt sie ungewollt aus ihren Träumen.

Sie aber fängt sich recht schnell und blickt ihn etwas spöttisch an. „Du hast wohl die Wurst erst vom Metzger holen müssen, Jugendfreund?", sagt sie.

Peter überhört den Spott in ihrer Stimme und sagt stattdessen zu ihr: „Wollen wir nicht dieses doofe ‚Jugendfreund' sein lassen und uns wie normale Menschen mit unseren Vornamen ansprechen?"

„Ich habe nichts dagegen. Und wie heißt du?"

„Mein Name ist Peter Weseck. Ich bin fast 23 Jahre alt und beginne in einem Monat mit meinem Studium in Potsdam an der Pädagogischen Hochschule."

„Willst du Pauker werden?", fragt sie etwas ungläubig.

„Bei uns heißt das Lehrer, und warum eigentlich nicht? Kindern Wissen zu vermitteln ist doch etwas sehr Schönes", antwortet Peter etwas überrascht.

„Nee", Martina schüttelt den Kopf, „mich den ganzen Tag mit den Gören anderer Leute herumärgern, und wenn die nicht lernen wollen, noch Rechenschaft bei den Eltern ablegen, was ich doch alles mit ihrem Goldkind unternommen habe, damit es die Klasse schafft. Nee, das ist nichts für mich!", spricht sie recht überzeugt.

„Und du?", fragt Peter.

„Ich weiß noch nicht so recht, was ich studieren werde", antwortet sie.

„Nein, wie heißt du?", sagt Peter mit einem Lächeln.

„Ach so, ich heiße Martina, Martina von Holsten, bin 18 Jahre alt und gehe auf ein Gymnasium."

Martina, ein schöner Name. Aber auch noch eine Adlige. Warum muss mir das immer passieren? Könnte sie nicht eine von uns sein und hier irgendwo wohnen? Dann könnte ich sie von Potsdam aus besuchen, und wir würden bestimmt ein Paar werden. Er betrachtet sie heimlich, während sie ihre Wurst und den Salat isst.

Verdammt, ist das Mädel hübsch! In diesem Moment wurde Peter klar, dass er sich bis über beide Ohren in sie verliebt hat, so wie noch nie in ein Mädchen.

Martina bemerkt, dass sie von Peter während des Essens beobachtet wird. Das macht sie verlegen. Was hat dieser Mann an sich, dass er mir mein Selbstbewusstsein ankratzt? Ich wüsste nicht, wann das einem Jungen aus meinem Bekanntenkreis gelungen wäre!

Auch nicht bei Lars, dem Jungen, mit dem sie eigentlich hier ist. Ihn kennt sie schon viele Jahre aus ihrer Schule, so wie man sich als Schüler untereinander kennt. Er wie auch viele andere Jungs hatten versucht, ihr Herz zu erobern, doch keinem ist das je gelungen.

Lars hatte eine andere Gelegenheit genutzt, eine ganz gemeine. Da zu solchen Dingen immer zwei gehören und sie, wenn auch betrunken, mitgemacht hat, trägt sie ihre eigene Schuld mit. Unweigerlich! Als sie am 18. Mai ihren 18. Geburtstag feierte, hatte ihr Vater ein Superfest organisieren lassen. All ihre Freunde und Bekannten waren dabei. Es wurde gelacht und getanzt und natürlich auch getrunken, Cola mit Whisky hatte sie probiert, von Lars angestiftet. Irgendwann hatte sie begonnen, mit ihm herumzuknutschen. Am nächsten Morgen erwachte sie im Gartenhaus, nackt auf einer Liege. Neben ihr lag Lars, ebenfalls unbekleidet. Sie konnte sich nur noch schwach an alles erinnern. Ihr tat der Kopf weh, und ihren nackten Körper fühlte sie beschmutzt und benutzt. Nie wieder unter Alkoholeinfluss Sex zu machen war an diesem Morgen ihr einziger, aber zutiefst überzeugter Gedanke. Es war nicht schön, ihr erstes Mal. In ihren Träumen hatte sie sich alles romantischer vorgestellt. Seitdem denkt Lars, sie sind ein Paar mit lockerer Beziehung. Das sieht sie aber nicht so. Sie möchte nach wie vor mit ihm nichts zu tun haben. Aber dieser Peter ist etwas ganz anderes, bisher nicht Gekanntes!

„Martina, hallo, hier bin ich!", ruft Peter, der sie schon eine ganze Weile betrachtet und bemerkt, dass sie gar nicht mit ihren Gedanken am Tisch weilt.

Sie erschrickt. „Entschuldige, Peter, ich habe soeben geträumt", antwortet sie schnell und bekommt ein rotes Gesicht.

„Wenn ich die Hauptrolle in deinem Traum spiele, darfst du weiterträumen. Ich möchte dich fragen, ob wir vielleicht irgendwo tanzen gehen wollen?"

Martina ist über diese Frage heilfroh. Sie hilft ihr aus ihrer Verlegenheit. „Ich tanze für mein Leben gern, nichts wie los!"

Beim Aufstehen berührt Peters rechte Hand Martinas linke. Erst zucken beide zurück. Doch dann fasst er zu und spürt erleichtert ihren Gegendruck. Hand in Hand schlendern sie von Veranstaltungsort zu Veranstaltungsort. Etwas abseits vom großen Alexanderplatz finden sie eine Tanzfläche mit einer guten Band. Sofort stürzen sie sich in das Geschehen. Nach einigen schweißtreibenden Tänzen spielt die Kapelle Schmusemusik.

Martina schmiegt sich an Peter, als ob sie nie etwas anderes getan hätte und sie sich seit ewigen Zeiten kennen. Erst ist er etwas überrascht, aber dann zieht er sie vorsichtig noch enger an sich heran. Sie lässt das mit sich geschehen. Peter spürt ihre festen Brüste an seinem Oberkörper und bemerkt, dass auch sie erregt ist. Immer wieder treffen ihre Oberschenkel beim Tanzen aufeinander. Er kann seine Erregung kaum noch verheimlichen. Als Martina das fühlt und ihre eigene Situation einschätzt, zieht sie sich etwas zurück. Wenn auch das Kribbeln in ihrem Bauch nach mehr verlangt, bewahrt sie doch einen klaren Kopf.

„Peter, ich glaube, es ist besser, wenn wir hier für heute abbrechen." Dabei schaut sie ihm von unten, Peter ist zehn Zentimeter größer als sie, tief in die Augen.

Erst ist er etwas enttäuscht. Als er aber diesen warmherzigen Blick spürt, fasst er sie bei der Hand und geht mit ihr von der Tanzfläche.

„Darf ich dich zu deinem Quartier begleiten?", fragt Peter sehr ernst und erwartungsvoll.

„Aber nur bis zur Hoteltür", antwortet Martina mit einem Lächeln. Gern hätte sie mehr gewollt, aber dieses Kribbeln und die Sprüche ihrer Großmutter verbieten es ihr im Moment.

„Einverstanden, treffen wir uns morgen wieder?", fragt Peter etwas zurückhaltend.

„Wenn du willst, sehr gern." Sie haucht ihm einen Kuss auf die Wange.

Peter hat verstanden.

Mit der nächsten S-Bahn fahren sie zu ihrem Hotel. Vor der Tür verabreden sie sich für den nächsten Tag, Samstag, um 17 Uhr am Hotel. Martina will mit ihm zu seinen Verwandten nach Mahlsdorf fahren und dort den Abend verbringen.

Hoffentlich haben sie morgen Zeit für uns, denkt Peter, eigentlich war ich heute mit Onkel und Tante verabredet. Ein Telefon haben sie nicht, sonst könnte ich schnell mal von der Lagerleitung aus anrufen. Dabei schaut er flüchtig auf seine Armbanduhr: „Oh verdammt, es ist ja schon 1.30 Uhr. Jetzt aber schnell ins Lager und gepennt", spricht er vor sich hin.

Eine halbe Stunde später liegt er auf seiner Luftmatratze. Immer wieder muss er an Martina denken. Mal sehen, was ihnen der nächste Abend bringen wird. Er ist gespannt.

*

Um halb sechs piept seine Armbanduhr. Peter geht duschen. Er weiß nicht, ob er überhaupt zwei Stunden geschlafen hat. Immer wieder musste er an Martina denken.

Was ist nur mit ihm los? In der Schule und auch später in der Landwirtschaftlichen Produktionsgenossenschaft seines Heimatorts, während der Berufsausbildung zum Agrotechniker mit Abitur und danach in seiner zweijährigen Tätigkeit in der LPG hatte er immer wieder kleinere Affären mit gut aussehenden Mädchen. Einige hatten gehofft, dass er sich für sie entscheidet. Keine löste solch ein inneres Verlangen bei ihm aus wie diese Martina. Peter, hier beginnt ein Feuer zu lodern. Hoffentlich verbrennst du dir nicht die Finger daran. Denke an dein Studium!

Er ist fertig mit Duschen, kleidet sich an und stellt fest, dass er die Zeit vergessen hat. In fünf Minuten muss er schon beim Lagerleiter am Tisch sitzen. Haare kämmen und los.

Als er den Raum des Lagerleiters betritt, schauen ihn alle Anwesenden erstaunt an.

„Peter, seit wann führen wir unsere Lagebesprechungen ohne Verbandskleidung durch?", fragte Klaus, der Lagerleiter.

Jetzt erst bemerkt Peter, dass er sein weißes Hemd von gestern übergezogen hat. Es trägt noch den Duft von Martinas Parfüm.

„Und außerdem, auch als Zehnergruppenleiter hast du nicht das Recht, später als um 24 Uhr im Lager zu sein! Oder liegt das etwa an der imperialistischen Schlampe, die du gestern Abend abgeschleppt hast und die dir gewaltig die Augen verkleistert hat? Geh dich umziehen, sofort!"

Peter wollte etwas erwidern, aber er verschluckt seine Äußerung. Während er sich sein Blauhemd anzieht, überlegt er angestrengt, woher Klaus von Martina weiß. Er findet keine Antwort darauf. Als er in die Besprechung zurückkehrt, war man gerade dabei, den Lagerdienst einzuteilen. Uninteressant für mich als Zehnergruppenleiter.

„Und, Peter, du übernimmst heute den Dienst von 12 bis 16 Uhr!“, sagt Klaus, keinen Widerspruch duldend. „Ich denke, das wird dir eine Lehre für dein undiszipliniertes Verhalten sein.“

Peter ist nur froh, dass er nicht von 16 bis 20 Uhr eingeteilt wurde, dann hätte er Martina verpasst. Alles andere ist ihm so etwas von egal, noch dazu, wo er die Art seines Hundertschaftsleiters vom ersten Tage an nicht leiden konnte. Der ist falsch und hinterhältig, überhaupt nicht das Bild einer sozialistischen Persönlichkeit!

Nach Ende der Lagebesprechung verlässt Peter den Raum und geht frühstücken. Dabei versucht er immer wieder, sich den heutigen Abend mit Martina vorzustellen.

*

Martina geht in das Hotel zur Rezeption. Sie bemerkt, dass Peter ihr nachschaut. Aber ehe sie den Kopf verliert, muss für heute Schluss sein. Reiß dich zusammen, Martina! Und ein Ruck geht durch ihren Körper, als sie mit dem Schlüssel in der Hand zum nun wieder reparierten Fahrstuhl geht.

Als sie in ihrem Zimmer ankommt, wirft sie die Schuhe in die Ecke, öffnet das Fenster und zieht die Vorhänge zu. Dann zieht sie die Bluse und den Minirock aus. Nur mit einem knappen Slip bekleidet, setzt sie sich auf den Stuhl vor dem Tisch mit der Minibar. Mit der rechten Hand streicht sie sich über ihre beiden Brüste und betrachtet sie im Spiegel, der über dem Tisch hängt. Ihre Brustwarzen haben sich wieder in die normale Größe zurückgebildet. Hoffentlich hat Peter nichts von ihrer plötzlichen Erregung gespürt!

Sie öffnet die Minibar und entnimmt ihr eine kleine Flasche Sekt. Jetzt duschst du und dann gönnst du dir noch ein Gläschen.

Nach der Dusche zieht sie sich ein Schlafhöschen an, schaltet den Fernseher ein und öffnet die Sektflasche.

Nach dem ersten Glas sagt sie laut zu sich selbst: „Peter, Peter! Was hast du mit mir gemacht? Ich bin 18 Jahre jung, kenne viele Jungs, auch Männer, die zum Bekanntenkreis meines Vaters gehören, aber keiner hat jemals das Kribbeln in meinem Bauch ausgelöst. Großmutter, hilf mir doch!“

Am späten Mittag des nächsten Tages wird sie wach. Sie weiß nicht mehr, wann sie eingeschlafen ist. Auf dem Fußboden liegen die leere Sektflasche und das Glas. Bewusst ist ihr aber, dass sie sich über ihr Verhältnis zu Peter und dem, was daraus werden könnte, sehr lange Gedanken gemacht hat, und das bis zum frühen Morgen.

Nur ist sie zu keinem Ergebnis gekommen. Immer aufs Neue hat sie sich gefragt, was man machen könnte. Papa müsste erreichen, dass Peter mit zu uns kommt. Er könnte ja seine Beziehungen zur Ständigen Vertretung der BRD in der DDR spielen lassen. Peter würde sein Lehrerstudium auch in Hamburg oder ganz in ihrer Nähe in Kiel machen können. Vielleicht würde er auch etwas studieren, was dem Besitz nützen kann. Mit Arnim, ihrem Bruder, käme er bestimmt zurecht. Und dann könnten wir uns gemeinsam auf unsere Ehe vorbereiten. Das wäre schön!

Ja, und dann muss sie eingeschlafen sein, denn hier enden ihre Erinnerungen. Aber ein wunderschöner Traum erfüllte ihre Nacht. Peter und Martina waren die Hauptpersonen, doch den Inhalt wird sie nicht einmal ihrer Großmutter erzählen. Der ist einfach zu erregend schön und sehr intim. Mal sehen, wie das heute Abend weitergeht. Wenn es bloß schon so weit wäre!

Martina geht ins Bad und macht sich frisch. Sie zieht ihre alte Lieblingsjeans an, dazu ein T-Shirt und geht in das Hotelrestaurant. Sie bestellt sich aus dem Angebot eine Suppe mit Toastbrot und ein Wasser.

Es ist kurz vor 15 Uhr, als sie das Restaurant wieder verlässt und in ihr Zimmer geht. Noch zwei volle Stunden bis zum Treff.

Ich werde einmal meine Freundin Linda und vor allem Papi anrufen. Gesagt, getan. Mit dem Telefonieren mit ihrer Freundin, die ihr natürlich von einem engeren Kontakt zu Peter abrät, und ihrem Papa vergeht die Zeit. Papa hat sie natürlich nichts von ihrer Bekanntschaft und ihren Gedanken erzählt. Das kommt später noch rechtzeitig.

Kurz nach 16 Uhr zieht Martina ihre Sachen aus, stellt sich nochmals kurz unter die Dusche, trocknet sich ab und zieht sich an. Neben einem luftigen Slip zieht sie heute einen ebenso leichten Büstenhalter an, darüber ein Sommerkleid schulterfrei, aber mit dünnen Trägern und etwas tiefer ausgeschnitten als gestern die Bluse.

„Peter, komm, ich bin bereit!", ruft sie sich selbst zu, um sich Mut zu machen.

Eigentlich möchte sie damit das wieder stärker werdende Kribbeln im Bauch unterdrücken, aber es gelingt ihr nicht.

*

Peter erwartet ungeduldig seine Ablösung. Das ist genau der Jugendfreund, der eigentlich hätte seinen Dienst durchführen müssen. Es gibt in der Hundertschaft drei ältere Genossen, die eigentlich nur zur Absicherung des Lagers und des Lagerleitungsdiensts von seiner FDJ-Kreisleitung mit nach Berlin geschickt worden sind. Und genau auf einen von denen, nämlich Kalle, wartet er. Doch der erscheint nicht! Peter weiß nicht, was er machen soll. Er wartet nun schon eine Viertelstunde. Einfach den Posten verlassen und zu Martina gehen, das wäre sein Ende als Mitglied der Delegation, außerdem das Ende des Studiums, bevor er es eigentlich begonnen hat. Nein, ich muss mir etwas anderes einfallen lassen! Es ist 16.30 Uhr durch. Da wird er aus seinen Gedanken gerissen, und Kalle steht vor ihm. „Ablösung ist da!", ruft er ohne ein Wort der Entschuldigung.

Peter kocht innerlich vor Wut, aber er bleibt ruhig. Kalle ist ein Spitzel, der schon so manchen Jugendfreund aus ihrer Hundertschaft angeschwärzt hat. Er weiß genau, wenn er jetzt etwas sagt, geht morgen Früh beim Lagerleiter der gleiche Affentanz weiter wie schon heute Morgen. Deshalb wünscht er dem Jugendfreund Kalle einen angenehmen Dienst und verschwindet in seinem Quartier.

Kalle blickt ihm zynisch hinter her und spricht vor sich hin: „Warte nur, Bürschchen, dich bekommen wir auf jeden Fall noch dorthin, wohin wir dich haben wollen! Morgen melde ich Klaus erst einmal, dass du während deines Diensts mindestens drei Flaschen Bier getrunken hast und einige Schnäpse."

Er greift in seine Aktentasche, schaut sich um und holt die erste Flasche Bier heraus. Jetzt setzt er sich gemütlich in den Dienstsessel und schiebt seine Tasche in den Schreibtisch vor sich. Nachdem die Luft rein ist, nimmt er einen kräftigen Schluck aus der Flasche. Das Gleiche geschieht aus einer kleinen Schnapsflasche, die er in seiner Jacke stecken hat. Das tut seiner trockenen Kehle gut.

Peter wäscht sich in Windeseile, zieht sich ein frisches, helles Hemd an, ein paar leichte Sommerhosen und die Sandalen von gestern. Jetzt bleiben ihm noch zehn Minuten bis zum Treff. Verdammt, das schaffe ich nicht. Hoffentlich hat Martina etwas Geduld.

*

Martina geht bis in die Hotelhalle. So, jetzt setze ich mich erst einmal hin und atme tief durch. Ich glaube, es ist nicht gut, wenn ich als Mädchen vor dem Hotel warte. Besser ist, ich komme rein zufällig zur Tür heraus, wenn er eben eintrifft! Bis fünf Minuten nach 17 Uhr wartest du, klar, Martina?

Sie zählt jede Minute einzeln, dann ist es so weit. Martina verlässt das Hotel und geht auf die Straße. Doch Peter ist nirgends zu sehen. Von da muss er kommen, wo bleibt er nur? Jetzt steht sie schon sieben Minuten hier, und er ist nicht zu sehen. Martina wird immer unruhiger. Habe ich ihn gestern vor den Kopf gestoßen? Hatte er sich mehr erhofft?

Aber wir kennen uns doch erst ein paar Stunden, da kann ich doch nicht gleich mit ihm ins Bett steigen. So gerne ich es auch getan hätte. Verdammt, ich bin doch kein leichtes Mädchen!

Während ihr diese Gedanken durch den Kopf gehen, kommt Peter im Dauerlauf um die Ecke. Durch diesen Blödmann Kalle hat er auch noch seinen Bus verpasst. Ehe er auf den nächsten gewartet hätte, ist er zu Fuß los.

„Geschafft!", ruft er und fällt Martina um den Hals.

Er bemerkt in diesem Moment gar nicht, dass er völlig durchgeschwitzt ist. Martina drückt ihn erleichtert an sich. Sie könnte ihn vor Freude nieder knutschen, hält sich aber zurück. Der Schweißgeruch stört sie nicht, ganz im Gegenteil: Er kommt ihr vertraut und irgendwie anziehend vor. Hand in Hand gehen sie zum nächsten Brunnen.

Peter muss sich erst einmal etwas erfrischen und ausruhen. Dabei erzählt er ihr von seiner verspäteten Ablösung durch diesen Kalle. Von seinem Erlebnis in der Lagerleitung erzählt er ihr nichts. „Na, wollen wir? Mein Onkel wartet bestimmt schon, und die Fahrt dauert sicher 40 bis 50 Minuten", sagt Peter.

„Na, dann nichts wie los", antwortet ihm Martina mit einem strahlenden Lächeln.

Sie gehen zur nächsten S-Bahn-Station in Richtung Mahlsdorf-

Süd. Während der Fahrt kommen sie an Vororten von Berlin vorbei, an Feldern, auf denen Mähdrescher die Ernte einbringen, großen Weideflächen und Wäldern. Da sie Zeit haben, versucht Peter stolz, sein Wissen aus der Landwirtschaft zu vermitteln.

Eine Weile hört Martina ihm ruhig und interessiert zu. Dann beginnt sie, ihm zielgerichtete Fragen zu stellen.

Dabei merkt Peter, dass sie irgendwie von der Arbeit auf dem Lande mehr weiß, als er ihr zugetraut hat. Er wird seinerseits neugierig. „Wieso weißt du in der Landwirtschaft so gut Bescheid?", fragt er Martina verwundert.

„Ich bin in ihr und mit ihr aufgewachsen", sagt Martina. Sie beginnt, ihm zu erzählen. „Mein Vater und meine Großmutter haben einige tausend Hektar Land in Schleswig-Holstein und Niedersachsen. Papa sagt immer, die zweite Hälfte ihres Landbesitzes liegt in Mecklenburg-Vorpommern. Hinzu kommen noch Wälder und Häuser, aber die haben uns die Kommunisten und die Russen mit ihrer Bodenreform gestohlen. Vater hat mit 19 Jahren eine italienische Komtess, ebenfalls 19 Jahre, geheiratet. Sophia Lucia hieß sie."

Peter unterbricht sie an dieser Stelle: „Warum sagst du, hieß sie?"

„Meine Mutter ist bei meiner Geburt gestorben. Tante Grit und Onkel Ole Sörensen, die Papas engste Mitarbeiter in unserem Gut sind und mich aufgezogen haben, sagen, dass sie eine wunderschöne und sehr warmherzige Frau war."

„Wie du, Martina", rutscht es Peter unbewusst, aber ehrlich heraus. Sein Gesicht rötet sich leicht, als er seine Äußerung begreift.

Martina schmeichelt die Aussage, sie erzählt aber weiter: „Mein Bruder Arnim ist vier Jahre älter als ich. Er schreibt zurzeit an seiner Diplomarbeit. Wir wollten uns eigentlich gestern hier in Berlin treffen, aber er musste aus irgendwelchen Gründen in die USA fliegen", beendet Martina ihren Bericht.

Peter hat ihr aufmerksam zugehört und hat jetzt das Gefühl, recht klein zu erscheinen. All das konnten er und seine Familie nicht bieten!

Martina merkt, dass er mit den Gedanken ganz woanders weilt und fragt: „Wie steht es bei dir, Peter?"

Er denkt nach. Wahrheit oder Lüge? Groß oder klein erscheinen? Nach kurzer Überlegung entscheidet er sich für die ganze Wahrheit. „Meine Eltern stammen aus bescheidenen Verhältnissen. Meine Mutter ist Lehrerin an einer erweiterten Oberschule, dort kann man bei uns das Abitur machen. Mein Vater leitet seit vielen Jahren die Werkstatt in unserer Landwirtschaftlichen Produktionsgenossenschaft. Ich habe noch zwei jüngere Geschwister, Petra und Daniel, Zwillinge, die noch in die erweiterte Oberschule gehen. Beide sind 17 Jahre alt. Meine Schwester Antje und ihr Mann Harald sind Agraringenieure und beide zwei Jahre älter als ich. Sie haben einen sechsjährigen Sohn Ronny.

Wir haben keine Güter, dafür aber ein neu gebautes Eigenheim mit 1.500 Quadratmetern Land um das Haus, darin einen schönen Garten, und das Wichtigste für uns, das Grundstück liegt direkt an einem Bach in der Nähe des Walds. Eigentlich ein richtiges Urlaubergebiet. Ich würde mich freuen, wenn ich dir einmal alles zeigen könnte", sagte Peter reichlich ahnungslos in seiner Verliebtheit.

„Ich würde gern das Gleiche mit dir tun, Peter, wenn da keine Grenze wäre", antwortet e Martina etwas traurig.

Peter wurde durch diesen Satz sofort aus seinen Träumen gerissen und schämte sich, als junger Sozialist solche Gedanken zu haben, die zwischen Ost und West nicht existieren dürfen.

Genau in diesem Moment hält der Zug in Mahlsdorf. Sie steigen aus. Peter fragt einen Einheimischen nach der Rüsternallee 41, und dann machen sie sich auf den Weg. Was sie in der Kühle des Zugs nicht bemerken konnten, ist, dass die Schwüle des Tages zugenommen und sich der Himmel zugezogen hat. Ein kräftiges Gewitter ist zu erwarten.

Nach reichlich einem Kilometer haben sie die Rüsternallee 41 erreicht. Peter klingelt mehrfach am Eingangstor.

Plötzlich öffnet sich der Nachbareingang des Reihenhauses. Ein älterer Herr tritt vor die Tür und sagt: „Tag, Peter. Dein Onkel hat dich schon gestern erwartet."

„Guten Tag Alfred. Ja, ich wollte auch gestern schon hier sein, aber eine Änderung unseres Dienstplans hat das verhindert", antwortet Peter.

„Dein Onkel hat bis heute gegen 16.30 Uhr auf dich gewartet. Er will aber unbedingt noch mit Maike in ihr Ferienhaus auf Rügen fahren. Vorher wollten sie noch in der Gartensiedlung nach dem Rechten schauen. Geht doch mal hin, vielleicht habt ihr Glück und trefft sie noch."

„Danke, Alfred, und dir und deiner Frau noch ein schönes Wochenende." Peter verabschiedet sich.

Martina und Peter machen sich Hand in Hand auf den Weg. Hoffentlich kommen sie noch vor dem Gewitter im Garten an. Nach zehn Minuten Weg zeigt sich das nächste Problem: Peter war vor etwa vier Jahren hierher eingeladen, um seinen 18. Geburtstag zu feiern. Aber wo liegt die Laube, in der er zwei Wochen verbracht hat? Hier ist seitdem so viel Neues gebaut worden, dass er sich nicht mehr zurechtfindet. Ein älteres Ehepaar verlässt fluchtartig die Gartenanlage, um vor dem Gewitter noch zu Hause zu sein.

Peter fragt sie: „Wo finden wir den Garten von Karl Martens?"

„Drei Gärten weiter, dann links den Weg bis an den Rand der Anlage!"

„Danke, und jetzt los, Martina!"

Der Himmel sieht jetzt gar nicht mehr freundlich aus. Sie schaffen es nicht mehr. Plötzlich geht ein Gewitterregen los. Als sie den Garten finden, sind sie durch bis auf die Haut. Pech, das Tor ist auch noch verschlossen. Peter steigt über den Zaun. Martina tut es ihm gleich. Dabei hebt sie ihr Kleid bis an den oberen Rand der Schenkel, um nicht an den langen Staketen des Tors hängen zu bleiben.

Peter hilft ihr und betrachtet dabei ihre langen, wunderschönen Beine.

Als sie wieder auf festem Boden steht, zieht sie etwas verlegen ihr Kleid zurecht. Dann rennen beide Hand in Hand zum Vordach der Laube und schützen sich so etwas vor dem Regen.

„Bist du nicht der Peter Weseck, der Neffe von Kulle Mar...?"

Mehr versteht Peter nicht mehr. Ein Blitz und ein gewaltiger Donnerschlag verschlucken den Rest des Satzes.

Martina kuschelte sich an ihn und versteckt ihr Gesicht an seiner Brust. „Ich hatte schon als kleines Mädchen furchtbare Angst vor jedem Gewitter. Halt mich fest!", ruft sie mit zittriger Stimme.

Peter lässt sich das nicht zweimal sagen, ruft aber zu Onkel Karls Nachbarn Jürgen hinüber: „Ja, der bin ich!"

„Dein Onkel war bis vor etwa einer Stunde hier, dann ist er nach Rügen aufgebrochen. Ich habe die Schlüssel für dich. Die Laube schützt euch vor dem Wetter!", ruft Jürgen.

Peter steigt wieder über das Tor und holt sich den Schlüssel.

Jürgen sagt zu ihm: „Eine hübsche Freundin hast du. Übrigens, wenn ihr Strom braucht, musst du die Hauptsicherung eindrehen."

„Ich kenne mich aus." Immerhin hat er hier schon seine Ferien verbracht.

Martina will ihm folgen, rennt hinter ihm her, denkt aber dann daran, dass sie wieder in ihrem Kleid über das Tor klettern muss. So wartet sie hier auf Peter. Der kommt und schließt als Erstes das Gartentor und dann die Laubentür auf. Beide sind klitschnass.

„Wir müssen uns die nassen Sachen ausziehen, sonst erkälten wir uns. Ich suche Handtücher und Decken. Dahinten ist das Bad, Martina."

Peter schraubt als Erstes die Hauptsicherung ein. Die Wucht des Gewitters hat glücklicherweise nachgelassen. Nur noch ein friedliches Grummeln ist zu hören. Im Schrank findet er zwei Badetücher und auf der Doppelbettcouch zwei Decken. Er klopft an die ein kleines Stückchen geöffnete Badezimmertür. Er möchte ihr das Handtuch und eine Decke um die Tür reichen.

„Komm nur herein", sagt Martina.

Peter öffnet etwas unsicher die Tür. Martina steht in BH und Slip vor dem Spiegel und versucht, ein älteres Modell eines Föhns in Gang zu bringen. Er hilft ihr dabei. Im Spiegel beobachtet Martina seine leicht unsicheren Blicke und Bewegungen. Mit Freude stellt sie seine Unruhe fest. Damit steht es eins zu eins! Somit geht es nicht nur ihr so, was die Unsicherheit anbetrifft, sondern auch ihm.

„Was denn, noch keine Frau in Schlüpfer und Büstenhalter gesehen, Jugendfreund?", sagt sie mit gespieltem Spott in der Stimme.

„Das schon, aber noch nie solch eine hübsche und begehrenswerte Frau", sagt Peter mit fester Stimme.

Jetzt ist es Martina, die rot anläuft. „Nun aber raus!", ruft sie mehr scherzhaft als ernst. Verdammt, wieder ist das Kribbeln in ihrem Bauch da. Aber es ist auch noch etwas anderes, Fremdes, vorher nicht Gekanntes: eine Mischung aus romantischem Gefühl und neugieriger Erwartung. In ihr steigt unbeeinflussbar die Erregung des Vortags wieder auf. Omi, Omi, wenn ich dich nur fragen könnte.

Peter flüchtet gekünstelt ins Wohnzimmer. Als Martina fertig ist und in ein Badetuch gewickelt nachkommt, geht er sich „trockenlegen". Seine Sachen hängt er danach auf die Leine unter dem Vordach auf der Rückseite der Laube zum Trocknen. Dabei stellt er fest, dass Martina ihr Kleid, aber auch Slip und BH auf die Leine gehängt hat. Demzufolge ist sie nackt unter dem Badetuch.

Jetzt schämt er sich vor sich selbst, denn er hat seine nasse Unterhose noch nicht ausgezogen. Schnell greift er unter die Decke und reißt sich förmlich die Hose herunter. Er hängt sie neben Martinas Slip auf die Leine.

Martina hat sich in der Zwischenzeit die Laube etwas genauer angesehen und ist dabei auf die Kochecke gestoßen. Klein, aber gemütlich, einfach und schön, denkt sie. Im Kühlschrank findet sie zwei Flaschen Rotkäppchen-Sekt, noch schön kühl.

Sie entdeckt aber auch einen Zettel auf dem steht:

Lieber Peter,
wir haben gestern Abend und heute auf Dich gewartet. Jetzt sind wir nach Rügen unterwegs. Jürgen weiß Bescheid. Gib bitte den Schlüssel wieder bei ihm ab, wenn Du losmachst. Bier und Sekt sind im Kühlschrank. Siehst Du ja. Im Tiefkühlteil sind Kohlrouladen von Tante Maike, die isst Du doch so gerne, und in der Kommode steht von Schnaps bis Knabberzeug alles. Ich dachte, Du wirst uns endlich mal deine Freundin vorstellen! Sag mal, ist aus Dir und dieser Karla etwas geworden, oder wollte das nur deine Mutter? Machs gut, bis zum nächsten Mal.
Dein Onkel Karl und Deine Tante Maike.
PS. Es zieht ein Gewitter auf, ich muss die Sicherung herausdrehen. Hoffentlich verdirbt nichts!

Martina hört Peter von der Terrasse kommen. Schnell schließt sie den Kühlschrank und schlendert wie zufällig zur Vitrine und öffnet sie. Sie findet Kekse, Waffeln, Salzgebäck und mehrere Sorten Wein und Schnaps.

„Peter, was ist denn ein ‚Klosterbruder'?", fragt sie.

„Das ist ein Kräuterlikör. Den trinkt man vor dem Essen und nach dem Essen oder eigentlich immer."

Peter öffnet den Kühlschrank, und Martina setzt sich auf die gemütliche Couch. Dabei stößt er als Erstes auf den Zettel und ließt ihn. Hoffentlich war sie noch nicht hier drin, denkt er.

„Möchtest du etwas essen, Martina?"

„Ja", antwortet sie, „was gibt es denn?"

„Kohlhackroulade an Schwarzbrot mit Soße", antwortet Peter lächelnd.

„Das ist eines meiner Leibgerichte, großer Meister", antwortet sie mit einem Lächeln und betrachtet ihn weiter.

Peter hat sich die Decke um die Hüfte geschlagen und steht mit freiem Oberkörper vor dem Ofen. Seine Arme sind muskulös, seine Brust wenig behaart. Das gefällt ihr besser als der behaarte Oberkörper von Lars, der wie ein Affe aussieht. Peter deckt den Tisch, serviert das Essen und stellt ein Vierzehntelliterglas mit „Klosterbruder" vor jeden Platz.

„Was möchtest du zum Essen noch trinken?", fragt Peter.

„Ein Glas Wasser", antwortet Martina.

Er füllt die anderen Gläser und setzt sich zu Martina auf die Couch. „Prost", sagt Peter und hebt sein Schnapsglas.

„Prost", antwortet Martina und trinkt in einem Zug ihr Glas leer. Sofort beginnt sie, um Luft zu ringen.

Sie wusste nicht, dass dieser Likör so viele Prozente hat. Dabei verrutscht ihre Decke und gibt die Brüste frei. Genau so habe ich sie mir in Form und Größe vorgestellt, denkt Peter, nachdem er immer noch den Druck ihrer Brustwarzen vom Tanzen am Vortag an seinem Oberkörper spürt.

Martina sieht, wo sein Blick hingeht und merkt erst jetzt die ungewollte Entblößung. Schnell zieht sie die Decke wieder hoch und stürzt sich wie zufällig auf das Essen. Nachdem sie fertig sind, räumt Peter den Tisch ab. Martina stellt Kerzen, Gebäck und Sektgläser auf.

Peter bringt eine Flasche Sekt aus dem Kühlschrank mit. Er schaltet das Radio ein und zieht die Vorhänge mit der Begründung zu: „Wenn wir die Kerzen anmachen, kommen Mücken herein."

Martina ist irgendwie froh darüber, eben weil es noch gar nicht dunkel draußen ist. Dafür wird es im Raum gemütlich schummerig, und Licht spenden nur ihre Kerzen. Ein liebenswerter Mann, denkt sie. Sein Gesicht, seine Ohren, seine Haare, sein Hals gefallen mir. Sein ganzes Äußeres, sein Verhalten und seine Freundlichkeit habe ich bisher bei noch keinem anderen Jungen erlebt.

Oh, das Kribbeln setzt wieder ein. So stark hast du es noch nie gespürt, Martina! Ich glaube, heute passiert noch etwas. Oma, ich denke, sogar etwas, was ich mir sehnlichst wünsche.

Peter setzt sich wieder neben Martina, nur jetzt etwas näher als beim Essen. Ihre Oberarme berühren sich. Ein angenehmes und prickelndes Gefühl durchfließt ihre Körper.

Was mache ich jetzt mit ihr? Mist, wenn man keine Erfahrungen mit Frauen hat, ärgert sich Peter. Das Radio, das er vorhin eingeschaltet hat, bringt nur Berichte von Berlin und den großen Manifestationen.

„Peter, darf ich dich etwas fragen?", spricht plötzlich Martina zu ihm.

„Ja, gern", antwortet er gespannt.

„Hast du eine Freundin?", fragt sie sehr ernst.

„Wie kommst du jetzt darauf?", entgegnet Peter.

Sie senkt den Kopf und sagt: „Ich habe den Zettel im Kühlschrank gelesen."

Peter streicht ihr ganz sanft über das Haar. „Nein, Martina, ich habe keine Freundin oder Frau, nichts. Wenn es nach meinen Eltern ginge, dann ganz bestimmt. Und du? Hast du einen Freund oder Mann?"

Martina erzählt von ihrem Verhältnis zum männlichen Geschlecht, sagt aber nichts von ihrem Ausrutscher zu ihrem 18. Geburtstag. Beide schauen sich an. Dann folgt der erste Kuss. Beide fühlen sich unbändig zueinander hingezogen.

Trotzdem beginnt Peter noch einmal. „Aber wir sind doch aus zwei total verschiedenen Systemen, Martina, das geht doch einfach nicht gut."

Martina muss sofort an ihre Überlegungen in der letzte Nacht denken. Sie legt ihm den Zeigefinger auf den Mund. Papa wird das regeln, schließt sie das Thema für sich ab. Wenden wir uns schöneren Dingen zu.

Sie streicht Peter über das Gesicht und die Brust. Beide beginnen, sich aneinanderzuziehen und zu küssen. Dabei ist ihr egal, dass die Decke nun ihren Oberkörper freilegt. Peter streicht mit der Hand über ihre Brüste und bemerkt, dass ihre Nippel größer und fester werden. Sie küssen sich aus tiefem Verlangen. Als ihre Hand an seinem Körper entlanggleitet, spürt sie, dass sich Peters Decke am Unterleib kräftig beult. Peter ist das peinlich, aber ihr Streicheln löst auch ein angenehmes Gefühl der Lust und Begierde bei ihm aus. Solch ein Verlangen hat er in sich noch nie gespürt. Es ist für ihn fremd, aber mit Martina in den Armen überwältigend schön.

Zuerst ist sie durch sein Streicheln ihrer Brüste verwirrt, aber sie fühlt sich angenehm, zärtlich berührt. Sie spürt, dass Peter sie begehrt. Aber dieses Begehren kommt von innen und hat einen tieferen Ursprung. Das macht Peter für Martina zu einem Mann, wie sie zuvor noch nie einen anziehender fand. Ihr Traum der letzten Nacht mit all seinen Gefühlen und tiefen Regungen wird wahr. Jetzt oder nie, fühlt sie! Das Kribbeln in ihrem Bauch geht in eine Welle der Lust über ihren gesamten Körper. Sie möchte nur noch Peter spüren, vor allem in sich.

„Wollen wir die Couch ausziehen?", fragt sie Peter mit vor Erregung bebender Stimme.

„Ja", antwortet er in eigenartigem, für ihn fremdem Ton.

Schnell haben sie sich eine Doppelliege aufgebaut. Die Decken haben sie längst fallen gelassen und stehen nun nackt voreinander. Keiner von ihnen kann seine Erregtheit mehr vor dem anderen verbergen. Beide möchten es auch nicht mehr. Sie sind an dem Punkt angelangt, an dem sie ihre Körper ohne Scheu einander zeigen, sich berühren und innerlich spüren möchten.

Nicht nur innerlich, sondern mit ihren Händen und Mündern erforschen sie ihre Körper. Intensiv und lange berühren sie sich. Doch bald können und wollen beide die Gier und das Verlangen, sich zu vereinigen, nicht mehr verzögern. Die gewollt tiefe Vereinigung miteinander beruhigt und entspannt ihn und nimmt Martina das Kribbeln im Bauch. Für Peter und Martina wird es das schönste Erlebnis, die schönste Nacht ihres bisherigen jungen Lebens.

Keiner von beiden weiß, wie oft sie sich geliebt haben. Spät in der Nacht schlafen sie eng umschlungen und erschöpft ein.

Martina spürt das Kribbeln jetzt in einer anderen, zufriedeneren Art als all die vorherigen Male.

Liebe Oma, du hast recht! Das ist der Mann meines Lebens, den lasse ich nicht mehr los! Das sind ihre letzten Gedanken, bevor sie einschläft.

*

Am nächsten Morgen erwachen beide, glücklich und zufrieden. Sie küssen sich lange und intensiv. Danach geht Peter so nackt, wie er ist, ihre Sachen von der Leine holen.

Sie schämen sich nicht mehr wegen ihrer Nacktheit voreinander. Peter sieht Martina das erste Mal so bei Tageslicht. Alles an ihr findet er schön. Besonders ihre tadellose Figur, ihr Gesicht, die weichen, vollen Brüste und die langen, wohlgeformten Beine. Ihr Berg Schamhaare ist auch etwas Besonderes, denkt er. Das ich darunter überhaupt etwas gefunden habe!

Martina bemerkt, dass er sie betrachtet, und wird rot im Gesicht. Noch sind sie nicht verheiratet. Nach alter Sitte ihrer Vorfahren dürfte er sie erst in der Hochzeitsnacht so sehen. Plötzlich muss sie lächeln. In Peters bestes Stück kommt plötzlich wieder Bewegung. Es zeigt schon mehr nach oben als nach unten, wie es richtig wäre.

Peter folgt ihrem Blick und sieht das Malheur. Blitzschnell ist er im Bad unter der Dusche. Martina muss wegen seiner Reaktion schallend lachen und folgt ihm. Jetzt muss das Frühstück eben noch zehn Minuten warten.

Er weiß nach dieser Nacht, dass sie die Frau seines Lebens ist. Vergessen sind die politischen Schranken, die beide deutsche Staaten voneinander trennen.

Zum Frühstücken finden sie nichts. Peter gibt den Schlüssel bei Jürgens Frau ab, und beide fahren mit der S-Bahn zum Alexanderplatz. Während der gesamten Fahrt halten sie sich bei den Händen und schauen sich verliebt an. Jeder für sich durchlebt die letzten Stunden noch einmal. Als sie vor Martinas Hotel angekommen sind, fällt der Abschied schwer. Aber sie verabreden sich sofort für heute Abend. Mit einem langen Kuss verabschieden sie sich voneinander. Peter schaut Martina so lange nach, bis sie an der Rezeption verschwindet. Was er nicht mehr sieht, ist, dass sie außer dem Schlüssel für ihr Zimmer vom Portier einen Brief erhält. Verwundert betrachtet sie Papas Schrift.

Als sich Peter der Schule nähert, überfällt ihn ein eigentümliches Gefühl. Er muss an den Zirkus von gestern Morgen denken. Das wird wohl jetzt weitergehen, nachdem er nun die ganze Nacht außer Haus war. Aber er spürt plötzlich solch eine Ruhe in sich, dass ihm jetzt schon alles egal ist, was da kommen wird.

Er betritt das Gebäude und wird sofort vom Diensthabendem

zum Lagerleiter geschickt. Darauf habe ich gewartet. Peter klopft und tritt ein. Am Tisch sitzen Klaus, der Lagerleiter und Kalle, für den er gestern den Dienst schieben durfte. Beide versuchen, ihre Bierflaschen und die Schnapsflasche schnell unter dem Tisch verschwinden zu lassen, obwohl Alkohol im Lager strengstens verboten ist!

„Habe ich ‚Herein' gesagt, Jugendfreund Weseck?", brüllt ihn Klaus sofort an.

Peter geht auf das Gebrüll nicht ein und sagt nur: „Ich soll mich bei dir melden?"

Klaus erhebt sich, geht an seinen Schreibtisch und pflanzt sich dahinter machtbesessen auf. „Es hat also nicht gereicht, dass wir gestern eine Disziplinarstrafe mit dir durchgeführt haben. Ganz im Gegenteil: Der Herr trifft sich wieder mit der kapitalistischen Schlampe und verbringt gleich noch die ganze Nacht mit ihr. Na, erzähl uns mal, wie war denn die kleine Nutte im Bett?"

Peter macht drei Schritte nach vorn, dann springt Kalle zwischen ihn und Klaus.

„Überlege dir gut, was du tust!", sagt Klaus und öffnet die Schublade seines Schreibtischs. Er entnimmt ihr einen Bogen Papier. „Obwohl wir dir gestern die Disziplinarmaßname auferlegt haben, hast du dich wieder mit dieser Westdeutschen getroffen. Du hast damit gegen die Ideale unserer sozialistischen Jugendorganisation und die sozialistische Moral verstoßen. Außerdem hast du die Nacht nicht im Lager verbracht und gestern während des Diensts Bier und Schnaps getrunken! Somit hat die Leitung der FDJ beschlossen, dich aus der Hundertschaft auszuschließen. Du hast bis 15 Uhr das Lager zu verlassen und auf eigene Kosten die Heimreise anzutreten. Morgen meldest du dich bei deinem FDJ-Sekretär im Betrieb. Verlass dich darauf, ich werde in Zukunft deine Tätigkeiten persönlich überprüfen!"

Peter steht fassungs- und sprachlos da. Am liebsten hätte er Klaus für all die Gemeinheiten und die falschen Behauptungen ins Gesicht geschlagen. Aber er beherrscht sich und verlässt mit einem geringschätzigen Lächeln den Raum. Ihn beschäftigt im Moment vielmehr das Treffen mit Martina heute Abend. Er muss sich sammeln und geht dazu in die hinterste Ecke des Hortgartens der Schule.

Martina setzt sich in ihrem Zimmer auf ihr Bett. Was will Papa Wichtiges von mir, wenn er selbst schreibt? Sie öffnet den Brief und liest:

Hallo Martina,

ich hatte eigentlich gedacht, dass ich Dir mit dem Berlinurlaub vor dem Abi eine Freude bereite. Jetzt erfahre ich aber, dass Du Dich mit einem ostzonalen Jungkommunisten eingelassen hast. Du enttäuschst mich! Deshalb lege ich fest, dass Du sofort nach Hause kommst! Ich habe am Samstag in Rostock zu tun und werde Dich am Sonntag gegen 12 Uhr in Berlin abholen. Pack Deine Koffer und halte Dich um diese Zeit bereit. Bis dahin verlässt Du das Hotel nicht mehr.

Gruß

Papa.

Martina ruft in der Rezeption an und fragt den Portier, wann der Brief für sie abgegeben wurde.

„Gestern Abend gegen 19 Uhr", bekommt sie zur Antwort.

„Na, Klasse! Linda, du falsche Schlange. Nur mit dir habe ich über Peter gesprochen. Feine Freundin!", schreit sie all ihre Wut aus sich heraus.

Bis 12 Uhr erreiche ich doch Peter nicht mehr, was mache ich nur? Wenn ich wüsste, wo diese Schule liegt. Irgendwo in Berlin-Mitte, aber wo? Der Portier!

Martina nimmt nicht den Fahrstuhl, sondern die Treppe und kommt unten atemlos an. „Sagen Sie, können Sie mir helfen?", ruft sie und versucht, sich zu beruhigen.

„Wenn Sie mir sagen, wobei, gerne", antwortet der Portier.

„Ich suche die Schule in Berlin-Mitte, die FDJler beherbergt."

„Und welche Schule ist das?", fragt der Portier.

„Das weiß ich nicht. Sie ist mit einer Hundertschaft der FDJ belegt, und einer der Zehnergruppenleiter heißt Peter Weseck. Ich muss ihn unbedingt sprechen."

„Hier sind alle Schulen belegt mit FDJlern und auch ausländischen Gästen. Wissen Sie was, ich gebe Ihnen das Telefonbuch von Mitte mit, und Sie versuchen es einfach in den Schulen, ich glaube, es sind 13. Ich wünsche Ihnen viel Glück", sagt der Portier.

Martina bedankt sich und fährt mit dem Lift zu ihrem Zimmer. Wo fange ich an, denkt sie, einfach bei der ersten Schule. Und so geht es los. Als sie mit fast gestorbener Hoffnung die 13. Oberschule erreicht hat, meldet sich der Lagerleiter mit einer recht schleimigen Stimme. Irgendwie löst sie Ekel bei Martina aus. Aber was soll's? Sie hat ein Ziel.

„Hallo, spreche ich mit der Lagerleitung der 13. Oberschule Berlin-Mitte?", fragt sie.

„Ja, mit wem spreche ich?", antwortet Kalle.

„Mein Name ist Martina von Holsten. Ich suche Herrn Peter Weseck. Können Sie mir helfen?", fragt sie.

Am anderen Ende der Leitung wird es ruhig: „Weseck, Moment bitte, ich frage nach." Kalle unterbricht die Leitung und ruft Klaus an. „Du, hier ist die Westschlampe vom Weseck am Telefon. Was soll ich mit der machen?"

„Reiche sie mir mal durch", sagt dieser. „Guten Tag, ich bin der Lagerleiter, wen möchten Sie sprechen?", fragt Klaus scheinheilig.

„Herrn Peter Weseck", antwortet Martina.

„Moment bitte, Weseck, Peter Weseck, der ist vor wenigen Minuten nach Hause gefahren. Irgendetwas ist in seiner Familie passiert. Vater gestorben oder so. Ich weiß es nicht genau. Er hat sich vor seiner Abreise nicht dazu geäußert. Kann ich ihn bei Ihnen vielleicht vertreten?", fragt Klaus mit besonderer Schlüpfrigkeit in der Stimme.

„Nein danke! Ich bin nur etwas erstaunt und enttäuscht, dass er sich nicht von mir verabschiedet hat", sagt Martina mit Wehmut in der Stimme. „Vielen Dank."

Klaus ruft Kalle zu sich. Mit zynischem Lächeln sagt er: „Die vögelt der nicht mehr. Schade, die hätte ich gerne mal begutachtet. Wenn die Berichte stimmen, hätte ich sie gerne mal bestiegen, muss ein tolles Rasseweib sein! Aber daraus wird wohl nichts mehr. Lass den Weseck schnell hier verschwinden, Kalle!"

Dieser hat nichts Eiligeres zu tun, als die Weisung seines Vorgesetzten auszuführen. Er geht zu Peter und versucht, ihn in ein Gespräch zu verstricken. „Wie konntest du dich nur mit dieser Westschlampe einlassen, Peter? Du bist doch sonst so ein patenter und zuverlässiger Bursche. Weißt du was, wir gehen zu Klaus und sagen, du wolltest sie nur ausquetschen, um politische Interna über ihren Vater, den Gutsbesitzer, zu erfahren. Da sie nicht sehr gesprächig war, musstest du eben mit ihr ins Bett gehen. Als du dadurch heute erst so spät ins Lager gekommen bist, wolltest du sofort Klaus berichten, doch der hat dich gar nicht sprechen lassen."

Kalle versucht, den verständnisvollen Kumpel herauszukehren, bemerkt dabei aber nicht, wie sich Peters Gesichtsausdruck immer mehr verdunkelt. „Du wirst dir doch wegen solch einer Hure von denen da drüben die Karriere nicht versauen lassen, Peter." Er stößt ihn mit der rechten Faust gönnerhaft an.

Peter, der beim Packen seiner Sachen ist, dreht sich urplötzlich um und steht vor Kalle, der gut 20 Zentimeter kleiner ist als er. Er packt ihn am Revers seiner Jacke. „Fass mich nie wieder an und verschwinde mit samt deinem Klaus aus meinen Augen. Mit euch falschen Schweinen möchte ich nie wieder etwas zu tun haben!"

Peter lässt ihn los und geht zu seinen Sachen zurück. Angeekelt von der Art dieses Kerls und seiner Bier- und Schnapsfahne, nimmt er seinen Koffer und verlässt den Raum. Woher weiß dieses Schwein schon wieder, was er in der Nacht mit Martina hatte? Woher weiß Kalle, dass ihr Vater Gutsbesitzer ist? Hier stimmt etwas nicht!

„Dich Schwein kriegen wir noch", murmelt Kalle vor sich hin.

Peter geht in den Schulhof zu den Mitgliedern seiner Gruppe. In kurzen Worten erzählt er, was mit ihm geschehen ist. Er bedankt sich für die gute Zusammenarbeit und übergibt die Geschäfte an seinen Stellvertreter. „Macht's gut. Wir sehen uns zu Hause wieder. Tschüs!"

Die Gruppenmitglieder sind von dem Gehörten so geschockt, dass sie sich kopfschüttelnd und sprachlos von ihm verabschieden.

Er stellt seinen Koffer in ein Schließfach im Ostbahnhof. Es ist 13 Uhr. Um 17 Uhr wollten sich Martina und er wieder treffen. Nein, solange kann ich nicht mehr warten. Ich fahre sofort zu ihr hin! Gedacht, getan.

Martina legt den Hörer auf. Ihr treten Tränen in die Augen. Nein, das macht Peter nicht, ohne mir Bescheid zu geben! Heute Nacht war er so lieb und zärtlich zu mir, und jetzt das? Nein, hier stimmt etwas nicht!

Sie schaut zufällig auf die Uhr und stellt fest, dass es schon kurz vor halb zwölf ist. Papa ist immer pünktlich. Ich schreibe Peter einen

Brief und hinterlege ihn an der Rezeption.

Nach einiger Zeit klingelt das Telefon. Martina nimmt den Hörer ab. „Martina von Holsten!"

„Guten Tag! Barbara Müller, Rezeption. Frau von Holsten, Ihr Herr Vater ist vorgefahren!"

„Ich komme!" Martina nimmt den Brief, ihren Koffer und verlässt das Zimmer.

An der Rezeption gibt sie den Schlüssel ab und bittet, Herrn Peter Weseck, der heute Nachmittag hierherkommen wird, den Brief zu übergeben. Dann geht sie zum Audi ihres Vaters. Während der Fahrer den Koffer verstaut, steigt sie ein.

Als sie ihrem Vater einen Kuss geben möchte, dreht der sich weg. Martina ist etwas überrascht, ahnt aber nichts Gutes.

Nachdem sie etwa eine Stunde unterwegs sind, bricht ihr Vater das Schweigen. „Martina, wie konntest du dich mit einem Kolchos-bauern aus dem Osten einlassen? Du bist eine Adlige und wirst einmal die Hälfte meines Vermächtnisses und Vermögens übernehmen und als eigenständige Unternehmerin fortführen. Anstatt dir Gedanken darüber zu machen, welches dir und unserer ganzen Familie nutzende Studium du nach dem Abitur beginnen wirst, lässt du dich mit einem solch minderwertigen Subjekt ein!", sagt der Vater mit aufgestauter Wut in der Stimme. „Nur gut, dass deine Freundin Linda Verstand gezeigt und mich informiert hat, ehe noch Schlimmeres passieren konnte. Wer weiß, was dieser Lump noch mit dir angestellt hätte? Eine Adlige als Betthäschen haben wollen, das ist das Ziel dieser roten Schweine. Martina, dieses Verhalten werde ich dir nie verzeihen. Wenn wir zu Hause sind, wirst du heute Abend unserer Familie dein Verhalten erklären!"

Dann beachtet er sie die gesamte Fahrt nicht mehr und unterhält sich nur noch mit dem Fahrer.

Martina weiß, dass sie in dieser Situation ihrem Vater keine Widerrede geben darf. Sonst kommt es zum größten Krach, und das will sie einfach vermeiden. Und Linda, das war einmal meine Freundin. Bloß gut, dass sie nichts von ihrer herrlichen Nacht mit Peter weiß. Oh Peter, wenn du doch jetzt hier wärst und Papa zeigen könntest, was du für ein Kerl bist. Wann werden wir uns wiedersehen? Das Kribbeln in ihrem Bauch setzt wieder ein, stärker denn je. Großmut ter, wenn du recht hast, habe ich hier in Berlin den Mann meines Lebens gefunden!

*

Peter ist nach etwa 25 Minuten beim Hotel angelangt und geht zur Rezeption. „Ich möchte Frau Martina von Holsten sprechen, ist das möglich?", fragt er den jetzt diensthabenden Portier.

„Moment bitte", antwortet dieser und schaut im Meldebuch nach. „Verzeihung, Frau von Holsten ist abgereist."

„Wie, abgereist?", fragt Peter ungläubig.

„Das entzieht sich meiner Kenntnis. Ich habe hier nur den Eintrag, dass sie ihr Zimmer geräumt hat und um 12.03 Uhr das Haus verlassen hat. Aber Moment, hier steht noch ein Hinweis auf einen Brief." Er geht zur Schlüsselwand und zum Fach Nummer 408. „Sind Sie Herr Peter Weseck?", fragt er ihn.

„Ja", sagt Peter.

„Können Sie sich ausweisen?"

Peter holt seine Brieftasche hervor und legt seinen Personalausweis auf den Tresen.

Der Portier vergleicht die Daten. „Dann darf ich Ihnen diesen Brief überreichen", sagt er.

„Danke", sagt Peter und setzt sich wie benommen in einen der Sessel in der Hotelhalle. Er betrachtet immer wieder den Brief in seiner Hand und kann das Ganze nicht fassen. In einer gleichmäßig, gestochenen Schrift steht:

Für Herrn Peter Weseck. Persönlich!

Peter ist völlig verwirrt und fassungslos. Er weiß einfach nicht, was er machen soll, erst die Intrigen im Lager und jetzt das. Peter versteht die Welt nicht mehr.

Ihm ist später nicht mehr bewusst, wie lange er gesessen und vor sich hin gestarrt hat. Erst eine Gruppe singender und johlender Jugendfestteilnehmer, die an der offenen Hoteltür vorbeiziehen, holt ihn wieder in die Wirklichkeit zurück. Er hält immer noch krampfhaft den Brief in seinen Händen. Langsam öffnet er ihn und beginnt, mit zitternden Händen zu lesen:

44

Lieber Peter!

Mein Vater hat irgendwie von unserer Beziehung erfahren. Er ist nun sehr wütend und kommt mich heute Mittag im Hotel abholen.

Ich habe in der kurzen Zeit versucht, per Telefon Deine Schule zu finden. Nach dem dreizehnten Anlauf ist es mir gelungen, aber dieser Lagerleiter, oder wie der heißt, hat mir nur gesagt, dass Du schon abgereist wärst, weil Dein Vater gestorben ist.

Ich glaube das nicht, noch dazu, weil er eine sehr anzügliche Äußerung folgen ließ. Ich glaube auch nicht, dass Du irgendetwas tun würdest, ohne mich vorher zu informieren. Du kennst ja mein Hotel. Ich weiß auch nicht, woher dieser Klaus von unserer Beziehung weiß. Aber ich bekomme es heraus!

Ich möchte Dich unbedingt wiedersehen, deshalb schreibe ich Dir hier meine Adresse auf: Ich wohne in Borgwedel. Das liegt im Bundesland Schleswig-Holstein in der Nähe der Stadt Schleswig. Du kannst mich über die A 7 oder die B 76 erreichen. Frage ganz einfach nach dem Gut von Holsten. Das kennt hier jeder.

Es bleibt Deine Entscheidung, ob Du es auch willst. Ich weiß, dass bei Euch wegen Moral und Sittlichkeit strenge Regeln bestehen, und Du möchtest Lehrer werden. Nur als Tipp gedacht: Das kannst Du bei uns in Hamburg oder Kiel auch werden.

Lieber Peter, ich liebe Dich! Noch nie habe ich, außer meinen Eltern und meiner Oma, einen Menschen so sehr geliebt wie Dich! Glaub mir das! Ich möchte Dir für die herrliche, gemeinsame Nacht danken. Ich werde sie nie vergessen! Wie Du bemerkt haben wirst, hast Du mit keiner Jungfrau geschlafen. Ja, ich habe vor Dir ungewollt mit einem Jungen geschlafen, unter Alkohol und ohne Liebe. Ausgerechnet an meinem 18. Geburtstag! Du warst also mein zweiter Mann, aber mit Dir war es wunderschön, so als wäre es mein erstes Mal gewesen. So stelle ich mir die echte Liebe zwischen zwei Menschen vor.

Jetzt sitze ich hier, und das Kribbeln in meinem Bauch wird fast unerträglich. Dazu muss ich Dir sagen, dass ich eine Großmutter habe, die immer sagt, wenn Du das Kribbeln in Deinem Bauch spürst, sobald Du mit einem Mann zusammen bist oder an ihn denkst, ist er der Mann deines Lebens!

Eben hat das Telefon geklingelt. Mein Vater ist da. Peter, ich liebe Dich. All das hätte ich Dir gern bei unserem Treffen heute Abend gesagt. Vielleicht wäre es wieder eine solch schöne Nacht wie gestern geworden.

Wenn Du diesen Brief liest, bin ich schon unterwegs zur Grenze.
Mach's gut! Hoffentlich können wir uns bald wiedersehen.
In Liebe
Deine Martina

Peter sitzt im Sessel und liest den Brief ein zweites und ein drittes
Mal. Dann beginnt er, den Inhalt erst zu begreifen. Martina, ich
liebe dich doch auch! Noch nie stand mir ein Mädchen so nahe wie
du. Ich werde alles daran setzen, dass wir uns wiedersehen können.
Auch wenn ich mich über all die schleimigen und falschen Funktionäre wie Klaus und Kalle hinwegsetzen muss! Das verspreche ich
dir.

Plötzlich stößt ihn der Portier an. Peter schaut ihn völlig abwesend an und versteht nicht gleich, was er von ihm will.

„Herr Weseck, unsere Hotelhalle ist kein Warteraum. Im Moment kann ich Ihnen noch das Zimmer von Frau von Holsten anbieten. Ansonsten sind wir ausgebucht. Was wollen Sie nun? Sie
sitzen schon etwa zwei Stunden hier. Das geht nicht, da habe ich
meine Dienstvorschriften", sagt der Portier halb entschuldigend zu
Peter.

Peters Gesichtsausdruck verändert sich augenblicklich. Er schaut
den Portier mit funkelnden Augen an. „Vorschriften? Ihr mit euren
falschen Festlegungen? Und jedes kleine, unbedeutende Arschloch
kann damit machen, was es will. Nein danke, ich brauche Ihr Zimmer nicht!", schreit er ihn fast an.

Peter steht auf, steckt den Brief in die Hosentasche und verlässt
das Hotel. Der Portier geht kopfschüttelnd zu seiner Rezeption zurück. Peter merkt erst viel später, dass genau dieser Mann nichts
dafür konnte, was ihm widerfahren ist.

Nach einiger Zeit erreicht er den Bahnhof. Er öffnet das Schließfach und entnimmt sein Gepäck. Etwa 15 Minuten später sitzt er
im Zug nach Görlitz. Immer wieder muss er an Martina denken.
Wunderschöne Stunden haben sie zusammen verbracht. Und erst
hatte er sie als Klassenfeindin betrachtet, die keine Ahnung von
der neuen, sozialistischen Welt hat! Martina, ich liebe dich, genauso
wie du mich. Ich muss dich unbedingt wiedersehen!

Als Peter so vor sich hinsinnt und an den Fenstern des Zugs die
Dörfer, Felder und Wälder vorbeifliegen, verspürt er ein eigenar-

tiges Gefühl in seinem Bauch. Es ist dieses unbestimmte Kribbeln, dass er noch nicht kannte, aber laut Martinas Oma seine Frau fürs Leben anzeigt.

Zur gleichen Zeit zwischen Hamburg und Kiel auf der Autobahn erwacht Martina aus einem unruhigen Schlaf. Das Kribbeln war es, was sie geweckt hat. Peter hat an mich gedacht, schön, dieses Kribbeln! Es wird uns eines Tages vereinigen, da bin ich mir sicher. Nach diesen Gedanken schläft sie wieder beruhigt und zufrieden ein.

Der D-Zug aus Berlin fährt in den Görlitzer Hauptbahnhof ein. Peter steigt aus und geht zu den Bushaltestellen. Der Fahrplan sagt nichts Gutes aus. Der letzte Bus in Richtung Friedersdorf ist vor einer halben Stunde abgefahren. Da bleibt mir nichts anderes übrig, als Schwager Harald anzurufen. Der muss mich mit seinem schnittigen Motorrad ES 250 abholen, denkt Peter bei sich.

Am anderen Ende der Leitung meldet sich seine Schwester Antje: „Hallo Peter, wie ist es so in Berlin?"

„Ich bin nicht mehr in Berlin. Ich stehe in Görlitz auf dem Hauptbahnhof. Kann mich Harald mit dem Motorrad abholen? Es fährt kein Bus mehr nach Friedersdorf, und ein Taxi ist mir zu teuer."

„Ich denke, du kommst erst morgen nach Hause?", fragt Antje.

„Das erzähle ich dir, wenn ich zu Hause bin", antwortet Peter schnell.

„Gut, wir sind gleich unterwegs. Warte vor dem Haupteingang, Peter."

Peters ältere Schwester arbeitet als Agronom in der Genossenschaft. Ihr Mann Harald ist Lehrer an der Berufsschule in Görlitz. Sie wohnen zwei Häuser weiter als Peter. Ihr sechsjähriger Sohn Ronny ist häufig bei Oma und Opa zu Gast. Wenn Peter Zeit hat, streift er mit ihm durch den nahen Wald. Ronny hat dadurch schon viele Tiere und Pflanzen zu unterscheiden gelernt. Wenn er einmal erwachsen ist, will er Förster werden, natürlich mit einem abgerichteten Jagdhund und einem Forsthaus mitten im tiefen Wald. Ein netter Kerl.

Was wird wohl Martina jetzt machen? Im Zug hat er ihren Brief immer und immer wieder gelesen. Zu Hause muss er unbedingt im Atlas nachsehen, wo dieses Borgwedel liegt.

Plötzlich hält ein blauer Trabant 601 Kombi neben ihm. Peter ist immer noch mit seinen Gedanken bei Martina. So bemerkt er nicht, dass Antje, Harald und Ronny aussteigen und auf ihn zulaufen.

„Hallo, Peter! Wir sind es", reißt ihn Harald aus seinen Gedanken.

„Ja, wo ist denn das Motorrad?", fragt Peter erstaunt.

„Verkauft. Am Freitag haben wir unseren Trabi nach acht Jahren Bestellzeit abholen können", antwortet Harald stolz. „Komm, steig zur ersten großen Rundfahrt ein."

Peter ist immer noch nicht so richtig bei der Sache, aber froh, dass sein Schwager noch nicht gleich nach Hause fahren will. Ihn beunruhigt der Moment, an dem er mit seinem Vater und seiner Mutter zusammentreffen wird. Beide sind Mitglieder der Parteileitung ihrer Betriebe, und er drückt sich jetzt schon drei Jahre geschickt davor, Kandidat der Sozialistischen Einheitspartei Deutschlands zu werden. Und jetzt diese vorzeitige Rückreise. Hier wird er sich etwas einfallen lassen müssen!

„Peter, eigentlich haben wir erst morgen mit dir gerechnet und ein Empfangsfest vorbereitet. Aber die Zwillinge bauen in der Zwischenzeit den Grill auf, Papa hat Bier kühl gestellt, und so feiern wir eben heute", erzählt Antje, die ihm ihren Beifahrersitz überlassen hat.

Nach einer kleinen Rundfahrt kommen sie in Friedersdorf an. Sie steigen aus und werden vom Rest der Familie herzlich begrüßt. Die beiden Zwillinge Petra und Daniel mit ihren 17 Jahren freuen sich über ihren großen Bruder, sind aber etwas zurückhaltender als sonst. Während die Mutter und die Töchter den Tisch decken, befassen sich Vater, Schwiegersohn und Sohn mit dem widerspenstigen Grill. Für Peter ist es Zeit, sich zu duschen und umzuziehen. Danach geht er in den Garten und setzt sich an den Tisch. Sie essen gemeinsam und unterhalten sich über die letzten Ereignisse im Dorf. Über Berlin wollen alle von Peter nur das Außergewöhnliche hören, das, was man aus der Presse und dem Fernsehen nicht erfährt. Peter berichtet ziemlich wortkarg, und so verabschieden sich Harald, Antje und Ronny bald darauf. Auch die Zwillinge zieht es zur Dorfjugend.

„Peter, bist du in Berlin Karla nähergekommen?" Seiner Mutter brennt diese Frage schon lange auf der Zunge.

„Nein, wir haben uns überhaupt nicht gesehen. Sie war in einer anderen Hundertschaft", antwortet Peter.

„Das spielt doch keine Rolle. Ihr konntet euch doch trotzdem treffen. Mensch, Siggi und ich haben uns schon so sehr gefreut, dass es jetzt endlich zwischen euch klappen wird", sagt Peters Vater etwas verärgert.

„Vielleicht sollten wir noch ein kleines Enkelchen machen, damit die Parteilinie stimmt, das wollt ihr doch. Karla liebt jemand anderen, und das soll so bleiben, ob euch das passt oder nicht. Aber das wird sie ihrem Vater sicher morgen Abend selbst sagen!", entgegnet Peter ungewöhnlich scharf.

„Peter, hast du eine andere?", fragt seine Mutter, wie nur eine Mutter entsprechend ihrem Fühlen fragen kann.

Peter wird unruhiger. Sein Gesicht färbt sich leicht rot. Er hat seine Eltern noch nie angelogen. Was soll er jetzt in dieser Situation antworten? Er kann nur die Wahrheit sagen!

„Junge, lass dir doch nicht jedes Wort aus der Nase ziehen! Wer ist es denn, eine Deutsche, Russin, Polin, Tschechin oder eine Vietnamesin?", bohrt jetzt sein Vater.

Nach einer kurzen Pause sagt Peter fest und entschlossen: „Eine Deutsche ... eine Westdeutsche!"

Obwohl sommerliche Temperaturen herrschen, ist die Stimmung am Tisch eisig geworden.

„Was heißt Westdeutsche?", fragt Vater nicht sehr freundlich, aber beherrscht.

„Sie heißt Martina von Holsten, ist 18 Jahre alt, geht aufs Gymnasium, steht kurz vor dem Abitur, und ihr Vater ist Gutsbesitzer in Norddeutschland. Sie ist Bürgerin der Bundesrepublik Deutschland!", sagt Peter mit Trotz in der Stimme.

„Jetzt wird mir klar, warum Siegfried, unser Parteisekretär, heute Nachmittag anrief und dich zur morgigen Parteileitungssitzung eingeladen hat. Da wusste er also schon, warum du in Berlin aus deiner Hundertschaft entfernt worden bist. Du enttäuschst mich maßlos, mein Sohn. Ausgerechnet mit einer von drüben etwas anzufangen, nein!" Damit steht er auf und geht ins Haus.

Nach einer weiteren Zeit des Schweigens stehen Mutter und Sohn ebenfalls auf und gehen schlafen. Beide sind aufgeregt und unzufrieden mit der Situation, in der sie sich in dieser Nacht befinden.

*

Die Parteileitung tagt nun schon seit zwei Stunden. Peter sitzt im Flur des Verwaltungsgebäudes und wartet. Je länger das Ganze dauert, umso unsicherer wird ihm zumute. Endlich wird er ins Zimmer gerufen. Außer dem Parteisekretär, dem LPG-Vorsitzenden und seinem Vater sitzen noch drei Genossen am Tisch. Seinem Vater ist die ganze Situation sichtbar peinlich. Peter merkt das an seiner ganzen äußeren Haltung und seinen fahrigen Bewegungen.

„Peter", eröffnet der Parteisekretär das Gespräch, „erkläre uns dein Verhalten in Berlin. Du bleibst über die festgeschriebenen Lagerzeiten außerhalb der Unterkunft, trinkst Alkohol während des Wachdiensts und lässt dich mit einer Imperialistin ein. Was soll das? Wir erwarten eine Stellungnahme von dir!"

Klaus und Kalle, die verlogenen Schweine, denkt Peter. Er möchte aufbrausen, überlegt sich das Ganze aber im letzten Moment noch einmal. „Da ist einiges falsch dargestellt, was euch Klaus berichtet hat. Er und dieser Kalle haben während des Diensts und außerhalb stets und ständig Bier und Schnaps in ihren Aktentaschen gehabt. Ich trinke nicht einmal Wein", sagt er zu seiner Verteidigung.

„Peter, es geht hier nicht um Bier und andere Getränke. Es geht um dein Verhalten. Du hast dich mit der Tochter eines der größten Kapitalisten Norddeutschlands eingelassen. Was wollte sie denn alles über dich und unsere Genossenschaft wissen?", fragt Siegfried mit Schärfe in der Stimme.

„Nichts", antwortet Peter kurz. Langsam beginnt er zu begreifen, um was es hier eigentlich geht. „Unsere Beziehung ist rein privater Natur und geht niemanden etwas an. Die Gespräche bezogen sich auf Berlin und den fantastischen Aufbau der Stadt, die Musik der Ostrockgruppen und auf unsere eigenen Probleme." Peter ist nicht bereit, diesen Leuten Details ihrer Liebe zu nennen. Nicht einmal seinen Eltern wird er Genaueres über seine Erlebnisse mit Martina erzählen, legt er in diesem Augenblick für sich fest.

„Peter, wir wollen keine Ausreden oder privaten Erklärungen von dir hören, sondern eine Entscheidung. Das Ministerium für Staatssicherheit hat Interesse an deiner Mitarbeit geäußert, aber zuerst müssen wir uns über deinen Parteieintritt unterhalten. Nur in der Partei kannst du lernen, künftig solche Fehltritte zu vermeiden, und nur wir, die Genossen der Parteiorganisation unseres Betriebs, können nach dieser Verfehlung deinen Studienplatz in Potsdam retten und betrieblich fördern!" Siegfried sprach diese Sätze mit besonderer Betonung und persönlicher Forderung an Peter.

Peter Weseck, jetzt ist die Katze aus dem Sack, und es ist klar, woher all die Informationen kommen. Klaus, Kalle und mir nicht bekannte Personen sind Mitarbeiter des Ministeriums für Staatssicherheit. Jetzt möchten sie mich durch Erpressung auch noch haben. Nein, ich möchte nichts mit solchen Leuten vom Schlag eines Klaus und Kalle zu tun haben. Nein, niemals!

„Peter, wie sieht das Ergebnis deiner Überlegungen aus?", fragt Siegfried nun schon etwas ungeduldig.

Nach einer weiteren kurzen Überlegungspause antwortet Peter: „Ich bitte darum, in die Partei aufgenommen zu werden!"

Den Genossen der Parteileitung einschließlich seinem Vater fallen wahrscheinlich Felsen vom Herzen. Sie haben als Leitung die Auflage der Mitgliedergewinnung erfüllt und einem Mitglied ihrer Leitung eine künftige Schande erspart.

„Wir gratulieren dir, Peter, zu diesem Entschluss und begrüßen dich als Kandidat der Sozialistischen Einheitspartei Deutschlands in unserer Parteigruppe", sagt Siegfried erleichtert auch im Namen seiner Leitung.

Für Peter ist dieser Ausgang das kleinere Übel. Er kommt nach Potsdam, kann in Ruhe studieren und alles ohne Probleme angehen. Martina wird er suchen, egal wer sich ihm in den Weg stellt!

Aber Vorsicht ist geboten, denn diese Leute wie Klaus und Kalle sind überall und verdammt hinterhältig und gefährlich.

*

Seit dieser Parteileitungssitzung sind sieben Jahre vergangen. Wir schreiben das Jahr 1980.

Peter hat sein Studium an der Pädagogischen Hochschule in Potsdam aufgenommen und 1977 alle Examina mit „sehr gut" und „gut" bestanden. Seine Diplomarbeit „Zur Geschichte der Hochschule" wurde mit „Auszeichnung" bewertet und mit einem anschließenden Forschungsstudium belohnt.

Peter wurde vom Sektionsdirektor beauftragt, sich weiter mit dem

Thema „Zur Geschichte der Hochschule" zu befassen. Entscheidende Passagen der Hochschulpolitik der Partei anhand der Pädagogischen Hochschule „Karl Liebknecht" Potsdam darzustellen und zu einem Lehrbuch für den Studiengang „Deutsche Geschichte der Neuzeit" zusammenzustellen, das war seine neue Aufgabe.

Peter verbrachte die nächsten drei Jahre in den Archiven der Hochschule, der Stadtverwaltung, des Parteiarchivs der Bezirksleitung der SED und in den Räumen der Allgemein Wissenschaftlichen Bibliothek in Potsdam.

Aufgrund seiner tiefgründigen und schnellen Arbeit konnte er schon nach zweieinhalb Jahren im März 1980 seine Doktorarbeit verteidigen. Vom Rektor der Hochschule bekam er daraufhin den Auftrag, seine Arbeit im noch verbleibenden Semester gemeinsam mit einem Lektor des Verlags „Volk und Wissen" druckreif zu gestalten.

Die gesamte Familie und ganz besonders die Mitglieder der Parteileitung seines ehemaligen Betriebs freuten sich über solch eine hervorragende Entwicklung ihres jungen, geläuterten Genossen. Die Parteileitungsmitglieder, die nach diesen sieben Jahren immer noch die gleichen waren, schrieben sich zu, dass ihre damalige Entscheidung nach Peters Affäre mit der „Westdeutschen", ihn in die Partei aufzunehmen, das einzig Richtige war.

Ganz im Gegenteil: Peter hat in den vergangenen sieben Jahren immer wieder versucht, Kontakt zu Martina aufzunehmen. Er hat mehrfach an die Stadtverwaltung ihres Heimatorts geschrieben mit der Bitte, seinen Brief an Martina von Holsten weiterzuleiten. Doch nie kam eine Antwort von ihr.

Etwas in seinem Herzen sagte ihm aber, dass es nicht an Martina liegt, wenn kein neuer Kontakt zustande kommt. Ihm unbekannte Personen spielen ein böses Spiel mit ihm und Martina, davon ist er überzeugt! Selbst Klaus' und Kalles Genossen hat er schon lange im Verdacht! Doch er gibt nicht auf!

Zu Beginn seines Forschungsstudiums 1977 freundet er sich mit Sonja, einer Mitstudentin, an. Sie ist schon seit Längerem hinter ihm her und legte es auch darauf an, ein Kind von ihm zu bekommen, ohne mit ihm darüber zu sprechen. So bekamen sie 1978 ihren Sohn Frank. Bevor der Junge geboren wurde, trennten sie sich voneinander. Beide waren nie ein Liebespaar wie er und Martina. Es gab unüberbrückbare Meinungsverschiedenheiten und Auffassungen vom Leben zwischen Sonja und ihm. Nach ihren Vorstellungen und vor allem denen ihrer Eltern sollte er nach Erreichen des Doktorgrads mit ihr und dem Kind nach Thüringen ziehen. Dort war für Peter eine Planstelle als Lehrer an der Berufsschule für Metallbau, an der ihr Vater Direktor war, vorgesehen.

All diese Gedanken und Vorstellungen hatten nichts mit Peters Vorhaben zu tun. So kam es zu ständigen und nicht lösbaren Streitigkeiten, in deren Folge sich beide voneinander trennten. Auch konnte er in all der Zeit mit Sonja Martina von Holsten nicht vergessen. Peter wollte es auch nicht!

Nun widmete er sich noch intensiver seinen Forschungen und der Suche nach seiner großen, wahren Liebe: Martina.

Er wohnt seit dem Abschluss seines Lehrerstudiums nicht mehr im Internat in der Forststraße in Potsdam, sondern ist in eine kleine Pension am Platz der Nationen gezogen. Von hier aus kann er alle Orte im Zentrum schneller erreichen. An die Hochschule musste er jetzt seltener, da er sich nun verstärkt auf seine eigenen Vorlesungen und Seminare vorbereitete. Ab dem Herbstsemester 1980 wird er als Gastdozent am Institut für Leitung und Organisation des Ministeriums für Volksbildung der DDR arbeiten. Hier werden Direktoren von Oberschulen und ausländische Studenten der verschiedensten Fachbereiche in Fragen der Leitung und Organisation ihrer Einrichtung bis hin zur Führung von Kollektiven ausgebildet. Peter sollte für ein Jahr einen Kollegen vertreten, der im Auslandseinsatz ist. Danach wurde ihm eine Dozentur an der Hochschule zugesichert.

In der Pension wechselten fast täglich die Gäste. Dauerbewohner wie ihn gab es noch drei oder vier.

Eines Abends, Peter hatte soeben sein Abendbrot eingenommen, betrat ein fein gekleideter, älterer Herr den Speiseraum. Er betrachtete die anwesenden Gäste und suchte einen freien Platz. Plötzlich blieb sein Blick an Peters Tisch hängen.

Er musterte den daran sitzenden Mann sehr genau. Besonders Peters Gesichtszüge erinnerten ihn an jemanden. Sein Blick verrät, dass er den vor ihm sitzenden Pensionsgast mit einem Bild oder einer ihm sehr gut bekannten Person vergleicht. Aus der Gästeliste hatte er erfahren, dass in dieser Pension ein Dr. Peter Weseck wohnt, aber sollte er das sein?

„Ist dieser Platz noch frei?", fragt er Peter beim Herantreten.
„Bitte, setzen Sie sich, wenn mein Zeitunglesen Sie nicht stört?"
„Keinesfalls", antwortete dieser schnell.

Der Herr nimmt Platz, betrachtet die Abendkarte, und als die Bedienung kommt, bestellt er eine Tomatensuppe und einen Salat. Danach zieht wieder Ruhe am Tisch ein.

Peter fühlt sich plötzlich beobachtet und sieht von seiner Zeitung auf. Dabei trifft er den Blick des Herrn ihm gegenüber.

Ehe er eine Frage stellen kann, spricht ihn dieser an. „Entschuldigen Sie bitte meine Neugierde: Sind Sie Herr Dr. Peter Weseck?"

Peter schaut ihn überrascht, aber argwöhnisch an. Wer ist dieser Mann und woher kommt er? Wieder solch ein Versuch von Kalle und Genossen?

„Und wer möchte das wissen, wenn ich so direkt zurückfragen darf?", während er seine Zeitung zusammen faltet.

„Mein Name wird Ihnen wenig sagen. Aber ich möchte nicht unhöflich sein, ich heiße Ole Sörensen. Ich bin Verwalter auf einem Gut in Schleswig-Holstein."

Peter durchströmt plötzlich ein Gefühl der Hoffnung, aber auch des leisen Zweifels. Gleichzeitig wird er so unsicher, wie er es bei seinen Klausuren oder Prüfungen und selbst bei der Verteidigung seiner Doktorarbeit nicht war. Wer ist dieser Mann, fragt ihn seine innere Stimme.

„Wer sind Sie?", fragt Peter nun ziemlich forsch.

„Ich sagte schon, mein Name wird Ihnen wenig sagen. Zurzeit bin ich geschäftlich für Herrn von Holsten in Potsdam und Berlin unterwegs", antwortet Herr Sörensen.

Der Name „von Holsten" trifft Peter wie ein Faustschlag ins Gesicht.

„Martina?", kommt ihm über die zitternden Lippen.

Sein Gegenüber nickt und lächelt kurz. Peter braucht einige Zeit, um zu begreifen, dass er endlich nach sieben Jahren vergeblichem Suchen jemanden vor sich hat, der Martina kennt und vielleicht Auskunft geben kann.

„Wie geht es Martina, erzählen Sie doch! Was macht sie?" Peter weiß einfach nicht, was er zuerst wissen möchte.

Aber Herr Sörensen, dem die Aufregung Peters nicht entgangen ist und der sich sicher ist, dass diese beiden jungen Menschen zueinandergehören, freut die Ungeduld dieses fast dreißigjährigen jungen Mannes.

„Herr Dr. Weseck, ehe wir ins Detail gehen, schlage ich Ihnen vor, dass wir uns irgendwo in Potsdam ein gemütliches Lokal suchen und in Ruhe über einiges sprechen, einverstanden?"

„Damit bin ich sofort einverstanden. Hauptsache, Sie erzählen mir von Martina. Wie wäre es, wenn wir in die ‚Börse' oder das ‚Marchwitza' gehen, wenige Straßenbahnstationen von hier entfernt?", fragt Peter.

„Ich kenne mich hier zu wenig aus. Führen Sie mich", sagt Sörensen.

Nachdem Herr Sörensen sein Abendessen zu sich genommen hat, machen sich beide auf den Weg. In der „Börse" haben sie Pech, aber im „Marchwitza" finden sie einen kleinen gemütlichen Tisch. Es wird bestellt. Peter nimmt ein Berliner Pilsner und Herr Sörensen ein Lübzer Pils. Er trinkt nur norddeutsche Biere. Die Bayernbrühe hasst er. Hättest du bei uns sowieso nicht erhalten, denkt Peter. Der kann es kaum noch erwarten, von Martina zu hören.

Plötzlich fragt Ole Sörensen: „Martina hat uns, meiner Frau Grit und mir, erzählt, dass Sie Ihnen in Berlin einen Brief mit ihrer Adresse hinterlassen hat. Warum haben Sie sich nie gemeldet? Sie hätten wenigstens einmal antworten können!"

Jetzt fehlen Peter die Worte. Nach einer Pause des Sammelns und Beruhigens antwortet er: „Herr Sörensen, Martina hat mir eine Adresse aufgeschrieben, auf der als Zielort ihre Heimatstadt Borgwedel angegeben ist. Ich habe jeden meiner unzähligen Briefe an diese Adresse geschickt. Später habe ich mich an die dortige Stadtverwaltung gewandt mit der Bitte, doch meine Briefe an Martina weiterzuleiten. Da ich bis heute keine Antwort erhielt, nehme ich jetzt nach sieben Jahren an, dass Martina kein Interesse mehr an mir hat, obwohl dieser Gedanke für mich unvorstellbar ist! Ich habe Martina über die Jahre nicht aufgehört zu lieben. Ein Leben ohne ihr kann ich mir nicht vorstellen. Aber was nicht sein soll, soll nicht sein!", schließt Peter mit brüchiger Stimme seine Antwort ab.

„Peter, ich darf Sie doch so nennen?"

„Ja, aber sicher", antwortet er.

„Ich bin sehr erstaunt, über das, was ich von Ihnen hier höre. Erzählen Sie mir bitte noch etwas von sich aus den letzten sieben

Jahren. Was haben Sie nach Ihrer Abreise aus Berlin gemacht?",
fragt ihn Ole.

„Gern", sagt Peter. Er hat an diesem älteren, väterlichen Herrn,
der mehr weiß, als er sicher sagen wird, einen großen Gefallen gefunden.

„Als ich damals am gleichen Tag, als Martina abreiste, aus unserer Delegation geworfen wurde und Berlin verlassen musste, war die
Enttäuschung sehr groß für mich und vor allem ausweglos. Ich bin
dann mit dem nächsten Zug nach Hause gefahren und habe meinen Eltern und Geschwistern von Berlin erzählt. Keiner wollte mich
verstehen, dass ich, der Lehrer werden wollte, mit einer Adligen aus
dem Westen angebandelt habe. Ich wurde daraufhin am nächsten
Tag vor die Parteileitung meines Delegierungsbetriebs zitiert. Das
Ergebnis: Parteieintritt, ansonsten kein Studium.

Ich trat ein, habe meinen Diplom-Lehrer gemacht und daran anschließend den Doktor der Geschichte erfolgreich verteidigt. Zurzeit arbeite ich an der Fertigstellung eines Lehrbuchs. Im nächsten
Studienjahr werde ich als Gastdozent am Institut für Leitung und
Organisation hier in Potsdam künftige Schuldirektoren und wahrscheinlich auch ausländische Studenten unterrichten. Parallel dazu
werde ich weiter für meine B-Arbeit forschen. Wie es dann weitergeht, ist noch nicht entschieden."

„Peter, da scheint Ihre Entwicklung klar gezeichnet. Entschuldigen Sie bitte, aber ich hoffe für Sie, dass nicht alles so glatt weitergeht", sagt Sörensen zu Peters großer Überraschung.

„Warum?", entgegnet ihm Peter erstaunt.

„Als du", Herr Sörensen ging plötzlich unbewusst zum „Du"
über, „vor sieben Jahren mit dem Zug nach Hause gefahren bist, saß
Martina bei ihrem Vater im Audi und war auf der Rückreise von
Berlin nach Schleswig. Er hat sie wegen der Beziehung zu dir im
Auto vor seinem Fahrer heruntergeputzt und danach mit ihr fünf
Stunden nicht mehr gesprochen. Obwohl Martina ihr Abitur mit
„Auszeichnung" beendet hat, wurde sie schon vorher vom Hof gejagt. Sie hat zu dir gehalten und dich nicht verleumdet, wie es ihr
Vater von ihr verlangte. Du weißt sicherlich, dass meine Frau Grit
und ich Martina nach dem Tod ihrer Mutter auf Bitten ihres Vaters
zur Erziehung aufnahmen. Sie wohnte des Nachts im Gutshaus, war
aber am Tage immer bei uns. Nach ihrem Rauswurf 1973 zog sie mit

in unser Haus. Wir kümmern uns um sie wie Eltern. Martina hat vor wenigen Wochen ihr Jurastudium als Diplom-Juristin beendet!"

„Dann geht es ihr also gut, Herr Sörensen?", entgegnet ihm Peter irgendwie erleichtert.

„Bleiben wir beim ‚Du', Peter? Du bist mir sehr sympathisch. Ich bin hocherfreut, dass du unsere Martina nach so vielen Jahren nicht vergessen hast, wie wir und Martina glaubten. Ich heiße Ole, Prost."

Sie stoßen miteinander an.

„Eins musst du mir aber noch verraten. Wo sind meine Briefe geblieben?", fragt Peter.

„Die haben alle der alte Herr von Holsten und sein feiner Sohn Arnim abgefangen. Leider haben wir das erst vor zwei Wochen erfahren. Da ging die alte Bürohilfe des Chefs in den Ruhestand. Die neue Hilfe ist wahrscheinlich nicht richtig eingewiesen worden, denn als Herr von Holsten Senior auf Dienstreise war, übergab sie mir die ganze Post zur Bearbeitung und nicht dem Junior. Dabei entdeckte ich deinen Brief und erfuhr von deiner Anschrift. Ich habe Martina nichts gesagt, weil ich dich erst kennenlernen wollte und außerdem prüfen möchte, ob du sie noch liebst und überhaupt verdienst. Natürlich passt einer aus dem Osten nicht in das Familienkonzept derer von Holsten. Sie wollen Martina unbedingt mit einem reichen Industriellen, Staatsdiener oder einem Großgrundbesitzer verheiraten!"

„Und wird sie einen von denen heiraten?", fragt Peter unsicher.

„Nein, das glaube ich nicht. Martina hat seit damals keinen Mann mehr an sich herangelassen! Soweit wir das beurteilen können. Obwohl es sehr viele Freier gab. Damals heißt: August 1973! Eine tolle Leistung für eine solch hübsche, junge Frau wie Martina", fügt Ole hinzu.

Peter sitzt mit angespanntem, aber glücklichem Gesicht am Tisch. Er weiß nicht mehr, wo er mit seiner unbändigen Freude hin soll. Fast hätte er nach sieben langen Jahren die Hoffnung, Martina jemals wiederzusehen, aufgegeben. Und jetzt urplötzlich, ohne ein Vorzeichen, ja nicht einmal ohne Vorahnung sitzt ein Mann vor ihm und erzählt von Martina, seiner stillen, großen heimlichen Liebe!

Was aber, wenn das einer von Klaus' Leuten ist, durchfährt es ihn plötzlich. Überprüft wurde er in den letzten Jahren häufig, sicher schon aus Ärger darüber, dass er nicht zum Ministerium für Staatssicherheit gegangen ist!

„Ole, kannst du mir Martina etwas beschreiben? Sie wird sich in den sieben Jahren nicht völlig verändert haben", sagt Peter.

Ole überlegt eine Weile. Er wird Peter all das sagen, was er für richtig hält. Aber über Martinas kleines Geheimnis wird er Peter auf keinen Fall etwas erzählen. Wenn Martina Peter etwas davon erzählen will, soll sie das selbst entscheiden. Bald hat sie die Gelegenheit dazu. Ja, Peter, wenn du wüsstest!

„Ja, Peter, was soll ich da erzählen?" Er nahm einen kräftigen Schluck aus seinem Bierglas, stopft sich seine Tabakpfeife neu und beginnt zu sprechen. „Es gab am Abend ihrer Rückkehr ein großes Familiengericht. Das war ganz besonders schlimm! Da sie so viel Ahnung von der menschlichen Psyche besitzt und auch ein sehr schlauer Mensch ist, Peter, das ist alles in Anführungszeichen gesprochen, hat sich ihre Schwägerin Luise am meisten produziert. Der kann man das gar nicht übel nehmen, denn die ist einfach dumm. Aber Martinas Vater und der Bruder standen ihr in nichts nach. Mir hat es am nächsten Tag der Hausdiener erzählt. Du musst wissen, wir Angestellten ihres Vaters haben Martina von klein auf in unser Herz geschlossen. Ihre besonnene, sanfte und freundliche Art hat sie von ihrer Mutter. Und wir haben sie deshalb alle gern. Ihr wurde sofort verboten, jemals wieder mit dem Proleten aus dem Osten, dem Jungkommunisten, in Verbindung zu treten. Ansonsten wird sie zur Ausbildung in die USA geschickt.

Martina ging dann weiter zur Schule. Aufgrund eines gesundheitlichen Problems hat sie ihr Abi etwas später gemacht und ihr Studium dadurch auch später begonnen. Doch nun ist sie Anwältin, möchte aber den Doktor noch machen."

„Und wie sieht sie aus?", fragt Peter ungeduldig.

„Richtig! Du kennst sie ja als Achtzehnjährige, ich aber als Fünfundzwanzigjährige. Entschuldige, Martina trägt immer noch ihr braunes Haar, nur etwas länger, ist noch schöner und fraulicher geworden, Ihre Arme und Beine sind kräftiger als früher durch ihren Reitsport, und an Oberweite und den Hüften hat sie ein klein wenig zugelegt", beendet Ole seine Beschreibung. „Noch so viel, Frau Anwältin hilft mir heute häufig bei der Anfertigung dienstlicher Schreiben, da sie ein Fuchs in Rechtsfragen ist."

Beide unterhalten sich noch bis weit nach Mitternacht. Dann gehen sie schon etwas schwankend zurück zu ihrer Pension. Ole hat nach zwei Tagen seine geschäftlichen Dinge in Potsdam und Umgebung erledigt.

Er verabschiedet sich von Peter mit dem Versprechen, Martina herzlich von ihm zu grüßen und ihr einen Brief von Peter persönlich zu überreichen. Nichts werde ich, das macht mal in sechs Wochen selbst mit euch aus, denkt Ole bei sich. Martina wird vom Treffen mit Ole hier in Potsdam erst von Peter erfahren, aber keinesfalls von ihm. Ole lächelt spitzbübisch in sich hinein.

Peter erledigt noch seine Bibliotheksbesuche zur Vorbereitung seiner Vorlesungen und Seminare am ILO. Danach nimmt er noch an einer Veranstaltung zur Vorbereitung seiner Dozentur und seiner Habilitation an der Pädagogischen Hochschule teil. Dann geht es in den Urlaub. Er freut sich auf die Heimat und die gemeinsamen Ausflüge mit seinem Neffen Ronny.

*

Kurz vor Ende seines Urlaubs, die Familie will noch einmal eine so richtig gemütliche Gartenparty mit den besten Freunden und Bekannten feiern, erhält Peter einen Einschreibebrief vom Institut für Leitung und Organisation in Potsdam. Er wird aufgefordert, sich am Freitag einen Tag vor der Party im Rektorat zu melden. Alle sind enttäuscht, besonders Mutter und Vater, die ihren Doktor nun endlich mal dem ganzen Dorf vorführen wollten. Am letzten Morgen beim Frühstück zu dritt, die Zwillinge waren aus dem Haus und studierten beide in der Sowjetunion, ging es heute etwas verhaltener zu als sonst.

„Peter, was will der Direktor von dir? Hast du etwas ausgefressen?", fragt Mutter besorgt,

„Vor etwa fünf Wochen schnüffelte ein Mann bei uns in der Genossenschaft herum und fragte die Genossen nach dir aus. Ich glaube, er heißt Klaus und gab sich auf jeden Fall als dein Freund und guter Bekannter vom Festival aus", fügte Vater hinzu.

„Klaus, das Schwein!" Peter ist sofort in höchstem Grad aufmerksam! „Der war es, der im Lager mit seinem Kumpel Kalle gesoffen und mir dann die Flaschen untergejubelt hat. Der hat auch den

Sekretär der Bezirksleitung, der mit in Berlin war und das Forum geleitet hat, bei dem ich Martina kennengelernt habe, angeschwärzt, wegen Feigheit vor dem Klassenfeind. Dieser Sekretär wurde bei der BL entlassen und in die Produktion geschickt, obwohl er fünf Jahre an der Komsomol-Hochschule in Moskau studiert hat und als Entwicklungskader unseres Bezirks galt. Dieser Klaus ist ein feiges, hinterhältiges Schwein. Er war nie mein Freund und wird es nie werden!"

Am Tisch tritt Schweigen ein. Nur Peter schmiert sich sein Brötchen mit Erdbeermarmelade und ist dabei mit seinen Gedanken bei den Ereignissen von 1973. Seine Eltern sitzen wie angewurzelt an ihrem Platz. Keiner trinkt und isst noch etwas.

Dann fragt seine Mutter: „Peter, hast du noch etwas mit dieser Martina aus dem Westen?"

„Ja", antwortet er, ohne zu überlegen.

Von diesem Moment an wurde bis zu seiner Abfahrt, er hat den sieben Jahre alten Trabant seinem Schwager Harald abgekauft, nichts mehr gesprochen. Der Abschied war sehr kühl!

Peter fährt vier Stunden bis nach Potsdam. Sein Zimmer in der Pension hat er schon vor dem Urlaub gekündigt. Jetzt bezieht er eine Zweiraumwohnung in Babelsberg. Er richtet sich so gemütlich wie möglich ein. Fernseher, Radio und Regale hat er von zu Hause mitgebracht, um die möblierte Wohnung seinen Studienzwecken anzupassen, einige Küchengeräte auch, denn er ist jetzt Selbstversorger. Das ist für ihn nicht so schlimm. Eine große HO-Kaufhalle steht wenige Meter von seinem Wohnhaus entfernt, ebenso das vierzehngeschossige Internat des Instituts. Da er noch nicht müde ist, läuft er zur Probe die drei Kilometer lange Strecke von seiner Wohnung zu seiner nächsten Arbeitsstelle, dem Institut.

Kurz davor auf der rechten Seite liegt die „Freundschaftsinsel". Sie wurde zum Festival 1973 gebaut. Er sucht sich eine freie Bank und beginnt, von dort aus seine Umgebung zu betrachten. Das ILO wird er für ein volles Jahr jeden Tag besuchen, die dahinterliegende Wissenschaftliche Allgemeinbibliothek öfter, die Gaststätte „Marchwitza", die er mit Ole besucht hat, selten und die Kirche gar nicht.

Ihm gegenüber hinter dem Schwanenteich sitzen drei junge Frauen auf einer Bank und unterhalten sich. Eine der drei weckt vom

Aussehen und ihrer Art, wie sie die Beine übereinanderschlägt, Erinnerungen an Martina. Das wäre zu viel Glück auf einmal, Peter! Durch Ole siehst du hinter jeder Frauenfigur Martina. Trotzdem, die junge Frau, die jetzt ebenfalls zu ihm herüberschaut, sieht seiner Martina verdammt ähnlich. Peter steht auf und geht zurück zu seiner Wohnung. Er merkt nicht mehr, dass zwei Minuten später eben diese drei Frauen auch aufstehen und in die gleiche Richtung gehen.

Am nächsten Morgen Punkt 9 Uhr steht Peter im Vorzimmer des Institutsdirektors Prof. Dr. Klare.

„Guten Morgen, mein Name ist Weseck, ich soll mich beim Genossen Professor melden", sagt Peter erwartungsvoll und ausgeschlafen.

„Ja, der Professor wartet schon auf Sie. Treten Sie bitte in sein Zimmer", sagt die Sekretärin.

Peter betritt den Raum. Er lernt Prof. Dr. Klare kennen, den Parteisekretär Dr. Jürgen Rau, Assistent in der Sektion Marxismus-Leninismus an der PH, und Dr. Ellen Kolbe, ebenfalls Mitglied der Sektion Marxismus-Leninismus der PH. Die Letztgenannten kennt er persönlich. Ich bin der einzige Sprach- und Geschichtswissenschaftler. Was soll das für ein Arbeiten werden, denkt er.

„Werte Genossen, ich begrüße euch zu unserer ersten Zusammenkunft in diesem Studiengang. Ich habe euch heute am Freitag hergerufen, damit ihr bis Montag zum Studienbeginn noch die Möglichkeit habt, euch an die neue Situation heranzuarbeiten. Es gibt aus gesundheitlichen Gründen unseres geschätzten Genossen Dr. Baum einige notwendige Änderungen. Er ist unser Sektionsleiter Auslandsstudium und fällt mindestens ein Dreivierteljahr aus. Daraus ergibt sich eine sehr komplizierte Lage. Wir haben deshalb in Übereinstimmung mit unserer Parteileitung festgelegt, dass Genosse Dr. Peter Weseck die Sektion führt und gleichzeitig das Seminar mit den bundesdeutschen Studenten übernimmt. Dr. Ellen Kolbe, die zurzeit an ihrer B-Arbeit schreibt, ist für die afrikanischen und asiatischen Studenten verantwortlich.

Es gibt noch keinen Studienplan, Genosse Weseck! Als Sektionsleiter ist das deine erste Aufgabe. Bis Montagmorgen 10 Uhr muss der Plan aushängen. Um 14 Uhr findet die Begrüßung aller neuen Kommilitonen im großen Hörsaal statt. Dort werdet ihr als verantwortliche Lehrkräfte von mir den Studenten vorgestellt. Um 15 Uhr beginnt die Arbeit in allen Seminaren!"

Peter ist echt sauer. So hat er sich den Studienauftakt nicht vorgestellt.

„Seit wann ist denn Genosse Baum krank?", fragt Peter.

„Seit vier Wochen. Doch vorgestern haben wir erfahren, dass er sich einer komplizierten Operation unterziehen muss, und wir waren gezwungen, sofort zu reagieren. Unsere Studenten dürfen nichts davon merken, ganz besonders die ausländischen nicht", antwortet Prof. Klare. Nach einer kurzen Pause sagt er: „Die Aufgaben sind klar. Dann mal los, Genossen!"

Die Sekretärin des Direktors zeigt ihm sein Arbeitszimmer. Neben der Tür hängt ein Schild mit der Aufschrift" Dr. Peter Weseck, Sektionsleiter.

Als er das ILO verlässt, ist es später Abend. Er ist richtig froh, in der Mensa Abendbrot gegessen zu haben. Als er sich beim Pförtner austrägt, sieht er auf dem Vorplatz wieder eine der jungen Frauen von der „Freundschaftsinsel". Er hat den Eindruck, dass sie kurz vor ihm das Gebäude verlassen hat. Woher kennt er diese Frau?

Martina, nein, das kann nicht sein, denn was soll eine Anwältin für Wirtschaftsrecht an diesem Institut, das dem Ministerium für Volksbildung der DDR gehört? Er verdrängt den Gedanken und macht sich auf den Weg in seine Wohnung. Er ist viel zu müde, um jetzt noch klare Gedanken zu fassen. Nur noch duschen und dann schlafen, schlafen, schlafen.

Am nächsten Morgen füllt er erst einmal seinen Kühlschrank für das Wochenende auf und läuft danach wieder in sein Arbeitszimmer im ILO. Heute ist Samstag, und es regnet. Da macht das Arbeiten mehr Spaß! Hier werde ich also das nächste halbe Jahr verbringen. Vielleicht noch etwas länger, wenn es Dr. Baum nicht gut geht.

Die Beförderung zum Sektionsleiter ehrt ihn, aber sie spornt auch an. Er wird sein Bestes geben. Das nimmt er sich in diesem Moment vor. Als Erstes sollen seine Eltern und Geschwister von seinem steilen Aufstieg erfahren. Er ruft in Friedersdorf an und teilt den Zweck seines kurzfristigen Abreisens mit.

Dann macht er sich an die Arbeit. Es wird wieder sehr spät, aber als er heute gegen 21 Uhr das Gebäude verlässt, hat er alle Unterrichtenden über ihren Einsatz in der ersten Woche telefonisch informiert. Auf dem Nachhauseweg verweilt er einen Moment auf der Langen Brücke unmittelbar in der Nähe des „Interhotels" und schaut den Havelschwänen zu. Schwäne paaren sich und bleiben ein Leben lang zusammen. Das wäre schön, Martina, wenn wir ein Schwanenpaar wären! Danach geht er in seine Wohnung.

*

Hier soll ich also die nächsten drei Monate verbringen. Ich bin gespannt, in welchem rechtlichen Rahmen sich das Bildungssystem der Deutschen Demokratischen Republik bewegt. Hoffentlich werde ich viele Erkenntnisse für meine Doktorarbeit gewinnen. Danke, Onkel Ole und Tante Grit, dass ihr mir dieses Studium ermöglicht habt. Vielleicht erfahre ich auch etwas von meinem Peter, der wollte doch hier Lehrer studieren. Aber sicher ist er mit einer ehemaligen Jugendfreundin verheiratet und hat mit ihr vielleicht zwei, drei Kinder! Schade für dich, Martina! Was ist nur aus meinem Vater geworden? Ihn habe ich einmal ‚Papi' genannt! Er hat zielgerichtet mein Glück zerstört, und das werde ich ihm nie mehr vergessen, denkt Martina, als sie das Gebäude des Instituts verlässt und auf dem Vorplatz stehen bleibt.

Wer ist nur der junge Mann gestern Abend im Park da drüben gewesen? Oma, ich bräuchte deine Hilfe! Seit sieben Jahren habe ich nicht mehr dieses Kribbeln in meinem Bauch gespürt, aber gestern Abend war es wieder ganz schwach da.

Sie läuft bis in die Mitte des Vorplatzes und bleibt stehen, um noch einmal das Gebäude zu betrachten. Plötzlich öffnet sich die Eingangstür, und der junge Mann von gestern aus dem Park tritt heraus. Die Bewegungen beim Laufen, seine Gestalt, das ist er!

„Peter", ruft sie leise.

Doch das konnte er nicht hören. Er war in Gedanken schon bei seinen Vorhaben für Sonntag. Außerdem wartet noch viel Arbeit auf ihn bis Montag.

Martina bleibt freudig, aber etwas enttäuscht stehen. Hat er mich nicht gehört oder wollte er mich nicht hören? Oder vielleicht ist er es auch gar nicht. Eins ist aber sicher, das Kribbeln im Bauch ist wieder zu spüren!

Martina bummelt noch etwas durch die Innenstadt, um Potsdam

etwas genauer kennenzulernen, und denkt bei sich, wenn Peter hier wäre, könnten sie manches Lokal auf seine Tanzfähigkeit testen.

Dann geht sie zum Wohnheim nach Potsdam-Babelsberg. Es gehört dem Institut und ist 14 Stockwerke hoch. Jede Etage ist mit fünf Studentenwohnungen belegt. Am Sonntag richtet sie sich in ihrer Zweiraumwohnung richtig gemütlich ein. Den Nachmittag verbringt sie in einem kleinen Café in der Nähe ihres Wohnheims und korrigiert Entwürfe für ihre Dissertation. Etwas aufgeregt erwartet sie den nächsten Tag, ihren ersten Studientag. Deshalb geht sie am Abend zeitig schlafen.

Am nächsten Morgen steht sie um 7 Uhr auf. Sie hat sehr gut geschlafen, obwohl dieses Kribbeln im Bauch aus welchen Gründen auch immer stärker geworden ist. Nach dem Frühstück sortiert sie ihre Studiensachen wie zu alten Zeiten. Dann nimmt sie ihre Tasche und fährt mit der Straßenbahn ins Zentrum. Sie schaut sich die „Klement-Gottwald-Allee" an und isst in der „Schlachtplatte", einem kleinen Lokal in einer Seitenstraße, zu Mittag. Danach schlendert sie langsam an Geschäften entlang und betrachtet die Wissenschaftliche Allgemein Bibliothek von außen. Hier werde ich einige Stunden verbringen, denkt sie, und geht zum Institut.

Im großen Hörsaal sucht sie sich einen Platz möglichst im ersten Drittel, damit sie die Gesichter im Präsidium genau erkennen kann. Der Saal füllt sich. Nur das Podium bleibt noch leer. Genau um 14 Uhr erklingt ein Gong, und alle Nebeneingänge werden geschlossen.

Durch den Haupteingang kommen zwei Frauen und vier Herren. Alle nehmen im Präsidium Platz und werden von den Studenten mit einem kräftigen Klopfen begrüßt.

Ein älterer Herr mit weißem Haar tritt an das Rednerpult. „Liebe Genossinnen und Genossen, werte Damen und Herren! Ich darf Sie im Namen der Direktion unseres Instituts herzlich willkommen heißen und wünsche jedem von Ihnen ein angenehmes Studium an unserem Institut. Unser Institut ist eine international anerkannte Bildungseinrichtung. Diesen Studiengang werden im nächsten Semester 147 Studenten besuchen. Wer von Ihnen will, kann nach Ablauf des Semesters bei entsprechenden Leistungen drei weitere Semester anschließen, um unsere Einrichtung als Diplom-Pädagoge zu verlassen.

Meine Damen und Herren, ich möchte Ihnen jetzt die Genossinnen und Genossen Lehrkräfte Ihres Studiengangs vorstellen: Mein Name ist Prof. Dr. Rudolf Klare. Ich bin der Direktor des Instituts. An meiner Seite steht Frau Prof. Dr. Birgit Jahn. Sie leitet die Sektion Pädagogik/Psychologie und ist meine Stellvertreterin. Neben ihr sehen Sie Dr. Ralf Knauer, der für die Sektion Leitung und Organisation verantwortlich zeichnet, und Dr. Peter Weseck. Er ist Leiter der Sektion Internationale Beziehungen. Ihm unterstehen alle bundesdeutschen, asiatischen und afrikanischen Studiengruppen. Ganz besonders wird er in seiner Arbeit von Dr. Ellen Kolbe und Dr. Jürgen Rau unterstützt. Während des Semesters werden Sie noch Gastdozenten kennenlernen. Für unsere ausländischen Freunde noch folgender Hinweis: Alle Studenten aus Asien und Afrika werden von Genossin Dr. Kolbe betreut, alle bundesdeutschen Studenten vom Genossen Dr. Weseck.

Martina sitzt wie gelähmt auf ihrem Platz. Sie kann es nicht fassen. Das ist Peter, ihr Peter.

„Peter!", entfährt es etwas laut ihrem Mund.

Daraufhin antwortet der Kommilitone neben ihr: „Falsch, ich heiße Jens."

Martina schaut ihn abwesend an und winkt ab.

Der Professor beendet seine Rede und verweist auf die ersten Veranstaltungen in den Seminarräumen am Nachmittag. Dann verlassen alle den Hörsaal.

Wie komme ich an Peter heran? Martina bewegt nur noch ein einziger Gedanke!

Doch dieses Problem löst sich schneller als gedacht. Sie haben alle um Punkt 15 Uhr ihre Plätze im Seminarraum eingenommen. Als Letzter betritt der Seminarleiter den Raum. Es ist Peter Weseck. Sofort zieht Ruhe ein, und eine erwartungsvolle Spannung liegt in der Luft.

Peter legt seine Armbanduhr neben das Seminargruppenbuch. „Meine Damen und Herren! Bevor wir richtig anfangen, möchte ich mich Ihnen etwas genauer vorstellen, als es Prof. Dr. Klare in der Kürze seiner Rede tun konnte. Ich heiße Peter Weseck, bin 29 Jahre alt und habe einen zweijährigen Sohn. In Potsdam lebe ich seit sieben Jahren. Ich habe hier an der Pädagogischen Hochschule studiert und bin Diplom-Lehrer für Geschichte und Germanistik.

Ich habe daran anschließend ein Forschungsstudium durchgeführt und im Januar dieses Jahres meine Doktorarbeit verteidigt. Jetzt bin ich bei Ihnen und werde es auch bleiben, wenn die Partei nicht eine andere Aufgabe für mich hat!"

Ein Parteibonze soll uns also unterrichten, denken die meisten plötzlich von Peter, und ihre Blicke verlieren ihre Freundlichkeit und Neugier. Er setzt sich an den Lehrertisch und schlägt das Seminarbuch auf. Das hat ihm seine Sekretärin eben erst gegeben. Sie ist heute erst aus dem Urlaub zurückgekehrt und hat sehr kurzfristig von der neuen Situation und ihrem neuen Vorgesetzten erfahren. So kennt Peter den Inhalt des Seminargruppenbuchs genauso wenig wie jeder andere in diesem Raum.

„Wie sprechen Sie sich untereinander an?"

„Mit ‚Du'", wollte einer besonders witzig bemerken.

„Na gut, da sind wir uns ja einig. Ich heiße Peter und möchte nun auch eure Namen wissen", sagt er zur Gruppe, die ihn etwas überrascht anschaut. „Also, ich möchte von euch den Namen, das Alter, den Beruf, den Familienstand wissen und worauf ihr euch hier am Institut vorbereiten wollt!"

Er beginnt in der ersten Reihe der 18 Leute. Martina sitzt versteckt hinter einem Hünen in der letzten Reihe. Als sechzehnte Studentin war sie unweigerlich dran.

Peter ist schon nach den ersten fünf Studenten bewusst, dass hier meist Kinder reicher Eltern sitzen, die gerade nichts Besseres vorhaben, als leicht und locker ein Stück DDR kennenzulernen. Dann liest er Martinas Namen im Seminarbuch zum gleichen Zeitpunkt, als sie sich vorstellen will. Peter erschrickt und errötet leicht. Er ist so überrascht, dass er die verbleibenden zwei Studenten ohne Kommentar durchgehen lässt. Er gibt, nachdem er sich wieder gefangen hat, noch einige Hinweise zur Seminararbeit und schickt danach alle in die Freizeit. Nur Martina lässt er nicht mehr aus den Augen, sie ihn aber auch nicht. Nachdem der Letzte den Raum verlassen hat, verschließt Peter die Tür.

Ein kurzes Schweigen, dann hört er ein Schluchzen, und als sie endlich ihr Gesicht hebt, kullern dicke Tränen aus ihren Augen. Sie halten sich fest, als wollten sie sich nun nie mehr voneinander trennen. Ein Kuss folgt dem anderen, innig und unvergesslich, als ob sie die gesamten sieben Jahre mit einem Mal nachholen wollen.

Keiner will vom anderen lassen. Beide haben viel nachzuholen. Sie müssen sich auch unendlich viel erzählen, aber wo?

Peter macht einen zaghaften Vorschlag: „Ich habe eine kleine Wohnung in Babelsberg. Da stört uns niemand. Sie ist nur etwas spartanisch eingerichtet."

„Egal. Überall kann es gemütlich sein", antwortet Martina.

„Wann treffen wir uns? Vorschlag: 20 Uhr? Als Zeichen dreimal klingeln?", schlägt Peter vor.

„Ja, Herr Doktor", sagt Martina, „nur, wie finde ich dich?"

„Mit der Straßenbahn Linie 23 bis Endstation und dann …! Ach, weißt du, ich hole dich von der Bahn ab."

Sie verabschieden sich mit einem Kuss.

Peter vergisst seine viele Arbeit, geht noch einmal in sein Arbeitszimmer und holt sich die letzten Meldungen ab. Dann fährt er in seinem Trabant schnell zu seiner Wohnung. In der Kaufhalle holt er noch schnell eine kleine Flasche „Klosterbruder" und zwei Flaschen Rotkäppchen-Sekt. Er will in etwa die Atmosphäre wie in der Gartenlaube seines Onkels in Berlin Mahlsdorf schaffen.

Als Letztes versucht er, aus dem Wenigen, das der Junggeselle im Kühlschrank hat, einen kleinen Imbiss zu zaubern. Mehr als ein Salat wird nicht daraus. Weil er die einzige Lehrkraft ist, die vorübergehend in Babelsberg wohnt, sind Besuche von der Institutsleitung kaum zu erwarten.

Kurz vor 20 Uhr steigt Martina aus der Bahn. Sie trägt ein Kleid, das handbreit über den Knien endet und die Sicht auf ihre formschön gewachsenen Beine freigibt. Das Oberteil ist ebenfalls so tief geschnitten, wie er es bei ihr noch nie gesehen hat. Darüber trägt sie eine leichte Weste. Peter bemerkt, dass ihre Brüste größer geworden sind und ihre tadellose Figur voller erscheint. Alles an ihr begeistert und berauscht ihn. Sie ist fraulicher und noch schöner geworden.

Peter ist von ihrer Erscheinung wie benommen und kann immer noch nicht fassen, dass sie nach so vielen Jahren wieder vor ihm steht. Sie ist begehrenswerter denn je. Martina ist und bleibt die Frau seines Lebens. Wenn nur die gesellschaftlichen Unterschiede nicht wären!

Sie stehen sich lange gegenüber, halten sich an den Händen und blicken sich tief in die Augen. Jeder von ihnen lässt das eigene Leben vom Tage ihrer Trennung bis zum Moment ihres Wiedersehens am

inneren Auge vorüberziehen. Dann schlendern sie wie zwei Liebende in Richtung seiner Wohnung. Als sie angekommen sind, schaut
sich Martina um. Etwas altmodisch eingerichtet, aber gemütlich!

„Wollen wir uns nicht setzen, Martina?", fragt Peter, nachdem er
sie eine ganze Weile betrachtet hat.

Sie setzen sich auf die Couch und schauen sich einander an. Beide müssen sich erst mit der neuen Situation vertraut machen. Keiner von beiden weiß so richtig ein Gespräch zu beginnen.

„Ich habe einen kleinen Imbiss vorbereitet. Soll ich ihn auftra-
gen?", fragt Peter, der sich etwas eher wieder gefangen hat.

„Ja, bitte", antwortet Martina, immer noch an die Erinnerungen,
die Bilder, die Ängste und die Drangsale ihres Vaters und Bruders
denkend.

Peter trägt seinen eiligst gefertigten Salat aus Weißkohl auf. Dazu
stellt er ein kleines Glas mit nach Kräutern riechender Flüssigkeit
und ein Glas Wasser vor sie.

Martina erinnert sich sofort an Mahlsdorf und die Gartenlaube.
Sie muss lächeln. „Peter", sagt sie mit einem gewissen Unterton in
der Stimme, „möchtest du mir wieder die Luft nehmen?"

Der freut sich, dass sie sich an diese Episode noch erinnern
kann. Das Ritual ist das gleiche wie damals. Martina will sich keine Blöße geben und nimmt einen kräftigen Schluck. In dessen
Folge bleibt ihr wieder die Luft weg. Peter spielt den Mitleidigen.
Nachdem sie einen Schluck Wasser getrunken hat, streicht er ihr
sanft mit der Hand über ihr schönes Haar. Martina zuckt etwas zurück.

Danach stochern beide reichlich lustlos im Salat herum und sprechen von ihrem Aufenthalt in der Gartenlaube. Sie erinnern sich
gern an die unbeschwerten Stunden ihrer damaligen Zweisamkeit,
aber jeder hat Angst, das anzusprechen, was danach kam. Sie merken beide, dass die Jahre nicht spurlos an ihnen vorübergegangen
sind. Sie sind sich nicht mehr so vertraut wie damals!

Peter räumt den Tisch ab, stellt zwei Sektgläser hin und gießt ein.
Martina sitzt auf der Couch, hat die Beine übereinandergeschlagen
und beobachtet ihn, während er sich in dem kleinen Küchenteil zu
schaffen macht. Er ist reifer und ernster geworden, denkt sie, aber
auch männlicher. Ich glaube, mit seinen Kenntnissen und seiner
Ausbildung würde er gut in Vaters Unternehmen passen. Aber was

soll es, mich geht das Ganze nichts mehr an.

Peter ist fertig mit seiner Arbeit und setzt sich zu Martina. Sie stoßen an.

„Warum hast du dich nie gemeldet, Peter? War es schön, mit meiner Liebe zu spielen, oder war ich nur gut für eine Nacht?", fragt Martina plötzlich ziemlich forsch und erschrickt selbst über ihre ungewollte Härte in der Stimme.

Peter traf diese Äußerung wie ein Blitz. Er hat etwas anderes erwartet. Jetzt benötigt er einige Zeit, um sich zu fassen. Er steht auf und beginnt, im Zimmer auf und ab zu laufen. Als er seine Selbstsicherheit wiedergefunden hat, setzt er sich und sagt: „Diesen Vorwurf muss ich zurückweisen. Hat dir Ole nicht erzählt, was geschehen ist?"

„Ole, Onkel Ole? Woher kennst du Onkel Ole?", fragt Martina überrascht und überlegt, ob sie ihm damals von ihm erzählt hat. Nein, auf keinen Fall!

Peter wird unruhig: „Ich habe ihm einen Brief an dich mitgegeben!"

„Einen Brief? Ich habe nie von dir einen Brief erhalten, auch nicht durch Onkel Ole!", sagt Martina überrascht.

„Sag mal, wie sieht dein Onkel Ole aus?" Peter denkt sofort an Klaus und Genossen.

„Er ist etwa einen Meter achtzig groß, trägt weißes Haar, hat ein von Wind und Wetter gegerbtes Gesicht, braune, gutmütige Augen und ist ein Landwirtschaftsexperte ohnegleichen. Woher weißt du von Onkel Ole?", fragt Martina.

Peter geht auf die Frage nicht ein, sondern entgegnet: „Hat er irgendeine Eigenart?"

„Ja, er trinkt nur norddeutsches Bier und ohne seine Pfeife ist er aufgeschmissen", ergänzt Martina.

Peter fällt ein Stein vom Herzen. Also scheinen Klaus und Genossen hier nicht präsent zu sein. „Ich habe vor etwa sechs Wochen mit Herrn Ole Sörensen, der mir, weil ich ihm so sympathisch bin, das ‚Du' angeboten hat, in der Pension ‚Zum alten Fritzen' am Platz der Nationen gewohnt. Eines Abends kam er zu mir an den Tisch, sprach mich an, als kenne er mich. Wir haben später in der Gaststätte ‚Marchwitza' über dich gesprochen. Er fragte mich sinngemäß, ob ich eine Martina von Holsten kennen würde. Dann erzählte er mir, dass dich dein Vater aufgrund deines Kontakts zu dem Proleten Weseck in Berlin des Hauses verwiesen hat. Seitdem wohnst du mit im Hause der Sörensens. Du warst krank, und dadurch haben sich alle deine Zukunftspläne nach hinten verschoben. Trotz aller misslichen Umstände hast du dienen Diplom-Juristen geschafft und möchtest jetzt noch den Doktor der Rechtswissenschaften anschließen."

Martina ist sehr ruhig geworden und vom soeben Gehörten reichlich überrascht. Sie befindet sich in einer eigenartigen und ungewöhnlichen Situation. Zum einen stimmt das, was Peter hier sagt, aufs Wort. Andererseits, warum hatten ihre engsten Vertrauten Grit und Ole Sörensen von diesem Treffen nichts erzählt? Irgendetwas stimmt hier nicht. Und wie viel hat Onkel Ole von ihrer „Krankheit" wirklich erzählt?

Peter merkt, dass seine Worte bei Martina Nachdenken ausgelöst haben. So hat er sich in all den Jahren sein stets erhofftes Wiedersehen mit ihr nicht vorgestellt. Er ist schlicht weg enttäuscht!

Martina hat sich wieder so einigermaßen im Griff. „Peter, warum hast du dich in all den Jahren nicht einmal gemeldet? Ich habe dir im Hotel extra per Brief meine Adresse mitgeteilt!"

„Das stimmt nicht, Martina! Nachdem ich deinen Brief im Hotel erhielt, war ich erst einmal mehr als geschockt. Ich habe ihn unzählige Male gelesen. Im Atlas habe ich auf der Karte versucht, deinen Wohnort zu finden. Außerdem habe ich dir fast jeden Monat geschrieben. In den ersten Briefen habe ich immer wieder meine ehrliche Liebe zu dir geschildert. Denn aufgrund unserer kurzfristigen Abreisen konnte ich dir nicht mehr sagen, wie sehr ich dich lieb habe. Dann begann ich, meinen Alltag an der Hochschule zu schildern. Später habe ich dir dann von meinem Diplom- und meinem Doktorabschluss geschrieben, immer mit dem Gedanken, wie schön es wäre, jetzt gemeinsam irgendwo an der See am Lagerfeuer zu sitzen und zu feiern. Nur wir zwei allein! Fern von allen falschen, neidischen, gemeinen und hinterhältigen Menschen wie diesem Klaus und diesem Kalle, nur um sich über das Erreichte gemeinsam zu freuen. Durch Ole habe ich erst erfahren, dass keiner meiner Briefe dich je erreicht hat! Die Bürohilfe deines Vaters hat sie alle in seinem Auftrag abgefangen und an ihn oder deinen Bruder weitergereicht! Ich vermute, dein Vater kennt mein Innerstes besser als ich selbst. Er weiß genau, warum er das getan hat. Als sein willfähriges Werkzeug in den Ruhestand ging, überreichte mehr durch Zufall und Unwissenheit ihre Nachfolgerin in Abwesenheit deines Vaters und Bruders die Post an den Verwalter. Der fand meinen vorletzten Brief, schrieb sich meine Adresse auf und besuchte mich hier in Potsdam."

Martina hat schon lange ihre Ruhe verloren. Sie ist fassungslos und innerlich so aufgewühlt, wie schon lange nicht mehr. „Das gibt es nicht. So gemein und unehrlich kann meine Familie nicht sein!"

„Doch, Martina, nur im kapitalistischen System, sonst nirgends, ist so etwas möglich!", sagt Peter etwas unbedacht.

Erst als er die Worte ausgesprochen hat, wurde ihm klar, dass er Martina damit auch getroffen hat! Sie lebt in diesem System schon seit 25 Jahren. Sie sitzen sich schweigend gegenüber. Peter erkennt an Martinas Gesichtsausdruck, dass nicht allein die neue Kenntnis über den Charakter von Vater und Bruder sie zutiefst getroffen haben, sondern ebenso seine schulmeisterliche Äußerung fehl am Platz ist.

„Peter, ich muss jetzt gehen, nicht unbedingt wegen deines letzten Satzes, denn bei euch ist auch nicht alles Gold, was glänzt, sondern weil ich das Gehörte erst einmal sortieren und begreifen muss. Entschuldige, ich hatte mir unser erstes, solange ersehntes Wiedersehen auch anders vorgestellt. Aber ich muss das alles erst einmal verarbeiten. Außerdem beginnt morgen um 14 Uhr meine erste Vorlesung, und da muss ich fit sein. Entschuldige!" Martina steht auf und verabschiedet sich mit einem flüchtigen Kuss auf die Wange bei Peter.

„Darf ich dich zur Bahn bringen, Martina?", fragt er verstört.

„Nein, Peter, ich muss jetzt allein sein. Mach's gut!" Und sie verlässt die Wohnung.

Peter steht wie angewurzelt da. Er ist völlig deprimiert. Was ist hier los? Warum verhält sie sich so? Ist sie etwa verheiratet? Aber, Blödsinn, Ole hat mir doch gesagt, dass sie keinen Kerl an sich herangelassen hat.

Peter geht ins Bett, kann aber nicht schlafen. Seine Gedanken kreisen um Martina und den eigenartigen Abend mit ihr nach so langer Zeit.

Als Martina in ihrer Wohnung im Heim ankommt, ist es kurz vor 23.30 Uhr. Eigentlich hat sie auf solch eine Nacht wie damals in der Laube gehofft. Aber irgendwie läuft ihr solange erhofftes Treffen völlig dem Ruder. Sie kann die ganze Nacht nicht schlafen. Morgen muss sie unbedingt Onkel Ole anrufen und ihn fragen, wie viel er Peter über ihre „Krankheit" erzählt hat.

*

Die ersten Wochen vergehen. Peter hat schnell guten Kontakt zu seinen Studenten gefunden. Es entwickelte sich ein Verhältnis, bei dem er von ihren Problemen und Nöten in ihrem Alltag hört und sie von ihm aus dem Leben der Bürger der DDR vieles erfahren.

Peter beginnt, die Aussagen in der Agitation und Propaganda seiner Partei mit dem Gehörten über die Bundesrepublik Deutschland zu vergleichen. Er bereut immer mehr seinen Satz gegenüber Martina in seiner Wohnung.

Seit diesem Treffen hat es kein weiteres zwischen ihnen gegeben. Er weiß jetzt, wo Martina wohnt, hat sich aber bisher nicht getraut, zu ihr zu gehen. Er weiß jetzt auch, dass das Studium der Mitglieder seiner Seminargruppe ausschließlich durch die Eltern an das Ministerium für Volksbildung in Berlin bezahlt wird. Natürlich in D-Mark oder Dollar, auch eine neue Erkenntnis für ihn. Zwischen Martina und ihm hat sich ein ganz normales Schüler-Lehrer-Verhältnis herausgebildet. Ihr scheint das zu gefallen, ihm aber nicht! Nur, wie ändern?

Martinas Studienzeit, die nur für drei Monate bezahlt ist, steht kurz vor dem Bergfest. Es muss etwas passieren, denkt sie. Aber wie? Peter erwartet nach dieser Abfuhr sicher von mir den ersten Schritt!

Sie hatte Onkel Ole gleich am nächsten Tag angerufen. Er hat ihr versichert, Peter nichts mitgeteilt zu haben, worüber sie ihn selbst zu informieren hat. Sie ist erwachsen, und er greift nicht in ihre Probleme ein! Demzufolge hat Onkel Ole auch nicht über ihre „Krankheit" gesprochen!

Nach den ersten sechs Wochen gibt es für alle Studentinnen und Studenten ein langes Wochenende. Das beginnt Donnerstag ab 12 Uhr und endet Dienstag um 14 Uhr mit Beginn der ersten Vorlesung. Diese muss Peter halten! Er hat aber genügend Erfahrung

72

mit dem Vorlesungsstoff. Es wäre nicht seine erste Vorlesung nach einem Wochenende.

Deshalb könnte er die Tage eigentlich anders nutzen! Peter hat die Woche zuvor am Freitag das Seminar von 16 bis 18 Uhr in seiner Seminargruppe zu leiten. Er richtet es so ein, dass er mit Martina zusammen den Raum verlässt. Sie ist Raumverantwortliche in dieser Woche und muss deshalb abschließen.

„Martina, was machst du denn am langen Wochenende?", fragt er sie plötzlich und für sie überraschend.

„Nichts", antwortet Martina und erschrickt im gleichen Moment vor ihrer eigenen Antwort. Verdammt dumm und unüberlegt für eine Frau geantwortet, von der ein bestimmter Herr etwas will! Warum passiert ihr das immer wieder bei Peter? Schon ist auch wieder das Kribbeln in ihrem Bauch zu spüren.

„Kennst du die östliche Ostsee, die Insel Rügen?", fragt Peter weiter.

„Nein", sagt Martina mit Erleichterung, als ob sie seit Ewigkeiten auf diese Frage gewartet hätte.

„Gestattest du mir eine Frage?" Peters Gesichtsausdruck wirkt immer noch reichlich unsicher.

Sie bemerkt das.

„Onkel Martens, der aus Mahlsdorf, hat in Binz ein Wochenendhaus. Das nutzt er eigentlich nur in den Sommermonaten. Das müsste jetzt frei sein. Ich könnte ihn anrufen und nachfragen, ob wir es das Wochenende nutzen können. Soll ich?", fragt Peter.

Martinas Antwort kommt sofort: „Ja, Peter."

Peter atmet erleichtert durch. Seine Hoffnungen wachsen wieder. „Gehen wir zusammen in die Mensa zum Abendessen?"

„Gern", antwortet sie.

Sie holen sich jeder, was ihm schmeckt, und setzen sich an einen eben frei gewordenen Tisch. Während sie miteinander speisen, unterhalten sie sich. Dabei zeigt sich, dass Martina weder den antifaschistischen Schutzwall, die Mauer noch das Babelsberger Schloss kennt. So verabreden sie sich für den nächsten Tag um 10 Uhr an ihrem Heim. Beide sind über diese Wendung glücklich und erfreut.

Weder Martina noch Peter bemerken, dass sie von einem etwas abgelegenen Tisch beobachtet werden, und das nicht das erste Mal. Es ist Dr. Jürgen Rau, der gerne den Platz von Peter am Institut eingenommen hätte, aber leider nicht berücksichtigt wurde. Er muss heute unbedingt noch seinen Bericht schreiben, damit die Genossen, solange die Schlampe noch zu Gast ist, die entsprechenden Maßnahmen einleiten können. Klaus und Kalle ist sie damals entwischt und Weseck auch. Das darf kein zweites Mal passieren!

Peter ist den nächsten Tag pünktlich um 10 Uhr am Wohnheim. Fast zur gleichen Zeit tritt Martina aus der Tür. „Guten Morgen", sagt Martina und küsst ihn auf die Wange.

Sie gehen los, Hand in Hand. Peter zeigt ihr viel von Babelsberg und den DEFA-Filmstudios. Mittags sitzen sie im Restaurant des Schlosses Babelsberg. Martina hat viele Fragen zur naheliegenden Mauer.

Peter beantwortet diese vorsichtig, gewarnt von seiner Äußerung bei ihm in der Wohnung. Nach dem Essen bricht es aus ihm heraus. Er kann seine Neugierde nicht mehr zurückhalten. „Martina, kannst du dich noch an unser erstes Gespräch in meiner Wohnung erinnern? Ich meine das, was ich dir über mein Treffen mit Ole erzählt habe?", fragt er.

„Ja, das kann ich. Du hattest recht. Onkel Ole hat mir alles erzählt. Er hat mir vor meiner Reise nichts gesagt, weil er will, dass wir uns finden und unsere Probleme selbst lösen. Weißt du, Peter, für mich ist am meisten erschütternd, dass ich erfahren muss, wie gemein und hinterhältig mein eigener Vater und vor allem mein Bruder mit seiner feinen Frau sind. Nur durch die Liebe und Fürsorge von Onkel Ole und Tante Grit habe ich die Zeit seit 1973 überstanden, konnte studieren und kann an diesem Seminar teilnehmen. Dass sich meine Familie so verhält, hätte ich nie gedacht. Hier fehlt die Sanftheit meiner Mama!"

„Martina, diese Sanftheit und Güte trägst du in deinem Herzen und zeigst sie in deinem Verhalten. Ich bitte dich, gib sie nie auf, egal was in Zukunft passiert. Ich glaube auch, dass dein Onkel Ole und deine Tante Grit sich das Gleiche von dir wünschen. Dann werden wir auch alle derzeitigen und künftigen Anfechtungen ohne Schaden gemeinsam überstehen", sagt Peter mit sehr viel Überzeugung in seiner Stimme.

Peter hat während des Gesprächs ihre Hände fest in seine genommen und sieht auch, dass sich ihre Augen während seiner Worte mit Tränen füllen.

Trotzdem wird sie unruhig. „Peter, gibt es etwas, was ich wissen muss? Hättest du mir damals gesagt, dass sich gewisse Herren für dich interessieren, dann wäre eine überlegte Reaktion unsererseits für die Folgejahre sicher günstiger gewesen!"

„Ich habe einen Verdacht, Dr. Rau betreffend, Martina. Er könnte ein Spitzel genauso wie Klaus und Kalle sein, wenn du verstehst, was ich meine. Es kann aber auch sein, dass er verstimmt ist, weil ihm die Sektionsleitung nicht übertragen wurde."

„Dieses Mal werden wir vorsichtig sein, Peter", spricht Martina mit einer Entschlossenheit in der Stimme, die er bei ihr noch nie bemerkt hat.

Am späten Abend verabschieden sie sich mit mehreren, langen Küssen in einer versteckten Ecke des Wohnheims. Von da aus konnte sie niemand sehen. Pech für Raus Handlanger. Als sie das Heim betritt, kommt sie ohne Begleitung und sieht aus, als ob sie eben von einem Abendspaziergang zurückkehrt. Sie haben vereinbart, bis Donnerstag ihr Verhältnis nach außen hin so wie bisher beizubehalten.

*

Am Montagabend ist Parteiversammlung. Peter will sich aus Arbeitsgründen entschuldigen, aber es wurden keine Entschuldigungen zugelassen.

Nach dem üblichen Bericht begann der Parteisekretär Rau, einen längeren Vortrag über die Gefährlichkeit des Imperialismus zu halten. „…Gerade die bundesdeutschen Studenten an unserem Institut müssen deshalb genau beobachtet werden. Insbesondere ihre Kontakte zu unseren Studenten sind genauestens zu erfassen und zu untersuchen. Noch besser wäre es, diese Kontakte zu unterbinden."

„Jürgen, unser Auftrag lautet, ihnen die Grundwerte unserer sozialistischen Gesellschaft und unseres sozialistischen Weltsystems zu erläutern und zu vermitteln. Das geht nur, wenn ich ein nicht unbedingt freundschaftliches, aber ordentliches Verhältnis zu jedem von ihnen schaffe. Dass ich dabei nicht gerade Sprünge mache, wenn ich es mit dem Großindustriellensohn Meisters zu tun habe, der noch seine arrogante Art und Weise uns armen Ostdeutschen gegenüber zum Ausdruck bringen muss, ist ja wohl klar. Trotzdem bemühe ich mich, auch ihn wie jeden anderen zu behandeln", sagt Peter in der Diskussion.

„Aber die von Holsten bekommt von dir eine Sonderbehandlung, obwohl sie auch die Tochter eines Großgrundbesitzers ist. Man hat dich mit ihr in Babelsberg gesehen", erwidert Jürgen hintergründig.

„Nicht nur der von Holsten, sondern auch anderen Frauen und Männern meiner Gruppe habe ich schon viel von Potsdam gezeigt. Ich habe es ihnen eingangs angeboten. Nun machen sie Gebrauch davon. Ich glaube nicht, dass der Etat des Instituts es erlauben würde, eine Truppe Fremdenführer anzuheuern", sagt Peter mit einem Lächeln in Richtung des Direktors.

Der schüttelt schnell ablehnend mit dem Kopf. Peter wurde aber durch Raus Äußerung in seinen Vermutungen bestätigt.

„Ich kann Peters Meinung nur unterstützen. Auch ich habe schon bundesdeutsche Studenten geführt. Ich finde das in Ordnung", unterstützt ihn Genossin Dr. Ellen Kolbe.

Rau muss erkennen, dass sein eigens gegen Peter abgefeuerter Schuss nach hinten losgeht. Peters Gespräch mit Martina am Samstag zeigt also die Richtigkeit seiner Vermutung. Auch Martinas Hinweis, vorsichtig zu sein, war zutreffend. Diesmal lassen sie sich nicht wie damals überrumpeln. Dafür wird er gemeinsam mit ihr sorgen.

In den nächsten Tagen arbeitet Peter sehr ernsthaft und aufmerksam in seiner Seminargruppe. Mit Martina hat er sich am nächsten Tag in der Kaufhalle getroffen. Hier zwischen den vielen Menschen und Regalen informiert er sie schnell und kurz über das Gespräch in der Versammlung. Sie wollen weiter ihre Umgebung aufmerksam beobachten und freuen sich auf Rügen. Peters Onkel hat auf seine Anfrage hin sofort zu gestimmt.

Es ist Donnerstag gegen 18.30 Uhr. Peter und Martina stecken im Stau auf dem Rügendamm fest. Beide sind gleich am Mittag losgefahren, durch Potsdam auf den Berliner Ring bis zur Abfahrt in Richtung Prenzlau, dann Autobahn und Fernverkehrsstraße. Für Martina ist der Trabbi etwas unbequemer als ihr Opel Kadett. Deshalb legt Peter öfter eine Pause ein. Martina trägt eine eng anliegende Jeans. Die tollen Formen lassen ahnen, was darunter steckt, nämlich schöne Beine. Ihre Bluse ist ebenfalls gut gefüllt und lässt herrliche Stunden vorausahnen. Nach etwa 90 Minuten sind sie auf dem Grundstück angekommen. Martina ist ehrlich überrascht. Sie hat einen Bungalow oder eine bessere Gartenlaube erwartet, wie sie in den BRD-Medien immer gezeigt werden, wenn es um Urlaub auf Rügen geht, recht primitiv mit Toilette über den Hof.

Peter erklärt ihr: „Das Grundstück ist ungefähr 2 000 qm groß, und Onkel Martens baut das Haus immer weiter aus. Wenn er einmal in Rente geht, will er hierher ziehen. Er stammt aus Sassnitz. Jetzt gehört der Grund und Boden noch Onkel Fiete. Der verwaltet das ganze Grundstück, wenn die Martens nicht hier sind. Komm, wir gehen uns die Schlüssel holen."

Beide gehen Hand in Hand gemütlich zu Fiete Hansens Haus, das an dieses Grundstück grenzt und in nördlicher Richtung liegt.

„Hallo, Peter, ich habe euch eigentlich eher erwartet", begrüßt sie Fiete Hansen.

„Staus und mein Trabi, sieben Jahre alt. Darf ich dir meine Frau Martina vorstellen?" Er blickt Martina dabei fragend an.

Sie bewegt bejahend die Augenlider. Alle drei geben sich die Hand.

„Können wir den Schlüssel haben?", fragt Peter mit entspannter Stimme.

„Aber ja, der Kühlschrank ist gefüllt, und wenn euch etwas fehlt, kommt ihr zu uns. Klar? Übrigens Piet, mein Sohn, bringt morgen gegen 7 Uhr frische Brötchen mit und frisch gefangenen Fisch, wollt ihr?"

„Martina, möchtest du?", fragt Peter.

„Brötchen brauchen wir vier, aber was ist das für Fisch?", fragt sie.

„Rotbarsch geräuchert, Hering, Dorsch und Steinbutt roh", sagt Fiete.

„Peter, was isst du?", fragt Martina.

„Ich esse alles, was Fisch heißt", antwortet Peter.

„Na dann, Herr Hansen, bitte Rotbarsch und Dorschfilets", antwortet Martina, „das sind die einzigen Fische, die ich zubereiten kann!"

„Also, Frau Martina, ich bin der Fiete, und wir sagen hier alle ‚Du' zueinander", sagt Fiete lachend.

„Ich bin die Martina", antwortet sie, erstaunt über die Freundlichkeit dieses einfachen Manns.

Peter und Martina gehen zum Ferienhaus zurück.

„Da können wir morgen erst einmal bis um 7 Uhr schlafen, dann kommt Piet von seiner Schicht zurück", sagt Peter.

Fiete schaut ihnen hinterher, bis sie an der Haustür angelangt sind. Der Peter ist nun mit fast 30 Jahren verheiratet. Das muss ich gleich Trude erzählen. Die wird platt sein.

Peter und Martina betreten das Haus. Er ist überrascht, was sich hier alles verändert hat. Durch den Anbau an das alte Haus ist ein großes Wohnzimmer entstanden, ein Schlafzimmer, die Küche ist auch größer und ein Bad mit allen Raffinessen. Martina betrachtet alles und staunt. Das Niveau wurde ihr im Westen anders dargestellt.

Sie packen ihre Koffer aus und bereiten ihr Abendbrot vor. Fiete hat an alles gedacht. Sie sind von dem anstrengenden Tag sehr geschafft. Deshalb essen sie nicht viel. Peter beginnt, das Bett vorzubereiten. Vor sieben Jahren war alles klar, aber heute?

„Martina, wo soll ich denn die Betten aufbauen? Im Schlafzimmer steht ein bequemes Ehebett und im Wohnzimmer eine moderne Doppelbettcouch wie in Mahlsdorf", fragt er etwas unsicher.

„Wenn du dich ganz artig verhältst, beziehen wir nur die Ehebetten", sagt Martina mit einem zweideutigen Unterton in der Stimme.

Peter glaubt zu verstehen. Er geht in das Gästebad mit WC, Waschbecken und Dusche, während Martina im großen Bad in die Wanne steigt. Nachdem er seinen neuen kurzen Pyjama angezogen hat, legt er sich ins Bett. Kurz darauf kommt Martina in einem durchsichtigen, mit dünnen Trägern besetzten, weit ausgeschnittenen Oberteil, das mehr sehen als erraten lässt. Das Höschen ist ebenfalls sehr knapp gehalten. Peter betrachtet sie und bemerkt nach langer Abstinenz wieder Bewegung in seiner Hose.

Als sie neben ihm liegt, legt er vorsichtig seine rechte Hand auf ihre linke Brust und versucht, sie gleichzeitig zu küssen.

Aber zu seiner Überraschung wird er von ihr resolut zurückgestoßen. „Peter, so laufen die Absprachen nicht. Entweder du hältst dich daran, oder du gehst ins Wohnzimmer schlafen, klar?"

Peter ist wie vor den Kopf geschlagen. So hat er sich Binz nicht vorgestellt. Beleidigt sagt er: „Gute Nacht!", und dreht ihr den Rükken zu.

Martina antwortet nicht. Sie dreht sich auf die Seite und beginnt, ruhig zu atmen. Ihre Gedanken lassen sie aber nicht einschlafen.

Ach, wenn du wüsstest, wie es in mir aussieht. Lange halte ich das nicht mehr aus!

Peters Verlangen war sofort nach dieser Zurechtweisung gestillt. Natürlich hat er ihr etwas versprochen, aber nachdem sie seit sieben Jahren das erste Mal wieder nebeneinanderliegen, nun das? Dann hätte sie sich auch ein selbst gestricktes Nachthemd anziehen können, durch das man nichts sehen kann. Ich verstehe die Welt nicht mehr! Er schläft nach einigen Minuten der Enttäuschung reichlich verstört ein. Durch die lange anstrengende Fahrt ist er todmüde.

Martina denkt noch lange über ihr schroffes Verhalten bei seinem Annäherungsversuch nach. Wie oft hat sie sich in all den Jahren nach seinen Liebkosungen gesehnt, sich vorgestellt, wie das Gefühl ist, wenn er ihr sanft über die Brüste, den Bauch, die Innenseiten ihrer Schenkel oder ihr Schamhaar wie damals in der Gartenlaube streicht.

Wie viele Männer hat sie in den Jahren abgewiesen? Sie hat nicht gezählt, auch solche, die wirkliche und ernsthafte Absichten bei ihr hatten. Zwei wollten sie trotz ihrer Situation unbedingt heiraten. Aber sie ist standhaft geblieben. Sie hat nach Peter nie mehr mit einem Mann geschlafen! Er hatte sie irgendwie verzaubert. Wenn sie an ihn dachte, dann kam immer wieder dieses Kribbeln in ihren Bauch. Bei keinem der anderen Bewerber hat sie das je gespürt.

Hätte sie doch nachgeben sollen? Wenn ich an Mahlsdorf denke, wie schön das damals war! Extra für ihren Binz-Aufenthalt hat sie sich vor zwei Tagen dieses tolle Nachthemd mit knappem Höschen gekauft. Sie wollte ihn nach allen Regeln der Kunst verführen. Martina, entscheide dich. Jetzt hast du, wonach du dich all die Jahre gesehnt hast!

Martina dreht sich zu ihm um und richtet sich auf. Doch Peter schläft schon tief und fest. Sein Gesicht sieht im fahlen Licht trotz ihrer Abfuhr glücklich aus. Sie möchte ihn umarmen, sie möchte ihn in sich spüren, sie möchte ihm alles sagen, was bisher nur ihr Geheimnis ist. Doch dann kommt wieder dieser Funke Verzweiflung in ihr hoch, der sie hindert, das zu tun, wonach sie sich solange schon gesehnt hat. Martina bricht in Tränen aus. Damit Peter nichts merkt, drückt sie ihr Gesicht in das Kopfkissen. Nur am Be ben ihres Körpers kann man erkennen, wie verzweifelt sie ist. Spät, sehr spät schläft sie ein.

*

Die aufgehende Sonne verspricht einen wunderschönen Tag. Das Wetter soll überhaupt die nächsten Tage schön bleiben. Ideal für Peters Programm zur Inselerkundung.

Er ist am Morgen gegen 6 Uhr erwacht. Martina liegt neben ihm und schläft noch tief und fest. Ihm ist so, als hätte er sie heute Nacht einmal weinen gehört. Aber er kann sich auch irren. Er betrachtet sie noch eine ganze Weile im Schlaf. Wie schön sie ist! Ihre Gesichtszüge sind so sanft und eben! Ihre Haare umrahmen ihr Gesicht und fallen auf die leicht gebräunte Haut ihrer Schultern. Ihr rechter Arm liegt auf der Bettdecke. Ihre Hand mit den typischen Fingern eines „Schreibtischmenschen" ist schlank, kann aber auch kräftig zugreifen. Die Fingernägel waren leicht rosa lackiert. Unauffällig! Martina wird unruhig, als ob sie merkt, dass sie betrachtet wird.

Peter legt sich sofort wieder zurück, stellt sich schlafend und wartet, bis sie wieder ruhig atmet. Dann erst steht er leise auf und schleicht aus dem Schlafzimmer. Er schließt lautlos die Tür hinter sich. Gut, dass er gestern seinen Trainingsanzug im Koffer gelassen und nicht auch wie die anderen Sachen in den Kleiderschrank im Schlafzimmer gelegt hat. Er zieht sich an und macht sich auf den Weg, das Grundstück und die Umgebung bis zum Strand zu erkunden.

Als er zurückkehrt, begegnet er Fiete. „Guten Morgen Fiete. Schon auf den Beinen?"

Immerhin ist Fiete schon 67 Jahre und Rentner. Er könnte eigentlich bis Mittag schlafen.

„Morgen, Peter. Du weißt doch, Rentner haben niemals Zeit. Du, Trude und Piet möchten deine Frau einmal kennenlernen. Die platzen bald vor Neugier! Wie sieht's denn aus, habt ihr am Samstagabend etwas vor? Da könnte ich deiner Frau noch ein paar Fischrezepte aus Mecklenburg zeigen, und du zeigst deine Frau meinen Neugierigen, und wir alle haben einen schönen Abend", antwortet Fiete ohne Punkt und Komma.

Typisch Fiete, denkt Peter. „Wir haben noch gar keine Planung gemacht, aber ich denke, Martina wird sich freuen."

„Na, dann sag mir heute noch Bescheid. Ich muss dann noch einiges vorbereiten", sagt Fiete und geht ins Haus.

Peter läuft langsam zu ihrem Haus zurück. Er ist nach Martinas gestriger Abweisung gar nicht mehr so sicher, was ihre Tage auf Rügen bringen werden. Während seinen Überlegungen kommt ein Moped die Straße entlang und hält. Peter erkennt erst jetzt, dass es Piet ist, der Sohn von Fiete.

„Na, junger Ehemann, da kann ich dir gleich eure Brötchen mitgeben. Kommt ihr morgen Abend? Sonst kann ich nie deine Frau kennenlernen. Bei uns auf dem Kutter ist zurzeit Hochbetrieb, und da bin ich kaum zu Hause. Ich schlafe jetzt auch nur sechs Stunden, und dann geht es wieder los", spricht er ohne Pause.

„Sag mal, Piet, bist du da morgen Abend überhaupt da? Allein trinke ich nicht gern", sagt Peter.

„Ach, da passt deine Frau auf! Das kenne ich zur Genüge! Aber morgen fahren wir nicht zur See. Bis Montag um 4 Uhr habe ich dann frei", antwortet Piet.

„Ich denke, wir sehen uns morgen Abend", sagt Peter und rennt los. Sonst wäre er jetzt nie nach Hause gekommen. Wenn Piet einmal anfängt zu quatschen, hört er nicht mehr auf.

Peter öffnet ganz leise die Türen. Alles ruhig, sie schläft noch. Schnell unter die Dusche und dann Frühstück gemacht. Als Peter aus der Dusche ins Wohnzimmer kommt und nur ein kleines Handtuch in der Hand hält, weil die Badetücher im Schlafzimmerschrank liegen, kommt Martina soeben aus dem Schlafzimmer. Etwas verschlafen, aber für Peter so schön wie seine Traumfrau sein muss. Was er nicht bemerkt, ist, dass ihm vor Überraschung das Handtuch aus der Hand fällt. Aber Martina steht genauso verlegen im Raum. Sie trägt nur ihr Höschen. Das Oberteil hat sie im Bett gelassen, nachdem sie dachte, sie sei allein. Kurz zuvor hatte sie noch nach Peter gesucht und muss dabei das Rauschen der Dusche überhört haben.

Sie stehen etwas peinlich berührt mit hochrotem Kopf voreinander. Sie hält schnell je eine Hand vor ihre Brüste, und Peter greift das nächstliegende Kissen vom Sessel und hält es vor sein bestes Stück.

„Oh, entschuldige", sagt Peter, der als Erster die Sprache wiederfindet.

„Da gibt es nichts zu entschuldigen", entgegnet Martina, „eigentlich haben wir uns doch schon mehrmals ohne alles gesehen. Wenn das auch schon viele Jahre zurückliegt!"

Dabei nimmt sie beide Hände von ihren Brüsten und steht nur noch mit dem Höschen bekleidet vor ihm. Schnell fragt sie: „Bist du fertig, kann ich jetzt die Dusche benutzen?"

Ehe sich Peter gefasst hat, ist sie schon an ihm vorbei. Er schüttelt verwundert den Kopf und geht ins Schlafzimmer, um sich anzuziehen.

Nach einer Weile ruft Martina: „Peter, kannst du mir mal ein großes Handtuch bringen?"

Peter öffnet die Tür einen Spalt und will wie damals das Handtuch hineinreichen.

„Du könntest mir eigentlich einmal den Rücken abtrocknen", sagt sie, während sie vor dem Spiegel steht und sich die Haare föhnt.

Er beginnt mit seiner Arbeit. Martina beobachtet ihn dabei. Er scheint ihr gestern nichts übel genommen zu haben.

„Danke, den Rest mach ich mir allein", sagt Martina.

„Schade, genau die Vorderseite finde ich interessanter. Aber bitte schön, wenn es nicht mehr ist, das bisschen habe ich doch gern getan", antwortet Peter mit einem spitzbübischen Lächeln.

„Raus, das reicht, Herr Doktor", antwortet Martina fröhlich.

Peter geht in die gut ausgestattete Küche, setzt Kaffee auf, kocht Eier und beginnt, im Wohnzimmer den Tisch zu decken.

„Martina, immer noch Drei-Minuten-Eier?", ruft er ins Schlafzimmer, wo sie sich inzwischen anzieht.

„Ja, das hast du dir gemerkt?" Martina ist erstaunt und beschließt, sich ihm unbedingt heute Abend zu offenbaren. Heute oder nie, ist sie entschlossen. Aber nicht jeder Abend endet so fröhlich, wie der Morgen beginnt!

*

Gemeinsam frühstücken sie ausgiebig und lang. Über vieles wird gesprochen, nur die vergangene Nacht wurde mit keinem Wort berührt. Peter fragt auch, was sie von Fietes Vorschlag hält, am

Samstagabend gemeinsam so recht nach mecklenburgischer Art zu feiern. Martina sagt spontan zu, obwohl sie nicht weiß, was auf mecklenburgische Art feiern heißt.

Dann ziehen sie los. Peter ist mit einem kleinen Rucksack ausgerüstet, in dem Wasserflaschen, für jeden zwei Brote und eine Decke sind. Außerdem bewaffnet sich jeder mit einem Wanderstock und einer Mütze. Martina hat sich ihr schulterlanges Haar zu zwei kleinen Schwänzen gebunden. Und so geht es los.

Von ihrem kleinen Haus führt an der Ostseite des Grundstücks ein Pfad zum Strand der Ostsee hinunter. Als Erstes wird die Wassertemperatur geprüft.

„Eindeutig zu kühl, das zieht einem alles zusammen", stellt Martina fachmännisch fest.

Beide lächeln. Jeder für sich meint etwas anderes.

Dann geht es in Richtung Prora. Martina hat noch nie diese riesigen Bauten gesehen. Leider konnten sie auch nicht dicht genug heran, weil sich hier eine Kaserne der Nationalen Volksarmee befindet. Peter ist der Meinung, diese Kaserne weiträumig zu umgehen. Eine Kontrolle einer Militärstreife könnte Martinas bundesdeutschen Pass entdecken. Das hätte man bei unseren Bürokraten als Spionage ausgelegt und sie ausgewiesen.

„Ich möchte dich aber gern ganz behalten und nicht im Gefängnis besuchen", sagt er mit ernster Stimme. Martina sieht ihm tief in die Augen. Sie umfasst mit beiden Händen seinen Nacken. Das erste Mal küssen sich beide, seit sie auf Rügen sind.

Sie bleiben noch eine ganze Weile eng umschlungen stehen, bis Martina sagt: „Wenn ich nur wüsste, wie ich eines unserer Probleme, vielleicht das Hauptproblem, lösen könnte. Du bist hier im Osten und ich im Westen. Dazwischen liegt diese verdammte Grenze!"

„Martina, lass uns bitte heute nicht darüber nachdenken. Es sollen unsere gemeinsamen Tage werden, ungestört und ohne an diese politischen Dinge zu denken. Auch von meinen mehr als hundertprozentigen Eltern oder deinem reaktionären Vater möchte ich nicht sprechen, einverstanden?", beendet Peter das Thema abrupt.

Martina nickt nur, ist sich jetzt aber nicht mehr so sicher, ihm heute Abend ihr Geheimnis zu verraten.

Sie laufen weiter. Etwa in der Mitte zwischen Prora und Mukran erreichen sie den Strand wieder. Sie setzen sich in den Sand. Ausruhen, ausruhen!

Martina wie auch Peter schmerzen gewaltig die Füße. Schuhe und Strümpfe aus und ins Wasser. Das tut gut! Danach breiten sie ihre Decke aus, setzen sich nebeneinander und essen ihre Brote, die nicht mehr ganz frisch sind, aber schmecken. Seeluft macht müde, und so legen sich beide Hand in Hand nebeneinander und lauschen den Wellen und der Brandung.

Nach fast zwei Stunden erwachen sie wieder, aber auch nur, weil es Martina zu kühl wird, sie sich an Peter drückt und ihn dabei weckt.

„Na, wir sind die richtigen Wanderer, verschlafen den halben Tag", sagt Martina scherzhaft.

Als sie wieder ihre Schuhe anziehen möchte, bekommt sie Schwierigkeiten, ihre geschwollenen Füße da hinein zu bekommen. Peter geht es ebenso. Sie beschließen, ihre Wanderung hier zu beenden. Es ist nun auch schon später Nachmittag. Sie gehen zur nächsten Bushaltestelle und fahren zurück nach Binz. Sie sind etwa 20 Kilometer gelaufen. Das schaffen sie auf keinen Fall noch einmal zurück.

Gesagt, getan. Leider weiß Peter nicht, dass im Vorort von Binz eine Bushaltestelle zugunsten eines neuen FDGB-Ferienheims gestrichen wurde. Damit heißt es für beide geschundenen Wanderer nochmals drei Kilometer vom Bus bis zu ihrem Haus laufen.

Als sie in ihrem Domizil ankommen, bereitet Peter schnell ein warmes Essen aus der Büchse, währenddessen duscht Martina. Danach geht er sich erfrischen, zieht sich nur seine Schlafanzughose an und setzt sich an den Tisch. Martina hat das gleiche Schlafzeug wie am Vortag an. Ihr ist es egal, ob Peter durch den dünnen Stoff und den großen Ausschnitt ihre Brüste begutachten kann. Sie sind sich ja nicht fremd.

Peter schaut immer wieder verstohlen zu ihr hin, aber er ist furchtbar müde. Solch einen Gewaltmarsch wie heute sind beide nicht gewohnt. Nachdem sie ein Rostocker Pils zur Hälfte ausgetrunken haben, fallen ihnen die Augen zu. Wenn diese verdammten, schmerzenden Glieder nicht wären, denkt Martina, würde ich ihm heute Abend alles erzählen. Innerlich ist sie aber froh, dass es diese Ausrede gibt.

„Gute Nacht, meine Martina, warst heute ein tapferes Mädchen, schlaf schön", sagt Peter schon ziemlich verschlafen.

„Gute Nacht, mein Schatz." So hat sie ihn noch nie genannt. Aber wann auch sollte das passiert sein?

Martina ist sich nicht sicher, ob er sie überhaupt noch gehört hat. Ein leises Schnarchen klingt aus seiner Richtung.

Und ich wollte dir heute so vieles erzählen ... oder auch nicht! Dann fällt auch sie in einen tiefen Schlaf.

*

Am nächsten Morgen erwachen Peter und Martina erst sehr spät. Als Peter auf seine Armbanduhr schaut, ist es schon 10 Uhr. Eigentlich wollten sie um diese Zeit schon in Binz an der Seebrücke sein, um mit dem Schiff zu fahren. Verdammt, verschlafen!

Er springt wie gewohnt aus dem Bett und bleibt erst einmal mit einem unterdrückten Stöhnen stehen.

Martina wird wach. „Was ist mit dir, geht es dir nicht gut, Peter?", fragt sie besorgt.

„Versuche mal, mit Schwung aufzustehen", antwortet Peter mit einer gewissen Vorfreude.

Martina setzt die Beine neben das Bett und spürt plötzlich Schmerzen, ganz besonders in den Waden und in der Rückenpartie, sodass sie sich gleich wieder aufs Bett fallen lässt.

„Da bleiben wir eben den ganzen Tag im Bett, Peter", sagt sie.

.Ein verlockendes Angebot, aber nur liegen, ist reichlich langweilig. Da müsste man schon etwas anderes machen.

Martina ahnt seine Gedanken. „Aber solange ich hier bin, möchte ich möglichst viel erleben und von Rügen sehen. Wer weiß, wann ich die nächste Gelegenheit erhalte? Also raus aus dem Bett, Herr Doktor."

„Jawohl, Frau Anwältin."

Peter geht ins Bad und verrichtet seine Morgentoilette. Martina nimmt sich in der Zwischenzeit neue Sachen aus dem Schrank und geht in die Küche Kaffee aufsetzen. Eier gibt es heute keine, sonst wird er mir zu übermütig. Vorsichtig schließt sie die Haustür auf und nimmt den Brötchenbeutel von der Klinke. In der Zwischenzeit ist Peter fertig, und Martina huscht ins Bad. Jetzt deckt er den Tisch. Nach zehn Minuten sitzen beide zum Frühstücken bereit.

„Warum schmerzen mir die Muskeln so?", sagt Martina. „Ich bin doch solche Belastungen vom Reiten auf unserem Gut gewöhnt."

„Du bist das Reiten gewöhnt, aber nicht das Wandern. Aber glaub mir, das vergeht im Laufe des Tages wieder. Ich schlage vor, wir fahren mit dem Auto bis ins Zentrum, sehen uns die Gemeinde Binz an und um 13 Uhr fahren wir mit dem nächsten Schiff zu den Kreidefelsen. Danach steigen wir im Hafen von Sassnitz aus, gehen bummeln und fahren mit dem Bus wieder nach Binz und dann nach Hause. Heute Abend sind wir bei Fietes Familie eingeladen. Einverstanden?"

Mit einem kurzen Schmatz zeigt sie ihr Einverständnis. Sie ziehen los, und der Tag wird für Martina und Peter recht aufschlussreich. Beide lernen viel dazu, auch Peter. Für Martina sind die Rechtsformen ungewöhnlich, aber sehr interessant. Der Busverkehr zum Beispiel ist für sie völlig unbekannt geregelt. Bei ihnen sind die Busse zum Beispiel in einer Verkehrsgesellschaft konzentriert, die zu hohen Anteilen von den Kommunen und den Landkreisen getragen werden. Hier gehören sie einem Volkseigenem Betrieb. In Sassnitz konnten sie mit einigen Fischern sprechen, die ihre schon etwas älteren Netze reparierten. Martina war erstaunt, dass sie geregelte Arbeitszeiten haben und in Genossenschaften arbeiten. Für sie als Anwältin, die sich in ihrer geplanten Dissertation mit Wirtschaftsrecht befassen möchte, ein interessanter Hinweis.

So vergeht für sie beide der Tag wie im Flug. Sie lernen viel voneinander, und Peter hat auch nicht gefragt, wie es ihr in all den Jahren ergangen ist. Das brachte ihr für den Moment Erleichterung, aber tief in ihr quälte sie nach wie vor ihr Problem.

Nach der Abendtoilette gehen sie zu Fiete und Trude Hansen. Martina trägt eine lange Hose und eine dunkelblaue, langärmlige Bluse. Peter steckt in einer Jeans und einem buntem Hemd. Auf der Hälfte des Weges muss Martina plötzlich lachen.

„Was ist passiert?", fragt Peter.

„Nichts", antwortet Martina.

„Aber ich muss soeben an unser erstes Treffen beim Festival denken, da hatte ich einen Jeansrock und ein buntes Teil an und du schwarze Hosen und ein blaues Hemd."

„In Modesachen bin ich eine Null, Martina. Warum hast du mich nicht gleich darauf hingewiesen? Ich gehe mich umziehen." Er macht kehrt und geht zum Haus zurück.

„Warte, Peter, so ist das nicht gemeint. Aber meinst du nicht auch, dass wir uns beide mehr einander anpassen sollten, die Eheleute Peter und Martina Weseck?"

„Du hast recht, wie eben eine Rechtsanwältin", antwortet Peter mit einer Fröhlichkeit in der Stimme wie lange nicht.

Sie gehen ins Haus zurück. Nach einer Weile erscheinen sie wieder. Martina in einem modernen, knielangen Rock und hellblauer, leicht ausgeschnittener Bluse. Peter mit schwarzer Hose und weißem Hemd. An den Händen gefasst, gehen sie jetzt zur gemeinsamen Feier. Bevor sie klingeln, schauen sie sich in die Augen und küssen sich.

Neben Fiete, seiner Frau Trude, seinem Sohn Piet und dessen Frau Dörte sind noch zwei Nachbarn von der nördlichen Seite von Fietes Grundstück eingeladen.

„Setzt euch hin, Martina und Peter, jetzt trinken wir erst einmal einen kräftigen Köm, ehe ich sage, wie es weitergeht. Seid ihr einverstanden?"

Alle nicken.

„Na, dann Prost", sagt Fiete und hebt das Glas.

Martina und Peter haben ganz schön zu schlucken. Der hat es in sich!

„So, und nun geht's weiter. Ich stelle euch erst mal alle vor. Peter, wann warst du das letzte Mal hier?"

„Ich glaube vor sechs Jahren in den Semesterferien im Juli 1974", antwortet Peter.

Da war ich das erste Mal wieder glücklich und froh, den ersten Schritt geschafft zu haben, denkt Martina. Dabei sieht sie Peter verliebt von der Seite her an.

Alle sitzen in Fietes Traditionszimmer. Es hat einen Kamin, der für später schon vorbereitet wurde. Am großen Eichentisch, an dem sie Platz genommen haben, sitzt sonst die ganze Familie. Die Hansens haben sich über die halbe Republik verstreut und meist zu den Fest und Feiertagen sind sie alle bei Mutter und Vater. An den Wänden hängen unzählige Erinnerungen an Fietes Reisen. Immerhin ist er auf den verschiedensten Schiffen 45 Jahre um die Welt gefahren.

Martina hat noch nie in solch einem Zimmer gesessen und findet es urgemütlich. An der einen Stirnseite des Tischs sitzen die

Männer, an der anderen die Frauen. Auch die ersten Gespräche der Frauen beziehen Martina einfach in die Runde mit ein, als wäre sie schon immer hier.

Fiete und Trude Hansen haben außer ihrem Sohn Piet, der in Sassnitz Fischer ist, und der Schwiegertochter Dörte, die Laborantin im Ambulatorium in Binz ist, noch zwei Töchter.

Michaela hat wie Peter Lehrer studiert und arbeitet in Berlin gemeinsam mit ihrem Ehemann, der auch Lehrer ist, an einer Erweiterten Oberschule. Sie haben zwei Kinder. Angela lebt mit ihrem Mann in Rostock und arbeitet als Verkäuferin. Ihr Mann ist Schweißer in der Werft. Sie haben eine Tochter.

„Essen ist fertig", ruft Piet.

Alle stehen auf und gehen in die Gartenlaube. Der Tisch ist reichlich gedeckt, und jeder nimmt, was er will. Nach einer halben Stunde sitzen alle wieder auf ihrem Platz. Hier stehen jetzt Rostokker Hafenbräu, alkoholfreie Getränke, Wein, Sekt und Schnaps.

Als alles nach draußen zog, sah Martina, wie Trude begann, den Tisch abzuräumen. Sie blieb bei ihr und deckte mit ihr gemeinsam neu ein. Dann erst gingen sie essen. Bei Trude brachte das Martina wohlwollende Punkte ein. Die Frauen trinken Wein und unterhalten sich. Hin und wieder gibt es einen von Trude selbst gemachten Eierlikör.

Die Männer diskutieren bei Bier und Schnaps. Peter muss von seinem Leben erzählen und wo er diese tolle Frau kennengelernt hat. Er denkt sich eine glaubhafte Geschichte aus. Das interessiert besonders Piet, der schon den ganzen Abend immer wieder zu Martina schaut. Seine Frau Dörte hat das schon lange bemerkt und beginnt, Martina kräftig Eierlikör nachzuschenken. Nur sie weiß an diesem Tisch, welche Wirkung Omas Eierlikör hat.

Martina spitzt die Ohren, als es um Peters Entwicklung in den letzten Jahren geht. Sie möchte nichts verpassen und dann den Frauen zeitgleich von ihr etwas anderes erzählen. Peter sagt, dass er Diplom-Lehrer ist und Martina Anwältin.

Hier wird Piet etwas unruhig: Juristin, ausgerechnet hier, Mist!

Er, also Peter, hat im Januar dieses Jahres den Doktor gemacht. Martina zieht demnächst nach. Piet denkt bei sich, mit einer Doktorin im Bett, das wäre heute nicht schlecht. Nur Trude weiß, dass die Ehe ihres Sohnes mit Dörte nicht glücklich ist. Dörte hat ihr einmal gesagt, dass sie nach einer Fehlgeburt keine Kinder mehr bekommen kann. Seitdem geht Piet fremd, und das schon seit einigen Jahren. Er lehnt die Adoption eines Kindes kategorisch ab, obwohl er an der Fehlgeburt nicht unschuldig ist.

Peter beobachtet seit einiger Zeit, wie Dörte versucht, Martina betrunken zu machen. Er kennt die Gründe nicht, sieht aber gleichzeitig, wie Plaudertasche Piet anfängt, Martina mit den Augen auszuziehen. Sobald sich Martina irgendwie nach vorn beugt, versucht er, ihr mit langem Hals in den Ausschnitt zu schauen.

Peters und Martinas Blicke treffen sich. Er ist zwar auch nicht mehr fest auf den Beinen, aber der Blick von Martina hat etwas Bittendes, gemeinsam nach Hause zu gehen. Peter zeigt mit dem linken Daumen nach oben, und Martina versteht. Ein Absacker noch, und dann ab ins Bett. Sie heben ihre Gläser und bedanken sich bei allen Anwesenden für den schönen, für sie unbekannten Abend der mecklenburgischen Kultur.

Beide verabschieden sich von allen herzlich und verlassen das Haus. An der frischen Luft merken sie erst, welche Wirkung Alkohol haben kann. Dann umfasst Peter Martina und führt sie in Schlangenlinie nach Hause.

„Peter, mir ist so schlecht." Und schon nach drei Viertel des Weges muss ein Busch herhalten.

„Peter, hilf mir, ich glaube, ich sterbe."

Peter zieht sie mit sich, denn er merkt plötzlich, wie sich hinter ihnen eine Gestalt von Fietes Haus nähert. Diese Person ist Piet. Er versucht, näher zu kommen.

Peter zieht schon zehn Meter vor dem Haus den Schlüssel aus der Hosentasche. Dann schließt er die Haustür auf, schiebt Martina hinein und verschließt alles. Er legt sie erst einmal auf die Couch und zieht alle Rollos und Vorhänge zu. Er hört auch jemanden ums Haus schleichen, dann keift eine schrille Frauenstimme den Verfolger zurück. Es ist Dörte, die ihrem Piet das Spannen versauert.

Er zieht wie ein geprügelter Hund ab. Leise hört man, wie zur Entschuldigung: „Ja, ich komme schon. Ich wollte Peter nur helfen."

Peter schaltet das Licht ein.

Martina ist eben eingeschlafen, erwacht aber wieder. „Peter, was ist?", fragt sie recht benommen. „Oh, dieser Eierlikör. Ich weiß gar nicht, warum mein Glas immerzu voll war, Dörtes auch, aber der scheint das Zeug nichts zu machen. Und ich wollte dir heute alles erzählen. Oh, ist mir schlecht!"

Gemeinsam schaffen sie es zur Toilette, und Martina gibt das Letzte von sich her. Sie trinkt noch ein großes Glas Wasser und schläft dabei fast ein. Er schafft sie in ihr Bett. Peter zieht ihr Rock, Bluse und BH aus.

Als er an ihr Höschen will, sagt sie verschlafen: „Morgen, Peter, morgen!"

Er deckt sie zu und geht ins Wohnzimmer. Aus der Küche holt er sich eine Flasche Bier. Die braucht er jetzt, um wieder normal zu werden. Peter schaltet sich den Fernseher ein und beginnt, über alles Erlebte seit dem Treffen mit Ole Sörensen nachzudenken. Nach einiger Zeit kommt er zu dem Schluss, dass in den letzten insgesamt drei Monaten vieles passiert ist, aber ganz wichtige Informationen aus den sieben Jahren fehlen. Weder Martina noch er haben sich gegenseitig nach der eigenen Vergangenheit befragt. Jeder von ihnen war bisher mit seinem Wissen vom anderen zufrieden. Plötzlich tauchen viele unbeantwortete Fragen auf? Am meisten verwundert ihn mit zunehmender Müdigkeit, warum Ole ihm von Martina einiges nicht erzählt hat und warum er ihr nichts vom Treffen mit ihm gesagt hat.

Peter, hier stimmt etwas nicht! Warum weicht Martina mir ständig aus, wenn ich mit ihr schlafen will? Ist sie vielleicht doch schon jemandem versprochen? Oder hat alles etwas mit der Krankheit zu tun, von der Ole gesprochen hat? Schon im Halbschlaf nimmt er sich vor, sie morgen nach allem zu fragen! Oder haben wir schon heute?

Beide schlafen wie im Rausch und bemerken nicht, wie jemand versucht, durch ein Loch im Rollo ins Schlafzimmer zu schauen Aber ein mit Wolken verhangener Himmel schafft die totale Finsternis. Pech gehabt, Piet!

*

„Peter, aufstehen!" Irgendjemand küsst ihn auf die Stirn. Da er von Martina geträumt hat, glaubt er, dass das zum Traum gehört. Erst als sie ihn sanft rüttelt, kehrt er in die raue Wirklichkeit zurück.

„Schade, das war so schön. Ich habe herrlich von dir geträumt,

Martina. Leider sind das immer nur Träume, und das schon sieben lange Jahre", sagt Peter traurig zu ihr.

Er setzt sich auf und fährt sich mit beiden Händen verzweifelt durch das Haar. Dabei sieht er, dass Martina unmittelbar vor ihm steht. Sie trägt einen sehr kurzen Morgenmantel, und Peter sieht ihre schön geformten, langen Beine zum Anfassen nah.

„Peter", sagt Martina und streicht ihm mit der Hand durchs Haar, „habe noch bis heute Abend Geduld!"

Sie schauen sich in die Augen und verstehen sich.

Beide machen sich fertig und frühstücken altbackenes Brot. Eigentlich hatte Fiete gestern Abend noch angeboten, zum Frühstück herüberzukommen. Aber beide hatten, ohne sich vorher abgesprochen zu haben, mit einer Ausrede abgelehnt. Dieser Abend, stellt sich dann im Gespräch heraus, hat bei Martina wie auch bei Peter einen bitteren Nachgeschmack hinterlassen. Hätten sie sich an Onkel Karls Kamin gesetzt und eine Flasche Wein getrunken, wäre ihnen heute auch wohler.

„Na, und was hilft dagegen, Tina? Sag mal, darf ich dich überhaupt so nennen als junge, schöne fünfundzwanzigjährige Anwältin?", fragt Peter.

Martinas Augen verschleiern sich, und ihr Gesichtsausdruck verrät, dass sie in Erinnerungen schwelgt. Nach einer Weile sagt sie: „Das finde ich sogar schön! So haben mich bisher nur meine Oma, Onkel Ole und Tante Grit genannt. Und jetzt du, Peter."

„Also, wenn schon, dann Peterle!"

Sie müssen lachen, ziehen sich ihre Wanderkleidung an, und los geht's. Sie vermeiden den freien Blick zu Fietes Haus. Sonst bekommen sie vielleicht noch Piet und seine Frau Dörte als Begleitung, und das wollen beide nicht.

Sie gehen erst durch den Wald, dann aber an den Strand herunter in Richtung Binzer Seebrücke. Beide merken, wie die frische Seeluft ihren „Kater" vertreibt. Ursprünglich wollten sie zum Bahnhof des „Rasenden Roland", der Rügener Kleinbahn, laufen und nach Göhren fahren. Aber als sie einen Ortsplan finden und erkennen müssen, dass sie sich alles in allem etwa 30 Kilometer Fußmarsch zumuten, bleiben sie im Ort. Zur Mittagszeit finden sie eine Gaststätte, gemütlich und mit Seeblick.

Plötzlich sagt Martina ernst: „Peter, wenn du vielleicht auch mehr erwartet hast, für mich waren das seit Langem die schönsten Tage, die ich erlebt habe. Schade, dass sie morgen zu Ende gehen!"

Ohne ein weiteres Wort zu sagen, steht sie auf. Er soll ihre aufkommenden Tränen nicht sehen. Sie geht bezahlen und verlässt die Gaststätte. Peter folgt ihr etwas betroffen. Vor der Gaststättentür umarmen sich beide und blicken sich tief in die Augen.

Nach einer Weile sagt sie: „Peter, du erdrückst mich, ich bekomme keine Luft."

„Weil ich dich so lieb habe", antwortet er und gibt ihr einen Kuss.

Dann schlendern sie weiter. In einem kleinen Café an der Strandpromenade erhalten sie frischen Kuchen und Brötchen. Das reicht für eine kleine Vesper, das Abendbrot und das Frühstück. Sie gehen noch in ein Museum, danach aber wieder an den Strand. Ihr Weg führt bis in Höhe ihrer Unterkunft.

Dort kommt Peter eine Idee. „Tina, da oben steht unser Haus. Wenn wir den Pfad hochgehen, Kaffee kochen, Decken fassen und wieder zurückkommen, können wir dort in dieser kleinen Grube oder Kuhle ungestört vespern. Einverstanden?"

„Aber sicher, mein Schatz, los, wer ist zuerst oben", sagt Martina und rennt los.

„Der bekommt was?", fragt Peter, ohne Antwort zu erhalten.

Martina hat schon zehn Meter Vorsprung. Er kann sich anstrengen, wie er will. Sie ist schnell und geschickt.

„Der darf Kaffee kochen!", ruft Martina am Ziel, lachend und völlig außer Atem.

Peter spielt den Betroffenen. Es wird ein gemütliches Picknick. Sie ziehen es bis zum Abend hin. Erst als es kühl wird, verlassen sie die Grube. Es war schön, aber Martina war mit ihren Gedanken nicht immer in der Sandkuhle. Das bemerkt Peter nicht nur einmal. Er versucht immer wieder, seine in der Nacht aufgetretenen Fragen anzubringen, aber Martina blockt geschickt ab.

Sie gehen ins Haus. Hunger hatte keiner von beiden. Peter bereitet den Kamin vor. Martina duscht und macht sich für den Abend zurecht. Dann ist Peter an der Reihe. In der Zwischenzeit holt Martina Knabberzeug und den Sekt aus dem Kühlschrank.

Beide haben sich für ihren letzten Abend entsprechend festlich gekleidet. Martina trägt einen Minirock mit Schlitz an der rechten Seite und ein Oberteil mit Spaghettiträgern und einen trägerlosen

BH. Ihr Haar fällt offen auf die Schultern. Sie ist dezent geschminkt und hat ein ähnliches Parfüm aufgelegt wie 1973.

Peter trägt ein weißes, langes durchsichtiges Hemd und schwarze, lange Hosen. Sie setzen sich nebeneinander auf die Couch, füllen die Gläser und stoßen an.

„Auf unsere gemeinsamen Tage", sagt Martina.

Sie küssen sich, und Peter merkt, wie ihr Körper zittert. Er zieht sie an sich.

„Peter, wenn du wüsstest, wie gern ich dich habe", sagt Martina mehr gehaucht als gesprochen mit belegter Stimme.

Unter Küssen beginnen sie, sich gegenseitig auszuziehen. Es geht ihnen fast nicht schnell genug. Jeder möchte den nackten Körper des anderen auf seiner Haut spüren. Sie küssen sich immer wieder gierig am ganzen Körper, so als ob sie sieben Jahre auf einmal nachholen müssen. Dann vereinigen sie sich. Martina möchte Peter nicht mehr loslassen. Sie drängt sich ihm entgegen und umklammert ihn mit ihren Armen und Beinen. Sie möchte ihn möglichst lange in sich spüren.

Es ist dieses Mal noch schöner als in Berlin. Martina überkommt eine innere Zufriedenheit. Die jahrelang aufgebaute Spannung weicht langsam Freude und Erleichterung, die einen großen Teil ihrer inneren Zerrissenheit besiegt. Ihr ganzer Körper bebt. Tränen des Glücks steigen ihr in die Augen, und sie lässt ihnen an Peters Schulter freien Lauf. Auch in diesem Moment des hemmungslosen Glücks verlässt sie das starke Kribbeln in ihrem Bauch nicht. Ihr ist damit endgültig klar geworden, dass dieser Mann der Mann ihres Lebens ist, und wenn sie ihn einer anderen Frau nehmen muss. Es ist ihrer!

Nachdem beide den Höhepunkt ihrer Vereinigung erreicht haben, schmiegt sich Martina ganz fest an Peter. Beide sind erschöpft, aber glücklich. Ein bisher nicht gekanntes Gefühl der Zweisamkeit und Zusammengehörigkeit überkommt sie. Jeder genießt den Moment für sich, und trotzdem fühlen sich beide eng miteinander verbunden.

Keiner kann sagen, wie lange sie so gesessen haben. Die Kühle des Raums holt sie in die Gegenwart zurück. Sie suchen ihre Sachen zusammen und ziehen sich wenigstens ihre Unterwäsche wieder an.

Peter geht zum Kamin, um Feuer zu machen. Kurz darauf knacken die Scheite.

Draußen ist es Nacht geworden. Von der Ostsee zieht eine Regenwand auf, verbunden mit starkem Wind. Bald hört man den Regen gegen die Jalousien peitschen. Sie setzen sich auf die Couch, direkt gegenüber dem Kaminfeuer, das sehr schnell die Temperaturen im Raum ansteigen lässt. Es wird richtig gemütlich. Sie haben ein Gefühl, als ob sie nie Jahre von einander getrennt waren.

Für Martina ist es sehr gut, dass sie als Erstes miteinander geschlafen haben. Jetzt fällt es ihr leichter, alle Fragen und Probleme, die zwischen ihnen stehen, mit Peter zu besprechen. Das hofft sie jedenfalls.

„Peter, du bist verheiratet und hast einen Sohn", sagt sie plötzlich mit bebender Stimme und einiger Überwindung, um anzufangen. Sie ist aufgeregt wie selten zuvor in ihrem Leben. Aber jetzt muss es sein oder es wird nie ausgesprochen.

Peter stutzt. Nach einiger Zeit wird ihm klar, warum sich Martina die ganze Zeit so zurückgehalten hat. Er hat selbst bei seiner Vorstellung in der Seminargruppe gesagt, dass er einen Sohn hat. Das lässt natürlich auf eine Ehe schließen!

„Nein, Tina, das ist nicht ganz richtig. Einen Sohn habe ich, das stimmt! Der wurde im November 1978 geboren. Ich bin aber nicht verheiratet. Das war damals so: Wieder einmal hatte ich dir einen Brief geschrieben und zum unzähligsten Male keine Antwort erhalten. Meine Stimmung war am Tiefpunkt angelangt. Die anderen aus meiner Forschungsgruppe hatten inzwischen eine kleine Fete begonnen und waren schon tüchtig in Stimmung, als ich zu ihnen stieß. Eine Mitstudentin, Sonja heißt sie, hatte es schon lange auf mich abgesehen. Mit viel Rotwein und Einfühlungsvermögen nutzte sie meine miese Stimmung aus, und ich bin mit ihr ins Bett gegangen. Später hätte ich mich ohrfeigen können, doch da war es zu spät. Meinen Schwur, dir nie untreu zu werden, hatte ich gebrochen.

Mir wurde kotzübel. Ich hätte mich selbst anspucken können. Am nächsten Tag habe ich versucht, ihr beizubringen, dass ich eine andere Frau liebe, und das schon viele Jahre. Mit ihr, das war nur ein Ausrutscher. Sie machte mir eine fürchterliche Szene und bezeichnete mich als einen Hurenbock und, und, und!

Nach reichlich zwei Monaten teilte sie mir mit, dass sie von mir schwanger sei. Das war für mich erst einmal ein Schock. Dann sagte sie zu mir, dass ihre Eltern eine Eheschließung erwarten. Ihr Vater ist Direktor einer Berufsschule in Thüringen, ihre Mutter Chefsekretärin. Sie könnten die Schande nicht verkraften, dass ihre Tochter, eine künftige Doktorin der Sprachwissenschaften, ein uneheliches Kind zur Welt brächte. Nachdem ich wiederum ablehnte, hat sie ihr Studium abgebrochen. Ihr Vater hat dafür gesorgt, dass ich ein Parteiverfahren erhielt und fast von der Hochschule geflogen wäre. Von einer ehemaligen Freundin von ihr habe ich dann nach der Geburt meines Sohnes erfahren, dass sie die ganze Fete genau zu dem Zeitpunkt organisiert hat, als sie fruchtbar war!

Aber was kann ein Kind für seine Eltern? Ich stehe zu meinem Sohn. Obwohl ich monatlich regelmäßig meine Alimente zahle, habe ich ihn erst zweimal gesehen. Trotzdem bleibt er mein Sohn.

Ich liebe nach wie vor nur eine Frau, und das bist du, Tina! Das wird immer so bleiben. Mit einer weiteren Frau habe ich nicht geschlafen", antwortet Peter.

„Und wie heißt dein Sohn?", fragt Martina.

„Frank."

Martina atmet auf. Peter hat ihre Reaktion im halbdunklen Zimmer nicht gesehen. Gott sei Dank, denkt sie und schaut etwas erschrocken über sich selbst in das Kaminfeuer.

„Seit wann bist du denn in der SED?", fragt Martina schnell weiter.

„Seit 1973. Als ich von Berlin vorzeitig nach Hause geschickt wurde, musste ich am nächsten Tag vor die Parteileitung unseres Betriebs. Die Genossen einschließlich meines Vaters wussten alles über uns beide, selbst unseren Ausflug nach Mahlsdorf und dass wir dort eine Nacht alleine in der Laube verbracht haben. Sie wussten sogar, dass du die Tochter eines Gutsbesitzers bist und dein Vater in der CDU ist. Stell dir vor, die wussten mehr, als du mir gesagt hast. Ich habe erst viele Jahre später erfahren, dass Kalle und Klaus die Spitzel waren. Es gehören aber noch mehr dazu!"

„Warte mal, Peter. Klaus heißt einer?", unterbricht ihn Martina.

„Ja, Klaus, so hieß unser damaliger Hundertschaftsleiter", antwortet Peter.

„Als ich erfahren habe, dass mich mein Vater mittags abholt, habe ich erst versucht, die Schule herauszufinden, in der du untergebracht bist. Dann hatte ich einen gewissen Klaus am Hörer, der sehr anzüglich war, nachdem er mir gesagt hat, du wärst nach Hause gefahren, weil dein Vater gestorben ist oder so etwas Ähnliches. Genau wusste er das auch nicht. Daraufhin habe ich dir diesen Brief geschrieben. Wenn ich jetzt die Zeiten vergleiche, müsstest du während meines Anrufs noch im Lager gewesen sein."

„Das war ich auch, denn ich bin erst nach dem Mittag zum Bahnhof gelaufen und dann zu deinem Hotel. Wir haben also einen großen Teil unseres Unglücks diesem Schwein zu verdanken!" Peter zittert vor aufkommender Wut am ganzen Körper. Er hat mit sich zu kämpfen, nicht auszurasten.

Martina bemerkt das und nimmt ihn in ihre Arme. Sanft streicht sie ihm über das Haar. Sie sagt in Gedanken versunken: „Warum wir, warum nur?"

Martina und Peter sitzen eine Weile schweigend nebeneinander. Jeder denkt an damals zurück. Dann steht Peter auf, legt Holz nach, holt den „Klosterbruder" und zwei kleine Gläser. Martina füllt die Sektgläser nach. Sie trinken den Schnaps. Der lockert ihre Betroffenheit auf.

Dann erzählt Peter weiter: „Der Parteisekretär deutete mir an, dass nach diesen Verfehlungen mein Studium infrage gestellt ist. Wenn ich mich aber entschließen würde, in die Partei einzutreten, könnte man meine Delegierung zum Studium in Potsdam nochmals bedenken. Ich weigerte mich schon seit dem 18. Lebensjahr, Mitglied der SED zu werden, musst du wissen. Immer wieder erfand ich eine andere Ausrede. Deshalb war bei uns zu Hause häufig Zoff.

Ja, und da wählte ich in diesem Moment das kleinere Übel: die Partei. Seitdem bin ich Genosse, habe meinen Diplom-Lehrer gemacht, danach ein Forschungsstudium zum Doktor der Geschichtswissenschaften abgeschlossen und ein Lehrbuch geschrieben, das demnächst erscheint.

Glaub mir, Martina, ich bin kein guter Genosse! Wenn sich die Partei auf mich stützen sollte, bricht sie eines Tages zusammen", sagt Peter und gießt den „Klosterbruder" nach.

Sie stoßen miteinander an. Tina wird durch den Schnaps immer leichter ums Herz, und ihre Bedenken werden kleiner.

„Das war meine Geschichte. Nun erzähl mir von dir", greift Peter das Thema erneut auf. Er hat sich wieder besser in der Gewalt.

Vor diesem Augenblick hat sich Martina gefürchtet! Nun ist er da, der Moment der ganzen Wahrheit. Sie kann und will nicht mehr ausweichen. Leider ist ihr Leben nicht so glatt wie Peters in den letzten sieben Jahren verlaufen. Aber Martina hat sich geschworen, Peter die ganze Wahrheit zu erzählen, auch wenn er sie danach vielleicht nie wiedersehen möchte. Uns trennt die Grenze so und so. Also ist es egal, wie er reagiert. Es wäre nur um unsere Liebe schade, denkt sie. Deshalb hat sie sich vorhin auch noch einmal mit ihm so leidenschaftlich geliebt. Vielleicht war das ihr letztes, gemeinsames Mal?

Nein, Martina, was versuchst du, dir hier einzureden? Großmutter hat immer gesagt, wenn du das Kribbeln im Bauch verspürst, ist der Mann deines Lebens ganz in deiner Nähe. Nur bei Peter spüre ich dieses herrliche Kribbeln. Auch hier auf Rügen ist es jeden Tag gegenwärtig. Besonders stark spüre ich es hier auf dieser Couch direkt neben ihm. So war es den ganzen Abend. Erst nachdem wir vorhin miteinander geschlafen haben, wich es einer inneren Zufriedenheit. Das bedeutet, ich habe den Mann meines Lebens gefunden. Peter ist ein Mann mit Charakter, wenn er auch einen „außerehelichen" Sohn hat. Er wird mich nicht verstoßen! Also, Martina, was soll dir eigentlich noch passieren?

„Tina, ich möchte gern wissen, wie es zu deiner Abreise kam und wie es danach weiterging." Peter denkt, er muss Martina einen Anhaltspunkt liefern und reißt sie dabei unbewusst aus ihren Überlegungen.

„Ja, ich überlege nur, wie ich anfangen soll. Also, als ich nach unserem wunderschönen Erlebnis in Mahlsdorf zurück in das Hotel kam, gab mir der Portier einen Brief meines Vaters. Ich freute mich anfangs, dass er an seine Tochter gedacht hat. Da wusste ich noch nichts vom Inhalt. Er teilte mir mit, dass er erfahren hat, dass ich es mit einem ‚Proleten' treiben würde, so waren seine Worte. Dazu habe ich mich nicht nach Berlin fahren lassen. Ich habe Punkt zwölf fertig zu sein, weil er mich nach Hause holt. Meine Versuche, dich zu erreichen, kennst du schon."

Peter nickt und bemerkt, dass Martina irgendwie sehr unruhig ist. Er nimmt ihre Hände in seine und zieht sie an sich.

Sie lässt es nur kurz geschehen, dann rückt sie wieder zurück, was ihn verwundert und aufmerksam werden lässt. Was ist plötzlich mit ihr wieder los, fragt er sich. Wie nach unserer Ankunft, als wir im Bett lagen und ich sie küssen wollte.

„Abends zu Hause haben sie mir kaum Zeit gelassen, mich frisch zu machen. Ich musste zum Familienrat. Plötzlich war mein Bruder Arnim da, der mich eigentlich in Berlin besuchen wollte, aber dann ganz dringend nach Amerika fliegen musste. Ebenfalls saßen am Tisch: meine Schwägerin und mein Vater. Ich erspare dir die Beleidigungen und primitiven Äußerungen meiner Schwägerin, die das Wort Arbeit nur aus dem Duden kennt.

Jedenfalls verlangte mein Vater von mir, alles, was ich mit ‚dem Kommunisten' erlebt habe, als den Versuch abzutun, Lebenserfahrungen zu sammeln. Ich sollte dich sofort wieder aus meinem Gedächtnis streichen. Meine Schwägerin schlug noch vor, dass sie mich mit zu ihrer Frauenärztin nehmen wolle. Die sollte kontrollieren, ob ich mit dir geschlafen hätte. Wenn ja, sollte die Ärztin meine Vagina reinigen, um Infektionskrankheiten zu verhindern. Ich war zutiefst schockiert und bezeichnete das als bodenlose Frechheit und Eingriff in meine Privatsphäre. Als ich mich vehement gegen alles weigerte, was sie von mir verlangten, drohte mir mein Vater Konsequenzen an.

Ich bin dann weiter zur Schule gegangen, habe mein Abitur gemacht und das Jurastudium. Jetzt bin ich Diplom-Juristin und möchte über das Wirtschaftsrecht promovieren", beendete sie ihren Bericht.

Peter sitzt eine Weile still neben ihr und verarbeitet das Gehörte, ganz besonders ihr Bekenntnis zu ihm. Er spürt auch, dass sie ruhiger geworden ist, aber nicht völlig, und er hat den Eindruck, nicht alles gehört zu haben.

Ole, was hatte der gesagt? Martina war krank und konnte deshalb erst später das Abitur machen und studieren!

„Martina, Ole erzählte mir, dass du krank geworden und zu ihm gezogen bist, also aus dem Gutshaus heraus und noch heute bei ihm wohnst", sagt Peter weiter

Martina zuckt zusammen. Sie steht auf und geht an den Kamin. Hier bleibt sie stehen und schaut in das kleiner werdende Feuer. Sie nimmt zwei Scheite und legt nach. Peter betrachtet sie, wie sie in Slip und BH im flackernden Feuer des Kamins steht. Du hast eine super Frau. Die lässt du nie mehr los, egal an welchem Punkt der

Welt sie lebt. Martina, wenn ich dir nur zeigen könnte, wie sehr ich dich liebe!

Jetzt nimmt sie ihren ganzen Mut zusammen, dreht sich zu ihm um, schaut ihn an und geht an ihm vorbei ins Schlafzimmer.

Peter sitzt auf der Couch und starrt ihr nach. Welchen Fehler hast du denn jetzt wieder gemacht? Draußen beginnt das nächste Unwetter mit Sturm und Regen. Er steht auf und prüft die Rollos und Fenster. Alles ist dicht verschlossen.

Martina kommt mit einer Mappe in der Hand aus dem Schlafzimmer und legt sie auf den Tisch. Sie füllt Schnaps- und Sektgläser nochmals nach. Das betäubt den Schmerz, wenn mich Peter verlassen sollte, denkt sie etwas verzweifelt. Obwohl ihr nach dem gestrigen Abend noch gar nicht nach Alkohol ist.

Peter sitzt auf seinem Platz und schaut ihr verwundert zu. Martina setzt sich und lässt etwas Abstand zwischen ihnen.

„Ja, Peter, was ich dir jetzt erzähle, wird sicherlich ein Schock für dich und das Ende unserer eben erst richtig begonnenen Beziehung. Ich bin, wie ich schon sagte, wieder in die Schule gegangen. Vater und Bruder kontrollierten mich auf Schritt und Tritt. Sie hatten für mich schon den Sohn eines Großindustriellen ausgesucht. Unsere Heirat sollte den Reichtum beider Familien bedeutend vergrößern. Nur ich wollte nicht!

Dann passierte es. Lange habe ich gezögert, zum Arzt zu gehen. Als aber meine dritte Regel ausblieb, musste ich. Das Ergebnis: Ich war im vierten Monat von dir schwanger. Mein Vater warf mich ohne alles aus dem Haus. Das Kind eines ‚bolschewistischen Schweins' wird sein Haus nicht betreten. Das waren seine Konsequenzen, die er mir im August 1973 angedroht hat. Mein feiner Bruder betonte künftig bei jeder Gelegenheit, wie standesgemäß er und seine Frau sich verhielten!

In Wirklichkeit erfuhr ich, dass er schon seit vielen Jahren fremdging, und nicht nur mit einer Frau. Andererseits, bei solch einer hässlichen und strohdummen Ehefrau konnte ich ihn auch irgendwie verstehen. Außerdem hat er sich bei einem Gespräch versprochen und mir unbewusst etwas verraten.

Ich hatte aus lauter Glück und Freude in der Zeit vor der Abfahrt nach Mahlsdorf mit meiner besten Freundin telefoniert und von dir erzählt. Sie war es dann wohl auch, die alles meinem Bruder erzählt hat und der wiederum hatte nichts Eiligeres zu tun, als alles meinem Vater zu berichten. Linda hieß meine Freundin. Seitdem sprechen wir kein Wort mehr miteinander.

Ja, mein Bauch wuchs und wuchs, aber ich ging noch zur Schule. Im siebenten Monat sah ich aus wie eine Kugel mit Beinen. Meine Gynäkologin war sich recht unsicher, denn sie hatte immer wieder doppelte Herztöne gehört. Sie verlangte deshalb, dass ich im Februar 1974 die Schule abbrach. Dadurch konnte ich auch das Abitur erst kurz vor Weihnachten 1974 nachholen.

Was aber für mich viel, viel wichtiger war: Am 10. Mai 1974 wurde Sophia geboren. Eine halbe Stunde später ihr Bruder Luciano. Seit dem 20. August dieses Jahres gehen sie in die erste Klasse der Grundschule. Übrigens, seit meinem Verstoß von zu Hause haben mich Onkel Ole und Tante Grit in ihrem Hause aufgenommen. Sie kümmern sich auch um die Zwillinge, solange ich hier bin. Das war meine Krankheit, Peter. Prost!" Sie stürzt Schnaps und Sekt hintereinander herunter. Ihr fällt eine Zentnerlast von den Schultern. Jetzt ist es heraus!

Peter rührt kein Glied. Er sitzt wie erstarrt auf der Couch neben ihr. Es will nicht in seinen Kopf hinein, dass er mit seiner Traumfrau zwei Kinder hat, Zwillinge, und das schon seit sechs Jahren!

Erst jetzt wird ihm Martinas Situation in all den Jahren richtig bewusst. Nun kann er sich auch ihr Verhalten in den letzten Wochen erklären! Wie viele Ängste hat sie eigentlich ausstehen müssen, einem Mann, der selbst schon einen Sohn mit einer anderen Frau hat, das zu sagen?

Als nach einigen langen Minuten Peter immer noch kein Zeichen von sich gibt, ist Martina überzeugt, verloren zu haben. Das letzte Fünkchen Hoffnung schwindet. Martina erhebt sich langsam von der Couch und will ins Schlafzimmer gehen. Sie merkt, wie ihr Tränen in die Augen steigen, doch sie kämpft dagegen an.

„Tina, wo willst du hin? Komm, bleib bei mir!"

Plötzlich steht Peter neben ihr. Er umarmt sie, hält ihren Kopf in seinen Händen und küsst sie, drückt sie an sich wie heute vor der Gaststätte. Martina ist etwas benommen vom Alkohol und begreift nicht gleich. Dann spürt sie etwas Feuchtes auf ihrem Gesicht. Es sind Peters Tränen! Dieser große, starke Mann weint! Jetzt kann auch sie nicht mehr an sich halten. Auch ihre Tränen rollen, aber vor Erleichterung.

„Tina", beginnt Peter, nachdem er sich wieder etwas gefangen hat. „Tina, das ist das schönste Geschenk, das du mir jemals machen konntest. Jetzt habe ich Kinder mit der Frau, die ich von Herzen liebe!"

Er möchte Martina nicht mehr loslassen. Dann setzen sie sich wieder. Erst jetzt trinkt er einen Schluck Sekt. Martina ist glücklich, dass alles entgegen ihren Befürchtungen ausgegangen ist. Sie begreift die neue Situation noch nicht voll. Immer noch bestehen geheime Ängste, die alles ändern könnten. Trotzdem denkt sie immer mehr, jetzt habe auch ich das für mich Wichtigste zu meiner kleinen Familie: den Partner!

Peter will jetzt erst recht vieles wissen. Er stellt Frage auf Frage. Martina bemerkt, dass sie sich mit jeder Antwort freier fühlt. Aus ihrer Mappe nimmt sie Bilder von Sophia und Luciano. Die Namen hat sie gewählt, erzählt sie Peter, zum Andenken an ihre Mutter, die Sophia Lucia hieß. Sie hätte ihre Mutter die letzten Jahre oft gebraucht. Nachdem dann ihre Großmutter auch noch starb, hat sie nur noch Onkel Ole und Tante Grit. Wie oft hat sie da an Peter gedacht. Die Verantwortung den Kindern gegenüber zu tragen wäre zu zweit viel einfacher gewesen.

Aber Peter und ihr Vater würden nie übereinkommen. Ihre Charaktere sind völlig gegensätzlich, obwohl beide sehr strebsam sind, um ein sich gestecktes Ziel zu erreichen. Aber ihr Vater geht mit aller Härte und Unnachgiebigkeit gegen jeden und alle vor. Peter hingegen zeigt Bestimmtheit, aber bei ihm überwiegen das menschliche Verhalten und das Verständnis für die Probleme des anderen. Und sie hatte damals in Berlin noch gedacht, mit Vaters Beziehungen Peter zu sich zu holen. Welch ein Trugschluss!

Peter betrachtet immer wieder die Bilder der beiden Kinder. Dabei stellt er fest, dass Sophia ihrer Mutter und Luciano ihm ähnlich sehen. Martina bestätigt ihm diese Feststellung. Bisher konnte sie darüber mit niemandem sprechen, auch nicht mit Onkel Ole und Tante Grit. Beide nehmen an, dass einer der heimlichen Verehrer aus ihrer Umgebung der Vater der Zwillinge ist.

Nur ihrer Oma hat sie unter Tränen nach der Geburt gesagt, wer der Vater ihrer Kinder ist und was er macht. Sehr ausführlich hat sie

Peter beschrieben: sein Äußeres, seine Gestik und Mimik und wie romantisch und einfühlsam er ist. Dabei hatte sie ein Leuchten in den Augen, das ihrer Oma ganz besonders auffiel, sodass diese sich jetzt sicher war, dass Martina nie mehr einen anderen Mann lieben würde. Das sagte sie ihr am Sterbebett. Und sie sagte auch: „Kämpfe um diesen Mann. Es wird Gottes Fügung werden, dass ihr beide mit euren Kindern als glückliche Familie alt werdet." Sie hat auch das Verhalten ihres Sohnes seiner Tochter gegenüber nie für richtig geheißen. Ganz im Gegenteil: Es gab eine harte Auseinandersetzung zwischen beiden.

Martina und Peter können in dieser Nacht kaum genug voneinander bekommen. Wenn die Grenze nicht wäre, wäre ihr Glück perfekt und uneinholbar. So wollen sie die ihnen verbleibenden Stunden intensiv für ihre Liebe zueinander nutzen.

*

Es ist der Morgen des neuen, aber ihres letzten Tages auf Rügen, als sie einschlafen, müde und erschöpft, aber glücklich.

Martina fühlt sich, dicht an Peter gekuschelt, wie eine Ehefrau in den Armen ihres Mannes.

Gegen 14 Uhr stehen beide auf, essen etwas, räumen das Haus auf und packen ihre Sachen in das Auto. Martina schreibt Onkel Kulle und Tante Maike noch einen kleinen Brief. Darin bedankt sie sich für die schönen Stunden in ihrem Haus im Namen von Peter und Martina. Bei Fiete und Trude verabschieden sie sich auch, danken nochmals für den netten Abend. Piet und Dörte waren glücklicherweise nicht zu Hause. Dann fahren sie los.

Nach einer schönen Fahrt zweier glücklicher Menschen erreichen sie am späten Abend Potsdam. Peter lässt Martina in einer Nebenstraße zum Wohnheim aussteigen. Sie wollen weiter vorsichtig sein, aber am nächsten Wochenende in Peters Wohnung in Babelsberg festlegen, wie sie sich künftig verhalten wollen.

Peter fährt in seine Wohnung. Aus dem Briefkasten nimmt er die Post. Dabei findet er einen Brief des Direktors. Er öffnet ihn als Erstes und liest, dass er morgen um 9 Uhr in die Direktion geladen ist.

Was soll das, ich habe um 14 Uhr eine Vorlesung zu halten, denkt Peter. Etwas später befällt ihn ein eigenartiges, unwohles Gefühl.

Am nächsten Morgen sitzt Peter pünktlich um 9 Uhr am Tisch des Direktors. Außer Prof. Klare sind seine Stellvertreterin, Prof. Jahn, und der Parteisekretär, Dr. Rau, zugegen.

Prof. Klare eröffnet die außerordentliche Sitzung. „Genosse Weseck, du hast den Inhalt unserer letzten Parteiversammlung nicht richtig verstanden, scheint mir. Obwohl Genosse Rau genau beschrieben hat, wie wir uns Bürgern des kapitalistischen Auslands gegenüber zu verhalten haben, bist du mit der Studentin Martina von Holsten in Binz auf Rügen gewesen. Was hast du dazu zu sagen?"

„Nichts!" Peter kocht innerlich, möchte aber gegenüber diesem Gremium überlegen bleiben.

Alle außer Peter sitzen betroffen am Tisch. Jeder hat jetzt eine Verteidigungsrede oder irgendwelche Ausflüchte erwartet. Stattdessen: Nichts!

„Genosse Weseck, dann teile ich dir folgendes mit: Auf Beschluss der Parteileitung und der Direktion wirst du mit sofortiger Wirkung als Sektionsleiter und Leiter des Seminars der bundesdeutschen Studenten abberufen. Die Pädagogische Hochschule wird weiter entscheiden, was mit dir geschieht. Die Sektion wird vom Genossen Dr. Rau übernommen. Dein Arbeitsverhältnis am Institut für Leitung und Organisation ist damit beendet!", sagt Prof. Klare sichtlich erregt.

Rau sitzt mit einem zynischen Lächeln im Gesicht am Tisch.

„Na, haben Sie erreicht, was Sie von Semesterbeginn erreichen wollten, Genosse Parteisekretär Rau?", sagt Peter mit einem geringschätzigen Gesichtsausdruck, der diesen wütend macht. Danach verlässt er ohne Gruß den Raum. Ihn beschäftigt jetzt nur der Gedanke an Martina. Wer weiß, was sie mit ihr noch alles vorhaben?

Er fährt sofort zu ihrem Wohnheim. Am Einlass sitzt ein Student. Er fragt Peter nach seinem Namen, sieht in eine Liste und teilt ihm mit, dass er auf Weisung des Direktors kein Gebäude des Instituts mehr betreten darf. Peter ist fassungslos. Jetzt bleibt ihm nur die Möglichkeit, auf Martina vor dem ILO zu warten.

Kurz vor 14 Uhr kommt sie mit zwei weiteren Kommilitonen. Peter bittet sie zur Seite. In kurzen Worten teilt er ihr mit, was seit gestern Abend passiert ist. Martina steht ungläubig vor ihm. Sie begreift seine Worte nicht sofort. Dann fasst sie ihn an der Hand und zieht ihn in Richtung Freundschaftsinsel. Martina beginnt, auf dem Weg dahin zu weinen. Peter umfasst ihre Schultern und versucht, sie zu beruhigen. Hinter einem Busch finden sie eine Bank.

Jetzt erst bricht es aus ihr so richtig heraus. „Peter, warum immer wieder wir? Was haben wir verbrochen?", fragt sie ihn mit tränenerstickter Stimme.

„Tina, beruhige dich! Wir müssen jetzt gemeinsam stark sein. Das ist doch genau das, was die Schweine wollen. Ich bin überzeugt, dass uns wieder einer dieser Spitzel beobachtet hat, wie damals in Berlin. Ich weiß nur noch nicht, wer die Schleimer sind. Aber wir werden das gemeinsam herausfinden. Informiere auf alle Fälle Ole, wenn du nach Hause kommst. Er hat eine Vielzahl von Beziehungen! Ich werde hier alles Mögliche in die Wege leiten, um die Schweine zu erwischen!

Geh du zur Vorlesung, und ich fahre in die Hochschule. Dort will man mich um 15 Uhr sprechen. Ich ahne nichts Gutes. Deshalb gebe ich dir den Schlüssel zu meiner Wohnung. Fahre nach der Vorlesung dorthin", legt Peter fest und möchte los, denn die Hochschule befindet sich am anderen Ende der Stadt.

„Was soll ich noch in irgendwelchen Vorlesungen? Ich fahre sofort in deine Wohnung und warte auf dich!", sagt Martina mit einer Entschlossenheit in der Stimme, der Peter nicht widersprechen möchte, die aber auch keinen Widerspruch dulden würde. Ihn aber freut es, wieder einen neuen Charakterzug an ihr zu erkennen.

In der Hochschule teilt man ihm nur mit, dass er politisch unzuverlässig ist. Das zeigen seine Verfahren aus der Vergangenheit und sein jetziges Vergehen. Das Thema für seine B-Arbeit wird ihm entzogen, und er wird bis auf Weiteres in der Hochschulbibliothek arbeiten. Die Partei wird später entscheiden, was mit ihm geschehen wird.

Peter kann aus Fassungslosigkeit keine Frage mehr stellen. Hier hat nicht nur Rau seine Finger im Spiel, sondern auch andere Damen und Herren.

Martina wartet schon auf ihn. Sie setzen sich wie auf Rügen nebeneinander auf die Couch. Dann erzählt Peter, was er an der Hochschule erlebt hat. Nach wie vor kann er das Ganze genauso wenig verstehen wie Martina. Beide gehen in eine kleine Gaststätte, die „Plantagenklause", um etwas zu essen und das weitere Vorgehen in Ruhe zu besprechen.

„Eins verspreche ich dir, Martina, ich werde alles daran setzen und nichts unversucht lassen, den- oder diejenigen herauszufinden, die uns das angetan haben, und wenn es Jahre dauert!", sagt Peter entschlossen.

„Sag mal, werden alle Bürger bei euch so behandelt? Das ist schlimmer als das, was mein Vater mit mir gemacht hat. Ich dachte damals, als die Zwillinge geboren wurden und sich mein Vater mit der Bemerkung, er will diese Bastarde nicht sehen, weigerte, mich im Krankenhaus zu besuchen, das wäre das Schlimmste, was einem passieren könnte. Aber das hier, was die mit dir machen, ist viel schlimmer. Was heißt hier eigentlich immer: Die Partei entscheidet, was mit dir weiter passiert? Gibt es bei euch kein Arbeitsrecht?", sagt Martina ziemlich laut, sodass sich die Besucher der Gaststätte am Nebentisch schon umdrehen.

Peter beruhigt sie erst einmal. Dann sagt er: „Wir haben ein Arbeitsrecht für jeden Bürger der Republik, und das gilt für alle gleich. Wenn du aber bei uns studierst, unterschreibst du eine Erklärung, dass du nach Abschluss deines Studiums bereit bist, dorthin zu gehen, wo dich Partei und Regierung brauchen. Bist du Mitglied der Partei, wie in meinem Fall, gehörst du automatisch zur Kaderreserve der Partei, und sie entscheidet, was mit dir wird. Und das bekomme ich jetzt zu spüren."

„Da entscheiden fremde Menschen, wie du dein Leben einzurichten und zu gestalten hast?", fragt Martina ungläubig.

„Ja", sagt Peter und überlegt kurz, „Martina, du bist ein Schatz. Das Arbeitsrecht! Was würde mir Frau Anwalt empfehlen?"

„Ich kenne euer Zivilgesetzbuch nur auszugsweise. Aber versuchen wir, das Ganze einmal mit Logik zu überdenken. Du hast deine Verpflichtung erfüllt. Nach deinem Studium hast du dem Wunsch der Partei entsprochen und dein Forschungsstudium erfolgreich durchgeführt. Ja, du hast sogar ein Lehrbuch auf Wunsch der Hochschule geschrieben. Du hast weiterhin das Lehramt am Institut angenommen und sehr erfolgreich ausgeführt, das kann ich dir als deine Studentin schriftlich bestätigen. Also bist du all deinen Verpflichtungen nachgekommen. Mit deiner Ablösung und Versetzung in die Bibliothek sollst du eine Arbeit ausführen, die deiner

Qualifikation in keiner Weise entspricht. Also hast du laut Gesetz das Recht zu kündigen, um dir eine Arbeit zu suchen, die deiner Ausbildung entspricht. Peter, am liebsten wäre mir, wenn du zu mir kämest. Aber ich weiß, die Grenze!" Sie hebt verzweifelt beide Hände wie zur Entschuldigung.

„Und was willst du jetzt machen?", fragt Peter etwas traurig.

„Ich werde morgen meinen Studienplatz kündigen", sagt sie stockend.

Beide wissen, was das für ihr soeben wiedergefundenes Glück bedeutet.

Peter zahlt, dann fährt er Martina demonstrativ vor das Wohnheim. Sie geben sich zum Abschied einen langen Kuss, obwohl sie wissen, dass der Pförtner sie beobachtet. Sie verabreden sich für Mittag 12 Uhr am Wohnheim.

*

Beide hatten eine sehr unruhige Nacht. Martina weinte die meiste Zeit, bis ihr die Tränen ausblieben. Als sie am Morgen vor dem Spiegel stand, hatte sie das Gefühl, um Jahre älter geworden zu sein. Wo war die lebenslustige, fünfundzwanzigjährige junge Mutter geblieben? Das darf nicht sein. Dann hätten die Neider ihr Ziel erreicht. Nein, niemals! Sie gibt niemandem mehr ihren Peter her, und es wird auch nie jemandem gelingen, ihre kleine Familie auseinander zubringen.

Das Kribbeln im Bauch bestätigte ihre Gedanken. Oma, wie recht du hast! Mit neuem Mut duscht sie und schminkt sich, um ihr Vorhaben auszuführen.

Peter war schon etwas weiter in seinen Überlegungen. Er hatte sich entschlossen, Martinas Rat zu folgen und mit sofortiger Wirkung die Hochschule zu verlassen. Noch in der Nacht hat er sein Kündigungsschreiben aufgesetzt. In seinem Vertrag hat er keine Kündigungsfristen oder Ähnliches gefunden.

Doch wo dann hin? Welche Kontakte hatte er noch? Ein Gastdozent der Universität Greifswald ist seit einigen Jahren an der Pädagogischen Hochschule in Potsdam tätig. Mit ihm hatte er auch während seines Forschungsstudiums viele Fachkontakte.

Auch nach Dresden und Leipzig reichten mittlerweile seine Verbindungen und Beziehungen. Peter überlegt, die werden doch alle gleich über sein „Vergehen" informiert worden sein. Dafür sorgen schon gewisse Leute! Ich glaube, das bringt im Moment nichts!

Man müsste das Fachgebiet wechseln, und was lag da am Nächsten: die Landwirtschaft. Mensch, mein Freund Achim! Wo war der gleich? Ich glaube, im Norden, aber das bekomme ich heraus. Schwager Harald ist doch Lehrer in unserer Berufsschule in Görlitz. Die hatten vor wenigen Wochen Klassentreffen, und da war Achim zugegen. Er war eine Klasse unter mir. Dann hat Harald bestimmt die neuen Anschriften. Erst jetzt schläft Peter beruhigt ein, aber nur etwa vier Stunden, dann ist er schon wieder auf den Beinen.

Am Morgen fährt er als Erstes ins Postamt, um zu telefonieren. Nach Hause wollte er auf keinen Fall. Aber Schwager Harald musste ihm helfen!

„Harald, hier ist Peter."

„Was machst du denn um diese Zeit schon am Telefon?", entgegnete Harald, der am Frühstückstisch sitzt. „Ist etwas passiert?"

„Nein, oder besser ja. Das erzähle ich dir später. Hast du die Anschrift von Joachim Lange und vor allem seine Telefonnummer?", fragt Peter.

„Ja, habe ich. Da muss ich aber schnell mal nachsehen, warte." Die Zeit vergeht Peter zu langsam, aber er spürt ein Stück Hoffnung in sich aufsteigen.

Harald kommt zurück, gibt Telefonnummer und Anschrift durch. Peter bedankt sich und legt auf. Sofort wählt er die Nummer und Vera, Achims Frau, ist am anderen Ende.

„Guten Morgen Vera! Hier ist Peter. Ich grüße dich, kann ich Achim sprechen?", fragt er.

„Guten Morgen, du, wenn du Glück hast, erreichst du ihn im Büro. Ich gebe dir die Nummer."

Joachim war nach der Schule zum Studium an die TU Dresden gegangen und später nach Grimmen im Bezirk Rostock gezogen. Dort hat er auch seine Frau Vera kennengelernt und geheiratet. Er arbeitet dort in der Leitung einer Agrar-Industrie-Vereinigung, einem Versuchsbetrieb der Landwirtschaft und der Industrie.

Peter ruft ihn an und hat Glück. Er fragt ihn, ob sie einen Doktor der Sprachwissenschaften gebrauchen könnten. Achim lacht, weil er glaubt, dass Peter ihn veralbert. Er weiß ja, dass dieser seinen zweiten Doktor machen will. Nachdem ihm Peter etwas umständlich erklärt hat, worum es ihm geht, fragt Achim, wann er zu ihm kommen könnte. Am Wochenende. Gut, er erwartet ihn und mit dem Chef hat er bis dahin auch gesprochen.

Mit etwas mehr Mut und Zuversicht fährt er jetzt in die Hochschule. Er legt dem Direktor der Sektion Sprachwissenschaften/ Geschichte sein Schreiben auf den Tisch.

Dieser ist sichtlich überrascht. „Aber, Genosse Dr. Weseck, Sie haben sich doch vor dem Studium verpflichtet, dort zu arbeiten, wo die Partei und der Staat Sie benötigen", sagt der Professor.

„Das habe ich und ich habe auch die Verpflichtung erfüllt. Aber seit gestern haben Partei und Staat beschlossen, mich aller Ämter zu entheben und mir einen Arbeitsplatz zugewiesen, der meiner Qualifikation in keiner Weise entspricht", sagt Peter.

„Das ist doch nur für maximal dieses Semester, dann hole ich Sie aus irgendwelchen notwendigen Gründen in meinen Lehrkörper zurück", sagt der Professor beschwichtigend.

„Herr Professor, das ist genau ein Semester zu viel! Dann holen Sie mich mit irgendwelchen fadenscheinigen Ausreden in Ihren Fachbereich zurück. Nein, ich bin so maßlos von den Intrigen, der Falschheit und der Hinterhältigkeit der Kollegen dieser Sektion und des Instituts für Leitung und Organisation enttäuscht, dass ich erst einmal eine Auszeit brauche. Und die nehme ich mir, laut Arbeitsrecht der Deutschen Demokratischen Republik kann ich das. Ihnen möchte ich für all die Unterstützung danken, die ich in den Jahren von Ihnen erhalten habe! Danke!"

Er gibt dem Professor die Hand und lässt Dr. Rau, der inzwischen den Raum betreten hat, links liegen, als wäre er Luft.

„Habe ich etwas verpasst?", fragt Rau.

„Nichts Besonderes", antwortet ihm der Professor ironisch. „Wir haben soeben einen unserer fähigsten Mitarbeiter verloren." Der Professor legt Rau die Kündigung vor.

Dessen Gesichtsausdruck ist nicht sehr intelligent, eher verblüfft. Den Weseck habe ich schon wieder unterschätzt, verdammt!

*

Um Punkt 12 Uhr holt er Martina vom Wohnheim ab. Er packt ihre

Koffer in den Opel Kadett und eine Reisetasche stellt er in seinen Trabant.

„Du nimmst mich doch einige Nächte bei dir auf, Peter?", sagt sie mit einem gewissen spitzbübischen Lächeln.

„Also, meine Mutter hat mich so aufgeklärt, wenn ein Weibchen und ein Männchen in einem Raum schlafen, werden sie rammelig wie die Kaninchen. Deshalb darf ich das vor der Hochzeit nicht. Aber weißt du, da ich den Unterschied zwischen Männchen und Weibchen nicht kenne, weil ich immer studiert habe, geht von mir keine Gefahr aus. Ich lasse dich auf meiner Doppelbettcouch schlafen und gehe in mein schmales Bett. Was sagst du dazu?", fragt Peter todernst.

„Wenn das so ist, schläfst du auf der Couch und ich im Bett", entgegnet Martina ernsthaft.

„Würdest du das aushalten, so rein sexuell betrachtet, meine ich?", antwortet er.

„Ich glaube nicht, aber ich kann mal in Babelsberg schauen, ob ich ein Männlein für mein Bett finde", antwortet Martina

„Untersteh dich, den bringe ich schon vor der Haustür um", sagt Peter.

Beide müssen herzlich über solch eine Absurdität lachen. Sie schütteln den Kopf.

In den nächsten Tagen bis Freitag werden beide nur noch zusammen gesehen. Martina hilft Peter, seine Schreibtische auszuräumen und alle Formalitäten an der Hochschule und am ILO zu erledigen. Sein ehemaliger Sektionsdirektor an der Hochschule versucht nochmals ein Gespräch mit Peter, um ihn zu halten. Doch der lehnt wegen der genannten Gründe erneut ab. Er kann niemandem das Geschehene verzeihen, und damit Schluss.

Über einen Rechtsanwalt in Potsdam sichert er sich auf Martinas Anraten alle Rechte an seinem Buch. Des Weiteren holt er sich alle Forschungsergebnisse für seine B-Arbeit aus der Hochschule und dem Institut, die er in den Jahren erarbeitet hat. Die bekommt keiner, vor allem nicht Rau. Das geschieht an einem Vormittag innerhalb von vier Stunden, keine Minute zu früh oder zu spät, denn am Nachmittag durchwühlt Dr. Rau schon Peters Schränke nach den Unterlagen. Vor Wut zerspringend verlässt er das Büro.

Nach einem Ausflug nach Berlin zu den alten Stätten, mit Ausnahme von Mahlsdorf, dafür fehlte die Zeit, schließen sie das Kapitel Berlin und Potsdam ab. Am Abend sitzen beide auf der Couch, jeder schon in seiner Nachtwäsche. Martina hat wieder ein verführerisches Teil angezogen. Diesmal in hellblau, hauchdünn durchsichtig, weit ausgeschnitten und das Oberteil ist von zwei Schleifchen bis zum Bauchnabel gebunden. Peter weiß nicht, dass sie dieses scharfe Teil extra aus dem Koffer im Opel für ihren letzten gemeinsamen Abend geholt hat.

„Tina, hier haben wir alles geregelt. Wie ich in Grimmen unterkomme, wenn überhaupt, weiß ich noch nicht. Viel wichtiger ist, wie verständigen wir uns weiter, ohne dass jemand die Briefe abfängt?", fragt Peter.

„Ich habe mir etwas überlegt. Wie wäre es, wenn deine Briefe alle an Onkel Ole gehen? Du schreibst ganz einfach unter den Namen von Ole Sörensen mit Bindestrich Verwalter. Dann wissen wir alle Bescheid. Jeden zweiten Monat einen Brief. Die Zwischenmonate übernehme ich. Damit der Rhythmus nicht zu auffällig wird, schreiben wir in den letzten Absatz eine Zahl in ein Wort, die angibt, an welchem Tag im übernächsten Monat der Brief geschrieben wird. Mir wird kalt." Sie kuschelt sich an ihn, und Peter legt seinen Arm um sie.

„Welche Adresse nehmen wir bei mir? Zu meinen Eltern nicht. Kulle Martens in Berlin ist zu weit, und nachdem Klaus Petzer so viel wusste, scheint mir dort eine undichte Stelle zu sein. Bleibt mein Schwager Harald oder mein Freund Achim, die kenne ich auch zu wenig. Schreib erst einmal an das Postamt Grimmen, postlagernd. Wenn ich Freitag dort eintreffe, werde ich das Fach sofort eröffnen. Mein Absender P. Weseck mit der Adresse des Postamts muss auf jedem Brief stehen. Schau immer wieder genau nach dem Absender, denn der könnte sich verändern, um sicherzugehen, Tina", antwortet Peter. „Wann kann ich denn unsere Kinder einmal sehen?", fragt er nach einer Weile.

„Das ist die Frage, vor der ich Angst habe. Aber sie muss beantwortet werden. Unweigerlich! Ich weiß es nicht, Peter! Oft haben sie schon nach dir, ihrem Vater, gefragt. Ich habe aus lauter Angst, Unwissenheit, Unüberlegtheit oder nenne es, wie du es willst, gesagt, ihr Vater ist kurz nach ihrer Geburt tödlich verunglückt. Ich wollte nicht, dass sie von anderen gehänselt oder wie von meinem Vater beschimpft werden."

Peter ist im ersten Moment etwas enttäuscht, überwindet sich aber nach einigen sachlichen Überlegungen und sagt zu Martina: „Tina, du hast diese hübschen Kinder Sophia und Luciano unter deinem Herzen getragen. Wir haben sie beide unwissend in einer wunderschönen Nacht gezeugt und so wollen wir auch beide zu ihnen stehen. Du hast mit deiner Aussage über ihren Vater nichts Falsches gesagt. Ganz im Gegenteil: Du schützt sie vor den Anfechtungen der Neider und Missgönner. Es ist schade, dass ich dir in den nächsten Jahren bei der Erziehung unserer Kinder nicht helfen kann, aber ich werde versuchen, auf meine Art für sie zu sorgen, hier in der DDR. Ich glaube, wir können nur durch ein überlegtes Handeln voneinander lernen und Verbesserung der Verhältnisse, in denen wir leben, erreichen. Unsere Familie darf von den Intrigen und Gemeinheiten der anderen nichts erfahren, nicht betroffen und vielleicht zerstört werden.

Deswegen sollte jeder von uns beiden erst einmal seinen Weg, wie begonnen, weitergehen. Ich bin nicht gläubig, aber ich glaube, dass der liebe Gott eines Tages unsere kleine und unsere großen Familien zusammenführen wird. Ich hoffe nur, dass er nicht zu lange wartet, damit recht viele unserer Eltern das noch miterleben können. Einverstanden, meine Tina?", sagt Peter.

Martina lauscht seinen Worten nach und überlegt. Dann blickt sie ihm tief in die Augen und sagt ihm dankbar: „Ja, Peterle, so werden wir es machen. Ich bin glücklich über diese Lösung, danke!" Sie umarmt und küsst ihn. Als sie seine rechte Hand auf ihrer linken Brust unter dem Hemd spürt, stellt sie fest, dass er ganz heimlich, unbemerkt alle ihre Schleifchen geöffnet hat.

Martina verspürt ein ganz starkes Kribbeln im Bauch, das nach mehr Zärtlichkeit verlangt. Ich glaube, das wird die Nacht der Nächte mit meinem Peter!

Der Ernst des Lebens

Peter und Martina verlassen am nächsten Morgen die Wohnung in Babelsberg. Sie haben beide abgesprochen, wie sie künftig in Verbindung bleiben wollen. Keiner will den anderen gefährden oder ihre Kinder ins Visier gewisser Leute bringen. In ihrer letzten Nacht auf unbestimmte Zeit begann das Kribbeln im Bauch von Martina mehrmals sehr nachdrücklich zu werden. Martina und Peter dachten immer wieder während ihrer leidenschaftlichen Umarmungen daran, wie schön es wäre, als kleine, glückliche Familie zu viert miteinander zu leben. Peter könnte an einer Hochschule in Lehre oder Forschung arbeiten, und sie würde in einem Betrieb in der juristischen Abteilung anfangen und ihren Doktor im Wirtschaftsrecht machen. Vielleicht würde sie danach an der gleichen Hochschule arbeiten wie Peter. Mit den Zwillingen würden sie viel gemeinsam unternehmen, wie eine kleine Familie eben. Das wünscht sich Martina, ohne mit Peter darüber zu sprechen.

Wenn nur diese verdammte Grenze zur Trennung zweier feindlicher Systeme nicht wäre! Dieser kalte Krieg mit all seinen verbohrten Führungsschichten, ihren Spitzeln, den vielen Neidern und deren reaktionäre Haltung den Menschen beiderseits des Zauns gegenüber brachten vielen Familien unsägliches Leid. Das müssen sie in ihren jungen Jahren selbst erleben und würden es ihren zwei Kindern gern ersparen, aber wie nur? Dieses Mal werden sie vorsichtiger sein, das haben sich beide beim Leben ihrer Familie geschworen. Und sie werden sich schreiben und sich alles erzählen, was sie nicht direkt besprechen können. Peter ist am 3. November mit dem ersten Brief an Ole Sörensen, den Verwalter, dran.

Sie trennen sich direkt vor dem Haus mit einer langen Umarmung. Martina möchte aus taktischen Gründen den Übergang Helmstedt nutzen. Der grüne und der blaue Wartburg, die beide plötzlich in den letzten Tagen in der Straße mit zwei Typen bestückt auftauchten, bedeuten nichts Gutes. Und so war es auch. Am Tag ihrer Abfahrt folgt ihr der grüne Wagen bis zur Autobahn. Ob dann das Fahrzeug gewechselt wurde, weiß sie nicht.

Spitzelpack, verfluchtes, denkt sie so bei sich, ihr Schweine seid die Ursache unseres Unglücks.

Peter fährt nach Grimmen, wo ihn Achim und seine Familie erwarten. Martina ist und bleibt seine Traumfrau. Er kann es immer noch nicht fassen, dass er mit ihr zwei hübsche Kinder hat, die Vater und Mutter wie aus dem Gesicht geschnitten sind. Er ist schon sechs Jahre Vater und wusste nichts davon. Aber es bleibt auch weiterhin laut Absprache ihrer beider Geheimnis. Er hofft nur, dass sich dieses Geheimnis eines Tages auflösen darf. Vielleicht verschwinden diese Klaus, Kalle und wie sie sonst noch heißen. So können die Verhältnisse nicht auf Ewigkeit bleiben, davon ist er fest überzeugt. In diesem Moment schwört er sich, künftig nur noch als mitlaufendes Parteimitglied aufzutreten. Keinesfalls wird er noch einmal an einer propagandistischen Aktion oder Ähnlichem teilnehmen. Er nicht!

Ich werde mir eine Arbeit möglichst in meinem Erstberuf suchen. Dann nehme ich mit Dr. Kurzweg aus Greifswald Verbindung auf. Vielleicht kann ich mit seiner Hilfe auf postgradualem Wege meine zweite Doktorarbeit schreiben und verteidigen. Greifswald ist dafür eigentlich bekannt. Mal sehen! Die viele Forschungsarbeit soll nicht umsonst gewesen sein.

Aber ganz wichtig! In zwei Wochen schreibe ich das erste Mal an Martina. Etwas ganz Neues in unser beider Leben, was wir noch nie hatten. Schade, dass sie den Zwillingen nichts mitteilen darf, nicht einmal einen Gruß! Wie wird das Ganze wohl einmal ausgehen?

Peter hatte Neubrandenburg passiert und fand wieder zu seinen Gedanken zurück. Ich möchte einmal mit Martina und den Kindern alt werden, und mit keiner anderen Frau als Martina. Egal ob das meinen Eltern passt, die mich zu gern mit Karla, der Tochter des Parteisekretärs der LPG, zusammen sehen würden. Warum eigentlich? Nur, weil ihr Vater Siegfried und sein Vater beste Freunde sind? Oder wollen sie die erste „Sozialistische Hochzeit" in unserer Heimatgemeinde organisieren, um für immer in die Dorfchronik einzugehen? Wenn ich Weihnachten nach Hause fahre, werde ich die Eltern einmal danach fragen.

Gegen 15 Uhr trifft er in Grimmen ein. Er weiß nicht genau, wo Joachim Lange wohnt. Er hat ihn seit 1976 nicht mehr gesehen. Aber es dauert nicht lange, da hat er sich durchgefragt und steht am Rand der Stadt in einer völlig neu gebauten Siedlung vor einem schmucken Eigenheim. Dort sitzen zwei Jungen vor dem Haus und diskutieren angeregt miteinander.

113

„Hallo Jungs, wo finde ich denn Achim Lange? Könnt ihr mir das sagen?", fragt Peter mit freundlicher Stimme.

„Ja, die Straße entlang, reichlich zwei Kilometer, dann rechts und gleich wieder links herum, und da steht ein großes Verwaltungsgebäude. Da müssen Sie wieder fragen", antwortet der Achim etwas ähnlich sehende Junge zu Peter.

„Danke, mein Freund", sagt Peter und macht sich zu Fuß auf den Weg.

Nach der langen Fahrt bekommt ihm die Bewegung richtig gut. Außerdem kann er sich bei einem Spaziergang die Siedlung und deren nähere Umgebung ansehen. Am Gebäude angekommen, sucht er Achims Büro. Nach einiger Zeit findet er das Zimmer. Dort sitzen Mitarbeiter der Abteilung Agrartechnik am Tisch und unterhalten sich über die Durchführung der Maisernte. Fragen, wie sie sich gegenseitig mit ihrer Technik helfen können, um einen möglichst großen ökonomischen Nutzen zu erreichen, stehen im Mittelpunkt der Diskussion. Da die Sekretärin schon Feierabend hat, platzt Peter direkt in die Versammlung hinein.

„Mensch, Peter, du bist ja schon da!", ruft Achim erfreut und unterbricht sofort die Besprechung. „Kollegen, darf ich euch meinen Freund Dr. Peter Weseck vorstellen. Wir haben gemeinsam das Abitur gemacht", sagt er stolz.

Peter gibt jedem die Hand und entschuldigt sich für die Störung. Er setzt sich ins Vorzimmer und wartet das Ende der Beratung ab. Dann packt Achim seine Tasche, und beide fahren mit seinem Dienstauto, einem Niva, einem Fahrzeug sowjetischer Bauart, nach Hause. Dort begrüßt er Vera, die Frau von Achim, ganz herzlich. Sie hat Kaffee gebrüht und Kuchen gekauft. Peter merkt erst jetzt, dass er seit dem letzten gemeinsamen Frühstück mit Martina nichts mehr zu sich genommen hat. Er greift deshalb tüchtig zu.

Nach einer kleinen Plauderei während des Kaffeetrinkens zeigt ihm Achim erst einmal sein Grundstück und mit besonderem Stolz, was er alles selbst gebaut hat. Er war schon immer der Praktischere von beiden gewesen. Peter hat ihn häufig wegen seiner Geschicklichkeit bei den handwerklichen Dingen in der Ausbildung beneidet.

Vera hat inzwischen ein Bett im Zimmer ihres zweiten Sohnes frisch bezogen. Er ist auf Klassenfahrt und kommt erst Sonntag wieder. Das heißt für Peter, er muss hier bis Sonntag alles geklärt haben. Das ist verdammt knapp! Achim und er gehen dann erst einmal duschen. Zum Abend gibt es frisches Brot, Hausmacherwurst und Käse, eine lange nicht mehr genossene Delikatesse für Peter. Danach setzen sie sich ohne den Sohn ins Wohnzimmer. Vera hatte Bier für die Männer und für sich eine Flasche Wein hingestellt. Als Erstes stoßen sie auf ihr plötzliches Wiedersehen an. Achim erkundigt sich bei Peter nach dessen Eltern, seinem Schwager Harald und nach Peters Arbeit an der Hochschule.

„Ich habe keine Arbeit an der Hochschule mehr. Ich habe gekündigt. Ich suche etwas Neues", antwortet Peter

Wie aus Erleichterung, jemandem Vertrautes alles erzählen zu können, bricht die ganze Geschichte mit Martina aus ihm heraus. Wie sie sich kennengelernt haben, warum seine Briefe ihr Ziel nicht erreichten und wie sie sich zufällig wieder getroffen haben. Nur über die Zwillinge verliert er kein Wort. Er erzählt von den Intrigen und Bespitzelungen, denen sie ausgesetzt waren, bis hin zu seiner Abberufung von allen Dienststellungen am Institut für Leitung und Organisation und seiner selbst vorgenommenen Kündigung an der Hochschule. „Deshalb auch mein plötzlicher Anruf bei dir, Achim. Ich hoffe, wenigstens hier irgendwo in meinen alten Beruf einsteigen zu können", beendet Peter seine Erzählung.

„Ich glaube bald, du hast Glück. Der Chef hat etwas für dich", antwortet ihm Achim.

Sie sollen am Samstag, 10 Uhr beim Leiter der AIV zu einem Gespräch erscheinen. Sie legen noch am Abend die Taktik für ihr Verhalten fest und gehen dann schlafen.

Am nächsten Morgen um 6 Uhr klingelt der Wecker. Nach der Morgentoilette wird um 7 Uhr gefrühstückt. Jonas, Achims zweiter Sohn, ist schon zur Schule unterwegs, und so können sie nochmals ihre Gesprächsstrategie durchgehen. Danach ziehen sie von zu Hause los.

Achim zeigt Peter einen Teil ihrer Einrichtungen und welche inhaltlichen Schwerpunkte die AIV zu bewältigen hat. Zu ihr gehören zehn selbstständige Genossenschaften der Pflanzen- und Tierproduktion, die dabei waren, Elemente aus der Industrie in ihre Produktion aufzunehmen. Als industrieller Teil ihrer Vereinigung sind im Moment vier Agrochemische Zentren mit eingegliedert.

„Diese Genossenschaften und Betriebe sowie die Betriebe und Einrichtungen der verarbeitenden Branchen zu koordinieren und zusammenzuführen ist eine unserer Aufgaben", erklärt Joachim Lange mit seiner Einführung.

„Eine andere Aufgabe ist dabei, sie tatkräftig zu unterstützen, als Koordinator aufzutreten und auch Ausbildungs- und Schulungsmaßnahmen zu organisieren und durchzuführen", sagt Achim. „Aber ich glaube, das wird dir unser Chef gleich persönlich sagen."

Sie gehen den Gang entlang und bleiben vor der Tür stehen mit der Aufschrift: Leiter der Agrar-Industrie-Vereinigung, Dr. oec. Bernd Schulze. Sie klopfen und werden hereingebeten. Peter bemerkt schon bei der Begrüßung, dass zwischen Achim und dem Chef ein sehr gutes Verhältnis herrscht.

„Nehmen Sie bitte Platz, Dr. Weseck. Hatten Sie eine gute Anreise?", fragt Dr. Schulze.

„Danke, ich kann nicht klagen. Alles ohne Vorkommnisse", antwortet Peter.

„Am besten, Sie vergessen alle Gesprächstaktiken, die Sie sicher mit Genosse Lange durchgesprochen haben. Ich sage Ihnen gleich, dass ich mit Prof. Dr. Birgit Jahn vom Institut für Leitung und Organisation und Prof. Dr. Singer von der Pädagogischen Hochschule Sektion Geschichte/Germanistik telefoniert habe. Ich kenne beide schon sehr lange und kann mich auch auf das verlassen, was sie mir sagen. Mit einem Mitglied der Parteileitung der Hochschule konnte ich noch nicht sprechen. Dafür hat sich für Dienstag ein Mitarbeiter der Bezirksleitung Rostock der SED bei mir angemeldet. Was er will, weiß ich nicht! Er fragte mich nur, ob ich einen Dr. Weseck kenne. Als ich verneinte, teilte er mir mit, dass er deswegen mit mir sprechen wolle. Und nun erzählen Sie mir einmal die ganze ungeschminkte Wahrheit, warum Sie gekündigt haben und ausgerechnet hierher wollen", sagt Dr. Schulze.

Mit dieser Eröffnung haben beide, Achim wie Peter, nicht gerechnet und schauen sich überrascht an. Dr. Schulze bemerkt das und erkennt auch an Peters verschlossenem Gesichtsausdruck, dass sich bei ihm eine Abwehrreaktion aufzubauen beginnt.

Peter steht erneut, ohne dass man ihm eine Begründung gibt oder einen Fehler nachweist, vor einem unsichtbaren Hindernis. Wieder sind die anderen schneller und beginnen zielstrebig, seinen eventuellen Neubeginn zu untergraben. Martina hat recht mit ihrer Frage: Darf denn eure Partei alles? Will man ihm schon wieder eine neue Entwicklungsmöglichkeit verbauen? Ist es denn in der Deutschen Demokratischen Republik ein solches Verbrechen, zu der Frau zu stehen, die man liebt, auch wenn sie aus dem Westen kommt? Soll es wieder wie 1973 heißen: Deine Delegierung zum Studium ist gefährdet? Wir können dich nur noch unterstützen, wenn du die oder die Bedingung erfüllst?

Damals trat er in die Partei ein, die ihn schon so manches Mal in den Jahren mit Verfahren, eingeleitet durch die Mächtigen dieser Organisation, zu Fall bringen wollte und Anfang dieser Woche gebracht hat! Soll ich denn mein Leben lang ein willfähriges Werkzeug einzelner Karrieristen dieser Partei sein? Nein, dann gehe ich aufs Ganze! Aber, wie weit können dann diese Leute Martina und den Kindern gefährlich werden?

Also vorsichtig, Peter! Hier willst du nur Traktorist oder Feldbauer werden. Dort arbeiten, wo deine Wurzeln sind! Schon versuchen die Genossen, mir erneut ein Messer in den Rücken zu stoßen, dieses Mal gleich über die Bezirksleitung. Ich muss doch für die Partei eine wichtige und gefährliche Person sein! Denn es ist doch kaum vorstellbar, dass man die Zeit und die Kraft hat, reichlich zwei Millionen Mitglieder zu überwachen.

Er blickt Achim an und danach Dr. Schulze. Die Blicke beider treffen sich offen und ehrlich. Peter beginnt, sich langsam zu beruhigen. Er ist fest entschlossen, um seine Existenz zu kämpfen, die jetzt auch der Kampf für seine kleine Familie ist!

„Haben Sie etwas Zeit, Genosse Dr. Schulze?", fragt Peter.

Dieser nickt aufmunternd.

„Dann werde ich Ihnen das Wichtigste meiner Geschichte ungeschminkt erzählen!" Er holt noch einmal tief Luft und beginnt: Er erzählt vom Jugendfestival 1973, erläutert die Geschehnisse zu Hause, wie er Parteimitglied wurde, seine Studienzeiten an der Pädagogischen Hochschule bis hin zu seinem Einsatz am Institut für Leitung und Organisation im neuen Semester. Dort hat er seine Liebe Martina wieder getroffen und wurde nach ihrem Wochenendausflug wegen seines „parteischädigenden Verhaltens" aller Dienststellungen enthoben. Seiner Kenntnis nach hat der Mann, der das angezettelt hat, jetzt seine Ziele erreicht und Peters Aufgaben übertragen bekommen.

„Ich sollte künftig in der Bibliothek der Hochschule arbeiten, bis ich mich bewährt habe. Da das unter meiner Qualifikation liegt, habe ich gekündigt. Die Kündigung muss laut Arbeitsrecht der DDR angenommen werden. So blieb Prof. Dr. Singer nichts anderes übrig, als mich gehen zu lassen", endet Peter.

„Dass dieser Klaus dich nicht aus der Delegation werfen durfte, ohne den Beschluss der Kreisleitung bzw. Delegationsleitung abzuwarten, ist mir bekannt! Ich war einige Jahre Sekretär der FDJ-Bezirksleitung Schwerin und kenne mich in diesen Dingen aus", entgegnet Dr. Schulze, der unbemerkt zum „Du" übergeht.

„Hierher bin ich gekommen, um neu zu beginnen, vielleicht wieder als Traktorist. Ich weiß nach wie vor nicht, welche Vergehen mir die Partei immer wieder vorwirft. Diese vielen Spitzel und Neider und zuletzt dieser Dr. Rau von der Pädagogischen Hochschule haben es immer wieder geschafft, meine Arbeit zu stören. Ich werde mich aber an die Universität Greifswald wenden, um Dr. Kurzweg zu bitten, mich bei der Anfertigung der zweiten Dissertation zu unterstützen. Deshalb bitte ich Sie, Genosse Dr. Schulze, mich bei der Suche nach einer neuen Arbeit zu unterstützen!" Mit dieser Bitte beendet Peter seine Erklärung.

Dr. Schulze hat ihm aufmerksam zugehört und macht sich einige Notizen. Peter muss an den Genossen von der Bezirksleitung denken, der am Dienstag kommt. Bernd Schulze sagt lange nichts.

Dadurch fühlt sich Peter zu weiteren Erklärungen aufgefordert. Er sagt entschlossen: „Genosse Dr. Schulze, meine Liebe zu dieser Frau wird mir niemand mehr nehmen, auch nicht die Leute, die nun schon seit Jahren hüben und drüben versuchen, mir und ihr ein Bein zu stellen. Ich würde sehr gerne wissenschaftlich im Leitungs- und Organisationsbereich arbeiten und forschen. Aber wenn man mich nicht einmal mehr das tun lässt: Ich habe zwei gesunde Hände, dann fahre ich eben wieder Traktor!" Er ist sichtlich erregt nach dieser Offenbarung.

„Sag mal, Dr. Weseck, und wenn deine Freundin oder Frau zu uns käme? Ich suche schon lange jemanden für unsere Rechtsabteilung."

„Das wäre auch für mich schön, wird aber auf keinen Fall möglich sein, sie ist zu stark an Familie und Gut gebunden. Wir haben diese Frage schon durchgesprochen. Außerdem, nachdem sie nach dem Festival einen sehr guten Eindruck von unserem Staat und seinen Leistungen mitgenommen hat, wurde sie jetzt maßlos enttäuscht. Sie war mit anderen Kindern bundesdeutscher Großindustrieller und Großagrarier genau in der Seminargruppe, die ich leiten und unterrichten durfte. Sie hat das alles, was mit mir geschehen ist, hautnah miterlebt. Sie hat Angst, dass es ihr bei einem Wechsel zu uns genauso gehen könnte und mir in Zukunft durch sie noch mehr passiert", antwortet Peter.

„Na gut, Peter, wir sind Genossen und sprechen uns alle mit dem Vornamen an. Ich bin Bernd", bot Dr. Schulze Peter das „Du" an.

„Du hast ein gekündigtes Arbeitsverhältnis mit der Pädagogischen Hochschule?", fragte Dr. Schulze nochmals.

Peter legt ihm das Bestätigungsschreiben des Sektionsdirektors vor.

„Genosse Weseck, wir sprechen uns am Mittwoch um 9 Uhr hier in meinem Büro. Achim, dich als meinen ersten Stellvertreter und unseren Parteisekretär Harald Rose möchte ich dabeihaben!"

Sie verabschieden sich bis Mittwoch. Achim und Peter gehen und wissen nicht mehr als zuvor.

„Mach dir erst einmal keinen Kopf. Bernd setzt sich für die Leute ein, und ganz besonders für die, die er dringend braucht", sagt Achim beruhigend. „Bei deinen Kenntnissen und unserer Situation kann er nicht anders. Du wirst auf keinen Fall auf einen Traktor oder Ähnliches steigen. Verlass dich auf olle Achim, der hat ein Näschen dafür. Außerdem brauche ich einen Helfer für meine Dissertation. Die ist Bedingung für mein Fachgebiet und meine Tätigkeit in der AIV."

„Du bist nach wie vor das alte Schlitzohr, das ich kenne", sagt Peter.

Beide schlagen die linke und die rechte Hand aneinander.

Das Abgrillen wird ein lustiger Abend. Für Peter ist es sehr erstaunlich, dass der Parteisekretär und seine Frau auch mit zugegen sind. Peter muss daran denken, dass er heute vor einer Woche noch mit Martina in Binz war. Das war der Abend bei Hansens, an dem

Piet, der Sohn vom alten Hansen, Martina so gern beim Ausziehen geholfen hätte.

Am Sonntagnachmittag fährt er nach Babelsberg, um alles zu klären. Erst nachdem ihm Harald Rose und Achim Lange zugesichert haben, dass er auf alle Fälle erst einmal im Studentenwohnheim unterkommt, ist er mit innerer Ruhe hier angekommen. Er hat sich von Vera einige Pappkartons und Einpackpapier geben lassen.

Seine wissenschaftlichen Untersuchungen, seine Arbeiten und Notizen sowie seine persönlichen Dinge will er mit dem Auto mitnehmen. Alles andere schickt er per Post. Im Sekretariat der Pädagogischen Hochschule gibt er alle Schlüssel gegen Quittung ab, auch die von der Wohnung, die der PH gehört. Potsdam, adieu!

Er setzt sich in sein Auto, fährt nach Greifswald und steigt in einer kleinen Pension ab, in der er immer gewohnt hat, wenn er zu Studienzwecken bei Dr. Kurzweg war. Mit ihm hat er sich telefonisch für Dienstag 14 Uhr verabredet. Sie begrüßen sich wie zwei alte Bekannte. Das freut Peter und gibt ihm neuen Mut.

„Kollege Weseck, mich hat Bernd Schulze angerufen. Ich weiß also, was Ihnen widerfahren ist und dass es um Ihre B-Arbeit geht. Ich werde Ihnen auf jeden Fall helfen. Ich glaube, Dr. Schulze hält einiges von Ihnen. Also dürfen wir ihn nicht enttäuschen. Wir treffen uns am Donnerstag um 9.30 Uhr in meinem Büro", sagt Dr. Kurzweg.

Peter ist erst einmal recht freudig überrascht, fährt nach diesem Gespräch zurück nach Grimmen und zieht provisorisch in das Studentenwohnheim ein. Die Leiterin weiß schon Bescheid und überreicht ihm die Schlüssel. Peter geht früh schlafen, um am nächsten Morgen frisch zu sein.

Dr. Schulze, Joachim Lange, Harald Rose und Peter Weseck sitzen am Tisch. Die Sekretärin, Frau Paul, bringt den Kaffee.

„Genosse Weseck! Ich habe gestern Vormittag mit dem Genossen Franz von der Bezirksleitung gesprochen. Damit du dein gestörtes Verhältnis zur Partei wieder etwas besser richten kannst, teile ich dir Folgendes mit:

1. Die Partei bedauert, was mit dir geschehen ist. Dr. Rau, der Initiator der Intrigen von Potsdam, erhält ein Verfahren und wird seines erschlichenen Amts zum Semesterende enthoben. Zeitiger ist es nicht möglich, da er jetzt deine Seminargruppe leitet, und ein

erneuter Wechsel wäre jetzt gegenüber den bundesdeutschen Studenten politisch nicht zu vertreten und äußerst unklug.

2. Leider werkeln in deinem Leben und dem deiner Frau oder Freundin die Genossen des Ministeriums für Staatssicherheit und des Bundesnachrichtendiensts der BRD herum. Die Ansätze für diese ständigen Beobachtungen und Bespitzelungen sind in euren Familien und Betrieben oder sogar Dörfern zu suchen. Genaueres konnte Genosse Franz von der BL auch nicht sagen", teilte Dr. Bernd Schulze, der Leiter der AIV, mit.

Soll ich das alles glauben, fragt sich Peter. Aus unserem Umfeld, das heißt, es können Mitglieder unserer Familien sein, Freunde und Bekannte. Warum hat in all den Jahren nie jemand mit mir ehrlich darüber gesprochen? Jedem Lügner wurde sofort geglaubt, nur mir keine Chance zum Gegenbeweis gegeben! Irgendetwas brauchen die von mir, aber was?

„Wenn du einverstanden bist, Peter, kannst du am Montag bei uns in der AIV anfangen. Möchtest du?", fragt Schulze.

„Ja, selbstverständlich", sagt Peter, der aus seinen Gedanken gerissen wurde.

„Dann höre bitte gut zu, was ich von dir erwarte, und das mit all deiner Leistungskraft und all deinem Wissen! Ich baue auf dich, obwohl ich dich noch sehr wenig kenne, deshalb enttäusche mich nicht! Präge dir bitte Folgendes ein:

Punkt 1: Du unterstützt deinen Freund Achim bei der Anfertigung seiner Dissertation, sobald er deine Hilfe benötigt. Also spätestens im Juni 1981 möchte ich Dr. Joachim Lange vor mir sitzen sehen.

Punkt 2: Du baust hier bei uns eine Bildungsabteilung für Leitung und Organisation im Agrarwesen auf für alle Bereiche einschließlich der Milchproduktion und industriellen Kooperation. Die territoriale Rationalisierung in den Dörfern und Städten ist dabei nicht zu vergessen. Dein engster Partner ist Dr. Kurzweg von der Universität in Greifswald. Monatlich erwarte ich von dir die Mitteilung des erreichten Stands.

Punkt 3: Du schreibst auf jeden Fall deine B-Arbeit zu Ende und verteidigst sie.

Punkt 4: Du bist ab sofort als mein dritter Stellvertreter eingesetzt. Im Januar erfolgt in der Jahreshauptversammlung der Agrar-

Industrie-Vereinigung deine offizielle Ernennung. Bis dahin amtierst du.

Wenn du irgendwelche Hilfe bei der Lösung der Aufgaben brauchst, kommst du sofort zu mir. Sollten sich parteiliche Probleme unerwartet einstellen, gehst du sofort zu Harald Rose. Alles klar? Na dann los!", sagt der Chef und erhebt sich.

„Ach so, und wenn du in Greifswald Hilfe brauchst, melde dich. Das ist unsere Partneruniversität. Da kenne ich einige Leute, die dir helfen können, auch Dr. Kurzweg und den Rektor der Uni."

Peter und Achim verlassen gemeinsam das Zimmer des Chefs. Draußen auf dem Flur fallen sie sich in die Arme. Jetzt werden sie als Kollegen miteinander arbeiten und sich gegenseitig helfen.

Als Joachim Lange und Dr. Peter Weseck den Raum verlassen haben, sagt Dr. Schulze zu seinem Parteisekretär: „Sag mal, Harald, wie schätzt du den Neuen ein? Ihr ward doch am Samstag privat miteinander zusammen?"

„Das ist nach der kurzen Zeit schwer zu sagen. Ich habe den Eindruck, dass er eine zu ehrliche Seele ist. Er glaubt zu stark an das Gute im Menschen, sieht keine Hinterhalte und keine Neider seiner Leistungen. Und ich glaube, er hat sehr viele, die ihm seine beachtlichen Erfolge in dem Alter nicht gönnen. Was ich in Gesprächen am Rande unseres Treffens am Samstag feststellen musste, ist, er hat ein unwahrscheinlich hohes Allgemein- und Fachwissen. Selbst nachdem er so viele Jahre aus der Landwirtschaft heraus ist, hat mich sein Wissensstand über Ost- wie auch Westlandwirtschaft erstaunt! Er weiß das auch, ist aber zu bescheiden, sich zu öffnen. Dieses Verhalten macht seinen Neidern und Missgönnern Angst, und sie möchten ihn lieber weit weghaben, als mit ihm zusammenzuarbeiten. In mancher Hinsicht muss er mehr ‚Schwein' werden."

„Du weißt durch Genossen Franz von der BL, dass es die anderen nicht verstanden haben, die Vielzahl seiner Talente zu nutzen. Harald, wir werden es tun. Ein Historiker und Sprachwissenschaftler, der sich im Organisations- und Leitungsbereich bewährt hat, außerdem noch vier Sprachen spricht, die für uns ganz wichtig sind, wenn wir internationale Kontakte knüpfen wollen, kommt wie ein Geschenk des Himmels", sagt Dr. Schulze abschließend.

*

122

Peter trifft sich am Donnerstag, wie vereinbart, um 9.30 Uhr mit Dr. Kurzweg.

„Kollege Dr. Kurzweg, ich habe von Dr. Schulze eine Aufgabe erhalten und brauche sicher Kontakt zu dem Kollegen, der in der Universität dem Lehrstuhl Leitung und Organisation vorsteht."

„Der sitzt vor Ihnen. Ich heiße übrigens Thomas, Peter."

Sie geben sich über den Schreibtisch die Hand.

„Ich leite die Sektion als Direktor und auch den Lehrstuhl Leitung, Organisation und Koordination. Ich bin froh, dass Bernd Schulze endlich jemanden gefunden hat, der die praktische Anwendung als sein Aufgabengebiet übernimmt. Ich denke, wir werden in Zukunft sehr eng zusammenarbeiten, auch bei deiner B-Arbeit. Unser Rektor hat zugestimmt, dass du sie bei uns schreibst und verteidigst. Ich lade dich zu einem Frühstück in die Stadt ein. Möchtest du?"

„Gerne", antwortet Peter.

Sie sitzen noch gut zwei Stunden zusammen, erzählen von ihren Familien und wie sie sich ihre gemeinsame Arbeit in Zukunft vornehmen wollen. Peter erfährt, dass Dr. Kurzweg nicht Mitglied der SED, sondern der Liberal-Demokratischen Partei Deutschlands ist.

Am Nachmittag treffen sie sich beide wieder in der Sektion. Dr. Kurzweg stellt in einer kurzen Beratung Peter seinen Mitarbeitern vor. Peter erklärt kurz, wo er bisher gearbeitet hat und an welchen wissenschaftlichen Schwerpunkten er zurzeit forscht. Danach verabschieden sie sich, und er fährt nach Grimmen zurück.

Am Freitag um 10 Uhr soll er beim Chef erscheinen und seinen Einstellungsvertrag unterzeichnen. Sein Büro wird erst Montag fertig sein. Keine Handwerker!

Peter beginnt seine Arbeit damit, dass er erst einmal Achim und Dr. Schulze überallhin begleiten darf, um das Verantwortungsfeld der AIV und die dort arbeitenden Menschen kennenzulernen.

In einer Tagung aller Leiter, Abteilungsleiter und Brigadiere der zehn Genossenschaften und der vier Agrochemischen Zentren, die zum AIV Bereich gehören, und dem Personal der AIV stellt sich Dr. Peter Weseck als Leiter der Abteilung Leitung, Organisation und Koordination vor. Als er sagt, dass er aus der Landwirtschaft im Bezirk Dresden kommt und sein Vater Werkstattmeister in einer LPG im Süden ist, bricht Beifall unter den Anwesenden aus. Damit ist er einer von ihnen und kann voll auf ihre Hilfe zählen. Als er sich wieder setzt, gratuliert ihm Dr. Schulze mit Anerkennung in den Augen. Peter hat die richtigen Worte gefunden, um die Menschen für sich zu gewinnen.

Am Abend sitzt er bei einem Glas Wein. Schön wäre es, wenn ich jetzt mit Martina anstoßen könnte. Ich glaube, sie würde sich sehr freuen, dass diese Querelen ein Ende zu finden scheinen.

Aber auch eine andere Frage durchzieht sein Gehirn immer wieder! Was hat die Partei zu diesem plötzlichen Wandel in ihrer Einstellung zu ihm bewogen? Ist es der Einfluss von Dr. Schulze? Oder gibt es andere Gründe, die vielleicht mit Martina zusammenhängen? Ich bekomme es heraus, seid euch gewiss, all ihr Spitzel!

Der erste Brief an den „Verwalter" ist fällig. Darauf hat er schon lange ungeduldig gewartet und weiß, dass sich Martina nach dem Erlebten große Sorgen um ihn macht. Wie wird es ihr und den Zwillingen gehen?

Er schreibt:

Liebe Tina,
ich bin hier gut untergekommen, und mir wurde eine interessante Arbeit übertragen.

Er schildert alles, was mit ihm seit ihrer Trennung passiert ist, welche Aufgaben auf ihn warten und dass er seine B-Arbeit doch noch schreiben darf. Der Brief wurde fast sieben Seiten lang und ging an den Verwalter Sörensen. Hoffentlich kommt er an! Er denkt, dass er hier im Moment keine Repressalien mehr zu erwarten hat. Solange er die aus seinem engsten Bekanntenkreis nicht enttarnen konnte, die ihm immer wieder Unglück gebracht haben, bleibt aber für Martina wie auch für ihn eine ständige Gefahr bestehen. Aber immerhin gehört er jetzt zur Leitung der AIV.

*

Martina ist auf der A 2 bis Helmstedt gefahren und bemerkt bald, dass ihr abwechselnd zwei Autos folgen. An der letzten Ausfahrt auf DDR-Seite verschwinden sie. Wollen die prüfen, ob Peter und ich irgendetwas vorhaben? Dummköpfe!

Zu Hause warten schon die Zwillinge. So lange waren sie noch nie ohne ihre Mama. Gemeinsam tobt sie mit ihnen am späten Nachmittag auf der Wiese im Garten herum. Am Abend, als beide todmüde in ihrem Bett schlafen und Martina ein langes, erholsames Bad genommen hat, trifft sie sich mit Onkel Ole und Tante Grit im Kaminzimmer des Hauses. Ole heizt leicht an, nicht um Wärme zu erzeugen, sondern um Gemütlichkeit zu schaffen. Martina und Grit trinken eine Flasche Wein. Sie stammt von Grits Weingut. Ihre Eltern leben in Baden-Württemberg, sind Winzer und haben eine beträchtliche Anzahl Weinberge, von denen ein Teil Grit gehört und von ihrem Bruder für sie mitbewirtschaftet wird.

Onkel Ole trinkt aus seinem Bierkrug ein Jever und raucht seinen Ulmer. Sie wollen wissen, wie es in Potsdam war und warum sie fünf Wochen eher nach Hause gekommen ist.

Martina erzählt ihnen, was dort in den letzten Tagen geschehen ist. Wie plötzlich Peter, den sie 1973 beim Festival kennengelernt hat, als Sektions- und Seminarleiter im großen Hörsaal vorgestellt wurde. Wie sie dann bei ihm, dem Dr. Weseck, Unterricht hatte, guten Unterricht betonte sie. Wie sie während des langen Wochenendes auf die Insel Rügen gefahren sind, um diese Insel, das Wochenendhaus seines Onkels und die Menschen dort kennenzulernen.

„Tina, ihr habt also ein richtiges Liebeswochenende auf Rügen verbracht. Ihr beide ganz allein in einem Haus?", fragt Tante Grit mit einem verschmitzten Lächeln.

„Ja, das war nach dem Moment, als ich unsere Zwillinge im Arm hielt, mein zweitschönstes Erlebnis der letzten sieben Jahre. Es war schön wie nie zu vor", sagt Martina mit verklärtem Blick und Tränen in den Augen, derer sie sich nicht schämt, obwohl Onkel Ole dabei ist.

Ole und Grit Sörensen fällt gleichzeitig auf, dass Martina das erste Mal seit ihrer Geburt von „unseren Zwillingen" spricht und nicht von „meinen Zwillingen"!

„Warum fragst du, Tante Grit?", erwidert Martina etwas unsicher, sie fühlt sich ertappt.

„Na, ich denke nur an dein schönes Erlebnis von 1973, dessen Folge die Zwillinge sind, ansonsten nichts", antwortet Grit mit einem offenen und ehrlichen Lachen.

Martina geht ein Licht auf. Sie beginnt sofort zu rechnen und wird dabei immer unruhiger. Normalerweise hätte sie schon letzte Woche ihre Regel haben müssen.

„Warum müssen immer wir Frauen aufpassen? Verdammt, und ihr Männer habt das Vergnügen. Wehe dir, Peter", sagt sie mit erhobenem Zeigefinger, aber mehr glücklich als ernst.

„Hattest du kein Vergnügen dabei?", fragt völlig unverhofft Onkel Ole, dass seiner Frau und Martina der Mund offen stehen bleibt.

Nachdem sich Martina nach dieser Frage wieder gefasst hat, sagt sie: „Ein unvergessliches Vergnügen, sogar." Sie erzählt weiter: „Als wir wieder in Potsdam ankamen, wurde Peter sofort am nächsten Tag zu einer außerordentlichen Direktionssitzung gerufen. Ihm wurde mitgeteilt, dass er auf Beschluss der Partei seiner Position und Arbeit am Institut enthoben ist und in der Hochschulbibliothek bis auf weitere Entscheidungen der Leitung als Gehilfe zu arbeiten hat!

Wir haben dann gemeinsam das DDR-Recht ausgehebelt. Er hat sofort an der Hochschule gekündigt. Jetzt versucht er, bei einem Freund in Grimmen unterzukommen. Grimmen liegt bei Greifswald, und dort ist eine Universität, in der er vielleicht seine Forschungsarbeit zum Erlangen des zweiten Doktorgrads weiterführen kann. Das Ergebnis des Vorhabens erfahre ich im ersten Brief." Sie erläutert beiden ihr ausgedachtes, künftiges Kontaktsystem. Onkel und Tante sind damit einverstanden.

Nach einer Weile fragt Onkel Ole: „Martina, um noch einmal auf dein erstes Vergnügen zurückzukommen, Sophia und Luciano sind zwei bildhübsche Kinder. Sophia ist dir wie aus dem Gesicht geschnitten. Als ich in Potsdam bei Peter war, stellte ich fest, dass das Gleiche für Luciano mit Peter zutrifft. Ist Peter der Vater deiner Kinder?"

Martina läuft rot an. Sie beißt sich auf die Unterlippe, kann aber nicht mehr ausweichen und möchte auch die beiden nicht belügen, die ihr all die Jahre geholfen haben. Sie erzählt ihnen die Wahrheit, bittet sie aber, den Kindern wie auch der Familie oder Bekannten gegenüber Peter nie als ihren Vater auszugeben. „So ist es auch mit ihm abgesprochen, obwohl er erst hocherfreut und dann zu Tode betrübt war, ist er nach reiflicher Überlegung mit der bekannten Lösung einverstanden. Aber es gibt für uns beide wegen meines Vaters und auch seiner Eltern zurzeit keine andere Lösung, noch keine!"

Onkel Ole und Tante Grit versprechen es.

„Martina, ich glaube, wenn das deine Familie jetzt erfahren würde, enterbt dich dein Vater und wirft uns, die wir dir geholfen haben, hinaus", sagt Ole ernst.

„Ich glaube bald, dein Bruder wäre da noch schlimmer als dein Vater", wirft Tante Grit ein. „Sag mal, Peter ist Doktor. Hat dein Bruder eigentlich auch promoviert?"

„Die Frage kann ich dir nicht beantworten. Aber warte mal, das Studium läuft bei uns etwas länger als bei denen drüben. Aber trotzdem: Ehe Peter mit seinem ersten Studium 1973 angefangen hat, war er noch zwei Jahre in seiner LPG zum Praktikum, wie er das nannte. Erst dann wurde er delegiert und hat von 1973 bis 1977 studiert und seinen Diplomlehrer für Geschichte und Germanistik gemacht. Da müsste Arnim schon 1976 fertig gewesen sein. Mehr weiß ich dazu auch nicht! Von 1974 an war ich nur noch die ‚Schlampe', die mit zwei unehelichen Kindern dasitzt. Er ist der treue Ehemann."

Ole und Grit bestätigen mit einem Kopfnicken Martinas Bemerkung.

Dann fragt Martina überrascht: „Wieso, ist etwas?"

„Nun ja", beginnt Ole nach einiger Zeit der Überlegung zu sprechen. „Eigentlich wollten wir schon lange einmal mit dir über etwas sprechen, was du wissen solltest und vielleicht bald auch Peter.

1973 bekam ich den Auftrag vom jungen Herrn, dir den gewissen Brief zu schreiben. Du weißt aber nicht, dass er nie in den USA war, sondern in Berlin. Jeder von uns dachte, er fährt nach Hamburg zum Flughafen, um in die USA zu fliegen, es ging aber nach Berlin. Er war also ganz in deiner Nähe. Das Interessante ist aber: Seine Reise dauerte nur einen reichlichen Tag.

Das habe ich erst viel später erfahren. Ein guter Freund von mir hat mich einmal aufgeklärt, dass Arnim nicht nur seine Frau betrügt, sondern auch seinen Vater und dich, also die ganze Familie. Ich vermute, dass seine vielen Reisen nichts mit seinem Studium zu tun haben. Er ist zu Studienzwecken sehr oft im Osten, angeblich um seine Doktorarbeit mit mehr Fakten zu belegen, wie mir dein Vater einmal sagte. Wahrscheinlich reist er nach Grenzpolizei und

Zoll unter falschem Namen durchs Land. Mein Bekannter in Berlin konnte mir bis jetzt leider keine weiteren Auskünfte geben, weil er nach jeder Ankunft in Berlin verschwindet. Das Einzige, was er mir noch sagen konnte, ist, dass dein Bruder sehr viele Frauenadressen im Osten kennt.

Ich fahre in drei Wochen zum 60. Geburtstag meines Freundes. Dann werden wir uns wieder sehr intensiv über Arnim unterhalten und vielleicht Neues herausfinden. Der Zufall will es, dass Arnim auf den Tag genau einen Flug nach Berlin-Tegel gebucht hat, sicher nicht, um meine Privatreise zu kontrollieren. Ich werde einmal versuchen, seine Studienorte herauszufinden. Kann ich vielleicht etwas für Peter mitnehmen, um das hässliche Thema zu beenden?"

„Das ist Mitte November, dann habe ich Peters genaue Adresse. Dann könntest du einen Extrabrief mitnehmen, denn ich bin erst im Dezember mit Schreiben dran", antwortet Martina erfreut, aber wegen des eben Gehörten sehr nachdenklich.

Als sie in ihrem Bett liegt, das breit und weich ist, wünscht sie sich Peter an ihre Seite. Die Informationen, die sie von Onkel Ole soeben erhalten hat, lassen sie lange nicht einschlafen. Wenn da etwas Wahres an den Verdächtigungen von Onkel Ole sein sollte, dann spinnt sich um Peter wie auch ihren Vater etwas Unheimliches, Gefährliches zusammen. Ich werde also äußerst wachsam sein müssen, auch um dich zu schützen, mein Schatz! Dann aber werden wir beide zum Schlag ausholen, sind ihre letzten Gedanken, bevor ihr die Augen zufallen.

*

Die nächsten Wochen und Monate vergehen wie im Flug. Peter stürzt sich entsprechend seiner Art in die neue Arbeit, forscht, entwickelt, verwirft und sucht neue Wege. Er ist viel bei Dr. Kurzweg in Greifswald, der ihn aber bald an eine Tatsache erinnert, die bei Peter in Vergessenheit geraten ist: seine eigene, zweite Dissertation. Ab Januar, verspricht er ihm, geht es los, dann hat er das Grundprogramm für die Aus- und Weiterbildung der Abteilungsleiter in den Genossenschaften und der ACZ fertig.

Mitten in seiner Arbeit erhält er am 17. November 1980 einen Anruf aus Berlin von einem Herrn Verwalter, der ihn am 20. November 1980 im Teepott in Warnemünde treffen möchte. Nach einigem Bitten sagt Peter zu. Er hat keine Ahnung und auch keine Zeit, darüber nachzudenken, welcher Genosse von welcher Leitung ihn nun schon wieder sprechen will. Es ist keine Entfernung, aber die Zeit fehlt ihm ganz einfach.

Peter fährt um 6 Uhr los, um vorher noch ein ACZ aufzusuchen, das zu seinem Verantwortungsbereich gehört. Punkt 13 Uhr ist er im „Teepott" und setzt sich an einen Tisch mit Seeblick. Er holt seine Aufzeichnungen vom Vormittag heraus und beginnt zu arbeiten. Der Kellner bringt ihm ein Kännchen Kaffee. Plötzlich riecht er einen ihm bekannten Tabak.

„Darf ich mich zu Ihnen setzen, Herr Dr. Weseck?", fragt ihn der Herr, der neben seinen Tisch getreten ist.

Peter horcht auf und dreht sich um. „Ole, Mensch, Ole, wo kommst du denn so plötzlich her?", ruft Peter völlig überrascht.

„Ich habe mich höflich als Herr Verwalter bei dir angemeldet", sagt er.

„Stimmt!" Peter schlägt sich mit der Hand vor die Stirn und nimmt sich vor, künftig auch auf andere Dinge zu achten als nur auf seine Arbeit. Wie sich im weiteren Gespräch herausstellt, wird das auch mehr als notwendig. Doch bevor sie dazu kommen, übergibt ihm Ole ein dickes Päckchen von Martina.

„Hier sind eine Menge Informationen drin. Wenn du es für nötig hältst, vernichte sie, denn du wirst genauso beobachtet wie Martina", sagt Ole.

„Sag mal, Peter, weißt du, ob es eine LPG in Berlin-Niederschönhausen gibt, deren Sitz in einem mehrstöckigen Hochhaus ist?", fragt Ole.

„Ob es eine LPG mitten in Berlin gibt? Warte, ich habe das Register aller Landwirtschaftlichen Produktionsgenossenschaften immer bei mir. Ich sehe nach. Nein, Niederschönhausen ist ein Stadtteil von Berlin, aber keine Genossenschaft. Und das Gebäude, das du meinst, kenne ich nicht, Ole."

„Peter, du hast ein gutes Herz. Prüfe jeden, der sich als dein Freund oder Helfer ausgibt. Schütze mit Aufmerksamkeit dich und deine kleine Familie. Ich werde mit Martina ebenfalls sprechen, so wie ich eben mit dir gesprochen habe!"

Oles Worte klingen sehr eindringlich, sodass ihm Peter spontan verspricht, künftig sehr aufmerksam zu sein.

„Mein Bekannter sagte mir, dass es in deiner Familie Informanten für das Ministerium für Staatssicherheit gibt. Sei bitte vorsichtig, auch deinen neuen Kollegen gegenüber", endet Ole.

Peter fährt, nachdem er mit Ole noch Spielzeug für die Zwillinge gekauft hat, nach Grimmen zurück. Gegen 21.30 Uhr ist er im Wohnheim. Er wird sich eine Zweiraumwohnung suchen. Im Wohnheim fühlt er sich nicht mehr unbeobachtet, und sollte Martina einmal kommen, was er zurzeit allerdings nicht glaubt, hätten sie eine gemeinsame Unterkunft.

Peter duscht. Danach setzt er sich an den Tisch und versucht, alle Menschen aufzuschreiben, mit denen er seit seiner Lehre zu tun hatte. Danach teilt er sie, soweit ihm das möglich ist, nach ihren Charakterzügen und besonderen Eigenschaften ein. Er lässt auch seine Familie und seine neuen Kollegen nicht aus. Am frühen Morgen gegen 5 Uhr hat er ein ihm logisch erscheinendes Raster erarbeitet.

Was hatte Ole gesagt: Schütze dich und deine kleine Familie! Wusste Ole mehr? Gab es schon wieder neue Gefahren? Wen er nicht einordnen kann, sind die Familie von Holsten und Ole Sörensen und seine Frau. Niemandem traut er etwas Schlechtes zu, und das ist vielleicht sein Fehler. Da kann ihm nur Martina helfen! Heute hat er keine festen Termine, also erst einmal ausschlafen.

Dr. Schulze muss gegen 4.50 Uhr auf die Toilette und sieht aus dem Fenster seines Hauses Licht im Wohnheim. Der Richtung nach kann das nur Wesecks Zimmer sein. Der arbeitet doch nicht etwa noch? Das ist ein guter Griff! Der ist für uns goldrichtig. Na, mal sehen, was für ein Grundkonzept er am Ende des Monats vorlegt.

Martina schreibt Anfang Dezember ihren Brief. Ihr fällt es sehr schwer, da die Weihnachtszeit bevorsteht und sie sehr gern mit ihrer kleinen Familie wie auch mit ihrem Vater und dem Bruder gefeiert hätte. Aber es soll nicht sein!

Nach einem Gespräch mit ihrer Schwägerin, bei dem sie erfahren hat, dass ihr Bruder noch keinen Doktortitel hat und Vater schon recht ungeduldig wird, ist diese sehr anhänglich geworden, nach Martinas Ansicht zu anhänglich. Sie versucht, ihr sogar die Kinder abzunehmen, während Martina an ihrer Promotion

schreibt. Ein Umstand, den es gut sechs Jahre nicht gab, da sie Bastarde sind. Bisher gelang es ihr, Luise immer wieder abzuwimmeln
und die Zwillinge bei der Tagesmutter unterzubringen. Aber irgendetwas steckt dahinter. Immer häufiger kommen ihre beiden Kinder
mit Fragen, die ihnen jemand vorgesagt haben muss. Das beunruhigt sie. All diese neuen Ereignisse teilt sie Peter mit, nur nicht, dass
bei ihr das dritte Mal die Regel ausgeblieben ist!

*

Auch Peter wurde wehmütig zumute. Nun bin ich schon sechs Jahre
Vater und kann nicht mit meinen Lieben das Fest begehen. Aber
er war sich sicher, dass sich eines Tages die Verhältnisse zwischen
beiden deutschen Staaten ändern werden und alle vier zusammen-
kommen. Ach Martina, wenn das bloß schon so weit wäre!

Zwei Tage vor Weihnachten fährt Peter nach Hause zu seinen
Eltern. Seit Oktober hat er nicht mehr geschrieben und nur einmal telefoniert. Seinen Eltern hatte er die Festanstellung bei der
AIV mitgeteilt. Damit ihm die Zeit nicht zu lang wird, hat er sich
Arbeitsunterlagen mitgenommen, denn er hatte bis zum 15. Januar
1981 noch alten Urlaub abzubummeln und keinen richtigen Plan
für die ungewohnte Freizeit.

Dr. Schulze sagte zu ihm: „Nimm deinen Urlaub, Peter, erhole
dich und lass die Arbeit sein. Fahre nach Dresden oder in mein
geliebtes Erzgebirge. Wenn du dahin kommst, bring mir ‚Fischkopp‘
mal einen echten ‚Räuchermann‘ mit. Versprochen?"

Peter verspricht es und freut sich auf das Wiedersehen mit der Familie. Er ist sehr zufrieden mit seinem Einstieg als „Organisator und
Koordinator", so lautet jetzt seine offizielle Tätigkeitsbezeichnung in
der Leitung der AIV. Von Dr. Schulze erhält er jede Unterstützung.
Dieser deutete im Anschluss an die letzte Leitungssitzung in einem
kurzen Gespräch an, dass er sofort nach dem Urlaub ein Projekt mit
ihm besprechen möchte, bei dem seine umfangreichen Fremdsprachenkenntnisse gefragt sind. Er soll im Urlaub vor allem Englisch
und Französisch auffrischen.

Der 23. Dezember 1980 wird noch für Einkäufe genutzt. Mutter
hat ihren ersten Ferientag. Deshalb hilft er ihr bei den Vorberei-
tungen für die Feiertage. Er fährt mit seinem Wartburg, den Trabant

hat er in Grimmen verkauft und durch Schulzes Hilfe einen gut erhaltenen „Wartburg Tourist" erstanden, zu einem bekannten Jäger und holt den Wildschweinbraten für den ersten Feiertag. Am zweiten muss eins von Vaters gezüchteten Kaninchen herhalten.

An all den Tagen wird nur über seine neue Anstellung bei der AIV Grimmen und seine Perspektiven gesprochen. Etwas verärgert schienen Vater und sein Freund Siegfried zu sein, dass er sich damals nicht sofort bei ihnen gemeldet und in der hiesigen AIV angefangen hat. Peter übergeht diese Bemerkung ohne Antwort. Es wird auch kein Wort über Potsdam verloren. Es kommt das Gefühl auf, dass jeder über alles Bescheid weiß. Aber woher?

Bis am 27. Dezember sein Vater plötzlich die Frage stellt: „Du hast immer noch Kontakt zu der Adligen aus Borgwedel in Schleswig-Holstein?"

„Wer möchte das wissen, Vater? Die Genossen deiner Parteileitung, die Staatssicherheit oder Siegfrieds Tochter Karla? Ich bin nicht mehr bereit, wie 1973 vor irgendjemandem Rechenschaft über mein Privatleben abzulegen und mich erneut zu irgendetwas zu verpflichten!"

Peter ist so erregt, dass er sich kaum noch halten kann. Seit Tagen hat er auf diese Frage gewartet. All die Ungerechtigkeiten, die ihm widerfahren sind, brechen plötzlich, über Jahre gestaut, aus ihm heraus. „Ach, und noch etwas! Woher wisst ihr überhaupt, dass Martina in Borgwedel in Schleswig-Holstein wohnt?"

„Das, das hast du uns doch 1973 gesagt", antwortet sein Vater stotternd.

Sein Schwager Harald nickt eifrig.

„Und das stimmt nicht! Ich habe nie jemandem genauere Auskünfte über Martina und ihre Familie gegeben und ich werde es auch in Zukunft nicht tun. Wir lieben uns und werden uns nie mehr trennen. Auch wenn eine Grenze zwischen uns liegt. Genau das habe ich auch meinem Chef und unserem Parteisekretär gesagt, bevor ich eingestellt wurde!" Peter muss sehr an sich halten.

„Was soll das?", sagt sein Vater sehr scharf, „du stellst uns als Lügner hin. Wir sind rechtschaffene Genossen, die zum Wohle unserer Gesellschaft arbeiten. Was man von dir nicht ohne Einschränkung behaupten kann!"

Seine Schwester, ihr Mann Harald und auch seine Mutter nicken dazu.

„Na gut, eins sollt ihr noch wissen, wenn es euch nicht schon gewisse Spitzel berichtet haben! Martina war von September bis Anfang Oktober in Potsdam am Institut für Leitung und Organisation. Sie hat einen Kurzlehrgang besucht, um im Rahmen ihrer Doktorarbeit Rechts- und Organisationsformen der DDR genauer kennenzulernen."

Peter war vor Erregung und Verärgerung von seinem Stuhl aufgestanden und lief im Wohnzimmer auf und ab.

„In den Sommerferien, als ich zu Hause war, wusste ich noch nicht, was mich am Institut erwartet. Als ich mich zum Dienstantritt meldete, erinnert euch bitte, dass ich zeitiger zurückmusste, eröffnete mir der Direktor, dass ich ab sofort als Sektionsleiter und gleichzeitig als Seminargruppenleiter arbeiten muss. Der Kollege, der die Sektion eigentlich leitet, ist schwer erkrankt. Ich war für alle bundesdeutschen Studenten zuständig. Bei der namentlichen Vorstellung stellte ich fest, dass unter anderen Studenten reicher Eltern auch Martina von Holsten zugegen war. Keiner von uns beiden wusste vorher, dass wir uns nach sieben Jahren wiedersehen würden.

Martina und ich sind im verlängerten Wochenendurlaub Anfang Oktober nach Rügen in Onkel Kulles Wochenendhaus gefahren. Wir haben dort herrliche Tage verbracht und neben der Erholung auch einige Gespräche mit Fischern in ihren Produktionsgenossenschaften führen können. Selbst ich habe sehr viel Neues erfahren, noch mehr natürlich Martina, da ihr unsere Produktionsformen nicht geläufig sind.

Danach wurde ich von ‚unserer Partei' vom Institut entfernt. Dadurch konnte einer ihrer Parteisekretäre meinen Platz einnehmen, den er schon im August haben wollte, aber wegen mangelnder Qualifikation nicht erhielt. Man hat mich als Doktor der Geschichte zum Bibliotheksgehilfen der Pädagogischen Hochschule gemacht. Daraufhin habe ich gekündigt", endet Peter in Kurzfassung.

„Peter, du findest das doch nicht etwa richtig, was du mit einer Westdeutschen als studierter und promovierter Bürger unseres sozialistischen Staates abziehst? Ich betrachte das Verhältnis zwischen dir und dieser Martina nach wie vor nur zur Befriedigung deiner sexuellen Bedürfnisse, mehr nicht!", sagt seine Mutter aus voller Überzeugung.

„Diese nichtsnutzige, kapitalistische Hure, willst du doch sagen, ist Diplom-Juristin. Sie versteht als Tochter eines Großgrundbesitzers, die in der Landwirtschaft aufgewachsen ist, mehr von Produktion und Vermarktung in der modernen Wirtschaft als wir alle, die wir hier im Raum sitzen!", antwortet Peter mit einer Schärfe in der Stimme, wie er sie seinen Eltern gegenüber noch nie angewandt hat.

Das Gespräch endet in einem riesigen Krach. Als Peter fragt, warum denn die so sozialistisch erzogene Karla ein Kind erwartet und seiner Kenntnis nach nicht der „sozialistischen Moral" entsprechend als Tochter eines Parteisekretärs verheiratet ist, war der Höhepunkt erreicht.

Nur seine Schwester Antje und ihr Mann Harald verhielten sich plötzlich sehr ruhig und zurückhaltend.

Peter geht grußlos in sein Zimmer. Er hört noch sehr lange, dass man im Wohnzimmer diskutiert und streitet. Vater, Mutter, Harald und Antje wurden zu unterschiedlichen Zeiten sehr laut. Es hört sich an, als ob sie sich anschreien. Doch das interessiert ihn nicht mehr. Peter hat sein Zimmer verschlossen und beginnt, alle persönlichen Sachen, vor allem Studienunterlagen, Bücher und Erinnerungsstücke in Koffer, Taschen und Beutel zu packen. Auch den Fernseher und seine Radioanlage nimmt er mit. Am heutigen Abend ist das Verhältnis zu seiner Familie zerbrochen. Er lässt Martina und ihre Beziehung von niemandem beschmutzen, auch von seiner Mutter nicht.

Am Morgen des 28. Dezember 1980 packt er alles in seinen Wartburg Tourist. Er hat in der Nacht kaum ein Auge zugemacht. Ihn hat das gestern Gehörte zutiefst getroffen, aber auch zu tiefgründigerem Nachdenken angeregt. Was hatte Bernd Schulze bei seiner Einstellung sinngemäß gesagt? Die Ursachen sind in deiner Familie, dem Betrieb und dem Bekanntenkreis zu suchen. Es blieb für ihn offen, wer hier falsch spielt. Von wem stammen die Fakten, die nur er und Martina wissen können? Er hat sich auch dieses Mal vorgenommen, nach denen zu suchen, die für ihr gemeinsames Unglück verantwortlich sind. Und wenn es Jahre dauern sollte, er wird sie finden und mit ihnen abrechnen!

Als seine Eltern im Morgenmantel an der Haustür erscheinen, sagt er ihnen, dass er für alles danke, was sie für ihn getan haben. Von jetzt an trennen sich ihre Wege! Er wird, wenn es sein muss, Tag und Nacht ohne parteiliche Bevormundung arbeiten. „Mein Zimmer könnt ihr als Fremdenzimmer vergeben." Er steigt ein und fährt los.

*

Martina schreibt weiter an ihrer Doktorarbeit und kommt zügig voran. Die Kinder entwickeln sich in der Schule gut und bereiten wenig Schwierigkeiten. Tante Grit beobachtet sie heimlich und ist sich sicher, dass Martina schwanger ist. Onkel Ole hat von seinem Treffen mit Peter im November in Warnemünde einiges erzählt. Sie hat aber den Eindruck, dass er nicht alles wiedergab.

Im Dezember, nachdem die dritte Regel ausblieb, ging sie zu ihrer Frauenärztin. Die bestätigte ihr die Schwangerschaft, und der Ultraschall half bei der Terminfindung.

Martina muss dadurch ihre gesamte Planung für den Verlauf der Doktorarbeit verändern, aber sie freut sich auf ihr drittes Kind von ihrem Peterle.

Durch Onkel Ole, der häufig zu seinem Bekannten in die DDR fährt und sich dann mit Peter trifft, weiß sie, dass Peter mit seinem Chef in den nächsten drei Jahren viel in England, Frankreich und der UdSSR sein wird. Um ihn nicht zusätzlich zu belasten, behält sie ihr kleines Geheimnis für sich.

In der Leitung der AIV hat sich nach Peters Einstieg als Erstes einiges im Bereiche der Verwaltung geändert. Sein Freund Joachim Lange wird im Mai 1981 seine Doktorarbeit verteidigen. Des Weiteren werden die Büros von Dr. Schulze und seinem Stellvertreter gegenübergelegt. Dazwischen befindet sich das Sekretariat mit zwei Sekretärinnen.

Dr. Dieter Maier, der Stellvertreter für die Belange der Tierproduktion ist, und Peter erhalten ebenfalls je ein Vorzimmer mit Sachbearbeiterin. Das Gleiche galt für den Parteisekretär, Harald Rose, mit dem Peter ein gutes Verhältnis verbindet.

Am 30. Juli 1981 betritt kurz nach der Mittagspause seine Sachbearbeiterin, Kathrin Weise, das Büro.

„Genosse Dr. Weseck, im Vorzimmer ist ein Herr Verwalter, der Sie unbedingt sprechen muss", sagt sie.

„Ist er angemeldet?", fragt Peter etwas ungehalten, da er gerade den Reiseverlauf nach Großbritannien durchgehen wollte. In einer Stunde soll er ihn mit Bernd Schulze abstimmen.

„Nein", antwortet Kathrin schüchtern. Sie ist froh, diese Stelle bekommen zu haben, weiß aber, dass ihr Chef sehr unnachgiebig sein kann.

Peter merkt das. Er schaut sie an und sagt lächelnd: „Schicken Sie ihn herein."

Er schließt seine Akte und tritt hinter dem Schreibtisch hervor. Plötzlich kommt Ole Sörensen zur Tür herein. Nachdem die Doppeltür verschlossen ist, umarmen sich beide.

„Wie geht es Martina und den Zwillingen? Ich muss mit dem Chef nach England und danach gleich nach Frankreich. Ich kann nicht einmal meinen Schreibtermin einhalten", sprudelt es aus Peter vor lauter Überraschung und Freude heraus.

„Peter, können wir uns vielleicht erst einmal setzen?", fragt Ole lächelnd.

„Aber selbstverständlich, entschuldige", sagt Peter. Er geht zu seinem Schreibtisch und bedient den Sprechfunk. „Kathrin, bringen Sie uns bitte zwei Kännchen Kaffee komplett und etwas Gebäck. Bitte bis 14 Uhr keine Störungen mehr, danke."

„Du hast eine hübsche Sekretärin. Wenn ich das Tina erzähle, platzt sie vor Eifersucht", sagt Ole lächelnd.

„Bitte nicht. Sie hat schon genug Belastungen mit den Zwillingen zu tragen", sagt Peter.

Ole greift in seine Jackentasche, wird aber von Kathrin Weise unterbrochen, die das Bestellte bringt. Als sie das Zimmer wieder verlassen hat, holt er etwas aus der Jacke hervor. Er legt ein neues Bild von Martina als Erstes auf den Tisch und sagt: „Das ist reichlich sechs Wochen alt. Und diese beiden fünf Tage. Was sagst du nun?"

Peter starrt alle drei Bilder an. Das erste: Martina schön, wie er sie kennt. Das zweite: Sie sieht sehr angestrengt, müde und kaputt aus. Und das dritte: Martina und ein neugeborenes Kind.

Ole unterbricht die Stille: „Peter, ich gratuliere dir und deiner Frau zu eurer Tochter Melanie."

Peter fehlen die Worte. Er lockert den Schlips und öffnet den ersten Hemdknopf. Seine Blicke gehen immer wieder von Bild zu Bild. Dann steht er auf und öffnet das Fenster einen Spalt. Ihm werden die Augen feucht. Peter geht zum Schrank und holt eine Flasche Weinbrand und zwei Gläser. Er schenkt ein und stößt mit Ole an: „Auf Martina und Melanie." Danach fasst er sich langsam wieder. „Ole, warum hast du mir nie gesagt, dass Martina schwanger ist?", fragt er nach einer Weile.

„Weil ich ihr versprechen musste, dich nicht damit zu belasten. Peter, ich habe Martina immer ausführlich von dir und deiner Arbeit berichten müssen. Deshalb hat sie auch gesagt, du brauchst deine Kraft für deine B-Promotion und deine neuen Aufgaben. Ich glaube, sie hat damit sehr recht behalten. Hast du dich schon einmal im Spiegel betrachtet? Peter, du siehst schlecht aus, sehr schlecht. Denke bitte daran, dass dich jetzt vier Menschen brauchen. Grit und ich werden euch immer helfen, trotz der Grenze und deines reaktionären Schwiegervaters. Aber du musst auf jeden Fall auch selbst etwas tun, vor allem für deine Gesundheit. Ein Herzinfarkt kann tödlich sein!" Ole hat sehr eindringlich gesprochen.

Es klopft an die Tür. Seine Sekretärin, tritt ein. „Genosse Dr. Weseck, ich darf Sie erinnern, dass Sie in zehn Minuten bei Genossen Dr. Schulze sein müssen!"

„Danke, Kathrin! Verdammt, das hätte ich gleich verschwitzt. Ole, ich möchte dir gerne ein paar Zeilen an Martina mitgeben. Das schaffe ich jetzt aber nicht mehr."

„Peter, mein Bus geht um 17 Uhr. Bis dahin will ich mir Grimmen ansehen. Wie sieht es mit deinem Terminkalender aus?", fragt Ole.

„Ab 16 Uhr bin ich frei. Am Markt ist ein kleines Café. Dort könnten wir uns um 16.30 Uhr treffen. Einverstanden?"

Ole nickt. Somit geht Peter mit einem Packen Unterlagen zum Chef.

Der merkt nach kurzer Zeit, dass Peter überhaupt nicht bei der Sache ist. Er hatte schon beim Eintreten von ihm bemerkt, dass etwas nicht stimmt. „Peter, was ist mit dir?", unterbricht er Peters Rede.

„Ich brauche zwei Tage frei. Dann habe ich mit dem Wochenende vier Tage und bin Montag wieder fit", antwortet er.

Dr. Schulze überlegt einen Moment, dann sagt er: „Hast du die nächsten Tage wichtige Termine?"

„Nein, eigentlich nicht. Ich wollte an unserer Reise nach Großbritannien arbeiten und ein paar kleinere Dinge in unserer Zentrale verändern", antwortet Peter.

„Genehmigt, Peter. Großbritannien ist erst im September, und wenn unsere sowjetischen Freunde nicht bald mehr Schwung und Elan zeigen, sehe ich die Reise für dieses Jahr gestorben. Mach dir ein paar schöne Tage", sagt Schulze.

Die Sekretärin ist mehr als erstaunt, als er nach so kurzer Zeit wieder in seinem Zimmer erscheint.

„Kathrin, sagen Sie bitte alle Termine der nächsten zwei Tage ab. Sie haben genügend Arbeit für morgen und können am Freitag ihren Haushaltstag nehmen. Wir sehen uns Montag in alter Frische wieder. Haben Sie noch Fragen?"

„Nein, Chef", antwortet sie verdattert, aber freudig überrascht. Das ist ja Klasse! Am Donnerstagabend kommt ihr Freund zum verlängerten Wochenendurlaub von der Volksmarine.

„Danke, Dr. Weseck", ruft sie ihm hinterher. Peter ist schon wieder in seinem Zimmer verschwunden und schreibt sofort einen langen, sehr einfühlsamen und lieben Brief an Martina. Er kann immer noch nicht fassen, was da passiert ist. Er und Tina haben nun drei Kinder. Jetzt sind sie keine „kleine Familie" mehr, und damit wächst seine Verantwortung.

Dann fährt er in die Kaufhalle, kauft Lebensmittel und Getränke für die nächsten vier Tage ein und schafft alles in seine Wohnung. Er hat auf Anraten seines Chefs doch das Wohnheim verlassen und in einem Neubaublock eine kleine, fernbeheizte Zweiraumwohnung bezogen.

Ole übergibt er seinen Brief an Martina und lässt schöne Grüße an seine Frau Grit ausrichten.

Danach fährt er nach Hause, nimmt ein ausgiebiges Bad, schlägt sich zwei Eier in die Pfanne und isst sie mit einem trockenen Brötchen. Danach setzt er sich auf die Couch in seinem Wohnzimmer. Peter nimmt die drei Bilder in die Hand. Tina, du wirst immer schöner! Die hübschen Gesichtszüge verdeutlichen ihre Klugheit, Wachsamkeit und Entschlossenheit. Ihre sanft blickenden Augen zeigen, dass sie ein gütiger Mensch ist. Und du, kleine Melanie, warum hat mir deine Mutter nie geschrieben, dass wir dich in einer schönen Stunde gezeugt haben? Wem wirst du einmal ähnlich sehen? Ich hoffe, wie deine Schwester Sophia deiner Mutter. Dann werden euch einmal viele Jungs hinterherlaufen. Ihr werdet begehrt sein und immer jemanden finden, der euch von ganzem Herzen lieben wird und euch verteidigt gegenüber allen Anfechtungen dieser hinterhältigen Welt. Nein, ich kann es nicht fassen. Jetzt haben wir drei Kinder und dürfen nicht zusammen sein!

Draußen zieht ein Gewitter auf wie vor acht Jahren in Berlin mit Martina. Er öffnet die Balkontür im vierten Stock und schaut den näher kommenden Blitzen zu. Er braucht die Zeit zum Nachdenken. Ole hat recht, er muss sich entsprechend seiner gewachsenen Verantwortung Martina und den Kindern gegenüber eine eigene, neue völlig private Grundkonzeption erarbeiten.

Dr. Schulze hatte ihm im Januar mitgeteilt, dass er gemeinsam mit Harald Rose darum bemüht ist, Peter zum Reisekader zu entwickeln. Ganz besonders wichtige Argumente, die für ihn sprechen, sind seine Fremdsprachenkenntnisse und sein ausgezeichnetes Fachwissen. Dr. Schulze benötigt ihn, wenn er die von der Partei geforderten Beziehungen ins kapitalistische Ausland auf- und ausbauen soll. Im Mai kam endlich die Bestätigung für dieses Ansinnen. Die Bezirksleitung Rostock und das Außenministerium sind damit einverstanden! Seit reichlich vier Wochen verfügt er über einen Reisepass der Deutschen Demokratischen Republik.

Vielleicht war es sein Glück, dass sich im April plötzlich eine Delegation eines französischen Agrarinstituts anmeldete. Jetzt konnte er seine Französischkenntnisse gekoppelt mit Fachwissen direkt vor dem Landwirtschaftssekretär der Bezirksleitung und dem Mitglied des Rats des Bezirkes Rostock für Landwirtschaft unter Beweis stellen.

Unbedingt muss er in der nächsten Zeit seine B-Arbeit zu Ende führen.

Thomas Kurzweg hat ihn erst vorige Woche höflich daran erinnert. Denn, wenn Thomas Professor wird, ist es ihm nicht mehr so leicht möglich, Peter zu unterstützen. Ich freue mich für ihn, denkt Peter, er ist ein feiner Kerl.

Das Gewitter ist heran und entlädt sich. Peter geht zur Couch zurück, nimmt einen Schreibblock zur Hand und versucht, alle persönlichen Vorhaben, Jubiläen, dienstlichen Aufgaben und vor allem die altersmäßige Entwicklung seiner nun schon großen Familie bis

1990 an Hand eines Zeitstrahls darzustellen. Er holt sich auch die aktuellen Bilder der Zwillinge dazu. 1990 ist dann Martina 35 Jahre jung, er ist 39, Sophia und Luciano sind 16 und Melanie ist neun Jahre alt. Er und Martina kennen sich dann 17 Jahre. Jahre, von denen sie fast nichts hatten. 17 verlorene Jahre!

*

Es klopft kurz an seine Bürotür. Obwohl Dr. sc. Peter Weseck in einer Besprechung mit drei Bereichsleitern von Betrieben der AIV zusammensitzt, unterbricht Kathrin Schubert, seine Sekretärin, die Beratung. Alle vier sehen sie erstaunt an.

„Entschuldigen Sie bitte, Genosse Dr. Weseck. Sie möchten bitte Ihre Besprechung kürzen. Der Chef muss sie unbedingt in 15 Minuten sprechen", sagt Frau Schubert.

„Danke", sagt Peter kurz.

Im Eiltempo erledigt er die noch offenen Fragen. Schade, er wollte sich eigentlich anschließend noch mit einem jungen Diplom-Agrarökonomen unterhalten. Ihn möchte er sich gern in sein Kollektiv, zurzeit aus vier Genossen bestehend, holen. Na, dann eben später. Sie verabschieden sich.

Peter geht ins Vorzimmer. „Kathrin, was will denn der Alte?", fragt er.

„Ich weiß es nicht, leider", sagt sie mit Bedauern in der Stimme.

„Ich glaube, ich muss mir eine andere Sekretärin suchen", knurrt Peter und sieht, wie Kathrin erschrickt. Er stützt sich mit beiden Händen auf ihren Schreibtisch und sagt: „Nein, nein. Das war ein Scherz. Ich bin froh, dass ich dich endlich wiederhabe."

Kathrin fällt sichtlich ein Stein vom Herzen, als Peter lächelnd das Zimmer verlässt.

Kathrin Schubert, geborene Weise, hat 1983 ihren Matrosen geheiratet. Am Abend ihres Hochzeitstags fuhr gegen 19 Uhr eine Wolga-Taxe vor die Gaststätte. Ihr entstieg Dr. Weseck mit einem riesigen Blumenstrauß und einem schweren Paket. Der Taxifahrer half ihm noch, alles in den kleinen Hochzeitssaal zu bringen.

Als er den Saal betrat, verstummten alle Gespräche. Die meisten der Gäste kannten ihn aus ihren Betrieben, wo er des Öfteren direkt an den Arbeitsplätzen der Genossenschaftsbauern erschien. Peter gratulierte beiden, überreichte sein Geschenk, eine komplette Ausrüstung an Besteck und Zubehör für eine junge Familie.

An diesem Abend bot er ihr das „Du" an. „Sie" sagt sie nur, wenn er mit anderen Kollegen zusammen ist.

Peter hat im Oktober 1982 seine zweite Dissertation an der Universität in Greifswald erfolgreich verteidigt.

Mit Martina hat er nach wie vor nur Briefkontakt. Sie hat trotz der Geburt von Melanie und des schlechten Verhältnisses, das sie zu ihrem Vater seit der Geburt der Zwillinge hat, 1983 ihre Doktorarbeit mit „sehr gut" verteidigt. Zurzeit unterrichtet sie an einer Fachhochschule in Kiel Wirtschaftsrecht.

Die Kinder entwickeln sich gut. Sie wird von Ole und seiner Frau bei der Erziehung der drei nach wie vor tatkräftig unterstützt. Ihre einzige Sorge, so hat ihm Martina geschrieben und Ole bei ihrem letzten Treffen genauer erklärt, ist das Verhalten von Luciano. Seit Martina vor fünf Jahren im November 1980 ihre Schwägerin Luise ausgefragt hat, um einiges über ihren Bruder zu erfahren, sucht Luciano immer stärker den Kontakt zu seinem Onkel Arnim. Dieser hat übrigens immer noch nicht promoviert. Bei ihrem Vater darf man dieses Thema überhaupt nicht mehr ansprechen.

Peter steht vor dem Sekretariat und tritt ein. „Hallo Mädels, der Chef möchte mich sprechen?"

„Könnte mein Sohn sein", knurrt die Chefsekretärin. Doch das hört Peter nicht mehr. Da ist er schon in Dr. Schulzes Zimmer.

Peters Laune ist heute besonders gut, denn es müsste wieder ein Brief von Martina eintreffen. „Bernd, du möchtest mich urplötzlich sprechen. Bekomme ich den ‚Karl-Marx-Orden' für sehr gute parteiliche Führung?", fragt er gezwungen ernst, aber zweideutig.

„Ein paar hinter die Ohren bekommst du, Lümmel", geht Schulze auf den lockeren Ton ein.

„Ist es so schlimm, mein Gebieter?", fragt Peter mit gespielter Reue.

„Setz dich, es wird ernst, Peter. Du hast mir doch einmal erzählt, dass deine Frau aus Schleswig-Holstein kommt und Martina von Holsten heißt. Übrigens, haben sich deine Eltern nun endlich beruhigt?"

„Nein, seit fünf Jahren Funkstille", antwortet Peter.

„Nicht gut. Aber weiter zu unserem Problem. Bisher waren wir gemeinsam in der UdSSR, in Frankreich, Großbritannien und Spanien. Jetzt soll es aber in die BRD gehen. Die Bezirksleitung hat mir eine Einladung vom Bauernverband Schleswig-Holstein zugesandt. Da findet in einem Hotel am Timmendorfer Strand eine Konferenz statt, an der Franzosen und Engländer teilnehmen. Wir sind auch eingeladen", beendet Bernd seine Information.

„Und wo liegt das Problem, Bernd?", fragt ihn Peter.

„Ich weiß nicht, ob es ein Problem wird, Peter. Nur lautet die Unterschrift auf der Einladung Albrecht von Holsten. Das könnte dein Schwiegervater in spe sein", sagt Bernd.

Nach einer Pause antwortet Peter: „Da könntest du recht haben. Wir müssen dort teilnehmen und wissen nicht, mit wem wir es zu tun haben und was die von uns wollen. Dann rufe doch einmal zu unserem Schutz die Genossen der Staatssicherheit an. Sollen die uns doch mal beschützen."

„Der Gedanke ist nicht schlecht. Denn ich habe das Gefühl, uns möchte irgendjemand nachweisen, dass wir unfähig sind, und das möglichst vor den Franzosen und Engländern", schließt Dr. Schulze das Gespräch.

Peter geht in sein Büro. Kathrin hat schon Feierabend gemacht. Wie komme ich an Martina heran? Telefonisch? Nein, Ole sagt, wir werden beide abgehört. Also bleibt nur der Brief an den „Verwalter"!

Peter ruft Bernd nochmals an. „Sag mal, wann und wo genau soll die Konferenz sein?"

„Vom 13. bis 15. September 1985 im Hotel „Mercure". Für jeden von uns ist dort ein Doppelzimmer reserviert. Man freut sich auf gute Zusammenarbeit", antwortet Dr. Schulze.

„Bernd, ich habe doch vor reichlich einem Jahr eine Studie über die Bauernverbände der BRD erarbeitet. Ich glaube, über Schleswig-Holstein hatte ich ziemlich ausführlich geschrieben. Ich schaue heute Abend mal nach", sagt Peter und wünscht einen schönen Feierabend.

Er schreibt sofort an den Verwalter und fährt danach nach Stralsund, um dort den Brief einzuwerfen. Es ist jetzt 17 Uhr, und in einer reichlichen Stunde wäre ich in Binz. Los geht's, mal sehen, wie Onkel Kulles Haus aussieht.

*

142

Dr. Bernd Schulze, Harald Rose und Dr. Peter Weseck haben ihre Zimmer im Hotel bezogen. Alle drei werden an dieser Konferenz teilnehmen. Was ihnen vorliegt, ist nur der Ablauf der drei Tage. Heute treffen sich um 16 Uhr alle Teilnehmer im Konferenzsaal zur allgemeinen Eröffnung. Danach kann der Abend individuell gestaltet werden.

Am Samstag ist dann die Konferenz und abends ein großes Bankett mit Erfahrungsaustausch und Tanz. Am Sonntag nach dem Frühstück ist allgemeine Abreise. Was nun im Einzelnen hinter den Terminen steckt, weiß keiner von ihnen.

Abgesprochen hat Peter mit seinen beiden Begleitern, dass er sich auf jeden Fall mit Martina treffen wird. Dazu gibt es von beiden Genossen uneingeschränkte Zustimmung. In den letzten zwei Jahren hat sich nicht nur ein kollegiales, sondern mehr ein freundschaftliches Verhältnis herausgebildet. Dr. Schulze und der Parteisekretär Harald Rose haben sich in Grimmen Eigenheime gebaut und werden hier mit ihren Familien sicher auch ihren Lebensabend verbringen.

Harald Rose ist der typische Berufsfunktionär der Partei. Ursprünglich hat er Maschinenbau studiert und sogar das Diplom mit sehr guten Ergebnissen abgelegt. Als er ein Forschungsstudium aufnehmen wollte, kam die Partei: Wir brauchen dich als hauptamtlichen Sekretär in einer Kreisverwaltung. Danach belegte er noch viele Parteifunktionen, bis er dann fünfundvierzigjährig in einer LPG landete. Geboren wurde er in Adorf im Vogtland. Nach vielen Zwischenstationen in den verschiedensten Bezirken ist er jetzt im Norden, im Bezirk Rostock, gestrandet. Als er in der Landwirtschaft eingesetzt wurde, begann er ein fünfjähriges Fernstudium an der Universität Rostock. Wie er Peter sagte, hat er sich zum Diplom-Agrarökonom gequält, aber er hat es geschafft. Peters Angebot 1982, ihn zum Doktor zu führen, lehnte er dankend ab. Sein Schul- und Studienbedarf, damals war er 53, ist gedeckt.

Bei einem gemeinsamen Grillabend in diesem Sommer bei Bernd Schulze waren Harald und seine Frau, Achim und Vera und Peter eingeladen. Die Frauen zogen sich mit ihren Wein- und Sektflaschen in Bernds Gartenpavillon zurück. Dass es ihnen mundete, hörte man am Gelächter und der Lautstärke. Die Männer saßen mit einem Kasten Rostocker Pils, Goldkrone und Nordhäuser

Doppelkorn an einem kleinen Lagerfeuer. Jeder erzählte den anderen seine Lebensgeschichte. Peter war der Letzte. Mit schon etwas gehobener Stimmung erzählte er unter anderem auch von Martina, seiner großen Liebe. Dabei ist ihm auch herausgerutscht, dass er drei Kinder hat. Natürlich wollte jeder der anwesenden Herren Genaueres wissen. So kam heraus, dass er mit Martina nicht nur eine unglückliche Beziehung führt, sondern mit ihr auch die Kinder hat. Am späten Abend nahm ihn Harald beiseite und sagte zu ihm, dass er normalerweise verpflichtet ist, diese Sache zu melden, aber er kann sicher sein, dass von ihm niemand etwas erfährt.

Peter wurde erst am nächsten Tag bewusst, wie das Ganze noch ins Auge gehen könnte. Verdammt, Peter, du hast gegen alle Absprachen mit Martina und Ole verstoßen. Hoffentlich gibt es keine negativen Folgen!

Die Eröffnungsveranstaltung war zu Ende. Peter hat sich ein paar Namen der vorgestellten Verbandsleute aus Schleswig-Holstein aufgeschrieben und will Martina nach deren Tätigkeiten fragen.

Als sie in der Hotelhalle stehen und sich Peter bis morgen verabschieden möchte, kramt Bernd Schulze umständlich ein sehr kleines Päckchen aus der Innentasche seines Jacketts.

„Peter, wir wünschen dir eine sehr schöne und liebevolle Nacht mit deiner Frau. Grüße sie von uns ganz herzlich, unbekannterweise", sagt Dr. Schulze und übergibt ihm das kleine Päckchen.

„Obwohl ich nicht weiß, was darin ist, bedanke ich mich", sagt Peter ganz höflich

Beide Herren grinsen und verabschieden sich. Peter fährt mit dem Fahrstuhl in den fünften Stock, geht in sein Zimmer, duscht und zieht sich um. Danach verlässt er in einem neuen, dunkelblauen Anzug, hellblauen Hemd und dunklen Schlips das Hotel. Das Päckchen hat er in die Jackentasche gesteckt.

Das Hotel, in dem Martina wohnt, liegt ungefähr 200 Meter von seinem entfernt. Wie mit Ole abgesprochen, geht er in das Restaurant des Hotels und bestellt sich einen Kaffee. Dabei beobachtet er ununterbrochen den Eingang des Restaurants, um festzustellen, ob ihm jemand folgt.

Es vergehen keine zehn Minuten, und Martina betritt den Gastraum. Sie trägt ein einfarbiges, dunkelbraunes schlichtes Kleid. An der Hüfte und im Brustbereich scheint sie ihm etwas voller geworden zu sein. Nach dem dritten Kind auch kein Wunder, denkt er. Ansonsten eine Erscheinung, die jeden männlichen Restaurantbesucher bewegt, ihr nachzusehen. Beide sind sehr aufgeregt. Immerhin haben sie seit Jahren auf diesen Moment gewartet. Sie reichen sich die Hand und begrüßen sich. Danach nehmen sie Platz.

Martina und Peter schauen sich an. Jeder versucht, im Gesicht des anderen Veränderungen zu erkennen. Peters Gesichtsausdruck ist härter, entschlossener geworden. Bei Martina erkennt man die Belastungen einer alleinerziehenden Mutter, die dazu noch voll im Berufsleben steht. Sie bestellt ebenfalls eine Tasse Kaffee.

Nachdem der Kellner den Tisch verlassen hat, unterbricht Peter das Schweigen. „Tina, du bist noch schöner und fraulicher geworden, als du es vor fünf Jahren schon warst", spricht er sie mit echter Bewunderung in der Stimme an.

Martina errötet leicht. Ihr wird heiß, und das Kribbeln in ihrem Bauch setzt wieder ein. Das letzte Mal hatte sie dieses Gefühl, als Ole von Peter zurückkam und ihr berichtete, wie liebevoll er auf die Nachricht von der Geburt der kleinen Melanie reagiert hat. Welche Sorgen er sich um sie als seine Frau und Mutter seiner drei Kinder macht, konnte sie dem Brief entnehmen. Martina möchte nicht, dass Peter ihre aufkommende Verlegenheit bemerkt, und schaut durch das Fenster auf die Straße.

Plötzlich durchfährt es sie wie ein Blitz. Auf der gegenüberliegenden Straßenseite erkennt sie ihren Bruder Arm in Arm mit einer blonden Frau gehen. Peter folgt ihrem Blick und erkennt den Mann, der ihm bei ihrer Ankunft in der Hotelhalle begegnet ist. Aufgefallen ist er Peter, weil er jeden Einzelnen ihrer kleinen Delegation musterte.

„Peter, bezahle bitte und komm in Zimmer 525. Ich warte auf dich." Martina steht auf und verlässt das Restaurant.

Peter winkt dem Kellner und bezahlt. Er zwingt sich zu äußerlicher Ruhe und Gelassenheit. Nach einer Weile geht er zum Fahrstuhl, achtet aber darauf, dass er dem Mann, der sich mit der Blonden dem Hotel nähert, nicht begegnet.

Auf sein Klopfen öffnet Martina die Tür. Er tritt ein und möchte sie sofort umarmen. Doch er stoppt in seinen fast stürmischen Bewegungen. Vor ihm steht Martina, völlig aufgelöst und mit verweintem Gesicht.

„Tina, was ist denn los?"

Sie drückt ihr Gesicht an seine Schulter und beginnt erst jetzt, richtig zu weinen.

Peter streicht ihr beruhigend über das Haar, den Nacken und die Schultern. Nachdem sie ruhiger geworden ist, geht sie zum Schrank und holt sich Taschentücher. Sie setzen sich auf die Couch. Auf dem Tisch vor ihnen stehen eine Flasche Sekt im Kühler und zwei Gläser. Martina bemüht sich, mit zitternden Händen die Flasche zu öffnen. Doch sie schafft es nicht. Peter nimmt ihr die Flasche aus der Hand, öffnet sie und gießt ein. Sie stoßen schweigend an. Peter stellt sein halb geleertes Glas auf den Tisch und schaut ihr in die Augen.

„Peter, so habe ich mir unser unverhofftes Wiedersehen nicht vorgestellt. Erst musste ich mich mit meinem Chef anlegen, damit er heute und morgen meine Vorlesungen übernimmt, und dann das: Hast du den Mann und die blonde Frau auf der gegenüberliegenden Straßenseite gesehen?", fragt sie.

„Ja, den Herrn habe ich heute Mittag schon bei der Ankunft in unserem Hotel gesehen. Er hat uns drei sehr ausführlich betrachtet und beobachtet. Ich habe mir nichts dabei gedacht, denn wenn wir DDR-Bürger im Ausland auftauchen, werden wir häufig wie Exoten betrachtet", antwortet Peter ganz ruhig.

Martina muss lächeln: „Mein lieber, ahnungsloser Peter! Du wirst dich wohl nie ändern. Obwohl ich im Restaurant den Eindruck hatte, dass du härter und entschlossener geworden bist, bleibst du der liebe, verzeihende Mann, den ich so gern habe."

Nach diesen Worten konnten sich beide nicht mehr zurückhalten, und es folgt ein langer, süßer Kuss. Martinas Kribbeln begann wieder und wurde stärker als im Restaurant. Das kann ja eine Nacht werden, denkt sie bei sich.

„Tina, was ist denn nun mit dem Kerl? Erst machst du mich neugierig und dann lässt du mich hängen", spielt er den Empörten.

Sie geht auf den Ton ein: „War es dieser Kuss nicht wert, die Information nach hinten zu schieben, Herr Weseck?"

Martina trinkt ihr Glas aus und holt tief Luft. Bei dem stürmischen Küssen ist ihr Kleid nach oben gerutscht und gibt ihre tadellosen Beine zur Besichtigung frei. Peter betrachtet sie genüsslich.

Martina zieht schnell am Saum ihres Kleids und errötet wieder, trotz ihrer nunmehr 30 Jahre.

„Peter, dieser Herr, den du im Hotel und auf der Straße gesehen hast, ist mein Bruder Arnim von Holsten. Sicher bin ich mir jetzt, dass er mit meinem Vater zumindest hier in Einigkeit handelt. Ich weiß aber nicht, welche Rolle er spielt und in welcher Richtung sie vorgehen werden. Aber ich bin mir sicher, die beiden planen eine Schweinerei gegen eure Delegation. Wenn von Belt und von Räkelt auch hier sind, ist ganz sicher, dass etwas gegen euch läuft. Wie groß ist eure Delegation, und wie groß sind die anderen?", fragt sie.

„Wir sind drei Mann, die anderen fünf und mehr", antwortet Peter.

„Können wir deinen Chef telefonisch erreichen?", fragt Martina.

„Er wollte das Hotel nicht mehr verlassen, aber ich glaube nicht, dass wir da viel erreichen. Dein Telefon wird bestimmt abgehört, Bernds und Haralds auch. Ich glaube, wir müssen uns etwas anderes einfallen lassen. Ehrlich gesagt, habe ich mir unser Wiedersehen anders vorgestellt", entgegnet Peter etwas enttäuscht.

„Ich auch, Peter, die Konferenz beginnt um 10 Uhr. Also musst du spätestens um 9 Uhr bei deinen Kollegen sein und ihnen verdeutlichen, dass ihr sehr wachsam sein müsst, weil ihr euch in irgendeiner Weise in Gefahr befindet. Also möchten wir um 8 Uhr frühstücken. Bis dahin gehört die Zeit uns, Peter!"

Martina bestellt beim Zimmerservice des Hotels einen kleinen, aber leckeren Imbiss. Während sie essen, sind ihre Gedanken bei ihrem Bruder. Ist die Blonde eine seiner Geliebten oder hat sie etwas mit der geplanten Schweinerei zu tun?

„Peter, wenn du morgen in dein Hotel kommst, beobachte dein Umfeld und frage deine Kollegen, ob ihnen heute noch etwas aufgefallen ist. Wie habt ihr euch in die Hotel- und die Konferenzliste eintragen lassen?", fragt sie ihn.

„Dr. Bernd Schulze, Delegationsleiter, Harald Rose und Peter Weseck, Mitarbeiter. Keine Tätigkeitsmerkmale, was wir zu Hause sind oder tun. Meine akademischen Grade haben wir bewusst weggelassen. Wir glauben, als unbedeutender Mitarbeiter kann ich in diesem Falle mehr nutzen", antwortet ihr Peter.

„Also doch nicht mehr der ahnungslose, allen verzeihende Peter", ruft sie und gibt ihm einen Kuss.

„Pfui, du schmeckst nach Lachs", sagt er und verzieht das Gesicht.

Daraufhin stößt ihn Martina zurück und streckt ihm übermütig die Zunge heraus. Sie steht auf, zieht sich ohne Scham vor Peter aus und geht ins Bad. Peter denkt, trotz der drei Kinder hat sie eine tadellose Figur.

Nach dem Bad kommt sie im weißen Bademantel zurück ins Zimmer.

„Peter, jetzt bist du dran, dich frisch zu machen. Ich bereite inzwischen alles vor." Was das auch immer heißen sollte?

Peter zieht sich ebenfalls vor ihr aus und kämpft mit sich, seine Erregung zu verbergen. Nach der Dusche kommt er ebenfalls im weißen Bademantel ins Zimmer. Er hat nichts drunter und vermutet bei Martina das Gleiche, da ihr Nachthemd noch im Bad hängt. Bei einem zärtlichen, langen Kuss finden seine Finger alles das, was er vermutet hat.

Plötzlich gebietet Martina Einhalt, steht auf, geht zum Schrank und holt eine Schachtel Kondome heraus. „Lieber Peter, nach zwölfmal miteinander schlafen haben wir es zu drei Kindern gebracht. Die Trefferquote ist mir zu hoch. Ein viertes Kind brauche ich jetzt nicht, okay?", fragt Martina.

„Ich auch nicht." Jetzt steht Peter auf und geht ebenfalls zum Schrank, in dem sein Jackett hängt.

Martina sitzt etwas erschrocken auf ihrem Platz. Habe ich ihn jetzt beleidigt, so genau kennen wir uns ja nun auch noch nicht.

Peter kommt mit dem kleinen Päckchen seiner Kollegen zurück und öffnet es. Martina und er lesen den beiliegenden Brief:

Lieber Peter!
Wir wünschen Dir von ganzem Herzen Glück mit Deiner Martina. Aber wir haben uns überlegt, nach so langer Enthaltsamkeit könnte ohne Weiteres ein viertes Kind die Folge sein. Damit Du das Deiner Martina nicht antust, denn wir glauben, ihr habt noch viel gemeinsam vor Euch, legen wir Dir fünf „Rüpeltüten" als kleines Geschenk von uns bei.
Eine schöne Liebesnacht wünschen Euch
Bernd und Harald!

Martina sagt spontan: „Die beiden Komiker möchte ich kennenlernen. Peter, du hast fünf und ich auch. Jetzt ist es kurz vor 10 Uhr. Bis zum Frühstück jede Stunde einen. Einverstanden?"

Beide lachen, ziehen ihre Mäntel aus und springen völlig nackt in das Doppelbett.

Nach einem langem Kuss sagt Martina: „Weißt du, Peter, dass wir es noch nie in einem Doppelbett gemacht haben, sondern immer auf einer Couch? Als wir es das letzte Mal in Babelsberg in deiner damaligen Wohnung gemacht haben, habe ich dann am Abend zu Hause in meinem Bett gedacht: Ich schwöre mir, das erste Mal im Bett soll im Ehebett stattfinden. Peter, was sagst du zu diesem Entschluss? Wollen wir noch bis dahin warten?"

Peter beschäftigte sich während ihrer Rede mit den schönen Nippeln ihrer Brüste. „Nein, jetzt oder nie, Frau Weseck! Möchtest du überhaupt so heißen, Tina?", fragt Peter.

„Ja, ohne Bedingungen! Ich liebe dich wie nie einen Menschen vor dir", antwortet Martina mit brüchiger Stimme.

Nach dieser Antwort schließt ein zärtlicher Kuss Martinas und seinen Mund.

*

Viele Male kribbelt es an diesem Abend in Martinas Bauch. Sie war sich hundertprozentig sicher, wenn sie nicht verhütet hätten, wäre das Jahr 1986 wieder ein Geburtsjahr. Nein, das kann sie jetzt nicht gebrauchen. Sie arbeitet schon seit einiger Zeit an ihrer Habilitation. Peter weiß nichts davon. Genauso wie mit der Geburt von Melanie möchte sie ihn überraschen. Gegen halb eins schlafen sie erschöpft und glücklich eng umschlungen ein.

Nach dem Frühstück erscheint Peter, so gut gelaunt wie schon lange nicht mehr, bei seinen Kollegen. Diese sehen nicht so glücklich aus. Erst recht nicht, nachdem sie von Peter erfahren, was ihm Martina gestern gesagt hat und wovor sie ihre kleine Delegation warnt.

„Schau mal unauffällig zum Tisch am Fenster dahinten. Mit dem Herrn neben der blonden Frau habe ich gestern Abend in der Bar einen Magenbitter getrunken. Er lud mich dazu ein, weil er sich freute, dass wir der Einladung Folge geleistet haben. Danach wurde mir flau im Magen. Heute Nacht habe ich die meiste Zeit auf der Toilette verbracht. Dann aber habe ich das Hausmittel meiner Großmutter genommen, das ich, wenn ich verreise, immer mitnehme. Nun geht es mir wieder so leidlich", erzählt Dr. Schulze.

„Martina, du hast leider recht! Hier wird etwas gegen uns vorbereitet. Dieser Herr dahinten neben der blonden Frau ist Martinas Bruder, Arnim von Holsten. Die Blonde neben ihm hat Martina als eine seiner vielen Geliebten eingestuft. Aber wenn sie dort so vertraut zwischen Vater und Sohn sitzt, gehört sie ganz sicher zum Komplott gegen uns. Wir müssen nur herausbekommen, welche Rolle sie spielt. Harald, ist dir auch etwas passiert?", fragt Peter.

„Nein, für einen kleinen Mitarbeiter haben sich nur auffällig viele Journalisten interessiert. Einer fragte mich zum Schluss, ob ich nicht hierbleiben möchte. Er könnte mir eine tolle Anstellung besorgen", sagt Harald lächelnd.

„Gut, also aufgepasst, was ich noch von Martina erfahren habe. Die Herren von Belt und von Räkelt sind enge Vertraute von Senior von Holsten. Alle drei haben durch die Bodenreform erhebliche Güter auf Rügen und zwischen Rostock und Stralsund verloren. Seitdem hassen sie alles, was aus dem Osten kommt. Wir müssen mehr als wachsam sein", fordert Peter nochmals auf.

Sie stehen auf und gehen in ihre Zimmer. Als Peter sein Zimmer betritt, hat er das Gefühl, dass seit seinem Verlassen des Raums gestern Abend noch jemand hier war. Na ja, vielleicht das Zimmermädchen. Als er seinen Aktenkoffer aufnimmt, in dem diesmal nur Schreibzeug ist, entdeckt er Kratzer am Schloss, und der Schlüssel lässt sich auch nicht so leicht drehen wie sonst. Wieder fällt ihm Martinas Hinweis zu seiner Ahnungslosigkeit ein.

Er geht mit den anderen in den Konferenzsaal. Ihre Plätze befinden sich in der dritten Reihe, Fensterseite vor dem Präsidium.

Der Verbandsvorsitzende, Albrecht von Holsten, begrüßt alle Teilnehmer auf das Herzlichste. Ganz besonders freut er sich über die Delegation aus der Ostzone. Die richtige Bezeichnung „Deutsche Demokratische Republik" scheint ihm abhandengekommen zu sein.

Du falsches und hinterhältiges Schwein, denkt Peter so bei sich. Um sich das Gesülze nicht mehr länger anhören zu müssen, nimmt er die vor ihm liegenden Kopfhörer und denkt: Wie wird sich dieser Quatsch denn in anderen Sprachen anhören? Er wählt als Erstes Englisch. Was er hier hört, lässt ihn stutzen. Die Dolmetscherin übersetzt einen völlig anderen Text, als von Holsten spricht. Hier wird ihre Delegation zur Witzfigur gemacht. Jetzt ist gerade Harald dran. Er wird als Bauer mit wenig Ahnung von der Landwirtschaft dargestellt. Weil er in der Industrie nichts wurde, ging er in die kommunistische Partei und wurde zur Zwangskollektivierung der Bauern durch den Osten geschickt.

Als Nächster ist Peter dran. Er ist ein verkrachter Lehrer, der schon aus mehreren Schulen wegen absoluter fachlicher Unfähigkeit entfernt wurde. Jetzt ist er in der Landwirtschaft und schult Bauern, damit sie mehr arbeiten. Seine Charakteristik ist noch nicht zu Ende. Außerdem gilt er im Norden der DDR weithin als Frauenheld. Er hat es schon fertig gebracht, in der DDR und BRD vier uneheliche Kinder zu machen. Wir denken, nach dieser Konferenz werden es noch einige mehr. Peter war erstaunt über so viel Unverfrorenheit. Aber das ist der Klassenkampf oder der Kalte Krieg, den man von westlicher Seite immer verleugnet. Nur der Osten sei schuld! Er schaltet nacheinander auf Französisch und Spanisch. Hier übersetzten Männerstimmen genau das, was von Holsten spricht.

Er nahm den Kopfhörer ab. Was das bedeutet, wird ihm nach dem gestrigen Gespräch mit Martina glasklar. Warum werden die Engländer hier falsch informiert? Da sich an den Seiten des Raums Fernsehgeräte befinden und im Saal Kameras stehen, wurde jeder, über den gesprochen wurde, in Großaufnahme gezeigt. Ein netter Versuch, sie bloßzustellen. Peter sah sich im Saal um. Die Engländer blickten verdutzt und ungläubig. Plötzlich erblickte er Martinas Bruder, der ihn hämisch auf dem Bildschirm betrachtet. Sein Gesicht zeigt zufriedene Regungen. Er fühlt sich auf der Straße des Erfolgs, glaubt Peter zu erkennen. Das scheint also die Aktion gegen uns zu sein. Schon zu Beginn der Konferenz machen die uns bei den Engländern unmöglich!

Der Grund ist klar! Wir haben in den letzten Jahren gute Beziehungen zu den Briten aufgebaut. Dabei ist es nicht selten passiert, dass sich die Engländer eher für unsere Organisationsmethoden interessierten als für die in Schleswig-Holstein. Das gab in der Folge

Absagen, die denen wirtschaftlich richtig wehtaten und uns Devisen brachten.

Zurzeit spricht ein Professor der Universität Kiel über neue Entwicklungsrichtlinien in der Landwirtschaft. Peter setzt nochmals die Kopfhörer auf und schaltet auf Englisch. Dieses Mal übersetzt eine Männerstimme wie auch bei den Franzosen und Spaniern genau das, was der Redner sagt. Peter entschuldigte sich bei seinen ahnungslosen Kollegen und geht nach draußen. Er will zu den Toiletten und muss an der Bar vorbei. Gerade noch rechtzeitig sieht er Martinas Bruder mit der Blonden ein Glas Sekt trinken. Er nutzt eine große Grünpflanze und eine Säule, um unerkannt an ihnen vorbeizukommen. Dabei hört er, wie Arnim von Holsten sich bei ihr für die tadellose Übersetzung bedankt und ihr den Abend beim Bankett hier im Hotel verspricht.

Na, da haben wir die Zusammenhänge, Martina. Die Blonde ist Werkzeug und Geliebte. Nun müsste man nur wissen, ob der Herr Vorsitzende des Bauernverbands, Albrecht von Holsten, über alles Bescheid weiß.

In der zweistündigen Mittagspause unterrichtet Peter seine zwei Kollegen über das Gehörte und seine neuesten Erkenntnisse. Sie beschließen, den englischen Delegationsleiter um ein Gespräch zu bitten. Das gelingt bei einer Tasse Tee in einem separaten Raum, der den Engländern zur Verfügung steht. Peter übersetzt Dr. Schulzes Ausführungen zu den fehlerhaften Aussagen der Dolmetscherin.

Alle drei sind echt erstaunt, wie der Delegationsleiter der Engländer in fast akzentfreiem Deutsch antwortet und ihnen versichert, dass er seinen Kollegen schon gesagt hat, dass hier absichtlich die Delegation der Deutschen Demokratischen Republik diffamiert werden soll. Er war schon einmal vor reichlich zwei Jahren als damaliges Mitglied der Botschaft des Königreichs in Grimmen gewesen und er kennt durch zwei deutsche Freunde aus der BRD und der DDR die Falschheit und Niederträchtigkeit der Führungsriegen beider Länder.

„Wir wissen, was Sie wirklich tun, Mister Dr. Schulze und Mister Dr. Weseck", schloss er seine Ausführungen.

Den drei fällt ein Stein vom Herzen. Jetzt war der Altadel der Blamierte. Martina wird sich freuen!

Der Nachmittag verlief wie immer bei solchen Konferenzen: Rede um Rede wurde gehalten. Gegen 17 Uhr war endlich Schluss. Um 19 Uhr beginnt das Bankett.

Peter hatte vorsorglich seine Sachen gepackt und zu Harald Rose gebracht. Sein Zimmer will er morgen nur noch übergeben. Es ist abgesprochen, dass er sich um 20 Uhr mit Martina trifft. Er hört sich noch die Rede von Albrecht von Holsten über das hervorragende Ergebnis der Konferenz an, wechselt mit den Engländern noch ein paar Worte und verlässt den Saal. Er läuft die 200 Meter bis zum Hotel von Martina und fährt in den fünften Stock. Martina wartet schon auf ihn. Er berichtet ihr, dass ihre Warnung voll und ganz berechtigt ist und ihnen sehr geholfen hat. Er bedankt sich im Auftrag seiner Kollegen bei ihr und sagt, dass sich Bernd und Harald wünschen, sie unbedingt bald einmal kennenzulernen. Sie beratschlagen, was sie am heutigen Abend alles anstellen wollen. Immerhin wird es ihr letzter Abend auf unbestimmte Zeit.

„Dein Bruder hat der Blonden versprochen, heute Abend mit ihr zum Bankett zu gehen", sagt Peter.

„Dort werden sie nicht lange bleiben. Ich glaube, vor Vater wird er sich nicht trauen, mit ihr herumzuknutschen. Also verlässt er das Hotel und kommt mit ihr hierher zum Tanzen und danach in ihr Bett. Ich habe herausgefunden, dass alle Mitarbeiter der Konferenz hier untergebracht sind, vor allem Mitarbeiterinnen. Ich sitze also in der Höhle des Löwen", sagt Martina.

„Das heißt, wir können erst morgen nach dem Frühstück das Hotel verlassen. Klasse! Wie viele Kondome haben wir noch?", sagt Peter im Scherz.

Genau auf diesen Scherz geht Martina bewusst nicht ein! „Ich wollte eigentlich mit dir wieder einmal tanzen, Peter, und nicht immer im Zimmer eingeschlossen sein. Ich möchte mich mit dir zeigen. Allen Menschen möchte ich zeigen, welch fantastisches und makelloses Paar wir sind", antwortet sie enttäuscht, ohne auf seinen Scherz einzugehen.

„Das möchte ich auch von Herzen gern mit dir tun, aber ich weiß nicht, wie viele Jahre ich nicht mehr getanzt habe, müsste also erst wieder neu lernen. Außerdem könnten deine beiden Herren uns zufällig sehen, und das kann für uns beide im Moment keinesfalls gut sein. Glaub mir, Tina, seit ich vor fünf Jahren von dir erfahren habe, wie du und die Kinder von deinem Vater und deinem Bruder behandelt werden, setze ich jede freie Minute ein, um meinen Berufsstand, oder wie man bei euch sagt, die Karriere auszubauen. Auf Anraten von Professor Kurzweg von der Universität Greifswald werde ich meinen dritten Doktor dieses Mal in den Agrarwissenschaften machen. Jede freie Mark lege ich auf die hohe Kante, um dir und unseren Kindern eines Tages etwas bieten zu können!" Peter ist aufgestanden und läuft im Zimmer auf und ab. „Ich möchte vor deiner Familie nicht so dastehen, wie mich die Herren heute versucht haben, den Engländern vorzustellen. Als einen dummen, unfähigen nichtsnutzigen Pauker, der die Bauern antreibt, weil er sonst nichts anderes kann, und außerdem in Scharen Frauen vögelt. Vier Kinder hat er schon in Ost und West und nach dem Wochenende werden es im Westen noch ein paar mehr werden.

Nein, Tina, dieser Augenblick soll ein besonderer, unvergessener, alle Gemeinheiten und Ungerechtigkeiten dir und mir gegenüber zurückzahlender Augenblick werden, deiner Familie und auch meiner Familie gegenüber zu der ich ebenfalls seit fast fünf Jahren keinen Kontakt mehr habe. Meine Eltern haben dich genauso schamlos beleidigt wie mich dein Vater und dein Bruder. Beide Seiten sollen erfahren, dass uns niemand trennen wird, ob er adlig und Unternehmer ist oder Parteifunktionär und Werkstattleiter. Niemand!"

Peter hat sich während seiner Rede mit jedem Worte immer mehr in Wut gesprochen. Kreidebleich bleibt er vor dem Fenster stehen und hält beide Hände vor sein Gesicht.

Martina sieht, dass seine Schultern zu zucken beginnen. Sie ist noch ganz benommen von dem, was sie soeben gehört hat. Und sie sieht das zweite Mal in ihrem Leben, dass dieser große, starke Mann weint wie damals im Haus auf der Insel Rügen, als sie ihm von den Zwillingen erzählte. Sie überkommt ein unbeschreibliches Glücksgefühl. Gemeinsam mit dem Kribbeln in ihrem Bauch erfasst es ihren ganzen Körper. Sie steht auf und hat nur noch den Wunsch, diesen, ihren Mann zu umarmen, festzuhalten und nie wieder loszulassen. Nach einer Weile der inneren Besinnung setzen sich beide auf die Couch.

Peter umarmt sie und zieht sie ganz dicht an sich heran. „Tina, entschuldige meinen Aussetzer. Aber ich habe mir vieles nach unserem Treffen in Berlin 1973 anders vorgestellt. Leider ist das

Wenigste in Erfüllung gegangen. Stattdessen haben sich immer wieder Leute als Besserwisser aufgespielt, die von unserer Liebe und dem Vertrauen zueinander keine Ahnung haben. Aber allen zum Trotz lieben wir uns seit zwölf Jahren und sind uns trotz der Entfernung und vielen Versuchungen immer nähergekommen und treu geblieben!"

„Hast du schon mal etwas mit deiner attraktiven Sekretärin gehabt?", unterbricht ihn Martina plötzlich.

Peter stutzt. Ole, du hast also doch nicht den Mund gehalten!

„Nein, außer Überstunden nichts! Da hat doch Ole wieder einmal zu genau meine Umgebung beschrieben und dazu geplaudert. Kathrin, so heißt sie, ist seit der achten Klasse in ihren Seemann verliebt. 1983 hat sie ihn geheiratet und einen Sohn geboren. Obwohl sie bis Ende 1986 ihren Erziehungsurlaub nehmen konnte, hat sie zum 1. Mai dieses Jahres wieder angefangen zu arbeiten. Ihren Sohn nimmt die Oma, bis er zwei ist. Ich habe ihr einen Krippenplatz besorgt, und sie ist von der Sachbearbeiterin zur Sekretärin aufgestiegen. Sie ist eine ausgezeichnete Fachkraft mit Sprachkenntnissen. Wenn sie meine Übersetzungen mit Maschine schreiben muss, erfolgt das in Russisch, Englisch, Französisch oder Spanisch fehlerfrei. Ihre Vertretung hat das eben nicht gepackt. Mehr ist dazu nicht zu sagen.

Na, Martina, und hast du schon einmal etwas mit einem deiner knackigen Studenten oder einem scharfen Dozenten gehabt? Du als dreißigjährige, hübsche und attraktive Doktorin?", fragt Peter zurück.

„Nein! Und das wird auch niemals geschehen, solange wir uns lieben. Das verspreche ich dir, so wahr ich Martina von Holsten heiße." Sie hebt zwei Finger ihrer rechten Hand als Zeichen ihres Schwurs.

„Hiermit schwöre ich", Peter erhebt ebenfalls die rechte Hand, „dich niemals zu verlassen oder zu betrügen. Ich will ein guter Vater unserer Kinder sein und hoffe auch bald dir ein guter Ehemann."

Zum Zeichen des beiderseitigen Versprechens küssen und umarmen sie sich.

„Tina, die politische Entwicklung wird sicher in einigen Jahren Dinge zulassen, die wir heute noch nicht ahnen. Wir haben bisher gegen alle Anfechtungen bestanden und werden es auch in Zukunft tun. Glaub mir, wir werden noch ein glückliches Paar und gemeinsam mehr als nur unseren Lebensabend miteinander verbringen!" All das sagt Peter so überzeugt, dass Martina ihn ungläubig, aber glücklich ansieht.

Sie kann sich nicht mehr zurückhalten und fällt ihm um den Hals. Keine Stelle seines Gesichts lässt sie beim Küssen aus. So glücklich wie heute war sie seit Jahren nicht mehr. Nachdem sie sich wieder beruhigt haben, sagt sie: „Peter, dieser unser gemeinsamer Schwur wird uns aneinanderschmieden und nie mehr loslassen. Davon bin ich überzeugt! Er ist mir mehr wert als ein ‚Ja' vor dem Standesbeamten!" Dabei treten ihr Tränen in die Augen.

Peter streicht ihr sanft über das Haar und sagt: „Weißt du was? Du bestellst uns beim Zimmerservice etwas zu trinken, und ich sehe mal nach, ob wir Musik zum Tanzen finden. Einverstanden?"

Martina nickt und greift zum Telefon. Sie bestellt zwei Flaschen Jever und eine Flasche Sekt. Aus der Hausbar holt sie zwei Magenbitter. Dann geht sie ins Bad und kommt in ihrem neuen, extra für ihr Wiedersehen gekauftem Nachthemd zurück. Rosafarben, kurz und durchsichtig, wie es Peter liebt, steht sie plötzlich vor ihm.

Etwas unsicher fragt er: „Und ich, ich kann doch nicht ohne alles tanzen?"

„Geh mal ins Bad. Ich habe vorgesorgt", sagt Martina.

Peter findet einen komplett neuen und passenden Schlafanzug. Als er ins Zimmer zurückkommt, hat Martina schon eingeschenkt.

„Auf unser gemeinsames Glück in allen künftigen Zeiten", sagt Martina.

„Auf uns, Martina von Holsten und Peter Weseck, unsere Kinder Luciano, Sophia und Melanie und dass wir einmal glücklich miteinander leben werden!", antwortet ihr Peter.

Sie trinken und küssen sich.

Plötzlich fragt Peter: „Wie viele Kondome haben wir noch, Tina?"

„Sechs Stück! Das macht sechsmal, Herr Weseck", sagt Martina listig.

„Um Gottes Willen, die Frau schafft mich. Und dir habe ich mein ganzes Leben zu Füßen gelegt?", sagt Peter und kann sich selbst kaum noch zurückhalten.

Martina lacht und zieht ihn vor das Radio, aus dem ein Titel von Rex Gildo kommt.

*

Seit diesem Abend sind weitere vier Jahre vergangen. Peter ist nicht mehr in der AIV beschäftigt. Seit 1987 ist er Dozent an der Universität Greifswald. Er leitet jetzt die Sektion Wirtschaftsorganisation. Mit seinen ehemaligen Kollegen Dr. B. Schulze, Harald Rose, Dr. Maier und seinem Freund Dr. Joachim Lange und dessen Familie verbindet ihn ein nach wie vor enges, freundschaftliches Verhältnis. Häufig ist er auch in seinem ehemaligen Betrieb in Grimmen zu finden, um nicht ganz den Kontakt zur Praxis zu verlieren. Neue Beziehungen hat er zum Fischfang- und Verarbeitungskombinat in Sassnitz und zur Neptun-Werft in Rostock-Warnemünde geknüpft. Ein Bildungsziel der Studenten seiner Sektion soll es künftig sein, ihre theoretische Ausbildung mit praktischen Projekten der Landwirtschaft, der Industrie und dem Handwerk zu verbinden. So werden aus den genannten Einrichtungen für Diplomanden seines Verantwortungsbereichs Arbeitsthemen bereitgestellt. Nach erfolgreichem Abschluss ihres Diploms halten die Betriebe dann entsprechende Arbeitsplätze bereit. Ein taktisch kluger Schritt für die Belebung des Arbeitsmarkts der damaligen Zeit.

Sein Ziel war eigentlich, die Organisationsabteilung der AIV, die er aufgebaut hat, als Außenstelle seiner Sektion an der Universität weiterzuentwickeln. Dem stimmte aber aus unerklärlichen Gründen die Bezirksleitung Rostock der SED nicht zu. Wahrscheinlich haben die Genossen noch immer nicht die Zeichen der Zeit verstanden und werden sich ganz sicher eines Tages in ihren eingefahrenen Gleisen festfahren! Aber die Politik interessiert ihn schon lange nicht mehr. Er ist Wissenschaftler mit Leib und Seele und Beschützer seiner kleinen Familie.

Peter hatte sich nach seiner Rückkehr aus der BRD 1985 sofort mit dem jungen Diplom-Agrarökonom aus der Landwirtschaftlichen Produktionsgenossenschaft in der Nähe von Rostock in Verbindung gesetzt. Dieser war sehr überrascht und erfreut, dass er von seinem „Idol" angesprochen und ausgesucht wurde. Es gab einige kontroverse Diskussionen mit dem LPG-Vorsitzenden, der ihn wohl auch als seinen Nachfolger vorgesehen hatte.

Nach dem Machtwort des Genossen Franz von der Bezirksleitung Rostock der SED wurde der junge Mann in seine Abteilung in die AIV versetzt. Somit hatte Peter zwei Jahre später seinen Nachfolger selbst herangezogen. Im gleichen Jahr 1985 begann dieser, mit Peters tatkräftiger Unterstützung an seiner Doktorarbeit zu schreiben; eine Bedingung, die Dr. Bernd Schulze stellte, der schon lange ahnte, dass er seinen Organisationsleiter verlieren wird. Peter verpflichtet sich persönlich, seinen Nachfolger bis zur Verteidigung der Arbeit zu betreuen. Das war er seinem Freund und Helfer in der Not, Dr. Bernd Schulze, schuldig.

Peter selbst hat seinen Schwur Martina gegenüber, ihr Verhältnis und ihre Familie betreffend, ohne Einschränkung weiter erfüllt. 1987 hat er seinen Doktor in den Agrarwissenschaften verteidigt. Er darf sich jetzt Dr. Dr. sc. Peter Weseck nennen. Das bringt ihm zusätzliche Achtung bei seinen Studenten und den neuen Kollegen an der Universität ein.

Prof. Dr. Thomas Kurzweg, dem er vieles in seinem Leben zu verdanken hat, ist jetzt als Stellvertreter des Rektors an der Universität tätig. Er hat schon vor seiner Ernennung dafür gesorgt, dass Dr. Weseck sein Nachfolger als Sektionsdirektor wird. Da man Peters wissenschaftliche Leistungen über die Jahre kennengelernt hat, gab es keinen Einwand.

Prof. Dr. Kurzweg und Dr. Peter Weseck sind in den Jahren gute Freunde geworden und haben gemeinsam wissenschaftliche Arbeiten auch im Ausland einschließlich der BRD veröffentlicht. Dort wussten nur Eingeweihte, wer sich hinter dem Namen Peter Weseck als Mitautor verbarg. Ole stellte einmal zufällig fest, dass dieses Fachbuch sogar in der Gutsbibliothek des Herrn von Holsten zu finden ist.

Als Mitglied der Liberal-Demokratischen Partei Deutschlands konnte Kurzweg das eine oder andere auch für Peter tun.

Die Wohnung in Grimmen hat er trotz seiner neuen Arbeitsstelle behalten. Wurden Abendveranstaltungen an der Universität sehr lang, übernachtete er in einem Studentenwohnheim in Greifswald.

Die Beziehung zu Martina läuft nach wie vor über den Briefweg und Ole Sörensen. Für Peter ist unverständlich, dass diese Beziehung auf diesem Wege noch nicht unterbrochen wurde oder ihm andere Schwierigkeiten bereitet wurden.

Martina hat zu seiner großen Überraschung 1986 ihre Habilitationsarbeit mit hervorragenden Ergebnissen verteidigt. Das hat sie ihm mit Stolz auf ihre Leistung in einem Brief mitgeteilt, den ihm Ole Sörensen mitbrachte. Peter hat ihr sofort eine Antwort mit Ole zurückgeschickt. Sie war sehr lang. Aber er musste ihr unbedingt ausführlich mitteilen, wie stolz er auf seine Frau ist.

Wer ihm und ihr Sorgen bereitet, ist sein Sohn Luciano. Wie Martina vor Jahren schon einmal angedeutet hat, sucht er den Kontakt zu seinem Onkel Arnim. Sie bemerkte das erst wieder nach ihrem Treffen 1985 am Timmendorfer Strand. Wenn sie sich mit Onkel Ole und Tante Grit im Beisein der Kinder über Probleme oder Erlebnisse unterhielt, waren in kurzer Zeit ihr Bruder oder ihr Vater darüber informiert. So zum Beispiel 1985.

Als sie Grit und Ole über ihr Treffen mit Peter erzählt, ist keines der Kinder dabei. Mitten im Gespräch erscheint plötzlich Luciano und fragt, ob er sich eine Cola aus dem Kühlschrank nehmen darf. Er fragt so ungewöhnlich höflich danach, dass alle drei, Martina, Ole und Grit, aufmerksam werden, sich aber nichts weiter denken.

Am nächsten Tag ruft ihr Vater an und verlangt, dass sie sofort bei ihm zu erscheinen habe! Er dulde keinen Widerspruch! So macht sich Martina zu ihm auf den Weg. Als sie sein Dienstzimmer betritt, ist natürlich ihr Bruder Arnim zugegen.

Ohne dass ihr Gruß erwidert wird, brüllt ihr Vater los. „Was hattest du am Timmendorfer Strand zu suchen? Ausgerechnet an dem Wochenende, als wir unsere Konferenz dort abhielten! Ich vermute, einer dieser ostdeutschen Gaukler ist einer deiner Besteiger und der Vater deiner drei Bastarde!", sagt Albrecht von Holsten mit hasserfüllter Stimme.

Martina war für den ersten Moment wie vor den Kopf geschlagen. Nachdem sie ihren Vater und Bruder überheblich grinsen sah, sind sofort Peters Worte im Hotelzimmer wieder gegenwärtig. Sie erinnert sich an ihren gemeinsamen Schwur. In ihr begann eine Kraft zu wachsen, die sie nie zuvor bei all den Beleidigungen durch ihren Vater gespürt hat. Immer hat sie sich geduckt und demütigen lassen. Dann bricht es aus ihr heraus: „Vater, du bist so einfältig in deinem blinden Hass gegen den Osten, dass ich mich überall für dich schämen muss. Du bist bei der Konferenz im Namen des Bauern-verbands Schleswig-Holsteins aufgetreten und wolltest zumindest den Engländern gegenüber deine Macht und Stärke demonstrieren. Deshalb hast du die von dir eingeladene Delegation aus der DDR durch eine falsche Übersetzung verleumden lassen.

Ich wünschte, meine Mutter wäre noch am Leben. Dann hättest du jemanden, um in deiner Sprache zu sprechen, der dir auf dein schändliches Maul klopft. Du hast nur hasserfüllt meine Beziehung zu einem Mann aus dem Osten registriert und dass wir gemeinsam drei Kinder haben, die sich, Gott sei Dank, prächtig entwickeln. Der Mann ist für dich ein Gaukler, obwohl du ihn nicht einmal kennst, beleidigst du ihn und mich. Leider besitzt du nicht einmal so viel Anstand, dass du deiner Tochter zu ihrem Doktortitel gratuliert hast. Oder hat man dir vergessen, das zuzutragen? Deine Niete von Sohn hat in dieser Richtung nach unzähligen Jahren angeblichem Studium nichts zustande gebracht!"

Sie wendet sich von ihrem Vater ab und ihrem Bruder zu. „Na, mein sauberer, treuer Herr Bruder. Hast du deiner Frau Luise gestan-den, wie die falsche Dolmetscherin im Bett war? Und noch etwas, lass deine schmutzigen Finger von meinem Sohn Luciano. Gehabt euch wohl!" Martina verließ mit stolz erhobenem Kopf das Zimmer.

Ihr Vater war während ihrer Äußerungen in seinem Sessel, den er als „Herrscherstuhl" bezeichnet, zusammengesunken. Ihr Bruder stand mit offenem Mund und hochrotem, dummem Gesicht da. Keiner von ihnen war in der Lage, etwas zu erwidern.

Als Ole Peter diese Geschichte mit einer ordentlichen Portion Genugtuung in der Stimme und richtig ausgemalt bei ihrem näch-sten Treffen erzählte, lachte dieser so herzlich und befreit, wie schon lange nicht mehr.

Das passierte vor vier Jahren. Ole ist mittlerweile 66 Jahre alt und genießt seinen Ruhestand. Er kommt nun fast jeden Monat in die DDR, bezahlt treu seine Grenzgebühren und entwickelt sich zum Postboten erster Klasse. Damit können Feinde und Neider von Pe-ter, die es nach wie vor gibt, vonseiten des Postverkehrs nicht mehr an ihn heran.

Das Verhältnis von Martina zu ihrem Vater hat sich weiter abge-kühlt. Ihr Bruder zeigt ihr gegenüber eine scheinheilige Freundlich keit. Worüber sich aber alle wundern, ist, dass Arnim von Holsten seit 1987 einen Doktortitel vor seinem Namen trägt.

*

In der Deutschen Demokratischen Republik fanden im Mai 1989 Kommunalwahlen statt. Die Stimmung war schon vorher unruhig, aber als Egon Krenz, der Vorsitzende der Staatlichen Wahlkommission, ein Ergebnis von fast 99 Prozent als Wahlbeteiligung angab, steht die Herrschaft der SED kurz vor ihrem Ende. Fast alle sollen die Kandidaten der Nationalen Front gewählt haben, obwohl die Anzahl der Ausreisewilligen immer größer wurde. Es kam zu ersten öffentlichen Vorwürfen des Wahlbetrugs. Als dieses Wort das erste Mal in der Öffentlichkeit ausgesprochen wurde, erschraken viele der alten Funktionäre auf ihren eingesessenen Stühlen gewaltig. Noch mehr erschrak man, als bekannt wurde, dass die DDR Ende 1989 nur noch 16,4 Millionen Einwohner besitzt.

Bürgerbewegungen bilden sich in großer Zahl. Erste Streiks in den Betrieben finden statt. Teilweise werden verheerende Produktionsbedingungen der Bevölkerung öffentlich zugänglich gemacht. Eine nicht gekannte Ausreisewelle über die Botschaften in Prag, Budapest und Warschau beginnt. Die immer beschworene Geschlossenheit der Partei und ihre Politik zum Wohle des Volkes fielen wie ein Kartenhaus zusammen. Es begann ein in dieser Geschwindigkeit nicht zu erwartender Auflösungsprozess der über zwei Millionen Mitglieder zählenden Sozialistischen Einheitspartei Deutschlands. Nur das Zentralkomitee der Partei unter Leitung von Erich Honecker schien das nicht zu spüren. Mit alten, überholten Parolen versuchte man, sich in der Führungsspitze eine heile Welt vorzugaukeln. Als man anfing, munter zu werden, hatten schon Zehntausende Bürger das Land verlassen. Ganze Betriebe kamen in Schwierigkeiten, die Produktion aufrechtzuerhalten, weil die Arbeiter fehlten.

Es begann die Zeit der versuchten Schuldzuweisungen. Parteisekretäre der verschiedensten Bereiche begannen, die Verantwortung für das Dilemma den Betriebsleitern und Kommunalpolitikern zuzuschieben, obwohl die nie ohne die Zustimmung der Partei handeln durften. Allerorts wurden zusätzliche Gelder bereitgestellt, um den

40. Jahrestag der Deutschen Demokratischen Republik würdevoll zu begehen. Die Ansprachen in den Festveranstaltungen, die traditionell vom Bürgermeister der Stadt oder Gemeinde ausgeführt wurden, übernahmen die Ortsparteisekretäre. Man versuchte nochmals, das kämpferische Element der sozialistischen Persönlichkeit der Menschen und die feste Verbundenheit von Partei und Volk darzustellen. Pech für Erich Honecker und sein Politbüro war, dass eben dieses Volk sich von ihm und seinen Greisen oder auch im Volksmund als Betonköpfe bezeichneten Mitverantwortlichen abwandte. Michail Gorbatschow, dem Generalsekretär der KPdSU, jubelte man mehr zu als der eigenen Staatsführung.

Als man dann langsam begreift und personelle Veränderungen durchführt, versuchen die Verantwortlichen, mit schüchternen, längst überfälligen Reformen am Gesamtsystem etwas zu ändern. Doch selbst die am 9. November 1989 einsetzende Reisefreiheit für alle Bürger konnte das sinkende Schiff „DDR" nicht mehr retten. So folgte am 3. Oktober 1990 der Beitritt zur Bundesrepublik Deutschland.

*

Peter hat anfangs von den ganzen politischen Veränderungen wenig mitbekommen. Er steckt voll in seiner wissenschaftlichen Arbeit und bereitet sich auf eine vierwöchige Studienreise nach London vor. Sie soll unmittelbar nach den Feierlichkeiten zum 40. Jahrestag der DDR beginnen. Für ihn überraschend erhält er vom Prorektor für Studienangelegenheiten, Prof. Dr. Kurzweg, in einer Dienstbesprechung Ende August eine Einladung in ihr zuständiges Ministerium nach Berlin, unterzeichnet vom Minister persönlich. Noch mehr überrascht ist er, als er dort in einer kleinen Feierstunde mit fünf weiteren Kollegen aus anderen Universitäten und Hochschulen zum Professor ernannt wird.

Für seine engsten Mitarbeiter an der Universität und seine alten Freunde aus der AIV gibt er in einer kleinen Gaststätte in Grimmen einen Empfang und dankt vor allem seinen engsten Freunden Bernd Schulze, Joachim Lange, Harald Rose und Thomas Kurzweg für ihre Hilfe und Unterstützung. Der Abend wurde etwas feuchtfröhlich. Nur gut, dass morgen Samstag ist. Als Peter nach Hause kommt, nimmt er die Post aus dem Kasten und legt sie auf den Tisch. Dann geht er schlafen.

Am nächsten Morgen duscht er erst einmal ausgiebig, kocht sich einen starken Kaffee und nimmt eine Kopfschmerztablette. Ach Tina, wenn du gestern dabei gewesen wärst, ginge es mir heute nicht so schlecht. Nachdem er sich an seinen Wohnzimmertisch gesetzt hat, sieht er die Post von gestern durch. Zwei Briefe legt er heraus. Der eine war von Ole und der zweite von Tante Maike aus Binz.

Onkel Kulle und Tante Maike aus Berlin haben ihr Vorhaben wahr gemacht und sind nach ihrem Eintritt ins Rentenalter in ihr ehemaliges Wochenendhaus nach Binz gezogen. Das war vor sieben Jahren! Peter ist oft zu ihnen gefahren, hat auch dort zwei seiner Doktorarbeiten geschrieben, und sie waren die Einzigen aus seiner Familie, die seine ganze Geschichte mit Martina kennen, einschließlich des Erlebnisses in ihrer Gartenlaube. Auch wie seine Eltern Martina und ihr Verhältnis einschätzten, hat er ihnen offen gesagt. Onkel Kulle hat sich deshalb später einmal mit seiner Schwester, Peters Mutter, fürchterlich gestritten. Er öffnet den Brief zuerst und liest:

Lieber Peter!

Nach kurzer schwerer Krankheit ist Dein Onkel Kulle gestorben. Die Trauerfeier und die Urnenbeisetzung finden am Dienstag in der nächsten Woche in Sassnitz statt.

Wenn Du kommen könntest, würde ich mich sehr freuen. Ich habe noch einiges mit Dir zu bereden. Wohnen kannst Du selbstverständlich bei mir.

Deine Tante Maike

Peter ist geschockt. Er kann im Moment nicht denken oder geschweige denn etwas sagen. Er zieht sich an, nimmt seinen Schirm von der Garderobe und geht in den Regen hinaus. Das richtige Wetter zum Trauern.

Nach einer reichlichen Stunde hat er seine Gedanken wieder im Griff. Er muss sofort seinen Stellvertreter und Prof. Kurzweg anrufen. Bei Kurzweg bittet er um eine Woche Urlaub und seinem Stellvertreter überträgt er die Aufgaben der nächsten Tage. Seine zwei Vorlesungen werden später nachgeholt.

Als Nächstes ruft er Tante Maike an. „Hallo, Tante Maike, hier ist Peter. Ich habe soeben deinen Brief bekommen. Kann ich eventuell schon morgen zu dir kommen?", fragt er sie.

„Grüß dich, Peter, das freut mich aber sehr! Natürlich kannst du schon morgen kommen. Mir fällt sonst die Decke auf den Kopf. Ich erwarte dich, tschüs!" Sie legt auf. Typisch Tante Maike: kurz und bündig.

Peter nimmt Oles Brief in die Hand und öffnet ihn.

Lieber Peter!

Große Dinge werfen ihre Schatten voraus. Ich muss Dir unbedingt einiges mitteilen von M., den Kindern und meinem Bekannten. Dieser möchte Dich kennenlernen und Dir einiges persönlich sagen. Wir schlagen Dir nächste Woche am Freitag, um 10 Uhr ein Treffen im „Teepott" in Warnemünde vor. Ruf mich bitte direkt an, damit ich meinem Bekannten Bescheid geben kann, ob es klappt. Meine Nummer hast Du. Keine Angst!

Dein Ole

Peter überlegt. Martina ließ im letzten Brief Anfang September etwas von Problemen mit den Kindern anklingen. Ich soll mir deshalb keine Sorgen machen. Sie hat alles im Griff. Eben das glaube ich jetzt nach Oles Brief nicht mehr. Irgendetwas stimmt hier nicht. Aber was?

Die Zwillinge sind 15 und Melanie ist acht Jahre alt. Sollte der liebe Onkel Arnim wieder Unfrieden gestiftet haben? Wir werden sehen. Er ruft die ihm bekannte Nummer an. Es meldet sich sofort Ole. Peter sagt nur kurz: „Hallo Ole, ich bin zum Termin da. Gruß an Tina. Tschüs!"

Er legt auf. Es kann natürlich sein, dass die Schnüffler der Staatssicherheit auch so wissen, worum es geht, aber das ist ihm schon lange egal.

Peter rüstet seinen Lada für die Fahrt nach Binz aus. Sonntagmorgen nach dem Frühstück steigt er ein und fährt zur Tante. Nach knapp drei Stunden steht er vor ihrem Gartentor. Zaun und Garten sind neu angelegt. Die Anfahrtswege zum Haus sind gepflastert, und auch am Gebäude ist einiges verändert. Onkel und Tante scheinen ihr Erspartes ins Haus gesteckt zu haben. Nun hat Onkel Kulle nichts mehr davon!

Er fährt bis vor das neue Nebengebäude mit Garage. Dabei stellt er fest, dass das Grundstück zu Fiete und seiner Frau hin durch Zaun und Sträucher abgegrenzt wird. Es gibt keinen Weg mehr, der beide Häuser verbindet. Das wundert ihn!

Als er aussteigt, steht Tante Maike schon vor dem Haus.

„Tante, ich möchte dir mein tief empfundenes Beileid aussprechen!" Weiter kommt er nicht. Dann versagt ihm die Stimme.

„Danke, Peter!" Auch sie kämpft mit den Tränen.

Beide gehen ins Haus und setzen sich in die Sessel in der Wohnstube.

Nach einigen Minuten des stillen Gedenkens sagt Peter: „Nun haben Martina und die Kinder meinen Onkel Kulle nie kennengelernt. Das ist sehr schade, wenn man einen so rechtschaffenen und lieben Menschen nicht kennt. Sag mal, Tante Maike, wie hieß denn Onkel Kulle mit richtigem Namen?"

„Karl Hagen Martens! Aber an der Küste sagen alle Kulle, und dabei blieb es auch in Berlin. In unserer Siedlung in Mahlsdorf wie auch bei Bergmann Borsig, wohin sie ihn damals als Diplom-Ingenieur und hervorragenden Fachmann geholt haben", antwortet Tante Maike.

„Wie kam denn das alles so plötzlich, Tante Maike."

„Onkel Kulle klagte die letzten Monate immer öfter über Stechen in der linken Seite. Ende Mai ging er dann endlich zum Arzt. Der hat ihn gleich ins Krankenhaus eingewiesen. Er hat einen Infarkt verschleppt. Nach vier Wochen haben sie ihn entlassen und zur Kur geschickt. Als er dann Mitte Juli wieder recht erholt nach Hause kam, sagte er zu mir, dass ihm nicht mehr viel Zeit bleibt und er alles mit mir notariell regeln will. Ich wollte ihm erst nicht glauben, merkte aber bald, wie ernst ihm die Sache war. Dann haben wir alles geregelt. Den Rest kennst du", sagte sie wie immer kurz und bündig.

Nach einer Weile der Stille fragt sie: „Peter, wie lange kannst du bleiben?"

„Spätestens Freitagmorgen gegen 7 Uhr muss ich los", sagt er.

„Gut, dann mache ich jetzt erst einmal unser Mittagessen fertig. Du schaust dir die Umgebung zur See hin an. Dann essen wir, und ich zeige dir dein Zimmer. Danach habe ich noch etwas mit dir zu bereden." Sie geht in die Kochnische.

Peter fragt sich, was hier eigentlich los ist. Hier stimmt etwas nicht! Ich werde es herausfinden! Peter geht nach draußen. Durch das Nebengebäude ist von der Haustür aus die Sicht zum Nachbarn versperrt. Warum eigentlich? Vor neun Jahren, als er mit Martina hier war, gab es freie Sicht von einem Haus zum anderen. Da konnte der eine Nachbar dem anderen auf den Tisch schauen. Er geht hinter das Haus. Hier hat Onkel Kulle eine Terrasse angebaut und einen Gemüsegarten angelegt. Eine Fläche von zehn mal 20 Metern hat er freigelassen. Warum auch immer? Peter wird es von seiner Tante erfahren.

Noch etwas ist neu: Die Kurverwaltung hat aus dem dichten Waldstreifen zur Ostsee hin einige Bäume entfernt. Jetzt kann man die See sehen. Er geht zum Auto und nimmt seinen Koffer und seine Aktenmappe heraus. Danach trägt er alles ins Haus.

Tante Maike steht in ihrer kleinen Nische und kocht Peters Leibgericht Kohl-Hack-Rouladen. Sie spürt seinen Blick und sagt, ohne ihn anzusehen: „Ja, diese Nische sollte noch eine richtige Küche werden und daneben ein großes Bad. Ein Teil des Materials steht schon hinter dem Nebengebäude."

Sie essen schweigend zu Mittag. Dann hilft er Tante Maike den Tisch abräumen und das Geschirr abzuwaschen. Im Dachgeschoss ist sein Zimmer. Er packt erst einmal seinen Koffer aus und legt die Sachen in den Schrank. Eine neue Couch wird sein Bett sein. Vor zwei Jahren hat er noch auf einem Klappbett genächtigt. Peter geht nach unten. Tante Maike sitzt im Wohnzimmer am Tisch mit einem Packen Papiere vor sich.

Er setzt sich zu ihr und fragt: „Tante Maike, ich bin vorhin über das Grundstück gelaufen und habe festgestellt, dass ihr jede Sicht zu eurem Freund Fiete und seiner Trude zugebaut oder zugepflanzt habt. Hat das etwas zu bedeuten?"

„Ja, Peter! Das hat etwas zu bedeuten. Als wir vor sieben Jahren hierher zogen, war ein super Verhältnis zwischen uns. Kulle und Fiete waren von früher vom Kombinat her noch alte Kumpels. Fiete hatte uns auch dieses Grundstück zur Pacht gegeben. 1987 plötzlich fing Fiete bei einer Faschingsfeier bei ihm im Wintergarten an zu drängeln. Wir sollten ihm doch Grund und Boden abkaufen, er möchte saubere Verhältnisse. Von da an kam er fast jede Woche und drängte uns zu kaufen. Wir wunderten uns wegen der plötzlichen Eile, kauften dann aber im August des gleichen Jahres. Nach der Vermessung und Eintragung im Grundbuch bezahlten wir im Dezember den vereinbarten Preis. Im Januar 1988 starb Fiete und im März Trude. Jetzt hatte der Sohn Piet plötzlich das Sagen. Man muss wissen, dass Piet seit 1984 geschieden ist. Dörte hat ihm nach unzähligen Seitensprüngen und anderen Schweinereien den Laufpass gegeben und ist ausgezogen. Sie ist heute mit einem Arzt in Binz verheiratet.

Fiete hat uns das einmal an einem gemütlichen Abend erzählt. Irgendwie hat das Piet herausbekommen und fühlte sich von seinen Eltern verraten. Fiete hat uns auch erzählt, dass Piet euch, dich und Martina, hier beim Sex beobachten wollte, oder wie der neumodische Kram so heißt, und ihn Dörte dabei erwischt und nach Hause geprügelt hat. Es gab von da an viel Streit in der Familie. Piet hat kurz nach dem Tod seiner Eltern wieder geheiratet. Die Frau ist genauso hinterhältig wie er. Mit seinen Schwestern ist er verfeindet und mit seinen Nachbarn auch. Das ist auch der Auslöser von Kulles Tod gewesen. Er wirft uns vor, dass wir seinem Vater das Grundstück gestohlen hätten und ihn um sein rechtmäßiges Erbe gebracht haben. Lange Zeit blieben wir ruhig, da wir alles schwarz auf weiß vor uns haben. Wir zogen daraufhin den Zaun und pflanzten Bäume und Sträucher.

Am letzten Montag gab es wieder eine Auseinandersetzung zwischen Kulle und Piet, diesmal über den Gartenzaun. Danach kam der dritte Infarkt und damit das Ende. Peter, nun weißt du, was hier los ist. Wir hatten eigentlich die Absicht, noch einige Jahre hier gemeinsam verbringen zu wollen", sagt Tante Maike mit von Tränen erstickter Stimme.

Peter konnte das Gehörte nicht fassen. Aber wie war denn das 1980? Er begann nachzudenken. Piet stierte die ganze Zeit in Martinas Ausschnitt und versuchte, in seiner plumpen Machoart Kontakt zu ihr aufzunehmen. Dann sind sie gegangen, und irgendwann hatte er das Gefühl, es wäre jemand an den Fenstern.

Also doch, Piet ist ein ausgemachtes Schwein! Wann hört das Beobachten und Bespitzeln jemals auf? Nicht einmal hier in dieser idyllischen Landschaft bleibt man unbehelligt. Martina hatte in der ersten Nacht ihres Treffens am Timmendorfer Strand noch gesagt, wenn ich das erste Mal bei dir drüben bin, möchte ich unbedingt nach Rügen. Dort haben wir gemeinsam die bisher schönsten Stunden meines Lebens verbracht. Und jetzt das!

Tante Maike hat inzwischen Kaffe gekocht und ihren berühmten Marmorkuchen auf den Tisch gestellt. Sie trinken und essen schweigend. Jeder hängt seinen Gedanken nach.

Anschließend nimmt sie ihre Papiere in die Hand und beginnt zu sprechen. „Peter, du weißt, dass wir keine Kinder haben. Du warst uns immer der liebste Neffe und vor allem derjenige, der uns besucht und geholfen hat. Betrachte das, was ich dir sage, als unser beider Wunsch. Kulle hat den Vorschlag fünf Monate vor seinem Tode gemacht und ich habe ihm sofort zugestimmt.

Wir wissen, dass du mit deiner Martina auf diesem Grundstück glücklich geworden bist! Wir wissen, dass du hier zwei Doktorarbeiten geschrieben hast, und wissen, dass dir dieses Stückchen Erde Erholung und Kraft gibt. Deshalb haben wir beschlossen und notariell beglaubigt, sobald der Erste von uns beiden stirbt, dir dieses Grundstück zu überschreiben. Du sollst hier mit deiner Martina und den drei Kindern glücklich werden. Ich ziehe zu meiner Schwester nach Sassnitz in unser Elternhaus. Du möchtest mir nur beim Umzug nach der Beerdigung noch helfen, deshalb habe ich dich auch gefragt, wie lange du bleiben kannst!"

Peter sitzt sprachlos in seinem Sessel und weiß erst einmal nichts zu antworten. Er kann das Gehörte noch nicht fassen. Er soll Besitzer dieses herrlichen Grundstücks werden? Aber wäre Martina damit einverstanden? Ich denke schon! Nach einiger Zeit beginnt er wieder, klar und seiner Art entsprechend, realistisch über alles nachzudenken. Er kommt zu dem Schluss, dass jede ablehnende Antwort seine Tante zutiefst kränken würde.

„Peter", unterbricht Tante Maike seine Überlegungen, „du denkst an Martina, deine Kinder und die Grenze. Glaub mir, der ganze Spuk ist bald zu Ende. Dann wirst du mit deiner Familie zusammenleben. Nehmt das Haus als Wochenendhaus!"

„Tante Maike, ich denke an dieses Grundstück und kann es einfach nicht fassen, dass es meins sein soll. Aber auch in Martinas Namen nehme ich dieses Geschenk an! Glaub mir, ich werde euch immer dankbar sein, und du sollst unsere Hilfe erhalten, wann auch immer du sie brauchst! Das verspreche ich dir auch im Andenken an meinen Onkel Kulle!", antwortet Peter bewegt seiner Tante.

„Das weiß ich, Peter. Ich danke dir auch in Karls Namen. Damit geht sein letzter Wunsch in Erfüllung", antwortet sie ihm erleichtert.

*

Am Dienstag findet die Beerdigung statt. Seine Eltern können nicht kommen, da ein solch weiter Weg in ihrem Alter nicht mehr ratsam ist. Seine Geschwister sind alle aus terminlichen Gründen verhindert. So standen Tante Maike und er, ihre Schwester und ihr Ehemann sowie deren drei Kinder mit Partnern am Grab, außerdem noch Bekannte und Nachbarn, der Verursacher des Todes von Onkel Kulle natürlich nicht. Den hatte Peter während seines Aufenthalts überhaupt nicht gesehen.

Nach der Trauerfeier bespricht er mit der Schwester von Tante Maike und ihrem Ehemann den Umzug von Binz nach Sassnitz. Ihr Schwager hat für Donnerstagmorgen ein Umzugsauto bestellt. Bis dahin verspricht Peter, Tante Maike bei der Vorbereitung zu helfen. Ihre Schwester bot ebenfalls ihre Hilfe an. Somit geht der Umzug ohne Probleme vonstatten. Die restlichen Möbel, die meisten davon wurden erst in den letzten Jahren gekauft, überlässt die Tante Peter.

Freitagmorgen um 7 Uhr fährt Peter mit seinem Auto in Richtung Warnemünde los. Am Montag hatten sie die Schenkungsanerkennung sofort beim Notar geregelt. Die Eintragung als neuer Besitzer ins Grundbuch wird ihm in den nächsten Tagen nach Grimmen geschickt. Mit dem Abschnittsbevollmächtigten der Volkspolizei Binz hat er auch gesprochen. Er ist ein alter Bekannter von Onkel Kulle, und Peter kennt ihn von Grillabenden ebenfalls recht gut.

„Peter, ich schaue immer wieder auf das Grundstück und das Haus! Wenn du das nächste Mal kommst, ruf mich an", sagt er und verabschiedet sich.

Peter hat ihm die Schlüssel für das Grundstück und das Haus gegeben. Sollte etwas sein, kann er ihn an der Universität anrufen. Dann kommt seine vorerst letzte Nacht in dem leeren Haus. Das nächste Mal wird er hoffentlich mit Martina hier sein, erst einmal nur zum Ansehen. Dann werden sie sich das Grundstück nach ihren Vorstellungen gestalten!

Es ist kurz vor 10 Uhr, als er den „Teepott" betritt. Er muss nicht lange suchen, bis er Ole findet. Am Tisch sitzen außer Ole noch zwei weißhaarige Herren. Peter setzt sich nach der Begrüßung zu ihnen.

Ole übernimmt das Wort: „Meine Herren, ich darf Sie miteinander bekannt machen. Das ist Prof. Dr. Dr. sc. Peter Weseck! Direktor der Sektion wissenschaftliche Leitungs- und Wirtschaftsorganisation an der Universität Greifswald. Peter, das ist mein Bekannter aus Berlin, Rechtsanwalt Knut Westermann, ehemaliger Sekretär des Ständigen Vertreters der BRD in der DDR, und das ist Herr Werner Reich von der Bürgerbewegung ‚Neues Forum' aus Berlin-Ost", stellt sie Ole einander vor.

Peter nickt den Herren nochmals zu. Er kann mit dieser Zusammensetzung nichts anfangen und weiß aus seiner jahrelangen Erfahrung heraus, dass Vorsicht geboten ist. Dann folgt er den Ausführungen von Herrn Reich.

„Herr Prof. Weseck, durch meine Bekannten Ole und Knut habe ich Ihre Geschichte erfahren, von 1973 in Berlin an bis zu Ihrer Professur vor wenigen Tagen. Ich weiß auch, wie Ihnen die Herren Funktionäre Schwierigkeiten bereitet haben. Deshalb möchte ich Ihnen folgenden Hinweis geben. Ehe Sie mit uns sprechen, sage ich Ihnen, dass wir ganz sicher von der Staatssicherheit beobachtet werden. Wenn Ihnen die Angelegenheit zu gefährlich sein sollte, trinken wir unseren Kaffee und gehen wieder!", sagt er sehr ernst.

Peter horcht auf und schaut Herrn Reich in die Augen. Danach blickt er zu Ole.

Dieser nickt freundlich und entgegnet: „Peter, du kannst beiden Herren voll vertrauen. Ich verbürge mich dafür."

„Es geht mir einzig und allein darum, dass Martina und den Kindern nichts geschieht", antwortet er.

„Herr Weseck, die Staatssicherheit kann uns sehen, aber sie kann uns nicht hören, solange dieses Störgerät hier auf dem Tisch liegt. Können wir mit Ihnen sprechen?", sagt Reich.

„Bitte", antwortet ihm Peter.

„Also, Herr Weseck", sagt Reich, „Ihr ehemaliger Vorgesetzter,

Dr. Bernd Schulze, ist mein Stiefbruder. Er hat Sie damals in der AIV untergebracht, obwohl er wegen Ihnen anfangs große Schwierigkeiten durch einen gewissen Herrn Dr. Rau, Major des Minis-teriums für Staatssicherheit, bekam. Rau ist Beauftragter dieses Ministeriums an der Pädagogischen Hochschule. In jeder Seminargruppe, in jeder Sektion, ja, in jedem Kollektiv der Bildungseinrichtung hat er seine Informanten. Sie wurden in Berlin während des Festivals, während Ihrer zahlreichen Studien, innerhalb der AIV und auch an Ihrer jetzigen Wirkungsstätte werden Sie immer wieder von meist völlig unscheinbaren Leuten bespitzelt und beobachtet. So wusste Rau von Ihrem Ostseeurlaub mit Ihrer Frau Martina am verlängerten Wochenende im Oktober 1980 schon, als sie beide Potsdam noch gar nicht verlassen hatten.

Das ging folgendermaßen vor sich: Sie hatten Ihren Onkel Karl Martens in Berlin-Mahlsdorf angerufen. Der erlaubte Ihnen den Aufenthalt im Haus und teilte das seinem Freund und Gartennachbarn Fiete Hansen mit. Sie waren aus vorherigen Besuchen in Binz der Nachbarsfamilie gut bekannt. Deren Sohn Piet ist seit vielen Jahren Informant der Staatssicherheit. Dieser hatte nichts Eiligeres zu tun, als seinen Führungsoffizier darüber zu informieren. Dieser informierte Major Rau an der Pädagogischen Hochschule. Den Rest haben Sie dann selbst erlebt!"

Peter hat das soeben Gehörte noch nicht ganz begriffen. Er hatte noch nie den besten Draht zu Rau. Seine Art, an die Dinge zu gehen oder mit den Studentinnen und Studenten zu sprechen, hatte immer etwas Verschlagenes, Hinterlistiges an sich. Diese Art hasste Peter, und sie erinnerte ihn immer wieder an das Auftreten von Klaus und Kalle beim Festival in Berlin.

Nach einiger Zeit der Überlegung wendet er sich direkt an Werner Reich. „Herr Reich, Ihre Informationen erschüttern mich zutiefst, lassen mir aber nun einige Schlüsse zum plötzlichen Ableben meines Onkel Karl in Binz zu. Jetzt begreife ich auch die gemeine und hinterhältige Rolle der jetzigen Grundstücksnachbarn meines Onkels, die mir meine Tante Maike vor wenigen Tagen angedeutet hat. Demzufolge hat dieser Piet Martina und mich schon 1980 verraten. Nur, wer garantiert mir jetzt, dass Sie die Wahrheit sagen, und warum hat man mich dann diese berufliche Entwicklung gehen lassen?", fragt Peter skeptisch.

171

Statt Werner Reich antwortet Ole Sörensen: „Peter, ich garantiere dir, dass alles, was du heute hörst und in Zukunft von uns hören wirst, die volle Wahrheit ist! Knut Westermann und ich kennen uns seit dem Buddelkasten. Werner Reich haben wir, besser gesagt, zuerst Knut allein, dann wir beide gemeinsam 1981 gesucht und gefunden. Als ich von Martina nach ihrer Rückkehr 1980 erfuhr, wie man hier mit einem Akademiker umspringt, haben Grit und ich beschlossen, sofort etwas zu unternehmen. Als eure Melanie unterwegs war, erst recht. Wir sind heute noch froh, dass wir durch Knuts Beziehungen auf Werner gestoßen sind. Den zweiten Teil deiner Frage beantwortest besser du, Werner!"

„Ja, Herr Weseck, ich glaube, ich kann Ihr Misstrauen sehr gut verstehen. Nun zu Ihrer zweiten Frage: Mein Bruder Bernd hat mir bei einem Treffen erzählt, dass er einen jungen Doktor von der Pädagogischen Hochschule in Potsdam einstellen könnte, wenn das Gespräch mit der Bezirksleitung gut ausgeht. Er könne ihn gut gebrauchen, da seine Organisationsabteilung ohne Kopf ist. Nach dem Gespräch mit Herrn Franz, der Mitarbeiter der Bezirksleitung der SED in Rostock ist, erhielt er sofort grünes Licht und stellte Sie ein.

Was war geschehen? Herr Franz erfuhr von meinem Bruder, dass Sie Doktor der Geschichte sind und darüber hinaus während Ihres Studiums Ihr Sprachtalent genutzt haben und vier Fremdsprachen erlernten. Da es zwischen den Landwirtschaftsabteilungen in den Bezirken einen Wettbewerb gibt, wer der Beste bei der Erfüllung der Aufgaben der Partei insbesondere der Bildung der AIV ist, waren Sie mehr als willkommen. Sie vor irgendwelchen Anfechtungen von Leuten, denen Sie nicht gefallen, zu schützen, haben wir drei übernommen", sagte Werner Reich.

„Herr Reich, was sind Sie von Beruf, wenn die Frage erlaubt ist?"

„Pfarrer, aber jetzt im Ruhestand", sagte Reich.

„Danke, können Sie mir vielleicht auch sagen, was damals in Berlin passiert ist?", fragt Peter.

„Nicht so richtig. Aber da ist Knut besser informiert", antwortet ihm Reich.

„Ja, Herr Weseck, als mich Ole 1974 über die Situation von Martina informierte, Sie müssen wissen, dass ich die Familie von Holsten persönlich kenne, habe ich einen Mitarbeiter unserer Vertretung

172

geschickt, um herauszufinden, was da passiert ist. Diese Aktion war ganz legal, da es um eine Bürgerin der Bundesrepublik Deutschland ging. Festgestellt wurde, dass Klaus Petz und Karl-Heinz Träger hauptamtliche Mitarbeiter der Staatssicherheit in Dresden sind. Petz hat Sie am ersten Abend mit Martina beim Tanzen gesehen. Am zweiten Abend waren Sie zu schnell weg. Aber hier spielte der Zufall mit. Sie sind mit Martina in den Garten Ihres Onkels gefahren. Dort haben Sie von seinem Nachbarn Jürgen den Schlüssel erhalten, der ebenfalls Informant der Staatssicherheit ist und seinen Verbindungsoffizier informierte. Jürgen war Informant, ohne dass es ein Mitglied der Gartensparte auch nur ahnte, auch Ihr Onkel nicht. Da er Sie kannte und vom Onkel wusste, dass Sie kommen würden, konnte er sogar ihre Adresse weiterleiten. Dadurch wurde der Spitzelapparat in Bewegung gesetzt. Man informierte noch in der Nacht Petz. So wusste er, wo Sie mit wem waren.

Aber noch viel schlimmer: Martinas Freundin, Linda, wurde unglücklicherweise durch Martina selbst vorinformiert. Viel später erst erhielt sie den offiziellen Auftrag, die Herren Petz und Träger zu unterrichten. So trafen bei Petz gleich mehrere Meldungen fast zur gleichen Zeit ein. Dass sie Martinas Vater über ihr Verhältnis berichtete, war von ihr nur so gedacht, um sich bei Albrecht von Holsten besonders beliebt zu machen. Wer an dem Tag direkt den Auftrag gab, ist noch nicht bekannt. Sollte es eine Ihnen bekannte Person sein, werden wir Sie auf jeden Fall unterrichten. Diese Frau spionierte die Familie von Holsten seit ihrem 18. Lebensjahr aus und ist drei Jahre älter als Martina. Übrigens wurde sie vor zwei Wochen verhaftet. Nur gut, dass Martina sich 1973 von ihr losgesagt hat. Was wir noch nicht vollständig herausgefunden haben, ist, wer die Spitzel um und in Ihren Familien sind", antwortet Knut Westermann. „Aber wir werden das auch in den nächsten Wochen bis spätestens Weihnachten wissen!"

Peter sitzt kopfschüttelnd und mit bleichem Gesicht auf seinem Stuhl. Was er jetzt gehört hat, übersteigt sein Verständnis und den Glauben an das Gute im Menschen um ein Vielfaches. So viel Ungerechtigkeit, Hinterhältigkeit und Falschheit von Menschen, an die er geglaubt und denen er vertraut hat, verkraftet er so schnell einfach nicht. Und niemand weiß, was sich in den nächsten Tagen und Wochen noch zeigen wird. Vor allem vor den Offenlegungen der Täter in seiner Familie und der Familie von Martina hat er regelrecht Angst. Er hat Angst, von lieben Menschen zutiefst enttäuscht zu werden.

Peter verspricht den drei, besonders in den nächsten Monaten vorsichtig und aufmerksam zu sein. Er verabschiedet sich gegen 14 Uhr und fährt in seine Wohnung nach Grimmen zurück. Vorher kauft er noch ein. Lange sitzt er an diesem Abend und grübelt. Er ist sich sicher, dass selbst hier in seinem vertrauten Umfeld während der Jahre in der AIV jemand ein völlig falsches Gesicht gezeigt hat. Aber wer? Er, Peter, hat jedem in der Leitung vertraut!

Und an der Universität? In was für einem Sumpf steckt er dort? Er hat nach 1980 geglaubt, man lasse ihn von allen Seiten in Ruhe. Man brauche seine wissenschaftliche Arbeit. Stattdessen gab es keinen Zeitpunkt, an dem er nicht beobachtet oder bespitzelt wurde. Selbst seine wenigen privaten Momente mit Martina sahen sich diese Schweine an!

Peter hat Ole in Warnemünde versprechen müssen, keine privaten Forschungen durchzuführen. Er soll sich so verhalten, als hätte es dieses Gespräch nie gegeben. Auch Martina wird niemand über den neuesten Kenntnisstand dieser Dinge unterrichten. Beide werden aber darauf achten, dass ihr und den Kindern nichts geschieht. Später, wenn einmal alles untersucht worden ist, soll sie informiert werden. An sein Versprechen Ole gegenüber wird sich Peter auf jeden Fall halten. Sein Verhältnis zu diesem Staat und seinen Herrschenden wird kritischer und zurückhaltender.

*

Die Tage vergehen. Das neue Studienjahr an der Universität hat begonnen. Neue Studenten wurden aufgenommen und machten sich mit dem Lehrkörper und ihrer neuen Umgebung vertraut.

Komplizierter wurde es dagegen im vierten Studienjahr. Hier begannen die Staatsexamina und die Fertigstellung der Diplomarbeiten. Für eine Vielzahl Studenten wurde es aufgrund der rasanten gesellschaftlichen Umwälzungen kompliziert, dem Inhalt ihrer Arbeiten Glaubhaftigkeit zu verleihen. Viele von ihnen nahmen an den Montagsdemonstrationen und den Montagsgebeten teil.

Immer öfter wurden Seminare zu Diskussionsrunden oder Veranstaltungen der gesamten Sektion durch andersartige Diskussionsbeiträge oder Anfragen vom eigentlichen Thema abgebracht. Es war auch kein Geheimnis, dass es besonders in den gesellschaftswissenschaftlichen Sektionen auf Betreiben bestimmter unverbesserlicher Leute hin zu Exmatrikulationen kam. Auch dass Studenten in den höheren Semestern demonstrativ die Universität verließen und Ausreiseanträge in die BRD stellten, ist keine Seltenheit mehr.

Seine Studienreise nach England, zu der er von dem ehemaligen Mitarbeiter der Britischen Botschaft in Berlin für vier Wochen eingeladen wurde, wurde kurzfristig abgelehnt. Prof. Dr. Thomas Kurzweg, der ihm die Nachricht bei einem Kännchen Kaffee in ihrem Lieblingsrestaurant in Greifswald überbringt, sagt noch, dass sie hier wenigstens nicht abgehört werden können. Außerdem scheinen einige von ihnen Angst zu haben, du könntest auf der Rückreise bei Martina bleiben.

Die Briefkontakte verlaufen wie eh und je über den „Verwalter". Im Oktoberbrief schreibt sie ihm, dass sie aus der Presse erfahren hat, dass ihre ehemalige Freundin Linda vom Bundeskriminalamt verhaftet wurde, weil sie für einen ausländischen Geheimdienst gearbeitet hat. Das macht Martina Sorgen, weil sie nicht weiß, ob sie über irgendwelche Quellen Informationen über uns erhalten hat. Ihr Bruder hat sich nach der Auseinandersetzung 1985 völlig gewandelt! Erst begann er, sich um sie zu kümmern, und bot ihr seine Hilfe an, dann hat er seinen Doktor gemacht und begann immer öfter, alle drei Kinder zu Ausflügen oder Ähnlichem einzuladen. Vorige Woche hat er die Zwillinge mit seinem neuen Jaguar vom Gymnasium abgeholt. Ich glaube auch, er steckt ihnen immer wieder Geld zu. Jetzt könnte ich dich ganz sehr hier bei mir brauchen.

Noch etwas Eigenartiges ist geschehen: Eines Abends klingelt es an meiner Wohnungstür. Ich dachte, es ist Tante Grit. Plötzlich steht mein Vater vor der Tür. Er kam mit einer Flasche Rotwein in der Hand und wollte mit mir sprechen. Er sagte, er hätte nachgedacht, möchte sich bei mir entschuldigen und den Kindern ein guter Großvater sein. Sie werden doch einmal das fortführen, was er begonnen hat, und jetzt, wo die Kommunisten abgewirtschaftet haben, holt er sich seinen Besitz in Mecklenburg zurück.

Ich habe ihn in vielen Dingen nicht verstanden, bin aber froh, Peter, dass sich nach so vielen Jahren das Verhältnis wieder bessert.

Gestern habe ich zufällig erfahren, dass Arnims und Luises Sohn Neidhard im letzten Sommer das zweite Mal sitzen geblieben ist. Damit wird mir auch klar, warum unsere Kinder plötzlich so interessant werden. Onkel Ole und Tante Grit haben mich trotzdem vor ihm gewarnt. Ich soll nicht zu leichtgläubig sein.

Oh Tina! Wenn ich dir bloß direkt helfen könnte! Peter schreibt ihr seit ihrer Absprache 1980 das erste Mal sofort einen Antwortbrief. Er beruhigt sie, verweist aber darauf, dass sie unbedingt vorsichtig sein muss. Er bittet sie, seine Worte ganz besonders gegenüber dem Vater und Bruder ernst zu nehmen. Höre auf Ole!

Anfang November 1989 ist wie jedes Jahr die Studienwoche in der Produktion. Das ist einfach ein Praktikum für das zweite Studienjahr in den Genossenschaften der AIV. Die Studenten werden über die gesamten Betriebe verteilt. Begleitet und betreut werden sie von Forschungsstudenten und Mitarbeitern der Organisationsabteilung, seiner ehemaligen Arbeitsstätte.

Peter nutzt während dieser Zeit die Gelegenheit, sich mit seinen ehemaligen Kollegen zu treffen, um Absprachen für die nächsten zwei Semester vorzunehmen. Dabei werden in den Gesprächen oft neue Gedanken entwickelt, wie die qualitative Ausbildung weiter verbessert werden kann.

Am letzten Abend versammeln sich dann alle Verantwortlichen auf Peters Einladung hin im Hotel „Zum Pott" am Markt in Grimmen. Dieses Mal sind der Einladung Dr. Bernd Schulze, Dr. Joachim Lange, Dr. Frank Jungnickel, sein Nachfolger, Harald Rose, die Sekretärinnen der genannten Kollegen und Prof. Dr. Thomas Kurzweg, Prorektor der Universität Greifswald, gefolgt. Es ist wie immer ein gemütlicher Abend. Peter unterhält sich viel mit Kathrin, seiner ehemaligen Sekretärin, die nun auch schon zwei Kinder hat.

Der Einzige, der seiner Einladung nicht folgte, ist der Nachfolger von Dr. Müller, ein gewisser Dr. Oertel, der, wie er sich über seine Sekretärin entschuldigen lässt, Wichtigeres zu tun hat. Sie fragt Peter, ob sie dann ihre Einladung wahrnehmen darf, was er sofort und ohne Umstände bejaht. In einem kurzen Gespräch miteinander vertraut sie ihm an, dass Oertel nur noch private Angelegenheiten während der Arbeitszeit erledigt und mit einigen Mitarbeitern der Milchproduktion dubiose Geschäfte durchführt.

Peter kann nichts mehr erschüttern. Auch hier zeigen sich Auflösungserscheinungen. Morgen muss ich unbedingt mit Bernd und Harald sprechen.

Peter verlässt den Raum und geht auf die Toilette. Als er zurückkommt, ist ein ohrenbetäubender Lärm im Restaurant. Er fragt einen Kellner, was passiert ist. Dieser antwortet, die Mauer ist offen. Reisefreiheit für alle hat Schabowski, Sekretär des ZK der SED, soeben verkündet.

Peter geht erst einmal vor das Hotel, um frische Luft zu schnappen und das Gehörte zu begreifen!

Was hat der Kellner soeben gesagt: Die Grenze nach dem Westen ist offen? Dann könnte ich Martina sofort besuchen, was heißt besuchen, wir können zusammenziehen und glücklich miteinander leben, vielleicht in unserem Haus in Binz auf Rügen. In seinem Kopf geht plötzlich alles durcheinander. Er kann es nicht fassen. Sollten die Schikanen der letzten 16 Jahre vorbei sein? Ich glaube es nicht! Peter setzt sich auf eine Bank und stützt den Kopf in beide Hände. Sollte wirklich alles vorbei sein? Erst nachdem er sich wieder gefasst hat, geht er in ihren Veranstaltungsraum zurück. Hier wird noch ganz gemütlich geplaudert und gelacht.

Peter unterbricht die Gespräche: „Liebe Kolleginnen und Kollegen! Ich muss Ihnen etwas mitteilen! Das Mitglied des Politbüro der SED, Günter Schabowski, hat soeben die Öffnung der Grenzen und die Reisefreiheit für alle Bürger der DDR bekannt gegeben. Das heißt, jeder von uns kann hinfahren, wohin er will!"

Peter setzt sich gefasst auf seinen Platz. Keiner nimmt die Mitteilung mit Jubel auf. Jeder sinnt vor sich hin, Harald und Bernd schütteln mit dem Kopf. Achim sitzt etwas bleich da und stiert in sein Glas. Die meisten Mitarbeiterinnen wissen mit dieser neuen Lage nichts anzufangen.

Peter überlegt kurz, dann sagt er: „Kolleginnen und Kollegen, die neue Situation überfordert uns alle! Was das für die Zukunft bedeuten wird, kann keiner im Moment sagen. Deshalb bitte ich Sie, erst einmal an das warm-kalte Büfett zu treten, das wir von der Universität für Sie bestellt haben, und sich ordentlich zu bedienen. Guten Appetit!"

Nach dem Essen kommt keine rechte Stimmung mehr auf. Zum einen freut es wohl jeden, dass er jetzt ohne lange Anträge hinfahren kann, wohin er will. Aber für alle ist die Lage völlig neu und fremd. Viele waren, als die Mauer errichtet wurde, nur wenige Jahre alt. Ein ganzes Leben hat sie diese Situation begleitet. Und plötzlich soll alles anders sein? So verabschieden sich bald die ersten Teilnehmer, und Peter löst die Veranstaltung auf. Jeder möchte mit sich allein sein. Als er kurz nach 23 Uhr seine Wohnung betritt, blinkt der Anrufbeantworter seines Telefons. Das hat er einmal von Ole geschenkt bekommen.

„Peter, hier ist Martina. Ich habe soeben Nachrichten gehört. Ruf mich bitte zurück!"

Fast eine halbe Stunde versucht Peter, Kontakt zu Martina zu bekommen. Vergebens, die wenigen Leitungen sind total überlastet. Auch Ole erreicht er nicht. Peter geht erst einmal schlafen. Ich muss jetzt ganz in Ruhe und mit Sachlichkeit überlegen, wie ich im Einzelnen vorgehe. Er malt sich sein erstes Treffen mit Martina und den Kindern in Borgwedel aus. Was er ihnen alles erzählen wollte, aber …!

Ihn durchfährt es wie ein Stromschlag! Er kann sich weder mit seinen Kindern treffen noch ihnen etwas erzählen. Für die beiden Großen war er vor ihrer Geburt tödlich verunglückt. Nur Melanie hat einen Vater, der im Ausland weilt und ihre Mutter sitzen gelassen hat.

Oh Gott, jetzt beginnt etwas, woran keiner von ihnen während ihrer Absprachen gedacht hat. Jetzt erst beginnt das richtige Nachdenken bei ihm. Gegen 4 Uhr morgens schläft er mit seinen Gedanken bei Martina ohne eine plausible Lösung ein.

*

Es klingelt. Peter erwacht und muss sich erst einmal orientieren. Er zieht das Rollo hoch und stellt fest, dass es immer noch regnet, aber heller Tag sein muss. Er schaut auf die Uhr. Heute ist Freitag, halb zehn, und er hat frei! Wer spinnt denn da? Er geht verärgert zur Wohnungstür, öffnet, und vor ihm stehen Bernd Schulze und Harald Rose.

„Kommt herein, ihr Nachteulen", sagt er und gähnt herzhaft.

„Nachteulen ist gut. Wir haben wirklich kein Auge zugemacht und die ganze Nacht bei Harald diskutiert", sagt Bernd.

„Vorschlag, ihr geht in die Küche, kocht Kaffee, deckt den Tisch in der Stube, und ich gehe duschen. Klar!"

Sie nicken.

Als sie dann zusammen am Tisch sitzen, zieht Ruhe ein. Peter hat das Tonbandgerät mit Unterhaltungsmusik angemacht. Kein Radio, kein Fernseher! Sie essen ein wenig und trinken genüsslich Haralds berühmte Kaffeemixtur. Dann beginnen sie, über ihre Verantwortungsbereiche zu sprechen. Jeden bedrückt und berührt die verworrene politische Lage im Land. Keiner von ihnen weiß so recht, in welche Richtung das entstehende Durcheinander führen wird. Nach reichlich 30 Minuten werden sie konkreter.

Peter beginnt: „Sagt einmal, als ich gestern Abend die Meldung von Schabowski bekannt gab, habt ihr da gesehen, wie die anderen am Tisch reagierten?"

Beide überlegen.

„Hast du jemand Bestimmten im Auge?", fragt Harald.

„Nein, ich frage nur so", antwortet Peter.

„Ja, wenn ich so richtig nachdenke", spricht Harald weiter, „Joachim Lange wurde unruhig und etwas bleich. Aber ich habe dem keine Bedeutung beigemessen."

„Und die anderen?", fragt Peter an beide gerichtet weiter.

„Ich hatte den Eindruck, dass sich Kathrin, deine ehemalige Sekretärin, etwas freute, aber sonst konnte auch ich nichts feststellen", antwortet Bernd Schulze.

„Gut, Freunde! Mein Vorteil ist, dass mein direkter Vorgesetzter, Prof. Kurzweg, Prorektor und als solcher Mitglied einer Blockpartei ist. Er erfährt häufig eher etwas als wir Genossen. Da er nicht nur mein Vorgesetzter ist, sondern uns auch ein freundschaftliches Verhältnis verbindet, hat er mir in den letzten Jahren auch häufig bei meinen privaten ‚Vergehen' geholfen und mich vor gewissen Leuten geschützt. Ich glaube, wir wissen alle nicht so richtig, was wir in Zukunft zu erwarten haben. Das wissen zurzeit, glaube ich, weder das Politbüro noch die Regierung. Thomas sagte mir damals bei der Übergabe der Einladung ins Ministerium nach Berlin, ich solle die Professur entgegennehmen und nichts fragen. Sicher ist, dass diese Gelegenheit so schnell nicht wiederkommen wird.

Ebenso eigenartig fand ich die Übergabe solch eines wichtigen Schriftstücks wie der Einladung nach Berlin in unserer Lieblingsgaststätte in Greifswald und nicht im Rektorat. Nur habe ich nicht die Absicht, mir den Kopf für andere Leute zu zerbrechen. Ich möchte euch als meine Freunde und ehrlichen Helfer, wie ich aus sicherer Quelle weiß, informieren, warnen und wo es in meinen Kräften steht, auch schützen. Deshalb auch meine Fragen nach gestern Abend.

Harald, du bist seit vielen Jahren Parteisekretär der AIV. Dein direkter Vorgesetzter ist nicht der Kreissekretär, sondern der Leiter Landwirtschaft in der Bezirksleitung. Bernd, du unterstehst dem Mitglied des Rats des Bezirks für Landwirtschaft und dem Ersten Kreissekretär der Partei. Beide seid ihr damit ausgeschlossen, inoffizielle oder offizielle Mitarbeiter des Ministeriums für Staatssicherheit zu sein.

Vor einigen Wochen habe ich erfahren, wer mich in den Jahren seit 1973 bespitzelt und mir dabei zielgerichtet geschadet hat. Ich bitte euch, in den nächsten Monaten sehr vorsichtig zu sein. Keine negativen politischen Äußerungen in euren Diensträumen, auch nicht mit euren engsten Mitarbeitern und Vertrauten. Lasst euch von niemandem provozieren oder in irgendwelche zweideutigen Gespräche einbeziehen!", sagt Peter sehr ernst.

„Wie kommst du zu diesen Feststellungen?", fragt Bernd.

„Verlasst euch bitte auf meine Aussagen und", Peter macht eine kurze Pause, „beobachtet Joachim Lange! Wenn Kathrin gestern Abend nach meiner Information gelächelt hat, Bernd, vermute ich, liegt es daran, dass ihr Mann sich auch in meiner Gegenwart schon öfter geäußert hat, wie schön es wäre, wenn er ihr einmal eines der Länder zeigen könnte, in denen er als Seemann schon war.

Übrigens Bernd, stelle Dr. Oertel eine Falle, dann kündige ihm fristlos. Ich habe mich gestern Abend mit seiner Sekretärin unterhalten. Die sagte mir, dass er nur noch seine privaten und recht dubiosen Geschäfte mit den Milchbauern macht. Alles während der Arbeitszeit.

Und ihr beide? Egal wie das Ganze ausgeht, ihr geht vorzeitig in den Ruhestand und mehr nicht. Glaubt mir ganz einfach, ich habe da meine Quellen!"

Er wird von seinem Telefon unterbrochen: „Weseck!"

„Hier Ole, bist du zu Hause?"

„Den ganzen Tag", antwortet Peter.

„Wir kommen zur Vesper und bringen alles mit. Nur Kaffee musst du kochen." Er legt auf.

Er schüttelt den Kopf. Das geht ihm zu schnell. Bisher konnte er sich noch keine privaten Gedanken zurechtlegen, und da kommt schon Ole mit seinem Stab.

Zu seinen beiden Freunden sagt er: „Ich glaube, das Spitzeln geht schon richtig los!"

„Wieso, wer war das?", fragt Harald erstaunt.

„Keine Ahnung", antwortet Peter.

Seine Freunde verabschieden sich von ihm. Alle drei versprechen, sich gegenseitig auf dem Laufenden zu halten.

*

Peter beginnt, abzuwaschen und die Wohnung aufzuräumen. Kurz vor 15 Uhr klingelt das Telefon erneut. Der Forschungsstudent, der am Montag Konsultationen bei ihm hat, meldet sich am anderen Ende der Leitung. Gerade als er sein Anliegen vorbringen möchte, klingelt es an der Wohnungstür.

„Moment bitte", sagt Peter, legt den Hörer ab, öffnet die Wohnungstür und bittet Ole herein, um gleich wieder den Telefonhörer in die Hand zu nehmen und weiterzusprechen.

Der Student versucht ihm, ausholend zu erklären, dass er ein dringendes privates Problem zu Hause in Thüringen zu klären hätte und deshalb Montag nicht kommen könne.

„Also hören Sie mir einmal genau zu. Wenn Sie weiterhin wollen, dass ich Sie bei der Anfertigung Ihrer Doktorarbeit begleite, dann halten Sie sich an unsere abgesprochenen Termine. Da entschuldigt nur Krankheit oder Tod, und beides liegt in Ihrem Fall nicht vor. Haben Sie mich verstanden? Auf Wiedersehen!" Peter legt etwas heftig den Hörer auf. Während des Telefonats hat er mit dem Rücken zur Tür gestanden.

„Jetzt geht dieses Affentheater los, Peter, aber nicht mit dir!", sagt er laut und vernehmlich zu sich selbst. Aber irgendein fremder Duft liegt plötzlich in der Luft. Er schlägt sich an die Stirn und dreht sich dabei um.

„Ole, dich habe ich doch …!" Dann bleibt er wie vom Blitz getroffen stehen.

Vor ihm steht eine etwa 35 Jahre junge Frau, in engen Jeans, Bluse, Absatzschuhen und mit halblangen braunen Haaren. Ihr Gesicht zeigt, dass sie sein Stutzen so richtig auskostet. Aber lange Zeit bleibt ihr nicht, dann liegt sie in seinen Armen und wird fast erdrückt.

„Tina, du?", bringt Peter mit erstickter Stimme heraus.

Martina rinnen Tränen über das Gesicht. Dann küssen und umarmen sie sich unzählige Male. Später, als sie nebeneinander auf der Couch sitzen, kann keiner von ihnen sagen, wie lange sie im Raum eng umschlungen gestanden haben.

Martina erzählt, dass Ole heute Morgen die Idee hatte, zu seinen Freunden zu fahren, und morgen Nachmittag zurückkehren will. Und da könnte sie doch mitkommen, hat er ganz nebenbei gesagt. Der Entschluss war schnell gefasst, Sachen gepackt und losgefahren. Nach dem Grenzübergang hat er dann angerufen.

„Ja, ich habe das gestern Abend auch mehrfach versucht, aber es gab kein Durchkommen", antwortet Peter.

„Das war vielleicht auch ganz gut, Peter. Seltsamerweise kamen gestern Abend mein Vater, mein Bruder mit Frau zu mir, und unsere Kinder waren auch zu Hause. Klingelte das Telefon, stand Luciano als Erster auf und nahm den Hörer, als ob sie auf einen bestimmten Anruf gewartet haben!", erzählt Martina.

„Weißt du was, ich schlage vor, du packst deinen Koffer aus, legst die Sachen auf mein Bett, dann machen wir uns frisch, gehen spazieren und danach in ein gemütliches Lokal. Einverstanden?"

Martina ist einverstanden und steht auf. Als sie das Schlafzimmer betritt, sieht sie einen Kleiderschrank, nicht einmal halb so breit wie ihrer, ein schmales Bett, aber einen riesigen Schreibtisch, einen Computer und die Wände voller Bücherregale und Ordnerfächer. Nein, hier möchte sie keine Nacht verbringen.

Peter kommt aus der Küche. Er hält ein schwarzes acht mal zwölf Zentimeter großes Kästchen in der Hand. Die Aufschrift ist in Englisch. Sie glaubt, bei Ole auch schon ein solches Gerät gesehen zu haben.

„Darf ich?", fragt er sie.

„Bitte", antwortet Martina.

Staunend steht sie neben ihm, als er mit dem Gerät zuerst über ihren Koffer fährt. Am Griff und den Schlössern schaltet das grüne

Licht auf Rot. Er legt den Zeigefinger auf den Mund, und sie gehen in das Wohnzimmer.

Peter schaltet das Radio ein und sucht Schlagermusik. „Tina, du bist verwanzt", sagt er.

„Hör mal, ich dusche mich früh und abends. Meine Sachen werden auch regelmäßig gewaschen, und ich wohne in einem sauberen Haushalt", sagt sie empört.

„Nicht doch, du wirst abgehört. Jetzt eben habe ich den Beweis erhalten, dass es in deiner Familie auch einen Spitzel gibt. Damit werden Hinweise bestätigt!" Peter nimmt erneut das Gerät und fährt an Martina entlang. Er lässt keinen Quadratzentimeter an ihr aus, aber er findet nichts mehr.

„Das kannst du heute Abend noch einmal machen, aber ohne dieses Gerät, dafür aber mit einem anderen", sagt sie sehr provokativ zu Peter.

„Warum nicht sofort?", fragt er genauso herausfordernd zurück und geht zielsicher auf sie zu.

„Weil es ein Genuss werden soll, Herr Professor!"

Er kapituliert kleinlaut und untersucht ihre Sachen aus dem Koffer. Noch sechs Abhörgeräte findet er, selbst vor Büstenhalter und Slip haben sie nicht haltgemacht. Schweine, dreckige!

Martina geht duschen, kommt in Slip und BH aus dem Bad, schlank wie eh und je, denkt Peter und verschwindet im Schlafzimmer. Als er aus dem Bad kommt, steht sie im Flur vor dem großen Spiegel. Jetzt hat sie ein Unterhemd an, dessen Rüschen gerade bis Mitte Po reichen, und schminkt sich. Peter betrachtet sie wohlwollend. Sie errötet leicht, bemerkt aber, wie Bewegung unter sein um die Hüfte geschlagenes Handtuch kommt. Als er ihrem Blick folgt, wird ihm die Angelegenheit recht peinlich, und er verschwindet im Schlafzimmer.

Martina zieht ein weinrotes Kleid ohne Ärmel und mittlerem Ausschnitt an, sodass man den Ansatz ihrer Brüste gut sehen kann, dazu hellbraune Strümpfe und braune Absatzschuhe. Peter trägt seinen dunkelblauen Anzug, ein weißes Hemd mit hellblauem, silbrig glänzendem Schlips und schwarze Schuhe. Beide ziehen je einen knielangen, dunklen Mantel über. Dann verlassen sie das Haus. Sie ahnen beide nicht, dass sie ab jetzt von Joachim Lange beobachtet werden.

Arm in Arm eingehängt, gehen sie durch die Stadt. Peter zeigt Martina zuerst die zentrale Verwaltung der AIV.

„Dort oben, das fünfte und sechste Fenster von rechts war sieben Jahre mein Büro. Von hier aus habe ich die Organisationsabteilung aufgebaut, hier habe ich zwei Doktortitel erlebt und zwei wunderbare, ältere Freunde kennengelernt", erklärt Peter.

Sie gehen weiter und kommen am nördlichen Teil des Markts an.

„Wohin gehen wir, Tina?", fragt Peter.

„Hier bist du Hausherr. In Borgwedel bin ich es. Also führe", sagt Martina, und sie überfällt wieder der Gedanke an die Kinder und ihr Gespräch mit Peter darüber.

Jetzt haben beide die Zeit und damit die Wahrheit eingeholt. Jedes künftige Treffen zwischen ihr und ihm wird der Zusammenführung ihrer kleinen Familie dienen. Eine Trennung schließt sie aufgrund ihres Schwurs aus dem Jahr 1985 aus.

Peter geht entschlossenen Schrittes zum Hotel „Zum Pott". Hier weiß er, dass jedes Wochenende in der Bar Tanz ist. Als sie die Bar betreten, sind ganze zwei Tische besetzt. Zu ihnen kommt sofort der Oberkellner. Sie kennen sich schon sehr viele Jahre recht gut. Mit ihm hat er sämtliche Veranstaltungen organisiert, die Peter für die AIV und die Universität hier durchgeführt hat.

„Herr Professor, was kann ich für Sie tun?", fragt der Ober.

„Wir hätten gern einen Tisch für zwei Personen möglichst weit vom Fenster weg und ungestört", sagt Peter.

Der Ober führt sie in die hintere Ecke des Raums. Hier ist es gemütlich, sind sich Martina und Peter einig.

„Sagen Sie einmal, Herr Köhler, wir haben es jetzt 19.30 Uhr, und sind kaum Gäste hier? Das kenne ich überhaupt nicht", fragt Peter.

„Seit heute Morgen haben wir fast den ganzen Tag Absagen erhalten. Im Moment wohnen zwei Ehepaare bei uns im Hotel. Die sitzen da drüben. Ich hoffe nur, dass noch jemand von der Straße kommt. Entschuldigung, was darf ich Ihnen bringen?", fragt der Kellner.

Peter und Martina bestellen eine Flasche Krimsekt und ein Rumpsteak mit Salat als Abendessen. Danach lauschen sie der Musik. Plötzlich reißt Peter Martina aus ihren Gedanken, in denen sie gerade träumt, mit Peter eng umschlungen auf der Terrasse von Onkel Oles Haus zu tanzen.

„Frau Dr. Martina von Holsten, darf ich Sie um diesen Tanz bitten?", fragt Peter mit einer leichten Verbeugung todernst Martina.

„Sehr wohl, Herr Prof. Dr. Weseck, ich habe nichts anderes von Ihnen erwartet!", antwortet sie ernst und geht auf das Spiel ein.

Aber dann gehen beide mit einem frohen Lachen zur Tanzfläche. Zuerst tanzen sie etwas ungelenkig, weil recht ungewohnt miteinander. Aber bald immer geschmeidiger, als lägen keine vier Jahre zwischen dem letzten und ihrem jetzigen ersten Tanz. Als sie an den Tisch zurückkommen, steht der Sekt bereit.

„Prost, Peter, ich liebe dich", haucht Martina etwas atemlos.

„Prost, Tina, ich liebe dich auch wie nie einen Menschen vor dir, und das wird immer so bleiben", sagt Peter ganz leise, als wenn sie von jemandem belauscht würden. Sie küssen sich und halten sich an den Händen, bis der nächste Tanz beginnt. Nun kommen auch die anderen Paare auf die Tanzfläche.

In der nächsten Stunde betreten weitere fünf Paare die Bar. So hat das Personal doch noch einiges zu tun. Doch das alles interessiert die beiden nicht. Sie sind zu sehr mit sich selbst beschäftigt.

Peter und Martina verlassen gegen 23 Uhr das Hotel. Keiner von beiden ist müde, sondern nur glücklich, ausgelassen und gespannt auf das, was sie diese Nacht noch erwarten wird.

Wenig später kommen sie in der Wohnung an. Sie machen es sich im Wohnzimmer gemütlich. Die Heizung spendet Wärme, Peter entzündet Kerzen und schaltet die kleine Stehlampe neben dem Fernseher ein. Leise klingt Schmusemusik aus dem Radio. Martina nimmt zwei Sektgläser aus dem Glasteil des Schranks und stellt sie auf den Tisch. Peter öffnet die Flasche Söhnlein, die Martina mitgebracht hat, und gießt ein. Sie stoßen an. Martina kuschelt sich an ihn. Peter legt seinen rechten Arm um ihre Schulter und hält sie fest. Mit der linken Hand beginnt er, ihr Kleid aufzuknöpfen. Schon beim zweiten Knopf hält sie seine Hand fest.

„Peter, ich kann noch nicht!", sagt sie etwas ernster als gewollt.

„Wie, aus biologischen Gründen nicht? Das ist aber sehr schade! Ich hatte mich schon so sehr auf dich gefreut", sagt Peter und die Enttäuschung steht ihm ins Gesicht geschrieben.

Martina schaut ihn von unten her an und antwortet mit gespielt traurigem Gesicht: „Armer Peter, es tut mir leid." Dann richtet sie sich auf, nimmt seinen Kopf in beide Hände und gibt ihm einen Zungenkuss, bei dessen Heftigkeit ihm die Luft wegbleibt.

Nun sitzt er völlig verunsichert neben ihr und schaut sie an. Martina staunt. Wie er, als sie kam, mit dem Forschungsstudenten gesprochen hat, war sie von seiner Härte und Unnachgiebigkeit echt überrascht. Aber jetzt ist dieser achtunddreißigjährige Kerl, der schon so vieles in seinem Leben geleistet hat und Anerkennung fand, ihr gegenüber wieder der nette, sanfte Mann und Vater ihrer Kinder, den sie so sehr liebt.

„Du hast das ‚noch' überhört, Peter. Biologisch ist alles in Ordnung, und deine, wie schrieben deine Freunde, ‚Rüpeltüten', haben auch trotz unserer Heftigkeit gehalten, sonst hätte ich dir sicher im Sommer 1986 einen besonderen Brief geschrieben.

Nein. Auf die heutige Nacht freue ich mich genauso wie du. Vorher möchte ich aber mit dir über etwas für mich sehr Wichtiges sprechen!", sagt Martina jetzt ernst. Sie spricht weiter: „Peter, in den letzten Monaten ist in deinem Land so vieles verändert worden, dass ich als Außenstehender nicht mehr folgen kann. Ich sehe nur die Gier meines Vaters und meines Bruders nach dem Altbesitz in Mecklenburg. Durch die Grenzöffnung werden sie bestärkt. Ich freue mich nur, dass wir uns künftig sehen können, wenn wir es wollen. Aber nun erst einmal meine Fragen."

Martina macht eine kleine Pause, dann beginnt sie. „Peter, hältst du an unserem Schwur von 1985 im Hotel am Timmendorfer Strand fest und, wenn ja, wie verhalten wir uns unseren Kindern gegenüber?"

Peter sitzt für einen Moment unsicher auf seinem Platz. Oh Gott, auf diese Fragen ist er überhaupt noch nicht vorbereitet. Er löst sich von Martina, geht in die Küche, holt etwas Salzgebäck, das Martina besonders gern isst, und schaltet mehr Licht in der Wohnstube an, zieht aber vorher den großen, schweren Vorhang vor das Fenster und die Balkontür.

Dann stellt er sich vor Martina. Zwischen ihnen steht nur der Wohnzimmertisch. Er schaut ihr fest in die Augen, schüttelt dann mit dem Kopf und beginnt, auf und ab zu gehen. Martina zieht den Kopf ein. Sie faltet beide Hände um ihr rechtes Knie.

Peter geht wieder zur Couch und setzt sich neben sie. Er nimmt ihre beiden Hände in seine und schaut sie ernst an. „Martina, was unseren gemeinsamen Schwur im Hotel angeht, der ist für mich heilig und nicht mehr lösbar. Du bist und bleibst die Frau meines Lebens, meine einzige Liebe", sagt Peter leise, aber sehr überzeugend. Danach gibt er ihr einen Kuss zur Bestätigung und streicht ihr sacht über ihr weiches Haar. „Bevor wir aber über unsere Kinder sprechen, muss ich dir etwas anderes, für uns beide und auch die Kinder sehr Wichtiges mitteilen!"

Und er erzählt ihr jetzt doch alles, was er im „Teepott" von Warnemünde von Ole, Knut Westermann und Werner Reich erfahren hat.

Erst jetzt beginnt sich für Martina ein klareres Bild der Vergangenheit zu zeichnen. Sie begreift und versteht vieles, was ihr völlig unverständlich war. Ihr wurde auch bewusst, warum sie 16 Jahre in dieser bedrückenden Situation leben mussten.

„Tina, ich bitte dich, vorerst mit niemandem darüber zu sprechen. Noch sind nicht alle enttarnt, und es könnte ohne Weiteres sein, dass unsere Kinder gefährdet oder das Ziel einer Racheaktion werden. Ich muss dir noch etwas sagen, denn es bringt wieder ein Stück Wahrheit ans Licht. Eigentlich wäre ich jetzt in England, das weißt du. Die Studienreise ist gestrichen worden. Thomas Kurzweg sagte zu mir, die haben nur Angst, dass ich auf der Rückreise bei dir bleiben könnte. Daraufhin habe ich mit Knut Westermann telefoniert. Der hat sich mit meinem Bekannten aus der Britischen Botschaft in Berlin in Verbindung gesetzt. Ich wollte von ihm wissen, welche Formen und Möglichkeiten es gibt, in Großbritannien die Doktorwürde zu erhalten. Er hat mir dieses Schreiben und die Kopie dieser Urkunde geschickt." Peter reicht beides Martina.

Sie liest. Dann legt sie beide Blätter vor sich auf den Tisch. Sie schüttelt verständnislos mit dem Kopf. „Das heißt, mein werter Bruder Arnim von Holsten ist eine noch größere Niete, als ich je angenommen habe. Falsch und dumm. Er hat sich seinen Doktortitel gekauft und nicht ordentlich auf wissenschaftlicher Basis erworben. Und jetzt versucht er sich, bei unseren Kindern als den lieben, großzügigen und intelligenten Onkel anzubiedern. Ich glaube es nicht!" Martina ist aufgesprungen. Sie läuft erzürnt und kopfschüttelnd durchs Zimmer.

Peter steht auf und versucht, sie zu beschwichtigen. „Tina, bitte beruhige dich. Jetzt wissen wir wenigstens, wen wir vor uns haben. Ich hoffe nur, dass nicht noch mehr Unangenehmes ans Tageslicht kommt. Deshalb schlage ich vor, dass wir jetzt das erste Mal in unserem Leben gemeinsam eine Strategie zum Schutz unserer kleinen Familie entwickeln. Wir müssen uns absichern, und das nach allen Seiten!", sagt Peter mit Überzeugung.

Sie setzen sich wieder auf die Couch. Nachdem sie einen Schluck Sekt getrunken haben, sprechen sie weiter.

„Das sehe ich jetzt auch so, Peter. Ich glaube, eine andere Möglichkeit haben wir nicht. Aber was sagen wir unseren Kindern?", spricht sie etwas ratlos.

Ihre gemeinsame Aufgabe ist es, Peter als den leiblichen Vater auferstehen zu lassen, aber wie? Nach Sophias und Lucianos Geburt hatte sie verbreitet, dass der Vater der Kinder tödlich verunglückt sei. Als Melanie zur Welt kam, vermuteten die Familie und die Nachbarn, dass einer von der Fachhochschule der Vater sei. Niemand hat sich wegen dieser Liebelei weiter geäußert. Dass der Vater von Melanie Martina heiraten würde, glaubt keiner, da sie schon zwei uneheliche Kinder hat. Wer würde sich die wegen eines Trauscheins auf den Hals holen? Viele aus ihrem Bekanntenkreis zogen sich diskret von ihr zurück. Häufig wurde sie auch zu Feierlichkeiten oder Treffen nicht mehr eingeladen. Hinterher entschuldigte man sich in einzelnen Fällen, andere gingen einfach darüber hinweg.

Ihr Vater und ihr Bruder hatten ihr deutlich ins Gesicht gesagt, was sie von den „Bastarden" hielten. Die Zwillinge wurden erst jetzt für ihren Großvater interessant, nachdem sich immer mehr zeigte, dass ihr Bruder mit seiner Luise zwei reichlich unintelligente Kinder gezeugt hatte.

„Tina, ich habe das Gefühl, dass hier eines unserer größten Probleme heranwächst", antwortet Peter. „Ich grüble schon seit gestern Abend darüber nach. Weißt du, in meinen Träumen war das alles immer so leicht. Wir haben uns auf Rügen in dem Wochenendhaus deines Onkels getroffen, sind am Strand entlanggelaufen und haben uns hinterher in der Grube zum Picknick niedergesetzt. Dann hat uns Melanie gefragt, woher wir uns kennen und wer du bist. Wir haben unsere Geschichte gemeinsam erzählt, Melanie ist dir um den Hals gefallen und hat ‚Papi' gerufen. Die Zwillinge waren zurückhaltender, aber als sie erfuhren, wo du arbeitest und was du bist, waren sie stolz auf dich und rückten näher, sodass ich allein gelassen richtig eifersüchtig wurde. Ein schöner Traum!", sagt Martina traurig.

Peter ist von dieser Geschichte angetan, doch ihm ist auch bewusst, dass es so nicht gehen wird oder vielleicht so ähnlich? „Martina, vielleicht ist dein Traum gar nicht so schlecht. Im September erhielt ich einen Brief von meiner Tante Maike. In ihm stand, dass mein Onkel Karl Martens gestorben ist. Als ich zur Beerdigung nach Binz fuhr, erlebte ich mehrere Überraschungen. Die erste mit Piets Spitzeltätigkeit kennst du, die zweite ist das Grundstück. Onkel und Tante haben das Haus weiter ausgebaut, ein Nebengebäude mit Garage errichtet, vor den Gebäuden gepflastert und viele Bäume und Sträucher gepflanzt.

Die dritte und größte Überraschung, die ich erlebte, ist, dass mir Tante Maike das gesamte Grundstück mit Haus geschenkt hat. Seit einem Monat etwa bin ich als neuer Eigentümer im Grundbuch eingetragen. Den notariell beglaubigten Grundbuchauszug habe ich in der Hand. Vielleicht sollten wir ganz schnell das Haus nach unseren Vorstellungen umbauen lassen und dann dort die Wahrheit verkünden?", sagte Peter.

Martina sah ihn überrascht, aber irgendwie erleichtert an. Dafür gab es erst einmal einen dicken Kuss.

„Ich habe mir eigentlich nach dem Wochenende und der Entstehung unserer Melanie häufig gewünscht, nochmals dahin zu kommen. Jetzt kann dieser Traum wahr werden. Peter, dann könnten wir doch mit der Verkündung der Wahrheit unseren Kindern gegenüber ebenso verfahren!", sagt sie hoffnungsvoll.

Peter überlegt einen Moment. Dann sagt er: „Tina, ich gehe davon aus, dass du mit meiner Annahme der Schenkung einverstanden bist."

Sie nickt.

„Der Umbau wird bei unserer Bausituation im Lande gewaltig lange dauern. Ich möchte auch nicht, dass meine beiden großen Kinder mich nur akzeptieren, weil ich Professor bin und an einer Universität arbeite. Die Akzeptanz meiner Person als Vater muss von innen her kommen und darf nicht von meinen Titeln abhängig gemacht werden. Ich glaube bald, wenn du mich bei unserem ersten Treffen als den Mitarbeiter und Dolmetscher der AIV vorstellst, wäre mir das lieber auch gegenüber deinem Vater und deinem Bruder. Beide kennen mich nur so und haben mich und dich auch wegen meiner geringen Dienststellung beschimpft. Wäre das nicht eine Möglichkeit, die Beziehung aufzubauen?", fragt er.

„Ich glaube schon. Das ist auch eine Möglichkeit! Aber erwarte jetzt um 2 Uhr nachts keine Antwort mehr von mir. Sprechen wir morgen oder heute nach dem Frühstück noch einmal darüber. Jetzt bin ich zu müde, tiefgründig zu denken, mein Schatz", antwortet sie.

Von Müdigkeit zeugt ihr folgender Kuss nicht, auch nicht, als sie versucht, ihm die Hose zu öffnen. Peter hat schon während des überraschenden Kusses seine Hand auf ihren linken Oberschenkel gelegt. Als er merkt, dass sie die Beine öffnet, verschwindet seine Hand ganz schnell unter dem Kleid. Ein leises Stöhnen bestätigt ihm die Richtigkeit seines Handelns.

„Ich vernasche dich mit Haut und Haaren und allem anderen, was an dir ist. Aber vorher gehe ich mich frisch machen", sagt Martina und huscht ins Bad.

Peter muss erst einmal seine Hose sichern, damit er sie nicht gleich beim Aufstehen verliert. Donnerwetter, sind wir scharf aufeinander. Nach vier Jahren Enthaltsamkeit kein Wunder!

Er beginnt, den Tisch beiseite zu schieben und die Couch aufzuklappen. Aus dem Schlafzimmer holt er Bettzeug, Kissen und zwei Decken. Die Wandleuchte über der Couch deckt er mit einem durchsichtigen Tuch ab, um gedämpftes Licht zu schaffen. Die Deckenleuchte schaltet er ab.

Martina kommt aus dem Bad, nur mit einem Handtuch bedeckt. „Jetzt kannst du", und sie geht an ihm vorbei ins Schlafzimmer.

Peter wäscht sich mit kaltem Wasser, um seine Erregung zu zügeln, und nimmt eine kurze Schlafanzughose aus dem Badschrank. Es war die Hose, die er von Martina am Timmendorfer Strand geschenkt bekam. Diese sollte nur bei besonderen Anlässen benutzt werden.

Dann geht er ins Wohnzimmer zurück. Martina steht in einem Hemdchen mit tiefem Ausschnitt und dünnen Trägern am Fußende der Couch und füllt die Sektgläser nochmals auf. Sie reicht Peter sein Glas, dann stoßen sie an.

„Auf uns, Peter", spricht Martina mit belegter Stimme. Das Kribbeln in ihrem Bauch kam nicht vom Sekt. Es begann in der Bar und steht jetzt vor einem lange ersehnten Höhepunkt.

Es folgt ein langer, zärtlicher Kuss. Peter spürt an seinem Oberkör-per, wie Martinas Brustwarzen immer härter werden. Auch sie spürt an ihrem Unterleib, wie sein Penis immer größer wird. Sie bückt sich und zieht Peter die Hose aus. Als sie sich wieder aufrichtet, streift ihr Peter das Hemdchen ab. Jetzt stehen beide nackt voreinander. Sie betasten und streicheln sich ohne Tabu gegenseitig.

Nach kurzer Zeit haucht Martina: „Peter, ich halte es nicht länger aus! Darf ich dir ein Kondom überziehen?"

Er nickt. Als sie fertig ist, beginnt eine Nacht, die alle bisherigen gemeinsamen Nächte in den Schatten stellt.

*

Um 11 Uhr wacht Peter auf. Er muss sich erst einmal im halbdunk-len Zimmer orientieren. Dann sieht er Martina neben sich liegen. Ihr immer ordentliches Haar ist zerzaust. Unterhalb ihrer Brüste liegt die Decke, auf der ihre Arme ausgestreckt sind. Ihr Gesichts-ausdruck ist entspannt und glücklich.

Peter fühlt sich wohl wie schon lange nicht mehr. Er küsst sie auf die Stirn, steht vorsichtig auf, duscht, zieht sich an und geht in die Küche. Ja, was mache ich nun zum Frühstück oder Mittag? Ein schönes Frühstück mit gebackenen Brötchen, gebratenem Schin-ken, Ei, Honig und duftendem Kaffee. Die Küchentür hat er ge-schlossen, um Martina nicht zu wecken.

Sie ist aber wach geworden, als er von der Couch steigt. Erst woll-te sie nach ihm greifen, um noch ein Stück tolle Nacht anzuhängen, aber dann fallen ihr wieder diese verdammten Probleme ein. Als Peter in der Küche verschwindet, huscht Martina ins Bad, duscht und schminkt sich, geht ins Schlafzimmer und zieht sich an. Da-nach horcht sie. Alles ruhig. Sie geht ins Wohnzimmer, öffnet die Vorhänge und die Balkontür. Sie muss leider in ein paar Stunden zurück. Es regnet in Strömen und sieht auch nicht so aus, als ob es bald besser werden möchte.

Martina richtet die Couch, räumt das Bettzeug ins Schlafzimmer, schiebt die Möbel an ihren alten Platz, nimmt die Gläser und geht zur Küchentür. Dort klopft sie an. Peter öffnet.

„Guten Morgen Peterle", sagt Martina und gibt ihm einen Kuss. „Kann ich dir helfen?"

Peter steht erstaunt vor ihr und nimmt ihr erst einmal die Gläser ab. „Ich denke, du schläfst noch", sagt er. „Habe ich dich geweckt?"

„Nein, ich möchte dir nur helfen, das Frühstück vorzubereiten", sagt Martina.

Sie decken gemeinsam den Tisch, schalten das Radio ein und beginnen, genüsslich zu essen. Der starke Kaffee, den Peter gekocht hat, weckt ihre Lebensgeister endgültig.

„Peter, ich habe vorhin drei benutzte Kondome weggeräumt. Meinst du nicht auch, dass es an der Zeit ist, dass ich die Pille nehme?", fragt sie wie aus heiterem Himmel.

Peter fällt die Gabel aus der Hand: „Was, so viele Male haben wir es geschafft?"

„Ja, einmal du unten und ich oben, das zweite Mal ich unten und du oben, und das dritte Mal war ‚Löffelchen' angesagt, bevor wir einschliefen", sagt Martina mit vollem Ernst und ohne Scham.

Peter schaut etwas verblüfft: „Ja, Tina, nimm die Pille. Was soll das sonst in Zukunft werden? Wir überfordern noch die Latexproduktion Deutschlands!"

Beide beginnen zu lachen.

„Das mit der Pille, Tina, mach, aber was wird aus unserem Problem mit den Kindern?", fragt Peter.

„Bis jetzt war ich so glücklich, und jetzt das wieder. Peter, Ich kann bald nicht mehr. Nach nunmehr 16 Jahren bin ich mit meiner Kraft am Ende. Die Fragen der Zwillinge werden immer zielstrebiger, besonders die von Luciano. Sophia hat die Sanftheit ihrer Großmutter und mir, sagt Ole. Aber Luciano hat eine versteckte Härte. Ich musste sofort an ihn denken, als ich gestern dein Telefongespräch mit dem Doktoranden hörte. Er ist dein Sohn, das merkt man", antwortet Martina stolz, aber gleichzeitig mit Zweifeln in der Stimme.

Vergessen ist die tolle Liebesnacht, der Alltag hat sie wieder eingeholt.

Peter nimmt sie in seine Arme. Martina fängt an zu weinen. Alles in den Jahren Aufgestaute bricht mit einem Mal aus ihr heraus. Ihm wird bewusst, dass diese, seine Frau, am Ende ihrer Kraft ist. Verständlich! Aber wie soll er ihr im Moment helfen?

Nachdem sie sich wieder etwas beruhigt hat, fragt er: „Tina, was wissen die Kinder von deiner jetzigen Reise zu mir?"

„Ich fahre mit Onkel Ole zu einem Bekannten in die DDR. Das nächste Mal nehme ich euch vielleicht mit", antwortet Martina.

„Vielleicht ist das die Lösung unseres Problems. Wir dürfen nicht kompakt herangehen, sondern schrittweise und sacht. Was wird dein Vater in den nächsten Wochen machen oder vielleicht hat er es dieses Wochenende schon getan?", fragt Peter.

„Dieses Wochenende ist er mit Arnim in Bayern. Sie suchen neue Zuchtrinder bei einer Auktion. Die Kinder sind alle drei bei Tante Grit. Die Zwillinge waren gestern sicher in der Disco, und Melanie hat wieder sehr lange Disney-Filme angesehen, denke ich", antwortet Martina.

„Welches Verhältnis besteht zwischen den Kindern, Ole und Grit?", fragt Peter weiter.

„Ein sehr gutes. Sie sagen Onkel und Tante zu ihnen. Aber eigentlich könnten sie auch Oma und Opa sagen. Ole und Grit waren in all den Jahren häufig Mutter, Vater und Großelternersatz, unbewusst für die Kinder, aber bewusst für die beiden. Ich glaube bald, nur mit ihnen können wir unser großes Problem lösen", sagt Martina überzeugt.

„Ich denke, du hast recht. Sprichst du mit Ole auf der Rückfahrt darüber?", fragt Peter.

„Ja, auf alle Fälle. Über das Ergebnis kann dich Ole bei eurem nächsten Treffen unterrichten. Jetzt ist mir erst einmal freier ums Herz, Peter. Das ist vielleicht der Beginn zur Lösung unserer Probleme. Du scheinst doch nicht umsonst Professor geworden zu sein", sagt sichtlich erleichtert Martina.

„Was?", fragt Peter.

Er greift sie und beginnt, sich mit ihr auf der Couch wie zwei kleine Kinder zu balgen. Nach einer Weile bleiben sie erschöpft sitzen. Dann ertappen sich beide, wie sie auf einen bestimmten Punkt schauen.

Martina bricht das Schweigen: „Peterle, wollen wir das eine Kondom verkümmern lassen? Wir brauchen es künftig nicht mehr, wenn ich die Pille nehme?", fragt Martina mit erotischer Stimme.

„Wann kommt Ole?", fragt Peter.

„Gegen 16 oder 17 Uhr", antwortet Martina.

„Dann aber mit viel Vorspiel und ganz viel Zärtlichkeit", sagt Peter und nimmt Martina fest in seine Arme.

Ole ist pünktlich um 16 Uhr da. Martina hat schon Kaffee gekocht und Peter den Tisch gedeckt. Nach einigen allgemeinen Themen und Fragen verabschieden sie sich. Martina und Peter fällt der Abschied wie immer sehr schwer, aber dieses Mal wissen sie, dass bis zum nächsten Mal nicht wieder Jahre vergehen werden.

*

Peter schaltet den Fernsehapparat ein und möchte wissen, was das Samstagabendprogramm so bietet. Auf beiden Sendern DDR I wie auch DDR II sieht man Reporter von den Grenzübergängen berichten und Autoschlangen mit jubelnden DDR-Bürgern die ehemaligen Kontrollpunkte passieren. Als er einen Lada mit Potsdamer Kennzeichen und einem ehemaligen Kollegen der dortigen Pädagogischen Hochschule erkennt, wird er blass. Er schaltet den Fernseher ab, öffnet die Balkontür und tritt hinaus. Mit dem Rücken lehnt er sich an den Türpfosten. Es regnet immer noch, und ein kalter Wind ist noch hinzugekommen.

Langsam beginnt er, seine Gedanken in ruhige, klare Bahnen zu lenken. Dieses Gesicht hinter dem Lenkrad wird er nie vergessen. Der überzeugte, über allen stehende Parteisekretär Dr. Rau, Mitarbeiter der Staatssicherheit, fährt in den Westen und ruft dem Reporter noch ins Mikrofon, dass die Maueröffnung schon lange fällig war, aber diese Betonköpfe in Berlin!

Peter fröstelt. Er schließt die Tür und geht zu seinem Schreibtisch im Schlafzimmer. Dort holt er aus dem untersten Schub einen versiegelten Briefumschlag heraus, nimmt sein Schreibetui und einen Block und setzt sich wieder ins Wohnzimmer. Aus dem Briefumschlag nimmt er seinen vor Jahren angefertigten Plan zur Entwicklung und zum Schutz seiner Familie bis 1990. Vieles, was er damals niedergeschrieben hat, ist aufgegangen, einiges nicht.

Wie soll es jetzt weitergehen? Da sind Martina, Sophia, Luciano, Melanie und er, dann Martinas Vater, der Bruder mit Frau und Kindern und seine Eltern und Geschwister. Das sind drei eigenständige Gruppen! Davon sind zwei mit ihm zerstritten, lehnen ihn ab. Die Kinder kennen ihn nicht. Nur mit Martina verbindet ihn ein wunderbares, liebevolles Verhältnis. Natürlich hat er auch in all den Jahren verlässliche Freunde gefunden, trotzdem fehlt der Kontakt zur Familie. Fragen bewegen und quälen ihn!

Hast du vielleicht zu sehr an deiner wissenschaftlichen und beruflichen Karriere gearbeitet und dabei vergessen, dass du Eltern und Geschwister hast? Wann warst du das letzte Mal zu Hause? Hast du jemals deine Eltern hier nach Grimmen eingeladen? Wie sehen deine Geschwister aus? Wie haben sie sich entwickelt? Für all diese Dinge findet er an diesem Abend keine Lösung mehr. Die Nacht mit Martina hat ihn doch sehr viel Kraft gekostet, aber trotzdem war das eine sehr schöne Anstrengung. Dann geht er schlafen.

Die Wochen vergehen. Immer mehr Studenten verschwinden von der Universität und gehen in den Westen. Nichts ist plötzlich mehr gut, was es in der DDR gibt. Martina sagte einmal in einem Telefongespräch, weißt du, wie sich mancher eurer ehemaligen Studenten hier erniedrigt, nur um zum Beispiel an unserer unbedeutenden Fachhochschule aufgenommen zu werden. Die meisten kommen mit der Unterdrückungsmasche, einige wiederum, dass es ihnen bei euch so schlecht gehe. Nichts gibt es zu kaufen, man könnte sogar annehmen, sie sind gerade noch einmal dem Hungertod entgangen. Hier wird der Konsum im Westen mit dem im Osten verglichen. Große Augen bekommen sie meist erst, wenn sie die Studienkosten und die Miete für das Wohnheim oder die Wohnungen erfahren. Viele sind nie wiedergekommen, aber es gibt auch welche, die legen ein Bündel D-Mark Scheine auf den Tisch. Die sind dann natürlich für unsere Polizei interessant.

Unbedeutende Fachhochschule mag sein, aber sein Schatz ist mittlerweile Direktor der Sektion Wirtschaftsrecht. Das ist eine sehr gute Ausgangsbasis für ihre gemeinsame Zukunft. Warum, sagt er ihr noch nicht.

Leider sind er und Martina mit ihrem Hauptproblem noch nicht weitergekommen. Aber der erfahrene Ole mahnt immer wieder zur Geduld. Martina sagt ihm am Telefon, dass Ole und Grit sich seit ihrem letzten Treffen im November sehr viel Zeit für Luciano und Sophia nehmen. Ole zeigt Luciano vieles, was zu seinen Aufgaben im Gut gehörte, und war jetzt am letzten Wochenende mit ihm in der DDR. Wo sie genau waren, hat keiner von beiden gesagt, nur dass sie in Berlin waren.

Am 11. Dezember 1989 erhält Peter einen Brief. Geschrieben wurde er von einer Frau Petra Garbe. Dieser Name sagt ihm nichts. Er öffnet ihn und liest:

Lieber Peter,

mit meinem Familiennamen weißt Du sicher nichts anzufangen. Aber ich bin Deine Schwester Petra, einer der Zwillinge. Ich habe vor fünf Jahren geheiratet. Damals haben mein heutiger Mann und ich versucht, Deine Adresse zu erfahren, obwohl ich vermute, dass unsere Eltern und auch unsere Schwester wissen, wo Du bist. Als damals der Bruch zwischen Dir und unserer Familie stattfand, waren unser Bruder Daniel und ich zum Studium in der Sowjetunion. Schade, dass Du dich mit den Eltern zerstritten hast. Uns hat leider auch niemand gesagt, welche Ursache dafür vorliegt!

Wir, mein Mann und ich, haben Dich jetzt über Deinen Freund Achim gefunden. An den haben wir vor fünf Jahren leider nicht gedacht.

Lieber Peter, unserem Vater geht es sehr schlecht. Als er von der Maueröffnung erfuhr, hat er einen Herzinfarkt bekommen. Sein Zustand ist bedenklich. Ich weiß nicht, was Du jetzt machst, aber ich bitte Dich, eventuell über Weihnachten zu uns zu kommen. Ich wohne in Zittau, Rosa-Luxemburg-Straße 16. Du bist ganz herzlich eingeladen! Wir würden uns sehr freuen.

Petra und Andre

Wie alt sind eigentlich die Zwillinge jetzt? Sie waren fünf Jahre jünger als ich. Also 33 Jahre. Als es zum Bruch mit den Eltern kam, waren sie nicht da. Das stimmt! Peter ruft sofort Martina an. Er liest ihr den Brief vor. Sie antwortet ihm, dass im Moment nach wie vor keine neue Situation besteht. Es gibt noch keine Möglichkeit einer Lösung des Problems mit ihrem Vater und den Kindern. Sie würde sich nur sehr freuen, wenn sie beide wenigstens den Jahreswechsel zusammen verbringen könnten. Peter versucht, sie zu trösten, und sagt ihr, dass es bestimmt ihr letztes Weihnachtsfest ohne den anderen ist. Er verspricht ihr, den Jahreswechsel wie auch immer zusammen mit ihr zu erleben.

Da er noch eine Menge Resturlaub hat, fährt er schon am 21. Dezember nach Zittau. Er braucht eine Weile, ehe er die Wohnung in der Rosa-Luxemburg-Straße findet. Er klingelt an der Tür. Ihm öffnet ein etwa sechs oder sieben Jahre alter Junge. Er sieht seiner Schwester ähnlich, soweit er sich nach 16 Jahren noch an ihr Gesicht erinnern kann.

„Sind Sie Herr Weseck?", fragt der Junge ganz höflich.

„Ja, der bin ich." Peter muss lächeln.

„Ja, dann darf ich Sie einlassen, bitte sehr", sagt der Junge.

Aus dem Hintergrund des Flurs erscheint ein großer, bärtiger Mann. Er geht auf Peter zu. „Ich bin Andre Garbe, und du bist sicher mein Schwager Peter?", fragt er.

„Ja, ich denke schon, guten Tag", sagt Peter und betritt die Wohnung.

„Leg ab, hast du eine gute Fahrt gehabt?", fragt Andre weiter.

„Wenn die Straßen besser wären, könnte ich nicht klagen. Na ja, von Grimmen bis hierher ist es auch eine ordentliche Strecke", antwortet Peter.

Er hat abgelegt und ist mit Andre und dem Jungen ins Wohnzimmer gegangen. Andre entschuldigt sich erst einmal und geht in die Küche, um das Abendbrot vorzubereiten. Mario, so heißt der Junge, beginnt, den Esstisch zu decken. Peter hilft ihm dabei. Kurz darauf fällt im Flur die Wohnungstür ins Schloss.

Mario geht sofort aus dem Zimmer und ruft: „Mami, Mami."

Peter steht etwas unsicher mitten in der Wohnstube. Seit 1973, im August, nach seiner kurzfristigen Heimkehr vom Jugendfestival hat er Petra nicht mehr gesehen. Über 16 Jahre liegen zwischen ihrem letzten und dem heutigen Treffen.

Petra betritt das Zimmer. Vor Peter steht eine junge, hübsche elegant gekleidete Frau, seine kleine Schwester. Nach einer kurzen Zeit der Betrachtung umarmen sie sich. Beide bekommen feuchte Augen.

„Schön, dass du gekommen bist. Ich freue mich riesig", sagt Petra nach einer Weile.

„Ich bin glücklich, euch nach so vielen Jahren wiederzusehen. In diesen Jahren ist so viel passiert, dass es, glaube ich, höchste Zeit ist, alles neu auszurichten", antwortet Peter noch ganz benommen.

Nachdem sich Petra erfrischt und umgezogen hat, setzen sich alle vier an den Tisch und essen zu Abend. Danach geht sich Mario waschen und, nachdem er den „Sandmann" angeschaut hat, zu Bett. Die beiden Schwager räumen den Tisch ab. Petra deckt neu ein. Auf den Couchtisch stellt sie Sekt-, Bier- und Schnapsgläser. In eine Bleikristallschale schüttet sie Erdnüsse.

Andre bringt eine Flasche Rotkäppchen-Sekt, Bier und Nordhäuser Doppelkorn mit und gießt ein. Dann erheben sie zuerst die Sektgläser und trinken auf ihr Wiedersehen und das Kennenlernen der beiden Männer, die sich recht sympathisch finden.

Nach einer Weile allgemeinen Geplauders sagt Peter gespielt betroffen: „Da heiratet meine kleine Schwester, und ich erfahre es erst fünf Jahre später. Gerade auf dieses Fest habe ich mich so sehr gefreut und dann diese Enttäuschung!"

Jetzt ist der Bann zwischen ihnen endgültig gebrochen, und Petra und Andre erzählen abwechselnd aus ihrem Leben. Andre, sein Schwager, ist gebürtiger Zittauer. Er hat nach der zehnten Klasse Bahnbetriebswerker bei der Deutschen Reichsbahn gelernt, danach eine Fachschule besucht und ist jetzt Ingenieur im Bahnbetriebswerk.

Petra hat er während ihrer letzten Semesterferien in Görlitz beim Tanzen kennengelernt, er als Fachschulstudent und sie als Lehrerstudentin. Das war vor zehn Jahren. Als Peter das letzte Mal zu Hause war, absolvierte sie gerade ihr Delegierungsjahr in Moskau.

Dann wurde sie nach dem Diplomabschluss 1981 an eine Oberschule in Zittau geschickt. 1982 wurde Mario geboren. Sie blieb zwei Jahre zu Hause. Mit dem Schuljahr 1984/1985 begann sie, wieder zu unterrichten, und wurde an die EOS nach Görlitz versetzt. Das hatte sie ihrem Studium in der Sowjetunion zu verdanken. Um Peter zu ärgern, spricht sie in fließendem Russisch weiter. Andre winkt ab und sagt, dass sie das mit ihm auch immer macht, wenn sie ihn ärgern will. Doch zu aller Erstaunen antwortet ihr Peter in genauso perfektem Russisch!

„Na nun bin ich platt. Hast du nicht Lehrer für Deutsch und Geschichte gelernt?", fragte Petra kopfschüttelnd.

Jetzt ist Peter an der Reihe. Er erzählt ihnen seine berufliche Entwicklung von 1973 an. Nur von Martina und den Kindern erzählt er vorerst nichts. „Ja, und nun bin ich an der Universität in Greifswald und an meiner Dienstzimmertür steht: ‚Prof. Dr. Dr. Peter Weseck, Sektionsdirektor'", schließt Peter seine Ausführungen ab.

Als er bemerkt, wie erstaunt und achtungsvoll ihn beide anschauen, setzt er hinzu: „Für dich, Petra, und für dich, Andre, bin und bleibe ich der Peter aus Friedersdorf. Alle Titel und Dienststellungen haben nur die zu respektieren, die seit 16 Jahren versuchen, mir ein Bein zu stellen. Einverstanden?", sagt Peter zum Schluss.

Beide nicken.

„Jetzt brauche ich auch einen Schnaps", sagt Petra, holt sich ein Glas.

Alle drei stoßen miteinander an.

Danach spricht sie weiter: „Peter, der Streit mit den Eltern Weihnachten 1980 ist doch wegen einer Frau aus dem Westen entstanden. Du hattest wohl immer noch Kontakt zu ihr. Das hat mir meine große Schwester sehr dürftig erzählt, als ich aus der Sowjetunion zurückkam und sie fragte, warum niemand mehr von dir spricht!"

„Erschreckt nicht, ich habe noch immer Kontakt zu ihr. Wir haben uns nie getrennt! Obwohl es ihr Vater und unsere Eltern verlangten. Wir haben beide dem Wunsch nicht entsprochen. Ganz im Gegenteil: Wir lieben uns noch immer wie zwei Teenager, obwohl Martina eine reife Frau von 35 Jahren ist und wir euch beide dreimal zu Onkel und Tante gemacht haben. Wir haben als Erstes Zwillinge, Sophia und Luciano, fünfzehnjährig, und Melanie, neun Jahre alt. Ich habe von allen Bilder bei mir." Peter steht auf und holt sie aus seiner Tasche. Dann legt er sie auf den Tisch.

„Was denn, das ist deine Martina?", ruft Petra, „na ja, du hattest schon immer einen guten Geschmack. Mit der Frau kann keine Karla der Welt mithalten. Und die Kinder, Sophia ist ganz die Mutter, Luciano, ganz der Vater, und bei der Kleinen konnte sich keiner von euch durchsetzen. Sie hat von beiden etwas abbekommen!"

Andre nickt anerkennend: „Wann können wir die vier kennenlernen, jetzt nachdem Reisefreiheit besteht?"

Peters Gesicht verfinstert sich etwas. Kann er ihnen die ganze Wahrheit sagen?

Nach einiger Zeit sagt seine Schwester: „Peter, wenn du nicht darüber sprechen möchtest oder darfst, nehmen wir dir das nicht übel. Du kannst dir aber auch sicher vorstellen, dass wir uns nach so vielen Jahren der Trennung alle einmal an einen Tisch setzen sollten!"

Er nickt und beginnt zu sprechen: „Ich war erst sehr über deinen Brief überrascht, bin heute aber sehr dankbar, dass wir uns wiedersehen können. Martina, ein guter Freund von uns und ich überlegen schon einige Zeit, wie man das machen müsste, um auf normalem Wege ohne Hass, Ärger und Überheblichkeit dem anderen gegenüberzutreten. Das ist aber leider einfacher gesagt als getan. Deshalb muss ich euch erst einiges erzählen, was bisher nur ein kleiner Kreis von Menschen um Martina und mich herum weiß.

Als ich 1973 von ‚falschen' Genossen nach Hause geschickt wurde, musste ich am nächsten Tag vor die Parteileitung."

Peter erzählt Petra und Andre kurz von den vielen Machenschaften ihm und Martina gegenüber, vom Verhalten ihrer und seiner Eltern und unter welchen beruflichen Zwängen sie arbeiten mussten.

„Ich habe dann an der Pädagogischen Hochschule in Potsdam Geschichte und Germanistik studiert und meinen ersten Doktor gemacht. Übrigens, Petra, du kanntest mein Talent, Sprachen schnell zu erlernen. So habe ich während meiner sieben Jahre Potsdam Russisch, Englisch, Französisch und Spanisch gelernt und die Sprachkundigenprüfungen bestanden.

In all den Jahren ist die Liebe zwischen Martina und mir nicht zerbrochen. Ganz im Gegenteil: Sie wurde bei unserem Treffen am Institut in Potsdam 1980 gefestigt und unzertrennlich. Als unsere Mutter mir nach Weihnachten sagte, dass diese Westdeutsche nur zur sexuellen Befriedigung da wäre, bin ich gegangen und nie wieder zu Hause gewesen. Sie kannten aber alle meine Adresse!"

Petra und Andre sitzen beide betroffen auf ihren Plätzen und brauchen Zeit, das alles zu verarbeiten.

Nach einer Weile spricht Andre mehr zu sich selbst: „Jetzt wird mir auch bewusst, warum sie auf unsere Frage nach deiner Adresse so eigenartig reagiert haben."

„Peter, was macht deine Martina, unsere Schwägerin, eigentlich?", fragt seine Schwester.

„Martina hat Jura studiert und promoviert. Sie leitet die Sektion Wirtschaftsrecht an einer Fachhochschule in Kiel und erzieht unsere Kinder", antwortet ihr Peter.

„Sagt mal, was macht denn meine angedichtete, verflossene Karla mit ihrem Kind?", fragt Peter plötzlich.

Andre und Petra schauen sich an. Dann gießt Andre erst einmal die Gläser voll und sagt: „Vor lauter Reden kommen wir nicht zum Trinken. Den Schnaps brauchst du aber, ehe du das Nächste hörst. Prost, auf dich und deine Familie, Peter!"

Alle drei stoßen miteinander an. Peter schaut beide fragend an.

Dann beginnt Petra: „Ja, deine Karla, die nie deine war. Vater und Siegfried, sein Freund und Parteisekretär, wollten, dass ihr beide ein Paar werdet. Nur du nicht! Dafür aber sprang Harald ein! Der große, schlaue immer ehrliche Schwiegersohn, wie ihn sich unsere Mutter immer wünschte. In Wirklichkeit ist er ein falscher, hinterhältiger Lump, der unsere Antje bei jeder Gelegenheit betrogen hat. Mit Karla hat er nach jedem Gartenfest und unzähligen anderen Begegnungen geschlafen, ohne dass Antje das Geringste ahnte.

Erst als Karla schwanger von ihm wurde, ging sie aus sich heraus. Sie wurde eifersüchtig auf unsere Schwester und hatte ihr kurz vor Weihnachten 1980 gesagt, dass sie ein Kind von Harald erwarte. Zur Rede gestellt, gab Harald alles zu.

Dann kam die Idee von unserer Mutter. Für sie waren die Zehn Gebote der sozialistischen Moral von Walter Ulbricht immer Gesetz. Und jetzt das! So etwas darf in ihrer Familie doch nicht passieren. Deshalb solltest du Karla jetzt erst recht heiraten. Kurz gesagt, sie wollten dir das Kind unterschieben. Als du damals das Wohnzimmer im Zorn verlassen hast, gab es noch einen fürchterlichen Krach zwischen den Eltern, der Schwester und dem Exschwager!"

„Wieso Exschwager?", fragt Peter.

„Vor vier Jahren haben sie sich scheiden lassen. Er hat nämlich noch mehr uneheliche Kinder. Jetzt wohnt er in Bautzen mit einer zusammen, die wohl auch ein Kind von ihm hat, aber ordentlich Haare auf den Zähnen haben soll. Deine Schwester hat vor zwei Jahren heimlich ihren Jugendfreund geheiratet und ist glücklicher als je zuvor!"

Peter war von dieser Antwort sehr überrascht.

„Ich habe Karla damals zufällig im ‚Konsum' beim Einkaufen getroffen. Sie sah sehr schlecht aus. Als ich sie ansprach, wollte sie wissen, wo ich jetzt eigentlich arbeite. Das habe ich ihr in gekürzter Form erzählt. Sie sagte, dass ich doch auch hier Arbeit gefunden hätte, und dann wäre ihr das bestimmt nicht passiert. Ich fragte, was denn mit ihr wäre. ‚Ich bekomme ein Kind.' Danach ließ sie mich stehen! Nun wird mir erst einiges klar!", erzählt Peter.

Sie besprechen an diesem Abend noch viele Dinge. Schön ist, dass Andre bis zum 27. Dezember Urlaub hat und Petra und der Junge Ferien haben. Sie nehmen sich die nächsten Tage noch viel gemeinsam vor. Über die Eltern und den Bruder Daniel fällt an diesem Abend kein Wort mehr.

*

In den nächsten Tagen machen sie Ausflüge auf den Oybin, einen Berg im Zittauer Gebirge. Dort kauft Peter ein Weihnachtsgeschenk für seinen Neffen Mario. Auch Fahrten nach Dresden und Löbau führen sie durch.

Am Abend des 23. Dezember 1989 fragt Peter Schwager und Schwester, ob er einmal in Schleswig-Holstein bei Ole anrufen kann. Nach einigem Zögern sind sie einverstanden.

Andre sagt zu ihm: „Verstehe uns bitte nicht falsch, aber wir haben in den letzten Monaten seit der Wahl im Mai sehr oft Herren und Damen gesehen, die über uns und unsere Familien und auch über dich einiges wissen wollten. Niemand hat uns gesagt, wer das ist, aber nach deinen Erzählungen über die Intrigen und Machenschaften gegen dich können wir uns denken, von wo sie kommen!"

„Habt ihr ihnen Auskunft gegeben?", fragt Peter.

„Nein, keinem", sagt Petra, „ich war zwar in der SED und bin jetzt noch in der SED-PDS, aber Andre zum größten Ärger unserer Eltern in der LDPD, nach westlichem Maßstab entspricht das der FDP. Wir sehen es nicht als unsere Pflicht an, über irgendein Mitglied unserer Familien zu berichten. Diese belästigenden Fragen haben wir beide unseren damaligen Gruppensekretären gemeldet. Die sagten nur: ‚Richtig gehandelt.'"

„Haben sich diese Damen und Herren euch gegenüber legitimiert?", fragt Peter.

„Ja, zwei Herren auf meine Aufforderung hin. Warte, der eine hieß Petzer und der andere Träger oder so", antwortet Andre.

„Dann hast du zwei der hinterhältigsten Herren der Staatssicherheit des Bezirks Dresden kennengelernt. Die haben mich 1973 aus dem Lager geworfen. Sie sind der Beginn der unglücklichen Beziehung zwischen Martina und mir. Habt ihr in den letzten Wochen sonst etwas bemerkt? Hat man euch beobachtet, oder hat jemand versucht, Mario auszuhorchen?", fragt Peter sehr aufmerksam.

Beide verneinen die Frage.

Peter schüttelt den Kopf. Er steht auf und läuft, wie es in solchen Momenten seine Art ist, in der Stube auf und ab. Dann setzt er sich wieder in seinen Sessel. „Das Ministerium für Staatssicherheit ist zerschlagen worden. Theoretisch, denn die meisten Damen und Herren, die nicht im November gleich das Weite, sprich, den Westen gesucht haben, wurden in das Amt für Nationale Sicherheit übernommen. Ich glaube schon lange nicht mehr daran, dass sich damit viel im Bespitzeln geändert hat. Worüber ich mir aber mit den engsten Freunden einig bin, ist, dass dieser ganze Spuk bald ein Ende hat. Kein Volk der Erde lässt sich auf ewig diese Schnüffeleien bis in die intimsten Dinge des Privatlebens gefallen. Ich sage euch, mein Freund Ole hat recht. Auch in der Familie ist etwas nicht in Ordnung. Zurzeit fallt nur ihr aus dem Kreise der Verdächtigen heraus!", sagt Peter.

„Peter, was sind das für Verdächtige?", fragt Andre.

„Andre, das weiß ich leider auch noch nicht. Als ich 1980 bei der AIV in Grimmen angefangen habe, hat mir mein Chef, Dr. Bernd Schulze, sinngemäß gesagt, dass nicht nur in den Betrieben und Institutionen, in denen ich tätig war, Spitzel sitzen, sondern auch in Martinas und meiner Familie Zuträger existieren. Ole und seine Freunde haben mir das Ganze vor wenigen Wochen bestätigt. Nachdem ich soeben von euch gehört habe, was hier in den letzten Wochen und Monaten los war, glaube ich nun endgültig daran. Deshalb muss ich überlegen, wie ich Martina informiere, ohne euch zu gefährden!", antwortet Peter.

Es tritt Stille ein. Nur der Fernseher läuft im Hintergrund mit einem Weihnachtsprogramm.

„Wie mache ich das nur? Ich muss doch Martina wenigstens Bescheid geben, dass ich bei euch angekommen bin", spricht Peter vor sich hin. „Ich glaube, so geht's. Andre und Petra, ich habe eine Geheimnummer. Damit erreiche ich meinen Freund Ole. Da ich die noch nie benutzt habe, kann sie von niemandem registriert worden sein. Wenn ich sie eingebe, ruft Ole oder Martina zurück. Dann seid nicht ihr diejenigen, die im Westen angerufen haben, sondern aus dem Westen hat jemand bei euch angerufen. Ist das vielleicht besser?", fragt er.

Petra und Andre sind einverstanden. Er wählt die Nummer. Nach einer Weile antwortet am anderen Ende ein Mann. Peter gibt nur die Telefonnummer von Andre als ganze Zahl an und legt den Hörer wieder auf. Nach etwa zehn Minuten klingelt das Telefon.

Andre hebt ab und sagt: „Peter, für dich."

„Ja!", ruft Peter in die schlechte Leitung.

„Hier bin ich", sagt Ole, „ich gebe dir einmal meine Nichte. Tschüs, bis bald!"

Peter hat das Telefon auf Lautsprecher umgeschaltet, damit Schwager und Schwester mithören können.

„Hallo, bist du die Mutter von Melanie? Ich bin gut angekommen und sehr gut aufgenommen worden", sagt Peter.

„Ja, die bin ich, ich grüße alle Verwandten unbekannterweise. Ole möchte noch etwas sagen. Mach's gut, Schatz, auf bald", spricht Martina kurz.

„Kannst du 29+ in unserem Haus sein?", fragt Ole.

„Ja, Treff am Ortsrand", antwortet Peter und legt auf.

„Was war denn das?", fragt Petra verwundert.

„Das ist die Schutzfunktion für euch und für mich vor den Abhörgeräten. Keiner von uns weiß, wer von den ‚alten Mitarbeitern' sich als Bürgerrechtler getarnt hat, um wichtige, vielleicht die eigene Akte aus der Stasi-Zentrale in Berlin-Niederschönhausen zu zerstören oder gefährliche Beweise aus Aufzeichnungen zu vernichten. Dies wird auch niemand mehr erfahren.

Zu eurer Erklärung. Martina grüßt euch alle ganz herzlich und freut sich auf unser erstes Treffen. Ich bin am 30. Dezember zu Ole eingeladen. Wir treffen uns am Stadtrand von Borgwedel. Das wird das erste Treffen mit meinen Kindern und vielleicht mit Martinas Familie", antwortet Peter sichtlich erleichtert.

„Aber vorher kommt ein anderer schwerer Gang: der Weg nach Hause am 25. Dezember. Fast auf den Tag genau vor neun Jahren bin ich ausgezogen!"

*

Peter verbringt den Heiligen Abend in Andres und Petras Familie. Es ist das erste Mal seit neun Jahren, dass er Weihnachten nicht allein verbringt. Natürlich haben sich Martina und er seit 1980 Geschenke zu geschickt und liebe Briefe geschrieben, aber nichts ist schöner, als in einer Familie zu feiern.

Am ersten Weihnachtsfeiertag trifft sich die gesamte Familie bei den Eltern in Friedersdorf. Die ersten Jahre waren sie sechs Personen: Mutter und Vater, seine Schwester Antje, die Zwillinge Petra und Daniel und er. Weihnachten 1989 sind es die Eltern, Antje mit ihrem Mann Uwe und Sohn Ronny, der zurzeit Unteroffizier bei der Nationalen Volksarmee ist und leider keinen Urlaub erhielt.

Dazukommen Schwester Petra mit Ehemann Andre und Sohn Mario sowie ihr Zwillingsbruder Daniel mit seiner Lebensgefährtin Kerstin und den Töchtern Kathrin und Claudia.

Aus sechs Personen wurden elf, und da sind Martina und seine Kinder noch nicht dabei. Für so viele Personen zu kochen, das schafft Mutter nicht mehr. Deshalb trifft sich die gesamte Familie am Mittag um 12 Uhr zum Festessen in der Gaststätte „Zur Tanne" in Friedersdorf etwa 800 Meter vom Elternhaus entfernt.

Peter fährt mit seinem Lada und der Familie Garbe nach Friedersdorf. Er trägt wie gewohnt einen dunklen Anzug, ein weißes Hemd und einen Schlips. Andre fühlt sich von ihm angeregt, ebenfalls Anzug und Schlips zu tragen. Petra betrachtet Ehemann und Bruder verstohlen. Sie ist stolz, mit zwei so schicken Herren anzureisen. Sie betreten den weihnachtlich geschmückten Nebenraum der Gasstätte. Obwohl es erst 11.50 Uhr ist, sind sie die Letzten. Alle Blicke richten sich sofort zur Tür und bleiben an Peter haften. Ihm ist das Ganze äußerst peinlich.

Etwas unsicher geht er als Erstes zu seinen Eltern. Seine Mutter ist völlig ergraut. Sorgenfalten durchziehen ihr Gesicht. Die Strenge der Lehrerin ist aus ihren Gesichtszügen verschwunden. Stattdessen blickt sie ratlos und ängstlich Peter entgegen. Sein Vater sitzt zusammengesunken mit bleichem Gesicht auf seinem Platz. Die straffe, strenge Haltung, die er in der Parteileitung und als Werkstattmeister zeigte, ist Enttäuschung und Resignation gewichen. Man erkennt sofort, dass er ein kranker, gebrochener Mann ist, der sich und die Welt nicht mehr versteht.

Peter begrüßt und umarmt beide. Er sagt: „Ich freue mich, dass ich euch wiedersehen darf. Vergessen sollen die Jahre des Streits und der Missverständnisse sein! Ich liebe und schätze euch beide!"

Die Gesichter beider Elternteile hellen sich auf, und nur Peter sieht, dass sein überzeugter, strenger ehemaliger Genosse Vater mit den Tränen kämpft. Um ihnen Zeit zur Fassung zu geben, wendet er sich von ihnen ab und begrüßt seine anderen Geschwister und deren Familien. Bei allen, einschließlich seiner Gastgeber Petra und Andre, zeigt sich Erleichterung in den Gesichtern. Jeder hatte sich wahrscheinlich in irgendeiner Art vor diesem Moment gefürchtet. Niemand von ihnen konnte sich so richtig vorstellen, wie dieses Wiedersehen ausgehen wird. Ganz besonders die Reaktionen der Eltern sind ungewiss.

Die Sitzordnung wurde so von der Mutter festgelegt, dass Peter neben ihr und Petra neben dem Vater sitzt. Während des Essens wurde verhalten geplaudert. Obwohl die Küche der Gaststätte sehr gut ist, kann sie mit Mutters Kaninchenrollbraten nicht mithalten. Schon allein ihre Soße ist ein Gedicht. Diese Bemerkungen der Kinder erfreuen sie, und so wurde ihr Gesicht freundlicher und zufriedener. Sie sieht aus wie ein Mensch, der feststellt, nicht alles falsch gemacht zu haben.

Nach dem Essen beginnt erst einmal der allgemeine Austausch von Informationen. Ganz besonders die Kinder betrachten Peter wie einen Exoten. Alle hatten ihn vor dem heutigen Tag noch nie gesehen und wenn, dann nur auf Bildern, auf denen er doch viel jünger aussieht.

Daniel erlöst die Geschwister vor den bohrenden Fragen der Kinder, indem er Peter direkt anspricht: „Peter, alle Kinder an diesem Tisch fragen uns, ob sie ‚Onkel Peter' sagen dürfen?"

Ehe Peter antworten kann, ruft Mario: „Ich darf ‚Onkel Peter' sagen, und der ist prima als Onkel, sage ich euch!"

Als alle lachen, läuft Mario rot an und wäre am liebsten im Boden versunken.

Peter rettet ihn davor: „Mario kenne ich nun schon ein paar Tage länger, und wir haben uns angefreundet. Stimmt's?"

Mario nickt eifrig mit dem Kopf.

„Wenn mir die zwei jungen Damen nun auch noch ihre Namen nennen, dürfen sie auch ‚Onkel Peter' sagen."

Kathrin und Claudia gehen zu ihm, geben ihm die Hand und stellen sich vor. Die Anwesenden finden das sehr schön und klatschen beiden Beifall. Damit ist wieder ein Hindernis beseitigt.

Der Vater erhebt sich und sagt zu allen: „Kinder, ihr werdet sicher verstehen, dass uns das Ganze etwas angestrengt hat. Mutter und ich würden uns deshalb etwas ausruhen wollen. Zur Vesper sind wir wieder hier. Peter, würdest du uns nach Hause fahren? Du könntest dann deine Sachen auch gleich in dein Zimmer schaffen und das Auto im Hof abstellen."

Peter nickt, und sie fahren die rund 800 Meter nach Hause.

Ehe er seine Tasche in sein Zimmer schafft, sagt Mutter zu ihm: „Peter, wir möchten heute Abend noch mit dir sprechen. Möchtest du auch?"

„Ja, Mutter." Mehr sagt er erst einmal nicht. Irgendwie fühlt er sich in der Gemeinschaft der anderen Geschwister wohler, aber eine Ablehnung hätte seine Eltern zutiefst verletzt.

Peter lässt das Auto im Hof stehen und läuft den Weg zur Gaststätte zurück. Hier warten schon alle ungeduldig auf ihn. Sie wollen gemeinsam spazieren gehen.

„Petra, wie ist denn die Übernachtung geplant?", fragt Peter.

Sie antwortet ihm: „Nach meiner Kenntnis schläfst du bei den Eltern, wir bei Antje im Haus, und Daniel mit seiner Familie wird von Kerstins Vater um 20 Uhr abgeholt."

Peter nickt. Er wird also mit den Eltern allein im Haus sein. Dann wird er von den drei Kindern in die Mitte genommen, die nun ungeduldig ihre Fragen loswerden wollen. Peter beantwortet alle, so weit er kann. Die Erwachsenen laufen in Gruppen und unterhalten sich meist über die politische Lage im Lande. Nach reichlich zwei Stunden treffen sie wieder im Gasthof ein. Vater und Mutter sitzen schon am gedeckten Tisch. Die Kellnerin bringt den Kaffee in großen Kannen. Die Kinder bekommen Kakao. Den Stollen hat Antje gebacken. Alle lassen es sich schmecken.

Nach der Vesper sagt Vater: „Wie in jedem Jahr möchten wir heute von jedem wissen, was er im letzten Jahr geschafft und erreicht hat. Dann gibt es ein kleines Geschenk. Die Enkelkinder fangen wie immer an."

Jedes Kind spricht von seinen schulischen Leistungen, die durchweg von befriedigend bis sehr gut gehen. Alle wollen sich aber weiter verbessern. Mario möchte einmal Lokführer werden,

Kathrin wie ihre Mutter Laborantin und Claudia wie Oma und Tante Petra Lehrerin.

Dann sind die Erwachsenen an der Reihe. Hier sieht aufgrund der politischen Lage im Land nicht alles so klar aus. Außer Petra sind nach Gründung der SED-PDS alle aus der Partei ausgetreten.

Peter ist über diese Äußerungen erstaunt, obwohl er selbst an der Uni zu den Ersten gehörte, die diesen Schritt gingen. Besonders verwundert ihn die teilnahmslose Haltung seiner Mutter und seines Vaters zu diesen Entscheidungen ihrer Kinder. Keine Reaktionen und Kommentare. Für ihn völlig unverständlich! Er weiß, dass Petra in den nächsten Tagen ebenfalls ihr Parteibuch abgeben wird.

Dann kamen die familiären und beruflichen Veränderungen. Davor fürchtet sich Peter am meisten.

Andre sagt, dass die Familiengröße vorerst so bleiben soll, denn Petra hat ein Direktorenstudium in Potsdam angeboten bekommen, und er arbeitet immer noch im Bahnbetriebswerk als Ingenieur.

Antje ist als stellvertretende LPG-Vorsitzende tätig, nachdem sie Mitte Juli 1989 ihren Diplom-Agrarökonom im Fernstudium abgeschlossen hat. Ihr Mann Uwe ist immer noch Hauptbuchhalter in der LPG. Sie hoffen nur, dass die Genossenschaften auch in Zukunft bestehen bleiben.

Daniel arbeitet als Diplom-Ingenieur im Konstruktionsbüro des Waggonbau Görlitz. Seine Lebensgefährtin Kerstin ist Laborantin im gleichen Betrieb.

„Und wenn ich mich doch noch entschließen sollte, zu promovieren, dann bitte ich meinen großen Bruder um Hilfe", sagt Daniel abschließend.

Alle Blicke richten sich sofort auf Peter. Dem ist die Bemerkung Daniels gar nicht recht. Aber nun ist er an der Reihe. Von ihm erwartet man aber nicht nur das letzte Jahr, sondern die letzten neun Jahre!

Peter überlegt kurz. Dann beginnt er: „Verheiratet bin ich nicht, deshalb kann ich hierzu nichts sagen. Beruflich, ja! Ich bin Sektionsdirektor an der Universität in Greifswald. Im letzten Jahr bin ich Mitte September im Ministerium in Berlin zum Professor ernannt worden. Das war es eigentlich schon. Mehr gibt es über mich nicht zu berichten, außer dass ich mit der Staatssicherheit oder dem jetzigen Amt für Nationale Sicherheit seit Jahren auf Kriegsfuß stehe."

Alle blicken auf Peter. Die Kinder staunen. Jetzt haben sie einen Professor in der Familie, und der sieht nicht anders aus als ihre Eltern.

Die Erwachsenen schauen überrascht, aber auch achtungsvoll. Antje sagt plötzlich zu ihm: „Peter, hast du das Lehrbuch ‚Die wirtschaftliche Organisation in der Landwirtschaft' geschrieben?"

„Ja", antwortet er.

„Dann halte uns hier nicht so kurz. Was hast du zwischen 1980, als ich dich das letzte Mal sah, und heute alles gemacht? Sag es uns bitte", setzt Antje noch hinzu.

Nur gut, dass sie nicht nach Martina gefragt hat. Jetzt werde ich allen den beruflichen Weg beschreiben. Und Peter beginnt 1981 mit dem Aufbau seiner Abteilung in der AIV Grimmen. Er erzählt ihnen, dass er trotz der vielen und für ihn ungewohnten wissenschaftlichen Arbeit in der Landwirtschaft seinen zweiten Doktorgrad an der Universität in Greifswald 1982 verteidigt hat. „Da ich denen im Wissen nicht nachstehen wollte, die in ihren Landwirtschaftlichen Produktionsgenossenschaften oder Agrochemischen Zentren oftmals mehr wussten als ich, nahm ich an einem postgradualen Studium an der Sektion Landwirtschaft in Greifswald, Stralsund und Rostock von 1982 bis 1987 teil. Abgeschlossen habe ich das Studium als Doktor der Agrarwissenschaften. Jetzt erst fühlte ich mich den Genossenschaftsbauern gegenüber gleichwertig.

Durch meine Fremdsprachenkenntnisse musste ich meinen damaligen Chef, Dr. Bernd Schulze, oft ins Ausland begleiten. Ich war deshalb schon in der Sowjetunion, Cuba, Frankreich und Spanien. Nur nach Großbritannien, Kanada und die USA wurde ich nicht gelassen. Aber eben dort interessieren mich seit vielen Jahren die Großviehhaltung und die Großflächenbewirtschaftung, dabei ganz besonders das Management und die Leitung.

Leider konnte ich meine neu erworbenen Kenntnisse nicht sehr lange in der AIV zur Anwendung bringen. Noch im Jahr meiner Promotion wurde ich als Dozent an die Universität Greifswald berufen. Seit 1987 bin ich Sektionsdirektor und seit einem halben Jahr ordentlicher Professor. Mehr ist nicht passiert", endet Peter

Nach Peters Ausführungen ist erst einmal Schweigen angesagt.

Das hat niemand erwartet. Vater und Mutter schauen stolz auf ihren Großen.

Peter wurde das Schauen und das Schweigen langsam peinlich. Deshalb sagte er: „Jeder von uns hat in diesen neun Jahren an seinem Arbeitsplatz etwas geleistet. Die Arbeit hat ihm mehr oder weniger gefallen. Ich habe in dieser Zeit viel gelernt und versucht, das angeeignete Wissen an andere, insbesondere Studenten, weiterzugeben, wie jeder Lehrer es tut. Und so betrachtet mich nicht als Professor Doktor und so weiter, sondern als euren Sohn, Bruder, Schwager und Onkel. Klar, Claudia und Kathrin?", sprach er die beiden Mädchen direkt an.

Diese nicken eifrig, sodass ein Lächeln über die Gesichter der meisten Anwesenden huscht.

Damit ist der Damm endgültig gebrochen. In den nächsten Stunden wollten alle seine Geschwister einmal mit Peter sprechen. Jeder von ihnen lud ihn zu einem Besuch ein. Peter sagt zu, kann aber keine konkrete Zeit versprechen. Morgen bleibt er noch bei Petras Familie und am Mittwoch muss er wieder nach Grimmen fahren. Sie tauschen die Telefonnummern und die Adressen aus.

Gegen 20 Uhr löst sich die Runde auf. Peter verabschiedet sich von Daniel und seiner Familie, die abgeholt werden. Er läuft mit Vater, Mutter, den Schwestern und ihren Familien nach Hause. Am Tor des Elternhauses verabschieden sie sich. Seine Eltern und er gehen ins Wohnzimmer. Mutter holt Bier, Wein, Saft und „Klosterbruder" auf den Wohnzimmertisch.

Peter staunt: „Wo gibt es denn den ‚Klosterbruder' noch?"

„Nur durch Beziehungen und eiserne Reserven, Peter", antwortet seine Mutter.

Sie erheben die Gläser und stoßen an. Vater hat sich wegen seines Herzens Saft eingefüllt. Peter trinkt Landskron Bier. Es schmeckt alles nach Heimat. Erst jetzt merkt er so richtig, was ihm in der Ferne gefehlt hat.

Seine Mutter eröffnet die Gesprächsrunde, eingangs mit zögerlicher Stimme, aber dann immer sicherer werdend: „Peter, wir beide, Vater und ich, freuen uns ganz sehr, dass du zu uns gekommen bist! Ich möchte mich deshalb jetzt bei dir für das, was ich dir vor neun Jahren an den Kopf geworfen habe, entschuldigen. Es war falsch und töricht, was ich damals über deine Freundin gesagt habe, nur weil sie aus dem Westen ist. Es hat mir in all den Jahren sehr leid getan, aber ich muss auch zugeben, dass ich zu verbohrt und stolz an diese sozialistische Moral geglaubt habe, vor allem an das, was man uns Monat für Monat im Parteilehrjahr gesagt hat. Aber das entschuldigt nichts, denn ich habe auch einen Kopf zum Denken. Häufig haben wir mit Vater darüber gesprochen, oftmals hatten wir den Telefonhörer in der Hand, um dich anzurufen, aber wir haben unseren Stolz nicht überwinden können. Verzeihe uns!"

„Mutter, ihr braucht euch nicht zu entschuldigen. Auch ich hätte euch anrufen können, aber auch mich haben falscher Stolz und anfangs auch ein gewisser Zorn zurückgehalten. Ich glaube, dass wir uns gegenseitig nichts vorzuwerfen haben. Die Zeiten und Verhältnisse waren damals andere als heute. Deshalb schlage ich vor, wir vergessen die ganze Angelegenheit. Ich bin meiner kleinen Schwester Petra so dankbar, dass sie mich hierher geholt hat. Dadurch konnte ich heute alle Mitglieder meiner Familie auf einmal wiedersehen und vor allem die Familien meiner Geschwister kennenlernen. Ihr könnt euch nicht vorstellen, wie froh ich bin, mit all den neuen Familienmitgliedern so gut hinzukommen. Also für mich ist der heutige Tag einer der schönsten der letzten Zeit in unserer Familie", sagt Peter.

Er bemerkt, wie mit jedem Wort die Gesichter seiner Eltern entspannter wirken. Aber auch er überwindet langsam seine innere Anspannung.

„Sag mal, Peter, woher wusstest du damals von Karlas Kind?", fragt sein Vater plötzlich.

„Von Karla selbst! Ich habe sie im Konsum getroffen. Sie sah sehr schlecht aus. Ich fragte sie, wie es ihr geht und warum sie so krank aussieht. Daraufhin sagte sie mir, dass sie ein Kind erwarte. Durch Petra habe ich jetzt erst erfahren, von wem." Auch das Problem ist geschafft, Peter atmet durch.

„Peter, die Sache wird noch schlimmer. Dass Harald der Vater ihres Kindes ist, war schon peinlich genug für uns. Aber was dann folgte, war eine Ursache zu meinem späteren Herzinfarkt", sagt sein Vater. „Als unser in Anführungszeichen ‚Freund Siegfried' davon erfuhr, forderte er das Gleiche wie seine Tochter. Harald soll sich scheiden lassen und Karla heiraten.

Der Lump lehnte natürlich ab, denn ein so schönes Leben, wie er es bei unserer gutmütigen Antje hat, hätte er bei ihr nicht gehabt. Und das wusste er. Karla hat nämlich Haare auf den Zähnen, musst du wissen. Das hat sie von ihrem Vater geerbt, der immer alles bekommt, was er haben will.

Daraufhin attackierten Karla und ihre gesamte Sippschaft Antje. Das ging so weit, dass mich Siegfried in einer Parteileitungssitzung mit den Worten angriff, was ich eigentlich als leitender Genosse für eine Familie hätte, er würde das jetzt der Kreisleitung wegen der sozialistischen Moral melden.

Ich erlitt wenige Stunden danach einen Herzanfall und war ein gutes halbes Jahr krank. In dieser Zeit schaffte er es, mich aus der Parteileitung abwählen zu lassen, und meinen Posten als Werkstattleiter habe ich auch verloren. Es hieß immer, nur um mich zu schonen. Ich habe bis zur Rente als Schlosser und Fahrer gearbeitet. Als im September die Austrittswelle aus der Partei begann, habe ich Siegfried als Erster unserer Parteiorganisation mein Parteibuch vor die Füße geworfen und gesagt: ‚Wir rechnen noch ab, mein Freund.' Leider hatte ich nach dem Mauerfall den nächsten Herzanfall und ich glaube, noch einen Infarkt überlebe ich nicht!"

Vater sitzt nach diesen Worten schwer atmend im Sessel.

Mutter holt schnell sein Spray aus der Tasche und gibt ihm zwei Schübe. Peter hat ruhig und aufmerksam zugehört. Jetzt sieht er, wie krank sein Vater ist. Dieser Siegfried passt nicht in das Stasi-Bild, das Peter kennengelernt hat. Hier steckt jemand anderes dahinter.

Peter lehnt sich vor. „Vater, ich verspreche dir, mit meinen Freunden so lange zu suchen, bis ich den eigentlichen Drahtzieher dieser Geschichte finde. Dann wird abgerechnet, auch mit diesem falschen, egoistischen Freund Siegfried. Die zwei, die mir die vorzeitige Heimreise aus Berlin beschert haben, sind gefunden. Der mich in Potsdam um meine Dienststellung gebracht hat, ist ebenfalls entlarvt, und der Spitzel von Rügen weiß noch nichts von seinem Glück, aber bald schnappt die Falle zu!", sagt Peter mit fester Überzeugung in der Stimme.

Sein Vater nickt mit dem Kopf. Ihm geht es wieder besser.

„Es ist schon ziemlich spät. Aber um eins bitte ich dich noch, Peter. Du hast heute Nachmittag gesagt, du bist nicht verheiratet", fragt ihn plötzlich seine Mutter.

„Das stimmt, Mutter", sagt Peter. Auf diesen Moment und seinen Ausgang wartet er schon den ganzen Tag. Jetzt ist es so weit.

„Was ist aus dieser Frau geworden?", fragt seine Mutter.

„Wollt ihr das wirklich wissen? Ich möchte niemanden aufregen", sagt Peter seiner Mutter und seinem Vater.

„Ja, Peter, es interessiert uns schon einige Jahre. Du warst damals so überzeugt von dieser Frau, dass ihr nie voneinander lassen werdet! Hat diese Liebe trotz der gesellschaftlichen Unterschiede und der bestehenden Grenze gehalten?", fragt seine Mutter sehr interessiert.

„Die Liebe hat gehalten und ist heute fester denn je. Martina von Holsten ist wie Petra und Daniel 34 Jahre alt. Zurzeit ist sie an einer Fachhochschule in Kiel als Direktor der Sektion Wirtschaftsrecht tätig. Sie ist Doktor habil. der Rechtswissenschaften, insbesondere des Wirtschaftsrechts", sagt Peter und reicht seinen Eltern das letzte Foto, das er von Martina hat.

Beide schauen sich das Bild an. Sie nicken anerkennend.

Mutter sagt: „Donnerwetter, ist die Frau aber hübsch. Und diese sanften Augen. Peter, ich bin total überrascht!"

Sein Vater bekräftigt Mutters Worte.

„Ich freue mich, über eure Äußerung zu Martina. Nun möchte ich euch noch etwas zeigen. Das sind eure Enkelkinder!" Peter hält inne. Er schaut auf die Reaktion seiner Eltern, besonders seines Vaters. Aber beide schauen erwartungsvoll und ohne Beunruhigung.

So spricht er weiter: „Das ist Luciano und das ist Sophia. Beide sind 15 Jahre alt und lernen mit sehr guten Leistungen am Gymnasium in Schleswig. Dieses kleine Mädchen ist Melanie, gerade mal acht Jahre alt, und besucht die Grundschule in Borgwedel mit eben solch guten Leistungen. Alle drei Kinder wurden von ihrem Großvater verstoßen, weil sie ‚Bastarde' eines Kommunisten aus dem Osten sind. Deshalb muss ich euch sagen, dass ich meine Kinder bisher noch nie umarmt, geküsst oder gestreichelt habe. Die Erziehung, das Streicheln und das Küssen hat bisher Martina für mich übernommen, ohne dass sie es wissen.

Martinas Vater und ihren Bruder habe ich vor vier Jahren bei einer Konferenz in Timmendorfer Strand kennengelernt, ohne dass beide wissen, wer vor ihnen stand. Wenn alles gut geht, werde ich vielleicht Silvester meine Kinder das erste Mal in meinem Leben sehen", endet Peter.

Lange sprechen sie noch über Peters kleine Familie, aber auch über Onkel Karls Tod. Gegen 24 Uhr gehen sie alle irgendwie erleichtert ins Bett.

Am nächsten Tag gegen 16 Uhr reisen Petra, Andre, Mario und Peter gemeinsam nach Zittau zurück. Vorher haben alle einschließlich der Eltern noch bei Antje und ihrer Familie gevespert. Auch ihnen musste er zum Abschied versprechen, sie bald wieder zu besuchen und, was nun kein Geheimnis mehr war, seine ganze Familie mitzubringen.

Peter übernachtet noch bei Petra und Andre. Am nächsten Morgen fährt er nach Grimmen zurück, glücklich, dass die erste Hürde, der Streit mit seinen Eltern, genommen wurde.

Er übernachtet in Berlin, um noch für Martina, die Kinder, Ole und seine Frau kleine Geschenke einzukaufen. Dann geht es erst einmal nach Grimmen.

Hier nimmt Peter, nachdem er seine Wohlfühl-Klamotten angezogen und seine schmutzige Wäsche der letzten Tage in die Waschmaschine gesteckt hat, seine Aufzeichnungen vom 11. November 1989 in die Hand. Jetzt setzt er hinter das Kästchen seiner Eltern und auch das seiner Geschwister einen dicken Haken. Erleichtert und unverhofft hat er die erste Hürde übersprungen!

Nun kommen die größeren Hindernisse am 30. Dezember 1989 und die Tage danach. Was wird seine Familie das erste Mal in Borgwedel zu ihm sagen?

*

Das erste Mal hat das Telefon mit Oles Geheimnummer geklingelt, und Peter war an der anderen Seite. Bisher haben diese Nummer nur seine Freunde aus Berlin genutzt. Martina, Ole und Grit sitzen danach noch zusammen. Martina fühlt sich nach Oles Einladung für Peter nicht so recht wohl, obwohl sie seit unendlicher Zeit auf den Besuch von Peter wartet. Sind die Kinder schon so weit? Grit und Ole versuchen, sie zu beruhigen.

„Martina, Silvester ist der Tag des Feierns und der Fröhlichkeit. Da nehmen die wenigsten ein Blatt vor den Mund. Jemanden zu beleidigen oder abzuweisen, fällt an diesem Tag aus. Es wird nicht die Vereinigung deiner gesamten Familie, aber ein Anfang eures Zusammenlebens einschließlich der drei Kinder. Du musst nur aufpassen, dass die Freude über die neue Lebensqualität nicht zur ungewollten Vergrößerung der kleinen Familie führt", sagt Ole mit einem verschmitzten Lächeln.

„Das wird nicht passieren, ich nehme die Pille", sagt Martina und wird rot im Gesicht, als sie merkt, welch intime Information sie soeben preisgegeben hat. „Du bringst mich immer durcheinander, Onkel Ole! Das wollte ich überhaupt nicht sagen", entschuldigt sich Martina.

„Solange du uns und Peter etwas sagst, bleibt es grundsätzlich unser gemeinsames Geheimnis", antwortet Ole ernsthaft.

„Martina, Grit und ich, wir haben in den letzten Wochen vieles mit den Kindern unternommen, auch viele Gespräche geführt. Besonders schwierig ist es mit den beiden Großen. Sie wollen nicht glauben, dass sie plötzlich einen leiblichen Vater haben könnten. Du hast ihnen gesagt, dass er kurz vor der Geburt tödlich verunglückt ist. Melanie kann die ganzen Zusammenhänge überhaupt noch nicht einordnen, deshalb freut sie sich auf ihren Papa. Die Zwillinge sind fast erwachsen, und so kam die sofortige Entgegnung von Luciano: ‚Haben wir 15 Jahre lang keinen Vater gehabt, brauchen wir den ‚Kommunisten' jetzt auch nicht'. Dann ließ er mich stehen.

Martina, das heißt für Grit und mich, dass deine Ältesten wahrscheinlich schon länger wissen, dass ihr Vater lebt. Von wem, können wir uns sicher alle drei denken! Deine Aufgabe muss es in den nächsten Tagen sein, besonders Luciano für dich und Peter zu gewinnen. Er wird der härteste Brocken für euch. Es könnte auch sein, dass er versucht, seine Zwillingsschwester auf seine Seite zu ziehen. Mach ihm klar, dass wir, Grit und ich, Peter in ‚unser' Haus eingeladen haben und du ihn nicht in ‚eure' Wohnung. Sag das deinen Großen. Wir werden auf alle Fälle das Fremdenzimmer pro forma vorbereiten. Ich hoffe, dass es ungenutzt bleibt, und wenn es genutzt wird, dann nur durch Peter und dich! Alles klar?"

Martina hat verstanden und geht in ihre Wohnung im Obergeschoss zurück. Sophia ist zu Hause und sitzt vor dem Fernseher.

Martina will sie zuerst nicht stören, fragt aber dann doch: „Wo ist Luciano, Sophia?"

„Ich glaube, der ist mit Onkel Arnim unterwegs", antwortet sie, nimmt die Beine von der Sessellehne und geht zu ihrer Mutter an den Tisch. Sie blickt ihr ins Gesicht und sieht, dass sie sorgenvoll vor sich hinschaut. „Mama, was ist mit dir los? Seit du im November aus der DDR zurückgekommen bist, wirkst du so verändert! Ist es wegen unseres plötzlich von den Toten auferstandenen Vaters? Onkel Ole hat uns so etwas angedeutet", sagt Sophia ohne eine Regung in der Stimme. „Warum hast du uns nie von ihm erzählt?"

Martina blickt ihrer Tochter tief in die Augen und versucht herauszubekommen, welche Wirkung Oles Nachricht bei ihr hinterlassen hat. Dann sagt sie: „Sophia, es stimmt, was euch Onkel Ole angedeutet hat. Euer Vater ist nicht tödlich verunglückt, sondern er lebt. Er ist auch der Vater von Melanie. Anfang November war ich bei ihm. Wir haben an diesem Abend über die neue politische Situation gesprochen und die Möglichkeiten abgewogen, dass ihr ihn und er euch endlich kennenlernen müsst!"

„Mama, hast du vielleicht ein Bild von ihm?", unterbricht Sophia ihre Mutter.

Martina steht auf und geht zum Sekretär. Sophia holt in der Zwischenzeit eine Cola und Mamas Lieblingswein aus der Küche. Dem Schrank entnimmt sie zwei Gläser. Ihre Mutter hat dem Safe ein Bild entnommen und legt es vor Sophia hin. Peter ist in Postkartengröße in seinem geliebten dunkelblauen Anzug, weißen Hemd und Schlips abgebildet.

„Der sieht aus wie Luciano", entfährt es Sophia erstaunt.

„Das stimmt. Wie du mir ähnlich siehst, Sophia, sieht Luciano Peter ähnlich", antwortet Martina ein wenig erleichtert.

„Erzähl mir bitte von euch! Bisher habe ich nichts Gutes gehört", sagt ihre Tochter.

„Wie meinst du das, ‚nicht viel Gutes gehört'?", fragt Martina.

„Nun, von Onkel Arnim und Opa", antwortet Sophia etwas erstaunt über die Frage ihrer Mutter.

Also haben die Herren doch schon lange die Gelegenheit genutzt, die Kinder gegen uns aufzuhetzen.

„Sophia, du sollst die Erste von unseren Kindern sein, die unsere Geschichte und vor allem die Wahrheit erfährt. Ich habe euren Vater 1973 bei einem Festival in Berlin kennengelernt. Wir haben uns auf den ersten Blick ineinander verliebt. Eine Freundin von mir hat das deinem Opa gesteckt, der mich sofort in Berlin abholte. Zu Hause wurde am gleichen Abend Familienrat über mich gehalten. Dabei wurden Peter und ich von allen auf das Hässlichste beschimpft. Als dann auch noch meine Schwangerschaft bekannt wurde, ich war damals 18 Jahre jung, warf mich dein Opa auf die Straße. Onkel Ole und Tante Grit nahmen mich und euch auf, später dann auch Melanie. Deshalb wohnen wir auch hier und nicht im Gutshaus", endet Martina.

„Mama, Melanie wurde aber erst 1981 geboren. An eine Fremdbestäubung wie bei den Blumen glauben wir schon lange nicht mehr", sagte Sophia mit einem Lächeln.

Beide mussten erst einmal herzlich lachen.

„Nein, Sophia, Melanie ist auf dem natürlichen Wege in einer gemeinsamen und sehr schönen Liebesnacht entstanden. Als ihr beiden geboren wurdet, hat euer Großvater nicht einmal den Weg ins Krankenhaus gefunden. Er wollte die ‚kommunistischen Bastarde' nicht sehen, wie er mir ausrichten ließ! Deshalb habe ich euch und allen anderen Bekannten auch gesagt, euer Vater sei tödlich verunglückt. Ich wollte nicht, dass ihr in der KITA oder der Schule mit dem ‚Kommunisten' gehänselt und verleumdet werdet, der gar keiner ist.

Nun zu Melanie: Als ich meinen Diplom-Juristen geschafft hatte, trotz euch ‚Quälgeistern', begann ich, an meiner Doktorarbeit zu schreiben. Um Informationen zur Organisation in der Wirtschaft der DDR zu erfahren, machte ich eine sechswöchige Studienreise nach Potsdam an das Institut für Leitung und Organisation. Dort stand euer Vater plötzlich vor mir. Er war dort beschäftigt. Erst gingen wir sehr vorsichtig miteinander um, weil er von der Staatssicherheit beobachtet wurde. Doch dann fuhren wir an einem verlängerten Freiwochenende auf die Insel Rügen in das Wochenendhaus seines Onkels.

Hier erfuhren wir Erstaunliches voneinander. Ich hatte Peter 1973 einen Abschiedsbrief mit meiner Adresse im Hotel hinterlassen. Aber es kam nie ein Antwortbrief von ihm an. Denn, wie Onkel Ole herausfand, die Dienst- und Privatpost der Familie von Holsten wurde im Sekretariat der Firma gesammelt und verteilt.

Normalerweise hätte man meine Briefe an Onkel Ole weiterleiten müssen. Das passierte aber nicht. Eine Mitarbeiterin war von Opa angewiesen worden, alles, was von Peter Weseck ankommt, an ihn weiterzuleiten. Das hat sie auch die ganzen Jahre getan.

Dieses Wochenendhaus ist so schön und die Insel Rügen erst, dass ich mir traute, Peter mitzuteilen, dass wir Zwillinge miteinander haben. Als dieser große, starke Mann nach der Nachricht in Tränen ausbrach und sich freute wie ein kleines Kind, zeugten wir, genauso unbewusst wie 1973 euch beide, Melanie. Peter ist 38 Jahre alt und ich 34. Wir haben also noch ein ganzes Leben vor uns, obwohl man uns 16 Jahre unseres Lebens gestohlen hat und wir uns in dieser Zeit erst viermal gesehen haben! Das ist die Wahrheit, Sophia, und wer etwas anderes erzählt, der lügt!", endet Martina.

„Das glaube ich nicht. Mir sind andere Fakten bekannt!", kommt es plötzlich von der Zimmertür.

Mutter und Tochter drehen sich um. An den Türrahmen gelehnt, steht Luciano. Trotz des plötzlichen Auftauchens des Herrn Sohns und Bruder fassen sich beide sehr schnell.

Sophia reagiert am schnellsten. „Setz dich zu uns und quatsche keinen Stuss aus dem Hintergrund!"

Luciano zögert, geht aber zum Kühlschrank in der Küche und holt sich ebenfalls eine Cola. Dann setzt er sich an den Tisch.

Martina fragt: „Luciano, wo kommst du jetzt um 23 Uhr her?"

„Kein Problem, Mama! Ich war mit Onkel Arnim in Kiel unterwegs", antwortet er gelangweilt.

„Warst du da, wo Onkel Arnim immer hingeht, wenn er in Kiel ist?", fragt Martina.

„Ja", antwortet Luciano ganz sicher und unbefangen.

„Also im Puff! Musstest du die Nutte selbst bezahlen, oder hat das dein sauberer Onkel übernommen?", fragt Martina.

Da Luciano etwas benommen ist, antwortet er auf ihre Fragen. „Das Mädchen hat Onkel Arnim übernommen. Er bekommt da wohl Rabatt. Die Getränke habe ich selbst bezahlt", antwortet Luciano teils undeutlich.

„Wie oft warst du schon dort?", fragt Martina.

„Diesen Monat jede Woche", lallt Luciano und fängt an einzuschlafen.

„Nicht schlafen, mein Sohn, wer gibt dir das Geld für diese Ausflüge?", will Martina wissen.

„Das meiste Geld bekomme ich von Opa und den Rest von Onkel Arnim. Lasst mich jetzt in Ruhe. Ich will schlafen gehen." Er steht auf und wankt aus dem Zimmer.

„Darüber ist noch nicht das letzte Wort gesprochen, mein Sohn!", ruft Martina ihm nach, lauter als es ihre Art ist.

Sie füllt ihr Weinglas und stößt mit ihrer Tochter an. Sophia ist völlig überrascht, von dem, was sie soeben gehört hat. Martina ist trotz ihrer Erschütterung über das Gehörte nach außen hin relativ ruhig. Sie nimmt ihre Große in den Arm und streicht ihr über das Haar. Beide sind im Moment nicht in der Lage, über das eben Gehörte weiterzusprechen. Dann gehen sie schlafen.

Martina liegt in ihrem Bett und überlegt, wie sie mit Luciano weiter umgehen soll und wie sie die Kinder auf die direkte Begegnung mit ihrem Vater vorbereitet. Fakt ist, ihrem Bruder Arnim ist es gelungen, Luciano in den Sumpf zu ziehen. Ihr eigener Vater unterstützt das Ganze mit seinem Geld. Verdammt! Hier brauche ich unbedingt Peters Hilfe, denn da ist …!

Leise klopft es an ihre Tür. Zuerst denkt sie an Melanie, die nicht schlafen kann und zu Mami ins Bett will.

„Mama, kann ich zu dir kommen? So kann ich nicht schlafen", sagt Sophia in der Tür stehend. Ihr Nachthemd ist genauso kurz wie Martinas 1980, ihr Höschen ebenso knapp, und die kleinen Brüste unter dem Hemd nehmen die gleiche Form an wie die ihrer Mutter.

„Komm, ich kann auch nicht alleine schlafen", antwortet Martina.

Sophia springt zu ihr ins Bett.

Martina sagt, nachdem sie sich aneinandergekuschelt haben: „Würdest du dich freuen, wenn dein Vater am nächsten Sonnabend hier her zu Onkel Ole käme und ein paar Tage bleiben würde?"

„Ja, Mama, auch für dich. Es muss doch endlich einmal ein glückliches Familienleben für uns geben", antwortet sie. „Dazu gehört ein Vater! Weißt du, ich bin gespannt, was er für ein Mensch ist. Ein Mann, der 16 Jahre eine Frau liebt und sie nur viermal sehen durfte, der muss etwas ganz Besonderes sein."

Martina freuen Sophias Worte und machen sie sehr glücklich. „Das ist er auch. Ein feiner, lieber Mensch. Er wird euch auch ein guter Vater sein!"

Dann schlafen sie beide ein. Sophia träumt in der folgenden Nacht von ihrem Papa und wie sie ihn stolz ihren Freundinnen vorstellen wird.

Das Weihnachtsfest verläuft wie alle Jahre. Martinas Vater überweist ihr einen Geldbetrag auf ihr Konto. Davon soll sie sich und den Kindern etwas kaufen. Sie bedankt sich wie immer höflich bei ihm, wenn sie und die Kinder Heiligabend ihre Geschenke zu ihm bringen. Martina und die beiden Mädchen gehen nach kurzer Zeit wieder zu Onkel Ole und Tante Grit. In deren großem Wohnzimmer knackt das Kaminfeuer, und eine gemütliche Atmosphäre ist vorhanden. Leise klingen Weihnachtsweisen. Nach der Bescherung gibt es Pute und danach dampfenden Punsch.

Jeder sitzt auf seinem Platz und ist mit seinen Gedanken beschäftigt. Martina ist über Lucianos Verhalten verärgert, der einfach bei seinem Großvater geblieben ist. Was wird Peter jetzt machen?

„Martina, nächsten Samstag ist es endlich so weit. Hat sich Peter nochmals gemeldet?", fragt Ole plötzlich.

„Nein, gemeldet hat er sich nicht mehr. Meines Wissens nach ist er morgen mit seinen Geschwistern und deren Familie bei seinen Eltern. Dort soll es ebenfalls eine Versöhnung geben, mehr weiß ich nicht", antwortet ihm Martina.

„Ist unser künftiger Vater mit seinen Eltern zerstritten?", fragt plötzlich Sophia.

„Ja", erwidert ihr Martina. „Dazu muss man aber wissen, warum! Nach den Vorstellungen seiner Eltern sollte er die Tochter eines Freundes seines Vaters heiraten. Es sollte eine richtige ‚sozialistische Parteihochzeit', oder wie das heißt, werden. Weihnachten 1980, wenige Wochen nach unserem Treffen auf Rügen, fragte ihn seine Mutter, ob er immer noch Kontakt zu der Westdeutschen hat. Er bejahte die Frage und fügte hinzu, dass uns nichts und niemand auseinanderbringen wird. Seine Mutter versuchte, unsere Beziehung als ‚sexuellen Ausrutscher einer sozialistischen Persönlichkeit' abzutun. Daraufhin hat Peter seine Sachen gepackt und ist abgefahren. Seitdem hat er seine Eltern und seine Geschwister nicht mehr gesehen. Vor einigen Tagen hat ihn seine Schwester, übrigens auch ein

Zwilling, zur Versöhnung nach Zittau eingeladen."

„Mama, dann wissen seine Eltern und Geschwister auch nichts von uns drei Kindern?", schlussfolgert Sophia.

„Nein", sagt Martina.

Schweigsam und nachdenklich sitzen alle im Wohnzimmer, bis Melanie plötzlich sagt: „Da ist Onkel Peter ganz allein. Die Eltern sprechen nicht mit ihm, die Geschwister nicht und uns kennt er auch nicht. Da muss er ganz traurig sein!"

Erst schauen sich alle verwundert an, dann aber lachen sie herzlich und befreit von dieser düsteren Situation. Melanie beginnt zu weinen und rennt aus dem Zimmer. Sie fühlt sich ausgelacht. Ehe Martina sich die Tränen vom Lachen aus den Augenwinkeln gewischt hat, ist Onkel Ole aufgestanden und aus dem Zimmer gegangen. In ihrem Zimmer vor dem Meerschweinchenkäfig findet er Melanie. Er nimmt sie hoch und trägt sie hinunter. Martina setzt sie auf ihren Schoss.

Melanie fasst wieder Mut und sagt: „Das ist doch so! Wir haben uns alle lieb und sind immer zusammen. Onkel Peter hat aber niemanden!"

„Schnecke, das ist nicht so. Papa hat Mama und ab nächster Woche uns alle hier. Der Onkel Peter ist unser Papa, verstehst du das?", spricht Sophia ehe Martina etwas sagen kann.

„Stimmt das, Mami?", fragt die Kleine noch etwas misstrauisch.

„Ja, Schnecke, wenn euer Papa nächste Woche das erste Mal hierherkommt, werden wir uns dann häufiger sehen und später vielleicht alle zusammenwohnen", beendet Martina das Thema.

Melanie möchte noch mit ihren neuen Spielsachen spielen und zieht sich in ihr Zimmer zurück. Aus dem Radio ertönen Weihnachtsmelodien. Sophia und Martina rücken auf der Couch zusammen.

Ole sagt zu seiner Grit: „Schau nur, die beiden jungen Damen. Martina ähnelt immer mehr der Donna und Sophia ihrer Mutter. Ich glaube, Peter hat auf jeden Fall Mutter und Tochter verdient."

„Obwohl ich ihn noch nie gesehen habe, aber nach den vielen Beschreibungen von dir hast du auf jeden Fall recht", antwortet Grit.

Die nächsten Tage vergehen wie im Flug. Die Frauen, Mädchen und Ole beraten, wie der Empfang für Peter aussehen soll.

Dann wird als Erstes eine Garage von Gerümpel befreit, damit er sein Auto einstellen kann. Zwischen Martina und Luciano gibt es eine harte Auseinandersetzung, in deren Ergebnis er seine Sachen packt und zu Opa zieht. Na, warte nur ab, die laute Musik hält Vater nicht lange aus, und der hat weniger Geduld als Onkel Ole! Etwas hat sie aus ihm herausbekommen. Ihr Vater und sein Onkel Arnim planen eine Schweinerei, um Peter als ‚ostdeutschen Nichtsnutz und Bauern' bloßzustellen. Aber was, hat er nicht verraten! Sie spricht mit Onkel Ole darüber. Er sagt, dass sie wachsam sein müssen. Kurze Zeit später ruft er seine Freunde in der DDR an.

Am 28. Dezember geht der Regen in Schnee über, und sie haben die schönste Winterlandschaft. Hoffentlich wird es nicht zu glatt. Peter fährt zwar das letzte Modell des Lada, aber ob die so gute Winterreifen in Russland haben wie wir? Martina macht sich nicht nur darüber Gedanken. Was unternehmen wir in den Tagen? Und ganz besonders einer jungen, hübschen Frau entsprechend, was ziehe ich an?

Obwohl Peter die wenigsten Kleider aus ihrem Schrank kennt, fährt sie mit Sophia und Melanie nach Kiel zum Einkauf. Den beiden jungen Damen geht es genauso wie ihrer Mutter, sie haben nichts anzuziehen! Luciano kommt nach dem zweiten Weihnachtsfeiertag ganz höflich, um sich zu entschuldigen, gleichzeitig fragt er, ob er mit Opa in die DDR fahren darf. Am Samstag ist er auf jeden Fall zurück. Martinas weiches Herz sagt: „Ja."

Da Ole dem Vorhaben des Alten von Holsten nicht traut, informiert er auch in diesem Fall seine Freunde in der DDR. Peter gibt er per Telefon eine andere Anfahrtsrichtung an. Dieser bestätigt und verspricht, sehr aufmerksam und vorsichtig zu sein.

Am 30. Dezember 1989 warten Martina und Ole in seinem BMW am Marktplatz in Borgwedel. Nach ihren Berechnungen müsste Peter gegen 11 Uhr eintreffen. Kurz nach elf fährt ein blauer Lada mit Rostocker Kennzeichen auf den Parkplatz. Ole und Martina bleiben im Auto und beobachten, ob Peter jemand folgt. Sie erkennen nichts. Ole fährt an Peters Auto heran. Martina gibt ihm ein Zeichen, ihnen zu folgen. Er versteht, und beide Wagen fahren in Richtung Gut, biegen aber einige Hundert Meter davor ab und fahren zum Haus von Ole. Ein Mischwald versperrt seit eh und je die Sicht zur Straße. Durch ein großes, steinernes Bogentor fahren sie in den

Hof. Kaum haben die Fahrzeuge angehalten, öffnen sich die Türen, und schon fallen sich Martina und Peter in die Arme. Beide küssen sich, umarmen sich und möchten einander nicht mehr loslassen. Peter wirbelt Martina um sich herum, dass ihr schwindlig wird.

Dann begrüßt er noch ganz außer Atem Ole. Hinter den Fenstern erkennt er drei Gesichter: ein Mädchengesicht, ein Gesicht einer jungen und einer älteren Frau.

Nur das Gesicht eines jungen Mannes fehlt!

*

Ole und Peter gehen zum Lada und nehmen zwei Taschen aus dem Kofferraum. Danach fahren beide ihre Autos in die Garagen, verschließen sorgfältig die Tore und gehen mit dem Gepäck ins Haus.

Ole fragt: „Peter, möchtest du vielleicht erst dein Zimmer beziehen und dich ein wenig frisch machen?"

„Das wäre sehr schön. Auf alle Fälle möchte ich aus meinen Jeans heraus. Zum Autofahren sind sie sehr bequem, aber jetzt möchte ich eine Stoffhose und ein anderes Hemd anziehen", antwortet er.

„Na, da gehe ich den anderen Damen helfen, das Mittagessen vorzubereiten, und Martina hilft dir aus der Hose", sagt er mit einem verschmitztem Lächeln im Gesicht.

Martina errötet leicht, greift sich schnell eine Tasche und geht voraus. Jetzt ist das Kribbeln in ihrem Bauch wieder da.

Peter schließt die Tür hinter sich und steht im Zimmer. Sie küssen sich ein zweites Mal. Peter drückt Martina ganz fest an sich, als möchte er sie nie mehr loslassen.

„Tina, ich liebe dich und kann es noch nicht fassen, bei dir zu sein. Jetzt wird endlich alles gut!" Nach einem weiteren Kuss lässt er sie wieder los.

Martina steht nach wie vor sprachlos vor ihm. Sie kann einfach die neue Situation noch nicht fassen. Nach einer Weile sagt sie: „Peter, wir werden die glücklichste Familie der Welt. Das sagt mir mein Kribbeln im Bauch. Aber der Weg bis dahin ist noch sehr weit!"

Er legt ihr seine Arme auf die Schultern. Mit der rechten Hand streicht er ihr sanft über das Haar. Keiner von beiden zählt die Minuten, die sie beieinanderstehen. Zu lange waren sie getrennt. Das fünfte Treffen in 16 Jahren!

Peter hat sich geduscht und föhnt sich die Haare. Martina bringt ihm ein frisches Unterhemd ins Bad. Erschrocken bleibt sie an der Tür stehen. Peter steht splitternackt vor dem Spiegel.

„Hast du mich noch nie nackt gesehen?", fragt er mit einem Lächeln.

„Doch, doch,", stottert sie. „aber nicht zu dieser Tageszeit. Ach wenn es doch schon Abend wäre!"

„Wir können doch die Uhr vordrehen", sagt Peter und geht auf sie zu.

Martina flüchtet und ruft: „Bleib er mir vom Leibe, Herr Professor Rabenvater. Da unten stehen zwei junge und eine ältere Dame, die vor Ungeduld fast vergehen. Sie möchten den weitgereisten Mann endlich kennenlernen. Und du hast nur Sex im Kopf!", spielt Martina die empörte Frau.

Peter fühlt sich überführt. Eigentlich hat sie recht. Er trägt jetzt eine andere Verantwortung als früher. „Entschuldige, mein Schatz. Du hast recht. Daran habe ich jetzt gar nicht gedacht", antwortet ihr Peter ernst.

„Peter, so ernst war das nicht gemeint. Wenn es nach der Stärke des Kribbeln in meinem Bauch gehen würde, dürften wir heute Nachmittag überhaupt nicht mehr aus dem Bett kommen!"Sie gibt ihm einen Klaps auf den Po und ein Küsschen auf die Wange.

Eine Deowolke hinter sich herziehend, gehen beide Hand in Hand die breite Treppe aus dem Obergeschoss nach unten. Peter bekommt feuchte Hände und ist fürchterlich aufgeregt. Martina öffnet die Tür zum Esszimmer. Sie treten ein. Der Tisch ist festlich gedeckt. Nicht weit von der Tür stehen vier Personen: Ole, Tante Grit, Sophia und Melanie. Die Kleine hat sich etwas hinter Tante Grit versteckt.

Martina ergreift das Wort und sagt stolz: „Ich darf euch miteinander bekannt machen, das ist mein Mann ohne Trauschein und der Vater unserer drei Kinder, Herr Peter Weseck aus der DDR. Onkel Ole, ihr kennt euch schon seit einigen Jahren. Das ist Tante Grit, die Frau von Onkel Ole, das ist unsere kleine Tochter Melanie und das unsere große Tochter Sophia", stellt sie Martina im Einzelnen vor.

Peter gibt jedem die Hand.

Wieder ist es Melanie, die das plötzliche Schweigen bricht: „Sie sind also mein Papi? Meine Mami umarmt mich immer und gibt mir ein Küsschen. Warum machen Sie das nicht?"

„Aber du versteckst dich doch lieber hinter Tante Grit, als zu mir zu kommen", antwortet Peter.

Die anderen Anwesenden lächeln gespannt und beobachten die Szene. Peter und Melanie gehen aufeinander zu, und er hebt sie hoch.

Dabei umarmt er sie, gibt ihr ein Küsschen auf die Wange und sagt: „Melanie, zu seinem Papi sagt man aber nicht ‚Sie', sondern ‚Du'. Also du bist meine Melanie, und ich bin dein Papa, einverstanden?"

Melanie nickt eifrig: „Darf ich dir dann mein Zimmer zeigen?"

Peter ist zu gerührt, um gleich antworten zu können.

Die ungewollte Pause überbrückt sofort Sophia: „Zwecke, du stiehlst einem wieder die ganze Show. Also, Herr Weseck, ich bin Ihre Tochter Sophia", sagt sie und tritt einen Schritt vor.

„Mutti, darf man die große Tochter auch umarmen und küssen?", fragt er scheinbar ernst.

„Bis jetzt nur der Vati und sonst niemand", sagt Martina mit einem Augenzwinkern.

„Also, meine Große, das ‚Sie' lassen wir. Ich bin dein Vater, und Familienangehörige der neuen Zeit sprechen sich mit ‚Du' an, einverstanden?", entgegnet Peter.

Dieses Mal ist es Peter, der von seiner Tochter überraschend umarmt und geküsst wird. Er wendet sich Frau Sörensen zu: „Mein Vorname ist Peter. Ich möchte von Ihnen mit ‚Peter' und nicht anders angesprochen werden. Sie haben in all den vielen Jahren so viel für Tina und unsere Kinder getan, dass ich Ihnen auf ewig zu Dankbarkeit verpflichtet bin. Was ich einmal sage, gilt für immer!"

„Peter, mein Name ist Grit. Und so möchte ich auch von dir genannt werden", antwortet sie ihm.

„Danke", sagt Peter.

Ole ruft plötzlich: „Ich glaube, wenn wir nicht gleich essen, fallen die Ersten in Ohnmacht, oder Peters Krautwickel brennen an!"

Alle setzen sich an den Tisch. Sophia räumt Melanie ein, neben Papa zu sitzen. Martina und Grit bringen das Essen.

Nachdem alle gegessen haben, fragt Peter, wo eigentlich Luciano ist. Martina sagt ihm, dass er mit seinem Opa seit drei Tagen in der

DDR ist, heute aber wieder pünktlich hier sein wollte. Peter antwortet, dass die Straßenverhältnisse sehr kompliziert sind.

Danach gehen sie spazieren. Ole zeigt Peter seinen Wald, der sich direkt an das Grundstück anschließt. Nach Neujahr will er Holz schlagen.

„Peter, wie lange kannst du bei uns bleiben?", fragt Ole.

Peter wird von seinen beiden Töchtern in Beschlag genommen. Sie beginnen eine Schneeballschlacht. Peter macht mit und bezieht Martina mit ein. Ein großes Gelächter und Gejohle erschallt im Wald, bis sich Ole und Grit mitbeteiligen. Total geschafft gehen alle nach Hause.

Peter antwortet erst jetzt auf Oles Frage: „Urlaub habe ich bis zum 15. Januar, aber ich muss am 12. in Greifswald sein!"

„Dann lade ich dich bis zum 11. Januar 1990 ein und würde mich freuen, wenn du solange hierbleibst. Ich glaube, wir könnten bis dahin einiges klären", sagt Ole auf dem Rückweg. Peter ist damit einverstanden.

Den Rest des Nachmittags verbringen alle zusammen im großen Wohnzimmer von Ole und Grit. Bei einer Tasse Kaffee oder Kakao werden viele Themen angesprochen. Die meisten Fragen werden von den beiden Mädchen an Peter gerichtet. Er muss ihnen erzählen, wo er geboren wurde, wo der Ort liegt, zeigt er ihnen auf einer Karte, die ihm Ole reicht.

„Hier seht ihr die Stadt Görlitz, und ungefähr hier liegt das Dorf Friedersdorf. Dort wohnen meine Eltern und eine meiner Schwestern, also eure Tante. In Zittau wohnt meine zweite Schwester und mein Bruder in Görlitz", erklärt und zeigt Peter.

Melanie fragt ihn plötzlich: „Sprechen die alle wieder mit dir oder sind sie immer noch böse?"

„Nein, die sind wieder alle lieb zu mir und freuen sich schon darauf, euch alle einmal kennenzulernen. Wir sollen sie im neuen Jahr auf jeden Fall einmal gemeinsam besuchen", antwortet ihr Peter.

Viele solcher und ähnlicher Fragen muss er ihnen noch beantworten, bis gegen 18 Uhr Luciano eintrifft. Er entschuldigt sich bei seiner Mutter für seine Verspätung und bemerkt nebenbei, dass es sehr glatt ist und der Winterdienst im Osten aus der Steinzeit stammt. Peter versteht den Seitenhieb sehr wohl. Als er merkt, dass

Martina Luciano zurechtweisen will, schüttelt er nur für sie merklich den Kopf.

Dann geht er mit einem Lächeln, das mehr einem Grinsen ähnelt, auf Peter zu. „Und Sie sind also der Mann aus dem Osten, der 15 Jahre in der kleinen DDR verschollen war und plötzlich mein Vater sein will?", stellt Luciano provokant seine Frage und mustert Peter von oben bis unten.

Peter geht nicht auf die Provokation ein, sondern sagt mit freundlichem Ton in der Stimme: „Wenn dir das deine Mutter so gesagt hat, bin ich ganz sicher dein Vater!"

„Vater hin, Vater her. Ich habe die Konfirmation erhalten und daher das Recht, mit ‚Sie' angesprochen zu werden. Ich bitte darum!", entgegnet Luciano jetzt in offener Überheblichkeit.

Im Raum entsteht plötzlich eine gefährliche Spannung. Ole denkt bei sich, jetzt hätte mir mein Vater eine schallende Ohrfeige gegeben. Martina und die Mädchen blicken ängstlich von Luciano zu Peter. Sie erwarten, dass Peter seine Fassung verliert.

Doch der bleibt unerschütterlich! „Wenn Sie das so wollen, junger Herr von Holsten, bitte, so werde ich ab sofort ‚Sie' zu Ihnen sagen. Sie haben schon recht, manch einer ist einfach zu jung, um mit ‚Du' angesprochen zu werden", antwortet ihm Peter ruhig und gelassen.

Luciano steht vor seinem Vater, als hätte ihn der Blitz getroffen. Der überhebliche Gesichtsausdruck weicht einem dümmlichen. Wut steigt in ihm auf. Verdammt, Opa und Onkel Arnim unterschätzen diesen Bauern aus der Zone. Er macht kehrt, läuft aus dem Zimmer und verlässt das Haus. Martina will ihn noch zurechtweisen, aber jetzt geht alles so schnell, dass sie nur den Mund öffnet, aber keinen Ton hervorbringt. Grit, Ole und Sophia schauen Peter achtungsvoll an.

Grit sagt: „Das hat der junge Mann schon lange einmal gebraucht. Ich glaube, dass er jetzt begreifen wird, wen er vor sich hat, Peter!"

„Ich muss euch allen etwas sagen", meldet sich Sophia zu Wort. „Als wir heute Nachmittag im Wald unterwegs waren, habe ich mich gewundert, wieso Opa und Luciano Sachen aus Opas Auto in das Gutshaus trugen. Das war gegen 14 Uhr. Also müssen sie schon lange hier sein."

„Ich kann Sophias Worte bestätigen", sagt Ole. „Ich werde zwar immer älter, aber ich habe immer noch Augen wie ein Luchs."

Martina und Melanie sitzen stumm und maßlos enttäuscht auf ihren Plätzen.

Da sie beide rechts und links von Peter sitzen, drückt er sie an sich und streicht ihnen über das Haar. „Seid nicht traurig. Ich habe nach deiner Schilderung seines Verhaltens und Auftretens in den letzten Wochen und Monaten nichts anderes erwartet, Tina. Ich hätte mir auch etwas Schöneres gewünscht. Aber nach unserem familiären Glück der letzten 16 Jahre muss etwas schiefgehen. Freue dich, wir haben uns beide und zwei fabelhafte Töchter. Den Herrn Sohn biegen wir in den nächsten Monaten, ja vielleicht sogar erst in den nächsten Jahren zurecht. Wir werden ihn zumindest so weit bringen, dass er ein ehrlicher und rechtschaffener Mensch wird", sagt Peter und hält beide fest.

Dann steht er auf und geht zu Sophia, die ebenfalls aufgestanden ist: „Auch dir möchte ich danken, meine große Tochter. Du bist mir offen und ehrlich entgegengekommen. Das freut mich sehr. Ich bin sehr glücklich, dass ich dich habe!" Er drückt auch Sophia an sich und muss damit kämpfen, nicht in Tränen auszubrechen.

Ihr gelingt das nicht, und als die ersten kullern, verlässt sie schnell das Zimmer.

„Also, ich habe Hunger", sagt Grit auf einmal. Damit hebt sich schlagartig die Spannung auf. „Ole und Melanie, kommt ihr mit zu mir in die Küche?"

Als die drei den Raum verlassen haben, fängt Martina bitterlich an zu weinen. Schluchzend sagt sie zu Peter: „Ich bin von dem Jungen maßlos enttäuscht. Vielleicht hätte ich in all den Jahren auf meine eigene Karriere verzichten sollen und mich einzig und allein, um die Kinder kümmern müssen?"

„Tina, das sagst du nie wieder. Du bist eine fabelhafte Mutter. Was du in all den Jahren trotz aller Anfechtungen und Anfeindungen geschafft hast, ist mehr als anerkennenswert. Hut ab vor meiner tapferen Frau. Was den Jungen betrifft, hast du ganz sicher keinen Fehler gemacht. Aber dein Vater und dein Bruder haben ihn verdorben und nutzen ihn für ihre hinterlistigen und gemeinen Zwecke aus. Das werden wir künftig gemeinsam zu verhindern wissen, mein Schatz!"

Peters Worte waren so überzeugend, dass sie ihn mit großen Augen ansieht. Er muss lachen, weil ihre Wimperntusche verlaufen ist. Sie sieht aus wie die böse Hexe aus den Märchen.

„Schau mal in den Spiegel", sagt Peter und lacht.

Martina kommt nach einiger Zeit frisch geschminkt zurück und sagt mit in die Hüften gestützten Armen: „Du lachst mich aus, na dann komm heute Abend erst einmal ins Bett!"

„Was ist denn da?", fragt Melanie, die unbemerkt ins Zimmer gekommen ist, um sie zum Essen zu holen.

Beide schauen sich an und fangen herzlich an zu lachen. Peter nimmt Melanie auf den Arm und dann gehen sie ins Esszimmer.

Nach dem Abendessen fragt Sophia, ob Peter etwas dagegen hätte, wenn sie noch ein paar Stunden zu ihren Freundinnen geht. Er und Martina haben nichts dagegen, denn wie bei jedem jungen Mädchen in dem Alter müssen zuerst die Freundinnen das Neueste erfahren. Melanie wäscht sich und möchte heute von Papa und Mama ins Bett gebracht werden. Der Wunsch wird ihr natürlich erfüllt. Gegen 22.30 Uhr klingelt es an der Haustür. Ole geht verwundert öffnen. Nach kurzer Zeit kommt er mit einem Brief in der Hand zurück.

„Für dich, Martina! Das war der Hausmeister deines Vaters", sagt er.

Martina öffnet und liest vor:

Liebe Martina,

ich habe gehört, dass Dein Freund heute eingetroffen ist. Da wir erst sehr spät aus der Zone zurückgekehrt sind, konnte ich ihn nicht mehr begrüßen. Morgen steht es mit Terminen auch schlecht. Deshalb möchte ich Dich, Deinen Freund und die Kinder am Neujahrstag für 12.30 Uhr in das Restaurant „Holsteiner Hof" einladen. Wir werden dort gemeinsam mit Arnims Familie zu Mittag essen. Ich heiße Euch herzlich willkommen.

Dein Vater.

„Das fällt aber aus. Wir gehen mit euch, wie bestellt und abgesprochen, in den ‚Landkrug'", sagt Martina zu Ole und Grit.

Ole überlegt eine Weile. Dann erwidert er ihr: „Ich würde an eurer Stelle nicht ‚Nein' sagen. Hinter dieser Einladung steckt irgendeine Gemeinheit gegen dich, Peter. Du hast den plötzlich so geliebten Enkelsohn in seine Schranken gewiesen. Nun kommt der Gegenschlag des Alten. Ich kenne ihn. Der wird nie eingestehen, dass er verloren hat. Und das hat er eigentlich schon 1974, als er Martina aus dem Gutshaus geworfen und seine Enkelkinder als Bastarde eines ‚Kommunisten' bezeichnet hat. Geht einmal davon aus, dass Kinder nie etwas dafür können, von wem sie gezeugt werden. Aber es kommt darauf an, wer sie erzieht, betreut und aus ichnen etwas macht. Ich würde die Einladung annehmen, aber mich intensiv darauf vorbereiten, um jedem Hieb begegnen zu können. Hört mal, ihr beide seid hochintelligente Menschen. Martina, entschuldige, dein Vater ist eigentlich ein jähzorniger, überheblicher Mensch. Seinen Agronom hat er mit Hängen und Würgen geschafft. Den Adelstitel haben seine Vorfahren erworben, das viele Geld haben deine Großeltern erarbeitet. Er hat durch ihren Tod und den Tod deiner Mutter nur geerbt. Wenn ihr einverstanden seid, bestelle ich unser gemeinsames Essen auf nächsten Sonntag um."

Martina schaut Ole und Peter nachdenklich an. Dann sagt sie: „Wie lange kannst du denn bleiben, Peter?"

„Auf Einladung von Ole möchte ich bis zum 11. Januar bleiben. Wenn du mich eher loswerden willst, fahre ich natürlich auch sofort zurück", sagt Peter mit todernstem Gesicht.

Martina merkt erst nicht, dass sie veralbert wird. Doch dann sagt sie: „Das hättest du wohl gern. Denkste, Herr Professor, jetzt geht es erst einmal ins Bett, und morgen legen wir die Strategie für das Essen fest. Ich glaube, spätestens am Nachmittag des Neujahrstags können wir gemeinsam herzlich lachen."

Alle wünschen sich eine gute Nacht. Martina verabschiedet sich von Peter vor seinem Zimmer. Ehe er etwas sagen kann, ist sie in ihrem Schlafzimmer verschwunden. Kopfschüttelnd setzt er sich auf sein Bett. Eigentlich ist das fast die gleiche Szene wie damals auf Rügen. Nur lagen sie beide im Doppelbett von Tante und Onkel, und erst dann drehte sie sich von ihm weg. Peter versteht die Welt nicht mehr. Er schließt auf Anraten von Ole die Zimmertür ab und lässt am Fenster das Außenrollo herunter. Das Zimmerthermometer zeigt 21 Grad. Ziemlich warm zum Schlafen. Er nimmt seinen Schlafanzug aus dem Bett, zieht sich aus und geht ins Bad. Jetzt erst erkennt er im Spiegel, dass er einen ordentlichen Stoppelbart im

Gesicht trägt. Nun wird ihm erst bewusst, dass er seit 19 Stunden auf den Beinen ist.

Als er sich so im Spiegel betrachtet, stellt er das erste Mal fest, dass sich in seinem Bart wie auch auf seinem Kopf einzelne silbrig graue Haare befinden. Sofort verrenkt er den Hals, um festzustellen, ob sich eine Glatze im Ansatz zeigt. Nein, sein volles Haar bleibt ihm erhalten! Er rasiert sich, wäscht sich und schlüpft in den Schlafanzug. Schaut in den Spiegel und sagt zu sich selbst: „Wenn eben heute Nacht nicht, dann erlebst du eben nach dem Jahreswechsel ein wahres Liebesfeuerwerk, meine liebe Tina!"

Er löscht das Licht im Bad und geht ins Zimmer. Nach wenigen Schritten bleibt er wie angewurzelt stehen. Auf dem Board am Kopfteil des Betts stehen eine geöffnete Flasche Sekt, zwei eingeschenkte Gläser, und die beiden Wandleuchten sind eingeschaltet. Im rechten Bett liegt eine Frau, deren tief ausgeschnittenes Nachthemd kaum die vollen Brüste bedecken kann. Der dünne Stoff des Hemdes offenbart sowieso mehr, als er verdeckt. Auf der Bettdecke, die nur bis zum Nabel reicht, liegt ihr makelloses, wohlgeformtes rechtes Bein.

Martina amüsiert sich über Peters total verdutztes Gesicht und sagt: „Von wegen, erst nach dem Jahreswechsel gibt es ein wahres Liebesfeuerwerk, da kannst du ein zweites Mal ...!" Weiter kam sie nicht. Eigentlich sollte der Satz enden: „... die Rakete steigen lassen." Aber ein Kuss verschloss ihr den Mund.

Bevor sie eine Stunde später erschöpft einschlafen, fragt Peter Martina: „Wie bist du eigentlich hier hereingekommen?"

„Hinter dem Vorhang befindet sich eine Doppeltür zwischen deinem und meinem Zimmer. Praktisch, nicht?", antwortet Tina und kuschelt sich eng an ihn. So möchte sie immer mit ihm einschlafen.

*

Am nächsten Morgen kommen sie etwas müde, aber sehr glücklich und zufrieden in die Küche. Die beiden Mädchen sind schon wieder unterwegs. Sie wollen mit ihren Freunden aus der Nachbarschaft den Silvesterabend vorbereiten. Genügend Zeit für Martina, Peter, Grit und Ole, den nächsten Tag zu besprechen, besonders das zu erwartende Mittagessen im „Holsteiner Hof".

231

Grits kräftiger Kaffee weckt sofort alle Lebensgeister. Da sich Martina und Peter schon am Morgen von Zimmer zu Zimmer über einen eventuellen Plan verständigt haben, dauert das Gespräch nicht mehr lange. Ole und Grit stimmen dem Vorgehen zu. Auf jeden Fall soll, ob mit oder ohne Luciano, die Geschlossenheit der kleinen Familie gezeigt werden. Am Nachmittag sprechen sie noch mit Sophia über den nächsten Tag. Diese ist sofort mit allem einverstanden. Das Einzige, was ihr überhaupt nicht gefällt, ist, dass sie ihren überheblichen Cousins die Hand geben muss.

Peter sagt mit ruhiger Stimme zu ihr: „Sophia, ich habe bisher nur deinen Opa und deinen Onkel einmal vor reichlich vier Jahren gesehen. Ich weiß nicht, wie deine Tante Luise aussieht und deine Cousins gleich gar nicht. Nur müssen wir, wenn wir uns Respekt und Achtung verschaffen wollen, als einige Familie auftreten, jeden der anderen Seite achten und ihn aufmerksam beobachten, auch wenn uns der Gegenübersitzende nicht gefällt!"

Sophia sitzt mit ernstem Gesicht vor ihnen. Wenn sie intensiv überlegt, zeigt sie die gleichen Gesichtszüge wie Martina, stellt Peter fest.

„Ich muss dich einmal etwas fragen. Darf ich?", spricht Sophia Peter an.

„Bitte, wenn ich dir darauf antworten kann", antwortet Peter.

„Papa, ich habe Tante Grit und Onkel Ole gestern schon gefragt, aber die wissen angeblich nichts. Du bist doch nicht so etwas wie ein Knecht. Das glaube ich nicht. Du machst doch etwas anderes in der Landwirtschaft. Für einen Knecht bist du mir zu redegewandt", sagt Sophia.

Peter schaut Martina an, deren Gesicht plötzlich bleicher wird. Dann wendet er sich Sophia zu und sagt: „Ich habe Agrotechniker gelernt und zwei Jahre wie ein Landarbeiter gearbeitet. Danach habe ich Lehrer studiert. Eigentlich bin ich Unterrichtender, aber auch Organisator von Studien- oder Schülergruppen. Reicht dir das fürs Erste als Antwort auf deine Frage?"

„Im Moment, ja", sagt Sophia.

Als sie das Zimmer verlassen hat, sagt Peter zu Tina: „Du hast eine schlaue, sehr aufmerksam beobachtende Tochter. Alle Achtung!"

„Wir, Peter, wir haben eine schlaue Tochter. Eins kann ich dir versichern, die anderen beiden sind ebenso schlau", antwortet ihm Martina.

Am Nachmittag bereitet sich jeder auf seine Art auf den Silvesterabend vor. Nach dem Karpfenessen sitzen Ole, Grit, Martina und Peter im Wohnzimmer, trinken etwas und unterhalten sich. Peter muss viel über das Leben und den Alltag in der DDR erzählen, was er sehr gern macht. Auch wie man dort Silvester feiert und welches Verhältnis zwischen den Menschen dabei besteht. Später, kurz vor dem Start in das neue Jahrzehnt äußert er den Wunsch, sich irgendwann in den nächsten Tagen mit Martina, Ole und Grit über sein Wochenendhaus auf Rügen zu beraten. Sie stimmen zu.

Gegen 23.45 Uhr taucht Sophia mit ihren zwei Freundinnen auf, eigentlich nur, um ihnen ihren Vater zu zeigen. Melanie verschläft Silvester in ihrem Bett. Sie hält das Häschen „Hoppel" aus dem Kinderfernsehen der DDR im Arm, den ihr Peter geschenkt hat. Vor dem Haus im Hof an einem kleinen Lagerfeuer stoßen Martina und Peter, Grit und Ole, Sophia und ihre Freundinnen mit einem Glas Feuerzangenbowle, die über dem Feuer dampft, auf das neue Jahr an.

Martina und Peter liegen um 1 Uhr des neuen Jahres im Bett. Wie abgesprochen, wird nur eine Rakete gezündet, damit sie den nächsten Tag in voller geistiger Frische und ausgeschlafen angehen können.

Um 12 Uhr steigen Martina, Peter, Sophia und Melanie in Tinas neuen 200er Mercedes ein und fahren zum „Holsteiner Hof". Im Lokal werden sie vom Oberkellner empfangen, der sie ins „Jagdzimmer" des Hauses führt. Hier sind schon alle versammelt.

Außer Arnim von Holsten und seiner Familie sind noch zwei Ehepaare zugegen. Peter entnimmt seinem Aktenkoffer ein Päckchen und geht hinter Martina auf Herrn Albrecht von Holsten zu. Martina stellt ihn ihrem Vater vor, der sich scheinbar an das Gesicht des Mitarbeiters der AIV nicht mehr erinnern kann.

„Vater, ich möchte mich im Namen meiner Familie für die Einladung herzlich bedanken. Gleichzeitig möchte ich dir meinen Mann und Vater meiner Kinder, Herrn Peter Weseck, vorstellen." Martina tritt einen Schritt zur Seite und gibt die Sicht auf Peter frei.

Der verbeugt sich leicht und reicht ihm die Hand: „Herr von Holsten, ich möchte mich ebenfalls bedanken und Ihnen dieses kleine Päckchen als Ausdruck meiner Wertschätzung überreichen", sagt Peter ruhig und höflich.

Während er spricht, übersetzt Arnim mit großen Fehlern dem einen Ehepaar seine Worte ins Französische.

„Ach, das ist also der Bauer aus der Zone, der meinen Enkel beleidigt hat. Eigentlich wollte ich Sie gleich wieder ausladen, als ich das erfahren habe. Aber nun sind Sie einmal hier und da bleiben Sie auch hier. Übrigens, wenn Sie einmal in naher Zukunft keine Arbeit mehr haben sollten, biete ich Ihnen auf einem meiner Güter in Mecklenburg-Vorpommern einen Job als Traktoristen oder so etwas Ähnlichem an!", antwortet Martinas Vater.

Peter sieht Luciano an, der neben seinem Opa sitzt. Dieser wird rot im Gesicht und senkt den Kopf. Mit der linken Hand stupst er Martina an, die zu einer Entgegnung ausholen will. So sagt sie nur: „Vater!", und schüttelt mit dem Kopf.

Stattdessen entgegnet Peter: „Ich danke Ihnen für Ihre Einsicht und Ihr Angebot. Wenn Sie gestatten, werde ich in absehbare Zeit darauf zurückkommen. Nun wünsche ich uns allen, dass wir einen angenehmen Mittag verbringen", und geht mit Martina zu ihren vorgeschriebenen Plätzen.

Aus nicht bekannten Gründen bleibt zwischen Melanie und der Familie aus Bayern, das sind die Schwiegereltern von Arnim, flüstert Tina Peter zu, und dem jüngsten Sohn von Arnim und Sophia je ein Platz frei. Somit hat man sie von den anderen isoliert.

Albrecht von Holsten hält eine kurze Ansprache, in der er alle nochmals begrüßt, besonders die Bayern und einen guten Bekannten vom französischen Bauernverband mit seiner Frau. Peter und seine drei Damen würdigt er keines Blickes mehr.

Peter flüstert Tina zu: „Dein Bruder hat von der französischen Sprache so viel Ahnung wie ich vom Fischfang! Würdest du bitte, wenn der entscheidende Moment gekommen ist, dem Ehepaar alles, was ich sage, übersetzen? Mir scheint, sie verstehen kein Deutsch."

Martina nickt ihm zu. Laut Tischkarte wird jetzt eine „Klare Krabbensuppe mit Gemüse der Provence" gereicht. Peter erhält seinen Teller als Letzter. Es wird ein allgemeines „Guten Appetit" gewünscht, und alle beginnen zu essen. Er ist sich sicher, dass er eine gekörnte Brühe mit Teigwaren und Fleischklößchen, also eine Beutelsuppe von „Suppina" aus der DDR, auf dem Teller hat.

Sophia merkt als Erste, dass ihre Vorspeise ganz anders aussieht als seine. Sie weist Peter daraufhin.

Dieser beschäftigt sich mit seinem Tuch, das er hinter Schlips und Kragen gesteckt hat wie sein Gegenüber am anderen Tischende, Herr von Holsten. Dabei antwortet er Sophia unbemerkt: „Ja, das ist eine Beutelsuppe. Die habe ich als Student gegessen, wenn ich kein Geld mehr hatte. Jetzt weiß ich aber, was die erreichen wollen!"

Martina hat mitgehört.

Ein allgemeines Loben der Suppe setzt ein. Der Kellner fragt beim Abräumen des Tellers, ob Peter die Suppe geschmeckt hat.

Der erwidert laut und vernehmlich: „Gut! Nur ihre Krabben sind nicht mehr ganz frisch, und das Gemüse aus der Provence muss sehr lange unterwegs gewesen sein. Danke!"

Dem Kellner, der scheinbar in das schmutzige Spiel mit eingeweiht ist, wären gleich die Teller aus der Hand gefallen.

Der nächste Gang wird serviert: „Flugentenbrust mit Backpflaumensoße an Kartoffelklößchen und Apfelrotkohl". Die Kellner bringen die Teller mit einer silbernen Abdeckhaube und stellen sie vor jeden Gast. Jedem zieht sofort der Duft gebratener Ente in die Nase, als die Wärmehauben abgenommen werden.

Nur Peter nicht! Bei ihm riecht es nach Fisch. Auf seinem Teller liegen ein Brathering, drei Salzkartoffeln, zwei Esslöffel Quark und ein Teelöffel gehackte Zwiebeln. Martina und Sophia werden blass. Vater und Bruder sitzen mit einem hämischen Grinsen auf ihren Plätzen und warten auf Peters Reaktion.

Ehe jemand etwas bemerken kann, fragt Melanie: „Papi, das esse ich auch nicht gerne, möchtest du meinen Teller haben, ich bin von der Suppe satt."

„Danke, mein Schatz. Aber ich esse so etwas viel lieber als Ente. Herr Ober, hier fehlt etwas!", ruft Peter den Kellner.

„Mein Herr, was darf ich Ihnen bringen?", katzbuckelt der.

„Hier fehlt das Leinöl", sagt Peter.

„Verzeihung mein Herr, ich sage sofort in der Küche Bescheid." Er verschwindet.

Martina ist kreidebleich. Sie trifft die neuerliche Provokation ihres Vaters auf das Tiefste. Nur ihre gemeinsame Absprache hält sie zurück, ihrem Vater offen die Meinung zu sagen. Sophia schaut ebenfalls sehr zornig ihren Opa und ihren Onkel an. Peter nimmt je eine Hand von ihnen unter dem Tisch in seine Hände und versucht, sie zu beruhigen.

Nach dem Gespräch mit dem Kellner hat keiner der anderen Gäste mit dem Essen begonnen. Mittlerweile haben auch alle bemerkt, dass Peter etwas anderes als sie auf dem Teller hat. Die Franzosen schütteln mit dem Kopf und unterhalten sich leise. Martinas Vater ist etwas unsicher geworden, trägt aber immer noch die Nase sehr hoch. Ihr Bruder Arnim blickt unverständlich in die Runde. Bei ihm beginnt das Bier, das er schon reichlich getrunken hat, zu wirken. Sein Vater äußert sich halblaut wegen seiner Sauferei recht ungehalten. Aber er scheint von seinem Sohn nach wie vor überzeugt zu sein.

Der Kellner erscheint wieder und hält ein Glas Leinöl in der Hand. Er stellt dieses vor Peter auf den Tisch.

Peter hebt das Glas, prüft die Farbe und riecht daran: „Das ist kein ,Lausitzer Leinöl'!"

„Aber anderes haben wir nicht", sagt der Kellner und steht unbeholfen und hilflos da.

„Das tut mir für Ihr Haus sehr leid. Nehmen Sie bitte den Teller mit. Ohne ,Lausitzer Leinöl' esse ich keine Kartoffeln mit Quark", entgegnet er.

„Ist der Herr aus dem Ostblock nun endlich mit seinen Wünschen am Ende? Oder soll ich ihm noch Trüffel servieren lassen?", kommt es unverhohlen zornig und gereizt vom anderen Tischende.

„Entschuldigen Sie bitte, Herr von Holsten. Wenn ich bei der Begrüßung eingangs vergaß, Ihnen mitzuteilen, dass ich aus der Deutschen Demokratischen Republik komme. Ich danke Ihnen für das Angebot mit den Trüffeln, aber ich möchte Ihren Geldbeutel nicht über Gebühr belasten. Die Trüffel wären um ein Vielfaches teurer als ,Kartoffeln mit Quark und Brathering'. Ich wünsche den Herrschaften einen ,Guten Appetit'. Lassen Sie Ihre Flugenten nicht kalt werden", sagt Peter mit einem freundlichen Lächeln und einer leichten Verbeugung in die Runde.

Peter drückt noch einmal Tinas und Sophias Hand und nickt beiden zu. Dann beginnen die anderen außer seiner Familie zu essen.

Martina spricht ihn an: „Peter, wie lange wollen wir uns diese Erniedrigungen noch gefallen lassen?"

„Bis der entscheidende Fehler in Form einer verbalen Entgleisung kommt. Dann schlagen wir zurück wie abgesprochen, einverstanden?"

Sie nickt ihm zu.

Das Essen der anderen Anwesenden verläuft schweigend, und die Stimmung scheint irgendwie einen beklemmenden Charakter anzunehmen. Da Peter an der einen Stirnseite des Tisches genau Albrecht von Holsten gegenüber platziert wurde, kann er wie dieser alle Gäste am Tisch beobachten. Er betrachtet jedes einzelne Mitglied von Martinas Familie mit scharfem Blick und versteinertem Gesicht. Albrecht von Holsten bemerkt, dass er beobachtet wird, und wird fahrig in seinen Bewegungen. Er fühlt sich unbehaglich und merkt zu seinem eigenen Entsetzen, dass er diesem Mann weit unterlegen ist. Das erzürnt ihn von Minute zu Minute immer mehr, und er bereut seine Einladung. Wenn er Luciano nicht bräuchte, hätte er diesen ostzonalen Knecht schon längst hinausgeworfen.

Peter betrachtet sich seinen Schwager. Solange Tina, er und die Kinder an diesem Tisch sitzen, hat er sich bestimmt schon das fünfte Bier bestellt. Die Wirkung zeigen seine Hände und seine gesamte Körperhaltung beim Essen. Die Frau an seiner Seite wurde ihm zwar nicht vorgestellt, muss aber Luise sein. Sie trägt ein Dirndl. Ihr Gesicht ist reichlich mit Schminke belegt, die sie aber auch nicht hübscher macht.

Peter sagt leise zu Martina: „Diese potthässliche Frau ist deine Schwägerin? Oh Gott, oh Gott, die Ärmste."

Tina kann ein herzliches Lachen nur noch in ein Prusten umlenken.

Jetzt aber wird Herr von Holsten aggressiv. „Sag mal, du kommunistische Niete, hat man euch im Osten nicht beigebracht, dass man beim Essen den Mund hält?"

„Ja, sicher, Herr von Holsten, aber mir kann die von Ihnen ausgewählte Gaststätte kein ordentliches Essen bieten. Also brauche ich während des Essens, das für mich keins ist, nicht den Mund zu halten", antwortet ihm Peter höflich.

Von Holsten fallen Gabel und Messer aus der Hand. Er sagt etwas zu seinem Sohn Arnim, aber der schaut nur dumm und verständnislos zu Peter. Auch Luciano starrt seinen Vater an, als würde er ihn heute das erste Mal sehen, und reagiert ebenfalls nicht auf das Anschubsen seines Großvaters.

Dafür fühlt sich seine Schwiegertochter Luise aufgefordert, ihre Meinung mit sich überschlagender Stimme zu sagen: „Sie undankbarer Mensch. Machen meiner Schwägerin drei halb kommunistische Kinder, kommen aus den niedrigsten Schichten des Volkes und haben nicht einmal so viel Geld, dass Sie Ihre Kinder großziehen können. Das mussten wir tun!", sagt sie mit piepsiger, sich überschlagender Stimme.

Jetzt schauen alle auf Peter. Der trinkt einen Schluck Wasser aus seinem Glas, legt seine Hände rechts und links auf den Tisch. Martina greift die rechte und Sophia die linke Hand zur Beruhigung.

Peter erwidert Luise im Sitzen: „Vielleicht wurden Ihre Kinder, gnädige Frau, gemacht! Unsere drei Kinder wurden in Liebe gezeugt. Aber vielleicht fragen Sie Ihren Herrn Gemahl einmal, wie viele Kinder er im Osten und Westen außer Ihren noch ‚gemacht' hat!"

Dann steht Peter ganz langsam von seinem Stuhl auf. Seine stattliche, breitschultrige Gestalt wirkt stolz und vor allem überlegen, ganz besonders für Luise, die sich etwas zu weit herausgelehnt hat. Er winkt dem Kellner.

„Räumen Sie bitte vor Herrn von Holsten den Tisch ab, er wird sowieso gleich satt sein!", sagt Peter mit einem scharfen und gefährlichen Ton in seiner Stimme.

Der Kellner befragt vorsichtshalber von Holsten, ob er abräumen darf. Der aber ist so überrumpelt, dass er alles mit sich geschehen lässt.

„Wissen Sie, Herr von Holsten, ehe ich Ihnen und den hier Anwesenden einiges sage, bitte ich Martina, Ihren französischen Freunden alles zu übersetzen, was ich Ihnen sagen werde! Ihr Herr Sohn ist der französischen Sprache nicht mächtig! Ich bitte deshalb Ihre Tochter, die perfekt Französisch spricht, die Übersetzung zu übernehmen!"

Martina steht auf und stellt sich einen Stuhl zwischen das Ehepaar aus Frankreich und beginnt, diesen zu erklären, warum sie jetzt übersetzt. Das Ehepaar bedankt sich bei ihr.

„Als Erstes möchte ich Ihnen sagen, dass mich niemand mit ‚Du' ansprechen darf, dem ich es nicht ausdrücklich gestatte. Und mit Ihnen habe ich noch keine Schweine gehütet, Herr von Holsten. Also ‚Sie', bitte!

Als Zweites möchte ich Ihnen mitteilen, dass ich vor reichlich 19 Jahren den Beruf eines Agrotechnikers erlernt habe. Um mich auf mein Studium vorzubereiten und Erfahrungen in der landwirtschaftlichen Arbeit zu sammeln, habe ich noch zwei Jahre in diesem Beruf gearbeitet.

1973 habe ich Ihre Tochter Martina während des Festivals in Berlin kennengelernt. Wir haben uns beide unsterblich ineinander verliebt. Wenn auch unbewusst, aber aus Liebe haben wir Sophia und Luciano gezeugt. Damals stand ich kurz vor meinem Studienbeginn an der Pädagogischen Hochschule Potsdam. 1977 habe ich dieses Studium als Diplomlehrer für Geschichte und Germanistik mit ‚Ausgezeichneten Ergebnissen' beendet. Aufgrund der gezeigten Leistungen begann ich ein Forschungsstudium an der gleichen Einrichtung. Dieses Studium beendete ich 1980 als Doktor der Geschichtswissenschaften. Als ich Martina im gleichen Jahr zufällig in Potsdam wieder sah, war ich Sektionsdirektor am Institut für Leitung und Organisation, an das Martina zu Studienzwecken für ihre Doktorarbeit kam. Sie brauchte diese Konsultationen, um ihre Promotion im Wirtschaftsrecht vorzubereiten.

Ein großer Zufall, denn Sie hatten bis dahin jeden Brief von mir an Martina abfangen lassen. Eigentlich kennen Sie mein Innenleben bis 1980 besser als Martina. Über die Verletzung des Datenschutzes und des Briefgeheimnisses unterhalten wir uns sicher noch vor Gericht, vorausgesetzt Ihr Verhalten meiner Familie gegenüber ändert sich in Zukunft nicht grundlegend, Herr von Holsten!", sagte Peter jetzt mit Schärfe in der Stimme.

„Sie Bauer können mir viel erzählen! Sie sind und bleiben eine Niete!", entgegnete Albrecht von Holsten zornesrot im Gesicht.

Peter fragt Martina, ob das Übersetzen klappt. Statt ihr antwortet der Herr aus Frankreich und sagt, dass sie sehr zufrieden seien. Sie blitzt ihn siegessicher aus ihren schönen Augen an. Peter spricht mit den Franzosen in ebenso astreinem Französisch wie Martina.

Peter war während des Gesprächs bis hinter das Bayernpaar vorgerückt. Jetzt hielt Melanie seine rechte Hand fest, nicht weil sie völlig verstand, was hier vorging, sondern weil sie spürte, dass es gegen ihren eben erst gewonnenen Papi ging.

Dann drehte er sich wieder von Holsten zu und sprach weiter: „Ich werde Ihnen beweisen, was ich hier vor allen sage, aber es wird für Sie und Ihren Sohn recht peinlich werden.

Als Drittes sollen Sie erfahren, die Staatssicherheit der DDR hat nach dem Treffen mit Ihrer Tochter Martina in unserem Wochenendhaus in Binz auf Rügen dafür gesorgt, dass ich sämtlicher Ämter enthoben wurde. Übrigens sind diese Leute nach dem Mauerfall in Scharen in die BRD geflüchtet, um hier unterzutauchen. Vielleicht gibt es auch in Ihrem Bekanntenkreis einen dieser Spitzel? Mir hat jedenfalls Martina mit ihren Rechtskenntnissen aus dem Sumpf in Potsdam geholfen. Dadurch kam ich in die Agrar-Industrie-Vereinigung nach Grimmen. Also doch Bauer, werden Sie sagen.

Ich war dort Leiter der Abteilung Organisation, Leitung und Koordination. Als Sie 1985 drei Leute von unserer AIV zu Ihrem Kongress an den Timmendorfer Strand einluden, war ich als Mitarbeiter dabei. Ich war auch derjenige, der die Falschübersetzung der Geliebten Ihres Herrn Sohnes platzen ließ. Ich spreche nahezu perfekt Russisch, Englisch, Französisch und Spanisch!"

Peter geht zu seinem Aktenkoffer zurück und entnimmt ihm eine Ledermappe. Martinas Vater sitzt wie versteinert auf seinem Stuhl. Die Zornesröte in seinem Gesicht war einer Blässe und einem ungläubigen Staunen gewichen.

Dann fährt Peter fort: „Um die ganze Angelegenheit abzukürzen, ich habe 1982 meinen zweiten Doktor in Geschichtswissenschaften verteidigt. Den Doktorgrad der Agrarwissenschaften erhielt ich 1987. Im gleichen Jahr wechselte ich an die Universität Greifswald als Sektionsdirektor und Lehrstuhlleiter. Seit September 1989 bin ich ordentlicher Professor an dieser Universität.

Als Belege meiner soeben getroffenen Angaben lege ich Ihnen Kopien der Zeugnisse und Urkunden vor. Die können Sie sich aufheben oder in den Kamin werfen. Das überlasse ich Ihnen. Vor Ihnen steht Prof. Dr. Dr. Peter Weseck, der seit 17 Jahren unsterblich in Ihre Tochter Martina verliebt ist. Sie tragen den Hauptteil an

Schuld, dass wir uns erst jetzt als Familie mit drei teils schon fast erwachsenen Kindern fühlen dürfen!"

Peter legt die Mappe vor Albrecht von Holsten auf den Tisch. „So, nun wissen Sie, wer der Mann an der Seite Ihrer Tochter ist. Ich rate Ihnen in aller Freundlichkeit, unterlassen Sie künftig alle Gemeinheiten, Beleidigungen und Hinterhältigkeiten gegen Martina und unsere drei Kinder. Überlegen Sie sich genau die Wahl Ihrer Worte, ansonsten bekommen Sie mit dem ‚Bauern und kommunistischen Bastard aus der Ostzone' erheblichen Ärger!"

Martinas Vater blättert in der Ledermappe und schüttelt immer wieder mit dem Kopf.

„Um Ihre Schwiegertochter zu beruhigen, ich habe keine Gehaltsauszüge in die Mappe gelegt. Auch habe ich keine Abrechnungen der Einnahmen aus den vier veröffentlichten Büchern beigelegt, zwei davon wurden auch in der Bundesrepublik, in Frankreich und in Großbritannien verlegt. Ich kann Ihnen aber versichern, dass ich sehr wohl eine Familie ernähren kann. Darüber brauchen Sie sich in Zukunft keine Gedanken mehr zu machen. Fragen Sie lieber einmal Ihren Herrn Gemahl, woher er sein Geld bezieht!", sagt Peter zu Martinas Schwägerin Luise gewandt.

Die schaut ihn recht dümmlich an, denn sie hat Peters Äußerung zu gemachten und gezeugten Kindern und der Rolle ihres Mannes im Osten und im Westen noch nicht so richtig verstanden.

„Bevor wir diese gastfreundliche Runde verlassen, möchte ich Ihnen nur noch Folgendes übergeben", spricht er an die Runde gewandt.

Peter geht erneut zu seinem Aktenkoffer und entnimmt ihm ein Papier in Folie eingefasst. „Herr von Holsten, hier übergebe ich Ihnen eine letzte Kopie. Diese betrifft nicht mich, sondern Ihren Sohn. Sie beweist, dass er seinen Doktor in England gekauft hat. Er findet damit unter den Wissenschaftlern der BRD wie auch der DDR keine Anerkennung. Er sollte sich schleunigst ein Beispiel an seiner Schwester Martina nehmen, die zwei Doktortitel verteidigt hat und an der Fachhochschule Kiel zum Sektionsdirektor für Wirtschaftsrecht ernannt worden ist!", sagt Peter.

Er dreht sich um und fragt das französische Ehepaar natürlich auf Französisch, ob es noch Fragen hat. Es antwortet, dass ihnen Martina alles sehr gut übersetzt hat und ihnen beiden mit ihren Kindern viel Glück wünscht.

Peter bedankt sich bei ihnen ganz herzlich und verabschiedet sich mit Martina bei ihnen. Der Mann sagt dann zu seiner Frau, dass sie jetzt auch dieses eigenartige Essen verlassen möchten. Er bittet Martina, seine Worte ins Deutsche zu übersetzen. Er bedankt sich bei von Holsten für den „gelungenen Neujahrstag", aber in Frankreich begeht man ihn herzlicher, gibt ihm die Hand und verlässt mit seiner Frau den Raum.

Peter und Martina umfassen sich und gehen zu ihren beiden Kindern. Sophia und Melanie schauen mit Stolz und Freude ins Gesicht ihrer Eltern und umarmen sie.

Sophia sagt: „Ich wusste doch, dass ich auf euch sehr stolz sein kann. Wir haben jedenfalls zwei tolle Eltern, nicht wahr, Zwecke?"

Diese möchte sich gegen den Begriff „Zwecke" wehren, winkt aber dann ab und umarmt ihre Eltern und ihre Schwester. Dabei hebt sie Tinas Kleid hoch, sodass der Bayer Stielaugen bekommt. Sophia hat den Aktenkoffer ihres Vaters geschlossen.

Peter fragt: „Wollt ihr noch hierbleiben?

Alle sind sich einig: Nein! Peter dreht sich nochmals um, bevor sie den Raum verlassen. Er schaut zu Luciano. Dieser starrt beschämt vor sich hin.

Peter spricht ihn freundlich an: „Herr Luciano von Holsten, möchten Sie mit uns kommen?"

Der Onkel flüstert ihm etwas zu, danach schüttelt er mit dem Kopf. Daraufhin verlassen Martina, Peter und die zwei Töchter das Lokal. Auf der anderen Seite des Platzes liegt eine kleine, aber ordentliche Gaststätte. Dort sitzen Ole und Grit. Als die vier dahin steuern, lächeln sich beide erleichtert an.

*

Als sich die vier zu Ole und Grit an den Tisch gesetzt haben, sagt Peter: „Jetzt brauche ich als Erstes einen Cognac und als Zweites einen starken Kaffee!"

„Ich auch", sagt Martina, „die noch immer etwas blass ist, aber bei Weitem befreiter und erleichterter wirkt.

Sophia sitzt neben ihnen und blickt immer wieder zur anderen

Seite des Platzes, dorthin, wo die Fenster des „Jagdzimmers" sind. Sie bildet sich ein, als sie sich auf ihren Stuhl setzte, kurz Luciano am Fenster gesehen zu haben. Ihr zittern die Hände. Keiner hat mehr nach der Bestellung etwas gesagt. Alle hängen ihren Gedanken nach. Das eben Erlebte wirkt nach. Peter schaut als Erstes zu Martina, und die schaut sorgenvoll Sophia an. Jetzt erkennt er erst, dass ihr eine dicke Träne über die Wange rollt. Ihre Hände zittern. Immer wieder spricht sie den Namen ihres Bruders fast lautlos aus. Martina steht auf, umfasst ihre Tochter und geht mit ihr aus dem Gastraum.

„Das war wohl schlimmer, als wir uns dachten?", fragte Ole direkt an Peter gewandt.

„Ich hatte es eigentlich noch härter erwartet, aber vom menschlichen Standpunkt betrachtet, steckt in der ganzen Angelegenheit so viel Rohheit und vor allem Hinterhältigkeit, Falschheit und Gehässigkeit, die ich selbst als erwachsener, erfahrener Mensch schwer verarbeiten kann. Deshalb kann ich Sophia gut verstehen. Sie ist ja noch ein halbes Kind, aber verständiger als mancher Erwachsene", antwortet Peter.

„Aber ich glaube, es ist besser, wenn wir uns an anderer Stelle darüber unterhalten. Hier scheinen mir die Wände Ohren zu haben", erwidert Ole.

Der Cognac, der Kaffee und die Schokolade für Melanie werden gebracht. Für Sophia bestellt er noch ein großes Wasser nach. Peter steht auf und geht zu seinem Aktenkoffer. Er entnimmt ihm ein kleines Fläschchen. Dieses stellt er neben seinen Kaffee, dann geht er in den Flur der Gaststätte. Dort hat er Martina und Sophia vermutet. Aber beide stehen vor der Haustür dicht beieinander und frösteln. Als Peter über den Platz schaut, sieht er Arnims falsches Gesicht mit freudigem Grinsen zum Fenster hinausschauen. Als Peter aber seine beiden Frauen in die Arme nimmt und jeder einen Kuss auf die Wange drückt, wandelt sich das freudige Gesicht zu einer hasserfüllten Fratze. Alle drei gehen zurück in die Gaststube.

„Sophia, möchtest du einen Tee zum Aufwärmen und Beruhigen?", fragt er sie.

„Nein, Papa, mir reicht das Wasser!", antwortet Sophia mit noch immer brüchiger Stimme.

„Darf ich dir ein paar Tropfen meines Wunderelixiers ins Wasser geben? Das ist rein pflanzlich, und ich kann dir verraten, dein gro-ßer und starker Papa hätte keine Prüfung und Verteidigung ohne das Zeug geschafft", bittet Peter Sophia.

Die zögert, aber als ihr alle gut zunicken, nimmt sie die Tropfen in ihr Wasser.

Melanie hat sich, als sie draußen waren, zwischen Ole und Grit gesetzt. Jetzt fragt sie: „Papi, wenn ich auch die Tropfen nehme, werde ich dann auch Doktor und Professor wie du?"

Am Nachbartisch amüsiert sich ein älteres Ehepaar mit seinen er-wachsenen Kindern über Melanie, die leider etwas laut gesprochen hat. Sofort trug der Herr neben der Tür etwas in sein Notizbuch ein.

„Nein, so einfach ist das nicht. Da musst du natürlich erst einmal fleißig lernen, dann kannst du das auch werden", antwortet ihr Pe-ter freundlich, aber ernst.

Sie haben ausgetrunken, und auf Betreiben von Grit verlassen sie das Lokal. Gegenüber hält ein Taxi, in das Luise und ihre Söhne einsteigen. Peter und Martina laufen nebeneinander zum Auto.

Tina fragt: „Kannst du fahren, ich bin noch zu sehr durcheinan-der?"

„Ich bin noch nie Mercedes gefahren. Ob ich das bringe?", ent-gegnet Peter gespielt ängstlich.

„Wer Traktor fahren kann laut meinem Vater, kann auch Mer-cedes fahren", antwortet sie.

„Und was fährt er?", fragt Peter.

„Einen Audi natürlich. Immer das letzte Modell. Ich glaube, er bekommt jedes Mal einen riesigen Rabatt. Deshalb durfte ich mir den Mercedes kaufen", entgegnet Martina.

„Na, dann schau dir dein Auto noch einmal richtig an, so siehst du es nie wieder", sagte Peter und geht um den Wagen betrachtend herum.

Jetzt veralbert der Mann mich schon wieder! Ich möchte wissen, wo Peter diese Kraft und diese Nerven nach all dem eben Erlebten hernimmt? Sie sagt aber: „Peter, möchtest du vielleicht heute Nacht bei verschlossener Zwischentür in deinem Zimmer schlafen?"

Verdammt, die Frage klingt bedrohlich! Also, artig das Auto nach Hause fahren und dann weitersehen. Beide schauen sich mit einem alles sagenden Lächeln an. Dann fahren sie zu Ole.

Es ist inzwischen 14.30 Uhr. Das französische Ehepaar hat sich enttäuscht in sein Zimmer zurückgezogen und packt die Koffer zur Abreise. Mit von Holsten möchten sie auch in Zukunft nichts mehr zu tun haben. Für ihn als Mitglied des französischen Bauernverbands sind die beiden jungen Leute, Martina und Peter, viel interessanter geworden.

Herr Fourier hat sich Prof. Weseck und Dr. Martina von Holsten vorgemerkt. Er wird auf alle Fälle Martina anrufen. Ihre Nummer lässt er sich vom Hotel geben.

Die Bayern sind die reichen industriellen Schwiegereltern von Arnim. Er hatte Luise während seines ersten abgebrochenen Studiums in München kennengelernt und, wie sie jetzt so schön sagt, ihr erstes Kind gemacht. Die Eltern von ihr waren froh, für ihr „hübsches" Kind einen solch gebildeten und reichen Schwiegersohn, denken sie, gefunden zu haben.

Deshalb sagt ihr Vater: „Mei Albrecht, pfeiff do uf den depperten Bastard aus der Zone, den damischen. Insa Franz Joseph hot do bei ins uf de Parteitag der CSU scho gesogt, denn Osten hol'n wa ins, wenn de Roten om Boden sein. Was denkst, woas so a miggriger Wissenschaftler oder woas der Bastard no sei koa, dann no is!", sagt Xaver von Altkirch in voller bayrischer Überzeugung.

Währenddessen war Luciano aufgestanden und an das Fenster gegangen. Aber der Alte pfiff ihn sofort zurück. Er setzte sich verstört, aber artig an seinen Platz.

„Wenn du diesem kommunistischen Schwein auch sehr ähnlich siehst, sagt das gar nichts. Du bist ein ‚von Holsten'. Das adlige Blut in deinen Adern wird die Kommunistenbrühe auflösen. Verlass dich auf deinen Großvater!" Er zieht ihn an sich, obwohl Luciano noch nie den Bier-, Pfeifen- oder Zigarrenatem seines Opas leiden konnte.

Luciano ekelt sich. Wäre er nur mit seinen Leuten mitgegangen. Er glaubt plötzlich, dass er dort hingehört, wo seine Mutter und die Geschwister sind. Es wird laut im Raum.

Luise schreit ihren Mann Arnim an: „Was hat der Bastard vorhin gesagt? Du Schwein hast im Osten und im Westen gevögelt und Kinder gemacht? Und ich bin dir immer treu geblieben, du verdammtes Schwein!"

„Wer hätte dich denn auch genommen? Höchstens unsere Knechte, du hässliche Kuh! Da waren die blonden, scharfen Weiber aus dem Osten mit ein bisschen Grips in der Birne ein Genuss. Und was die alles können!", lallt Arnim mehr, als er spricht. Mit seiner letzten Armbewegung reißt er sein Bierglas um. Ein halber Liter Jever verteilt sich über den Tisch, dann sinkt sein Kopf auf den Tisch, und er schläft ein. Er ist total betrunken!

Luise springt auf, schnappt sich ihre Söhne und verlässt den Raum.

Ihr Vater ruft ihr hinterher: „Mei, Madel, denkst, i bi nur bei meiner Olten g'blieben? I hab erst gestern a junge Gans gvögelt, und die war gut!"

Ehe er weiterreden kann, hat im seine Frau schon eine fürchterliche Ohrfeige gegeben, dass ihm sein Gebiss halb zum Munde heraushängt.

Daraufhin lachte Arnim wiederum herzlich, der durch den Lärm wieder wach geworden ist. Doch er erhält von seiner Schwiegermutter ebenfalls eine Watschen, wie die Bayern sagen. So schnell hat noch nie jemand die füllige Frau die Tischseiten wechseln sehen.

Albrecht von Holsten hat das meiste nicht mitbekommen. Er hat sich reichlich Schnaps und Bier eingeschüttet. Trotz seines Hasses gegenüber den Ostdeutschen hat ihn der Auftritt dieses Weseck, oder wie der heißt, im tiefsten Inneren beeindruckt. Wenn der nur halb so viel kann, wie er erzählt hat, dann hat nur Martina alles richtig gemacht. Das würde er zwar nie zugeben, aber er kann auf seine Tochter und ihre Kinder nicht verzichten. Er kann aber trotz seines Hasses auf den Kommunisten wieder so richtig stolz auf Martina sein. Seine eigene Niederlage wird er nie eingestehen. Warum habe ich nur Arnim so vertraut? Der hat mich belogen und betrogen!

Es dauert nicht mehr lange, dann ist die Runde völlig betrunken. Auch Arnims handgreifliche Schwiegermutter hat sich reichlich Kräuterlikör eingeflößt, um den Kummer herunterzuspülen. Luciano hat den Fahrer von Großvater angerufen und bittet ihn, nach Hause gefahren zu werden. Der Fahrer, ein guter Bekannter von Ole, hält an der Einfahrt zu Oles Grundstück. Nach einiger Überlegung weist Luciano ihn an, zum Gutshaus zu fahren. Die Blöße möchte er sich jetzt nicht geben. Der Rest kehrt erst in der Nacht völlig betrunken zurück. Die beiden älteren Herren grölen mehr, als sie singen weithin hörbar ein bekanntes deutsches Jagdlied.

*

Als sie am Nachmittag die Autos in den Garagen verstaut haben, gehen alle gemeinsam ins Haus.

Grit unterbricht das seit ihrer Abfahrt vom Gasthof anhaltende Schweigen. „Möchtet ihr noch etwas essen oder euch erst einmal umziehen?"

Alle waren für Umziehen. Essen können sie später. Nach dem Frischmachen treffen sich alle am großen Speisetisch im Esszimmer. Peters Blick geht von einem zum anderen. Bei den Kindern und Martina sieht er ein wenig Trauer. Sie hatten sich eindeutig mehr erhofft. Ole und Grit schauen erwartungsvoll in die Runde.

Peter bricht das Schweigen: „Erzählt mal Ole und Grit, was ihr heute alles erlebt habt!"

Jetzt bricht es aus den Kindern als Erstes heraus. Sich gegenseitig unterbrechend, lassen sie ihre aufgestaute Wut und ihr Unverständnis gegenüber ihrem Opa und ihrem Onkel heraus. Martina muss besonders Melanie berichtigen und bremsen. Aber leider musste das Kind den gesamten Verlauf der versuchten Erniedrigung Peters durch ihren Großvater mit ansehen.

„Aber die ‚Krabbensuppe mit Gemüse aus der Provence' hat mir sehr gut geschmeckt, entschuldige, Grit, außer deinen Krautwickeln, die sind viel besser", sagt Peter.

„Von wegen Krabbensuppe", mischt sich Martina ein. „Das war eine ganz einfache Beutelsuppe von der Firma ‚Suppina' aus der DDR. Nur wenn die richtig gekocht wird, hat sie viel mehr Geschmack und dann ist sie ein Genuss", schwärmt Martina.

„Woher kennst du denn eigentlich unsere Studentenspeise?", fragt Peter recht verblüfft.

„Weißt du nicht mehr, als wir auf Rügen wandern waren und in der Mulde saßen, haben wir ganz spät am Abend noch Hunger bekommen. Da hast du in der kleinen Küche noch einen Beutel gefunden und gekocht." Martina schaut ihn bei ihren Erwiderungen verliebt wie damals an.

Peter versteht die Andeutung, doch ehe er antworten kann, sagt Sophia aus tiefster Überzeugung: „Ja, ja, der vergessliche Herr Professor!"

Wie zur Erlösung aus finstersten Zeiten beginnen sie, herzlich zu lachen.

„Mädels, wir gehen in die Küche und suchen im Kühlschrank etwas Essbares. Die Männer gehen in den Keller und holen etwas Kräftiges zu trinken." Grit findet jetzt die Atmosphäre gelockerter und freier.

Es wird ein gemütliches Abendessen. Danach ziehen beide Töchter mit Erlaubnis der Eltern zu ihren Freundinnen. Sicher wollen beide die neuesten Neuigkeiten weitererzählen. Auf Mama und Papa sind sie gehörig stolz, das konnte jeder aus den Gesprächen des Nachmittags heraushören.

„Der erste Schritt ist getan, wie soll es weitergehen?", fragt Ole, als sie zu viert im Wohnzimmer sitzen.

Alle überlegen und schauen vor sich auf den Tisch oder in ihr Glas.

Selbst Peter weiß auf diese plötzliche Frage keine Antwort.

„Ich muss eingestehen, dass ich mir dieses Treffen trotz unserer Vorgespräche viel leichter und sachlicher vorgestellt habe", sagt Martina und lässt alle drei aufblicken.

„Die Niederträchtigkeit meines Vaters und die Verkommenheit meines Bruders haben mich zutiefst getroffen. Obwohl ich aus Vaters Verhalten 1974 den Kindern und mir gegenüber hätte lernen müssen, habe ich immer all die Jahre die Hoffnung nie aufgegeben, dass, wenn er dich sieht und von dir hört, wer du eigentlich bist, sich seine Haltung augenblicklich verändert. Aber das Gegenteil ist eingetreten. Er hat dich behandelt wie einen seiner Landarbeiter oder Angestellten. Und dann diese Niete von Bruder und seine mehr als primitive Frau. Diese Leute unterstützt er, aber unsere Kinder sind ‚Bastarde'. Bis auf Luciano, der plötzlich der gute Enkelsohn ist, weil die Söhne von Arnim einer dümmer als der andere sind. Ich gehe jetzt da hinüber und hole meinen Luciano zurück. So halte ich das nicht mehr aus!", sagt sie mit fester Stimme und steht auf, um den Raum zu verlassen.

Peter ist sofort bei ihr. Er nimmt sie in die Arme. Sie will sich von ihm losreißen, jetzt sagt er bestimmt: „Tina, ruhig bleiben, ganz ruhig! Als von ihm die Einladung für heute kam, habe ich fest daran geglaubt, wir werden uns die Hand reichen, und alles wird gut. Oder denkst du vielleicht, mich hat diese ganze Situation nicht getroffen? Ich habe seit der Einladung krampfhaft überlegt, wie ich ihm sage: ,Ich bin der Vater Ihrer drei Enkel. Ich liebe Ihre Tochter Martina über alles und möchte sie heiraten. Damit Sie wissen, wen Sie vor sich haben, überreiche ich Ihnen meine Referenzen. Außerdem, da ich von Martina weiß, dass Sie für Ihr Leben gern Zigarren rauchen, habe ich Ihnen eine Packung ,Kubanische' mitgebracht! Bitte schön!'

Martina, dass war mein Plan. Und dann dachte ich noch, wir können unseren Luciano mitnehmen. Er hat leider meiner Aufforderung keine Beachtung geschenkt. Aber ich habe seine Augen gesehen. Er wird zurückkehren, aber nicht, solange ich hier bin!"

Sie setzen sich zurück an den Tisch.

Grit sagt leise, aber sodass sie jeder verstehen kann: „Seht es doch einmal so. Ein erster großer Schritt vorwärts ist getan. Jede Seite hat die andere kennengelernt, von Angesicht zu Angesicht, aber auch von Charakter zu Charakter. Peter, du hast heute auf jeden Fall die Gegenseite so überrascht, dass der Alte von Holsten seine Fassung verloren hat. Das will bei ihm etwas heißen, dafür kenne ich ihn zu lange und zu gut."

„Stoßen wir auf die erste Etappe eurer Familienzusammenführung an", sagt Ole und erhebt sein Glas.

Martina und Peter verstehen die Worte der erfahrenen Freunde sehr gut. Beide stoßen mit ihnen an und Peter bedankt sich ganz herzlich für ihre Gastfreundschaft.

*

Zwei Stunden später gehen alle zu Bett. Martina hatte schon am Morgen ihre Nachtkosmetik und ein Nichts von einem Nachthemd in Peters Bad geschafft. Sie selbst geht zuerst in ihr Schlafzimmer, um sich bis auf den Slip zu entkleiden. Dann huscht sie durch die Zwischentür. Peters Zimmer wird nur vom Mondlicht erhellt. Er steht am Fenster und schaut hinaus. Sie stellt sich hinter ihn. Von hier aus erkennt man, dass ihr Vater, Arnim und dessen Schwiegervater im großen Zimmer des Gutshauses kräftig streiten und weitertrinken. Im Obergeschoss des Hauses in Arnims Wohnung gibt es ebenfalls Streit zwischen Luise und ihrer Mutter. Das kann man zumindest den heftigen Gesten und Bewegungen zwischen beiden Frauen entnehmen.

Peter dreht sich um. Er tritt Martina mit seinem rechten Schuh auf ihren linken, nackten Fuß. Er erschrickt, weil Tina plötzlich aufschreit. Tina läuft in das Bad. Die Dusche tut ihrem Fuß gut.

Peter tastet sich zum Schalter der Bettbeleuchtung, geht zurück und lässt die Rollos herunter. Dann wendet er sich der Badtür zu, klopft zaghaft an und sagt: „Tina, entschuldige, ich habe dich nicht gehört und wollte dich nicht treten", sagt er schuldbewusst zu ihr.

„Gib zu, du wolltest Luise beim Entkleiden ihres schönen Körpers zu sehen. Du Spanner, dafür gibt es keine Entschuldigung. Du schläfst auf der Couch", antwortete Martina streng.

Na gut, denkt Peter, du wirst schon angekrochen kommen! Er geht zum Schrank, zieht Hemd und Hose aus und hängt alles ordentlich über einen Bügel. Danach entkleidet er sich bis auf die Socken. Dabei schaut er in den Schrankspiegel. Peter, du möchtest dich noch schnell rasieren, sonst gibt es wieder Beschwerden, man wäre an verschiedenen Stellen wund gescheuert worden.

Plötzlich kommt ein herzliches, nicht enden wollendes Lachen von der Badezimmertür. Martina steht da in ihrem „Nachthemdchen", stützt sich auf ihre Knie und lacht. Peter sieht an sich herunter und erkennt keine Verunstaltung seines Körpers.

„Peter, einen nackten Mann in Socken habe ich bisher nur im Film gesehen", sagt Martina wiederum lachend.

Peter schaut an sich herab, zieht sich schnell seine Socken aus und schaut schmunzelnd zu Martina, die sich wieder aufgerichtet hat. Bei Martina schaut aus ihrem tiefen Ausschnitt die linke Brustwarze hervor. Peter muss sich beeilen, dass er ins Bad kommt. Zwischen seinen Schenkeln beginnt sich etwas zu regen. Als er an Martina vorbeigeht, muss er unbedingt an ihre freie Brustwarze fassen. Das Streicheln löst bei ihr einen Schauer aus, aber gleichzeitig bemerkt sie, wie sie eigentlich vor Peter steht. Mit einem Gewaltsatz ist sie im Bett. Viel zu lange dauert ihr Peters Vorbereitung zur Nacht. Als er völlig nackt ins Bett kommt, zieht sie ganz schnell ihr Hemdchen aus. Dann sind beide erst einmal eine ganze Weile nicht zu sprechen. Ineinander verschlungen, finden sie keinen Gedanken zu den Problemen, die sie bedrücken.

Nach dem ersten Liebessturm liegt Peter auf dem Rücken und schaut an die Decke des Raums. Sein rechter Arm umfasst Martina, die sich an ihn kuschelt.

„Wie verfahren wir in den nächsten Tagen, Wochen und Monaten weiter?", fragt plötzlich Martina. „Wollen wir einmal alles an Problemen und Aufgaben, die vor uns stehen, zusammentragen?"

Wie auf Kommando springen beide aus ihren Betten. Peter holt aus dem Bad ihre Morgenmäntel zum Überziehen.

Martina hat aus der Minibar des Zimmers eine angefangene Flasche Sekt, eine Flasche Bier und eine Flasche Korn geholt. Dem Schrank entnimmt sie Gläser. Peter holt zur gleichen Zeit aus dem Sekretär einen Schreibblock, einen Kugelschreiber und einen rosa Textmarker. Dann setzen sich beide auf die Couch und beginnen.

„Ich muss unbedingt Luciano gewinnen", antwortet Peter. „Ich weiß nur noch nicht, wie!"

„Stopp, stopp, mein Schatz. Nicht so stürmisch, Prost", sagt Martina.

Sie stoßen miteinander an.

„So, und jetzt beginnen wir. Erstens: Luciano soll meine Aufgabe sein. Ich kenne ihn von Geburt an. Dich kennt er seit zwei Tagen und steht dabei immer unter dem Einfluss seines Großvaters, meines Bruders und seiner Sippschaft. Du weißt, wie sie dich von 1973 bis heute genannt und eingeschätzt haben. Unser Sohn weiß im Moment überhaupt nicht, wo er hingehört. Sieh ihm das bitte nach", sagt Tina.

„Martina, du hast ja recht. Vielleicht habe ich auch in meinen Träumen ganz einfach zu viel erwartet. Aber wie soll eine Begegnung 15 Jahre Versäumtes aufholen? Ich bin ihm nicht böse. Ganz im Gegenteil: Er hat mich irgendwie beeindruckt. Unabhängig davon, wie ihn Onkel oder Opa auf mich vorbereitet haben, hat er sich einem ungleichen Kampf gestellt. Für ihn bin ich der Bauer aus der Zone, das haben ihm alle eingetrichtert. Dass ich nun jemand ganz anderes bin, hat ihn erstaunt, und das habe ich an seinen Augen während des Disputs mit deinem Vater gesehen. Als ich ihn fragte, ob er mit uns kommt, habe ich bemerkt, wie ihn Opa und Onkel beeinflusst haben. Ich glaube, er wäre lieber mit uns gegangen. Also versuchen wir beide, ihn für uns zu gewinnen, Tina. Das ist das Beste in dieser Situation!", sagt Peter sehr ernst.

„Zweitens: Wie sich das Verhältnis zu meinem Vater und meinem Bruder nach dem heutigen Tag entwickeln wird, weiß ich absolut nicht. Ich denke, wir sollten dem auch kein besonderes Gewicht beimessen. Wir sind eine Familie, ob mit Zustimmung meines Vaters oder nicht, ist mir egal!" Sie schreibt das als Nächstes auf.

„Genau, ob mit ihm oder ohne ihn, ist egal!", antwortet Peter.

„Drittens: Es wird sicher zu einer Zusammenlegung der DDR und der BRD kommen. Wo soll unser gemeinsamer Arbeits- und Wohnsitz liegen?", fragt Peter plötzlich Tina.

Sie ist von dieser Frage völlig überrascht! Sie schaut Peter verständnislos an.

Dieser spricht ruhig weiter: „Ja, das wird künftig für uns und unser gemeinsames Leben eine ganz wichtige Frage, Tina. Bis jetzt war alles durch eine Grenze getrennt und regelte sich damit von selbst. Wenn die aber fällt, was hinter vorgehaltener Hand immer lauter gesprochen wird, dann müssen wir uns entscheiden, wie es weitergehen soll. Ich glaube zwar, dass wir momentan noch Zeit haben, solche Entscheidungen zu treffen. Trotzdem sollten wir uns im Lauf des Jahres 1990 klar werden, wo wir künftig Ostern, Pfingsten, Weihnachten, Silvester und die Geburtstage feiern wollen! Oder überhaupt erst die Frage entscheiden, ob jeder weiter wie bisher alleine feiert oder ob wir mindestens zu fünft beisammen sind.

Aber da du so erschüttert drein schaust, sollten wir zuerst noch einmal anstoßen", sagt Peter beruhigend.

Sie stoßen an, und Peter küsst Martina zärtlich auf die Wange.

„Weißt du, Peter, darüber habe ich mir überhaupt noch keine Gedanken gemacht! Für mich war bisher nur wichtig, dass wir uns so oft und so lange wie möglich sehen können. Ich habe mich am meisten auf das Jahresende gefreut, weil plötzlich nach einer unendlich langen Zeit ein erstes Familientreffen stattfinden sollte und stattgefunden hat. Aber du hast recht, jetzt wird es erst richtig ernst", sagt Martina wieder mit fester Stimme.

„Schreib es auf und markiere es uns", sagt Peter.

„Viertens, Tina, unser Haus auf Rügen. Wie gestalten wir das Grundstück, sodass es unserer Familie gefällt und auch Gäste aufnehmen kann? Soll es Wochenendhaus bleiben oder unser Wohnhaus werden, weil wir dort einen Teil unserer bisher schönsten Stunden verbracht haben?", fragt Peter.

„Fünftens, was mache ich mit meinem ganzen Geld, das ich seit 1980 wegen unserer Familie versucht habe anzuhäufen. Wenn es zu einem Umtausch kommen sollte, bleibt mir vielleicht ein Viertel oder noch weniger. Dafür habe ich aber nicht die ganzen Jahre gespart und gerackert", sagt Peter mit Verbitterung in der Stimme.

Sie diskutieren über all diese ungeklärten Probleme bis früh um vier. Dann sind beide so erschöpft, dass sie gleich in den Bademänteln in ihre Betten fallen. Peter kippt noch die Fenster an, um frische Luft ins Zimmer zu lassen. Dann schlafen beide eng umschlungen ein.

*

Die verbleibenden neun Tage vergehen wie im Flug, viel zu schnell, sind sich alle einig.

Martina und die Mädchen zeigen Peter die Umgebung von Borgwedel und fahren mit ihm nach Lübeck. Alle Strecken werden mit Martinas Mercedes gefahren, und Peter darf der Fahrer sein. Da er es gewohnt ist, auch Fahrzeuge mit höheren PS-Zahlen zu fahren, macht ihm das Ganze einen Heidenspaß.

Die Kinder müssen am 4. Januar wieder in die Schule. Weil Martina und Peter noch freihaben, Martinas Studienbetrieb beginnt erst am nächsten Montag, bringen sie die Kinder bis zum Wochenende morgens in die Schule. Nachmittags kommen sie mit dem Bus nach Hause.

Am Abend des 3. Januar sitzen sie nach dem Abendbrot zu sechst am Tisch. Martina fragt die Mädchen, ob sie ihre Schulsachen gepackt haben und für den nächsten Tag vorbereitet sind. Beide bejahen die Frage, verlassen kurz darauf die Runde und gehen schlafen.

Martina und Peter gehen ebenfalls nach oben, holen ihre Aufzeichnungen und die Zeichnungen und Beschreibungen für ihr Haus auf der Insel Rügen. Sie haben noch am Mittag des gestrigen Tages beschlossen, alles mit Ole und Grit durchzusprechen.

Grit hat inzwischen eine Flasche Wein von ihrem Weinberg im Süden der BRD auf den Tisch gestellt.

Martina und Peter beginnen mit Punkt fünf ihrer Aufzeichnungen: dem lieben Geld.

„Ole und Grit, als mir Martina 1980 erzählte, dass wir beide Zwillinge haben, und du, Ole, mir 1981 überraschend Bilder von Tina und unserer zweiten Tochter vorgelegt hast, war ich erst einmal sehr erstaunt, wie fruchtbar wir beide sind!" Martinas Gesicht zierte nach diesen Worten wieder ein kräftiges Rot.

„Aber Tina, das ist doch so. Oder hattest du heimlich einen Liebhaber?", fragt er, als Spaß gedacht, ganz nebenbei.

„Na, das kann es ja wohl nicht geben", mischt sich Grit empört ein.

„Man müsste doch gleich den Besenstiel holen, um solch einen Gedanken aus dir zu prügeln. Du stellst Martina auf die gleiche Stufe wie ihr Herr Vater. Das enttäuscht mich maßlos von dir. Sieht eines der Kinder dir nicht ähnlich? Du kannst die Zwillinge nicht verleugnen und Melanie auch nicht. Also ist deine Frage überflüssig und beleidigend. Du musst vor Martina den Hut ziehen und dich ganz tief verbeugen. Sie hat in den vielen Jahren gegen alle Verleumdungen und Beschimpfungen wie ein Fels in der Brandung gestanden. Obwohl sie immer hübscher wird und viele Verehrer hatte, hat sie dir die Treue gehalten, und das nun schon seit ihrem 18. Lebensjahr. Eigentlich haben die ganzen Beleidigungen auch dir gegolten, nur warst du nicht hier, sondern in der DDR. Warst du ihr eigentlich die Jahre so treu, wie du uns verkündest? Also merke dir, an Tina und die Kinder lasse ich keinen herankommen!"

Peter, Martina und Ole sitzen erschrocken auf ihren Plätzen. Keiner von ihnen hat Peters Scherz so ernst genommen wie Grit.

„Grit, so ist das doch gar nicht von Peter gemeint. Du kennst ihn eben noch zu wenig. Mit seinen Scherzen hat er schon so manchen geärgert, aber auch so manchen zum Lachen gebracht. Nein, er meint es nicht böse. Deshalb muss ich ihn auch vor deinem unberechtigten Angriff verteidigen", sagte Ole zu Grit.

„Ole, mit diesen Dingen scherzt man nicht, dafür sind sie verdammt ernst, und ich weiß als Frau am besten, was Martina die ganzen Jahre durchgemacht hat", erwidert Grit unnachgiebig.

Dann bleibt es eine Weile ruhig. Peter kommt sich vor, wie einer, der wegen eines Vergehens an den Pranger gestellt und heruntergeputzt wird, wie ein Student vor seiner Seminargruppe, der in der

Klausur betrogen hat und erwischt wurde.

„Entschuldigt bitte, Grit und auch du, Martina. Dich beleidigen, nein, das will ich nicht! Mit mir ist, wie so oft in den letzten Tagen, seit ich hier bin, mein Glücksgefühl durchgegangen. Ein Gefühl, das ich jetzt anders verspüre als in den wenigen Stunden, die ich in den letzten 17 Jahren mit dir verbringen durfte. Glaubt nicht, dass das, was ich mit meinen Eltern, meinen Geschwistern, meinem Sohn Luciano und deiner Verwandtschaft erlebt habe, spurlos an mir vorübergegangen ist!"

Ihm sieht man die immer stärker werdende innere Erregung an. Den Bleistift, den er während seiner Worte zwischen den Fingern dreht, bricht er plötzlich in der Mitte durch.

Nach einem Augenblick des Schweigens spricht er sehr beherrscht weiter: „Ganz im Gegenteil: Jeder glaubt nur, ich bin der harte, große starke Kerl, der alles schafft, was er sich in den Kopf setzt. Der in den ganzen Jahren nur an seiner Karriere gearbeitet hat, ohne dass ihn das Geschrei und die Probleme kleiner Kinder gestört haben. Der siegessicher vor der ganzen Sippschaft aufgetreten ist, als der Prof. Dr. Sowieso, den nichts erschüttern kann und der allen weit überlegen ist! Weit gefehlt!

Ich habe ein Herz, das sehr weich und mitfühlend ist. Manche Studentin und mancher Student hätten ihren Abschluss nicht geschafft, wenn Dr. Weseck nicht gewesen wäre. Durch mein Einfühlungsvermögen und den Versuch, mich in das Denken und Fühlen dieser Menschen hineinzuversetzen, sie zu verstehen, um unberechtigte Ängste auszuschalten, ist es uns gemeinsam gelungen, ihr Studium zu schaffen. Darauf bin ich stolz.

Wenn ich dann in meinem Arbeitszimmer an der Uni oder am Abend in meiner kleinen Wohnung in Grimmen saß, habe ich mich unzählige Male gefragt, wie würde Martina als Mutter und Lehrerin an dieser Stelle entscheiden?

Ich habe mich gefragt, würdest du genauso verfahren, wenn anstelle dieser Studenten eines deiner Kinder säße und dringend deine Hilfe braucht? Ja, du würdest auf jeden Fall helfen, auch wenn es gegen die Vorschriften verstößt. Sehr oft wünschte ich mir dann, dass Martina neben mir sitzt und wir gemeinsam das Problem besprechen und lösen können", setzt er nach einer Pause leise hinzu.

„Und noch etwas, Grit! Ich habe Martina im August 1973 in Berlin kennengelernt. Es ist Liebe auf den ersten Blick, deren bisherige Krönung drei feine und gute Kinder sind. Sie sind sehr gut erzogen. Dafür möchte ich nicht nur Martina danken, sondern auch euch, Grit und Ole. Entschuldigt bitte!" Peter muss schlucken, und ihm werden plötzlich die Augen feucht. Eine Hitzewelle beginnt seinen Körper zu durchströmen.

Er steht auf und geht aus dem Raum. Im Flur greift er seinen Mantel und verlässt das Haus. Die kalte Winterluft bringt ihn erst wieder zu sich. Peter geht um das Haus zum Trampelpfad der Kinder, den sie heute Nachmittag gemeinsam durch den Schnee angelegt haben. Dieser führt über eine verkürzte Strecke zur Bushaltestelle. Glücklicherweise findet er im Ärmel des Mantels seinen Schal und in einer der Taschen die Handschuhe. Es ist ziemlich kalt geworden. Aber nun erst einmal weg von dem Haus. Auf halber Strecke kann er seine Tränen nicht mehr zurückhalten. Gegen einen Baum gelehnt, bricht all das seit vielen, vielen Jahren Angestaute ungehindert aus ihm heraus.

Die Worte von Grit haben ihn zutiefst getroffen. Auch Ole kann da nichts mehr richten. Er hat doch nicht die Absicht, Martina zu beleidigen und ihr Untreue vorzuwerfen. Das gleiche Recht hätte sie auch ihm gegenüber, aber sie vertrauen sich, und das zu Recht.

Wie viele Gelegenheiten hätte er gehabt! Manche weibliche Lehrkraft, Studentinnen oder sogar Ehefrauen von Kollegen haben sich ihm angeboten. Er hat keine der Gelegenheiten genutzt, immer im festen Glauben an seine Martina. Und jetzt plötzlich das!

Was ist mit Grit los? Hat sie eine schlechte Nachricht erhalten oder traut sie ihm vom ersten Moment an nicht?

Peter hat sich etwas beruhigt und ist langsam weitergelaufen. Kurz vor der Haltestelle hört er Martina nach ihm rufen. Für eine Antwort ist er nicht bereit. Er geht zur Haltestelle und setzt sich hin.

Wenn er nur seine Winterschuhe angezogen hätte. Er hat mittlerweile eisig kalte Füße. Also laufen, aber wohin? Peter greift in die Hosentasche, um ein Taschentuch herauszuholen. Dabei findet er drei Schlüssel: der eine ist der große Torschlüssel, der zweite ist der Haustürschlüssel, und der dritte gehört zur Garage. Also könnte ich zur Not in der Garage schlafen! Jetzt laufe ich erst einmal zurück.

Aber den Weg an der Straße entlang!

Nach wenigen Metern schallt es wieder durch den Wald. Dieses Mal rufen Martina und Ole. Soll er ihnen antworten? Nein, Tina hat ihn auch nicht verteidigt, als Grit vom Leder gezogen hat. Ein wenig Stolz bei aller Liebe hat er doch noch!

Weiter, Peter, weiter! Plötzlich hört er ein Geräusch im Wald, das immer näher kommt. Kurz vor dem Abzweig von der Straße zum Grundstück Sörensen schießt ein Hund aus dem Wald. Es ist Oles Schäferhund Axel, der Peter kennt, weil er ihn mehrmals in den letzten Tagen gefüttert und ausgeführt hat. Er springt ihn an und bellt. Peter möchte weitergehen, aber da fängt Axel an zu knurren. So bleiben beide an der Stelle stehen und warten, bis Ole und Martina eintreffen. Peter ist jetzt so durchgefroren, dass ihm alles egal ist, was mit ihm geschieht.

„Komm, wir laufen zum Haus! Da wird uns bestimmt gleich warm", sagt Martina.

Alle drei, Martina, Peter und Ole, rennen los. Nur der Hund Axel ist schon weit voraus in seinem Zwinger.

Ole geht Türen und Hoftor verriegeln. Martina und Peter sind sofort ins Haus gegangen. Tina kocht in der Küche einen Tee. Grit ist verschwunden.

Ole kommt zurück und wundert sich nicht, dann sagt er: „Das schlechte Gewissen bohrt schon. Dann bis Morgen, schlaft gut."Er verlässt den Raum.

Peter und Martina trinken schweigend den Tee aus und gehen ebenfalls ins Bett. Es ist gegen 22 Uhr. Als sie die Treppe nach oben gehen, hören sie aufgeregte Stimmen, die aus Lucianos Zimmer kommen.

Peter interessiert sich nicht dafür. Ihm ist immer noch kalt. Martina hat ihm den Wasserkocher aus der Küche und eine Flasche hochprozentigen Rum in die Hand gedrückt. Er füllt den Kocher mit Wasser. Dann holt er zwei Groggläser aus dem Schrank und stellt sie auf den Wohnzimmertisch. Er stellt die Heizung auf vier und geht ins Bad, um eine heiße Dusche zu nehmen. Er trocknet sich ab, föhnt die Haare und geht im Schlafanzug ins Zimmer zurück.

Nach etwa zehn Minuten kommt Martina durch die Zwischentür. Peter steht auf und schaltet den Kocher ein. Tina füllt Rum und

Zucker in die Gläser, das heißt, Rum und Wasser im gleichen Verhältnis. Peter wird es langsam durch die Heizung und den Grog zu warm. Er knöpft die Jacke seines Schlafanzugs auf. Martina laufen feine Schweißperlen von der Stirn über das Gesicht. Bis jetzt haben sie noch kein Wort miteinander gesprochen

Sie steht auf und geht ins Bad, um sich zu duschen. In einem neuen Nachthemd kehrt sie zurück, das Peter noch nicht bei ihr gesehen hat.

Zu ihrer Verwunderung reagiert er kaum auf das, was sie angezogen hat. Das ist das erste Mal! So kennt sie ihn überhaupt nicht. Liegt es am Grog, den er vielleicht nicht so stark gewöhnt ist, oder etwa an dem unheilvollen Disput mit Grit?

„Peter, möchtest du nicht wissen, was in Lucianos Zimmer los war?", fragt sie ihn.

„Ja, wenn es wichtig ist, schon", entgegnet er kurz.

Martina wird erst jetzt bewusst, dass ihr Peter sehr verletzt ist. Deshalb rückt sie ganz dicht an ihn heran. Sie streichelt seine linke Wange und küsst ihn. Er zeigt sich dabei sehr zurückhaltend. Zu ihrer großen Verwunderung geht er sofort wieder zum Thema Luciano über und fragt sie, was da nun vorgefallen ist.

„Luciano ist wieder zu Hause! Seine beiden Schwestern haben ihn in Empfang genommen. Wahrscheinlich hat er das nicht erwartet. Sie haben sich ihn jedenfalls wegen seines Verhaltens dir gegenüber und am Neujahrstag in der Gaststätte vorgenommen. Er hatte nichts zu lachen, sodass er froh war, als ich sein Zimmer betrat und er flüchten konnte. Schade, dass du nicht mitgekommen bist", sagt Martina und wird immer unsicherer.

„Vielleicht ist es auch besser so", antwortet Peter nach einer Weile. „Er sieht mich morgen Früh. Ich denke, die Zeit, meinen Anblick zu ertragen, wird dann nicht zu lang für ihn. Wann müssen wir aufstehen?", fragt er das Thema beendend.

„Peter, du bist verletzt", bricht es aus Martina heraus, „aber das ist alles nicht so, wie du denkst, glaub mir, bitte!"

„Lass nur, es hat alles seine Richtigkeit. Die Zeiten der Freundlichkeiten sind nun eben vorbei! Diese Offenlegung der wahren Meinung musste irgendwann kommen. Nur kommt sie für mich zu früh und unerwartet. Das Gute für mich ist, dass ein spontaner Ausspruch mehr Wahrheit enthält und man das Innere eines Menschen so schneller erkennt, als ein lange vorbereitetes Gespräch bringen kann!

Wie sagt man bei uns im abgewirtschafteten Osten, ‚Schwamm darüber'. Ich gehe jetzt schlafen. Gute Nacht." Peter steht auf, dreht die Heizung zurück, öffnet das Fenster einen Spalt und schaltet sein Licht aus.

Martina sitzt sprachlos auf der Couch. Ihr ist, als hätte sie eine Ohrfeige bekommen. Als Peter vorhin das mit den Freundlichkeiten sagte, sind ihre Gedanken zum Beginn dieses unglücklichen Abends zurückgekehrt. Tante Grit mag in vielem recht haben, aber um so zu urteilen, kennt sie ihre Beziehung nicht tiefgründig genug. Martina ist das Ganze schon während der Auseinandersetzung mit Peter sehr peinlich gewesen. Was hatte Grit nur zu solchen Äußerungen veranlasst?

Eingangs fühlte sich Martina verteidigt und auch ein bisschen geschmeichelt. Solch ein Lob gefällt jeder Frau! Es stimmt auch, dass sie nach Peter nie wieder einen Mann an sich herangelassen hat! Obwohl es viele Gelegenheiten gab! Wie oft hatte sie Sehnsucht nach den Zärtlichkeiten des Mannes, den sie aus ganzem Herzen liebt! Wenn sie irgendwo ein Liebespärchen sah oder ihr Paare mit Kindern begegneten, wurde sie schwermütig und richtig eifersüchtig! Wie oft hat sie sich nach seiner körperlichen Nähe, die sie bis heute nur in wenigen Stunden erleben durften, gesehnt? Jede Stelle ihres Körpers spürte dann seine zärtliche Berührung, als ob er bei ihr läge, unzählige Male!

Aber warum hat sie all die Jahre nie darüber nachgedacht, was in Peter vorgeht? Wie es mit seinen Gefühlen aussieht? Sie hat sich von seinen Zärtlichkeiten berauschen lassen, hat aber nie danach geforscht, wie es in ihm aussieht! In den wenigen Stunden, die sie zusammen waren, da regierte für sie der Sex!

Sie findet ihn, seit sie ihn kennengelernt hat, attraktiv, gut aussehend und intelligent. Das Letztere hat er auch durch seine Titel bewiesen.

Aber was ist mit seinen Eltern und seinen Geschwistern? Er war seit 1980 wegen ihr mit ihnen entzweit. Warum hat sie ihn nie nach jemandem von seinen Verwandten gefragt? Hat sie je danach geforscht, welche seelische Belastung diese Situation ihm bringt?

Auch er konnte sich mit niemandem austauschen oder beraten. Sie hat wenigstens noch Onkel Ole und Tante Grit!

Welche Gedanken und Gefühle bewegen ihn, seit er weiß, dass er drei Kinder hat? Martina, auch darauf kannst du keine Antwort geben, weil du nur seine damalige, spontane Reaktion erlebt hast! Ansonsten hast du ihn durch Briefe und Erzählungen von Onkel Ole kennengelernt. Persönlich hast du nur 1985 und im November 1989 mit ihm über unsere kleine Familie gesprochen. Martina, hier ist ein großer Teil der gemachten Fehler bei dir zu suchen. Hier trägst du genauso viel Schuld, wie Peter laut Grit jetzt tragen soll. Du hast schlicht und einfach versagt! Ändere das, oder alles ist vorbei!

Martina erkennt in ihren so noch nie geführten Überlegungen plötzlich die bittere Wahrheit. Peter liegt in seinem Bett und schläft scheinbar. Ihr ist kalt geworden. Sie steht auf und kuschelt sich in ihre Bettdecke ein.

Nach einiger Zeit richtet sie sich nochmals auf und legt ihre rechte Hand auf Peters Schulter. Erst möchte sie ihn wecken, doch ein nicht bestimmbares Gefühl hält sie davor zurück. Sie kann lange nicht einschlafen, weiß aber nicht, dass es Peter ebenso geht.

*

Peter hat die Nacht über nur stundenweise geschlafen. Immer wenn er auf die Leuchtzeiger seiner Armbanduhr schaut, stellt er fest, dass er viel zu langsam vorrückt. Martina schläft gegen 1 Uhr ein. Das hört er an ihrem einsetzenden Schnarchen. Nur sehr unruhig schläft sie und spricht im Schlaf. Mehrmals hört er seinen und Grits Namen.

Gegen 6 Uhr steht er auf und geht unter die Dusche. Wie immer nach solchen unruhigen Nächten duscht er lauwarm, fast kalt. Danach rasiert er sich, putzt die Zähne und legt einen entsprechenden Duft auf. Seine Sachen hat er sich am Tag zuvor schon zurechtgelegt. Er zieht sich an und verlässt leise das Zimmer. Vor der Tür horcht er erst einmal, ob sich irgendwo etwas rührt. Trotz der frühen Stunde zieht der Duft von Oles Tabakpfeife durch das Haus. Ach ja, Grit steht erst immer um 8 Uhr auf, und Ole kann seine 30 Jahre Verwalteraufstehzeit nicht ablegen. Peter geht in die Küche und trifft wie erwartet auf ihn. Sie begrüßen sich, und Ole gießt Peter eine Tasse Kaffee ein.

Dann geht er gleich zum Thema des letzten Abends über. „Peter, du darfst Grit das Ganze nicht übel nehmen. Das ist ihre spontane Denkweise. Sie hat sich auch die ganzen Jahre aufopferungsvoll um Martina und die Kinder gekümmert. Jetzt bist du da. Sophia und Melanie kümmern sich plötzlich mehr um dich als um sie, und da packt sie die Eifersucht. Glaub mir, sie ist ein herzensguter Mensch", sagt Ole.

Peter überlegt kurz, dann antwortet er: „Ole, ich glaube dir das alles! Was mich gestern so schockiert hat, ist, dass Grit ein Urteil über mich fällt, ohne mich zu kennen. Noch mehr aber hat mich getroffen, dass Martina danebensitzt und kein Wort der Gegenrede spricht.

Da wurde mir schmerzlich bewusst, dass wir uns die ganzen Jahre über ihre Auseinandersetzungen mit ihrem Vater und die Probleme der Kinder unterhalten haben, aber kaum über unser Verhältnis zueinander. Sie wusste, dass ich mich wegen ihr mit meiner Familie 1980 zerstritten hatte. Dass mich diese langjährige Situation sehr belastet hat, daran hat sie nicht gedacht, glaube ich jetzt. Die Versöhnung vor wenigen Wochen war deshalb eines der schönsten Erlebnisse der letzten Jahre für mich.

Noch schöner ist das Kennenlernen der Kinder und eures gesamten Umfelds für mich. Aber sie hat mich zum Beispiel bisher nicht gefragt, wie es meinen Eltern oder meinen Geschwistern geht.

Ole, vielleicht bin ich auch etwas zu sehr vom Verhalten meines Sohnes und Martinas Familie enttäuscht. So viel Falschheit und Hinterhältigkeit wie bei ihrem Vater und ihrem Bruder habe ich mein Leben lang noch nicht bei einem anderen Menschen erlebt, selbst bei meinem Vater nicht. Und der kann in seinem Zorn schrecklich sein. Eines ist aber unbestreitbar sicher: Wie es in meinem Inneren aussieht, haben sich nur wenige gefragt. Leider gehört Martina nicht zu den wenigen, glaube ich jetzt!"

Ole überlegt eine Weile, dann sagt er: „Peter, du hast sicher in den meisten Dingen recht. Vielleicht habe ich Martina gegenüber selbst einen Fehler gemacht. Wer will das heute noch sagen? Verzeih ihr ganz einfach und setze nicht wegen falscher Betroffenheit eure wunderbare Beziehung aufs Spiel. Du hast die beste Frau der Welt.

Sie wird mit dir durch dick und dünn gehen. Glaub mir das, ich kenne sie ein paar Tage länger als du!"

„Ole", sagt Peter nach kurzem Nachdenken, „du lässt mich vieles wieder geordneter und klarer sehen. Ich danke dir."

Peter geht nach oben, um Martina zu wecken. Ole macht Melanies Frühstücksbrot. Sophia und Luciano pflegen ihr Frühstück als Fast Food an der Penne einzunehmen.

Er öffnet ganz leise die Tür. Doch das Bett und das Bad sind leer. Er versucht, die Zwischentür zu öffnen, auch verschlossen.

Peter geht an die Türen der Kinder, um sie zu wecken, doch diese sind schon fertig. Jetzt geht er nach unten. Martina sitzt in der Küche am Tisch. Ole reicht ihr ein Glas mit einer sich auflösenden Brausetablette.

Peter geht zu ihr, küsst sie auf die Stirn und sagt: „Guten Morgen Martina. Ich wollte dich und die Kinder soeben wecken. Aber alle sind schon fertig, scheint mir. Hast du Kopfschmerzen?", fragt Peter mit ernstem Gesicht.

„Warum trinke ich immer wieder diesen Grog? Ich weiß genau, dass ich davon Kopfschmerzen bekomme", antwortet Martina.

„Ich glaube aber, der gestrige hat dich vor einer ordentlichen Erkältung bewahrt. Wann müssen wir los?", fragt er interessiert.

Martina schaut auf die Küchenuhr: „Wenn wir nicht rasen wollen, dann müssen wir sofort los. Würdest du bitte das Auto aus der Garage holen, Peter?"

„Aber gern, Frau Doktor", sagt Peter mit einer leichten Verbeugung.

Er nimmt die Schlüssel vom Brett, zieht Winterschuhe und Anorak an und geht zur Garage. Peter fährt das Auto vor den Eingang, steigt aus und läuft zum Grundstückstor, um es zu öffnen. Als er zum Auto zurückkommt, sitzen die drei Kinder auf der Rückbank und Martina auf dem Beifahrersitz. Das heißt, er darf fahren. Bis zur Schule sprechen nur Mutter und Kinder miteinander. Die Themen sind unterschiedlich. Eines davon sprechen die Zwillinge an. Kommt ihr uns nach der Schule abholen? Dieses Ansinnen lehnt Martina ab.

Durch den Rückspiegel kann er sehen, wie ihn Luciano beobachtet.

Dann muss ihn Sophia anstoßen, als sie sagt: „Und Papa, was sagst du zu dieser Antwort unserer Mutter?", fragt Sophia spitzbübisch.

„Nichts, junges Fräulein! Ich bin hier nur der Fahrer und verantwortlich dafür, dass ihr alle sicher und pünktlich zur Schule kommt. So, ich glaube, wir sind da! Darf ich euch noch die Taschen aus dem Kofferraum reichen?", fragt Peter, jede Konfrontation umgehend.

„Das kannst du stecken lassen. Da bittet man seinen Vater einmal um etwas und schon wird man abgewiesen!" Sie verlassen das Auto, und Sophia knallt die Tür vor Wut zu.

Peter steigt ebenfalls aus, geht hinter das Auto mit geöffnetem Kofferraum und sagt zu Sophia: „Ich kenne den Tagesplan nicht, aber ich werde alles versuchen, euch abzuholen. Das verspreche ich dir!"

Luciano steht unbeteiligt daneben. Sophia fällt ihrem Vater um den Hals und küsst ihn auf beide Wangen. Das löst natürlich ein Gejohle bei ihren Schulkameraden aus.

Peter steigt wieder ins Auto, nachdem er den Kofferraum geschlossen hat, dreht um und fährt in Richtung Borgwedel.

„Warum haben denn die Schüler so gejohlt?", fragt Martina interessiert.

„Weil mich meine große Tochter auf die Wange geküsst und umarmt hat", antwortet Peter todernst.

Martina ist sprachlos. Sie braucht einige Zeit, um das Gehörte zu verarbeiten. Dann sagt sie: „Hier, in der Öffentlichkeit? Sophia, die immer einen Bogen um das männliche Geschlecht macht? Da musst du aber bei ihr einen gewaltigen Stein im Brett haben!"

Sie fahren eine Strecke, ohne zu sprechen.

Dann sagt Peter: „Das kann schon sein, wenn du es so sagst. Um dich nicht eifersüchtig zu machen, ich habe ihnen versprochen, um 14.30 Uhr an der Schule zu sein. Der Bus fährt wohl erst zwei Stunden später. Darüber hat sie sich gefreut und mich umarmt. Das muss wohl dann das Johlen der Klassenkameraden ausgelöst haben."

„Peter, da vorn ist eine kleine Gaststätte. Halte bitte an! Dort können wir frühstücken und uns in Ruhe unterhalten", sagt Martina etwas erregt zu ihm.

Peter fährt auf den kleinen Parkplatz für PKW und staunt über die große Anzahl von LKWs hinter dem Haus. Viele tragen dänische Kennzeichen. Sie gehen hinein. Der Gastraum ist gemütlich eingerichtet. Hinten an der Fensterseite ist ein Dreimanntisch frei. Sie setzen sich, und Martina bestellt ein komplettes Frühstück.

„Und was machst du mit den Kindern, wenn ich heute Nachmittag mit dir etwas vorhaben sollte?", fragt Martina herausfordernd.

Peter überlegt, schaut ihr in die Augen und sagt: „Ich werde, wenn wir von hier zurück sind, erst einmal mein Auto besichtigen, dann meine Sachen packen, nochmals mit Ole sprechen, zu deinem Vater gehen, um mich zu verabschieden, die Kinder abholen, mich von euch allen verabschieden und zurückfahren. Wenn du mit mir etwas vorhast, ist das neu für mich. Gemeinsam mit Ole und Grit haben wir für heute einen Waldeinsatz geplant. Heute Morgen hat mir Ole aber gesagt, dass die behördlichen Genehmigungen nicht eingetroffen sind und wir die Aktion auf später verschieben müssen. Ob das bis zum 10. Januar noch klappt, weiß keiner."

Martina schaut ihn reichlich erschrocken an. In die Augen kann sie ihm schon lange nicht mehr blicken. Sie fühlt sich unwohl und weiß auch, warum. „Peter, ich habe mehrere Fehler gemacht, mehrere schwerwiegende Fehler, wird mir langsam bewusst! Nicht die Kinder und das ganze Umfeld stehen im Mittelpunkt, sondern wir. Unser Verhältnis zueinander und unsere Liebe stehen über allem. Ich habe gestern, als du schon im Bett warst, etwas begriffen. Miteinander schlafen ist die schönste Sache der Welt. Aber es ist nicht die Hauptsache. Unsere kleine Familie ist durch Zufall entstanden und beschäftigt unsere Eltern, Ole und Grit. Ich vermute bald mehr, als sie unsere Probleme angehen. Dass sich Grit erst einmal als die Frau fühlt, die über allem steht, ist nach all den Jahren verständlich. Aber sie hat nicht das Recht, so vehement in unsere Beziehung einzugreifen!"

„Martina, wie viel hast du von dem Gespräch zwischen mir und Ole heute Morgen gehört?", fragt Peter sie unverhofft.

„Leider zu wenig. Ich habe nur noch gehört, dass wir ein Superpaar sind und uns niemals trennen sollen", antwortet sie.

„Ich weiß zwar noch nicht, wann, aber bevor ich abreise, sind noch einige Dinge zu klären und abzusprechen. Ich glaube fast, sonst geht unsere Beziehung in die Brüche", entgegnet Peter knallhart.

„Ich wollte heute mit dir einen schönen Tag in Lübeck verbringen, aber unsere Probleme zu lösen scheint mir wichtiger zu sein.

Da uns Lübeck nicht davonläuft, schlage ich vor, wir schließen uns in deinem Zimmer ein und sprechen in Ruhe über alles, einverstanden?", fragt Martina und gibt ihm wie zuvor Sophia ein Küsschen auf die Wange. „Übrigens, der hat mir gestern Abend gefehlt", ergänzt Martina.

„Mir auch, Tina", antwortet Peter. Sie bezahlen und verlassen die Gastwirtschaft.

Zu Hause angekommen, gehen beide Hand in Hand ins Haus. Grit werkelt in der Küche. Peter begrüßt sie, als wäre nichts gewesen. Er sieht ihr an, dass sie das schlechte Gewissen plagt.

Ehe er etwas sagen kann, bittet sie ihn und Martina an den Küchentisch. „Peter und Martina, ich habe gestern Abend ganz einfach überreagiert. Ich möchte mich bei euch beiden dafür entschuldigen. Es sind eure Probleme, in die ich mich nicht einzumischen habe", sagt sie kurz, aber treffend.

„Die Entschuldigung ist angenommen", sagt Martina, und Peter nickt. Martina fährt fort: „Ich möchte dir aber auch sagen, dass du mir gestern mit deinen Worten die Augen geöffnet hast. Auch ich habe große Fehler gemacht. Deshalb haben wir beide beschlossen, uns oben im Zimmer einzuschließen und erst wieder herunterzukommen, wenn wir Lösungen gefunden haben. Du brauchst mit dem Mittagessen sicher nicht auf uns zu warten!"

„Alles klar, ich stelle eure Portionen ins Rohr", entgegnet Grit erleichtert.

„Grit, ich habe gestern Abend eine Menge Papiere mitgebracht, wo sind die zu finden?", fragt Peter.

„Im Wohnzimmer auf dem Tisch", antwortet sie.

Peter holt sie, und gemeinsam mit Martina gehen sie in sein Zimmer und verschließen die Tür hinter sich. Die nächsten Stunden werden bei leiser Radiomusik intensiv zur Darlegung ihrer Probleme genutzt. Keines wird abgehakt, ohne eine Lösung gefunden zu haben.

Peter und Martina erzählen sich das erste Mal in ihrem Leben auch ihre kleinen Geheimnisse: was sie in Kindheit und Jugend erlebt haben, auch wie die ersten Berührungspunkte zum anderen Geschlecht und wie ihre Stellung in ihren Familien waren. Peter erzählt auf Martinas Bitten hin das erste Mal ausführlich von seinen Eltern und Geschwistern, zeigt ihr Bilder, die er nun fast eine Woche in seiner Aktenmappe liegen hat. Er erzählt von seinen Schwägerinnen und Schwäger, deren Kindern und wie sie miteinander leben. Martina ist sehr neugierig auf alle und alles geworden, was seine Familie und seine Heimat anbetrifft. Deshalb legen sie vorläufig fest, wann sie gemeinsam mit den Kindern in der Oberlausitz Urlaub machen wollen. Vorausgesetzt, das Verhältnis zwischen ihm und Luciano wird ein ordentliches Vater-Sohn-Verhältnis. Martina zeigt sich recht optimistisch, nachdem sie gestern Abend das Gespräch der Geschwister erlebt und ihren Sohn heute Morgen beobachtet hat.

Als weiteres Problem besprechen sie, wie sehr sie sich bei der Lösung ihrer Fragen auf Ole und Grit stützen wollen.

Beide sind der Meinung, dass sie sich künftig stärker selbst kümmern müssen. Die Hilfe der beiden Freunde soll nur noch in komplizierten Fällen erbeten werden. Einer dieser Fälle ist Peters Geld. Nach langem Hin und Her entschließen sie sich, die Währungsumstellung mit ihren Bedingungen abzuwarten sowie jetzige Möglichkeiten des günstigsten Umtausches zu prüfen.

Einen großen Teil des Gelds wollen sie in den Umbau ihres Rügen-Hauses stecken. Peter schlägt unter anderem vor, seinen fast fabrikneuen Lada mit einer Anhängerkupplung zu versehen und einen Autoanhänger zu kaufen. Dabei kommt Martina auf die Idee, dass sie diesen mit Plane hier von ihrem Geld kaufen sollte, da sie dann mit der DEKRA über Jahre erst einmal keine Probleme zu erwarten haben. Beide werden sich darüber schnell einig.

Als Martina auf die Uhr schaut, weil ihr Magen knurrt, stellt sie fest, dass es schon 13.30 Uhr ist. „Peter, ich glaube, wir müssen hier unterbrechen, denn du hast unseren Kindern ein Versprechen gegeben", sagt Martina.

„Dann lassen wir hier alles liegen und machen den Rest heute Abend, einverstanden?", fragt er vorsichtig, als er ihr langes Gesicht sieht.

„Aber nicht zu lange, denn mir wird spätestens um 21.30 Uhr so schwermütig zumute, dann wird auch das Kribbeln unerträglich, und dann benötige ich Streicheleinheiten", sagt Martina mit Schmollmund.

„Tina, ich muss dir etwas sagen: Mir geht es genauso."

Glücklich und erleichtert umarmen und küssen sie sich.

Dann geht es die Treppe hinunter und ins Auto. Sie wollen ihre

Sprösslinge gemeinsam abholen. Vorher fragen sie Grit, ob sie vom Bäcker etwas mitbringen sollen. Die bejaht das Ganze und will schon inzwischen Kaffee aufsetzen.

Sie sind in etwa zehn Minuten an der Grundschule in Borgwedel. Melanie kommt sofort heraus, denn sie hat sehnsüchtig auf ihren Papi gewartet. Sie steigt mit Mama und Papa ins Auto, und sie fahren zum Gymnasium nach Schleswig. Dort warten sie gemeinsam auf Sophia und Luciano.

Beide verlassen kurz darauf mit ihren Klassenkameraden das Schulgebäude. Besonders die Mädchen gehen langsam mit Blickrichtung zu Peter an ihnen vorbei. Martina und Peter stehen mit dem Rücken an den Mercedes gelehnt.

Aus der Gruppe der Jungen mit Luciano, die ebenfalls sehr langsam den Vorplatz verlassen, ruft plötzlich ein besonders von sich eingenommener Bursche: „Ach, so sehen die aus dem abgewirtschafteten Osten vor einem richtigen Auto aus. Ich wollte schon immer mal so einen Exoten sehen!", ruft er mit dem Gelächter seiner engsten Kumpel über die Straße.

Sophia und Melanie rennen auf den Jungen zu.

Peter ruft: „Sophia und Melanie, halt! Ihr werdet euch doch nicht an solch einem hohlen Schädel die Finger beschmutzen. Wissen Sie, mein Herr, Ihre dümmliche Figur gehört in den Zoo. Da haben Sie dann zu jeder Zeit eine Unmenge Exoten um sich", sagt Peter mit ruhiger, aber lauter Stimme, damit alle anderen Schüler ihn auch verstehen können.

Daraufhin bricht ein Gejohle und Gelächter unter den Schülern aus. Nur wenige können diesen Gernegroß leiden!

Als Luciano an Peter vorbeigeht, sagt er zu ihm: „Vielen Dank, Herr von Holsten!"

Peter dreht sich weg und steigt ins Auto. Martina fasst sehr wütend ihren Sohn am Arm und schiebt ihn auf den Rücksitz. Als sie eingestiegen ist, fährt Peter los. Jetzt muss Luciano eine Standpauke von Martina über sich ergehen lassen. Sie wird so wütend, dass ihr Peter zur Beruhigung seine Hand auf den Oberschenkel legt, und als sie ihn anschaut, leicht den Kopf schüttelt. Die beiden Mädchen schauen immer abwechselnd von einer zur anderen. Sie haben ihre Mutter noch nie so wütend erlebt.

Peter hält an einer Konditorei in Borgwedel an. Martina gibt ihm die Geldbörse und sagt, er solle etwas Schönes aussuchen. Die beiden Mädchen nutzen die Gelegenheit, mit ihrem Papa einkaufen zu gehen.

Ihm ist es nicht unrecht, denn das sind Dinge, die ihm überhaupt nicht liegen. Auf dem Weg zum Geschäft fragt er Sophia: „Was ist mit Luciano in der Schule vorgefallen?"

„Nichts. Der Hohlkopf Petersen hat schon vor Unterrichtsbeginn angefangen, über dich herzuziehen. Woher er seine Informationen hat, kann ich mir nach den gebrauchten Worten gut vorstellen. Sein Vater ist Großbauer und verbringt mit unserem Opa und einer ganzen Gruppe Gleichgesinnter wöchentliche Stammtischrunden. Dort machen sie die Politik unserer Gemeinde. Ich nehme an, dass man dich dort ausführlich schlecht gemacht hat. So fielen heute Worte wie ‚Bauer', ‚dummer Knecht' und so weiter. Ich habe mich mit dem Holzkopf angelegt, Luciano aber ist schön im Hintergrund geblieben, obwohl er deine wirkliche Tätigkeit kennt", antwortet Sophia.

Dann kaufen sie ein. Die Verkäuferin betrachtet ihn offen neugierig und hätte zu gern erfahren, wer der Mann mit den von-Holsten-Kindern ist. Man hat ja schon einiges munkeln gehört. Aber?

Als sie zum Auto zurückgehen, sehen sie Martina und Luciano davorstehen und ruhig miteinander sprechen. Kurz bevor die drei ankommen, umarmen sich Mutter und Sohn. Peter kann gegenüber Martina ein erstauntes Gesicht nicht verbergen.

Nach der Kaffeezeit bleiben Ole, Grit, Martina und Peter noch einen Moment sitzen. Ole teilt mit, dass sie Montag Holz schlagen dürfen. Peter schaut Martina an, die sagt, dass das ganz gut ist, denn Dienstag hat sie frei und Mittwoch kann sie ihn zu ihrer Vorlesung nach Kiel mitnehmen. Montag wäre sowieso nur Dienstplanbesprechung. Alles klar! Peter und Martina gehen nach oben, um bis zum Abendbrot noch einiges abzuarbeiten.

Vor seiner Tür bleibt Peter plötzlich stehen. „Tina, ich muss mich zuerst bei unserem Sohn entschuldigen", sagt Peter sehr ernst.

Obwohl sie ihn nicht ganz versteht, sagt sie, dass sie sich dann erst einmal umzieht. Peter klopft an Lucianos Zimmertür. Von innen wird erst nach dem zweiten Klopfen der Eintritt erbeten. Als Peter das Zimmer betritt, sitzt sein Sohn am Schreibtisch und macht Hausaufgaben. Als er Peter in der Tür stehen sieht, lässt er den Stift fallen. Er fühlt sich plötzlich nicht mehr wohl in seiner Haut und hat Angst vor dem Kommenden.

„Darf ich eintreten?", fragt Peter.

Luciano nickt.

„Herr von Holsten, gestatten Sie mir, mich bei Ihnen zu entschuldigen. Ich habe Sie vorhin vor der Schule zu Unrecht verdächtigt, und das möchte ich jetzt zurücknehmen. Entschuldigen Sie bitte!"

Peter reicht seinem Sohn die Hand, der langsam aufsteht und die seine herüberstreckt. Zögernd, zitternd und ungläubig steht Luciano vor Peter. Dieser gebildete Mann mit seinen vielen Titeln entschuldigt sich bei ihm, obwohl er ihn durch sein Verhalten beleidigt hat?

Peter sagt: „Danke", und verlässt das Zimmer wieder.

In seinem Wohnraum sitzt Martina in Wohlfühl-Klamotten, die noch reichlich keusch erscheinen, und erwartet ihn. Peter erzählt ihr den ganzen Zusammenhang seines unerwarteten Entschlusses. Dann erzählt Martina von ihrem Gespräch mit Luciano am Auto während Peters Einkauf.

Es klopft an seiner Tür: „Herein, bitte!"

Sophia steht im Zimmer und sagt: „Wenn wir schon solch gebildete Eltern haben, könnten die uns dann vielleicht mal bei den Hausaufgaben behilflich sein?"

„Oh je, ob mein bisschen Bildung reichen wird?", sagt Peter mit einem Schmunzeln. „Wir kommen gleich."

„Gott sei Dank habe ich mich vernünftig angezogen", ruft Martina, „das hätte peinlich werden können."

„Wieso?", fragt Peter.

„Na, weil ich mich eigentlich so richtig scharf anziehen wollte, für dich, mein Schatz. Verstehst du?", fragt sie ihn.

„Frau Martina von Holsten, wir hatten die Absicht zu arbeiten, und Sie haben nur Sex im Kopf. Jetzt reicht's!" Peter greift Martina, legt sie über seine Oberschenkel und gibt ihr einige leichte Klapse auf das Hinterteil.

Danach richtet sie sich auf und sagt: „Ich wurde vor dir gewarnt. Aber dass du ein gemeiner Schläger bist, davor nicht. Du gehst heute allein zu Bett, ist das klar?", sagt sie mit gespielter Strenge im Gesicht.

„Jawohl, Mami! In welches denn?", sagt Peter trocken.

Danach fallen sie übereinander her.

Nach fünf Minuten sagt Peter zu Tina: „Komm, wir müssen los. Sonst kann ich nicht mehr laufen."

„Mir geht es ebenso, nein, nicht so, aber ich kann dann nicht mehr die Beine zusammenhalten", antwortet ihm Martina.

Beide verlassen lachend das Zimmer und gehen zu Sophia: „Wo brennt's denn, meine Dame ... und mein Herr?" Sie staunen, dass Luciano ebenfalls hier ist.

„In Englisch, Mathe und Deutsch", antwortet Luciano.

„Ach du heiliges Kanonenrohr. Den Sprachwissenschaftler haben wir hier, aber in Mathe sieht es schlecht aus", sagt Martina.

Jetzt antwortet Luciano: „Das stimmt nicht, Mama, du hast uns einmal erzählt, dass du dich zwischen einem Rechtestudium und einem Mathestudium entschieden hast. Also musst du in Mathe nicht schlecht sein."

„Da war ich wohl etwas vorlaut. Also, Peter, fang einmal mit Englisch an", sagt Martina.

Gut bis zum Abendbrot sitzen alle vier über den Aufgaben. Schnell helfen Peters Kenntnisse in den Sprachen. Mathematik lösen sie zu viert gemeinsam. Nach dem Abendbrot gibt es ein erstes echtes „Familiengespräch" zwischen Tina, Peter, Sophia, Luciano und Melanie in Peters Zimmer. Dieses war gut, aber nicht ganz erfüllend. Zwischen Peter und seinem Sohn bleibt das „Sie", obwohl sie jetzt vernünftig miteinander sprechen.

*

Die letzten Tage vergehen ohne Probleme. Martina und Peter schlafen jede Nacht miteinander. Sie haben verständlicherweise auch 16 Jahre nachzuholen.

Ihre Problemliste sprechen sie durch und bitten Ole bei der Beschaffung eines vertrauenswürdigen Architekten für ihr „Rügenhaus" um Hilfe. Peter verspricht, spätestens in den Semesterferien im Februar nach Rügen zu fahren und einige Ergänzungen in der Grundrisszeichnung vorzunehmen, da sein Onkel Veränderungen am Gebäude ohne Genehmigung vorgenommen hat. Martina und Peter überlegen auf Anregung von Ole, ob sie im Februar nicht einen Familienausflug nach Binz machen sollten. Denn die Ferien liegen deckungsgleich.

Am Morgen des 11. Januar 1990 trennen sie sich vorerst auf unbestimmte Zeit voneinander. Auch den Kindern fällt es sehr schwer einschließlich Luciano, der seit Schulbeginn nicht mehr bei seinem Großvater war.

Peter fährt ohne Zwischenfälle nach Grimmen zurück. Er hält am Postamt und bekommt einen Berg Briefe und Zeitungen ausgehändigt. In der Konsum-Kaufhalle kauft er gleich fürs ganze Wochenende ein.

Zu Hause angekommen, spielt er den Anrufbeantworter ab. Neben vielen Glückwünschen zum neuen Jahr von seinen Eltern und Geschwistern, Freunden und Bekannten, sind zwei wichtige Nachrichten von Prof. Dr. Kurzweg und Dr. Bernd Schulze aufgesprochen. Sein Prorektor bittet ihn für Montag, 10 Uhr um ein Gespräch, und Bernd Schulze bittet um Rückruf. Peter ruft zuerst Thomas Kurzweg an. Ihm teilt er mit, dass der Termin steht. Dann unterhalten sie sich über belanglose Dinge.

„Alles andere dann am Montag", sagt Kurzweg und legt auf.

Peter ist über ihr sehr kurzes Telefonat verwundert, macht sich aber keine weiteren Gedanken.

Als Nächstes ruft er Bernd an. „Alles Gute noch zum neuen Jahr, Bernd, dir und deiner Familie. Du möchtest mich sprechen?", fragt er dann.

„Ja danke, hast du morgen Zeit, Peter, so gegen 9.30 Uhr zu mir ins Büro zu kommen?", fragt Dr. Schulze.

„Zeit habe ich nie, aber für dich immer. Ich habe noch Urlaub", sagt Peter.

„Dann erwarte ich dich um 9.30 Uhr bei mir im Büro. Danke."Er legt auf.

Peter ist echt verblüfft. Was ist denn hier los? Ich werde erst einmal meine Eltern anrufen und dann stürze ich mich auf die Post.

„Ja, Weseck", antwortet am anderen Ende der Leitung seine Mutter.

„Hallo Mutter, hier ist Peter. Ich wünsche euch noch ein gesundes und frohes 1990", sagt er gut gelaunt zu seiner Mutter.

Am anderen Ende der Leitung hört er plötzlich ein Schluchzen. Seine Mutter weint.

271

„Mutti, was ist denn? Sprich doch mit mir!", ruft Peter in den Hörer.

„Peter, Vati geht es ganz schlecht. Er hat am Montag einen erneuten Herzanfall gehabt und liegt seitdem auf der Intensivstation des Bezirkskrankenhauses in Görlitz. Wir befürchten alle das Schlimmste. Kannst du zu uns kommen?", fragt seine Mutter.

Peter ist erst einmal sehr betroffen. Als er sich wieder einigermaßen gefasst hat, antwortet er seiner Mutter: „Ich habe morgen Vormittag einen Termin. Danach komme ich sofort nach Friedersdorf. Es könnte aber sein, dass ich erst in der Nacht eintreffe", sagt er seiner Mutter.

Ihrer Stimme entnimmt er Erleichterung. Sie wartet auf ihn. Peter muss sich erst einmal hinsetzen. Da beginnt das Jahr 1990 buchstäblich vom ersten Tag an mit Problemen. Vater ging es Weihnachten schon nicht gut, aber jetzt das! Er ruft als Nächstes Martina an. Sie müsste jetzt zu Hause sein, doch es hebt niemand den Hörer ab. Also später ein erneuter Versuch. Als Nächstes verändert er den soeben erst abgesprochen Termin mit Prof. Kurzweg auf einen späteren Zeitpunkt.

Peter lehnt sich erst einmal zurück. Dann überfliegt er als Erstes die wichtigsten Nachrichten der „Ostseezeitung", packt alle Zeitungen und die immer mehr werdenden Werbezettel zusammen und legt sie ins Altpapier. Er verspürt plötzlich Hunger. Seit dem Frühstück mit Martina, Ole und Grit hat er nichts mehr gegessen. Bei ihm gibt es heute eine Bockwurst mit gesalzenem Butterbrötchen und eine Tasse heißen Kakao, wie in Jugendzeiten.

Dann versucht er, Martina nochmals zu erreichen. Dieses Mal klappt es. „Hallo Tina, hier ist Peter, schön, deine Stimme zu hören", ruft er, um das Knacken und Rauschen zu übertönen.

„Pech gehabt, Papa. Hier ist dein zweitliebster Schatz, Sophia", ruft es übermütig von der anderen Seite zurück.

„Hallo Sophia, mein zweitliebster Schatz, den ich genauso lieb habe wie den ersten. Gibst du mir mal die Mutti?", antwortet Peter auf ihre Anspielung eingehend.

„Du machst mich richtig verlegen, Papa! Zu mir hat noch nie ein Mann ‚Schatz' gesagt", antwortet sie etwas leiser.

„Warte mal noch ein paar Jahre, dann werden die jungen Herren dich genauso umschwärmen wie ich deine Mama. Nur bin ich dann zu alt, und du wirst mich kaum noch beachten. Aber ich werde immer stolz auf meine intelligente und hübsche Tochter sein. Gibst du mir jetzt mal deine Mama?", fragt Peter ein zweites Mal.

„Die ist noch nicht zu Hause, Papa. Sie hat vor einer halben Stunde angerufen, dass sie in einem Meeting mit Studenten sitzt, die sich über die DDR unterhalten. Ich glaube, das ist die Veranstaltung, bei der sie dich eigentlich dabei haben wollte", sagt ihm Sophia.

„Davon hat sie mir gar nichts gesagt! Bittest du sie, mich noch einmal anzurufen, egal wie spät es wird?", fragt Peter.

„Na klar, Papa, tschüs." Sophia legt auf.

Du hast heute deine Pechsträhne, Peter, denkt er, keiner ist zu erreichen oder hat nur wenig Zeit. Er stürzt sich auf den Berg Post. Außer Rechnungen und dem immer mehr werdenden Werbezeug ist nichts Interessantes dabei. Peter streckt sich auf seiner Couch aus und denkt mit Wehmut an die letzten zwei Wochen zurück. Stolz kann er auf seine kleine Familie sein und auf seine Frau, die die ganzen Jahre alle Probleme ihrer Kinder alleine gemeistert hat. Peter, warum hast du sie eigentlich nicht gefragt, ob sie dich heiraten möchte. Ausgerechnet daran hast du Trottel überhaupt nicht gedacht. Vielleicht wartet sie auf diesen Antrag! Das Telefon klingelt und reißt ihn aus seinen Gedanken. Er steht auf und geht zum Apparat.

„Hallo, Schatz", klingt es auf der anderen Seite, „bist du gut angekommen? Du fehlst mir jetzt schon nach zwölf Stunden und den Kindern, auch Luciano. Er hat mir vorhin gesagt, seit du aus dem Hause bist, ist es wieder richtig langweilig. Übrigens, auf ihre Deutsch- und Englischhausaufgaben haben sie ‚sehr gut' erhalten. Nur auf Mathe ‚gut'." Martina spricht ohne Punkt und Komma, als hätte sie begrenzte Sprechzeit.

„Ja, woran liegt das wohl, Frau Doktor? Aber einmal Spaß beiseite! Mir fehlst du auch ganz sehr. Wenn wir uns das nächste Mal treffen, werde ich dich etwas ganz Schönes und ich denke, Wichtiges fragen. Aber erst einmal etwas nicht so Erfreuliches. Ich werde morgen nach dem Mittag nach Görlitz fahren. Mein Vater liegt seit Montag auf der Intensivstation im Krankenhaus. Er hatte wieder einen Herzanfall, aber diesmal sieht es nicht gut aus. Ich hoffe, dass nicht das Schlimmste eintritt!"

„Peter, das klingt nicht gut. Wenn etwas sein sollte, ruf mich bitte sofort an. Ich komme dann auf jeden Fall zu dir. Versprochen?", fragt Martina.

„Auf jeden Fall, versprochen", antwortet ihr Peter. Sie sprechen dann sicher noch eine halbe Stunde. Die wichtigste Mitteilung von Tina war, dass sie heute am Nachmittag ihre Regel bekommen hat.

„Peter, stell dir vor! Ich würde seit zwei Monaten nicht die Pille nehmen, dann hätten wir unter Garantie bei unserem Glück das vierte Kind produziert", sagt Martina erleichtert.

„Wenn es so gut wie die anderen drei geworden wäre, warum nicht?", antwortet er ganz trocken.

„Ich bin fassungslos, und an die arme Mutter denkst du wohl gar nicht? Ich bin froh, dass es mit unseren drei vorhandenen Kindern so weit klappt", kommt es mit einem Seufzer von der anderen Seite der Telefonleitung zurück.

Dann sprechen sie noch über belanglose Dinge, bevor sie auflegen.

*

Am nächsten Morgen fährt er um 8.30 Uhr in die Verwaltung der AIV. Er möchte, bevor er zu Dr. Schulze geht, noch schnell bei seinem Nachfolger und seiner Sekretärin vorbeischauen. Als er vor dem Gebäude sein Auto verlässt, geht sein Blick wie all die Jahre zuvor über die Fassade des Hauses. Dabei fällt ihm auf, dass ein Teil der Fenster leer aussieht, als ob dahinter nicht gearbeitet würde. Peter geht als Erstes zu seinem ehemaligem Büro. Er klopft, aber die Tür bleibt verschlossen. Jetzt stellt er erst fest, dass keine Namensschilder mehr vorhanden sind. Ebenso geht es ihm am Büro von Dr. Maier. Der wollte aber zu Jahresbeginn in Rente gehen. Doch wo ist sein Nachfolger?

Peter klopft an die Tür des Sekretariats. Eine ihm bekannte Stimme bittet ihn herein. Er öffnet die Tür und wird von Dr. Schulzes Sekretärin Gerlinde Paul, ganz herzlich begrüßt.

„Herr Dr. Weseck, oh Verzeihung, Herr Prof. Dr. Weseck! Da wird sich aber der Chef freuen."

Das sagt Peter, dass die „Herrscherin des Sekretariats" von seinem Termin nichts weiß! Eigenartig!

„Hallo, Frau Paul, den Professor lassen wir sein. Ich freue mich, Sie wiederzusehen", sagt Peter erfreut und schüttelt ihr die Hand. Jetzt wendet er sich der zweiten Person im Raum zu. Er stutzt. Das ist nicht die Sekretärin seines Freundes Dr. Joachim Lange, sondern eine ihm unbekannte, junge Frau.

„Das ist Frau Kluge, Sekretärin von Herrn Krüger, dem Nachfolger von Dr. Lange", stellt Frau Paul vor.

Ehe Peter Fragen stellen kann, öffnet sich die Tür zu Dr. Schulzes Zimmer.

„Guten Morgen Peter!", ruft Bernd Schulze, als er Peter stehen sieht. „Möchtest du zu mir?" Er zwinkert mit den Augen.

„Guten Morgen Bernd! Ja, ich wollte dich fragen, ob du für mich Zeit hättest", geht Peter auf ihn ein.

„Komm herein! Gerlinde, bitte keine Störungen, danke", sagt Schulze zu seiner Sekretärin.

Als sie in Bernd Schulzes Zimmer sind, erzählt dieser alles Mögliche über den Betrieb und schreibt auf ein Blatt Papier „Kannst Du mit mir hier wegfahren?"

Peter nickt und stellt belanglose Fragen zu dem Gesagten. Dann fragt er Bernd: „Sag mal, ich habe seit Jahren das erste Mal wieder richtig Urlaub gemacht. Ich habe heute noch frei und keine Lust auf Büroluft. Können wir irgendwohin fahren? Bernd, ich habe mich nach fast zehn Jahren mit meinen Eltern versöhnt. Da gibt es einiges zu erzählen", sagt Peter drängend zu ihm.

Schulze nickt erleichtert, und sie gehen aus seinem Zimmer.

„Gerlinde, ich bin bis 13 Uhr für niemanden zu sprechen. Termine sagst du ab." Er verlässt mit Peter das Sekretariat.

Sie fahren ins Zentrum und gehen in ihr Stammlokal. Dort wartet schon Harald Rose. Sie begrüßen sich herzlich.

Bernd Schulze bestellt für alle drei ein Kännchen Kaffee. Dann tauschen sie Unwichtiges miteinander aus, bis Peter fragt, was hier los ist.

Nach einer Minute betroffenen Schweigens beginnt Dr. Schulze: „Peter, als wir Anfang November nach eurem Hochschulpraktikum bei dir waren, hast du uns gewarnt und um Aufmerksamkeit gebeten. Wir beiden, alten erfahrenen Genossen der Partei und des Staatsapparats haben deine Hinweise nicht ganz ernst genommen.

Wir wurden aber in den letzten zwei Monaten eines Besseren belehrt. Du hast uns gewarnt. Aber wir waren trotzdem zu blauäugig!

Mein erster Stellvertreter, Joachim Lange, wurde ins Amt für Nationale Sicherheit nach Berlin berufen. Über einen Vertreter der Bürgerbewegung aus Berlin, der dich kennt und bei mir zu Hause auftauchte, habe ich erfahren, dass Lange Offizier der Stasi ist und seine Sekretärin ebenfalls dazugehört. Man munkelt, dass er mit ihr ein Verhältnis hat. Er hat sie jedenfalls mit nach Berlin genommen. Von Vera, seiner Frau, weiß ich, dass sie sich von ihm scheiden lassen wird.

Harald sollte auf meinen Wunsch hin bis zu seiner Pensionierung mein Stellvertreter werden. Lange hat dafür gesorgt, dass Harald sofort am 13. Dezember nach Gründung der PDS-SED gekündigt wurde. Was mit uns anderen der AIV wird, weiß keiner. Jedenfalls, mein neuer Stellvertreter und seine Sekretärin gehören auch zu den Schnüfflern!", endet Bernd Schulze.

Peter sitzt betroffen vor seiner leeren Kaffeetasse. Da ist er also doch mit Achim vom Regen in die Traufe gekommen. Wer weiß, wie lange der ihn schon bespitzelt hat? „Jetzt würde mich nur noch interessieren, was aus meinem Nachfolger und Kathrin geworden ist", fragt Peter.

„Von ihm habe ich eine Neujahrskarte erhalten, unterschrieben von ihm und deiner ehemaligen Sekretärin. Sie wohnen jetzt im Schwarzwald. Sie hat ihren Mann mit beiden Kindern zurückgelassen", erwidert Dr. Schulze.

„Dann habe ich dir mit beiden ein Problem auf den Tisch gebracht. Jeder von ihnen hatte mein volles Vertrauen. Und für ihren Mann tut es mir aufrichtig leid", sagt Peter.

Danach bedankt er sich bei beiden für die Aufklärung und grüßt sie erst einmal von Martina, die immer noch auf das erste Treffen gespannt ist. Kinder sind es immer noch drei und sollen es auch bleiben. Peter lädt beide noch zum Mittagessen ein, dann verabschieden sie sich.

Er fährt nach Hause, packt seine Sachen ein und fährt nach Friedersdorf.

*

Gegen 22 Uhr trifft er in seinem Heimatort ein. Im Hause brennt noch Licht. Irgendjemand muss bei seiner Mutter sein, das erkennt er an den Spuren im Neuschnee. Peter nimmt sein Gepäck aus dem Auto und klingelt an der Haustür. Seine Schwester Antje öffnet ihm die Tür. Sie steht mit verweinten Augen vor ihm. Da ahnt er, was seit dem Telefonat mit seiner Mutter am gestrigen Abend geschehen sein muss. Sie umarmen sich still und gehen in das Haus. Sein Schwager und seine Mutter sitzen im Wohnzimmer. Er umarmt sie ebenfalls und setzt sich mit an den Tisch.

Seine Mutter fragt ihn: „Möchtest du etwas essen? Du hast doch bestimmt nach einer solch langen Fahrt Hunger."

„Danke, Mutter. Aber ein Glas Selterswasser hätte ich gern", antwortet Peter.

Antje geht in die Küche und kehrt mit einer Flasche und einem Glas zurück. Dann setzt sie sich zu den anderen an den Tisch.

„Ja, Peter, Vati wollte dich, deine Frau und die Kinder gern einmal sehen. Darüber haben wir noch am letzten Sonntag gesprochen. Doch dann ging alles so schnell. Am Montag beim Mittagessen sagte er mir, dass es ihm nicht sehr gut geht. Er ist dann in den Hof gegangen, um frische Luft zu atmen. Als er nicht wieder hereinkam, bin ich nach ihm schauen gegangen. Da lag er im Hof und war bewusstlos. Wir haben den Rettungsdienst gerufen. Der kam sofort gefahren, und euer Vater kam auf die Intensivstation. Doch er hat das Bewusstsein nicht mehr wiedererlangt. Heute Nachmittag gegen 16 Uhr ist er gestorben."

Seine Mutter erzählt ihm das alles ohne Emotionen. Sie steht unter Beruhigungsmitteln. Antje und Mutter erzählen ihm nochmals die ganze Vorgeschichte seiner Krankheit, auch wie übel ihm seine falschen Freunde mitgespielt haben. Nach Mitternacht gehen Schwester und Schwager nach Hause. Mutter will noch allein sein. So geht Peter auch ins Bett. Lange kann er nicht einschlafen. Doch dann siegt die Erschöpfung.

Am nächsten Morgen findet er seine Mutter auf der Couch fest schlafend. Vor ihr auf dem Tisch liegen Bilder und Papiere. Wie es aussieht, hat sie bis weit in die Nacht gesessen und alles zusammengesucht, was für die vielen Formalitäten benötigt wird. Noch am gestrigen Abend haben sie abgesprochen, dass Antje ihre Ver sorgung für das Wochenende organisiert und er sich um die Formalitäten und Martina kümmert.

Nach dem Frühstück ruft er als Erstes in Borgwedel an und teilt mit, was geschehen ist. Martina sagt ihm, dass sie Urlaub nimmt und in spätestens zwei Stunden losfährt. Gegen Abend will sie da sein. Peter widmet sich nun seiner Mutter und erledigt die Benachrichtigungen der Verwandten, Freunde und Bekannten. Am Nachmittag treffen alle Geschwister mit ihren Partnern im Elternhaus ein. Es wird nochmals der letzte Stand untereinander ausgetauscht und Gespräche zur Vorbereitung der Beerdigung am nächsten Mittwoch geführt.

Nach dem Kaffee, Antje hatte heute Morgen noch Kuchen vom Bäcker geholt, beginnen Peters große und kleine Schwester, die Gespräche vom Tod ihres Vaters langsam wegzulenken, um sich Themen allgemeiner Art zu widmen. Zuerst werden belanglose Dinge der Tage nach seiner Abreise angesprochen, denn sie haben sich alle seit Weihnachten nicht mehr gesehen. Später fällt Bruder Daniel ein, dass Peter den Jahreswechsel im Westen verbracht hat. Nun ist eine Thematik angesprochen, für die sich jeder einschließlich seiner Mutter interessiert.

Peter ist auch irgendwie froh, dass damit die Schwermut der letzten Stunden zurückgedrängt wird. Er beginnt, von seiner Begrüßung durch Martina und die Kinder zu erzählen, wie sie unerwartet zum Neujahrsempfang von Martinas Vater eingeladen wurden und was dort geschah. Ansonsten fällt Peter zum Schluss ein, dass er bei der Abreise peinlicherweise vergaß, sich bei Martinas Vater zu verabschieden.

Diese Bemerkung und sein betroffenes Gesicht lösen bei allen ein lockeres Lachen aus. Sogar seine Mutter vergisst ihre Trauer für einen Moment. In diese Situation hinein klingelt es an der Haustür.

Daniel geht öffnen und kommt nach kurzer Zeit wieder herein. „Peter, da steht eine junge Frau draußen. Die möchte einen Herrn Dr. Weseck sprechen. Das glaubt man nicht, ich habe so viele Jahre hier gewohnt, aber bei mir hat solch ein tolles Weib nicht an der Tür geklingelt. Na ja", sagt er, während er das Wohnzimmer wieder betritt, „Doktor müsste man sein!"

Dafür fängt er von Kerstin, seiner Lebensgefährtin, einen kräftigen Rippenstoß.

Peter schaut auf seine Armbanduhr. Es ist kurz nach 18 Uhr. Tina kann es auf keinen Fall sein. Vor 20 Uhr trifft sie bei der Strecke, die sie zu bewältigen hat, hier nicht ein. Er steht auf und verlässt den Raum.

Jetzt schreit Daniel auf: „Kerstin, ich suche mir eine andere liebe Frau. Aber ehrlich, das ist wirklich eine tolle Frau, das könnt ihr glauben. Bestimmt irgend eine seiner ehemaligen Studentinnen!"

Peter geht nach draußen. Da er ein längeres Gespräch erwartet, zieht er sich seine Schuhe und den Anorak an. Dann geht er vor die Tür. Vor ihm steht Martina. Sie umarmt ihn und drückt ihm ihr Mitgefühl aus. Er dankt ihr und ist sehr erstaunt, dass sie schon vor ihm steht.

„Welche Geschwindigkeit bist du denn gefahren. Ich habe vor 20 Uhr auf keinen Fall mit dir gerechnet, Tina", sagt Peter überrascht und gleichzeitig glücklich.

„Ich bin viel eher losgekommen, als ich dachte. Mein Chef möchte dich unbedingt kennenlernen, und das so schnell wie nur möglich. Deshalb kann ich im Moment alles von ihm verlangen", sagt Martina.

„Was heißt denn ‚alles'? Ich dachte immer, ich bin dir genug", antwortet Peter.

„Bist du doch auch, mein Schatz! Nur heute war ich ehrlich froh, dass er mir sofort bis nächsten Samstag Urlaub gegeben hat. Ich brauchte mir nicht einmal eine Vertretung zu suchen", antwortet Martina und küsst ihn.

Dann gehen sie hinein. Antje und Petra sind in der Küche. Sie fertigen belegte Brote für ein kleines Abendessen an.

Peter und Martina ziehen im Flur ihre Schuhe und Anoraks aus. Danach gehen sie als Erstes in die Küche. Antje und Petra unterhalten sich über Peter und seine Neujahrserlebnisse mit seiner Familie. Als beide den Raum betreten, verstummen die Schwestern sofort.

„Bitte einmal Abendbrot mehr", sagt Peter und gibt den Blick auf Martina frei, die hinter ihm steht.

„Das ist ja deine Martina, noch hübscher als auf dem Foto. Jetzt werden mir die Sprüche unseres Bruders Daniel klar. Also, ich bin Peters Schwester Petra, und das ist unsere Große, die Antje!" Petra geht auf Martina zu, reicht ihr die Hand und umarmt sie.

Danach macht Antje das Gleiche. Peter steht neben Martina und freut sich, dass ein solch schneller Kontakt zwischen den Frauen zustande kommt.

„Geht schon vor. Wir sind gleich so weit!", sagt Antje.

Peter und Martina gehen in das Wohnzimmer. Als sie von der Tür aus ‚Guten Abend' sagt, drehen sich schlagartig alle Köpfe zu ihr hin. Kein Wort wird mehr gesprochen. Martina fühlt sich ein wenig unbehaglich unter den musternden und erstaunten Blicken der älteren Frau, der Peter sehr ähnlich sieht, und der drei Männer, die mit am Tisch sitzen. Eine zweite jüngere Frau hat soeben begonnen, Abendbrotteller auf den Tisch zu stellen.

Peter fühlt, wie Martina in diesem Moment zumute ist. Deshalb beginnt er zu sprechen: „Ich darf euch miteinander bekannt machen. Das ist Martina von Holsten."

Martina geht als Erstes zu seiner Mutter. Sie begrüßen sich beide etwas zurückhaltend und abwartend. Danach stellt Peter sie seiner Fastschwägerin Kerstin, seinem Bruder Daniel, der nun erst recht ungläubig schaut, und seinen Schwägern Uwe und Andre vor. Seine Mutter rückt etwas zur Seite, sodass zwischen ihrem und Peters Platz eine Lücke entsteht. Andre holt aus der Küche noch einen Stuhl, den er mit seinem Polsterstuhl austauscht, um diesen zwischen Peter und seine Mutter zu stellen.

Martina nimmt die Geste von Peters Mutter eine Zentnerlast von den Schultern. Immer wieder hat sie sich auf der Herfahrt gefragt, wie eben diese Frau auf ihr plötzliches Erscheinen reagieren wird.

„Peter, warum hast du mir nicht gesagt, dass Frau von Holsten heute noch kommt? Ich muss doch das Gästezimmer zurechtmachen", sagt Peters Mutter plötzlich.

„Ach Mutter, in meinem Zimmer steht doch eine Doppelbettcouch. Die reicht für uns beide, nicht, Tina?", antwortet er zu Martina gewandt.

Die nickt und errötet dabei wieder einmal leicht.

„Aber du kannst doch nicht so einfach von Frau von Holsten verlangen, dass sie mit in deinem Zimmer schläft. Peter, sie ist eine junge, hübsche Frau", entgegnet sie ihm ernst.

Ehe Peter jetzt antworten kann, schaltet sich Daniel ein: „Aber Mutter, warum soll denn das nicht gehen? Immerhin haben die beiden drei Kinder miteinander. Die müssen doch auch irgendwo entstanden sein. Und wo nicht besser als im Bett? Ich spreche aus Erfahrung."

Diesmal errötet seine Kerstin.

Nach diesen Worten schaut ihre Mutter langsam begreifend abwechselnd Martina und Peter an. Sie greift sich an den Kopf und beginnt zu lachen. „Dann sind Sie Peters Freundin Martina? Klar, Martina von Holsten, die Frau aus dem Westen. Frau von Holsten, Sie müssen entschuldigen! Ich habe Sie als eine ehemalige Studentin von Peter angesehen. Das freut mich aber, dass Sie sich den weiten Weg hierher gemacht haben", spricht Peters Mutter erleichtert und streicht Martina sacht über den Arm.

Jetzt erst wird Martina bewusst, dass sie schon die ganze Zeit neben Peters Mutter sitzt, ohne dass sie von ihr erkannt worden ist.

„Ja, ich bin Peters Freundin oder seine Frau, wie auch immer, Frau Weseck. Nur um eines bitte ich Sie: Lassen Sie bitte dieses ‚von Holsten' weg. Ich bin ganz einfach Martina! Den weiten Weg bin ich gern gefahren. Ich bin sehr froh, Sie und Ihre Familie kennenzulernen, wenn auch unter Umständen, die ich mir selbst und sicher Sie alle hier sich nicht so gewünscht haben. Ich soll Sie auch von unseren Kindern Sophia, Luciano und Melanie herzlich grüßen und Ihnen sagen, dass Sie in Gedanken bei Ihnen weilen", entgegnet Martina mit ruhiger und freundlicher Stimme.

Dann ist es plötzlich still am Tisch, bis Peter zu Martina sagt: „Sag mal, Tina, und ihrem Vater sollst du nichts ausrichten? Überhaupt nichts?"

Jetzt ist der Bann gebrochen. Alle am Tisch atmen auf, und ein fröhliches Geplauder beginnt. Jeder schaut den bedauernswerten Vater an.

„Ja, mein Schatz, auch dich soll ich ganz lieb von allen grüßen, sogar von deinem Sohn! Da staunst du, was?", antwortet ihm Martina und streicht ihm über das Haar.

„Da staune ich wirklich", erwidert ihr Peter.

Antje und Petra bringen die Platten mit den belegten Broten herein und stellen sie auf den Tisch.

Peters Mutter drückt Martinas Hand und sagt: „Danke, Martina!" Danach bittet sie alle zuzugreifen.

Noch lange sitzen sie an diesem Abend beisammen. Das Hauptinteresse gilt natürlich Martina. Jeder will genau wissen, wer ihre

Eltern sind, warum die Kinder italienische Vornamen tragen, was sie jetzt macht und, und, und.

Als sie nach Mitternacht mit Peter im Bett liegt, kuschelt sie sich an ihn und sagt: „Peter, obwohl ich todmüde bin, muss ich dir noch sagen, dass ich deine Mutter und deine Geschwister großartig finde. Wie die mich hier aufgenommen haben. Ich wünschte mir, mein Vater und mein Bruder hätten dich auch so behandelt!" Dann gähnt sie herzerweichend und schläft ein.

Peter freuen ihre Worte, und er dankt seiner Mutter, dass sie ihre Meinung gegenüber Martina völlig geändert hat.

*

In den nächsten Tagen besuchen sie Peters Geschwister in ihren Wohnorten, und er zeigt ihr ein wenig von Görlitz. Einen Tag nach der Beerdigung fahren sie nach Grimmen zurück. Da Martina erst Sonntag nach Borgwedel zurückmuss, beschließen sie, Freitag und Samstag nach Binz in ihr Haus zu fahren. Tante Maike hat nur wenige Möbel mit nach Sassnitz genommen, sodass sie es sich recht gemütlich machen können. Thema ihres Aufenthalts ist: Was können wir aus dem Haus und dem Grundstück machen? Wie können wir alles so gemütlich und schön einrichten, dass wir uns wohl und glücklich fühlen? Auf jeden Fall beschließen sie, zu Pfingsten auf die Insel zu fahren. Mit ihren Ideen im Gepäck fährt Martina wieder nach Hause zurück.

Peter stürzt sich wieder in den Universitätsalltag. Für das politische und wirtschaftliche Durcheinander interessiert er sich nicht. Er hat sich zu besten DDR-Zeiten nicht für die Politik interessiert und seit seinen Erlebnissen in den Jahren 1973 und 1980 erst recht nicht mehr. In seinen Einleitungen zu den Doktorarbeiten hat er das geschrieben, was man von ihm hören wollte, aber ohne selbst davon überzeugt zu sein. Da er in der Partei war, glaubte man ihm das auch. Wie hatte er einmal sinngemäß zu Martina gesagt: „Ich bin zwar Genosse, aber nicht aktiv! Wenn sich die Partei auf mich stützt, bricht sie zusammen."

Immer häufiger sprechen jetzt Vertreter von Blockparteien oder Bürgerbewegungen bei ihm vor und werben um seine Mitgliedschaft. Mit den kuriosesten Versprechungen kommen sie zu ihm.

Er würde als loyaler Wissenschaftler gebraucht. Solche Leute wie ihn will das Volk der „Noch-DDR" in seinen Führungsgremien sehen. Einige redeten sich dabei so in Rage, dass er sie auf den Kopf zu fragte, wann ihre letzte Parteigruppenversammlung stattfand. Einen anderen fragte er, wann er seinen letzten Befehl vom Ministerium für Staatssicherheit erhalten hat. Dieser verließ, schneller als er gekommen war, sein Dienstzimmer. So vergingen die Wochen und Monate.

Im Mai 1990 fanden Wiederholungswahlen statt, so nannten sie die einen, andere sprachen von demokratischen Wahlen. Das waren sie dann auch.

Peter wurde Ende Mai nach seinem herrlichen Pfingsturlaub mit der Familie auf Rügen zu seinem Freund Prof. Dr. Kurzweg bestellt. Ihn hatte er während dessen Lungenentzündung in den Monaten Februar und März als Prorektor vertreten.

Wie in all den Jahren treffen sich beide in ihrem Stammlokal am Markt, früher um gemütlich Kaffee zu trinken und von niemandem abgehört zu werden, heute einfach aus alter traditioneller Gewohnheit.

Nach der gegenseitigen Unterrichtung über den neusten Universitätsklatsch kommt Thomas Kurzweg zum eigentlichen Anliegen: „Peter, unser Rektor teilte in der letzten Dienstbesprechung mit, dass seine Tage gezählt sind. Der Rektorenposten wird künftig ausgeschrieben, und mit seiner Parteivergangenheit hat er keine Chance mehr. Er wird sich deshalb ab 1. Oktober pensionieren lassen.

Ich möchte mich um die Stelle bewerben. Würdest du dieses Vorhaben meinerseits unterstützen?", fragt Kurzweg.

„Ja, Thomas, ohne zu überlegen, nochmals, ja", antwortet Peter völlig überzeugt.

„Und du selbst? Hättest du nicht auch Lust auf diese Dienststellung?", hält der Professor dagegen.

„Nein, auf keinen Fall! Schau einmal, ich werde 39 Jahre alt. Ich habe so viel in meinem Leben erreicht wie selten jemand meines Alters. Meine Familie lebt im Westen. Da habe ich noch ganz viel zu tun, um erst einmal mit ihnen eine richtige Familie zu werden. Wenn sich Martina entscheiden sollte, an die Uni nach Kiel zu gehen, muss ich mir überlegen, welches Angebot ich annehme. Es liegen eine ganze Menge vor", antwortet Peter.

„Genau das möchte ich verhindern. Peter, warte bitte noch bis zum 1. August. Dann ist die Bewerbungszeit vorbei. Die Wahl ist voraussichtlich am 14. August. Sollte ich gewinnen, möchte ich, dass du meine Stelle als Prorektor übernimmst. Ich kenne deine Qualitäten und weiß auch, was noch in dir steckt, trotz deiner erst 39 Jahre", entgegnet ihm Kurzweg.

„Thomas, daran hast du einen sehr großen Anteil. Hättest du mich 1980 hängen lassen, würde ich vielleicht heute noch in Potsdam Bücher abstauben. Ich weiß, was ich dir zu verdanken habe.

Aber ich habe drei Kinder, die ich bisher zweimal in meinem Leben gesehen habe. Die Zwillinge sind 16 geworden. Nur zu Sophia und der Kleinen besteht ein sehr gutes Verhältnis. Wenn du aber das Verhältnis zu meinem Sohn berührst, wird dir eiskalt zumute."
Peter hat mit diesen Worten mehr offenbart, als er wollte.

„Peter, da es in unserem Land der DDR zu wenige Fachleute für Rechts- und besonders Wirtschaftsrechtsfragen gibt, soll an unserer Universität eine Sektion Rechtswissenschaften gegründet werden. Ich bin beauftragt, diese Sektion zu gründen und aufzubauen. Wenn ich die Leitung einem Kollegen aus der DDR übertragen würde, hätten sofort alle Neuwissenschaftler aus den jetzigen Parteien und Bewegungen einen Grund, dagegen zu opponieren. Deshalb wollte ich diese Stelle deiner künftigen Ehefrau anbieten. Sie ist meiner Kenntnis nach ein erfahrener Doktor im Wirtschaftsrecht. Ich habe mich auch über meine Parteifreunde im Westen erkundigt. Sie ist als Wissenschaftlerin und Dozentin anerkannt und beliebt. Ich würde mich herzlich freuen, wenn mein Freund mir diese Frau einmal vorstellen würde. Jedes Mal, wenn sie hier ist, steuerst du sie an mir vorbei", antwortet Kurzweg.

Peter ist von der neuen Lage überrascht, aber keineswegs abgeneigt. Das Ansinnen gefällt ihm. Dann könnten wir beide hier arbeiten und suchen uns eine Wohnung in Hochschulnähe, aber was wird mit den Kindern?

„Thomas, das muss ich mir in Ruhe überlegen und mit Martina durchsprechen. Das ist ein super Angebot, das du mir und Martina machst, aber ich kann dir, ohne mit ihr zu sprechen, keine endgültige Antwort geben", sagt Peter.

„Das möchte ich auch nicht, Peter, nur hätte ich gern einmal mit deiner Frau selbst darüber gesprochen, ohne dass du sie vorab informierst. Solange ich Prorektor bin, muss ich diese Aufgabe erfüllen. Deshalb möchte ich das noch vor der Rektorenwahl erledigen", sagt Prof. Kurzweg.

Peter versteht die Gedanken seines Vorgesetzten. Er weiß, dass sie beide nicht nur Freunde in den Chefetagen haben. Es gibt einige Kollegen, die Kurzweg bis heute nicht verziehen haben, dass er vor Jahren nicht ihnen die Sektionsleitung anvertraut hat. Zwei von ihnen haben sich sogar an andere Bildungseinrichtungen versetzen lassen. Wie konnte Thomas dieses Amt nur an einen Mann aus der landwirtschaftlichen Praxis übertragen? Wo man doch hier so schön wissenschaftlich an Theorien ohne Praxisbezug arbeitete. Gemeinsam haben sie all den Skeptikern bewiesen, dass die Theorie in der Praxis ihre Bestätigung braucht, wenn sie nicht nur Theorie bleiben soll.

„Natürlich müsste ich eine Umbesetzung in den Prorektoraten vornehmen. Als mein erster Stellvertreter musst du den Geschäftsbereich Wissenschaft und Finanzen übernehmen. Meinen jetzigen Bereich muss ein anderer Prorektor übernehmen, da dem Bereich Studienangelegenheiten die Sektionsdirektoren unterstehen, und das hieße dann gleich, wir würden mit deiner Frau Vetternwirtschaft betreiben", spricht Kurzweg seine Überlegungen aus.

„Ja, Thomas, hast du dir bei deinem Vorhaben auch gut überlegt, welche Folgen die Diskussionen der Kollegen in dieser brisanten Zeit haben könnten? Denk bitte an die Zeit, als du mich relativ unbekannten Wissenschaftler aus der Praxis an die Uni geholt hast. Das haben dir einige heute noch nicht verziehen und würden alles dafür tun, dich und mich zu stürzen. Wenn dann Martina auch noch hier auftaucht und jemand unser Verhältnis mitbekommt, wird man uns beide wieder ins Visier nehmen. So schön es wäre, aber da habe ich meine Bedenken", antwortet ihm Peter.

„Vertraue mir! Ich habe das ganze Vorhaben gründlich durchdacht. Diese Stelle kann nur jemand belegen, der an einer anderen Einrichtung habilitiert hat. Die Leitung der Sektion Rechtswissenschaft ist mit einer ordentlichen Professur verbunden. Deine Frau hat dafür alle Voraussetzungen. Gibst du mir nun ihre Telefonnummer? Ich möchte schnellstmöglich mit ihr persönlich sprechen und sie ins Rektorat einladen. Ich bitte dich, vorher kein Wort über unser Gespräch zu ihr zu sagen!"

Peter schreibt ihm die Telefonnummer auf und sagt ihm, wann die günstigste Zeit für einen Anruf wäre.

Am Abend sitzt Peter auf dem Balkon seiner Wohnung in Grimmen und wägt alles Für und Wider dieses Vorhabens ab. Letztlich kommt er zur Einsicht, Martinas Meinung abzuwarten.

*

Knapp zwei Wochen später sitzt Peter in seinem Arbeitszimmer in der Universität und lässt die letzten drei Stunden noch einmal am inneren Auge vorbeiziehen. Er hat heute seine letzte Vorlesung in diesem Studienjahr gehalten. Der Saal war bis auf den letzten Platz gefüllt. Einige Studentinnen und Studenten saßen sogar auf den Stufen der Aufgänge zwischen den Sitzgruppen.

Er war sehr überrascht, denn andere Kollegen klagen, dass die Teilnehmerzahlen an den Lehrveranstaltungen immer schlechter werden. Ausgerechnet heute hatte man ihm den großen Hörsaal zugewiesen, trotzdem reichte der Platz nicht aus.

Interessant für ihn war auch, dass einige gut betuchte Damen und Herren in der ersten Reihe Platz genommen hatten. Nur drei ältere Herren kannte er von einigen flüchtigen Begegnungen.

In der Vorlesungspause, die er dringend für seine eigene Erholung gebraucht hätte, musste er viele Fragen dieser Damen und Herren beantworten, sodass er sogar seinen Kaffee im Vorbereitungsraum stehen lassen musste.

Seine Sekretärin, Mandy Gruber, betritt sein Dienstzimmer und bringt ihm ein Kännchen Kaffee und zwei belegte Brötchen. Jetzt fällt ihm erst auf, dass er seit 8 Uhr nichts mehr gegessen hatte.

Er hängt weiter seinen Gedanken nach. Kurz nach der Pause war ihm so, als ob er ganz oben am Geländer hinter der letzten Reihe seinen Sohn Luciano und Martina gesehen hätte. Aber es ist ein Tag, an dem 34 Grad im Schatten gemessen werden. Da kann man sich schon einmal irren.

Die fehlende Pause und die Schwüle im Saal zwingen ihn zu der Frage an seine Zuhörer, ob sie etwas dagegen hätten, wenn er sein Jackett ausziehen würde. Eine Studentin aus der fünften Reihe antwortet recht provozierend, sie hätte auch nichts dagegen, wenn er noch mehr ausziehen würde. Das Lachen war kläglich.

Wieder öffnet sich die Tür seines Büros, und seine Sekretärin tritt ein. „Herr Professor, hier ist ein junger Mann, der Sie sprechen möchte. Er hat keinen Termin bei Ihnen, aber er sagt, Sie würden ihn auch ohne Termin vorlassen", teilt ihm Mandy Gruber etwas ratlos mit.

Peter richtet seinen Schlips und zieht sein Jackett an. Dann sagt er: „Lassen Sie mal den vorlauten Studenten herein."

Er kramt in seiner Aktenmappe nach seinem Kalender, um sicherzugehen, dass er wirklich keinen Termin verpasst hat.

„Guten Tag Papa", sagt plötzlich hinter ihm eine Stimme leise und gar nicht vorlaut, die er aber sehr wohl kennt.

Peter dreht sich schlagartig um und lässt dabei seine Mappe fallen. Er schaut den an seiner Tür stehenden jungen Mann ungläubig an. Es ist sein Sohn Luciano, der das erste Mal in seinem Leben „Papa" zu ihm gesagt hat.

„Luciano, Sie? Wie kommen Sie denn hierher?" Peter geht auf ihn zu und gibt ihm die Hand.

Um seine Fassungslosigkeit zu überspielen, führt er seinen Sohn in die Besucherecke und fragt, ob er etwas trinken möchte. Dann gibt er per Sprechanlage Frau Gruber die entsprechenden Anweisungen. Erst dann setzt er sich zu ihm.

Luciano versucht, nach außen hin ruhig zu erscheinen. Doch wer ihn genauer kennt, weiß, wie aufgewühlt sein Inneres ist, und er fühlt sich auch nicht wohl in dieser Situation. Trotz der Warnungen der gesamten Familie musste er während ihres Pfingsturlaubs unbedingt in der Ostsee baden gehen. Jetzt erst scheint die schwere Erkältung abzuklingen. Da er noch bis nächste Woche krankgeschrieben ist, konnte er auch seine Mutter nach Greifswald begleiten.

Martina hatte eines Abends von einem Professor aus dem Rektorat der Universität einen Anruf erhalten und den heutigen Termin abgesprochen. Da sie doch etwas schneller hier waren als gedacht, hat sie der Assistent des Professors in die Vorlesung von seinem Vater geführt. Obwohl er wenig von dem Gehörten verstanden hat, zeigte ihm die Haltung der anwesenden Lehrkräfte und Studenten, dass sein Vati ein anerkannter und geachteter Mann ist. Während seines Vortrags konnte man eine Stecknadel zu Boden fallen hören.

Als ihm Mutti nach der Vorlesung sagte, dass sie nach dem Termin mit Prof. Kurzweg auf alle Fälle noch zu Papa ins Büro gehen will, stand sein Entschluss fest. Deshalb sitzt er jetzt vor seinem Vater.

„Nun spannen Sie mich nicht so sehr auf die Folter, Luciano", erinnert Peter seinen Sohn an seine Fragen, denn er bemerkt, wie dieser mit sich kämpft.

„Herr Professor, ursprünglich hatte ich während unseres Pfingsturlaubs auf Rügen die Absicht, mit Ihnen unter vier Augen zu sprechen. Aber meistens hing Ihnen die Zwecke am Ärmel, oder die anderen zwei Frauen nahmen Sie in Beschlag." Er macht eine kleine Pause, weil er einfach nicht weiß, wie er es sagen soll, was er sagen will.

„Luciano, wenn ich mir Ihr soeben Gesagtes durchdenke, muss ich sagen, Sie haben recht. Das ist mir während dieser wunderschönen Urlaubstage nicht aufgefallen, Verzeihung", versucht Peter, seinen Sohn aufzulockern.

„Ich möchte mich bei Ihnen für mein Verhalten entschuldigen. Sagen Sie bitte auch nicht mehr ‚Sie' zu mir, sondern einfach Luciano oder wie meine Freunde ‚Lu'." Jetzt war es endlich heraus, denn sein Verhalten hat er schon nach Opas und Onkels Auftritt beim Neujahrsessen bereut.

Peter schaut ihn verwundert an. Mit allen möglichen Ereignissen hätte er heute noch gerechnet, nur damit nicht.

Da sein Vater nicht sofort reagiert, schaut Luciano auf und dabei ihm direkt in die Augen. Er hält dem Blick seines Vaters stand.

Von dem Moment an weiß Peter, dass die Intrigen seines Schwiegervaters in spe kläglich gescheitert sind. Er hat jetzt auch einen Sohn bekommen. Peter steht langsam auf und geht um den Tisch herum zu Luciano, der sich ebenfalls erhoben hat. Er umarmt ihn und sagt auf einer Welle des Glücks: „Die Entschuldigung ist angenommen, und ab sofort sagen wir ‚Du' zueinander, wie es sich gehört."

Peter steigen Tränen in die Augen, und er ist froh, dass Frau Gruber seine Getränkebestellung ins Zimmer bringt.

„Herr Professor, haben Sie noch weitere Aufträge für mich, sonst würde ich nach Hause gehen?", fragt sie ihn.

„Nein, Frau Gruber, Sie können Feierabend machen und morgen nehmen Sie, wie abgesprochen, Ihren Haushaltstag! Wir sehen uns in alter Frische am Montag wieder. Ein schönes Wochenende", antwortet er.

„Danke, Herr Professor, Ihnen wünsche ich ebenfalls ein erholsames Wochenende", verabschiedet sich Mandy Gruber.

„Lassen Sie bitte die Zwischentür auf, damit ich höre, wenn jemand kommt. Danke!"

Luciano ist erstaunt, welch ein achtungsvolles Verhältnis zwischen seinem Vater, dem Chef, und seiner Angestellten besteht. Das kennt er von seinem Opa nicht. Der grüßt kaum sein Personal, wenn er morgens das Büro betritt.

Peter und Luciano vertiefen sich in ein Gespräch. Luciano möchte von seinem Vater viel über dessen Arbeit wissen und welche Aufgaben ein Sektionsdirektor hat. Dabei überhören sie das Klopfen an der Sekretariatstür. Erst nachdem Martina plötzlich im Zimmer steht, erschrecken beide, aber der Schreck weicht sofort einer freudigen Überraschung. Nach der Begrüßung einigen sich alle drei, die Universität zu verlassen und in der Stadt Abendbrot zu essen.

Während sie auf dem Mitarbeiterparkplatz stehen, sagt Martina plötzlich, als sie den Kofferraum ihres Mercedes öffnet: „Oder wir fahren gleich nach Binz. Ich habe vorsichtshalber vor zwei Wochen unsere Zimmer in der Villa ‚Katharina' vorbestellt, da ich von dir wusste, dass du sowieso morgen und das Wochenende dort sein wolltest, um einiges zu organisieren", sagt Martina mit einem Lächeln.

Peter staunt nicht schlecht über die neue Situation. „Aber ich habe doch noch die ganzen Zeichnungen und meine Sachen in Grimmen liegen, und hast du das Wochenende frei?", fragt er.

„Ja, mein Schatz. Wir wollten dir etwas beim Werkeln an unserem Haus helfen. Deshalb habe ich mir erlaubt, die Zeichnungen und ein paar Sachen aus deiner Wohnung zu holen, damit du wenigstens auf der Straße etwas anzuziehen hast", antwortet sie mit einer versteckten Anspielung.

„Luciano, hast du die ganze Zeit davon gewusst und mir nichts gesagt? Hör mal, wir müssen gegenüber den drei Weiblichkeiten zusammenhalten, sonst buttern die uns unter", sagt er mit einem Zwinkern.

Luciano nickt ernst und bemerkt: „Für die Zukunft klar, Chef!"

Jetzt ist es an Martina, die Fassung wiederzufinden. Sie schaut von einem zum anderen. „Ich habe wohl etwas verpasst. Sagt mal, habt ihr euch soeben geduzt?", fragt Martina mit aufkommender Freude.

„Ja, du hast richtig gehört, Mama. Als du bei Prof. Kurzweg warst, bin ich zu Papa und habe mich für mein Verhalten entschuldigt. Er hat meine Entschuldigung angenommen, und nun sagen wir ‚Du' zueinander, wie sich das für Vater und Sohn gehört", antwortet ihr Luciano mit Stolz in der Stimme.

Martina ist so glücklich, dass sie zuerst ihren Sohn umarmt und dann Peter, dem sie obendrein einen dicken Kuss verpasst. Dann fahren sie mit Martinas Auto los. Peter hat dem Wachdienst noch mitgeteilt, dass sein Auto bis Sonntag auf dem Parkplatz bleibt.

Nach dem Abendessen im „Binzer Hof" auf Rügen bleiben sie zu dritt noch eine Stunde sitzen. Dabei zeigt sich, dass das Eis zwischen Vater und Sohn immer mehr taut.

In der Villa verabschieden sich Peter und Martina von ihrem Sohn und wünschen ihm eine Gute Nacht.

Später sitzen Martina und Peter in ihrem relativ großen Zimmer auf der kleinen Couch nebeneinander. Martina hat für sich eine Flasche Sekt und für Peter Rostocker Pils und „Klosterbruder" auf den Tisch gestellt. Peter schaut sie erstaunt an.

„Ich habe zwar nie Leitung, Organisation und Koordination der sozialistischen Planwirtschaft studiert, aber ich kann organisieren, Herr Prof. Dr. Weseck, Direktor dieser Sektion", antwortet Martina mit einem Seitenhieb.

Dann zieht sie ihre Unterschenkel auf die Couch und versucht, sie mit ihrem kurzen Schlafoberteil zu bedecken. Als sie den Kopf einzieht, bemerkt sie, wie sich ihre größer werdenden Brustwarzen durch die Spannung des Stoffes zu bohren versuchen. Sofort nimmt sie das Hemd zurück und zeigt dadurch ihre wunderbar geformten Beine.

Peter nimmt sie einfach glücklich in die Arme. Dann stoßen sie erst einmal an.

„Weißt du, Tina, mir ist heute so viel Glück beschieden, dass ich nicht so recht weiß, ob ich das allein verdient habe.

Als Erstes heute Nachmittag die Vorlesung. Alle meine Kollegen beklagen sich über mangelnde Teilnehmerzahlen. Als man mir ausgerechnet den großen Hörsaal zuwies, dachte ich, hier will dich einer blamieren. Dann mein großes Erstaunen, der Saal war brechend voll. Nicht einmal meine Pause konnte ich machen.

Gerade als ich mich von dem anstrengenden Nachmittag erholen wollte, meldet mir meine Sekretärin, dass ein junger Mann draußen steht, der von mir bestimmt vorgelassen wird. Ich denke: Peter, du hast einen Termin vergessen. Wer eintritt, ist unser Sohn und entschuldigt sich für sein Verhalten!

Kaum eine Stunde später stehst du vor mir, mein lieber Schatz und Mutter unserer Kinder. Keine Lehrkraft unserer Universität oder andere Frau aus meinem Bekanntenkreise kann in puncto Schönheit und Figur nach drei Kindern sowie Ausstrahlung mit dir mithalten", sagt Peter glücklich und aus ehrlichem Herzen.

Martina gefallen seine Worte. Trotzdem schaut sie ihn etwas verlegen an.

Peter setzt sich gerade hin und nimmt ihren Kopf in beide Hände. Nach einer Weile des Überlegens überwindet er sich und schaut ihr in die Augen. „Martina, nach unserem Treffen am Jahresende in Borgwedel ist mir bewusst geworden, dass wir über vieles gesprochen haben, nur über eines nicht.

Als ich wieder zu Hause war, stand für mich fest, dass ich eben das für mich so Wichtige bei unserem nächsten Treffen nachhole. Dann kam die Beerdigung meines Vaters. Da war es unpassend. Pfingsten waren wir mit unseren Kindern glücklich, und wieder passte es nicht so richtig!"

Peter steht auf, geht zum Fenster und schaut hinaus. Dann dreht er sich um und sagt zu Martina: „Für mich ist heute einer der schönsten Tage der letzten Monate. Ich weiß nicht, in welcher Verfassung du bist, Tina? Auch wenn der Ort vielleicht nicht der ist, den ich mir für mein Vorhaben immer vorgestellt habe, muss es jetzt sein." Peter geht zurück zur Couch, setzt sich auf seinen Platz und nimmt ihre Hände in seine. „Martina von Holsten, möchtest du mich, Peter Weseck, nach sinnlos verlorenen Jahren und einem Kampf um unser Glück zum Manne nehmen?", fragt Peter mit zitternder Stimme.

Martina schaut ihn an und bekommt kein Wort heraus, obwohl sie mehrfach den Mund öffnet. Sie spürt plötzlich wieder das stärker werdende Kribbeln in ihrem Bauch. Diesmal aber irgendwie anders, zufriedener.

Peter unterstreicht seinen Antrag, indem er sagt: „Martina, ich liebe dich, wie ich vor dir keinen anderen Menschen geliebt habe!"

Martina fällt Peter einfach um den Hals, küsst ihn, drückt ihn an sich und kann ihre Tränen des Glücks und der Freude nicht mehr zurückhalten. Nach geraumer Zeit der Besinnung findet sie ihre Stimme wieder. „Peter, heute machst du mich zur glücklichsten Frau auf Erden! Wie oft habe ich mir diesen Moment ausgemalt. Aber heute in dieser Atmosphäre ist es am schönsten. Für mich gibt es nur dich und keinen anderen Mann. Ich liebe dich ebenfalls, wie nie einen anderen Menschen vor dir. Ich sage ‚Ja'! Halt mich fest, nach all den Jahren des Schmerzes, der Verleumdung und des Alleinsein-Müssens. Lass mich nie mehr los, so wie ich dich nicht mehr loslassen werde!"

Martina konnte nicht mehr vor Glück von ihm lassen und so hielten sich beide eng umschlungen fest.

Die darauffolgende Nacht wurde von einer neuen Leidenschaftlichkeit geprägt, die jetzt unter einem anderen Stern steht. Das sagt Martina ihr Kribbeln im Bauch!

*

Das Wochenende über arbeiten alle drei fleißig an ihrem Haus. Dank Onkel Ole war der Aus- und Umbau schon weit vorangeschritten. Er hatte sich in den letzten Wochen und Monaten um Material und Baubetriebe gekümmert sowie immer wieder die Bauausführung kontrolliert. Für ihren Ferieneinsatz hat er schon Zelte, Campinganhänger und eine Menge Gegenstände besorgt, die sie zum Wohnen und Leben brauchen werden. Martina, Peter und Luciano richten ihr „Lager" unter einer großen, weit ausladenden Buche ein, die auf dem Grundstück steht.

Das Gebäude ist jetzt doppelt so groß wie früher und hat ein neues, dunkelrotes Dach erhalten. Die West- und Ostseite durchzieht jeweils eine Hechtgaube, sodass die Zimmer im Dachgeschoss genügend Licht und wenige Schrägen erhalten.

Martina und Peter haben sich entschieden, im Erdgeschoss des alten Gebäudeteils ein großes Wohnzimmer mit Kamin, Kochnische und anschließender Terrasse einzurichten. Außerdem wird ein Teil des alten Wohn- und des Schlafzimmers in westlicher Richtung zu ihrem gemeinsamen Arbeitszimmer bestimmt und abgetrennt. Von da aus können sie sehen, wer das Grundstück betreten möchte. Von der Terrasse aus hat man einen herrlichen Ausblick zu einem Kiefernwaldstreifen und dahinter der Ostsee. Im Dachgeschoss richten sie sich ihr Schlafzimmer, Bad und Umkleidezimmer ein. Die Kinder erhalten nach Wunsch je ein Zimmer im Neubau und im ausgebauten Dach des Nebengebäudes. Diesen großen Raum will Luciano für sich.

Peter hat an seinen Lada eine Anhängerkupplung bauen lassen, und Ole hat den Anhänger mitgebracht, den Martina wie abgesprochen gekauft hat. Am Freitagnachmittag fahren sie mit Martinas Auto schon erstes Material wie Tapeten und Farben einkaufen. Im Anbau lassen sich auch noch zwei Gästezimmer und ein Bad einrichten.

Mit der Währungsunion zum 1. Juli 1990 verliert Peter etwa drei Viertel seines Restgelds. Gott sei Dank hat er reichlich zwei Drittel davor für den Bau und hochwertige Geräte ausgegeben. Vielfach haben Martina und er gemeinsam in den verschiedensten Geschäften der DDR bis Berlin den Ost-West-Vergleich nach Qualität und Preisen durchgeführt. Erst dann wurde gekauft. Da sie während Martinas Aufenthalten bei ihm an den Wochenenden oder freien Tagen auf der Couch in seinem Wohnzimmer in Grimmen schlafen, wird sein Schlafzimmer zum Zwischenlager umfunk-tioniert.

Alle fünf Familienmitglieder freuen sich auf die Schul- und Semesterferien. Die Kinder haben beschlossen, in diesem Jahr nirgendwo hinzufahren. Sie wollen an der Fertigstellung ihres „Rügenhauses" arbeiten. Peter und Martina freuen sich sehr darüber und versprechen, auch einige Ausflüge zum Kennenlernen der Insel durchzuführen.

Da noch keine Möglichkeit existiert, im Haus zu wohnen, organisiert Onkel Ole außer dem Campingwagen für Martina und Peter einen Bauwagen und ein Armeezelt für schlechtes Wetter. Alles wurde auf dem Grundstück nahe der Buche aufgestellt und mit Planen vor der Sonne geschützt. Einen Grill und Essensplatz hatte er auch schon ausgesucht und vorbereitet. Nun konnten die Ferien kommen!

Am 5. Juli treffen gegen Mittag die vier Holsteiner in Grimmen ein. Peter staunt nicht schlecht, als Martina mit einem Anhänger vorfährt. In seiner Wohnung essen alle zu Mittag. Peter hatte Bratwurst mit Lausitzer Sauerkraut und Kartoffelbrei zubereitet. Außer Sophia, der das Essen zu fett ist, hat keiner gemeckert. Nach dem Essen werden die Autos beladen. Ole hat eine Liste der wichtigsten Dinge, die sie brauchen werden, erstellt, und Peter will auch beginnen, sein Schlafzimmer zu erleichtern. Dann fahren sie voll bepackt gegen 16 Uhr los. Um 19 Uhr treffen sie an ihrem Haus ein. Jeder richtet sein Quartier ein. Peter und Luciano bauen den Grill auf und bereiten das Abendbrot vor. Da das Wetter ziemlich schwül ist, gehen die Kinder nochmals an den Strand das Wasser prüfen, wie Sophia sagt.

Martina und Peter machen es sich in ihren Campingmöbeln unter der großen Buche bequem.

„Wo wollen wir morgen loslegen?", fragt Martina ihren Peter.

„Ich werde morgen erst einmal den Bauleiter fragen, wie der Stand der Dinge ist. Ansonsten möchten wir zuerst wegen weiterem Material in Baumärkte fahren, entweder nach Stralsund oder Bergen, da müssten auch schon neue Märkte stehen. Was meinst du?", entgegnet ihr Peter.

Martina ist einverstanden, und sie beginnen, eine ungefähre Planung für die Woche zu machen. Beide haben sich seit ihrem unverhofften Treffen in der Universität nicht mehr gesehen und am Telefon auch nur das Wichtigste für ihren hiesigen Einsatz abgesprochen.

Nach einer Weile fragt Peter Tina: „Hast du mit den Kindern schon über unsere Hochzeitsabsichten gesprochen?"

„Nein, ich dachte, wir machen das gemeinsam. Wie wäre es denn, wenn wir am Samstag nicht zu lange arbeiten, uns dann schick anziehen und in ein schönes Restaurant gehen. Die Großen wollen sowieso nach einer Disco Ausschau halten, und wir gehen mit Melanie noch ein Stück spazieren. Bevor sich nach dem Essen alles auflöst, sagen wir es ihnen", schlägt Martina vor.

Peter ist damit einverstanden und freut sich auf die überraschten Gesichter.

Nach einem Moment des Schweigens fragt ihn Martina plötzlich: „Peter, weißt du eigentlich, warum ich vor reichlich zwei Wochen an der Universität war?"

Auf diese Frage hat er schon lange gewartet. Sicher hätte sie ihm in ihrer tollen Nacht in der Villa „Katharina" davon erzählt, aber da war ein anderes, viel schöneres Thema zu besprechen.

„Ja und nein, was ihr an dem Tag besprochen habt, kann ich nur vermuten. Also beichte, Frau, hast du mich mit meinem besten Freund betrogen?", sagt er streng.

„Nein, mein Herr und Gebieter!" Dann zog sie seinen Kopf zu sich und küsste ihn. „Spaß beiseite, Prof. Kurzweg hat mir angeboten, von der Fachhochschule Kiel an die Universität Greifswald zu wechseln. Ich soll an der Universität eine Sektion Rechtswissenschaften, insbesondere Wirtschaftsrecht, aufbauen. Er sagt, er habe sich gründlich landesweit erkundigt, meine Veröffentlichungen prüfen lassen und sei dadurch auf mich gestoßen. Die Sektion soll spätestens nach der Wiedervereinigung gegründet werden und im zweiten Semester Probe laufen. Mit dem Studienjahr 1991/1992 soll sie völlig selbstständig arbeiten und die ersten Studenten ausbilden. Den Aufbau und die Leitung der Sektion soll ich übernehmen", erzählt ihm Martina.

„Möchtest du diese Aufgabe übernehmen?", fragt Peter.

„Sie würde mich schon reizen. In Kiel habe ich kaum Chancen weiterzukommen. Mein Leben lang Dozent an solch einer kleinen Fachhochschule zu sein ist keinesfalls die Erfüllung. Deshalb habe ich mich um die Zulassung als Rechtsanwalt bei der Anwaltskammer beworben und sie auch erhalten. Die endgültige Entscheidung möchte ich mit dir und den Kindern gemeinsam treffen", sagt Martina.

„Tina, schon die Vorbereitung und dann erst die Leitung einer solch jungen Sektion wird sehr viel Kraft und vor allem Zeit kosten. Ich will und möchte dir versichern, dass ich dich mit all meinen Kräften und Erfahrungen unterstützen werde. Ich bin stolz und glücklich, dass Thomas an dich gedacht hat. Dann werden wir zwei Professoren in der Familie sein", sagt er zu ihr.

„Wieso Professor?", fragt Martina.

„Weil diese Stelle mit einer ordentlichen Professur gekoppelt ist. Da du deine Habilitation in Kiel verteidigt hast, steht dem nichts mehr im Weg. Du wirst also spätestens mit Beginn des nächsten Studienjahres ordentlicher Professor der Universität Greifswald, Sektion Rechtswissenschaften", antwortet ihr Peter.

Darüber hat sich Martina noch keine Gedanken gemacht, und auch Kurzweg hat ihr nichts davon gesagt. Nur über den künftigen Wohnsitz und die Kinder hat sie bisher Überlegungen angestellt. Wo sollen sie zur Schule gehen?

Auch Peter erzählt ihr von seinem Gespräch mit Kurzweg und wofür er vorgesehen ist, wenn der Professor zum Rektor gewählt werden sollte.

Als die Kinder vom Strand zurückkommen, werden sie von den Angeboten unterrichtet. Es beginnt eine Diskussion, die an diesem Abend nicht beendet werden kann, da das Vorhaben zu brisant ist.

Peter schlägt zum Schluss vor, dass sie alle erst einmal mehrere Nächte darüber schlafen sollten. Er wird sich mit Sophia morgen Früh um frische Brötchen bemühen. Damit sind alle einverstanden und gehen in ihre Betten.

*

Lucianos Zimmer im Dachgeschoss des Nebengebäudes ist fertig ausgebaut und angestrichen. Es kann bezogen werden. Die Bäder sind ebenfalls in allen Etagen fertig, die Außenfassade ist verklinkert. Die Zimmer der Mädchen und die Gästezimmer sind auch bezugsfertig. Nur noch das Wohnzimmer, das Arbeitszimmer und die Küche sind noch zu renovieren.

Der Betrieb, der die Pflasterarbeiten im Grundstück ausführt, hat noch eine Woche zu tun, dann ist er auch fertig.

Schön für alle ist, dass jeder sein Bad oder seine Dusche benutzen kann. Laut Telekom wird in den nächsten Tagen auch der Festnetz- und Fernsehanschluss verlegt, sodass sie nicht mehr von der Außenwelt abgeschnitten sind.

Martina hat im Ausverkauf eines Geschäfts zwei hochwertige Mifa-Fahrräder gekauft. Damit fahren immer zwei Personen zum Einkauf nach Binz oder radeln über die Insel. Die Zwillinge haben schnell Freunde in ihrem Alter gefunden. Mit denen treffen sie sich fast jeden Abend. Da sind die Fahrräder gerade recht.

Melanie hat sich mit der Nachbarstochter angefreundet. Beide haben sich gesucht und gefunden. Sie sind den ganzen Tag zusammen. In Fiete Hansens Haus, in dem erst sein Sohn Piet wohnte, ist Anfang des Jahres seine Tochter Angela eingezogen. Piet hatte sich kurz nach der Wende das Leben genommen. Alle seine Freunde haben sich, nachdem bekannt wurde, dass er ein Zuträger der Staatssicherheit war, von ihm abgewandt. Als ihm sein Arbeitgeber wegen eines Vergehens im Betrieb kündigte, beging er Selbstmord.

Eines Abends sitzen Sophia und Luciano am Tisch und verhalten sich recht nachdenklich und ruhig. Peter sagt ihnen, wenn sie Liebeskummer oder andere Sorgen haben, können sie sich immer an ihn wenden. Er hat genügend Erfahrung in 16 Jahren gesammelt.

Daraufhin bemerkt Sophia: „Papa, wir sind uns fast zu hundert Prozent sicher, heute Mittag beim Einkauf unseren Großvater im Zentrum von Binz mit einer jungen Frau gesehen zu haben."

Luciano ergänzte: „Jung ist übertrieben. Wischt man der die Schminke aus dem Gesicht, ist sie zehn Jahre älter und sieht nicht mehr wie Mutti aus."

Martina bemerkte trocken: „Kein guter Vergleich, mein Sohn, wenn du weiter Taschengeld haben willst."

„Arme, alte Mutti. Dann kommst du eben zu mir, dem jungen Vati", rutscht es Peter heraus.

„Komm du heute Abend ins Bett. Da kannst du etwas erleben, mein Freund. Glaub mir! Wir Frauen sind immer noch in der Überzahl", antwortet Tina mit gespieltem Zorn.

„Bekomme ich dann auch noch ein Brüderchen wie meine Freundin Gitte?", fragt Melanie völlig arglos.

Einen Moment ist totale Stille am Tisch. Peter und Martina schauen sich recht verdattert an. Dann fangen die Zwillinge an zu lachen. Tina und Peter stimmen mit ein. Melanie möchte fortlaufen, sie fühlt sich ausgelacht. Peter fängt sie auf und drückt sie an sich. Somit ist wieder alles gut.

Erst als sie im Bett liegen, sagt Martina: „Peter, ich habe Angst, dass uns mein Vater auch hier nicht in Ruhe lässt. Vor einiger Zeit habe ich zufällig erfahren, dass er Anspruch auf alle enteigneten Ländereien erhoben hat. Und da gibt es leider auch welche auf Rügen, nämlich zwischen Putbus und dem Hafen Lauterbach, bei Bergen und in der Nähe von Middelhagen. Er ist ein Mensch, der auf niemanden Rücksicht nimmt. Peter, deshalb glaube ich den Kindern und habe Angst, dass er unser Glück auf der Insel zerstört!", sagt Martina sehr ernst.

„Tina, wir beide kennen uns seit 1973. Wir haben unsere drei Kinder und leben seit fast acht Monaten als Familie vereint. Du hast in diesen Jahren gegen all die Beleidigungen und Erniedrigungen allein ankämpfen müssen. Jetzt sind wir zu zweit, und ich glaube, nachdem ich ihre Gesichter heute Abend gesehen habe, sind die beiden Großen unsere Partner geworden. Ich möchte nicht die Kinder gegen ihren Opa aufhetzen. Um Himmels willen nicht. Aber glaube an unsere gemeinsame Kraft. Wir kämpfen jetzt zusammen", sagt Peter überzeugend zu Martina.

Er nimmt sie ganz fest in die Arme und küsst sie. Trotzdem kann er nicht verhindern, dass Martina ihren Vater mit seinem Hass nicht vergessen kann. Sie kann das Thema Vater und sein Verhalten nicht mehr verkraften. Sie ist endgültig mit ihrer Kraft am Ende. Gerade auf Rügen fühlte sie sich vor ihm und seinem Pack sicher. Alle Verletzungen, Beleidigungen und Erniedrigungen kommen wieder hoch. Sie hat fest daran geglaubt, dass sie hier vor ihrem Vater Ruhe haben werden. Sie ist sich sicher, dass ihr Bruder dann auch bald auftauchen wird.

Sie arbeiten fleißig weiter an ihrem Haus. Das Arbeitszimmer ist fertig tapeziert und der Fußboden ist eingebracht. Im Wohnzimmer steht der Kamin. Die Malerarbeiten sind fertig, die Kochnische steht. Alles muss eigentlich nur noch möbliert werden. Doch das soll bis Ende Oktober geschehen. Sie beschließen, die letzte Woche, die ihnen bis Schulbeginn bleibt, richtig Urlaub zu machen: am Strand faulenzen, die Insel erkunden und von allem abschalten.

Am letzten Arbeitsfreitag fallen am Mittag symbolisch alle Werkzeuge aus den Händen, das heißt, es wurde alles aufgeräumt und gesäubert. Alle fünf stellen sich mit einer Wasserflasche in der Hand vor ihr Haus, betrachten es und gehen dann durch alle Räume, um ihre dort geleistete Arbeit zu begutachten. Danach treffen sich alle wieder im Vorhof des Grundstücks: Peter und Luciano in kurzen Hosen und freiem Oberkörper und die drei Frauen im Bikini. Ihre Körper waren in den letzten Wochen so sehr gebräunt, dass man annehmen könnte, sie hätten den ganzen Tag am Strand verbracht.

Dann gibt Sophia das Zeichen zum Mittagessen in ihrer gemütlichen Ecke unter der großen Buche. Sie hat ein paar belegte Brote zubereitet. Am Nachmittag ist eine Einkaufstour nach Stralsund geplant. Es soll eine Belohnung für den Fleiß der Kinder in den letzten

Wochen werden. Zum Abschluss des Tages geht es in ein Restaurant zum Festessen.

Während Martina in ihrem neuen Bad unter der Dusche steht, rasiert sich Peter. Als er kurz zum Fenster hinausblickt, ist ihm, als ob ein großer Audi langsam die Straße entlangfährt. Sicher ein Urlauber, der sich verfahren hat. Jetzt geht er sich duschen, und Tina föhnt sich das Haar. Sie kleiden sich an. Peter zieht ein weißes Sporthemd und Jeans, Martina ein luftiges Sommerkleid mit schmalen Trägern an. Vor der Haustür ist Treffpunkt mit den Kindern, die sich ebenfalls geduscht und umgezogen haben. Martina geht zu ihrem Campingwagen, um Schmuck und Armbanduhr anzulegen.

Luciano bemerkt als Erster, dass etwas nicht stimmen kann. Er sieht, wie seine Mutter vor dem Campingwagen steht und zur Straße hinschaut. Peter erkennt an Lucianos plötzlicher Unaufmerksamkeit genauso wie die Mädchen, dass etwas nicht in Ordnung ist. Sie schauen zum Tor und entdecken Martinas Vater und ihren Bruder sowie dessen Frau. Diese kommen recht dreist und unaufgefordert auf das Grundstück. Martina überwindet schnell ihre Überraschung und bittet alle drei höflich an den großen Holztisch unter der Buche. Sie erreicht, dass sie an einer Seite des Tischs sitzen, von der aus sie Peter und die Kinder nicht sehen können. Dieser vereinbart mit den Kindern, dass sie zur Unterstützung ihrer Mutter an den Tisch gehen. Er folgt ihnen durch die Buche in Deckung bleibend.

Martina hat das mitbekommen. Auch das kurze Handauflegen ihrer Kinder auf ihre Schultern gibt ihr Kraft.

Ihr Vater beginnt, in seiner überheblichen und arroganten Art mit ihr zu sprechen: „Was führt dich, eine ‚von Holsten', auf diese ärmliche, ostdeutsche Insel? Das Haus hier gehört dir nicht und das Grundstück auch nicht. Das alles gehört laut Grundbuchamt einem Karl Martens. Aber dem werde ich das Ganze abkaufen, damit meine Tochter und ihre Kinder wenigstens für das Wochenende und eventuell ein paar Wochentage im Jahr etwas haben", sagt von Holsten mit voller Überzeugung.

Hasserfüllt setzt sein Sohn Arnim dazu: „Wo ist denn eigentlich dein Stecher? Hat sich wohl abgesetzt, als er die Stärke und den Reichtum derer von Holsten Neujahr kennengelernt hat?"

Peter bleibt ruhig. Er steht kurz mit Martina und Luciano in Blickkontakt. Nur Sophia kann er nicht erreichen. Sie ist so aufgebracht, dass sie niemand mehr bremsen kann. Peter konnte sich aber sehr gut den Jähzorn von Martinas Vater vorstellen. So achtet er besonders auf seine Reaktionen.

Sophia spricht beleidigt und enttäuscht: „Was denkt ihr eigentlich, wer ihr seid? Du warst es", sagt sie zu ihrem Großvater, „der unsere Mutter verstoßen und beleidigt hat. Uns Kinder haben du, dein Sohn und seine Frau wie Abschaum behandelt, nur weil unser Vater aus der DDR kommt. Aber wir halten zu unserer Mama und unserem Papa, der hundertmal mehr drauf hat als unser versoffener Onkel mit seinem gekauften Doktortitel. Ihr seid hier fehl am Platz, nicht wir!"

Martinas Vater ist im Gesicht rot angelaufen und fängt an zu schreien: „Du verdammter Bastard, was erlaubst du dir eigentlich? Du verfluchte Rotznase!" Er ist aufgesprungen und holt zum Schlag gegen Sophia aus.

Blitzschnell stellt sich Luciano vor seine Schwester. Als von Holsten den rechten Arm zum Schlag erhebt, greift Peter an sein Handgelenk und presst es zusammen. Dieser dreht sich erschrocken um und blickt in Peters zornige, eiskalte zu allem entschlossene Augen.

„Hören Sie gut zu!", spricht er mit fester ruhiger Stimme. „Wenn Sie es noch einmal wagen, sich an einem meiner Kinder zu vergreifen oder meine Frau zu beleidigen, bekommen Sie mit mir fürchterlichen Ärger. Ich zerre Sie vor Gericht. Schnappen Sie sich Ihre Niete von Sohn und seine hochintelligente Frau und verschwinden Sie augenblicklich von hier!

Sie haben sich mit Ihrem heutigen Auftritt die letzte Möglichkeit zerstört, den tiefen Graben zwischen uns und Ihnen zu überwinden. Bis vor wenigen Minuten war ich bereit und fest entschlossen, Ihnen die Hand ein zweites Mal zu reichen. Das ist vorbei, Herr von Holsten. Uns beleidigt niemand ungestraft, merken Sie sich das für alle Zeiten!

Übrigens, dieses Grundstück ist auf meinen Namen eingetragen. Und was mir gehört, gehört auch meiner Familie, und dazu gehören Martina, Luciano, Sophia und Melanie!"

„Du wirst von mir hören, du Bauer!", schreit von Holsten.

„So, Sie großer überheblicher und arroganter Primitivling! Sie haben mich noch immer nicht verstanden. Dann möchte ich noch etwas deutlicher werden und Ihnen noch eine große Überraschung bereiten, ehe sie es von anderen erfahren werden!"

Peter hatte das Handgelenk von Martinas Vater längst losgelassen und ihn auf seinen Platz zurückgeschoben. Jetzt stand er in seiner ganzen Größe vor ihm.

„Haben Sie sich schon einmal gefragt, wohin Ihr Herr Sohn seine vielen Studienreisen gemacht hat, wenn er doch seinen Doktortitel in Großbritannien gekauft hat? Nein? Dann haben Sie sich doch aber sicher Gedanken darüber gemacht, woher das Geld für so viele teure Ausschweifungen kommt, wenn man doch keine feste Anstellung hat? Nein?

Aber Herr von Holsten, wie primitiv und geistlos von Ihnen! Sie lassen den Dünnbrettbohrer von Sohn machen, was er will? Sie haben doch Ihre Tochter Martina, obwohl sie volljährig war, 1973 nach allen Schikanen reglementiert. Sie waren es doch, der ihren Ungehorsam, sich mit einem ‚Kommunisten' einzulassen, mit dem Verstoß aus dem elterlichen Haue geahndet hat. Übrigens, nicht alle Bürger der DDR waren Kommunisten, ich auch nicht. Aber ich vermute, das geht nicht mehr in Ihren verbohrten Schädel hinein. Sie hatten nicht einmal den Anstand, Ihre Tochter Martina nach der Geburt Ihrer Enkelkinder im Krankenhaus zu besuchen.

Die Kinder wurden für Sie, und hier ganz besonders unser Luciano, erst interessant, als sich die Söhne Ihres Herrn Sohn als geistige Tiefflieger erwiesen!"

Von Holsten versucht immer wieder, etwas zu entgegnen, aber die geistige und moralische Kraft dieses Mannes ihm gegenüber zwingt ihn, zu schweigen und zuzuhören.

„Das ist doch so? Hätten Sie sich lieber um die Entwicklung Ihres Sprösslings gekümmert, dann würde Ihnen in Zukunft vieles durch Polizei und Verfassungsschutz erspart bleiben!"

Peter wendet sich vom Alten ab und dem Sohne zu. „Na, Herr Arnim von Holsten, ist es nur die sommerliche Hitze, die Ihnen den Schweiß auf die Stirn treibt, oder fühlen Sie sich als enttarnter Spitzel so unwohl?", fragt ihn Peter mit erbarmungsloser Stimme und hasserfülltem Blick.

Arnim erschrickt und wird bleich, als sich alle Blicke auf ihn richten. „Was erlaubst du dir eigentlich, du …!" Dann fehlen ihm die Worte, und er wird immer unsicherer.

„Sie, bitte! Mit solchen Leuten wie Ihnen stelle ich mich keinesfalls auf eine Stufe. Erst recht nicht mit einem Mitarbeiter der Staatssicherheit der DDR und des Bundesnachrichtendiensts der BRD! Also Doppelagent, deshalb auch zweimal abkassiert, Sie Schwein! Nachweislich sind Sie schon 1971 angeworben worden. Als Sie sich während des Festivals mit Ihrer Schwester treffen wollten und dann absagten, waren Sie nicht in Amerika, sondern in Berlin.

Ihre Beischläferin 1985 im Hotel am Timmendorfer Strand war auch eine Angehörige der Staatssicherheit", sagt Peter ruhig, aber keinen Widerspruch duldend.

Arnim von Holsten schien erst zusammenzubrechen, geht aber dann hasserfüllt auf Peter los.

Jetzt stellt sich sein Vater ihm in den Weg. „Arnim, stimmt das?", fragt er.

Dieser gab ihm keine Antwort, sondern steht wie versteinert mit hängenden Schultern vor ihm. Diese Offenlegung aller bekannten Fakten durch Peter hat ihn völlig unvorbereitet getroffen. Er hat sich bis zum Augenblick sicher und unerkannt gefühlt.

„So und nun verschwinden Sie von hier, bitte schneller, als sie ungebetenerweise gekommen sind. Das war Ihr letzter Auftritt dieser Art vor meiner Familie. Da ist der Ausgang, raus! Lassen Sie sich unaufgefordert hier nie mehr sehen!", sagt Peter etwas lauter als bisher.

Die drei Personen verlassen augenblicklich das Grundstück, steigen in ihr Auto ein und fahren aus der Siedlung. Peter schließt hinter ihnen das Tor. Dann geht er an den Tisch zurück. Jetzt ist er ebenfalls bleich im Gesicht, und kleine Schweißperlen stehen ihm auf der Stirn. Er setzt sich neben Martina. „Jetzt brauche ich einen starken Kaffee und einen Doppelkorn", sagt er nach einem Moment des Schweigens, Martina ebenfalls.

Sophia und Melanie stehen auf, um Kaffee zu kochen. Luciano geht ins Haus und holt den restlichen Kuchen und Schnaps aus ihrem Kühlschrank.

Martina und Peter sind für einen Moment allein.

Sie lehnt sich an ihn, streicht ihm über die Hand und sagt: „Ich habe dich ganz sehr lieb. Du hast uns alle vor meinem unverbesserlichen Vater geschützt. Das werde ich dir nie vergessen, Peter!" Sie umarmt und küsst ihn.

„Tina, vor diesem Moment habe ich mich immer gefürchtet. Aber nun ist es hoffentlich überstanden. Wenn nicht, gehen wir vor Gericht. Diese Beleidigungen unserer Familie und ganz besonders von dir lasse ich nicht mehr zu!", sagt Peter mit fester Stimme.

Die Mädchen bringen den Kaffee, Luciano den Kuchen und den Schnaps. Alle drei sind nach wie vor von dem eben erlebten Ereignis bewegt.

„Papa, was bedeutet das eigentlich, was du zu unserem Onkel gesagt hast?", fragt Luciano.

Peter schaut Martina kurz in die Augen. Sie nickt.

„Also, Luciano, wir werden euch jetzt unsere ganze Geschichte erklären und unsere gemeinsamen Leiden erzählen."

Nach einem kräftigen Schluck aus der Kaffeetasse beginnt er: „1973 fand in Berlin ein Festival statt, das wisst ihr. Eure Mama und ich waren Teilnehmer. Während eines Meetings von Jugendlichen beider deutscher Staaten sahen wir uns das erste Mal. Der Zufall wollte es, dass wir uns am gleichen Abend auf dem Alexanderplatz trafen.

Das war aber auch der Abend, an dem sich eure Mama mit ihrem Bruder Arnim treffen wollte. Dieser hatte aber abgesagt, weil er angeblich kurzfristig in die USA reisen musste. Wir verliebten uns ineinander, und das Ergebnis seid ihr, Sophia und Luciano.

1980, viele Jahre später, habe ich das erste Mal etwas erfahren und erst vor wenigen Wochen von guten Freunden bestätigt bekommen, wer alles an unserem Unglück und den vielen verlorenen Jahren Schuld trägt.

Euer Onkel war nicht in den USA, sondern in Berlin, wie er es eurer Mutter versprochen hatte. Nur hat er sich nicht mit ihr getroffen, sondern mit einer offiziellen Mitarbeiterin der Staatssicherheit der Deutschen Demokratischen Republik. Durch Zufall hat er uns miteinander gesehen und sofort über Muttis ehemalige Freundin, die auch Spitzel der Stasi war, was wir erst vor Kurzem erfuhren, euren Opa informiert. Der holte sie sofort am nächsten Tag ab. Was dann in Borgwedel passierte, wisst ihr.

Eure Mama hat mir damals einen Brief in ihrem Hotel mit ihrer Adresse hinterlassen. Ich habe ihr daraufhin von 1973 bis 1980 unzählige Briefe geschrieben, die nie beantwortet wurden."

Tina erzählt weiter: „Könnt ihr euch noch an die ältere Frau erinnern, die in der Verwaltung des Gutes gearbeitet hat?"

Die Zwillinge nicken.

„Diese Frau hatte die Post zu bearbeiten. Auf Weisung eures Opas hatte sie alle Briefe, die von eurem Papa kamen, an Opa weiterzuleiten. Deshalb habe ich nie einen Brief erhalten. Erst als ich 1980 eine Studienreise nach Potsdam unternahm, haben wir uns durch Zufall wiedergefunden. Ich konnte deshalb auch erst damals Peter von eurer Geburt erzählen. Die Freude und Erleichterung bei uns beiden war so groß, dass neun Monate später Melanie geboren wurde.

Auch meinen damaligen Aufenthalt hat euer Onkel über seine Stasi-Beziehungen herausbekommen und meinem Vater mitgeteilt. Beide haben dann 1985 eine Delegation des Betriebs, in dem euer Vater arbeitete, zu einer Tagung des Bauernverbands eingeladen. Dabei ging es nur darum, euren Vater und die DDR-Delegation zu blamieren. Das gelang aber nicht. Mein Vater und mein Bruder wussten nicht, dass euer Papa ausgezeichnet Englisch spricht!"

Peter erzählt den Kindern dann noch, wie er die Jahre seit 1973 von allen möglichen Seiten bespitzelt wurde: in der damaligen Kreisdelegation von Kalle und Klaus, zu Hause von seinem Schwager Harald, an der Pädagogischen Hochschule Potsdam von Dr. Rau, der nach der Wende einer der ersten „Westflüchtlinge" war, und in der AIV von seinem besten Freund Achim Lange.

„Alle genannten Leute haben Anteil daran, dass wir nicht gemeinsam unser Glück erleben konnten. Viele Entbehrungen mussten wir deshalb über uns ergehen lassen. Ich habe euch nie als Baby in den Armen halten dürfen, ich habe die schlaflosen Nächte eurer Mutter nicht miterleben können, als ihr euren ersten Zahn bekommen habt, und ich habe auch von keinem von euch den ersten Schultag erlebt.

Nun freue ich mich darauf, mit euch gemeinsam das künftige Leben zu genießen. Der Kampf um unser gemeinsames Glück wird seine Früchte tragen, davon bin ich fest überzeugt!", sagt Peter.

Sie entscheiden sich, nach diesem unvorhergesehenen Ereignis die große Einkaufstour auf Samstag zu verschieben. Jetzt fahren sie gemeinsam nach Binz. Ihnen bleibt noch eine Stunde für den Wochenendeinkauf. Danach gehen alle zusammen an den Strand und toben im Wasser der Ostsee. Nach dem Abendessen werden Sophia und Luciano von ihren Freunden zur Disco abgeholt. Melanie geht in ihr Bett.

Peter und Tina sitzen noch eine Weile am Tisch unter der Buche, bis die Mücken unerträglich werden. Dann gehen auch sie in ihren Campingwagen. Es ist sehr schwül in dem Gefährt. So entschließen sie sich, keine Schlafsachen anzuziehen. Sie liegen nackt nebeneinander und denken an das, was sie seit Mittag erlebt haben.

Martina fasst Peters Hand und drückt sie ganz fest. „Schatz, ich bin froh, dass wir uns gefunden haben. Mir ist jetzt so zumute wie 1973 in der Laube deines Onkels in Mahlsdorf bei unserem ersten Mal. Aber irgendwie spüre ich auch die Freude und Leidenschaft von 1980 in unserem jetzigen ‚Rügenhaus'!" Tina nimmt seine Hand und legt sie auf ihren Bauch. Danach sagt sie zu ihm: „Das Kribbeln in meinem Bauch ist heute so stark wie noch nie, Peter. Laut meiner Großmutter bedeutet das, dass ich den Mann meines Lebens gefunden habe. Deshalb will das Kribbeln unbedingt sofort befriedigt werden!"

Das lässt sich Peter nicht zweimal sagen. Die Nacht der Leidenschaft und tiefen Liebe zweier Menschen geschieht.

*

In der Nacht ist ein leichtes Gewitter über Rügen niedergegangen. Die Luft hat sich um einige Grade abgekühlt. Der Boden selbst erhielt zu wenig Wasser.

Jedes Familienmitglied, Eltern wie Kinder, waren auf ihre Art vom Erlebnis des Vortags betroffen. Peter ist jetzt erst recht fest entschlossen, Tina und die Kinder gegen Albrecht von Holsten zu schützen, wenn es sein muss, auch vor Gericht. Wichtig ist für ihn, dass der Alte gehindert wird, Martina um ihren rechtmäßigen Erbteil zu bringen, Intrigen gegen seine Kinder anzuzetteln und mithilfe seiner Parteifreunde hier auf Rügen ihr kleines Glück zu gefährden.

Peter hat in all den Jahren die Falschheit und Hinterhältigkeit von Politikern, Funktionären und Parteibonzen kennengelernt, sodass er jeglichen Glauben an die Ehrlichkeit dieser Leute verloren hat.

Durch seine wissenschaftliche Arbeit und dem ständigen Suchen nach neuen Ideen, besseren Zusammenhängen oder dem Beschreiten neuer, theoretischer Wege ist ihm mehr als einmal bewusst geworden, wer auf dem Pfad der Ehrlichkeit bleiben will, muss sein Umfeld auf das Schärfste beobachten und keinen Moment unaufmerksam sein.

Bisher hat er mit den neuen Herren wenig Kontakt gehabt. Aber ein inneres Gefühl sagt ihm, die Vorsicht auf keinen Fall aufzugeben. Unter dem Mantel der Demokratie kann man heute mehr verstecken, als früher der wachsame DDR-Bürger mit seinen Eingaben und Einsprüchen zuließ. Wenn er betrachtet, wie viele seiner ehemaligen Kollegen oder Genossen nach dem Mauerfall den Mantel gewendet haben und bei den neuen Herren Unterschlupf gefunden haben, könnte ihm kotzübel werden, deshalb Achtung und Vorausschau in alle Richtungen besonders gegenüber „Wendehälsen", Peter!

Heute Morgen sind Melanie und Sophia die täglichen Einkäufer. Martina schreibt einen Zettel. Peter schaut ihr über die Schulter, ursprünglich in den Ausschnitt ihres Kleids, aber dann auf die Schrift.

„Doktorschrift, das kann doch kein Mensch lesen!", sagt er im Brustton tiefster Überzeugung.

„Doch wir, Papi. Wir sind auch schon halbe Doktoren", sagt ausgerechnet Melanie.

„Na klar, du schon mit deiner Klaue, Zwecke", antwortet Sophia.

„Ich bin mehr für die kreative, geschwungene Schrift wie bei unserem Papa."

„Du bist gemein, bäh!", reagiert Melanie.

„Nun aber Schluss, ihr beiden!", sagt Martina sehr ernst. „Ab zum Bäcker, Metzger und Händler, klar?"

Beide nicken und schwingen sich auf ihre Fahrräder.

„So, Herr Professor, jetzt zu Ihnen! Sie haben also schon beide Töchter so ziemlich für sich eingenommen, wenn ich das richtig sehe. Wie viel Taschengeld kostet denn das Ganze?" Martinas Gesicht soll ernst erscheinen, verändert sich aber augenblicklich.

Peter folgt ihrem Blick und dreht sich um. Er sieht Luciano aus dem Nebengebäude kommen. Der sieht sehr blass aus und steht nicht auf den sichersten Beinen. Seine Augen sehen verweint und verquollen aus. Er kommt zu ihnen an den Tisch und setzt sich.

„Hast du Alkohol getrunken, Luciano?", fragt ihn Martina mit Schärfe in der Stimme.

Luciano nickt, nimmt beide Hände vor das Gesicht und beginnt zu weinen. Er kann sich lange Zeit nicht beruhigen, dann beginnt er zu erzählen: „Ich war so froh, dass sich Großvater beruhigt hatte. Noch Ende Juni, bevor wir hierher gefahren sind, hat er mir angeboten, während der Ferien mit auf eine Ranch in die USA zu kommen. Dort wollte er mir die Großviehhaltung zeigen. Er sagte, ich muss jetzt schon die Härte der Landwirtschaft kennenlernen, da ich doch später einmal seine Stelle einnehmen soll. Sein Nachfolger sein heißt einmal für mich, der Chef über viele, viele Angestellte und Zehntausende Hektar Land auch hier im Osten zu sein.

Ich freute mich über das Angebot, bat ihn aber, mir nicht böse zu sein, da ich jetzt erst einmal meine Familie richtig kennenlernen will. Daraufhin fragte er mich, was wir denn vorhätten. Erst wollte ich nicht mit der Sprache herausrücken, denn wir hatten ausgemacht, dass wir außer Onkel Ole und Tante Grit niemanden über unser Vorhaben unterrichten. Er schaute mich so freundlich an, und ich dachte, es ist nicht mehr weit, dass er sich bei Papa entschuldigt und Mama um Verzeihung bittet. So habe ich ihm gesagt, dass wir nach Binz fahren, um hier ein Haus umzubauen.

Als er gestern mit Onkel Arnim das Grundstück betrat, wusste ich plötzlich, warum er mir gegenüber so freundlich war. Er hat mich wieder einmal hereingelegt, um mich über uns auszuhorchen!"

Martina und Peter brauchen eine Weile, um das Gehörte zu begreifen. Für Peter ist klar, dass von Holsten auch in Zukunft jede sich bietende Gelegenheit nutzen wird, ihr kleines, beginnendes Glück wieder zu zerstören. Aber da hat er die Rechnung ohne den Wirt gemacht!

„Luciano", beginnt Martina, „was du uns hier sagst, macht mich sehr betroffen! Du hast unsere gemeinsamen Absprachen verraten. Mein Vater wagt es, euch Kinder für seine hinterhältigen Machenschaften zu benutzen. Das übersteigt die Grenzen des Normalen und ist unentschuldbar!"

Ein fröhliches Fahrradklingeln ist aus der Ferne zu hören. Deshalb unterbricht Martina das Gespräch. „Geh dich duschen, umziehen und komm dann an den Tisch zurück, als wäre nichts geschehen. Deinen Schwestern sagst du bitte kein Wort über das Vorgefallene. Wir sprechen später unter sechs Augen weiter!"

Luciano steht auf und schaut dabei Peter ins Gesicht. Der nickt ihm aufmunternd zu!

„Auf, mein Alter, marsch Kaffee kochen!", sagt Martina recht forsch.

Am Tor treffen beide Mädchen ein. Sie haben die letzten hundert Meter einen Sprint um den Sieg hingelegt. Um eine Verstimmung der kleinen Schwester zu vermeiden, lässt Sophia Melanie gewinnen. Dabei ist ihr der ohnehin kurze Rock ganz hochgerutscht, sodass jeder sehen kann, dass sie einen rosa Slip trägt.

Peter steht mit den Händen in den Hosentaschen und betrachtet das Schauspiel. Sophia wird einmal genauso schöne Beine bekommen wie Tina.

„Sophia, geht es nicht noch kürzer mit dem Rock? Da kannst du dich ja gleich mit dem Slip ohne Rock aufs Fahrrad setzen!", fährt sie Martina in scharfem Ton an.

Beide Mädchen stehen erschrocken da und wissen nichts zu antworten. Peter schaut ebenfalls verständnislos. Dann geht er in den Campingwagen, um wie befohlen Kaffee zu kochen. Sollen das die Frauen unter sich ausmachen.

Während der Kaffee durchläuft, geht Peter in Lucianos Zimmer. „Bist du so weit, Luciano?"

Der steht immer noch unter der Dusche. Peter beginnt, das Zimmer aufzuräumen. Zwei Flachmänner Doppelkorn und knapp zwei Flaschen Rostocker Hafenbräu hat er geschafft. Da scheint ihn Arnim noch nicht zu sehr verdorben zu haben.

„Willst du mich kontrollieren?", fragt plötzlich Luciano hinter ihm.

„Vielleicht sollte man das, aber ich wollte dir eigentlich nur beim Aufräumen helfen und dich zum Frühstück holen. Wenn es noch später wird, können wir gleich zu Mittag essen", sagt Peter in ruhigem Ton.

Luciano zieht sich schnell an, und beide gehen gemeinsam unter die große Buche.

Peter holt den Kaffee und stellt ihn vor Martina. Dazu nimmt er militärische Haltung ein. „Befehl ausgeführt, Euer Ehren! Gestatten Sie, dass ich Platz nehme?", fragt Peter in gehorsamem Ton.

Martina und die Kinder schauen ihn verdattert an.

Dann geht Martina ein Licht auf. „Jawohl, Alterchen, setzen!", antwortet sie genauso militärisch.

Dann beginnen alle zu lachen. Das Frühstück wird mit Genuss eingenommen, und es gibt viel Gelächter. Tina erzählt die Geschichte vom Kaffeekochen aus dem Jahr 1980. Den Wettlauf vom Strand zum Haus hatte sie gewonnen. Deshalb auch Alterchen.

Nach dem Frühstück planen sie den Tag. Luciano schlägt vor, mit beiden Autos zu fahren und die Anhänger mit Abdeckplane mitzunehmen. Wenn sie in irgendwelchen Baumärkten oder Möbelmärkten etwas Interessantes finden, können sie es gleich einkaufen und mitnehmen. Die Frauen sind nur einverstanden, wenn genügend Zeit für den versprochenen Modemarkt-Bummel bleibt.

„Wenn wir das so angehen wollen, müssen wir noch die Zeichnungen der Zimmer wegen der Maße kopieren lassen. Das macht ihr unter Lucianos Leitung. Der weiß, was wir brauchen. Ich fahre in der Zwischenzeit zur Polizei und bitte darum, dass sie immer wieder einmal hier nach dem Rechten sehen während unserer Abwesenheit. Ihr wisst, warum?", sagt Peter.

Alle nicken und gehen an ihre Aufgaben. Die Männer hängen die Anhänger an die beiden Autos, und Martina fährt als Erste mit den drei Kindern vom Hof. Sie braucht Luciano auf alle Fälle, um sich im Wirrwarr der Karten zurechtzufinden. Treffen wollen sie sich auf dem Parkplatz am künftigen IFA-Ferienpark.

Peter fährt zur Polizei, nachdem er das Tor gründlich verschlossen hat. Im Revier trifft er zufällig seinen Bekannten, Michael Krause, den ehemaligen Abschnittsbevollmächtigten. Nach einer herzlichen Begrüßung trägt Peter sein Anliegen vor.

„Um welchen der beiden von Holsten geht es denn?", fragt Micha.

„Zu trauen ist beiden nicht. Der eine heißt Albrecht von Holsten, das ist der Alte, und der andere mit Frau heißt Arnim von Holsten. Soweit mir bekannt ist, hat er für die Stasi und einen westlichen Geheimdienst gespitzelt", antwortet Peter.

„Eigentlich darf ich es dir nicht sagen, Peter, aber weil wir uns so lange schon kennen, sage ich dir, was passiert ist", antwortet ihm der

Oberkommissar.

„Gestern Vormittag tauchten bei uns zwei Herren von der Bezirksbehörde der Polizei und zwei Herren in Zivil auf. Sie haben sich als Mitarbeiter des Landeskriminalamts Schleswig-Holstein ausgewiesen. Sie suchten die drei Genannten und wussten nur, dass sie mit einem schwarzen Audi mit Holsteiner Nummer auf Rügen sind. Seit vier Tagen müssen sie sich in Binz aufhalten. Gestern, kurz bevor der Zugriff erfolgen sollte, waren sie aus dem Hotel verschwunden. Ein Mitarbeiter der Rezeption konnte ihnen aus einem mitgehörten Gespräch sagen, wohin sie fahren wollten. Die Herren Kollegen fragten mich nach der Richtung, und das war dein Grundstück, Peter! Sie forderten von uns zwei Besatzungen mit Dienstwagen. Eine halbe Stunde später waren sie wieder da. Der schwarze Audi wurde von einem Herrn aus Schleswig-Holstein gefahren. Die drei Gesuchten saßen in je einem anderen Dienstwagen. Sie wurden erst alle drei in Einzelzellen gesperrt und später einzeln vernommen.

Peter, der Alte hat getobt, sag ich dir. Immer wieder hat er das Kommunistenschwein Weseck genannt, den die Herrn vom LKA festnehmen sollten. Er wäre der Feind der neuen Demokratie!

Er wurde vom Leiter der LKA-Leute darauf hingewiesen, dass du und deine Frau anerkannte und geschätzte Wissenschaftler sind. Er soll deshalb in Zukunft sehr vorsichtig mit seinen unbeherrschten Äußerungen sein. Das hat ihm dann die Sprache verschlagen.

Jedenfalls, um das Ganze zu beenden: Der alte von Holsten und seine Schwiegertochter wurden entlassen und nach gründlicher Untersuchung des Audi konnten sie sich am Nachmittag in Richtung Schleswig-Holstein absetzen. Der Sohn wurde nach einem ersten, kurzen Verhör völlig geknickt in Handschellen abgeführt. Ich glaube, jetzt habt ihr Ruhe", endet Michael Krause.

„Ich müsste mich freuen, aber ich kann das nicht! Ich glaube einfach nicht, dass damit alle Drangsale, persönlichen Angriffe und Beleidigungen zu Ende sind, Micha", antwortet ihm Peter. „Aber ich danke dir, auch im Namen meiner Familie!"

Peter verabschiedet sich von ihm, nachdem er das Versprechen abgegeben hat, wenn seine Familie wieder hier ist, zum Grillen zu kommen.

*

Peter fährt mit seinem Lada zum Treffpunkt. Martina und die Kinder warten schon ungeduldig.

„Wir dachten schon, die Polizei hat dich gleich dabehalten", sagt Martina.

„Na, ich weiß nicht, ob die sich einen Gärtner für ihre drei Rosen vor dem Revier leisten können", entgegnet Peter mit Erleichterung in der Stimme.

„Nein, ich habe meinen alten Freund Michael Krause getroffen. Der ist jetzt Revierleiter. Alles andere erzähle ich heute Abend. Jetzt fahren wir aber los", gibt Peter das Zeichen zum Aufbruch.

Luciano möchte bei seinem Vater mitfahren. Er nimmt auch die Kopien mit. Zuerst wollen sie nach Stralsund. Mal sehen, was sie alles bekommen. Es jagt sie niemand. Und so beginnt eine gemütliche Fahrt.

Nach etwa zehn Minuten des Schweigens beginnt Luciano: „Papa, wenn du und Mama in Greifswald an der Uni unterrichten, was wird dann mit uns? Ich sage dir offen, wenn ihr nicht mehr in Borgwedel seid, habe ich für uns drei Kinder Angst vor Großvater und Onkel Arnim. Nachdem ich ihren gestrigen Auftritt erlebt habe, traue ich ihnen in Zukunft alles zu!", sagt Luciano.

„Euer Großvater hat euch doch immer verleumdet und verheißen. Ihr ward doch für ihn nur die ‚Bastarde'! Wieso hat er sich denn für dich so plötzlich interessiert?", fragt Peter, ohne vorerst auf Lucianos Frage einzugehen.

„Das habe ich mich heute Nacht auch gefragt. Bevor ich eingeschlafen bin, ist mir etwas eingefallen. Als ich schon des Öfteren im Gutshaus übernachtet habe, rief er mich eines Abends zu sich ins ‚Herrenzimmer'. Hier setzte er sich mit mir an den Gästetisch stellte mir einen Cognac, echt französisch, und ein Jever hin. Vorher muss es einen furchtbaren Krach mit ihm und Onkel Arnim gegeben haben. Ich hatte nur den Lärm unten gehört, mehr nicht.

Ich war damals 14, und er fragte mich, was ich einmal werden möchte. Ich antwortete, dass ich einmal Agrarwissenschaften studieren möchte. Die Landwirtschaft ist von klein auf schon immer mein Traum. Vielleicht durch Onkel Ole, der mich viel mit auf die Felder und in die Ställe genommen hat.

Das erfreute den Alten sehr, und er sagte sinngemäß zu mir, er wäre stolz auf mich und betrachtet mich als seinen wahren Nachfolger. Das verwunderte mich, und ich sagte zu ihm, dass nach dem Onkel und der Mama doch meine Cousins Neidhard und Christoph noch den Vortritt in der Erbfolge hätten. Darauf antwortete er mir, dass die seit heute bei ihm aus dem Rennen sind. Sein Sohn wäre zu dämlich, den Doktor zu machen, den er aber schon hatte, und seine Enkelsöhne sind so doof, dass beide nie ein Abitur schaffen würden, geschweige denn jemals eine Hochschule von innen sehen werden. Deshalb hat er mich ausgesucht, sein Nachfolger zu werden. Das habe ich noch nicht einmal Mama erzählt!" Jetzt ist es heraus. Luciano fühlt sich erleichtert.

Peter dankt ihm für die Offenheit und bittet ihn darum, ihr Gespräch später, wenn er es wünscht, auch unter vier oder sechs Augen weiterzuführen.

Jetzt treffen sie in Stralsund ein. Einkauf im Modehaus! Peter verzieht sich in die hinterste Ecke. Da gibt es Schuhe, und er braucht ein Paar. Schnell hat er welche gefunden.

Gerade als er zur Kasse gehen will, sagt eine Frauenstimme zu ihm: „Aber, Peterle, du willst doch nicht etwa diese Gurken kaufen?"

„Tina, ich denke, du kleidest dich ein?", fragt er erschrocken.

„Das dachte ich mir fast. Du wolltest für dich einen Junggesellenschnelleinkauf machen, aber, mein Schatz, jetzt hast du eine dich liebende Frau und Beraterin an deiner Seite und die spricht ein Wörtchen mit", antwortet sie beruhigend.

Peter ist baff und lässt alles mit sich geschehen. Zum Schluss hat er ein Paar edle Schuhe, die doppelt so teuer sind wie die ersten. Martina schenkt sie ihm. Dann gehen beide zu einer Sitzgruppe und bestellen zwei Kännchen Kaffee. Hier gibt es einen Vorführbereich für Männer- und Frauenkleidung. Jetzt sind Töchter und Sohn dran. Nach unzähligen Anproben fällt die Entscheidung auf mehrere Stücke.

Plötzlich steht Peter auf und geht in die Damenabteilung. Nach langem Suchen bringt er ein Kostüm, einen Hosenanzug, ein Kleid, einen Rock und eine wunderschöne Bluse mit. Martina betrachtet ihn skeptisch. Dann legt er alles vor ihr hin.

„Probiere bitte all das an, was dir selbst gefällt!", sagt er zu ihr.

Martina probiert zuerst das Kostüm. Es spannt im Rücken, und eine Nummer größer gibt es nicht. Pech! Der Hosenanzug passt wie angegossen, nur ein paar Absatzschuhe statt der Sommertreter, die sie jetzt trägt, müssen sein. Als Nächstes probiert Martina die Bluse an und tritt aus der Kabine. Strahlende Gesichter der Familie empfangen sie. Die Bluse ist ein Knaller.

Plötzlich sagt Sophia: „Mich heute Morgen wegen eines zu kurzen Rocks anraunzen und selbst gar keinen anziehen!"

Martina schaut an sich herunter und stellt fest, dass sie vergessen hat, den Rock anzuziehen. Ganz schnell ist sie wieder in der Kabine. Trotzdem konnte ihre Familie ein schallendes Lachen nicht vermeiden.

Sie probiert den Rock zur Bluse, und der wird für gut befunden. Das Kleid steht ihr nicht.

„So und nun zieh bitte noch einmal den Hosenanzug an", sagt Peter.

Martina sieht ihn verständnislos an. Aber er nickt nochmals.

„So, Melanie und Sophia, wenn ich jetzt mit Mami zu den Schuhen gehe, packt ihr bitte alles außer dem Kostüm und dem Kleid in den Korb", sagt Peter den Mädchen.

„Papa, wir brauchen auch Schuhe", sagt Sophia.

„Ihr Armen sollt nicht barfuß gehen", sagt Peter und streicht den „vernachlässigten" Töchtern über das Haar.

Als Martina fertig ist, nimmt Luciano ihr Sommerkleid, das sie heute trägt, und sie gehen zu dritt zur Schuhabteilung. Peter hatte dem Verkäufer vorher Bescheid gesagt. Jetzt werden zuerst für Tina die passenden Schuhe zum Hosenanzug und dann für die Kinder ebenfalls welche ausgesucht. Dabei vergeht wiederum eine Stunde. Nachdem sie alles bezahlt haben, ist es kurz vor 16 Uhr. Peter schlägt vor, erst einmal ins Möbel- und Einrichtungshaus zu fahren und dort einen kleinen Imbiss einzunehmen. Damit sind sofort alle einverstanden! Jeder von ihnen spürt, dass das Frühstück nun schon gut sieben Stunden zurückliegt.

Als sie vor ihrem Essen und den Getränken sitzen, sagt Melanie: „Mami und Papi, so einen Einkaufstag können wir doch jede Woche einmal machen! Das wäre bestimmt fetzig!"

„Das glaube ich dir sofort, Schnecke! Nur müssten Papa und Mama Tag und Nacht arbeiten, um die vielen Dinge zu bezahlen. Dann hätten wir für euch keine Zeit mehr, und das wäre doch auch nicht schön", antwortet ihr Martina.

Melanie nickt sehr verständnisvoll.

„Können wir schon ein wenig stöbern gehen? Uns bleiben nur noch eine und eine halbe Stunde, dann schließen die hier", fragt Luciano auch im Sinne seiner Zwillingsschwester.

„Passt aber auf Melanie auf", sagt Martina.

Dann sitzen sie allein am Tisch und gießen sich ihre zweite Tasse Kaffee ein. Sie hatten sich jeder ein Kännchen bestellt. Peter schaut den Kindern hinterher und ist stolz darauf, dass sie ihre Eltern in Aussehen, Auftreten und Verhalten nicht verleugnen können. Ihn überkommt ein Gefühl einer großen Dankbarkeit Martina gegenüber. Immerhin hat sie die Erziehung ihrer Kinder 16 Jahre lang allein bewältigt. Ihn überkommt ein Glücksgefühl, und er gibt Tina ganz einfach vor allen fremden Leuten in diesem Raum einen dankbaren Kuss.

„Peter, wir sind nicht allein", sagt Martina mit hochrotem Kopf.

„Das macht doch nichts! Sollen doch alle sehen, wie glücklich ich mit meiner ‚Fastehefrau' bin! Wenn wir nach diesem Einkaufsbummel noch eine Hochzeit ausrichten können?", entgegnet Peter.

Sie lacht und ist das erste Mal an diesem Tag so richtig froh und glücklich. Martina verfolgen genauso wie Luciano die Bilder und Ereignisse des Vortags. Nur kann sie sich nach wie vor nicht erklären, woher ihr Vater von ihrem „Rügenhaus" weiß und sie hier finden konnte. Darüber will sie heute Abend in ihrem Campingwagen mit Peter sprechen.

Luciano winkt. Sie möchten kommen. Beide trinken aus und gehen zu den Kindern.

„Schaut euch einmal diese Badausrüstungen an, einfach und schön! Damit könnten wir die Gästeduschen ausstatten: ein passender Spiegel mit Board, zwei Zahnputzgläser mit Halterung, Seifenspender und Seifenhalter und außerdem Halterungen für die Dusche sowie Abfalleimer. Und dort drüben sind noch Halterungen für die Hand- und Badetücher zu finden", sagt Luciano begeistert.

Martina und Peter begutachten die Vorschläge.

Plötzlich sagt Sophia: „Wie wäre es denn, wenn wir die zwei Gästezimmer entsprechend der Badfliesen in der gleichen Farbe halten. Dabei müssen die Möbel nicht aus Mahagoni sein, sondern ganz einfach zwei Doppelbetten, zwei Nachtschränke, einen Schrank, einen Tisch und zwei Stühle aus handelsüblichem Material."

Tina und Peter überlegen kurz und sind mit den Vorschlägen einverstanden. Das eine Gästebad ist leicht grau gehalten und das andere beige. Sie kaufen die entsprechenden Badausrüstungen. In der Nachtmöbelabteilung kaufen sie den Rest der Zimmerausrüstung. Jetzt fehlen ihnen nur noch die entsprechenden Gardinen und Vorhänge. Dafür ist es heute aber zu spät. Kurz vor Ladenschluss holen sie aus dem Lager noch schnell die Warenpakete ab. Mehr Kartons hätten es für ihre Anhänger nicht sein dürfen. Nachdem alles verstaut ist und sie an den bepackten Fahrzeugen stehen, beraten sie den weiteren Verlauf des Tages. Das Beste ist, nach Hause fahren, duschen, frische Sachen anziehen, Taxi bestellen und in den „Binzer Hof" zu einem ausgiebigen, gemütlichen Abendessen fahren. Alle sind mit dem Vorschlag einverstanden. Peter ruft von der nächsten Telefonzelle in der Gaststätte an und lässt für 20.30 Uhr einen Sechsertisch reservieren. Dann fahren sie los. Dieses Mal hat Peter Sophia im Auto, und Luciano fährt bei Tina mit.

Auch seine Tochter ist von den Ereignissen des Vortags sehr stark betroffen. Nachdem sie den Rügendamm passiert haben, sagt sie zu ihm: „Papa, als mir Mama kurz vor Weihnachten erzählte, dass du nicht tot bist, sondern in der DDR lebst, hat mich das alles sehr berührt. Wie sehr, kann ich nicht so richtig ausdrücken. Es war Freude darüber, dass ich doch einen Vater habe, aber es kam auch gleichzeitig Unverständnis auf, warum wir dich erst nach reichlich 15 Jahren kennenlernen sollten. Was ist mit dieser Familie los?

Meinen Großvater mit seiner arroganten und rechthaberischen Art aufzutreten konnte ich noch nie leiden. Deshalb konnte ich nie so recht begreifen, warum unser Luciano plötzlich zu ihm hielt. Als ich dich dann am 30. Dezember das erste Mal sah, war mir klar, dass du zu uns gehörst. Deine und Lucianos Ähnlichkeit spricht für sich. Von da an war ich richtig glücklich. Aber jedes Mal, wenn ich zu Mama ins Bett wollte wie vor Weihnachten, war sie nicht da." Sophia schaut Peter von der Seite an und lächelt.

Ihm wird etwas heiß bezüglich der Bemerkung Sophias. Aber er lächelt mit leicht gerötetem Gesicht zurück.

Dann spricht sie weiter: „Ich habe dir von Anfang an nicht geglaubt, dass du ein einfacher Leuteschinder aus dem kollektivierten Osten bist. Am Neujahrstag war ich so stolz auf dich, dass ich glaubte, alle, die dich und Mama beleidigt haben, werden sich reumütig entschuldigen. Wie naiv von mir. Seit gestern ist mir bewusst, dass ein ewiger Krieg von derer von Holsten gegen unsere Familie Weseck bestehen bleiben wird!"

Peter muss sich auf den Straßenverkehr konzentrieren und gleichzeitig den Gedanken von Sophia folgen. Er kann ihr deshalb nicht sofort antworten, ist aber von ihren Worten sehr ergriffen. Nach einer Weile sagt er: „Sophia, ich habe bei unserer ersten Begegnung gespürt, dass du nicht nur äußerlich deiner Mutter sehr ähnlich siehst, sondern in deinen Adern unser beider Blut fließt. Du trägst die Wärme und Güte deiner Mutter in dir, aber auch die Zielstrebigkeit und Unnachgiebigkeit von mir. Mit diesen gemeinsamen Eigenschaften werden wir alle Angriffe auf unsere Familie abwehren. Glaub mir das. Auch Luciano wird mit uns kämpfen!"

Kurze Zeit darauf fahren sie in Binz ein. Die Anhänger schieben sie in die Garagen und die Autos parken sie davor. Martina hat eine Großraumtaxe bestellt.

„In einer halben Stunde muss jeder fertig sein! Dann geht es los. Ich habe auch schon gewaltigen Hunger", sagt sie.

Jeder macht sich hübsch, und Punkt 20.30 Uhr betreten sie den „Binzer Hof". Hier sind sie schon lange keine Unbekannten mehr. Der Ober führt sie an den schön dekorierten Tisch. Sie nehmen Platz und studieren die Getränke- und die Speisekarte. Schon lange haben sie in solch einer angenehmen Atmosphäre nicht mehr zusammengesessen. Alle fünf spüren das erste Mal eine immer stärker werdende Zusammengehörigkeit.

Martina durchströmt ein Glücksgefühl, als sie jedes ihrer Familienmitglieder am Tisch betrachtet. Ihr Traum von der kleinen Familie beginnt, langsam Gestalt anzunehmen. Wenn nur die Sorge um Luciano nicht wäre. Darüber muss sie heute unbedingt noch mit Peter sprechen.

Nach dem Essen wird allgemein gescherzt und gelacht. Gegen 22 Uhr sieht man Melanie immer mehr an, dass der heutige Tag für sie sehr schön, aber auch sehr anstrengend war. Die Zwillinge möchten noch ein paar Stunden zu ihren neuen Freunden in die Disco. Luciano schaut Peter fragend an. Doch der nickt ihm aufmunternd zu. Martina blickt da schon etwas skeptischer, aber entgegnet nichts.

Peter bestellt beim Ober eine Taxe und bezahlt. Es ist zwar eine herrliche Sommernacht, und ein Spaziergang wäre angenehm, aber er wie auch Tina möchten der kleinen Melanie jetzt die gut drei Kilometer Weg nicht mehr zumuten.

Zu Hause angekommen, geht Melanie schnell zu Bett. Peter holt Sekt und Bier aus dem Kühlschrank, Tina zwei Decken und Mükkenspray. Dann entzündet er ein kleines Lagerfeuer vor ihrem Campingwagen. Sie setzen sich in ihre Gartensessel und stoßen an.

Nach einer Weile besinnlichen Schweigens sagt Peter: „Martina, gestern wurde dein Bruder Arnim hier in Binz verhaftet!"

Tina schaut ihn ungläubig an. Dann erzählt er ihr, warum er heute Morgen solange bei der Polizei war. Er vermutet auch, dass ihr Vater und ihre Schwägerin nach ihrer Freilassung sofort nach Borgwedel zurückgefahren sind, ist sich aber nicht hundert Prozent sicher.

„Deshalb müssen wir unbedingt vorsichtig und sehr aufmerksam sein. Ich bin auch sehr froh, dass die Disco im Ferienpark stattfindet und Sophia und Luciano nicht drei, sondern nur einen knappen Kilometer Nachhauseweg haben. Außerdem wohnen ein paar Freunde von ihnen hier in der Siedlung, die sie sicher begleiten werden. Dein Vater muss sich jedenfalls verbal so danebenbenommen haben, dass der eine Herr vom LKA Schleswig-Holstein ihn darauf hingewiesen hat, dass wir beide anerkannte und geschätzte Wissenschaftler seien. Wenn er sich nicht künftig entsprechend verhalten sollte, bekommt er nicht nur mit uns große Schwierigkeiten. Daraufhin war er so fassungslos, dass er kein Wort mehr gesagt hat und lammfromm den Weisungen der Herren gefolgt ist", erzählt Peter Tina.

Martina sitzt einen Moment still und schweigsam auf ihrem Platz. Dann beginnt sie zu sprechen: „Peter, ich habe so etwas geahnt. Ich kenne meinen Vater und seinen Jähzorn. Als du ihn gestern so klein mit Hut gemacht hast, wusste ich, dass irgendetwas folgen wird. Nur ist die Gefahr mit der Verhaftung Arnims nicht beseitigt, ganz im Gegenteil: Er wird versuchen, dir die ganze Schuld dafür zuzuschreiben. Vater wird darauf aus sein, alle zu strafen, die in irgendeiner Weise etwas mit dir zu tun haben. Das sind in erster Linie unsere Familie, Onkel Ole und Tante Grit. Die müssen wir morgen unbedingt anrufen und informieren!"

„Was will er schon gegen uns unternehmen, Tina? Wir wohnen nicht in seinem Haus, und Luciano wird auch nicht mehr zu ihm gehen. Ihn hat er mit seinem gestrigen Auftritt hier auf unserem

Grundstück maßlos enttäuscht. Dem Jungen ist heute Nacht bewusst geworden, dass dein Vater ihn immer wieder ausgenutzt hat. Zuletzt mit unserem ‚Rügenhaus'. Aber ich denke, du kennst seit der Rückfahrt von Stralsund die Geschichte", entgegnet Peter.

„Ja, Luciano hat mir seinen Auftritt am heutigen Morgen und dessen Ursachen erklärt und sich entschuldigt. Du musst jedenfalls einen großen Stein im Brett bei ihm haben. Er hat von dir und diener Haltung ihm gegenüber und dein Verständnis für seine Probleme regelrecht geschwärmt. Da werde ich richtig eifersüchtig", antwortet Martina.

Peter greift zu ihr hinüber und sagt: „Brauchst du nicht, mein Schatz, denn du hast mich als ganzen Kerl. Glaub mir, mit Luciano habe ich seit seiner Entschuldigung wegen seines Verhaltens im Dezember in Borgwedel sehr viel gesprochen, das erste Mal in meinem Dienstzimmer in Greifswald und dann hier in unserem Haus beim Arbeiten. Ich denke, dadurch haben wir uns relativ intensiv verständigt und sind uns sehr schnell nähergekommen. Ohne diese Möglichkeiten wären wir bei Weitem noch nicht so weit. Dafür hast du eine fantastische, große Tochter, die bei meinem Besuch zum Jahreswechsel fast jeden Abend zu ihrer Mama wie vor Weihnachten ins Bett kommen wollte, aber dieses immer leer vorgefunden hat. Ich muss schon sagen, ich glaube, ich bin ganz schön rot geworden, als sie mir das lächelnd und vielsagend erzählte."

Martina musste lachen. Und das klang verdammt stolz und herzlich. „Dich möchte ich einmal rot werden sehen", sagt Martina immer noch lachend.

„Na, da musst du mal genau hinsehen. Wenn du zum Beispiel splitternackt vor mir stehst, erröte ich zutiefst vor Scham und weiß nicht, wohin ich meinen Blick wenden soll", entgegnet Peter gespielt ernst.

„Ja, das kenne ich", entgegnet Tina, „du weißt immer nicht, wohin du zuerst schauen sollst, um möglichst viel zu sehen. Aber rot warst du dabei noch nie", antwortet Martina trocken.

Nun müssen beide lachen und geben sich einen Kuss. Peter steht auf und hängt eine Petroleumlaterne an den Ausleger des Sonnenschirms. Martina hat zur gleichen Zeit ein paar Scheite in ihr Lagerfeuer gelegt. Nicht weil ihnen kalt ist, sondern weil es ganz einfach zur romantischen Atmosphäre an ihrem „Rügenhaus" gehört.

Nachdem sich beide wieder in ihre Sessel gesetzt haben, beginnt Martina zu sprechen: „Peter, so glücklich ich und auch unsere Kinder in den letzten Wochen waren, so sorgenvoll sehe ich in die Zukunft. Schau mal, wir hatten uns eigentlich mit Ole und Grit so abgesprochen, dass ich das Angebot von Prof. Kurzweg annehme und mit nach Greifswald komme. Wir hatten aber auch abgesprochen, dass wir Melanie mit hierher nehmen und zur Schule gehen lassen. Sophia und Luciano sollten bei Ole und Grit in Borgwedel bleiben und in Schleswig vorerst weiter zur Schule gehen. Die zwölfte und dreizehnte Klasse bis zum Abitur hätten sie dann hier irgendwo machen können. Das geht jetzt nicht mehr! Vater wird sie in Borgwedel auf Schritt und Tritt beobachten und schikanieren!"

Peter schaut nach ihren Worten recht betroffen drein. Von dieser Seite hat er das Ganze noch gar nicht betrachtet. Nach einer Weile steht er auf, holt zwei Gläser und den Doppelkorn aus dem Kühlfach. Er gießt beiden ein. Dann trinkt er sein Glas mit einem Schluck aus. Jetzt erst beginnt er zu sprechen: „Tina, daran habe ich überhaupt noch nicht gedacht! Ich war den ganzen Tag über so froh, dass es wieder einen Spitzel erwischt hat, der am Leid unserer Familie großen Anteil hat. Unser heutiger gemeinsamer Einkauf in Stralsund wird für mich ein immerwährendes Erlebnis bleiben. Ich habe so etwas mein Leben lang noch nie erlebt. Erst gemeinsam mit unserer Familie wurde mir das vergönnt.

Aber ich glaube, du hast recht. Wir müssen eine neue Lösung herbeiführen, denn die Situation hat sich verschärft! Nur welcher ist der richtige Ausweg?"

Beide sitzen vor ihrem Wohnwagen. Das Feuer ist längst erloschen. Von Ferne hören sie Stimmen von Jugendlichen, die immer näher kommen.

Dann bleibt eine Gruppe vor dem Tor stehen und ruft: „Guten Abend Frau Doktor und Herr Professor, schlafen Sie gut!"

Martina und Peter rufen wie aus einem Munde: „Danke, ebenfalls gute Nacht!"

Durch das Tor tritt Luciano und fragt: Darf ich mich noch zu euch setzen?"

„Ja", sagt Peter, „im Kühlschrank steht noch Bier. Wenn du willst, aber bring mir auch eine Flasche mit."

Luciano holt Bier und zwei weitere Stühle für sich und seine Schwester. Sophia ist erst wieder zu erkennen, als Peter das Feuer erneut entfacht. Jetzt sieht man zwei junge Menschen die eng umschlungen vor dem Tor stehen.

Peter ruft in seinem echt romantischen Wesen: „Sophia, warum bringst du deinen Freund nicht mit herein und stellst ihn uns vor?"

Der Freund gibt ihr noch schnell einen Kuss und verschwindet in der Dunkelheit. Sophia dreht sich nach einer Weile um und kommt auf das Grundstück, möchte aber gleich in ihrem Bauwagen verschwinden. Martina ist recht schnell aus ihrem Campingsessel aufgesprungen und fängt ihre Tochter ab. Peter steht ebenfalls auf, ist aber langsamer als Martina.

Als er bei beiden steht, hört er Martina sagen: „Liebling, Papa meint es nicht immer, so wie er es sagt. Ich kenne ihn schon einige Jahre länger als ihr."

„Das stimmt, Sophia, ich wollte dich nicht erschrecken und deinen Freund verjagen. Glaub mir das, bitte", sagt Peter.

Luciano ist in der Zwischenzeit ebenfalls an den Bauwagen gekommen. Er glaubt, dass es Missverständnisse zu klären gibt. Sophia antwortet ihm, und Luciano bestätigt das Ganze mit seinem Nicken.

„Papa, ich bin dir doch überhaupt nicht böse. Aber der Junge ist vielleicht meine erste große Liebe. Nur können wir hier in der Disco oder in der Gemeinde auftreten, wo wir wollen, nur wenige halten sich nicht von uns zurück. Sie haben irgendwie Respekt vor uns, weil du Professor bist und Mami Doktor. Wenn das so weitergeht, wünsche ich mir Eltern, die Fischer oder Bauern sind!" Sophia beginnt, mit den Tränen zu kämpfen.

„Luciano, ist das wirklich so schlimm, wie Sophia sagt?", fragt Peter sehr ernst.

„Ja, Papa, es ist so. wie es Sophia gesagt hat."

Alle vier setzen sich ans Lagerfeuer, das jetzt wieder lustig knistert.

Dann sagt Martina: „Eigentlich müssten wir etwas anderes Wichtiges mit euch besprechen, aber das soeben Gehörte ist auf jeden Fall wichtiger. Peter, wann werden die letzten Handwerker hier fertig?"

„Meiner Kenntnis nach Dienstag oder Mittwoch. Der Bauleiter hat mich eigentlich gebeten, Herrn Sörensen für Mittwoch um 10 Uhr zur Übergabe zu bestellen", antwortet Peter.

„Na, wie wäre es denn, wenn ganz spontan für Freitagabend eine ‚Kennenlern-Party' angesetzt wird. Ihr bringt alle eure jetzigen Freunde und Bekannten mit, und wir laden uns unsere neuen, künftigen Nachbarn ein! Wäre das nicht ein Gedanke?", sagt Martina.

„Was denn, eine richtige Party mit allem drum und dran?", fragt Sophia.

„Soweit wir hier schon die Möglichkeiten dazu haben, ja. Oder was sagst du, Peter?", entgegnet Martina.

„Ich finde die Idee gut. Ganz prima! Dann können wir zumindest einem Teil der Rüganer zeigen, dass wir ganz einfache Menschen sind, die hier als Familie ein kleines bisschen Glück, Ruhe und Zufriedenheit suchen. Vielleicht finden wir beiden Akademiker auch ein paar Freunde unter den ganz einfachen Menschen", sagt Peter und fasst dabei Martinas Hand.

Die nickt als Zeichen des Einverständnisses.

*

Der Sonntagvormittag vergeht mit Planen und Aussuchen der Gäste. Da es wieder sehr heiß geworden ist und die Nacht sehr kurz war, erlauben sich Martina und Peter, im Schatten ihres Wohnwagens ein Mittagsschläfchen zu halten. Melanie ist bei den Kindern im Nachbargrundstück, und die Zwillinge treiben sich mit ihren Freunden am Strand herum.

Gegen 15 Uhr erwachen Tina und Peter erfrischt und zufrieden. Bei einer Tasse Kaffee und einem Stück Streuselkuchen, den Martina nach einem alten Rezept ihrer Großmutter gebacken hat, beginnen sie, nochmals über die neue Situation zu sprechen.

„Wollen wir heute Abend grillen, Peter?", fragt Martina.

„Wenn uns das Wetter keinen Strich durch die Rechnung macht, ohne Weiteres. Wir können dabei auch noch einmal mit den Kindern sprechen", sagt Peter.

„Ja, aber welchen Vorschlag legen wir den Zwillingen vor? Es gibt nur eine Lösung: Sie müssen alle drei mit hierherkommen", sagt Martina.

Sie schweigen eine ganze Weile. Jeder hängt dabei seinen Gedanken nach und sucht nach weiteren Möglichkeiten.

„Oder ich bleibe dort, wo ich bin, und wir führen unser Leben die nächsten drei Jahre so weiter wie bisher", antwortet Martina recht entschlossen.

Peter schaut sie nach dieser Antwort an, als hätte er einen unverhofften Schlag vor den Kopf bekommen. Das darf es auf keinen Fall geben! Sind 17 Jahre getrennt sein nicht genug? Wie kann Martina nur auf diesen Gedanken kommen? Sie würde wieder auf eine berufliche Entwicklung verzichten müssen, die sie das nächste Mal vielleicht in zehn Jahren geboten bekommt. In drei Jahren erhält sie dieses Angebot von niemandem mehr, da ist er sich sicher!

Er steht auf und beginnt, wie immer in Phasen der höchsten Erregung, auf und ab zu gehen. Martina kennt dieses Verhalten aus einigen mit ihm erlebten Situationen der letzten Jahre. Meist haben sie danach eine gemeinsame Lösung gefunden. Da die Belastungen der letzten Tage keine stürmischen Nächte zuließen, wäre es an der Zeit, wieder einmal eine brauchbare Entscheidung zu treffen und dann ... Sie sitzt mit versonnenem Blick in ihrem Campingsessel, die Beine übereinandergeschlagen und lächelt.

„Martina, hallo, hier bin ich!", sagt Peter vor ihr stehend.

Tina schrickt aus ihren Gedanken auf. „Entschuldige, Peter! Ich war mit meinen Gedanken eben ganz woanders."

„Das erinnert mich an Berlin 1973. Da saßen wir unter einem Baum, nicht weit von einem Kiosk entfernt, an dem ich uns etwas zu essen und zu trinken geholt habe. Beim Anstellen hatte ich das erste Mal festgestellt, dass du wunderschöne Beine hast, die Oberweite stimmt und du alles in allem eine bildhübsche ,Jugendfreundin' bist. Das ist deine Traumfrau, Peter, habe ich mir gesagt. Als ich dich dann am Tisch fragen wollte, ob wir etwas unternehmen möchten, hast du nicht reagiert, sondern den gleichen Gesichtsausdruck mit dieser Versonnenheit in den Augen gezeigt wie eben."

„Daran kannst du dich noch erinnern? Ich war genauso wie heute auch in meinen Gedanken bei dir und dachte, das ist ein verdammt hübscher Bursche. Damals begann das zweite Mal das Kribbeln in meinem Bauch wie jetzt wieder nach so vielen Jahren. Mein Peter, ich glaube, heute muss noch etwas passieren", entgegnet Tina mit einem vielsagenden, verführerischen Blick.

Peter zieht sie aus ihrem Sessel, umarmt und küsst sie. Dabei öffnet er den Verschluss ihres Bikinioberteils.

322

Martina wehrt sich und ruft erschrocken: „Nicht jetzt sofort und hier, Peter. Da hast du etwas falsch verstanden!"

„Schade, dann muss ich eben die zwei Schönheiten wieder in ihren engen Zellen einschließen, die Armen!", antwortet Peter mit gekünstelter Enttäuschung in der Stimme.

Dafür bekommt er noch einen Kuss. Dann richtet Martina ihr Oberteil wieder her. Jeder setzt sich in seinen Sessel.

„Aber du hast schon recht, was unser Sexleben anbetrifft. Falsch liegst du mit deiner Bemerkung, diese Zufallsbeziehung noch drei Jahre zu führen. Tina, diese Wochen hier auf Rügen sind die schönsten für mich, seit wir uns kennengelernt haben. Damit möchte ich keinesfalls unsere Treffen in den letzten 17 Jahren schmälern. Aber hier waren wir unsere gemeinsam gewünschte, kleine selbstständige Familie. Ich bin glücklich, dass sich in kurzer Zeit ein so schönes Verhältnis zu den Kindern entwickelt hat. Luciano sucht immer stärker den Kontakt zu mir und entwickelt sich zum Mann. Sophia ist ganz die Mutter. In Figur und Ausstrahlung ähnelt sie dir immer mehr. Wenn ich noch zwei Jahre dazuzähle, steht Tina Nummer zwei wie damals in Berlin vor mir. Und nehme ich unsere Schnecke Melanie, habe ich ein für ihr Alter sehr intelligentes Kind vor mir. Ich freue mich darüber, dass ich nicht mehr im Mittelpunkt stehe, sondern wir beide gemeinsam. Martina, ich möchte das alles nicht mehr verlieren. Wenn wir uns auch in den nächsten Wochen sicher noch öfter trennen müssen, soll damit aber noch vor dem Jahresende für immer Schluss sein!

Was dich betrifft, ich bin nicht damit einverstanden, dass du deine berufliche Entwicklung wieder hinten anstellst. Ich möchte gern, dass wir als Familie ohne Angst vor Intrigen und Machenschaften anderer zusammenleben und du das Angebot von Thomas Kurzweg voll und ganz nutzt, und das werden unsere Kinder auch verstehen, auch wenn die Zwillinge ihr Abitur im Osten machen müssen. Ich denke, in drei Jahren ist das Ausbildungsniveau der West- und Ostabiturstufen so weit angepasst. Außerdem haben sie doch einen Professor zum Vater und eine Fastprofessorin zur Mutter. Ich glaube, wir beide können ihnen gewaltig beim Lernen helfen", endet Peter.

Beide sitzen einen Moment schweigend nebeneinander.

Dann sagt Martina: „Peter, ich möchte auch keine Trennung mehr wie in diesen vergangenen 17 Jahren! Ich möchte, dass wir die glückliche Familie bleiben, die wir jetzt sind. Aber für die Entwicklung unserer Kinder würde ich meine eigene Karriere opfern. Ich bin mir ganz sicher, dass du das Gleiche tun würdest. Deshalb schlage ich vor, wir erklären unseren drei heute Abend die Lage und lassen sie einfach selbst mit entscheiden."

Peter geht diesen Gedanken Martinas voll und ganz mit. Sie räumen ihr Kaffeegeschirr weg und schreiben für Melanie einen Zettel, dass sie an den Strand gegangen sind. Beide ziehen sich etwas über und laufen ihren Pfad zum Strand hinunter. Peter hält nach den Zwillingen Ausschau, entdeckt aber nur Luciano mit weiteren drei Jungen und vier Mädchen Volleyball spielen.

Plötzlich sagt Martina: „Schau bitte nicht zu unserer Grube. Sonst springt dir deine Tochter an den Hals."

„Braucht sie die Pille, oder ist es schon zu spät?", kontert Peter.

„Wer zuerst am Strand ist, darf den Verlauf des heutigen Abends bestimmen", ruft Tina lachend und rennt wie der Blitz davon.

„Scheiße, Peter, das Rennen verlierst du ein zweites Mal", spricht er mit sich selbst.

Er rennt wie wild ein Stück hinterher, beginnt aber dann, weithin sichtbar zu humpeln. Vom Strand kommen ihm Luciano und ein gut gewachsenes, blondes Mädchen entgegengelaufen. Als sie ihn stützen wollen, sagt er ihnen, dass er nur Martina veralbern will, da sie wieder mit unlauteren Mitteln gekämpft hat.

Die jungen Leute verständigen sich mit Blicken und zeigen jedem, dass sie ihm helfen müssen. Nur Martinas Blicke vom Strand her sehen sehr skeptisch aus. Sie kennt ihren Peter und einen Teil seiner Tricks. Als er mit seiner Begleitung am Strand ankommt, schauen die Freunde seiner Kinder etwas betroffen drein. Peter bedankt sich bei seinen beiden Begleitern für ihre Hilfe. Nur durch sie ist seine schwere Verletzung wieder ausgeheilt, und er könnte jetzt eigentlich eine Runde Volleyball vertragen. Er weiß nur nicht so genau, ob Frau von Holsten nach ihrem rasanten Lauf noch dazu in der Lage ist.

Martina entgegnet mit gespieltem Ernst: „Kommen Sie erst einmal nach Hause, Herr Weseck! Dann erleben Sie etwas noch nie Dagewesenes!"

„Ach Papa, da musst du wieder den Abwasch machen. Das wird aber nicht so schlimm, ich helfe dir", sagt Luciano ohne Rührung in die Runde.

Jetzt schaut Martina die beiden recht verdattert an. Als aber alle anfangen zu lachen, fällt sie mit ein. Sie spielen noch etwa eine Stunde und verstehen sich mit den Jugendlichen recht gut. Das Eis zwischen den Akademikern und den Freunden ihrer Kinder beginnt zu schmelzen.

*

Nach dem Abendessen spülen Martina, Sophia und Melanie das Geschirr. Peter und Luciano stellen Getränke und Gläser auf den Tisch, bereiten das Lagerfeuer vor und füllen die Petroleumlampen auf. Dann setzen sich alle außer Melanie an den Tisch. Sie ist sehr müde und geht zu Bett.

Nachdem sie miteinander auf das schöne Stranderlebnis angestoßen haben, beginnt Martina: „Sophia und Luciano, ihr seid unsere beiden Großen. Wir wollen deshalb heute Abend noch etwas mit euch beraten, das zukunftsentscheidend für unsere Familie werden kann.

Zuerst möchte ich euch informieren, dass euer Onkel Arnim vorgestern hier in Binz verhaftet worden ist. Das, was euer Vater euch über ihn nach seinem Auftritt hier auf dem Grundstück mitgeteilt hat, wurde ihm zum Verhängnis. Was aber für uns viel schlimmer ist, ist der Auftritt eures Großvaters bei der Polizei. Er musste in seinem Jähzorn von den Herren des LKA auf die Folgen seiner Äußerungen hingewiesen werden. Soweit ich ihn aber kenne, hat ihn das nur im Polizeirevier gehindert, weitere Beleidigungen gegen uns auszusprechen. Zu Hause wird er auf Rache gegen unsere Familie sinnen, und eure Tante wird ihn kräftig dabei unterstützen.

Deshalb haben wir gestern Abend und heute Nachmittag mit Papa beraten, wie wir mit der neuen Situation fertig werden sollen. Zum Schluss haben wir nach wie vor keine Lösung gefunden und möchten uns mit euch beraten, wie es nun weitergehen soll."

Peter übernimmt und erklärt ihnen, was ihre Familie in Zukunft zu erwarten hat. Er zeigt ihnen die daraus resultierenden zwei Möglichkeiten auf. „Ich möchte euch aber auf jeden Fall bewusst machen, dass es uns in erster Linie um das Wohl unserer Kinder geht und nicht um die eigene Karriere. Nur bitte ich euch, bei euren Überlegungen zu berücksichtigen, dass eure Mutter in ihrer beruflichen Entwicklung das erste Mal eine riesige Chance erhält, eine Position zu besetzen, die ihr seit Langem zusteht", endet Peter.

Nachdenklich sitzen alle vier auf ihren Plätzen und starren vor sich hin. Die Zwillinge versuchen, das eben Gehörte zu verarbeiten, kommen aber zu keinem Ergebnis.

Sophia fragt: „Das ist einfach zu viel auf einmal. Können wir nicht erst einmal eine Nacht darüber schlafen und uns dann nochmals darüber unterhalten? Oder was sagst du dazu, Luciano?"

„Ich sage das Gleiche. Jetzt sofort kann ich auch keine Entscheidung treffen. Ich muss das Gehörte erst einmal verarbeiten", antwortet er.

„Wir wollen euch zu keiner Entscheidung zwingen, aber ihr sollt den Ernst der Lage kennenlernen. Wie es weitergehen soll, entscheiden wir als Familie", sagt Martina abschließend.

Danach kommt kein richtiges Gespräch mehr zustande. Die Zwillinge verabschieden sich und gehen schlafen. Aus westlicher Richtung kündigt sich ein Gewitter an. Martina und Peter sitzen auf ihren Plätzen und sinnen vor sich hin.

„Ich glaube, das alles war selbst für unsere Großen zu viel auf einmal. Erst diese unschöne Szene vorgestern mit meinem Vater und jetzt die Folgen. Wir dürfen sicherlich nicht vergessen, dass sie erst 16 Jahre jung sind und jetzt etwas entscheiden sollen, was grundlegend für ihr ganzes Leben sein kann", sagt Martina.

„Du hast recht. Wir dürfen sie nicht überfordern oder drängen. Tina, es gibt noch eine dritte Möglichkeit: Ich kündige meine Anstellung an der Uni und prüfe die Angebote und Nachfragen in Kiel und Lübeck. Dann können wir zusammen bei Ole und Grit wohnen, und der persönliche Schutz unserer Kinder ist durch unsere gemeinsame Anwesenheit gewährleistet. Wir sind noch keine 40 Jahre alt. Lehrstühle werden bis zur Pensionierung allemal noch genug frei", sagt Peter in das immer lauter werdende Gewittergrollen hinein.

Sie stehen auf, räumen die Sonnenschirme und Gartenmöbel zusammen und gehen in ihren Campingwagen. Peter klappt die Fenster auf, sodass kein Regen eindringen kann, aber der aufkommende

Wind die Hitze des Tages aus dem Inneren vertreibt. Dann setzen sich beide in die Wohnecke des Wagens.

Martina greift das abgebrochene Gespräch wieder auf: „Peter, dein Gedanke ehrt dich, und ich bin mir sicher, dass du, um uns zu helfen, alles aufgeben würdest. Aber bringt uns das wirklich weiter? Es haben andere, neue Zeiten begonnen, in denen solche Staatsfeindschaften mit all ihrer Unmenschlichkeit, ihren Grenzen und Mauern keinen Platz mehr finden. Wir sind beide durch Kurzweg aufgefordert worden, uns den neuen Aufgaben und Veränderungen zu stellen. Die Kinder sollen sich einen Weg überlegen, und ich schlage vor, dass wir sie nicht mehr nach ihrem Lösungsvorschlag fragen, sondern warten, bis sie von allein kommen. Sie haben noch zwei Wochen Ferien, und dann bin ich noch bis zu den Herbstferien in Kiel beschäftigt. Erst ab dem 1. November bin ich in Greifswald geplant. Bis dahin können wir auch Gymnasien prüfen."

Peter ist mit Tinas Vorschlägen einverstanden. Plötzlich gibt es einen grellen Blitz und gleichzeitig einen gewaltigen Donnerschlag. Draußen beginnt es, zu gießen und zu stürmen. Martina flüchtet sofort in Peters Arme, drückt ihr Gesicht an seinen Oberkörper und klammert sich an ihm fest. Er muss sofort an das Gewitter in Berlin-Mahlsdorf 1973 denken, als sie beide vor der Laube standen, es blitzte und Tina sich ebenso an ihn klammerte wie heute.

Irgendwo muss es eingeschlagen haben, denn das Licht geht aus. Plötzlich klopft es wie wild an die Tür. Peter greift nach der Stablampe, und Martina huscht wieder auf ihren Platz. Er öffnet die Tür, und zwei total durchnässte Mädchen stehen in ihren Nachthemdchen davor. Natürlich haben sie genauso wie ihre Mutter Angst vor Gewittern. Trotzdem möchte Peter einmal nachschauen, ob das Gewitter Schäden auf dem Grundstück hinterlassen hat. Auf halbem Weg zum „Rügenhaus" begegnet er Luciano. Der sagt ihm, dass er das Haus schon kontrolliert hat. Ihm scheint, dass der Sicherheitsschalter herausgesprungen ist. Die Fenster hat er alle geschlossen. Sie gehen zum Stromkasten und schalten die Sicherung wieder ein. Sofort wird im Campinghänger wieder Licht. Luciano kommt mit zu ihnen. Gegen 2 Uhr zieht sich das Gewitter zurück. Dann erst gehen alle in ihre Betten.

Martina und Peter stellen fest, dass sie vielleicht doch die kinderfreie Zeit am Nachmittag hätten nutzen sollen.

„Es war doch ein Justizirrtum", sagt Peter, als sie nebeneinanderliegen.

„Was meinst du damit, Peter? Ich verstehe dich nicht ganz", fragt ihn Tina ernsthaft.

„Na, als ich die wunderschönen ‚Zwillinge' mit den großen Nippeln einsperren musste, Frau Doktor der Justiz", sagte er schmunzelnd.

„Ich wusste es, du bist ein ganz gemeiner Kerl! Aber halt, wiederum hast du nicht so Unrecht mit deiner Äußerung, wenn ich mir das so richtig überlege. Obwohl, um diese Zeit haben wir es auch noch nicht gemacht", sagt Martina mit einschmeichelnder Stimme.

Dabei rückt sie immer näher an ihn heran. Jetzt erst bemerkt Peter, dass sie schon die ganze Zeit splitternackt neben ihm liegt. An der Spannung ihrer Brüste und der Größe ihrer Nippel erkennt er, dass ihre Erregung schon ziemlich groß ist. Na, dann los, Peter. Ihre „Zwillinge" fühlen sich in Freiheit also doch wohler als in den Käfigen!

*

Ihre vorerst letzte Woche auf der Insel geht viel zu schnell zu Ende. Martina hatte gleich Montag vom Postamt mit Ole und Grit telefoniert. Sie teilte ihnen kurz das Neueste zu Arnim mit und sagte Onkel Ole, dass am Mittwoch die Bauabnahme stattfinden soll. Er versicherte, am Dienstagabend mit Tante Grit anzureisen.

Martina, Sophia und Melanie setzen sich in den Mercedes und fahren nach Sassnitz und Bergen die noch fehlende Gästezimmerausrüstung einkaufen. Peter und Luciano bauen inzwischen die in Stralsund gekauften Möbel zusammen. Dabei diskutieren sie über Gott und die Welt. Über das Thema des Vorabends verliert keiner von beiden ein Wort. Als Tina und Peter dann am späten Abend eng aneinandergeschmiegt in ihrem Bett liegen, erzählt Martina, dass es ihr mit Sophia am Nachmittag ebenso ergangen ist.

Der Höhepunkt der Woche wird der Freitag mit der großen Party auf dem Grundstück. Grit und Ole helfen tüchtig bei der Vorbereitung mit. Die Feier hilft allen, unberechtigte Hemmungen abzubauen. Peter und Tina trinken mit der Tochter von Fiete und ihrem Mann Brüderschaft. Das, was ihr Bruder Piet getan hat, ist nicht ihre Schuld und soll deshalb nicht zwischen ihnen stehen. Tina einigt sich mit dem Polizeichef von Binz, Michael Krause, und seiner Frau ebenfalls auf das „Du". So werden an diesem Abend viele neue Bekanntschaften geschlossen.

Als sich gegen 1 Uhr die letzten Gäste verabschieden, bittet Sophia Peter und Tina sowie Onkel Ole und Tante Grit zu einem letzten Schluck unter die große Buche. Als sie alle einschließlich Luciano Platz genommen haben, beginnt sie zu sprechen: „Mama und Papa, Tante Grit und Onkel Ole: Luciano und ich möchten euch etwas sagen. Als ihr uns am Sonntagabend gesagt habt, was mit unserem Onkel geschehen ist, war ich erst erfreut darüber, dass er seine gerechte Strafe erhält. Dann aber belastete mich der Gedanke, dass er doch zu unserer Familie gehört. Im Lauf der Woche haben Luciano und ich oft über dieses Problem und die Geschehnisse der letzten 17 Jahre gesprochen. Auch mit Tante Grit haben wir darüber geredet und uns einiges erklären lassen.

Wir sind deshalb zu folgenden Entschlüssen gekommen. Es ist an der Zeit, dass wir eine klare Trennung in den derzeit bestehenden Verhältnissen schaffen. Das heißt, Großvater stellt die alte Familie von Holsten dar. Er fragt uns nicht um unsere Meinung, wenn er Entscheidungen trifft. Da geht er eher noch zu seinen zwielichtigen Freunden und befolgt deren Rat. Da er dich, Mama, in beschämender Weise verstoßen hat und uns, seine Enkelkinder, gleich mit, gehört er nicht zum engeren Kreis unserer Familie. Also soll er sich in Zukunft selbst kümmern!

Onkel Arnim wird jetzt ganz sicher für seine Hinterhältigkeiten bestraft. Sein Verhalten hat sehr viel zu eurem Unglück, Mama und Papa, beigetragen. Er hat auch dafür gesorgt, dass Luciano und ich erst fast 16 Jahre alt werden mussten, ehe wir unseren Vater kennenlernen durften. Er ist mit schuld daran, dass du uns die ganzen Jahre allein betreuen musstest. Wenn Tante Grit und Onkel Ole nicht geholfen hätten, wärst du sicher unter dieser Last zusammengebrochen. Onkel Arnim hat seine Familie und muss mit seinen Kindern und seiner ‚netten' Frau zurechtkommen. Mit uns hat er nichts mehr zu schaffen. So, Lu, und jetzt bist du dran!"

„Ja, Mama und Papa, wir sind deshalb der Meinung, dass wir eine feste, unanfechtbare Familie werden müssen. Und das heißt, als Erstes müsst ihr beide heiraten. Dann kann uns niemand mehr angreifen, ohne bestraft zu werden, auch Großvater nicht. Wer sich trotz jahrelanger Trennung und Entbehrungen so liebt wie ihr beide, macht uns Kinder sehr stolz auf unsere Eltern. Wir haben nichts gegen den gemeinsamen Namen Weseck!

Zweitens und letztens möchten wir euch sagen, dass wir gegen einen sofortigen Schulwechsel nichts haben. Es fällt uns nur schwer, unsere alten Schulfreunde und unser bekanntes Umfeld zu verlassen. Aber wir haben hier schon viele neue Freunde gefunden und werden in den nächsten Jahren, wenn wir studieren wollen, immer wieder neue Freunde suchen müssen. Wir möchten aber von ganzem Herzen, dass unsere Mama, die in all den Jahren auf vieles verzichten musste, endlich das erhält, was sie verdient hat. Wir sind sehr stolz auf zwei Professoren in der Familie und liebe Eltern!"

Nach Lucianos Ausführungen tritt Stille ein. Martina und Peter schauen sich erstaunt, aber glücklich an. Sie umarmen sich und küssen sich vielleicht das erste Mal so öffentlich vor den Kindern und Ole und Grit. Danach umarmen sie ihre Zwillinge mit Tränen in den Augen. Peter setzt sich als Erster wieder auf seinen Platz. Ihm wurde auf einmal schwindelig vor Glück.

„Papa und Mama, ihr müsst am Montag wieder an euren Arbeitsstellen sein. Wir haben noch Ferien. Wenn ihr nichts dagegen habt, bleiben wir mit Onkel Ole und Tante Grit noch hier und schauen uns nach einem guten Gymnasium um. Unser gemeinsamer Hauptwohnsitz wird doch sicher ab nächstem Jahr unser ‚Rügenhaus' sein?", fragt Sophia zum Schluss.

Peter und Tina sind damit selbstverständlich einverstanden. Ihnen bleibt wirklich nur noch der heutige Samstag, um mit ihren Lieben zusammen zu sein. Am Sonntag nach dem Mittagessen müssen sie nach Grimmen fahren, sich etwas vorbereiten, um am Montag an einer Besprechung bei Prof. Kurzweg teilzunehmen. Peter will Martina persönlich die für sie wichtigsten Bereiche der Universität zeigen. In einem Glücksrausch begeben sich nach einer weiteren Stunde Martina und Peter ins Bett. Beide waren vorher noch schnell duschen. Peter roch davor, als hätte er selbst auf dem Grill gelegen, obwohl er nur zeitweise Ole abgelöst hat.

Nachdem er die Tür des Campingwagens hinter sich geschlossen hat, hängt Martina sofort an seinem Hals und küsst ihn. Peter umarmt sie ebenfalls und drückt sie ganz sehr an sich. Beide schweben auf einer unbeschreiblichen Wolke des Glücks. Das ist der Anfang einer wunderschönen Nacht der körperlichen Vereinigung, des unbeschreiblichen Glücks und der Vorfreude, bald ein Ehepaar mit drei Kindern zu sein.

Bis jetzt ahnt keiner von beiden, dass dieser Weg noch mit einigen Hindernissen und Überraschungen versehen ist.

*

Am Montagmittag nach der Besprechung bei Prof. Dr. Kurzweg sitzen der Professor, Martina und Peter in der Professoren-Mensa, wie sie von den Studenten genannt wird, und essen eine Kleinigkeit. Danach betont Kurzweg, dass er sich über Martinas Entscheidung sehr freue. In der Besprechung am Vormittag hatte er Martina als Dr. habil. Martina von Holsten von der Fachhochschule in Kiel vorgestellt. Sie nimmt auf seinen persönlichen Wunsch an der Beratung teil. Mehr hat er nicht verkündet.

Jetzt hier am Tisch beginnt er, genauer zu werden. Jeder hat sich ein Kännchen Kaffee von der Bedienung bringen lassen, und die beiden alten Freunde lächeln versonnen dabei.

„Peter, kannst du dich noch an unsere erste gemeinsame Tasse Kaffee erinnern?", fragt Thomas.

„Aber sicher", er wendet sich Martina zu, „das war in der Woche, nachdem wir uns in Potsdam verabschiedet haben. Damals hat mir Thomas das ‚Du' angeboten und mir versichert, mich auf jeden Fall bei meiner weiteren wissenschaftlichen Arbeit zu unterstützen. Wir saßen immer in einem kleinen Café im Zentrum der Stadt. Dort haben wir uns grundsätzlich getroffen, wenn wir von der Stasi nicht abgehört werden wollten. Ich hoffe, dass hier jetzt alles sauber ist", sagt er zu Thomas und schaut sich im Raum um.

„Ich habe hier in den Ferien alles umbauen, renovieren und untersuchen lassen. Jeder Blumentopf ist umgegraben worden", antwortet Kurzweg.

„Tina, weißt du noch, als du 1989 nach der Grenzöffnung zu mir nach Grimmen kamst? Selbst deine Büstenhalter waren verwanzt", sagt Peter ungeschminkt.

Martina läuft rot an und blickt sich verstohlen um, ob noch jemand außer Prof. Kurzweg Peters Worte mitgehört hat.

„Peter, was soll denn Professor Kurzweg von mir denken?", antwortet Martina leicht entrüstet.

„Der denkt, dass der Peter eine bildhübsche, gebildete Frau hat. Ich freue mich wirklich ganz sehr, Kollegin von Holsten, dass Sie meiner Bitte entsprochen haben. Ich möchte Ihnen inoffiziell mitteilen, dass meinen Vorstellungen zur Bildung der Sektion Rechtswissenschaften zugestimmt wurde. Auch der Zeitplan dafür wurde bestätigt. Ich habe angewiesen, dass Sie in der Personalabteilung einen Mitarbeiterausweis erhalten. Somit können Sie vor Ihrer offiziellen Ernennung alle Bereiche der Uni betreten.

Ich habe noch etwas auf dem Herzen. Da ich mit Peter so viele Jahre befreundet bin und ihn sehr gut kenne, auch was sie anbetrifft, möchte ich als der Ältere Ihnen das ,Du' anbieten. In dienstlichen Angelegenheiten sollten wir das ,Sie' beibehalten, ansonsten aber ,Du' zueinander sagen. Einverstanden?", sagt Kurzweg.

Martina ist wie schon oft über den kollegialen Status und die selbstverständliche Herzlichkeit der Menschen im Osten erstaunt. Sie überlegt deshalb nicht lange und stimmt zu. Kurzweg bestellt drei Gläser Sekt, und sie stoßen an.

Danach gehen Tina und Peter noch in sein Dienstzimmer. Im Büro treffen sie auf seine Sekretärin Mandy Gruber und seinen Assistenten sowie engsten Mitarbeiter seit er in dieser Sektion tätig ist: Dr. Gerd Mahler.

„Hallo, Herr Professor, hatten Sie einen angenehmen Urlaub?", begrüßt ihn seine Sekretärin.

Peter gibt beiden die Hand und sagt: „Wenn man seinen Urlaub im Kreise der eigenen Familie verbringen darf, kann er eigentlich nur noch schön sein. Ich habe mich sehr gut erholt und sehr viel an Lebenserfahrung gewonnen. Mandy und Gerd, wie war es bei euch?", stellt Peter die Gegenfrage.

Martina hat die Tür geschlossen und war während der Begrüßung seitlich neben ihn getreten. Gerd Mahler schaut sie erstaunt und fragend an. Mandy Gruber weiß im Moment nicht, wie sie Peters gar nicht dienstliches „Du" interpretieren soll.

Er bemerkt ihre Unentschlossenheit und sagt zu ihnen: „Wir können beim ,Du' bleiben, Kollegen! Darf ich euch miteinander bekannt machen? Das ist Dr. Martina von Holsten, meine künftige Ehefrau und Mutter unserer drei Kinder", löst er das Rätsel auf.

Mandy Gruber und auch Gerd Mahler stehen erstaunt vor ihm und geben Martina die Hand. Dann bittet sie Peter alle in sein Zimmer in die Besucherecke. Hier erzählen Martina und Peter ein Stück ihrer gemeinsamen Geschichte und zeigen Bilder von ihren Kindern.

Dann sagt Mandy: „Peter, bei den Kindern könnt ihr beide nicht verleugnen, dass hier die Liebe im Spiel war. Oh Verzeihung, Frau Doktor, das ist mir eben so herausgerutscht", sagt Mandy Gruber mit leichter Röte im Gesicht.

„Da brauchen Sie sich nicht zu entschuldigen, Frau Gruber. Was wahr ist, muss wahr bleiben, stimmt's Peter?", fragt Tina.

Peter nickt. Dann wendet er sich den Aufgaben der nächsten zwei Wochen zu. Weiter möchte er nicht planen, da er nicht weiß, welche Aufgaben im nächsten Studienjahr vor ihm stehen. Sicher ist jetzt, dass Martina Sektionsdirektor wird. Sollte Prof. Dr. Kurzweg am kommenden Donnerstag zum Rektor gewählt werden, ist seine Beförderung zum Prorektor für wirtschaftliche Belange ebenfalls sicher. Dann schlägt er auch seinen jetzigen Assistenten Dr. Mahler zum Direktor seiner dann ehemaligen Sektion vor.

Thomas Kurzweg hat zugestimmt, dass Martina während der kommenden Woche Peter zum Kennenlernen der Leitungsarbeit in seiner Sektion begleiten darf. Am Freitagnachmittag wollen beide zurück nach Binz fahren. Darauf freuen sie sich schon am ersten Tag ihrer Trennung.

Die vier Tage werden hart.

Als sie beide am Montagabend geduscht und in Wohlfühl-Klamotten auf dem Balkon ihrer Wohnung in Grimmen sitzen, sagt Martina: „Peter, ich muss sagen, dieses herzliche, kollegiale Verhältnis der Leute hier verwundert mich immer wieder. Ich wäre echt froh, wenn nicht zu viele Leute aus dem Westen hier im Osten das Sagen bekommen. Dann zieht hier eine ebenso auf Ellenbogen und Egoismus aufgebaute Gesellschaft ein, wie es sie bei uns seit vielen Jahren gibt. Die Starken gewinnen immer, und die Schwachen sind als Verlierer vorprogrammiert. Leider nennt sich auch das Demokratie, das dem, der recht hat, nicht immer recht gibt. Recht haben heißt in der Bundesrepublik nicht immer recht bekommen. Trotzdem nennt man das Demokratie für alle. Ich glaube bald, ihr gelernten DDR-Bürger werdet Jahre, vielleicht auch Jahrzehnte brauchen, ehe ihr das versteht."

Nach einer Weile sagt Peter: „Als ich in den Jahren seit 1980 mehrfach in der Sowjetunion, England, Frankreich und Spanien war, habe ich mich oft gefragt, wieso so viele unterschiedliche wirtschaftliche Organisationsformen unter nur zwei Namen existieren konnten. Der eine war der Sozialismus und der Kapitalismus der zweite.

Das sozialistische System hat vielleicht aus Übersteuerung, aus Überschätzung der eigenen Lage und dem Verschleudern der eigenen Fähigkeiten und Fertigkeiten viel, ja viel zu viel aufgegeben. Unfähige Holzköpfe haben die Länder geleitet, teilweise Leute, die ihre Erfahrungen im Zweiten Weltkrieg und in der Nachkriegszeit gemacht haben, die aber erst dann ausgewechselt wurden, wenn sie starben. Deshalb finde ich das Wahl- und Folgebesetzungssystem der heutigen Zeit besser", antwortet ihr Peter.

„Lass dich überraschen, mein Schatz. Wenn du einmal von der Demokratie erdrückt werden solltest, hast du dann mich an deiner Seite zum wieder Aufblasen", sagt sie und lacht herzlich. „Huch, wenn ich mir das bildlich vorstelle, könnte ich mich totlachen."

„Tina, wenn du dich noch einmal über mich lustig machst, schläfst du ab sofort allein im Wohnzimmer", antwortet Peter.

„Kein Problem für mich, Herr Weseck", antwortet Martina und beginnt langsam und verführerisch, ihre Bluse aufzuknöpfen.

Peter schaut ihr aufmerksam zu und stellt jetzt erst fest, dass sie keinen Büstenhalter trägt.

„Na, nun wirst du blass", sagt sie in Siegerpose.

„Eigentlich sehe ich noch viel zu wenig, aber vielleicht etwas später mehr? Wäre das möglich, Frau von Holsten?", fragt Peter gespielt vorsichtig.

„Wenn du ganz lieb bist, bekommst du alles zu sehen", schmeichelt ihm Tina.

„Ich werde mir große Mühe geben. Aber nun müssen wir unseren Schlachtplan erstellen."

Beide gehen ins Wohnzimmer. Peter holt das Schreibzeug und Martina für jeden etwas zu trinken. Dann setzen sie sich auf die Couch. Sie hatten heute Nachmittag während der Heimfahrt im Auto darüber gesprochen. Einigkeit besteht zwischen beiden, dass sie am Freitag bis zur Heimfahrt einen klaren Vorschlag für die Zeit bis etwa zum Jahresende haben müssen.

Martina beginnt: „Ich muss noch bis zu den Oktoberferien in Kiel arbeiten, das heißt, nach Abzug meines Resturlaubs und einigen freien Tagen dürfte Ende September mein letzter Arbeitstag sein. Dann hätte ich den ganzen Oktober Zeit, unseren Umzug nach Rügen und Greifswald vorzubereiten und teils schon durchzuführen. Was meinst du?"

„Die Idee ist gut. Die fünf bis sechs Wochen ohne dich und die Kinder halte ich auch noch durch. Du möchtest unsere drei also noch gemeinsam bis zu den Herbstferien in Schleswig und Borgwedel zur Schule gehen lassen?", fragt Peter.

„Ja, durch Ole und Grit habe ich Schutz und Hilfe, sollte sich mein alter Herr wieder etwas einfallen lassen. Außerdem hätten wir ausreichend Zeit, die Schulwechsel der Kinder vorzubereiten. Das ist sicher auch nicht für die innere Überzeugung und Vorbereitung des Wechsels schlecht. Wir müssen nur einmal schauen, wo wir für Melanie eine Schule für ein Jahr finden. Ab der fünften Klasse könnte sie in das gleiche Gymnasium gehen wie die Zwillinge. Dann können wir uns auch gänzlich in unser ‚Rügenhaus' zurückziehen und die Wohnung hier aufgeben", schlägt Martina im Weiteren vor.

Peter überlegt eine Weile, dann antwortet er: „Alle Achtung, ich habe eine schlaue Frau und bin einverstanden damit. Wir sollten morgen Mandy, Gerd oder Thomas einmal befragen, ob einer von ihnen eine Schule in Greifswald empfehlen könnte. Gut. Wenden wir uns den wichtigsten Dingen zu. Der Wunsch der Zwillinge ist, und ich nehme an, dass sie mit der Schnecke auch gesprochen haben, dass wir bald heiraten. Die Fragen lauten: Wann und wo heiraten wir und welchen Familiennamen wählen wir?", fragt Peter.

Diesmal ist es Martina, die eine Weile überlegt und schweigt, dann sagt sie: „Die Kinder haben Weseck vorgeschlagen. Ich habe mir, wenn ich ehrlich bin, auch nie etwas anderes gewünscht, aber jetzt kommt die verworrene Situation in meiner Familie dazu. Die zwingt uns zur rechtlichen Abwägung dieses Schritts. Das ist schon eine solche ‚demokratische Schlinge', wie ich sie vorhin meinte. Lassen wir den Namen ‚von Holsten' aus unseren Namen verschwinden, bleiben die Rechte immer bei meinem Vater, seinem Sohn und dessen Familie. Ehe wir nachgewiesen haben, dass wir auch Besitzansprüche haben, können Monate bei dieser Bürokratie in unserem Land vergehen, und dann ist manches zu spät." Martina stellt ihre Gedanken erst einmal in den Raum.

Peter ist ihr die ganze Zeit aufmerksam gefolgt. Nun antwortet er: „Tina, obwohl ich kein Rechtswissenschaftler bin, habe ich nach Lucianos Mitteilung auch darüber nachgedacht. Mein Vorschlag ist, dass du und die Kinder nur an ihren jetzigen Namen ‚Weseck' hängen und ich bei meinem Namen bleibe. Wenn ich meinen Namen so verändern würde, dass ich Peter von Holsten-Weseck heiße, sagt dein Vater überall, der ostdeutsche Bastard war nur auf deinen Namen scharf. Nehmen wir die Kombination ‚Weseck von Holsten' wird kaum ein Standesamt zustimmen, da ‚Weseck' kein Adelstitel ist. Also sollten wir, um vielen rechtlichen und bürokratischen Ärger zu vermeiden, die erste Variante wählen!"

Martina überlegt sehr angestrengt und sucht nach weiteren Varianten. Obwohl sie das bundesdeutsche Recht aus dem Ärmel schütteln kann, fällt ihr keine andere Lösung ein. „Peter, ich glaube, du hast recht. Versuchen wir es erst einmal so: ‚Martina von Holsten-Weseck'. Aber bitte mit Strich, der unsere enge Bindung verdeutlicht. Wann wollen wir heiraten und wo?", fragt sie als Nächstes.

„Ich schlage vor, in den Herbstferien oder kurz vor oder nach Weihnachten. Es kommt sicher darauf an, wann wir einen Termin erhalten und wen wir alles einladen wollen. Als Ort schlage ich Binz oder Sassnitz vor", antwortet Peter.

Martina bestätigt seine Gedanken, bringt aber Schleswig-Holstein ebenfalls mit ins Spiel. Nach reichlicher Diskussion entscheiden sich beide für die Insel Rügen. Dann stellen sie die Gästeliste zusammen. Ole, Grit, Peters Mutter und seine Geschwister mit Kindern sind gesetzt.

Was Martinas Vater und ihren Bruder anbetrifft, hätten sie sich fast gestritten. Peter betrachtet es als ihre Geste des guten Willens dem alten von Holsten und ihrem Bruder gegenüber. Vielleicht können sie sich doch noch die Hand reichen. Martina ist strikt dagegen und erinnert ihn, wie viel Schmach und Schande gerade ihr und auch Peter bis vor einschließlich zwei Wochen diese Personen zugefügt haben. Gemein und hinterhältig waren sie zu ihnen. Der eine durch seinen überzogenen Hass gegenüber den Ostdeutschen und der andere mit seiner bezahlten Spitzeltätigkeit haben dafür gesorgt, dass sie jetzt erst nach 17 Jahren ihr Happy End finden.

Das erste Mal spüren beide, dass es in Zukunft nicht nur einvernehmliche Lösungen gibt, sondern auch Streitfälle ohne sofortige Lösung. Martina stellt bei Peter in Streitsituationen und bei intensiver Entscheidungsfindung fest, dass er kräftige Sorgenfalten auf die Stirn bekommt. Es ist schon lange nicht mehr das glatte und ausgeglichene Gesicht, das sie aus den letzten Jahren kennt. Mit jeder neuen Dienststellung ist Peter gealtert. Sie wird in Zukunft mit darauf achten, dass er seine Kraft und Gesundheit nicht überstrapaziert. Sie und die Kinder brauchen sich noch viele Jahre bei voller Gesundheit!

Peter betrachtet Martina und denkt, die Zornesfalte über der Nase macht sie noch schöner und interessanter. Sie ist und bleibt meine tolle, liebenswerte Frau, auch wenn wir uns einmal streiten. Dann lenkt er ein und sagt zu ihr, dass diese Frage nicht heute entschieden werden muss. Eine andere Frage sind seine Freunde Harald Rose und Bernd Schulze. Dabei fällt ihm ein, dass er ihnen Martina immer noch nicht vorgestellt hat, obwohl er es im Januar schon versprochen hatte. Gleich morgen Früh will er sie anrufen. Martina und er brauchen erst um 14 Uhr in der Universität zu sein.

Ihr gemeinsames Gespräch geht bis gegen Mitternacht. Dann gähnen beide so herzlich, dass sie beschließen, den Liebesabend auf den Morgen zu verschieben.

Als sie auf der Couch liegen, sagt Martina zu Peter: „Ich liebe dich mit all deinen Ecken und Kanten."

„Ich dich auch, Tina, selbst mit deiner Streitlust. Nie werde ich dich verlassen."

Zum Zeichen seiner Ehrlichkeit gibt er ihr einen Kuss. Dann schlafen beide ein.

*

Am nächsten Morgen erwachen sie fast zur gleichen Zeit. Irgendwie liegt noch etwas von der Auseinandersetzung des Vorabends in der Luft. Nach einem Guten-Morgen-Küsschen springt Peter, ohne weitere Liebeshandlungen zu unternehmen, aus dem Bett und geht ins Bad. Er duscht sich und rasiert sich, dann zieht er seine Alltagskleidung an und geht aus dem Haus. Martina liegt noch im Bett und überlegt.

Nicht weiter als zwei Straßen liegt eine Bäckerei, in der er Brötchen, Butter und Käse bekommt. Gegenüber ist ein Fleischer zu finden, bei dem er frische Wurst für Frühstück und Abendbrot einkauft. Als er das Geschäft verlässt, steht plötzlich ein älterer Herr, den er durch seine Bartstoppeln und seinen Jogginganzug nicht sofort erkennt, vor ihm.

Es ist Dr. Bernd Schulze. Beide begrüßen sich mit einer Umarmung. Peter bemerkt, dass Bernd sehr stark nach Alkohol riecht. Der Geruch stammt nicht nur vom Vorabend.

Peter sagt zu ihm: „Bernd, ich wollte dir, Harald und euren Ehefrauen einmal Martina vorstellen. Wir sind gestern für drei Tage in Grimmen angekommen. Wann das wieder einmal sein wird, weiß ich noch nicht. Habt ihr heute Abend schon etwas vor?"

„Heute sieht es schlecht aus, aber geht das auch morgen Abend?", fragt Bernd.

„Ja, das geht auch. Kannst du Harald und seine Frau mit einladen? Ich muss los. Wir bringen etwas zu trinken mit." Peter rennt los.

Der Peter, wie immer nie Zeit, aber ein feiner Kerl, denkt Bernd Schulze bei sich. Dann geht er etwas unsicher in die Fleischerei und kauft ein.

Peters Schritte werden immer langsamer und seine Haltung immer bedenklicher. Was ist mit Bernd in den letzten acht oder neun Monaten geschehen?

Als er zu Hause ankommt, geht er in die Küche, packt seine Waren aus und setzt Kaffee auf. Dann stellt er das Geschirr zum Frühstück zurecht und schleicht in das Wohnzimmer, um seinen Schatz zu wecken. Aber dort ist alles aufgeräumt und der Tisch schon eingedeckt. Sogar Frühstückseier stehen unter der Wärmehaube auf jedem Platz. Überrascht geht er ins Schlafzimmer, da ist sie auch nicht, dann geht er ins Bad. Hier findet er Martina in Büstenhalter und Slip beim Schminken.

Recht enttäuscht sagt sie zu ihm: „Ich habe mir den heutigen Morgen liebevoller vorgestellt, aber wenn der Herr so nachtragend wegen einer Meinungsverschiedenheit ist, kann ich es auch nicht ändern. Es ist auch klar. Wir können unsere Charakterzüge nicht in den wenigen Treffen komplett erkennen", sagt Martina in beleidigtem Ton.

Peter umarmt sie ohne ein Wort der Widerrede, drückt und küsst sie. Dann sagt er: „So ist das nicht, Tina. Ich wollte uns ein romantisches Frühstück zaubern und bin deshalb zu Bäcker und Fleischer gelaufen, um frische Ware zu kaufen. Vor der Fleischerei habe ich Bernd Schulze getroffen. Er war in einem sehr desolaten Zustand. Trotzdem wollen wir uns am Mittwochabend bei ihm treffen. Harald Rose und Frau lernst du dann auch kennen. Deshalb bin ich jetzt erst zu Hause."

Martina schaut etwas betroffen zu Peter. Sie hat ganz einfach zu schnell geschlussfolgert. Aber sie war auch maßlos enttäuscht, als sie im Bad nachsah, wo er denn bleibt, und er gar nicht mehr in der Wohnung war.

„Das wusste ich nicht, entschuldige! Das macht die enttäuschte Vorfreude. Aber vielleicht können wir noch einiges geradebiegen? Nach dem Frühstück?", fragt Martina erwartungsvoll.

Peter zieht seine Alltagssachen aus und schlüpft in seinen Bademantel.

Martina entledigt sich ebenso ihrer Hüllen und schlüpft in den Morgenmantel. Dann setzen sich beide an den Frühstückstisch und stärken sich. Peter lässt der Anblick von Bernd nicht mehr los. So hat er ihn noch nie gesehen.

Plötzlich sagt Martina zu ihm: „Ich reiche dir alles, was ich habe, wie versprochen, aber du reagierst nicht einmal."

Peter sieht, dass sie ihren Morgenmantel ausgezogen hat und völlig unbekleidet neben ihm sitzt. Ja, Peter, nun bist du gefragt. Jetzt wird etwas geschehen, etwas sehr Schönes. Schon küssen sich beide gierig und haltlos, wie ausgehungert fallen sie übereinander her. Martina ergreift einfach die Initiative. Mit Armen und Beinen umklammert sie Peter, als möchte sie ihn nie mehr loslassen. Ihre seelische Spannung nimmt weiter zu, obwohl sie ihn tief in sich spürt. Als sie seinen Namen regelrecht herausschreit, erleben sie einen erlösenden, entspannenden und gemeinsam erlebten Höhepunkt.

Später, als Martina und Peter den Moment des Glücks auskosten, sagt sie: „Peter, das war wunderschön, und ich wünsche mir, dass es immer so zwischen uns bleibt. Ich liebe dich!" Tinas Stimme ist vor Glück ganz leise und belegt.

Peter hält sie ganz fest in seinen Armen. Auch ihm stehen Tränen des Glücks in den Augen. „Tina, meine Tina. Du sollst immer mein sein. Ich möchte noch viele, solche herrliche Momente mit dir gemeinsam erleben!"

Martina beginnt, ihn erneut zu küssen und überall zu streicheln. Peter ist schon wieder höchst erregt. Seine Fingerspitzen fühlen an Tinas schönsten Stellen ihres makellosen Körpers, dass sie für eine erneute Vereinigung bereit ist. Das zweite Mal wird es noch schöner!

Völlig erschöpft sitzen beide eng aneinandergelehnt auf der Couch. Jeder von ihnen sinnt dem eben Erlebten nach.

Als sich ihre Körper wieder beruhigt und erholt haben, sagt Peter: „Tina, ich glaube, wir verlieren einen Hochzeitsgast und ich obendrein einen Freund. Ich habe dir doch vorhin erzählt, dass ich Dr. Schulze beim Fleischer getroffen habe. Er sieht völlig heruntergekommen aus. Bisher habe ich ihn auch in der Freizeit nur akkurat angezogen gesehen. Nie hat er auf der Straße einen Trainingsanzug getragen und war auch nie unrasiert. Außerdem roch er nach Alkohol, als hätte er sich mit Weinbrand die Zähne geputzt. Ich bin fassungslos!"

„Wann hast du ihn denn das letzte Mal gesehen, und wie war er denn da?", fragt Martina.

„Das war, glaube ich, an dem Tag, als mein Vater starb. Er war da unruhig und schwer verärgert über den Verrat seines ersten Stellvertreters und auch etwas hilflos, da er nicht wusste, wie es mit ihm weitergehen wird, aber ansonsten in Ordnung. Wir trafen uns in einem Lokal in der Innenstadt. Der ehemalige Parteisekretär Harald Rose war auch mit dabei", antwortete Peter.

Martina steht auf und geht zum Fenster.

Dort schaut sie hinaus und überlegt, bis Peter zu ihr sagt: „Ich bin richtig froh, dass wir im vierten Stock wohnen."

Erst jetzt bemerkt Martina, dass sie nicht ein Kleidungsstück trägt. Übermütig greift sie ein Kissen vom Sessel, wirft es nach Peter und rennt ins Bad.

Peter überlegt: Was ist mit Bernd los? Seine Frau Rosie zu fragen wäre nicht gut. Aber Gerlinde Paul, seine ehemalige Sekretärin, ist eine Möglichkeit. Nur, was wird die jetzt machen? Wir müssen erst in drei Stunden in der Uni sein. Also könnten wir vorher zur ehemaligen AIV-Zentrale fahren oder zu ihrem Haus.

Er springt auf und geht ins Bad. Tina trocknet sich soeben ab.

„Darf ich behilflich sein?", fragt er Tina.

„Nein, nein! Deine Finger sind dann gleich wieder überall. Die zwei Mal reichen für die nächsten vier Wochen, Herr Professor", sagt sie gar nicht ernst.

Peter verkneift sich eine Antwort und stellt sich unter die Dusche. Von da ruft er Tina das Wasserrauschen übertönend zu, was er sich im Wohnzimmer überlegt hat. Sie ist einverstanden. Beide ziehen sich ihre Dienstkleidung an: Tina ein dunkelgraues Kostüm und eine weiße Bluse und er einen dunklen Anzug und ein weißes Hemd mit Schlips. Sie steigen in Tinas Mercedes. Peter fährt. Das Gebäude der AIV ist geschlossen, und man erkennt an den Außenanlagen, dass hier schon lange niemand mehr gärtnerisch tätig war. Also fahren sie zu Frau Paul nach Hause. Peter findet das Eigenheim der Familie schnell. An der Gartenpforte klingelt er.

Zuerst meldet sich niemand. Dann aber öffnet sich die Haustür, und eine Frau in Kittelschürze tritt heraus. Peter muss erst zweimal hinschauen, ehe er Frau Paul erkennt.

„Ich glaube es nicht, der Professor kommt zu mir!", ruft sie von der Tür aus.

„Frau Paul, können wir einmal kurz mit Ihnen sprechen?", fragt Peter.

„Aber ja, kommen Sie nur herein, Herr Professor", sagt sie. „Wollen wir auf die Terrasse gehen?" Sie geht voraus, ohne die Antwort abzuwarten.

Martina und Peter folgen ihr.

Dann bietet sie jedem einen Stuhl an und setzt sich auf die Bank. „Darf ich Ihnen etwas anbieten?"

„Nein danke, Frau Paul. Wir möchten Sie nicht lange aufhalten. Ich darf Ihnen die junge Frau an meiner Seite vorstellen: Frau Dr. Martina von Holsten."

Die beiden Frauen begrüßen sich.

„Frau Paul, wir sind vorhin bei unserer ehemaligen AIV-Zentrale gewesen. Als ich im Januar das letzte Mal dort war, arbeiteten noch Menschen im Haus. Jetzt aber ist das Gebäude verschlossen. Was ist hier vorgegangen?" Peters Stimme ist zwingend gegenüber Gerlinde Paul, der ehemaligen Chefsekretärin.

„Die AIV wurde zum 1. Juni 1990 aufgelöst. Das wenige Personal wurde entlassen. Die meisten sind arbeitslos wie ich. Einige sind in den Westen gegangen. Dort werden noch gut ausgebildete Fachkräfte gebraucht. Hier wird nur alles plattgemacht. Dass wir auch gearbeitet haben, interessiert niemanden. Ich weiß auch nicht, was aus mir wird", endet sie ziemlich bitter.

„Frau Paul, wie alt sind Sie jetzt und welche Qualifikationen haben Sie?", fragt Peter zielgerichtet weiter.

„Ich bin 36 Jahre alt, habe als Sachbearbeiterin begonnen und mich zur Sekretärin mit Englisch-, Russisch- und Französischkenntnissen qualifiziert. Ich beherrsche Stenografie und schreibe mit zehn Fingern Maschine. Leider habe ich nicht mehr zu bieten, auch vom Äußeren her nicht", sagt sie mit Seitenblick zu Martina, die einen kleinen Block aus der Jackentasche gezogen hat und sich Notizen macht.

Peter bemerkt ihren Blick und beginnt, einiges besser zu verstehen. „Frau Paul, Frau von Holsten ist meine künftige Ehefrau. Wir haben zwei sechzehnjährige Kinder und eine neunjährige Tochter miteinander. Meine Frau wird ab November in einer neuen Sektion unserer Universität arbeiten. Sie ist kein Spitzel. Wenn sie sich zu Ihnen Notizen macht, kann das für Sie vielleicht gut sein. Vielleicht, ich betone das! Warum wir Sie aufgesucht haben: Was ist mit meinem Freund Bernd Schulze geschehen? Ich habe ihn heute Morgen sehr früh vor der Fleischerei getroffen. Er schien mir fast betrunken zu sein. Nur zu dieser frühen Stunde ist das für mich unverständlich!"

Gerlinde Paul überlegt einen Moment, dann steht sie, ohne ein Wort zu sagen, auf und geht ins Haus. Tina und Peter blicken sich eine Weile verständnislos an.

Dann steht sie mit einem Ordner in der Hand wieder am Tisch. „Herr Professor, wenn man das über Sie geschrieben hätte, entschuldigen Sie bitte, würden Sie auch nicht anders aussehen!"

Frau Paul legt ihnen eine Menge Zeitungsausschnitte vor. „Die sogenannte neue Pressefreiheit hat hier erbarmungslos zugeschlagen. Damit sich ein paar ‚Schmierfinken' einen guten Start in die Wendezeit und die neuen Verhältnisse verschaffen konnten, haben sie über Harald Rose und Bernd Schulze die tollsten Artikel verfasst. Sie gingen bis in intimste Dinge, die eigentlich nur die Familie und einige enge Freunde wissen konnten. Zu DDR-Zeiten hätten beide vor der Betriebsversammlung zu diesen Veröffentlichungen Stellung beziehen müssen. Heute sieht aber jeder die Schuld nur bei den ehemaligen Leitern und Funktionären, ohne sie zu befragen", sagt Gerlinde Paul mit einem bitteren Unterton.

Peter und Martina überfliegen diese „Storys". Für Peter werden interne Informationen interessant, die nur er, Schulze, Lange und Müller kennen.

„Was macht eigentlich Lange?", fragt Peter.

„Das weiß ich auch nicht so genau. Die einen sagen, er wäre im Wirtschaftsministerium untergekommen, und die anderen sagen, er hätte einen guten Posten im Westen ergattert. Ich weiß es nicht."

„Ich möchte wetten, dass Lange hinter den ganzen Schweinereien steckt. Nachdem er als Stasispitzel enttarnt war, glaube ich nicht, dass er im Osten noch eine Chance erhalten wird!", sagt Peter sehr überzeugt.

„Von ihm war Bernd am meisten enttäuscht. Er hat ihm geholfen, eine solche Position in der AIV als junger Kader zu bekommen. Hätte er Sie nicht gehabt, Herr Professor, wäre er nie Doktor geworden. Als die Wendewirren begannen, hat er sich geschickt nach Berlin abgesetzt und seine Geliebte gleich mitgenommen. Mir tun die Vera, seine Frau, und die beiden Jungs leid", antwortet Frau Paul.

Plötzlich rührt sich Martina, die die ganze Zeit über in den Zeitungsartikeln geblättert und gelesen hat, während sich Peter mit der ehemaligen Chefsekretärin unterhält.

„Peter, wie hieß denn dieser Lange mit Vornamen?"

„Hans-Joachim, warum?" Peter und auch Gerlinde Paul schauen interessiert auf Martina.

„In einer toll aufgemachten Artikelserie der Bild-Zeitung bezieht sich der Autor immer wieder auf Informationen eines Hans-Joachim L. Vielleicht ist das dieser Lange?", sagt Martina.

Peter liest verschiedene Auszüge durch, bei denen er sich sicher ist, dass nur Schulze, Rose, Müller, Lange und er informiert waren, bei einigen Dingen noch die Sekretärinnen.

„Frau Paul, ich hätte eine ganz große Bitte. Würden Sie diese ganzen Artikel und Informationen nochmals genau durchlesen und dazu, soweit sie sich erinnern können, zeitlich Querverbindungen schaffen. Ich meine, wie steht es hier und wie war es wirklich. Sie sollen das Ganze auch nicht umsonst machen. Ich zahle Ihnen ein Honorar dafür."

„Herr Professor, für Sie mache ich das ohne Bezahlung. Das bringt Abwechslung in meinen tristen Alltag", sagt sie.

„Danke! Wenn sie damit fertig sind, rufen Sie mich bitte in der Uni an. Ich gebe Ihnen meine Karte, hier stehen alle Telefonnummern, unter denen Sie mich erreichen können", entgegnet ihr Peter.

„Frau Paul, würden Sie mir Ihre Anschrift und Telefonnummer geben?", fragt Martina.

Gerlinde Paul ist etwas überrascht, nickt aber und schreibt alles auf.

„Ich hätte noch eine Frage an Sie, dann müssen wir nach Greifswald", sagt Peter. „Was macht Harald Rose?"

„Harald Rose ist tot! Nach der Wende hatte Lange dafür gesorgt, dass er sofort den Betrieb verlassen musste, dann ist er von vielen Nichtsnutzen und plötzlichen Weltverbesserern öffentlich beschimpft worden. Nicht genug, dann kam ein Westdeutscher und forderte das Haus samt Grundstück zurück, das Harald zu DDR-Zeiten erworben und liebevoll aufgebaut hat. Rückübertragung nannte man das. Der absolute Höhepunkt waren dann die Beschuldigungen in der Zeitung und die persönlichen Angriffe gegenüber seiner Frau, der Hure eines ‚gestürzten Kommunistenschweins', auf offener Straße. Beide haben sich vor etwa zwei Monaten erhängt. Ein Bekannter von mir ist bei der Feuerwehr. Der hat mir erzählt, dass sie beide auf dem Boden ihres Hauses gefunden haben. Unnatürlich war dabei, dass beide an den Händen zusammengebunden waren. Die Kripo hat den Vorgang rekonstruiert und ist zum Schluss gekommen, dass sich niemand allein so binden kann. Da muss ein Dritter nachgeholfen haben. Der Fall liegt noch bei der Polizei", schließt Frau Paul.

Peter ist geschockt. Er bittet Gerlinde Paul um ein Glas Wasser, trinkt es aus und verabschiedet sich. Er gibt Martina, die ihn wegen seines kalkweißen Gesichtes und seiner unsicheren Schritte sehr besorgt ansieht, die Autoschlüssel. Dann fahren sie beide los. Während der Fahrt spricht Peter kein Wort. Er ist völlig abwesend und registriert nichts aus seinem Umfeld.

Martina setzt ihn in sein Dienstzimmer und bespricht sich mit Mandy Gruber und Dr. Gerd Mahler im Büro. Nach kurzer Information zu den Vorfällen beschließen sie, die Besprechung mit den Kollegen in der Sektion abzusagen und auf Donnerstagfrüh um 9 Uhr zu verlegen. Dr. Mahler übernimmt die Information der Kollegen. Mandy Gruber beginnt mit der Vorbereitung der Donnerstagveranstaltung und der neuen Koordinierung der Termine. Die Rektorenwahl findet erst um 14 Uhr statt, da haben sie genügend Zeit.

Mit Martina geht Peter dann zu Thomas Kurzweg und berichtet ihm kurz vom neuesten Stand in Grimmen. Thomas bemerkt, dass Peter das Ganze ordentlich mitnimmt. Er schlägt deshalb vor, dass er Martina die Räume ihrer künftigen Sektion zeigen soll und dann wieder nach Hause fährt.

Diese werden zurzeit umgebaut und renoviert. Hier war früher die Sektion Marxismus-Leninismus untergebracht. Später fahren sie ins Stadtzentrum und bummeln durch die Geschäfte. Martina möchte ihn ablenken und bemerkt bald, dass es ihr nicht gelingt. Bei einem Bäcker kauft sie Kuchen für eine ausgiebige Vesper, und danach fahren beide nach Hause.

Die Schwüle des Tages lässt erste Wolken aufziehen, und so ist ein ordentliches Gewitter zu erwarten. Als sie zu Hause ankommen, gehen beide duschen und ziehen sich leichte Sommersachen an. Die Dienstkleidung wird bis Donnerstag ins Schlafzimmer gehängt.

Tina setzt die Kaffeemaschine in Gang und bringt den Kuchen ins Wohnzimmer. Peter sitzt schon auf der Couch. Sie bemerkt, dass der Anrufbeantworter blinkt. Peter scheint das noch nicht gesehen zu haben, deshalb bedient sie die Abruftaste. Als Erstes meldet sich Frau Schulze und sagt ihren Besuchsabend am Mittwoch ab. Ihr Mann wäre wegen eines Kreislaufkollapses heute ins Krankenhaus eingeliefert worden, und danach werden sie zu den Kindern nach Ulm ziehen. Sie wünschen Peter für die Zukunft alles Gute. Er wird seinen Weg gehen, da sind sie sich sicher!

Der zweite Anruf kam von Sophia. Sie sollen bitte zurückrufen. Ihre neue „Rügenhausnummer" hat sie hinterlegt.

Tina schaut zu Peter, der immer noch recht bleich auf seinem Platz sitzt. Dann holt sie den Kaffee. Sie setzt sich neben ihn und küsst ihn auf die Stirn. „Peter, soll ich einen Arzt rufen? Du gefällst mir gar nicht. Unsere kleine Familie braucht dich aber. Ohne unser Peterle geht künftig nichts mehr", sagt Tina liebevoll zu ihm.

„Nein, Tina, ich brauche keinen Arzt, ich brauche nur dich an meiner Seite und etwas Ruhe und Abstand von dem, was ich heute in wenigen Stunden erlebt und erfahren habe. Wenn man gleichzeitig zwei gute Freunde verliert, krampft es einem das Herz zusammen. Ich freue mich auf das Telefongespräch mit unseren Kindern."

Peter steht auf und holt ein Bilderalbum aus dem Schlafzimmer. In diesem sind Bilder von seiner AIV-Zeit. Er zeigt Martina alle ehemaligen Kollegen und Mitarbeiter. Dabei sieht sie das erste Mal Rose, Schulze und diesen Lange.

Eigenartigerweise ist ihr, als ob sie Lange irgendwann mit ihrem Bruder zusammen gesehen hat. Aber sie kann sich auch täuschen!

Nach der Vesper rufen sie ihre Kinder an. Sophia teilt ihnen mit, dass sie wahrscheinlich in Bergen, der Kreisstadt von Rügen, das richtige Gymnasium gefunden haben. Für Melanie gibt es in Binz eine gute Schule. Nachdem sie mit Ole und Grit gesprochen haben, bitten sie darum, dass sie sich einige weitere Schulen anschauen möchten, danach beenden sie das Gespräch.

Draußen tobt ein Gewitter und bringt kühlere Luft und Regen mit. Als es nur noch schwach nieselt, ziehen sich beide um, nehmen je einen Regenschirm und gehen spazieren. Sie genießen die herrliche, staubfreie Luft und laufen die gleiche Strecke wie fast vor einem Jahr nach der Maueröffnung. Beide gehen in das Hotelrestaurant. Sie essen einen kleinen Krabbensalat und Tomatencremesuppe, trinken etwas und gehen wieder nach Hause.

Es kommt heute keine richtige Stimmung auf. Sie schalten den Fernseher an, Tina trinkt Sekt, Peter Rostocker Hafenbräu und einen Kornbrand. Gesprochen wird wenig. Peter trauert um seine Freunde Harald und Bernd, Martina fühlt mit ihm.

*

In den nächsten Tagen und Wochen passiert bei ihnen nichts Außergewöhnliches. Prof. Dr. Thomas Kurzweg wird wie erwartet zum neuen Rektor der Universität gewählt. Seine Amtseinführung ist offiziell der 8. Oktober 1990. Am gleichen Tag wird Peter zum Prorektor für Wirtschaft und Finanzen berufen. Martina tritt ihr Amt wie vereinbart am 1. November 1990 an. Dr. Gerd Mahler wird nach Peters Vorschlag Direktor seiner ehemaligen Sektion.

Seine Sekretärin Mandy Gruber lässt er ihm nicht. Sie wird seine Sekretariatsleiterin im Prorektorat. Die beste Forschungsstudentin des Jahrgangs 1987/1988, Dr. Tanja Uhlig, wird seine persönliche Referentin.

Für Martinas Sektion werden die Stellen erst nach dem 1. November ausgeschrieben. Nur ihr Sekretariat soll schon ab dem 15. Oktober 1990 mit einer Sekretärin und einer Sachbearbeiterin besetzt und arbeitsfähig sein.

Peter ist am 24. September mit Martina in ihrem Auto von Binz nach Borgwedel gefahren. Sie war zwei Tage zuvor zu ihm gekommen und hatte das Auto und den Anhänger mit ersten Umzugsgegenständen, vorwiegend Regale, Bücher und Schriften aus ihrem Arbeitszimmer, in Oles Haus beladen. Nach einer Übernachtung in seiner Wohnung haben sie am nächsten Tag alles Schriftmaterial einschließlich der Regale aus seinem Schlafzimmer, dem Wohnzimmer und dem Keller in den Lada und den Anhänger geladen. Dann ging es ab nach Binz. Dort wird alles im Lagerraum des Nebengebäudes vorerst abgestellt. Nachdem sie das Wohnhaus und das gesamte Grundstück kontrolliert haben, richten sie sich in ihrem Campinganhänger ein. Nach einigen Abstimmungen, wie sie ihr gemeinsames Arbeitszimmer einrichten wollen, gehen sie sehr zeitig zu Bett.

Am nächsten Morgen fahren sie mit Martinas Mercedes nach Borgwedel. Dienstag räumen sie gemeinsam Martinas Diensträume in der Hochschule Kiel und geben für ihre ehemaligen Mitarbeiter ein Abschiedsessen.

Dass sie in den wenigen Tagen so viel geschafft haben, macht beide glücklich. Nun ist Freitag, der 28. September angebrochen. Jedes ihrer Kinder wollte noch einmal den Weg zur Schule gehen und fahren, wie sie es seit Jahren gewöhnt waren. Martina verspricht ihnen, sie am Nachmittag abzuholen. So geschah es auch. Am Samstagmorgen fahren Ole, Grit und die Kinder nach Rügen.

Peter war eigentlich nach Borgwedel gekommen, um gemeinsam mit ihr am Festakt zur Verabschiedung und Abberufung der Sektionsdirektorin, Dr. habil. Martina von Holsten, teilzunehmen. Er hatte sich extra für den Festakt einen neuen, schwarzen Anzug zugelegt. Martina trägt ein dunkelblaues Kostüm mit weißer Bluse, das ihre Figur hervorhebt, aber nicht übermäßig betont.

Als sie etwa sieben Minuten vor Beginn der Veranstaltung den Saal betreten, begrüßt beide der Rektor der Hochschule persönlich und stellt sie den verschiedenen Vertretern des Kultusministeriums und der Partnerhochschulen vor. Durch die Reihen der anwesenden Lehrkräfte und Studenten geht ein Raunen. Sie setzen sich auf ihre vorbestimmten Plätze in der ersten Reihe.

Ein Streichquartett eröffnet die Veranstaltung. Danach begrüßt der Rektor die Damen und Herren des Ministeriums und der Partnereinrichtungen: „Sehr geehrte Damen und Herren! Mit ganz besonderer Freude und Ehrerbietung begrüße ich aus dem neuen Bundesland Mecklenburg-Vorpommern den Prorektor der Universität Greifswald, Herrn Prof. Dr. Dr. Peter Weseck!"

Peter ist unangenehm berührt, denn er ist privat hier.

Trotzdem bleibt ihm nichts anderes übrig, als sein Jackett zuzuknöpfen, aufzustehen, sich umzudrehen und für den Beifall mit einer leichten Verbeugung zu danken. Während er sich hinsetzt, sieht er Stolz und Freude in Martinas Augen. Erst jetzt wird ihm bewusst, dass all diese Menschen Martina und ihn das erste Mal zusammen sehen.

Der Rektor zeichnet Martinas Weg von ihrem Studium, über die Dissertationen bis hin zu ihrer hervorragenden Arbeit als Lehrer und Sektionsdirektor an der Hochschule nach. Er drückt sein Bedauern aus, dass sie nun Abschied nehmen müssen. Sicher ist er sich aber, dass Martina ihren Weg als Direktorin der Sektion Rechts- und Wirtschaftswissenschaften an der Universität in Greifswald ebenso gehen wird. Er dankt ihr auf das Herzlichste und bittet sie nach vorn auf die Bühne.

Peter drückt ihre linke Hand, die er während der ganzen Rede gehalten hat. Als er Martina sieht, wie sie ihre Abberufungsurkunde und diverse Geschenke entgegennimmt, ist er es, der stolz und glücklich auf seinem Platz sitzt. Nachdem der neue Sektionsdirektor berufen wurde und der Festakt beendet ist, muss Martina viele Hände schütteln und Blumen entgegennehmen. Dann fahren sie ins Hotel. In zwei Stunden beginnt der Empfang des Rektors im kleinen Saal ihrer Unterkunft. Nachdem sie alle Blumen und Geschenke mithilfe des Hotelboys in ihr Appartement geschafft haben, bestellen sie ein Kaffeegedeck und eine Flasche Sekt.

Als der Boy den Raum verlassen hat, umarmen und küssen sich beide. Peter sagt Tina, wie stolz er auf sie ist, und verspricht ihr, auch in den kompliziertesten Situationen immer an ihrer Seite zu sein. Dann bringt ein Zimmerkellner die Bestellung. Sie stoßen an. Bei Gebäck und einer Tasse Kaffee vergessen sie fast die Zeit. Tina geht zuerst duschen. Peter sagt zu ihr, er gehe als Zweiter, da bei ihm das Schminken nicht so lange dauert wie bei ihr. Martina wirft einen Keks nach ihm und verschwindet im Schlafzimmer.

Als beide zum Empfang erscheinen, trägt Martina ein dunkelblaues, schulterfreies Kleid mit Spaghettiträgern und er seinen dunkelblauen Anzug. Martina stellt ihn ihrer Freundin, Dr. Maria Uhlig, und ihrem Mann vor. Im Gespräch erfährt er, dass sie ebenfalls in Borgwedel geboren ist, beide zusammen bis zur zehnten Klasse ins Gymnasium gegangen sind, sich aber dann erst vor fünf Jahren hier an der Hochschule wieder gesehen haben. Ihr Vater war bei der Bundeswehr und ihr Mann ist es ebenfalls. Deshalb musste sie immer wieder den Wohn- und Arbeitsort wechseln.

Martina und Peter tanzen an diesem Abend viele Male. So viel haben sie in all den Jahren nicht miteinander getanzt, stellen sie später fest. Als es sich mit fortschreitendem Alkoholpegel bei einigen Gästen so ergibt, dass sie sich immer mehr für ihn und sein Leben in der DDR interessieren, verabschieden sich beide beim Rektor und bedanken sich für den herrlichen Tag. In ihrem Appartement stellen beide fest, dass sie schon ganz schön in Stimmung sind nach dem vielen Anstoßen. Tina trinkt noch den Sekt aus, und Peter freut sich auf die zwei kleinen Flaschen Jever aus der Zimmerbar. Danach beginnen sie, sich unter vielen Küssen gegenseitig auszuziehen. Bei Slip und Unterhose halten sie ein

Dann fragt Martina mit schwerer Zunge: „Beide zugleich? Wer liegt dann oben und wer unten?"

Beide fallen ins Bett.

Peter sagt mit genauso schwerer Zunge: „Ich weiß gar nicht so recht, wo oben und unten ist. Schatz, morgen wissen wir es beide." Dabei stellt er fest, dass Tina schon tief und friedlich schläft. Er deckt sie zu, und auch ihm fallen im nächsten Moment die Augen zu.

Wenige Tage später, genau einen Tag vor der deutschen Einheit, hat sich Martina Frau Paul in ihr neues Dienstzimmer an der Uni zum Gespräch eingeladen. Martina begrüßt Frau Paul und fragt sie, ob sie sich noch an sie erinnern kann. Diese nickt, wirkt aber etwas verstört. Nach etwa einer halben Stunde kommt Peter zum Gespräch dazu. Er bemerkt ebenfalls, dass Frau Paul weit von ihrer alten Form entfernt ist, erst recht, als er ihr Probeschreiben sieht, das ihr Martina in Englisch diktiert hat: Fehler über Fehler. Ihre Frage, ob sie nun wieder gehen könne, macht Peter aufmerksam.

„Frau Paul, meine Frau kennt Sie noch nicht so lange wie ich. Was ist nach dem Treffen mit uns bei Ihnen geschehen?"

Gerlinde Paul fühlt sich unwohl und ertappt. Nach einigen Überlegungen beginnt sie zu sprechen: „Herr Professor, wenige Tage, nachdem sie bei mir waren, tauchte ein Mann mit Vollbart und schwarzen Haaren auf. Ich habe ihn nicht erkannt, obwohl mir seine Gestik sehr bekannt vorkam. Er verlangte von mir, jeden Kontakt zu Ihnen zu meiden, ansonsten geht es mir wie Rose. Ich bin zu Tode erschrocken und habe das am Abend meinem Mann erzählt. Zuerst sagte er, irgendein Spinner, dann sollte ich Sie doch anrufen. Ich habe mich nicht getraut. Dann kam die Einladung Ihrer Frau. Deshalb bin ich heute hier!"

„Frau Paul, wen vermuten Sie unter dem Bart?", fragt Peter.

„Lange!", kommt es wie aus der Pistole geschossen.

„Das heißt, er ist der Mörder von Rose und seiner Frau. Er wird also auch bald bei uns auftauchen … oder bei den Kindern. Tina, ruf die Polizei an. Ich warne Ole!"

Beide beginnen zu telefonieren.

Frau Paul sitzt geschockt auf ihrem Stuhl. Sie bildet sich ein, des Professors ganze Familie in Gefahr gebracht zu haben. Martina beruhigt sie. Peter hat indessen Ole am Telefon. Er warnt ihn vor Lange und beschreibt, wie er jetzt aussieht.

Ole antwortet ihm, dass vor drei Tagen ein Herr mit diesem Aussehen am Grundstückstor stand. „Er hat sich als ehemaliger Studienfreund und Arbeitskollege von dir ausgegeben. Er wollte wissen, was du zurzeit machst. Daraufhin habe ich ihm gesagt, dass du an der Universität Greifswald sein müsstest, aber so genau weiß ich das auch nicht. Nun fragte er, ob das nicht dein Grundstück ist. Nein, habe ich gesagt, ich habe es dir abgekauft. Dann ist er gegangen. Daraufhin habe ich meine Freunde informiert. Wenn das dieser Herr Lange ist, Peter, steht er auf der Fahndungsliste der Polizei und der Bürgerbewegung landesweit ganz oben. Übrigens, seine ehemalige Sekretärin und Geliebte wurde schon verhaftet!"

Sie beenden das Gespräch.

Martina hat auf einer anderen Leitung Mandy Gruber. Peter spricht mit ihr und verspricht, sofort zu kommen. Zu den beiden Frauen sagt er, Lange sitzt in meinem Büro. Er bittet Tina, sofort den Sicherheitsdienst zu benachrichtigen. Die sollen ein paar Leute zu seinem Sekretariat schicken.

„Aber ich lasse dich doch in solch einer Situation nicht allein, Peter. Ich komme mit!", sagt Tina keine Widerrede duldend.

„Herr Professor, ich rufe den Sicherheitsdienst. Das Schwein in Handschellen zu sehen wird mir ein Vergnügen sein. Wohin soll ich die Leute schicken?", sagt Frau Paul wieder in ihrer sicheren, entschlossenen Art.

„Einfach zum Prorektorat für Wirtschaft. Die Wachleute kennen den Weg." Peter dankt Frau Paul, zeigt ihr die Telefonnummer des Wachdiensts und geht dann mit Martina los.

Unterwegs verständigen sie sich kurz über ihre Taktik. Völlig gelöst wollen sie Lange begegnen und ihn auf jeden Fall hinhalten.

Nach einer verhaltenen Begrüßung, bei der Peter so tut, als ob er ihn nicht gleich erkennt, gehen beide in sein Dienstzimmer. Martina folgt ihnen. Lange fragt, wer diese Frau ist. Peter stellt sie als eine seiner persönlichen Referentinnen vor, ohne ihren Namen zu nennen.

Peter blickt nach einiger Zeit Lange tief in die Augen und sagt zu ihm: „Hans-Joachim, was willst du von mir? Du hast dich doch nach der Wende für keinen von uns mehr interessiert. Ganz im Gegenteil: Du bist doch mit deiner neuen Frau abgehauen und hast Vera und die Jungs im Stich gelassen!", sagt Peter sehr scharf, denn er kann sich diesem Mörder gegenüber nicht mehr beherrschen.

Lange erschrickt und schaut zu Martina. Glücklicherweise klopft es an Peters Dienstzimmertür.

Frau Gruber tritt ein. „Herr Professor, hier ist ein Herr Krause, Bauleiter in der neuen Sektion Rechtswisschaften. Er braucht ein paar Unterschriften für die Klimaanlage im großen Hörsaal."

„Muss das jetzt sein, Frau Gruber? Verdammt, ich habe hier ein Gespräch mit einem ehemaligen Kollegen, das wissen Sie doch!", antwortet Peter gespielt aufgebracht.

„Ja, Herr Professor, das weiß ich, es muss aber sein. Der Termin steht seit vergangenem Donnerstag fest."

„Ich habe eine Besprechung. In einer halben Stunde bin ich bereit", sagt Peter.

„Nein, das geht nicht, Herr Professor, die Lieferung steht schon vor dem Tor. Also darf ich Herrn Krause vorlassen?"

Peter befragt Lange, ob er einverstanden ist. Der nickt ahnungslos. Dann tritt Oberkommissar Michael Krause ein, der zur Kripo nach Greifswald gewechselt ist. Ihm folgen zwei weitere Herren ebenfalls in Zivil.

„Herr Dr. Hans-Joachim Lange, Sie sind verhaftet. Ihnen wird vorgeworfen, Harald und Rosalie Rose getötet zu haben!", sagt Krause sehr bestimmt und ohne Zögern.

Lange schrickt auf und greift in die Tasche seiner Jacke. Doch schneller als erwartet haben ihm Michael Krauses Leute die Arme auf den Rücken gedreht und Handschellen angelegt. Der eine von ihnen untersucht ihn und findet einen Schlagring und eine Pistole.

„Du verdammtes Schwein. Als dir das Wasser wegen deiner Westhure bis zum Halse stand, habe ich dafür gesorgt, dass du bei uns unterkommst. Und jetzt lieferst du mich ans Messer. Ich bringe dich gemeinen Hund ins Grab, das verspreche ich dir!", schreit Lange in unbeherrschter Wut heraus.

Peter antwortet ihm mit eiskaltem Blick: „Wenn ich damals gewusst hätte, was du für ein falscher Kerl bist, hätte ich dich nie angerufen. Du erbärmlicher Spitzel und Doppelmörder der Familie Rose!", schreit ihn Peter an.

„Übrigens, die Westhure sitzt hier vor Ihnen. Ich bin mir jetzt auch ganz sicher, dass ich Sie mit meinem Bruder, Arnim von Holsten, in Kiel zusammen gesehen habe. Haben Sie vielleicht auch für den BND und die Stasi gearbeitet, Herr Lange?", fragt Martina mit fester Stimme knallhart.

Lange wird kreidebleich und sackt zusammen. Er wird von der Polizei abgeführt.

„Freunde, jetzt ist es geschafft! Der Kerl wird hoffentlich nie wieder freie Luft atmen!", kommt es plötzlich von der Tür.

Peter und Tina stehen mit ihrem Bekannten Michael Krause zusammen. In der Tür steht Frau Paul. Sie sagt nach diesem Aufschrei, dass sie sich verabschieden möchte.

„Warum, Frau Paul, eine bessere Sekretärin kann ich mir doch gar nicht wünschen, oder möchten Sie mit mir als Chefin nicht arbeiten?", fragt Martina.

„Sie würden mich nehmen, Frau Doktor? Ich fasse es nicht. Ich brauche einen Stuhl, mein Eigenheim für einen Stuhl!"

„Behalten Sie ruhig Ihr schönes Haus. Nehmen Sie auch Sessel an?" Peter fasst sie am Arm und führt sie zur Besucherecke.

Mandy Gruber kommt mit einem Glas Wasser und sagt zu ihr: „Ich begrüße Sie, Kollegin Paul! Zum Einstand trinken wir dann aber Sekt, nicht wahr?", fragt Mandy Gruber, die vier Jahre jünger ist als Gerlinde Paul.

Frau Paul kann ihr Glück nicht fassen. Am liebsten wäre sie Martina um den Hals gefallen. Aber bei Chefs macht man das nicht. Was wird ihr Mann dazu sagen? Und die Kinder erst?

Peter und Martina bedanken sich bei allen für die schnelle Hilfe im Fall Lange. Dann verabschieden sie sich für die nächsten Tage bis zur Berufungsfeier am 8. Oktober 1990. Morgen ist Feiertag, und die nächsten Tage wollen sie an der Ausstattung ihres Heims in Rügen werkeln.

Eine große Überraschung für ihre Kinder, Ole und Grit bringen sie mit. Obwohl Peters Lada als Zugfahrzeug nach wie vor auf Rügen dient, kommt Martina mit ihrem Mercedes, reichlich zwei Jahre alt, und Peter mit seinem Mercedes, reichlich zwei Wochen alt. Ein Schulkamerad von ihr ist in Kiel Leiter der Mercedes-Vertretung und hatte schon ihren Wagen beschafft. Mit ihm hat sie abgesprochen, dass sich Peter aus einer Anzahl verschiedener Typen ein Auto aussuchen kann. Die Anzahlung übernimmt Martina aus ihrer Abfindung. Der Rest der Summe wird wegen der Steuer geleast.

Sie fahren beide mit Peters Auto nach Grimmen. In der Wohnung angekommen, geht Martina sich frisch machen.

Peter ruft Ole an. „Ole, es ist alles gut gegangen! Mehr dann heute Abend. Wie wäre es denn, wenn wir heute abgrillen? Sollen wir noch etwas mitbringen?", fragt Peter.

„Wir haben auch an Grillen gedacht und schon kräftig eingekauft. Wenn ihr die Getränke mitbringt, haben wir alles", antwortet Ole.

Peter glaubt, dass es heute schwer wird, wegen der Einheitsfeier überhaupt noch etwas zu bekommen. Und er hat recht!

Nachdem sie die Wohnung weiter von Gegenständen befreit haben, die sie sowieso mit nach Rügen nehmen wollen, fahren sie los und halten in Stralsund und Bergen. Hier kaufen sie den Rest ein, den sie brauchen. Dadurch kommen sie erst gegen 19 Uhr an. Sie laden nach der herzlichen Begrüßung und den Glückwünschen zu Peters neuem Auto alles aus, was sie heute noch brauchen. Dann fahren sie die Autos unter ihre Überdachungen.

Tina und Peter ziehen sich ihre Wohlfühl-Klamotten an und kommen unter die große Buche, ihre Grillecke. Jeder ist gespannt, wie es nun weitergehen wird. Martina beginnt, nach dem Essen zu erzählen. Als sie fertig ist, stoßen alle miteinander glücklich und zufrieden an.

Dann sind die Kinder an der Reihe. Jedes erzählt, wie die Verabschiedung von ihren ehemaligen Schulkameraden war. Sophia und Luciano ist es nicht leicht gefallen. Teilweise haben sie Mitschüler verlassen, die sie seit der ersten Klasse kennen. Auch ihre Freundinnen und Freunde blieben zurück. Alle drei müssen sich von alten, lieb gewonnenen Dingen und Gewohnheiten trennen. Selbst die Tagesabläufe werden sich ändern und müssen völlig neu gestaltet werden. Keiner von ihnen kann voraussagen, wie die neuen Mitschüler auf die drei Westler reagieren werden. Wie sind ihre Schulen ausgerüstet, und wer sind ihre neuen Lehrer? Das alles und vieles, an das zurzeit noch niemand denkt, kommt auf sie zu.

Wichtig ist aber für alle, dass sie endlich zusammen sind! Sie haben jetzt Vater und Mutter und für komplizierte Angelegenheiten ein Telefon, mit dem sie Onkel Ole und Tante Grit anrufen können.

Martina ist sehr ergriffen über das, was sie soeben gehört hat. Sie freut sich über die Haltung ihrer drei Lieblinge und ist sehr stolz darauf, wie sie sich verhalten und gemeinsam für ihre Familie Belastungen aufnehmen. Sie durchfließt ein unbeschreibliches Gefühl der Glückseligkeit. Noch nie war sie so berührt von dem, was sie seit ihrer Verabschiedung in Kiel und den soeben gesprochenen Worten ihrer Kinder gehört hat. Tina ist plötzlich so ergriffen, dass sie aufsteht und jedes ihrer drei Kinder umarmt. Sie sagt: „Danke", ganz einfach „Danke." Auch zu Ole und Grit geht sie sich bedanken. Dann kann sie ihre Tränen nicht mehr zurückhalten und läuft in ihren Campingwagen.

Peter sitzt etwas betroffen auf seinem Platz. Er versteht im Moment die ganze Situation nicht so richtig.

Ole fasst ihn an den Arm. „Ich glaube, es wird langsam kühl! Wollen wir das Lagerfeuer anfachen?"

Peter braucht ein Weilchen, ehe er Ole versteht. Dann steht er auf und geht mit ihm zu ihrer Feuerstelle. Zu den Kindern sagt er: „Sophia und Luciano, füllt ihr bitte einmal die Getränke nach. Melanie, du kannst mal die Mückenlichter anzünden?"

Jeder kommt in Bewegung, und die plötzliche Unsicherheit und Betroffenheit verschwinden. Während Ole und Peter das Feuer entzünden, kommt Martina wieder aus dem Wagen. Peter geht zu ihr und umarmt sie.

Sie schmiegt sich ganz fest an ihn. „Entschuldige, Peter! Aber die Ereignisse der letzten Tage sind für mich zu viel. Die Nerven!"

„Tina, ich kann dich sehr gut verstehen! Aber ich muss dir auch sagen, die letzten Tage waren gefährlich, aber vor allem schön. Wie ich dein hohes Ansehen bei deinen ehemaligen Mitarbeitern und Vorgesetzten erfahren habe, seitdem durchfließt mich ein Gefühl des Stolzes, der Hochachtung und nicht zuletzt der Liebe zu dir, das unbeschreiblich ist."

Martina ist zutiefst ergriffen von dem, was ihr Peter soeben gesagt hat. Sie findet zu ihrer alten Stärke zurück. Erst jetzt setzen sich beide wieder auf ihre Plätze. Bald ist der Tisch wieder voll besetzt. Grit hat für sich und Ole Jacken geholt. Man merkt, dass der Sommer vorbei ist.

Dann beginnt Ole zu sprechen: „Wir möchten euch Kindern einen Vorschlag machen, vorausgesetzt eure Eltern sind damit auch einverstanden. Ihr drei habt im Sommer eure Ferien geopfert, um dieses wunderschöne Haus mit auszubauen. Dann habt ihr euch entschlossen, eure Schulen zu verlassen, um hier mit euren Eltern gemeinsam neu anzufangen. Tante Grit und ich finden das ganz großartig von euch. Deshalb möchten wir euch auf das Weingut von Tante Grit nach Baden-Württemberg einladen. Der Herbst ist Weinlesezeit, und wir schlagen vor, am 12. Oktober nach der Berufung eures Vaters zum Prorektor in den Süden zu fahren!"

Die drei Kinder springen auf und erdrücken die beiden älteren Herrschaften fast. Dann schauen sie erst zu ihren Eltern. Die sitzen nebeneinander und halten sich an den Händen. Beide nicken gleichzeitig. Damit ist der Jubel perfekt.

„Wir sind natürlich einverstanden. Das habt ihr euch mehr als verdient", sagt Martina. Dann spricht sie weiter: „Wir möchten euch auch noch etwas sagen und vorschlagen. Als Erstes: Wir haben für euch alle Einladungen zu Peters Berufung zum Prorektor in der Stadthalle Greifswald, auch für Onkel Ole und Tante Grit, und zweitens haben wir uns überlegt, dass Onkel Ole und Tante Grit doch die meiste Zeit des Jahres bei uns wohnen könnten. Das Haus ist groß genug und hat für alle Platz. In Borgwedel sind sie immer allein in ihrem Haus, außer wenn sie Besuch bekommen."

Bei den Kindern bricht sofort erneuter Jubel aus. Ole und Grit schauen sich an.

Dann sagt Grit: „Tina und Peter, der Vorschlag ist sehr verführerisch. Aber in unserem Alter entscheidet man sich nicht mehr so schnell. Lasst uns darüber schlafen. Wenn wir zu einer positiven Entscheidung kommen, könnte Melanie auch gleich in Binz zur Schule gehen. Mal sehen. Jetzt ist mir kalt. Ich schlage vor, wir sprechen morgen weiter."

Alle sind mit dem Vorschlag einverstanden und somit beenden sie den schönen Abend an Grill und Lagerfeuer.

Peter lässt an ihrem Wagen die Verdunkelungen an den Fenstern herunter und schaltet die Gasheizung ein. Der Wagen soll sich, solange sie im Bad ihres Hauses sind, etwas erwärmen.

Als sie ins Haus kommen, ruft Ole nach Martina: „Tina, da kann ich dir gleich noch die Post übergeben, die wir mitgebracht haben." Er reicht ihr einen Packen Briefe und Journale.

„Ach, meine Fachzeitschriften. Die kann ich gut gebrauchen. Danke, Onkel Ole."

Dann gehen Peter und Tina ins Bad und machen sich für die Nacht zurecht. Beide ziehen ihre Morgenmäntel über, verschließen das Haus und gehen zum Campingwagen zurück. Dieser ist schön warm geworden.

„Hast du schon Lust zu schlafen, Peter?", fragt Martina.

„Es kommt darauf an, welches Schlafen du meinst, miteinander oder nebeneinander?", antwortet er mit einem schelmischen Lächeln im Gesicht.

„Na, ich dachte, wir schauen einmal in den Kühlschrank, was der an Trinkbarem zu bieten hat, und dann setzen wir uns noch etwas in unsere gemütliche Ecke. Später dann schlafen wir, erst miteinander und dann nebeneinander."

Peter muss lachen und umarmt Tina. „Das war wieder einmal die Logik des Juristen. Knallhart und zielstrebig berechnend."

Er geht zum Kühlschrank, bringt Sekt, Bier und „Klosterbruder" an den Tisch. Jetzt erst bemerkt er, dass Martina seine letzten Worte wahrscheinlich nicht verstanden hat.

Sie liest einen der Briefe. Dann schaut sie auf: „Peter, hier lädt mich ein Rechtsanwalt und Notar Dr. Hartmann in seine Kanzlei nach Kiel ein. Er schreibt: ‚In der Erbangelegenheit der 1978 verstorbenen Hedwig Maria von Holsten bitte ich Sie am Donnerstag, dem 11. Oktober 1990 um 14 Uhr in meine Kanzlei.' Oma hatte einen Notar ihres Vertrauens, der Hartmann hieß, aber der müsste schon lange pensioniert sein. Die Testamentseröffnung fand damals auf Betreiben meines Vaters sofort am Tage von Omas Beerdigung statt. Ich habe damals auf eine Teilnahme wegen dieser Pietätlosigkeit verzichtet."

„Hat dich denn jemals einer über den Inhalt dieser Eröffnung unterrichtet? Dein Vater, dein Bruder, oder bist du selbst nochmals zum Notar gefahren?", fragt Peter.

„Nein, mich hat niemand informiert, und ich habe auch niemanden gefragt, auch den Notar nicht. Für mich stand immer fest, dass mein Vater alles erbt. Er war ihr einziger Sohn. Sie hatte mir nur einmal gesagt, das war am dritten Geburtstag der Zwillinge, dass dieser Spuk mit der Grenze zwischen Ost und West irgendwann zu Ende geht. Dann werden du und die Kinder mit deinem Peter vereint sein. Dafür habe ich etwas vorbereitet. Hoffe, dass dieser Tag so schnell wie möglich kommt."

Damals wusste ich nicht, dass sie zu diesem Zeitpunkt schon sehr krank war. Ein knappes Jahr später ist sie gestorben. An ihrem Krankenbett hat sie mir, kurz bevor sie starb, gesagt: ‚Häschen, ich habe für dich und deine Familie vorgesorgt. Pass aber auf die Arroganz und Hinterhältigkeit deines Vaters auf!' Dann ist sie eingeschlafen."

Martina rollen Tränen über das Gesicht. Peter umfasst ihre Hände und hält sie ganz fest. Sie schauen sich in die Augen, und sie beginnt, sich zu beruhigen. Peter wühlt jetzt in den anderen Briefen. Er findet unter der vielen Werbepost einen weiteren amtlichen Brief. Dieser ist vom LKA in Kiel.

„Tina, freu dich, das Landeskriminalamt Kiel möchte dich auch noch sprechen."

Martina nimmt den Brief und öffnet ihn. „Ich soll einen Hauptkommissar Betten anrufen. Er möchte mich zu meinem Bruder befragen, der demzufolge immer noch in Untersuchungshaft sitzt. Ich werde ihm den 11. oder 12. Oktober vorschlagen. Da sind wir sowieso in Kiel."

„Möchtest du, dass ich dich begleite?", fragt Peter.

„Für mich ist das ab heute eine Selbstverständlichkeit, Herr Weseck. Ansonsten überlege ich mir das mit der Hochzeit noch einmal", antwortet Martina reichlich herausfordernd.

„Warte mal, übermorgen habe ich noch nichts geplant. Da könnte ich eigentlich nach Sassnitz fahren und im Hafen eine tolle Deern aufreißen. Ja, das ist die Idee des Monats", sagt er ohne Rührung.

Tina schaut ihn skeptisch an. Dann fragt sie: „Wie oft hast du denn das schon gemacht?"

„Das wäre das erste Mal, Frau von Holsten! Zufrieden, oder soll ich dich gleich übers Knie legen", antwortet Peter sehr ernst.

„Nicht übers Knie, lieber in dein Bett!" Tina umarmt und küsst ihren Peter. Nie wieder wird sie ihn hergeben, Oma, das verspreche ich dir. Wie zur Bestätigung durch ihre Oma durchzieht ein ganz zärtliches und erwartungsvolles Kribbeln ihren Bauch.

Der Familienalltag beginnt

Am Tag der deutschen Einheit stehen alle sehr spät auf. Um null Uhr wurde in einigen Grundstücken der Siedlung so gelärmt, dass andere Mitbewohner nicht schlafen konnten. Einige „Gewinner der Wende" mussten lauthals die neuen Verhältnisse begrüßen, dachten sie damals in ihren Wunschvorstellungen!

Peter erfährt in den nächsten Tagen, dass viele ehemalige Offiziere und Berufssoldaten der Nationalen Volksarmee aus dem Standort Prora am lautesten feierten. Da dies nicht nur in Prora, sondern auch in vielen anderen Standorten der NVA geschah, fragt sich nicht nur Peter, was das eigentlich sollte. Gerade diese Schicht der Bevölkerung wurde mit guten Gehältern und einer Unmenge Privilegien als Schutzschild des Sozialismus dargestellt, einmal abgesehen von all den Wendehälsen, die plötzlich aus allen Bereichen des gesellschaftlichen und wirtschaftlichen Lebens auftauchten.

Gemeint sind nicht diejenigen Leiter in den Betrieben und Kommunen, die nachts nicht schlafen konnten, weil sie bei der Misswirtschaft und dem ständigen Hereinreden der Parteifunktionäre in die Erfüllung der Aufgaben am nächsten Tag nicht wussten, welche Erfolge sie an die Kreisleitung melden sollten. Nein, es waren die sogenannten Missverstandenen mit ihrem angeblich immer geführten Kampf gegen das System und die Herrschaft der Sozialistischen Einheitspartei Deutschlands, die versuchten, jetzt neue Positionen zu besetzen.

Manch einem gelang das aufgrund wirklich vorhandener Fähigkeiten. Andere wiederum, die häufig am lautesten in der Nachwendezeit geschrien hatten, verursachten große politische und wirtschaftliche Schäden, ehe sie wieder von der Bildfläche verschwanden. Eine Katastrophe, die den Osten Deutschlands nicht nur um Jahre ausbluten lässt, sondern um Jahrzehnte zurückwirft.

Das ist Peter als gestandenem Wirtschaftswissenschaftler klar. Ihn berührt immer wieder unangenehm, wenn er auf ehemalige Kollegen trifft, die ganz schnell ihr Mäntelchen gewendet haben und dieses recht forsch im neuen Winde flattern lassen.

In den nächsten Tagen spricht er viel mit seiner Familie sowie mit Ole und Grit darüber, aber selbst Martina kann sich nur schwer in die ostdeutsche Mentalität hineindenken. Dazu muss man hier geboren sein.

Am 8. Oktober fahren sie nach Greifswald. Peter hat Martina informiert, dass sie heute schon in ihr neues Amt berufen wird. Thomas Kurzweg hatte ihn telefonisch darüber in Kenntnis gesetzt. Im Saal der Stadthalle sitzen etwa 500 Gäste aus Politik und Wirtschaft, Vertreter anderer Universitäten und Hochschulen sowie Angehörige.

Ole, Grit und die Kinder haben in der zwölften Reihe Platz genommen. Von hier aus gibt es eine gute Sicht zur Bühne.

Nach vielen Ansprachen und Glückwünschen wird der bisherige Rektor durch den Staatssekretär für Bildung und Wissenschaft des Landes Mecklenburg-Vorpommern verabschiedet und der neue Rektor, Prof. Dr. Thomas Kurzweg, in sein Amt berufen. Nach der Übernahme der Amtskette und der Urkunde bedankt er sich für das ihm entgegengebrachte Vertrauen und verspricht, die Universität zu einer führenden Einrichtung des Landes zu entwickeln. Danach bittet er fünf Sektionsdirektoren auf das Podium, um ihnen die Abberufungsurkunden zu überreichen und sie zu verabschieden. Wechsel der Lehreinrichtung, der Dienststellung oder Pensionierung sind die Gründe der Entlassungen.

Melanie flüstert Sophia ganz aufgeregt ins Ohr: „Warum wird Papa denn entlassen? Da muss die Mama wieder alleine hier arbeiten!"

„Nein, nein! Warte mal ab, was noch passiert", antwortet ihr Sophia. Als Nächstes sind die Berufungen vorgesehen. Peter ist der Erste, der auf die Bühne gerufen wird. Der Rektor zeichnet kurz seinen Lebensweg und würdigt seine wissenschaftlichen Leistungen. Dann übergibt er ihm die Berufungsurkunde und bittet ihn, sich auf den Platz des ersten Prorektors auf dem Podium zu setzen.

Jetzt ist Melanie wieder beruhigt, lacht und kneift Sophia in den Arm. Tante Grit, die auf der anderen Seite der Kleinen sitzt, streicht ihr lächelnd über das Haar.

Nachdem die neuen Sektionsdirektoren, unter ihnen Dr. Gerd Mahler als Peters Nachfolger, berufen werden, tritt Prof. Kurzweg nochmals an das Mikrofon: „Sehr geehrter Herr Staatssekretär, meine Damen und Herren! Wir haben uns in Übereinstimmung mit dem Ministerium das Ziel gestellt, unsere Universität qualitativ und quantitativ zu verbessern. Wir wollen in die erste Reihe der Spitzenuniversitäten Deutschlands vorstoßen. Deshalb wurde uns bestätigt, dass als erster Schritt eine Sektion für Rechtswissenschaften aufgebaut wird. Diese soll mit dem Studienjahr 1991/1992 die Ausbildung von Juristen beginnen. Für die Leitung dieser Sektion haben wir eine hervorragende Fachwissenschaftlerin und Anwältin gewonnen. Sie hat sich durch ihre Forschung und ihre Arbeit an der Hochschule in Kiel auch international einen guten Namen erworben. Viele Veröffentlichungen in Rechtsschriften und anderen Publikationen tragen ihren Namen. Ich freue mich deshalb, Frau Dr. habil. Martina von Holsten an unserer Universität zu begrüßen und als Sektionsdirektorin berufen zu dürfen. Frau von Holsten, ich bitte Sie zu mir auf das Podium."

Martina trägt das gleiche Kostüm wie bei ihrer Verabschiedung in Kiel. Als sie ihre Berufungsurkunde erhält, beginnt erst ein verhaltener, dann ein immer stärker werdender Applaus. Die meisten Anwesenden sind erstaunt, dass diese Frau noch so jung ist und trotzdem schon solche Leistungen aufzuzeigen hat.

Peter und die Kinder blicken stolz zu Martina und warten sehnlichst auf den Moment, an dem sie ihr gratulieren und sie umarmen können. Ole, Grit und die Kinder fahren danach nach Binz zurück. Ordentlich gefeiert wird erst am nächsten Abend in einem Restaurant in Sassnitz.

Peter und Martina nehmen am Empfang des Rektors teil. Dabei kommt er kaum an seine künftige Gattin heran, denn zu viele der anwesenden Damen und Herren interessieren sich für Martina und ihre bisherige Tätigkeit. Peter hält sich die meiste Zeit an Thomas Kurzweg und seine Frau sowie Gerd Mahler und Gattin. Mit Martina kann er nur hin und wieder einen verstohlenen Blick wechseln. Ihr Gesicht ist bei jedem Gesprächspartner konzentriert und freundlich. Als sie mit einem Kollegen einer Hochschule aus Hessen spricht, verfinstert sich plötzlich ihr Gesichtsausdruck. Diese Mimik erinnert Peter sofort an ihren ersten Abend 1973 in Berlin. Genauso blickte sie damals, nachdem sie ihren Tisch am Kiosk verteidigt hatte. Nur der Minirock mit dem langen Schlitz fehlt. Dort hat er erstmals festgestellt, was für tolle Beine Tina hat. Der heutige Rock reicht bis zu den Knien, und was er dann noch sehen lässt, erhält ebenfalls das Prädikat sehr gut.

Das scheint auch der Herr Kollege zu denken, den sie etwas abrupt stehen lässt. Dieser betrachtet ihre Beine und die Figur mit einem gierigen Lächeln. Peter schrickt zusammen. Wo hat er dieses Lächeln und diese Körperhaltung schon einmal gesehen? Es muss jedenfalls sehr weit zurückliegen.

Thomas Kurzweg reißt ihn aus seinen Gedanken: „Peter, was ich dich fragen wollte, du trägst an deinem Revers einen halben Ring, der einen winzigen Diamanten einschließt. Deine Ringhälfte zeigt in Richtung des Herzens. Nun habe ich heute Mittag eine junge Doktorin zum Sektionsdirektor berufen, und mir fiel auf, dass sie ebensolch einen Schmuck trägt. Habt ihr vielleicht etwas miteinander zu tun?"

„Gestrenger Chef, ich gestehe: Wir wollen kurz vor Weihnachten heiraten, und du sollst mein Trauzeuge sein", antwortet Peter mit unterwürfiger Stimme.

Kurzweg lacht. Dann sagt er: „Um Ausreden warst du noch nie verlegen. Ich glaube bald, ich habe mir ein richtiges Schlitzohr als ersten Stellvertreter ausgesucht. Junge, Junge, das kann was werden!"

„So wahr ich vor dir stehe, Herr Prof. Dr. Kurzweg, das mit dem Trauzeugen ist mein voller Ernst. Wir wollen am Freitag, dem 21. Dezember 1990 heiraten. Um alles etwas genauer und ungestörter zu besprechen, würden wir dich und deine Gattin gerne für ein Wochenende in unser Haus auf Rügen einladen. Einen genauen Termin müssten wir noch vereinbaren", sagt Peter.

Kurzweg und seine Frau sind hocherfreut und versprechen beide, den Termin wahrzunehmen. Dann unterbricht der Staatssekretär das Gespräch. Er möchte nochmals allen danken und für die Zukunft alles Gute wünschen. Damit ist der offizielle Empfang beendet.

Peter gelingt es endlich, Martina anzusprechen: „Kollegin Dr. von Holsten, kann ich Sie einen Moment sprechen?"

„Ja, sofort, Herr Professor Weseck!" Martina verabschiedet sich von ihrem Gesprächspartner und geht zu Peter. „Sag mal, ist das immer so anstrengend wie heute? Wenn ja, gehe ich nach Kiel zurück", sagt Martina.

„Es sind nicht alle Sektionsdirektorinnen so hübsch und interessant wie eine gewisse Martina von Holsten! Was hältst du davon, wenn wir uns verabschieden und nach Grimmen fahren?", fragt Peter mit einem Schmunzeln.

Tinas Gesicht färbt sich leicht rot. Dann stimmt sie sofort Peters Vorschlag zu. Jeder verabschiedet sich getrennt vom anderen. So verlassen beide zu unterschiedlichen Zeiten die Stadthalle und treffen auch getrennt voneinander in Grimmen ein.

Martina ist schon in der Wohnung, als Peter eintrifft. Wie abgesprochen hat er noch schnell unterwegs Brötchen, Butter und etwas Käse für ihr morgiges Frühstück eingekauft. Als er in der Wohnung eintrifft, hat sich Martina schon geduscht und steht in Slip und BH vor dem Spiegel im Flur.

„Toller Anblick, junge Frau", ruft Peter und kneift ihr in den Po.

„Aua, du Grobian! Ich muss unbedingt wieder reiten, Peter", sagt sie.

„Wen und wann?", fragt Peter recht unschuldig.

„Ein Pferd, natürlich. Furchtbar, dieser Mann und der Sex! Schau dir mal an, was ich für Hüften bekomme, und die Oberschenkel am Poansatz werden auch immer dicker. Übrigens, dein Bauch nimmt auch zu. Also müssen wir beide etwas unternehmen!", sagt Martina sehr ernst.

„Ja, das stimmt! Mit Sex allein ist hier nichts zu machen. Aber das ist jetzt nicht meine Sorge. Wo gehen wir heute Abend zum Feiern hin?", fragt Peter.

„In unser Stammlokal", sagt Martina. Peter ruft sofort im „Pott" an. Dort erhält er die Antwort, dass das Hotel bis auf Weiteres geschlossen bleibt. Man verweist ihn an das Restaurant „Am Markt". Peter ruft dort an und hat Glück. Die Tischbestellung wird sofort angenommen. Draußen hat es angefangen zu nieseln. Beide nehmen sich einen Schirm und verlassen die Wohnung. Sie wollen die knapp tausend Meter laufen.

Im Lokal hat ihnen der Kellner einen kleinen Tisch in der hintersten Ecke zurechtgemacht. Beide setzen sich hin. Schummeriges Licht und leise Musik füllen den Raum. Die Kellnerin bringt ihnen die Speise- und die Getränkekarte. Peter und Martina wählen gemeinsam und bestellen. Als Erstes muss eine Flasche Champagner auf den Tisch. Dann stoßen sie an und wünschen sich gegenseitig Glück und Erfolg in ihren neuen Aufgabenbereichen.

Nach dem Abendessen erzählt ihr Peter, dass er die Kurzwegs nach Rügen eingeladen hat. Er möchte möglichst bald die Hochzeitsvorbereitungen beginnen. Dazu benötigt er die Zustimmung von Thomas, sein Trauzeuge zu werden.

Tina schaut etwas erstaunt, dass er so nebenbei ihr bisheriges Geheimnis verraten hat. Erst als er ihr die Ursache für seine Mitteilung an Thomas und seine Frau erklärt hat, sagt sie zu ihm: „Dass ihr Männer bei jeder Gelegenheit einer Frau auf den Busen, den Hintern und die Beine schauen müsst! Erst dann, wenn ihr die drei Teile begutachtet habt, bemerkt ihr, dass die Gute schielt oder eine krumme Nase hat oder vielleicht auch etwas Brauchbares im Kopf." Martina lacht.

„Fünf Teile, Tina! Unter deiner Bluse verstecken sich zwei herrliche Brüste und in der Hose oder dem Rock ein strammer Po und zwei wohlgeformte Beine. Wenn alle Männer dastehen und sich in den tollsten Fantasien vorstellen, wie das alles unbekleidet aussieht, bin ich der Einzige, der es in Natur schon gesehen hat. Und das soll auch so bleiben. So sehr wie ich dich seit dem Festival 1973 liebe, achte und verehre, habe ich noch nie in meinem Leben einen Menschen geliebt, geachtet und verehrt!

Deshalb freue ich mich auf den 21. Dezember. Ich möchte danach mit dir, Sophia, Luciano und Melanie versuchen, zumindest einen Teil all der sinnlos verlorenen Jahre nachzuholen. Glaub mir das bitte!", sagt Peter mit einer Portion Glück, Zufriedenheit und Überzeugung in der Stimme.

Martina sitzt neben ihm. Sie schaut ihn mit leicht gerötetem Gesicht an. Sie hat mit solch einer ehrlichen Erklärung von Peter heute Abend nicht gerechnet. Eigentlich wollte sie mit ihm organisatorische Dinge der nächsten Tage besprechen, aber die haben jetzt erst recht bis morgen Zeit. Sie winkt der Kellnerin und bestellt zwei Cognac. Bloß erst einmal Ablenkung schaffen, sonst kommen dir Heulsuse gleich wieder die Tränen, sagt sie zu sich selbst.

Der Schnaps brennt gewaltig in der Kehle. Sie ist ihn nicht gewöhnt und hat das Glas auf einmal ausgetrunken. Tina hustet und trinkt einen Schluck Wasser nach. Ganz verliert sie ihre Rührung nicht, umarmt Peter, sagt ihm leise „Danke" ins Ohr und küsst ihn auf die Wange.

Dann sitzen sie wieder brav nebeneinander.

Peter sagt zu ihr: „Du bist also mit meiner Einladung von Thomas und Monika einverstanden?"

„Aber sicher. Ich habe nur noch nie einen Mann erlebt, der solch liebe Worte zu mir spricht, Peter. Komm, wir wechseln schnell das Thema, sonst muss ich hier vor Freude und Rührung noch weinen. Das mache ich dann lieber zu Hause!"

„Tina, um noch mal auf 1973 zurückzukommen, kannst du dich noch an den kleinen Kiosk in der Seitenstraße vom Alexanderplatz erinnern?", fragt Peter sie.

Interessiert blickt Tina auf und überlegt. Dann nickt sie und sagt mit einem Lächeln: „Jawohl, Jugendfreund, können wir uns nicht wie normale Menschen mit dem Vornamen ansprechen?", entgegnet Martina mit fast identischen Worten.

„Genau, so ging es dann weiter. Vorher habe ich noch angestanden, um etwas zu Trinken und zu Essen zu bekommen. Du hast mehrere Attacken gegen andere Pärchen abgewehrt, damit das unser Tisch bleibt. Dabei ist dir dein Rock am Schlitz aufgegangen und hat den rechten Oberschenkel völlig freigelegt. Dein Gesicht war zornig und leicht gerötet. Unter der Bluse versteckte sich auch viel Sehenswertes. Genau in dem Moment hat es mich erwischt, Peter, das ist deine Traumfrau, dachte ich, aber dann fiel mir die Grenze wieder ein, und alles schien vorbei zu sein.

Heute beim Empfang habe ich immer wieder versucht, Blicke von dir einzufangen. Dabei habe ich dich im Gespräch mit einem Herrn gesehen, bei dem dein Gesicht das einzige Mal leicht errötete, zornig wurde und du ihn dann abrupt stehen lassen hast. Er schaute dir verdattert nach und betrachtete mit gierigem Blick deine Beine und deine Figur. Als ich ihn von vorn sah, kam er mir bekannt vor. Doch durch Bart und längere, leicht ergraute Haare konnte ich ihn nicht erkennen", sagt Peter.

„Der Schleimbeutel! Erst ist er mir vom Anfang des Empfangs an hinterhergelaufen und dann kommt er mir in einer zynischen Art, dass ich ihn nur noch stehen lassen konnte!" Tina ist sehr erregt und trinkt einen Schluck Sekt. „Er war, wie gesagt, sehr schleimig. Erst lobte er meine tolle Figur, dabei zogen mich seine Augen schon aus. Dann kam, wie jung ich doch sei und trotzdem schon zwei Dissertationen verteidigt, Bücher und fachwissenschaftliche Artikel veröffentlicht habe. Tolle Leistung mit drei Kindern! Aber sind Sie im Westen nicht anerkannt worden, dass Sie in dem zurückgebliebenen Osten einen Anfang suchen müssen? Dann habe ich ihn stehen lassen!"

„Tina, wie heißt der Kerl und wo kommt er her?", fragt Peter jetzt ebenfalls zornig.

„Er stellte sich mir als Dr. Detlef Brauer aus Wiesbaden vor. Mehr weiß ich nicht!", sagt Martina ebenfalls erregt.

„Ich lasse seine Zugehörigkeit auf jeden Fall prüfen. Ehe wir morgen nach Binz fahren, rufe ich Mandy Gruber an. Sie ist spezialisiert auf solche Dinge. Ihr Mann ist außerdem seit vielen Jahren bei der Kriminalpolizei. Er hat mir schon einmal in einer undurchsichtigen Angelegenheit geholfen."

Eine Stunde später verlassen sie das Lokal. Beide sind wieder gut gelaunt und leicht beschwipst. Sie haben sich nach ihrem Gespräch für die Zukunft vorgenommen, ab sofort nach Verlassen der Universität nur noch, wenn es unabwendbar ist, dienstliche Angelegenheiten im privaten Sektor zu besprechen. Der Tag mit all seinen Ereignissen hat zu dieser Entscheidung auf jeden Fall beigetragen.

Frühstück und Mittagessen werden eine Mahlzeit. Es regnet immer noch. Sie setzen sich auf die Couch und machen einen Plan, wie sie die Tage bis Ende des Monats verbringen wollen. Die nächsten zwei Tage sind sie in Binz, dann geht es nach Borgwedel und Kiel. In der Folgewoche sind beide an der Uni im Einsatz. Erst ab dem 22. Oktober und dann bis zum Ende der Herbstferien haben sie frei und können ihr Haus weiter einrichten.

Am Nachmittag fahren sie zu den Kindern. Heute Abend gibt es den „Familienfestempfang" in Sassnitz. Ole und Grit sowie die Kinder begrüßen sie mit einer tollen Vesper und kleinen Geschenken zu ihren Berufungen. Danach legen sie unterschiedliche Pläne zur Gestaltung des Grundstücks vor. Ole hat maßstabgerechte Lagepläne kopieren lassen. In diese haben sie schon getroffene Festlegungen eingearbeitet und danach ihre neuen Vorschläge eingezeichnet. Die darauffolgende Diskussion geht so lange, dass Grit sie an ihren Abend in Sassnitz erinnern muss. Martina schlägt vor, da sie bald zwei Wochen allein mit Peter sein wird, werden sie sich in dieser Zeit für verschiedene Dinge entscheiden.

Damit sind alle einverstanden und wollen sich überraschen lassen! Eine halbe Stunde später stehen alle in Festkleidung im Hof vor dem Haus. Martina und Peter als die Einladenden fahren auch die ganze Gesellschaft in ihren Autos nach Sassnitz.

Es wird ein wunderschöner Abend. Das Hotel übergibt mit den herzlichsten Glückwünschen Martina und Peter einen Gutschein für eine Übernachtung an einem Samstag nach Wahl mit Dinner bei Kerzenschein. Dann sprechen alle über das, was bis zur Hochzeit im Dezember noch unbedingt zu erledigen ist. Als Ole und Grit bekannt geben, dass sie zumindest bis zum Sommer 1991 auf Rügen wohnen werden, um ihren Lieblingen beim Einleben zu helfen, ist der Jubel groß.

Als Martina und Peter gegen Mitternacht in ihrem Campingwagen liegen, sagt Martina: „Als Erstes kaufen wir uns in zwei Wochen ein tolles Schlafzimmer. Auch wenn ich deswegen bis Berlin fahren muss!"

„Einverstanden! Wir können auch einen Abstecher nach Potsdam machen. Mich würde brennend interessieren, wer von den Getreuen immer noch dort ist", sagt Peter.

„So, Herr Weseck, jetzt reicht es mit deiner Planerei. Jetzt wird der gestrige Abend nachgeholt. Mit allem Zauber und den fünf Teilen. Ich hoffe, mit deinem einen Teil kannst du meine fünf Teile voll zufriedenstellen!" Dann verschließt ihm ein leidenschaftlicher Kuss den Mund.

*

Es wurde nur eine kurze Nacht. Sich einander die Liebe zu beweisen brauchen beide nicht mehr. Sich aber ohne Ängste und uneingeschränkte Erwartungen zu lieben wird künftig immer in vollendeter Leidenschaft sein. Auch ohne Trauschein gehören beide zusammen. Ihr Glück wird durch die drei Kinder erst vollkommen. Es ist herrlich, fast täglich zu erkennen, dass Sophia immer mehr zur jungen Frau und Luciano zum jungen Mann reifen. Melanie zeigt bewusste Züge in ihrem Sprechen und Handeln. Trotzdem verliert sie nach wie vor ihre kindlichen Züge noch nicht. Sie beginnt, alles bewusster und ernster anzugehen.

Am nächsten Nachmittag fahren drei Autos nach Borgwedel. Peter möchte bei der Gelegenheit in Kiel gleich sein Überführungskennzeichen im Autohaus abgeben. Außerdem wollen sie, wenn sie vom Notar in Kiel kommen und allein wieder von Borgwedel nach Binz fahren, weitere Gegenstände der Kinder und aus Tinas Arbeitszimmer in ihre Autos und Anhänger einladen.

Ole, Grit und die Kinder wollen am Samstag, dem 13. Oktober nach Baden-Württemberg auf ihr Weingut fahren. Tina und Peter werden am gleichen Tage beladen nach Binz zurückfahren. So ist es geplant!

Am Donnerstag, dem 11. Oktober 1990 fahren Martina und Peter gemeinsam in das Notariat von Dr. Hartmann in Kiel. Als sie den Vorraum des Sekretariats betreten, sitzt dort schon Martinas Vater. Er wie Martina und Peter blicken sich überrascht und erstaunt an, sprechen aber kein Wort miteinander. Martina geht in das Sekretariat, um sich zu melden und zu klären, ob ihr künftiger Ehemann an dem Gespräch teilnehmen darf. Nach einigen Fragen und der Identifikation Peters gibt es keine Probleme mehr.

Nach einiger Zeit werden alle drei durch Dr. Hartmann in sein Dienstzimmer gebeten. Vor einem großen Eichenschreibtisch sind drei Bürosessel aufgestellt. Hartmann lässt Peter rechts, Martina in der Mitte und ihren Vater links Platz nehmen.

Ehe der Notar die Veranstaltung eröffnen kann, beginnt Albrecht von Holsten: „Sagen Sie einmal, Hartmann, was will dieser ostdeutsche Lügner hier? Meiner Kenntnis nach ist das eine reine Familienangelegenheit, und da hat der Pöbel aus dem Osten nichts zu suchen. Das wäre Ihrem geschätzten Herrn Vater nicht passiert. Ich verlange, dass der Bauer hier verschwindet!"

Peter sieht von Holsten das erste Mal seit August wieder. Sein Gesicht ist faltiger und die Haare grauer geworden. Nicht geändert hat sich seine jähzornige und arrogante Art und Weise.

Ehe Martina etwas sagen kann, hebt der Notar beschwichtigend die Hand und beginnt zu sprechen: „Herr von Holsten. Ich weise Sie daraufhin, dass Sie sich in meiner Kanzlei befinden. Wenn auch nicht mehr mein Herr Vater mit Ihnen spricht, sondern ich jetzt der Anwaltskanzlei und dem Notariat vorstehe, verweise ich Sie darauf, dass mein Name Dr. Holger Hartmann ist und dieser ‚ostdeutsche

Lügner' auf ausdrücklichen Wunsch Ihrer Tochter, Dr. Martina von Holsten, an der Testamentseröffnung teilnimmt!

Des Weiteren teile ich Ihnen mit, dass meine Kanzlei sofort bereit ist, Herrn Prof. Dr. Dr. Weseck, Prorektor der Universität in Greifswald, rechtlich zu vertreten. Also halten Sie Ihre Äußerungen über seine Person zurück. Ansonsten bin ich gezwungen, Sie von der Eröffnung des Testaments auszuschließen. Haben Sie mich verstanden?"

Von Holsten sitzt mit offenem Mund und reichlich dümmlichem Gesicht auf seinem Platz. Da er sich überall für den größten und unübertroffensten Menschen hält, sind die Worte des Notars für ihn nicht fassbar. Deshalb holt er zum Gegenschlag aus.

Doch ehe er etwas sagen kann, spricht Martina: „Vater, ich schäme mich für dich! Du verletzt selbst in solch einem Moment das Andenken an meine Oma, deine Mutter! Damit du es weißt, ich habe Peter um seinen Beistand gebeten, weil ich ahnte, dass du wieder als unflätiger Großkotz auftreten wirst. Aber habe keine Angst, meine Familie und ich brauchen dich und deine Almosen schon lange nicht mehr!"

Martinas Vater sitzt einige Zeit wie abwesend. Dann erhebt er sich und geht zur Tür. Dort sagt er: „Ich spreche mit Ihnen erst, Hartmann, wenn mein Anwalt neben mir sitzt!", und verlässt den Raum.

Die anwesende Sekretärin hat das gesamte Gespräch auf Band gespeichert und lässt dieses jetzt auf Bitte Dr. Hartmanns nochmals ablaufen. Dieser macht sich Notizen und bittet seinen Mitarbeiter, Herrn Brand, in sein Zimmer. Dann übergibt er das Band, seine Notizen und bittet um Prüfung des Sachverhalts. Alles hier Gesprochene soll in Papierform protokolliert und ihm gesiegelt vorgelegt werden. In der Zwischenzeit unterhält er sich mit Martina und Peter. Dabei erfährt er, dass Martina ebenfalls Anwältin ist. Sie bittet ihn trotzdem, sie und Peter im Gerichtsfall zu vertreten. Es wird sofort eine Übereinkunft geschlossen und Dr. Hartmann die Vollmacht erteilt, Martina und Peter rechtlich zu vertreten. Nach etwa 30 Minuten kehrt Herr Brand zurück und bestätigt, dass die Eröffnung des Testaments vollzogen werden kann. Es müssen nur die Gründe der anderen Angehörigen, die nicht anwesend sind, niedergeschrieben und mit Unterschrift des Notars und der Enkeltochter der Verstorbenen bestätigt werden.

Dr. Hartmann diktiert seiner Sekretärin die Begründung zum Fehlen von Albrecht von Holsten und dessen Sohn Arnim von Holsten. Er und Martina unterschreiben das Protokoll. Peter Weseck zeichnet gegen. Dann kommt es mit erheblicher Verspätung zur Eröffnung der zweiten beglaubigten Festlegung zum Testament der Hedwig Maria von Holsten.

Der Notar wendet sich als Erstes an Martina: „Frau Dr. von Holsten, dem Protokoll nach waren Sie zur Eröffnung der ersten beglaubigten Festlegung des Testaments Ihrer Großmutter wenige Tage nach ihrem Tode im September 1978 nicht anwesend. Ich entnehme der Niederschrift, dass Sie aus gesundheitlichen Gründen nicht teilnehmen konnten. Sind Ihnen die Festlegungen Ihrer Großmutter durch Ihren Vater mitgeteilt worden?"

Martina schaut den Notar etwas ungläubig an und sagt, dass sie nicht krank war, sondern die von ihrem Vater erzwungene Eröffnung am Tage der Beerdigung als äußerst pietätlos fand.

Daraufhin zeigt ihr der Notar ein Attest, auf sie ausgestellt, das bescheinigt, dass sie der damaligen Verhandlung wegen einer akuten Nasenhöhlenvereiterung fernbleiben musste. Als sie das hört, beauftragt sie Dr. Hartmann, auch diesen Fakt in die eventuelle Klageschrift gegen ihren Vater aufzunehmen. Hartmann fragt sie, ob sie anderweitig über die damalige Eröffnung informiert wurde. Martina verneint diese Frage. Sie wie auch Peter möchten jetzt den Inhalt von damals erfahren.

Dr. Hartmann teilt ihnen mit: „Frau Hedwig Maria von Holsten hat verfügt, dass entsprechend der gesetzlichen Bestimmungen, die zur Zeit ihres Ablebens in der Bundesrepublik Deutschland bestehen, 50 Prozent ihres Vermögens an Ländereien, Immobilien und Geldanlagen an ihren Sohn Albrecht zu übertragen sind und je 25 Prozent an Arnim und Martina, ihre Enkelkinder. Da Sie beide Ihre Volljährigkeit am Tage ihres Todes erreicht haben, hat jeder seinen Anteil selbst zu verwalten oder sich mit einem der anderen Erben betreffs der Verwaltung zu verständigen!

Dr. Hartmann legt an dieser Stelle eine Pause ein, da er bemerkt, dass Martina und Peter erstaunt schauen.

Dann fragt Martina: „Herr Dr. Hartmann, ich höre heute das erste Mal von dieser Verfügung. Was bedeutet diese Festlegung für mich und meine Kinder?"

„Sie haben 1978 von Ihrer Großmutter ein Vermögen von etwa fünf Millionen D-Mark geerbt. Da Ihre Großmutter damals keine Festlegungen getroffen hat, welche Ländereien, Immobilien oder Geldanlagen das betrifft, stehen Ihnen seit 1978 aus allen Gewinnen des Gesamtertrags nach Steuern 25 Prozent zu. Hat Ihnen Ihr Vater seitdem nicht einen Pfennig zukommen lassen, muss geprüft werden, ob seitdem getätigte Geschäfte unter Einbeziehung Ihrer Anteile erfolgt sind oder ob er Ihren Teil für Sie angelegt hat. Dann hätten Sie aber jährlich Ihre Kapitaleinkünfte selbst versteuern müssen. Da Sie aber von dieser ersten Testamentseröffnung nichts wissen, hat Ihr Vater die ganzen Jahre über Ihr Vermögen verfügt, Frau von Holsten."

Martina überlegt eine Weile. Dann hat ihr Vater sie schon reichlich zwölf Jahre um ihren Anteil betrogen. Ganz schwach kann sie sich erinnern, dass er ihr Anfang 1979 so nebenbei, wie es seine Art ist, mitgeteilt hat, dass sie mit im Grundbuch der Erbengemeinschaft von Holsten steht und er auf Wunsch seiner Mutter das gesamte Unternehmen weiterleitet.

„Herr Dr. Hartmann, aus welchem Grund sind wir heute eingeladen worden?", fragt Martina.

„Ihre Großmutter muss eine sehr vorausschauende Frau gewesen sein. Sie hat ihr Testament in zwei Teile gefasst. Der zweite Teil darf erst nach Vollzug der deutschen Wiedervereinigung geöffnet werden. Deshalb der heutige Termin. Im Falle, dass es keine Vereinigung innerhalb der nächsten 25 Jahre nach ihrem Tod gegeben hätte, wären diese Unterlagen an Sie, Frau von Holsten, weitergereicht worden. Diesen Unterlagen liegt der zweite Brief des Testaments bei. Ich breche jetzt das Amtssiegel und öffne die Aktenmappe!"

Der Notar bittet vorher seinen Mitarbeiter, Herrn Brand, Martina und Peter das Siegel genau zu betrachten, um Beschädigungen für das Protokoll anzuzeigen. Die Mappe wurde am 18. Mai 1975 morgens um 10.46 Uhr in der Kanzlei von Dr. Robert Hartmann versiegelt. Schäden oder Ähnliches sind keine zu erkennen. Jetzt bricht er das Siegel und bittet alle, Platz zu nehmen. Martina wird

371

bewusst, dass ihre Oma dieses Testament an ihrem zwanzigsten Geburtstag diktiert hat.

Der Notar entnimmt der Mappe als Erstes einen Brief, auf dem geschrieben steht: ‚Für meine liebe Enkeltochter Martina von Holsten'. Am unteren Rand des Briefes steht: ‚Meinem Sohn Albrecht von Holsten zur Kenntnis'. Dr. Hartmann öffnet den Brief und beginnt vorzulesen:

Meine liebe Martina, geliebtes Häschen!

Ich weiß leider nicht, wann der Spuk mit den beiden deutschen Staaten zu Ende geht. Aber ich spüre, dass es in den nächsten 20 Jahren passieren wird. Deshalb hoffe ich, dass Du Deinem Peter, dem Vater Deiner Kinder, treu bleibst. Und ich hoffe es auch von ihm. Ich hätte ihn gern einmal kennengelernt. Er ist sicher solch ein Mensch wie mein Ernst, Dein Opa, den mir leider der Krieg genommen hat.

Aber deshalb lasse ich nicht diesen Brief schreiben. Ich möchte Dir nochmals sagen, dass ihr beide, Du und Dein Peter, zwei herrliche Kinder gezeugt habt. Deshalb möchte ich Dich und ich hoffe auch Peter unbekannterweise etwas unterstützen.

Im ersten Teil des Testaments habe ich Deinen Pflichtanteil aus den gemeinsamen Besitzungen von Deinem Opa Ernst und mir festgehalten. Davon erben laut Gesetz außer Dir Dein Vater und Dein Bruder.

Da ich in Mecklenburg in der Nähe von Kummerow als Kind bürgerlicher Eltern als einzige Tochter des Stallmeisters Deines Opas geboren wurde und Dein Opa mich dann heiratete, wurde ich adlig. Da Ernst nicht mehr aus dem Krieg zurückkehrte, gehören mir Ländereien um Kummerow zwischen Rostock und Stralsund, auf der Insel Rügen um Bergen und Middelhagen. Diese Ländereien und Immobilien, die darauf stehen, gehören sofort nach der Vereinigung Dir, liebe Tina. Kommt es zu keiner Vereinigung, bist Du trotzdem nach meinem fünfundzwanzigsten Todestag Eigentümer.

Da die Politik eine Hure ist und ich dadurch nicht weiß, wann sich in Zukunft etwas verändern wird, gehört Dir, damit Du auf jeden Fall etwas erhältst, mein Landhaus am See in Schleswig-Holstein. Die Flur- und Flurstücksnummern aller meiner Grundstücke sind in der Mappe hinterlegt. Des Weiteren habe ich bei der Commerzbank in Hamburg für deine beiden Kinder und für Dich je dreihunderttausend D-Mark angelegt. Sophia und Luciano bekommen diese Gelder erst mit ihrem 18. Geburtstag und deiner Zustimmung. Kommen weitere Kinder dazu, ist die Summe aufzuteilen. Du bleibst auch nach ihrem 18. Geburtstag diejenige, die festlegt, wer wie viel bekommt. Wichtig für mich ist nur, dass es Geld für Deine Kinder ist.

Liebes Häschen!

Ich weiß, dass ich unheilbar krank bin, und hoffe, dass all meine Wünsche recht bald in Erfüllung gehen. Lebe Dein Leben, und ich hoffe, dass es bald das Glück mit Deinem Peter sein wird. Schütze Dich vor Deinem Vater!

Machs gut, mein Häschen!

Folge meinen Worten!

Dr. Hartmann legt den Brief vor sich auf den Tisch und blickt Martina an. Sie steht auf und verlässt den Raum. Sie sucht die Toilette auf. Dort ergreift sie ein nicht enden wollender Weinkrampf. Alle Erinnerungen an ihre Großmutter stoßen wieder auf. Die vielen Gespräche, die sie in dem bewussten Landhaus mit ihr geführt hat. Dann sind sie auf den See gefahren und haben stundenlang gewartet, bis ein Fisch anbeißt. Wenn Martina mit ihren 19 Jahren von ihren Zwillingen so richtig genervt war, übernahm eine der Haushälterinnen die Kinder, und Oma und sie gingen in den Wald rund um den See, um Pilze, Wurzeln oder besonders geformte Stökke zu sammeln. In einer kleinen Werkstatt, die sich Oma in einem Blockhaus hinter der Villa eingerichtet hatte, traf sie sich häufig mit Freundinnen und baute irgendwelche kreativen Dinge.

Peter und Dr. Hartmann kommen, als Martina ohne Zeichen den Raum verlässt, ins Gespräch. Hartmann erzählt aus seinem Werden und Peter von seiner Entwicklung. Beide stellen fest, dass sie gleichaltrig sind und in ihrem beruflichen Leben fast die gleichen Höhen und Tiefen durchlebt haben. Hartmann wird dieser Professor immer angenehmer, obwohl er bisher noch keine Ostkontakte hatte. Er schickt seine Sekretärin zum Protokollschreiben nach draußen und kann sich so mit Peter ungestört unterhalten. Letztlich erfährt Peter, dass Hartmann schon seit einiger Zeit plant, im nordostdeutschen Raum der neuen Bundesländern Kanzleien zu eröffnen. Nur hat er noch keinen Ansprechpartner gefunden. Peter verspricht ihm, ihn dabei zu unterstützen.

Martina betritt den Raum frisch geschminkt und ernst blickend. „Herr Dr. Hartmann, ich nehme dieses Testament an! Gegen meinen Vater werde ich rechtliche Schritte einleiten. Dazu werde ich Ihnen bis zum 1. November 1990 Material zuarbeiten. Dieses können Sie in der Anklageschrift gegen meinen Vater verwenden. Ich hätte gern, wenn es geht, bis morgen, da bin ich wieder in Kiel, Kopien vom ersten und vom zweiten Teil des Testaments von Ihnen. Die würde ich gerne mitnehmen. Wir möchten morgen auch sofort einen neuen Termin zur Anfertigung der Anklage gegen meinen Vater vereinbaren!", sagt Martina entschlossen.

Danach fährt Peter mit ihr nach Borgwedel zurück. Obwohl selbst Ole neugieriger als die Kinder ist, sagen beide vorerst nichts zur Eröffnung des Testaments. Martina zieht sich in ihr Arbeitszimmer zurück und beginnt mit der Zuarbeitung für Dr. Hartmann.

*

Nach etwa zwei Stunden kommt sie in Oles Wohnzimmer. Das Abendessen ist bereitet, und alle warten nur noch auf sie.

Dann spricht Martina: „Onkel Ole, Tante Grit, Kinder und Peter. Ich habe mich nach all den Hinterhältigkeiten meines Vaters entschlossen, gegen ihn zu klagen. Die Klage werde ich über die Kanzlei Dr. Hartmann in Kiel einleiten. Mehr möchte ich noch nicht dazu sagen. Onkel Ole und Tante Grit, ihr seid im Ruhestand, und ich möchte euch heraushalten. Wer mir aber einen Tipp oder vielleicht Hinweise gebe kann, dem danke ich von Herzen. Peter kommst du heute gegen 20 Uhr mit zu meinem Vater?"

„Da gibt es doch keine Frage, Tina, zu zweit sind wir stark!", antwortet Peter.

„Ich hoffe nur, stark genug", entgegnet Tante Grit.

„Tante Grit, wir werden ein sachliches Gespräch zwischen Vater und Tochter führen. Gelingt das nicht, sind wir zehn Minuten später wieder hier. Ich würde euch trotzdem alle bitten, um sein Grundstück herum spazieren zu gehen. Versucht, etwas durch die Fenster zu erkennen. Sollte es Ausschreitungen geben, ruft die Polizei!"

Das Abendessen verläuft ruhig. Keiner spricht ein Wort. Peter und Tina sind in Gedanken schon beim Alten von Holsten.

Dann gehen sie los. Der Hausdiener begrüßt sie und bittet sie in die Eingangshalle.

„Wen darf ich melden?", fragt er.

„Martina von Holsten und ihren künftigen Ehemann. Hier sind unsere Karten!", antwortet Tina.

„Oh Verzeihung, Frau von Holsten! Ich habe Sie nicht erkannt."

Danach geht er in das Arbeitszimmer ihres Vaters. Als er die Tür öffnet, hören Martina und Peter Stimmen, von denen sie nur die der Schwägerin kennen. Nach einer Weile wird es still. Dann bittet der Hausdiener Martina und Peter herein. Als sie den Raum betreten, sitzt der alte Herr von Holsten an der einen Stirnseite des Tisches. Zu seiner Linken sitzt ein unbekannter Herr. An der rechten Seite sitzen Schwägerin Luise und ihre beiden Söhne. Martina und Peter dürfen am anderen Ende des Tisches Platz nehmen. Dadurch gewinnen sie den Vorteil, jeden am Tisch aus gehörigem Abstand zu betrachten. Alle müssen dem Bier und dem Kräuterlikör schon gut zugesprochen haben, deshalb befinden sie sich in gehobener Stimmung.

Von Holsten reagiert nicht auf den Gruß, den Peter und Martina aussprechen, sondern poltert sofort los: „Was will der Bauer, dieses kommunistische Schwein, in meinem Haus? Habe ich dich überhaupt eingeladen, du Bastard?", ruft er Peter zu.

„Ich begleite Ihre Tochter, Herr von Holsten, und Ihr Hausdiener hat mich hereingebeten!" Peter sagt das mit klarer und harter Aussprache.

Im Fenster hinter Herrn von Holsten haben er und Martina Ole und Luciano kurz die Hand heben sehen.

Martina spricht mit ungewöhnlich scharfer Stimme: „Betrachte bitte den Platz, den Stuhl, den Teil des Tisches, an dem mein künftiger Ehemann und ich sitzen, als einen Teil der 25 Prozent des Besitzes und des Inventars, die laut Testament Teil I seit 1978 mir gehören. Würdest du uns bitte einmal deine Gäste vorstellen!"

„Warum, den kennst du doch? Dr. Peters, mein Jagdfreund und Rechtsanwalt. Mit dem bekommt bald dieser Hartmann Ärger!"

„Hat Dr. Peters damals mein falsches ärztliches Attest bei der Testamentseröffnung bestätigt?", fragt Martina, ohne das Gesicht zu verziehen, aber mit einer Schärfe, die ihren Vater aufhorchen lässt!

Nach diesen Bemerkungen zieht Stille ein. Selbst von Holsten, das Großmaul, schaut Martina verdattert an und weiß sich nicht zu artikulieren.

„Ja oder nein?", unterstreicht Martina ihre Frage.

Albrecht von Holsten fängt an einzulenken: „Martina, du warst damals wirklich krank. Der Tod deiner Großmutter ist dir sehr zu Herzen gegangen!"

„Dann hätte die Testamentseröffnung verschoben werden müssen. Sie wurde aber mit gefälschtem Testat durchgeführt, denn ich hatte weder eine Nasenhöhlenvereiterung noch eine andere schwere Krankheit. Somit ist bewiesen, dass das Attest eine Fälschung ist. Des Weiteren, wo ist das Geld, das mir aus meinen 25 Prozent Anteilen des Erbes zusteht? Und das schon seit 1978?", fragt Martina ungerührt weiter.

Plötzlich mischt sich Luise in das Gespräch ein: „Weißt du überhaupt, was uns deine Kinder gekostet haben und auch deine Ausbildung? Du denkst doch immer nur an dich. Und dieser Kerl an deiner Seite hat meinen Mann und Vater meiner Kinder ins Gefängnis gebracht. Was bildest du dir eigentlich ein? Bringst das Ostschwein hierher und beleidigst damit mich und die Kinder, deren Vater er auf dem Gewissen hat!"

„Nun steigen Sie mal schleunigst von Ihrem hohen Ross ab, Frau von Holsten. Für die Habgier und das kriminelle Verhalten Ihres Mannes können weder Martina noch ich etwas. Wenn Sie sich aber in Zukunft nicht von Ihren beleidigenden und niederträchtigen Worten meiner Person gegenüber trennen, verklage ich Sie! Was das Geld anbetrifft, wird bald die Steuerfahndung prüfen, wie viel Sie und Ihre beiden Söhne erhalten und verschleudert haben von dem Geld, das Martina gehört!", antwortet Peter.

„Du, Luise, und auch du, Vater, hört gut zu, ich werde euch alle wegen Betrugs und Erbschleicherei im erschwerten Fall anzeigen. Übrigens, Vater, seit heute weiß ich, dass alle Ländereien in den neuen Bundesländern und das Landhaus am See in Schleswig-Holstein, Omas letzter Wohnsitz, mein Eigentum sind. Unterlasse in Zukunft die Belästigungen und dein herrisches Auftreten den dort lebenden Menschen gegenüber. Sie gehen dich nichts an, merk dir das. Wundere dich nicht, wenn in den nächsten Tagen einige sehr unbequeme Damen und Herren bei dir auftauchen werden!"

Peter und Martina stehen auf und gehen zur Tür.

Martina dreht sich noch einmal in der geöffneten Tür um und sagt: „Übrigens, Dr. Peters, ich empfehle Ihnen, all Ihre Vergehen zu prüfen und sich selbst anzuzeigen. Vielleicht kann ich noch etwas für sie tun, solange ich Anwalt am Landgericht in Kiel bin. Guten Abend!"

Peter verschließt hinter beiden die Tür, und sie verlassen das Grundstück. Erst als das eiserne Tor in sein Schloss fällt, atmen sie auf und fallen sich in die Arme. Der erste Schritt ist geschafft!

Wenige Minuten später steht ihre Familie bei ihnen, und alle gehen zu Grit und Ole ins Haus.

Bevor sie die Haustür schließen, hören sie vom Nachbargrundstück, wie Dr. Peters im Hof schreit: „Albrecht, dir zuliebe habe ich das damals alles getan, und jetzt stellt sich heraus, dass wir es mit einer Anwältin und einem Universitätsprofessor zu tun haben, der obendrein noch fast der Chef der Universität ist. Weißt du überhaupt, was wir gegen die für kleine Lichter sind? Es wird schwer, einen Anwalt zu finden, der gegen die vorgehen wird, wenn er sich nicht selbst das Maul verbrennen will. Du hast mir immer gesagt, du hast deine Tochter fest im Griff, und der ist ein Knecht aus dem Osten. Der sollte dich einmal um Arbeit anbetteln, hast du Anfang Januar noch gesagt. Jetzt sitze ich so richtig in der Scheiße drin!", sagt er, steigt in sein Auto und rast vom Hof.

„Jetzt kommt noch Fahren unter Alkohol hinzu", sagt Martina vor sich hin und verschließt die Tür hinter sich.

*

Alle setzen sich um den großen Tisch, und Martina erzählt den gesamten Ablauf der zweiten Testamentseröffnung vom Vormittag. Peter ergänzt, dass am Nachmittag, als sie in ihrem Arbeitszimmer war, Dr. Hartmann mitgeteilt hat, dass sie morgen alle Kopien abholen können. Jetzt öffnen sie die Karten und Unterlagen. Auch viele Bilder von Häusern und Gutshäusern liegen bei. Gegen Mitternacht schlagen sie vor, zu Bett zu gehen, und legen fest, die Besichtigung der Ländereien erst ab November durchzuführen.

Als sich Tina und Peter ins Bett legen, sinnen beide ungewöhnlich lange vor sich hin.

Beide sagen nichts, bis Tina das Schweigen bricht: „Peter, ich möchte mich für deine Unterstützung bedanken. Ohne dich wäre ich heute mehrfach zusammengebrochen. Schon der Gedanke an meine Oma bei Hartmann und dann das kriminelle Verhalten meines Vaters. Bei all den Dingen warst du mir eine große Stütze. Danke!" Martina legt bei ihren Worten nur kurz ihre Hand auf seinen Arm, dann löscht sie das Licht.

„Ich wollte nie eine reiche Frau haben. Vorgestellt habe ich mir immer eine Frau, die so arm ist wie ich, und wir schaffen uns alles gemeinsam. Nachdem dich dein Vater verstoßen hat, fand ich das abscheulich. Deshalb arbeitete ich seit 1980 Tag und Nacht, um uns wenigstens ein kleines Niveau zu schaffen. Das „Rügenhaus" gemeinsam aufzubauen und als unseren gemeinsamen Familiensitz festzulegen, das war fortan mein heimliches Ziel. Mit unserer Ernennung an der Uni dachte ich in überschwänglichem Glück, nach 17 Jahren endlich mein Ziel erreicht zu haben. Aber das brauchen du und die Kinder nun nicht mehr. Als Millionärin und Großgrundbesitzerin wird es dir nun an nichts mehr fehlen. Jetzt bin ich nur gespannt, wie sich das Ganze entwickeln wird?" Peter beendet seine Gedanken und wartet auf eine Antwort von Martina.

Doch die kommt nicht. Martina hat ihm den Rücken zugekehrt und schläft tief und fest!

Peter steht nach einer Weile auf und geht ins Bad, um sich anzuziehen. Dann verlässt er das Haus. Er wählt den Weg, den er damals Anfang Januar gegangen ist. Das war der Tag, als Grit Peter angegriffen und beleidigt hat. Heute scheint kein Mond, und es ist eine angenehme Herbstnacht. Peter läuft etwa zwei Stunden ziellos durch den Wald. Er braucht unbedingt einen klaren Kopf.

Warum hat sich Martina zwei Stunden in ihr Arbeitszimmer eingeschlossen? Hat sie vielleicht noch mehr Geheimnisse, von denen er nichts wissen soll? Das mit ihrer Großmutter war für sie genauso überraschend wie für alle anderen Familienmitglieder. Warum dann diese Haltung ihm gegenüber?

Peter setzt sich in das Buswartehäuschen für die Schüler. Er grübelt und findet keinen Ausweg. Vielleicht sollte er seine Koffer packen und nach Grimmen fahren. Wäre er nicht 1980 wieder in Martinas Leben getreten, hätte sie sich vielleicht nie so sehr mit ihrer

Familie entzweit. Ich glaube, Peter, viel Schuld an all dieser Verworrenheit trägst du.

Dann schläft er ein. Gegen Morgen, kurz bevor der erste Bus hält, erwacht er. Er schaut auf die Uhr. Verdammt, es ist 5.30 Uhr. Die Kühle des Morgens hat ihn geweckt, bevor die ersten Fahrgäste kommen. Peter erhebt sich und geht in Richtung Oles Haus.

Ehe Peter das Haus betreten kann, steht Ole vor ihm.

„Kaffee gefällig?", fragt er ihn.

„Ja, Ole, einen starken, wenn's geht."

Dann setzen sich beide in die Küche.

„Na, wie war die Nacht?", fragt Ole lächelnd.

„Ziemlich kühl und einsam", antwortet er.

„Ich weiß, Peter. Ich kenne den Weg zur Genüge, den du heute Nacht gegangen bist. Auch ich habe Agrarökonomie studiert, danach durch Nachtarbeit oder als Knecht auf verschiedenen Höfen mein Geld verdient. Dann habe ich meine reiche Grit kennengelernt. Sie besitzt eine beträchtliche Anzahl von Weinbergen in Baden-Württemberg. In Kiel war sie nur, um Betriebswirtschaft zu studieren. Wir haben es beide geschafft. Meine und Grits Kenntnisse in den Agrarwissenschaften und in der Betriebswirtschaft kamen der alten Frau von Holsten mehr als recht. Beide passten wir auf ihr Gut. Somit haben wir hier angefangen und uns nach oben gearbeitet. Wir lieben uns heute noch, trotz der Vermögensverhältnisse, denn ich habe gar nichts in unsere Ehe gebracht. Ich bin mit meinen Eltern in einer Nacht und Nebelaktion aus dem Osten geflüchtet. Ich stamme aus Wolgast.

Aber jeder von uns hat dem anderen seine Achtung durch Leistung bewiesen. Bei euch wird es genauso, da bin ich mir sicher. Geh erst einmal bis Mittag schlafen, und bevor heute Nachmittag die große Verabschiedung beginnt, bist du wieder fit." sagt Ole.

Peter nickt, steht auf und geht nach oben. Es ist kurz vor 7 Uhr. Martina ist im Bad. Er zieht sich aus und legt sich ins Bett. Als Martina im Bad hört, dass jemand das Rollo herunterlässt, das sie soeben hochgezogen hat, ruft sie. Peter reagiert auf den Ruf aus dem Bad nicht. Als sie geschminkt ins Zimmer kommt, schläft Peter tief und fest.

Enttäuscht geht sie nach unten. „Guten Morgen Onkel Ole", sagt sie ausgeschlafen und frisch.

„Ich weiß gar nicht, warum Peter nicht aufsteht, obwohl er schon eher wach war als ich?"

„Guten Morgen Tina! Weil er vielleicht die ganze Nacht unterwegs war, um seine Gedanken zu ordnen", antwortet Ole.

„Aber warum hat er mir nicht gesagt, dass ihn Probleme bewegen?", sagt sie und denkt schon wieder an die Klage gegen ihren Vater und dass sie bei der Kripo heute auch kein Blatt wegen ihres Bruders vor den Mund nehmen wird.

„Hast du dich denn bemüht herauszufinden, in welcher Gemütsverfassung Peter ist, nachdem er erfahren hat, dass du gar nicht mehr die kleine, verstoßene Martina bist, sondern eine mehrfache Millionärin mit vielen tausend Hektar Feld und Wald? Auf diesem Land wohnen Menschen, die ihm sehr ähnlich sind. Die sich etwas erarbeitet haben und plötzlich alles an eine Gutsbesitzerin verlieren sollen. Ich glaube, Peter wurde dies gestern im Lauf des Tages erst so richtig bewusst, als er von den angemeldeten Rückübertragungsansprüchen durch Hartmann erfuhr. Als er dann gestern Abend mit dir sprechen wollte, hast du dich zur Seite gedreht und geschlafen. So ist es!", endet Ole.

Martina sitzt sehr nachdenklich auf ihrem Stuhl. Dann sagt sie zu Ole: „Ich glaube, du hast recht. Das Einzige, was wir gemeinsam abgewehrt haben, ist der Angriff dieses Lange vor wenigen Tagen in Greifswald. Ansonsten hat er immer wieder mir geholfen. Mit seiner Autorität und seinem Familiensinn hat er um uns gekämpft. Von 1980 an, als er wusste, dass wir Kinder zusammen haben, hat er gespart. Einen Teil haben wir schnell noch in Haushaltsgeräte und das ‚Rügenhaus' gesteckt. Dann kam die Vereinigung, und er hat sein gespartes Geld zum größten Teil verloren. Das meiste ging durch den Umtauschkurs verloren. Einen Teil hat er auch den Kindern gegeben, zu Wahnsinnskursen umgetauschtes Geld, weil er sich uns verpflichtet fühlte. Onkel Ole, du hast recht. Ich muss schnellstens ein klärendes Gespräch mit ihm führen!"

„Tina, erledige die Angelegenheit bei der Polizei, nimm heute Nachmittag deinen Peter und fahrt zum Landhaus. Danach gleich von dort aus nach Rügen. Die Hänger und Autos sind gepackt, und dann verlebt die nächsten zwei Wochen ohne uns und die Kinder in eurem ‚Rügenhaus'. So als ob außer euch niemand auf der Welt ist. Nur ihr beide existiert. Richtet als Erstes euer Schlafzimmer und dann das gemeinsame Arbeitszimmer im Haus ein. Plant dabei euer künftiges Leben. Mit den Kindern und uns kommt dann alles von allein. Macht gemeinsam einen Aktivurlaub. Den habt ihr euch beide verdient und mehr als nötig!"

Martina dankt Onkel Ole und fährt allein nach Kiel. Sie sagt gegen ihren Vater und den Bruder aus und unterschreibt bei Dr. Hartmann alle Vollmachten zur Klärung der Erbschaftsangelegenheiten. Hartmann übergibt ihr einen verschlossenen Aktenkoffer, in dem alle kopierten Unterlagen betreffs Testament I und II liegen. Danach fährt sie nach Borgwedel zurück. Das Mittagessen wartet. Peter hält sich bei den Gesprächen nach wie vor zurück. Martina schlägt vor, dass Ole, Grit und die Kinder ihre Zimmer nach dem Urlaub in Baden-Württemberg selbst einrichten.

Danach verabschieden sich alle mit einer Umarmung.

Dabei flüstern Luciano und Sophia Peter ins Ohr: „Halte an Mama fest, und vertragt euch wieder. Wir brauchen euch beide!" Mit einem Küsschen trennen sie sich.

Dann geht es in Richtung Schwaben. Peter prüft ihre Verschnürungen an den Anhängern nochmals. Dann fahren sie zum Landhaus bei Schleswig. Nach 15 Kilometern haben sie es erreicht. Am eisernen Tor mit Omas Wappen halten sie. Martina klingelt. Aus der Wechselsprechanlage ertönt eine unbekannte Stimme, die fragt, wer sie sei.

„Ich bin Martina von Holsten und möchte meinen Besitz betreten!"

„Das ist nicht möglich. Ihr Vater hat das ausdrücklich verboten. Ich darf niemandem öffnen. Es tut mir leid!"

Schon kommen zwei deutsche Doggen zum Tor gelaufen und zeigen ihre Zähne.

„Danke, wir kommen wieder, verlassen Sie sich darauf!", antwortet Martina in das Gekläff der Hunde hinein.

Beide steigen in ihre Autos, die nur durch Funk verbunden sind, und fahren nach Rügen.

Nachdem sie Kiel, Lübeck und Rostock passiert haben, klingelt bei Peter das Telefon: „Ja, Peter Weseck am Apparat!"

„Hier ist Tina! Peter, ich bin ziemlich fertig. Hunger habe ich auch wie ein Wolf. Können wir in Ribnitz-Damgarten eine Pause einlegen?", fragt sie.

„Einverstanden! Ich kenne hier eine kleine, aber feine Pension. Wenn es die noch gibt, können wir sehr gut zu Abend essen. Ich übernehme die Führung!"

Ihm haben die kurzen Worte nach fast vier Stunden Schweigen gut getan.

Bald haben sie das Haus gefunden. Es steht an einem kleinen Park am Rande der Stadt. Hier haben sie zu AIV-Zeiten oft Tagungen durchgeführt.

Gemeinsam betreten sie die Gaststube. Der Stammtisch ist eingedeckt, und ansonsten sind nur zwei weitere Tische besetzt. Am Zapfhahn hinter dem Tresen steht eine junge Frau von etwa 25 Jahren. Peter betrachtet sie verstohlen. Ihm ist, als hätte er sie früher schon einmal gesehen. Martina bemerkt seinen musternden Blick und wird langsam eifersüchtig. Sie scheint für ihn nicht da zu sein. Was hat er mit dem jungen Ding gehabt?

Die Kellnerin kommt mit zwei Speisekarten an den Tisch. „Haben die Herrschaften schon einen Getränkewunsch?" Erst jetzt betrachtet sie Peter genauer.

Der lächelt sie an und sagt: „Na, Mona, das Leben noch frisch? Was machen deine Eltern? Auch noch beide gesund?"

„Der Peter, Mensch, wenn ich das Muttern und Vattern erzähle, haut es die glatt um!"

„Mach das lieber vorsichtiger. Ich möchte sie noch lebend begrüßen." Peter steht auf, umarmt die junge Frau und gibt ihr einen Kuss auf die Wange.

Der Anblick ist für Martina Gift. Recht ernst betrachtet sie die Szene.

Dann setzt er sich wieder. „Verheiratet bist du auch schon. Sag bloß, mit Günther, dem Brigadier?"

„Nein, mit Lars, dem Melker. Der hat bald die Landwirtschaft aufgegeben und in seinem ursprünglichen Beruf als Koch in der Kantine angefangen. Jetzt kocht er mit Mutter in der Pension. Du wirst ihn dann noch sehen. Im Moment ist er noch mit Vater und einigen Freunden in unserem neuen Anbau tapezieren. Sie kommen dann gleich essen! Was darf ich Ihnen bringen?" Mona geht wieder zum offiziellen „Sie" über, da sie die Frau an seiner Seite nicht kennt.

Peter holt in der Freude Versäumtes sofort nach. „Ich darf euch miteinander bekannt machen. Martina, meine künftige Frau und

Mutter unserer drei Kinder, und das ist Monika Peddersen, die Tochter des Inhabers Kulle Peddersen und seiner Frau Doris. Wir kennen uns seit zehn Jahren. Hier haben wir mit den LPG-Vorsitzenden häufig unsere Tagungen durchgeführt. Wir beide haben uns etwa vor vier Jahren das letzte Mal gesehen", sagt Peter.

Die beiden Frauen geben sich die Hand. Tinas Haltung ist immer noch recht reserviert und auf Distanz ausgerichtet. Sie bestellt sich als Erstes einen doppelten Weinbrand und ein dunkles Bier und Peter ein Pilsener. Mona geht zum Tresen. Peter entschuldigt sich bei Tina und geht auf die Toilette. Als er zurückkommt, hat Mona die gewünschten Getränke bereitstehen. Er fragt sie, ob sie noch ein Doppelzimmer freihaben. Sie bejaht. Zurzeit haben sie keine Vermietung. Das ist gut. Er reserviert das schönste mit Blick zum Park. Dann geht er an den Tisch zurück. Tina hat gemerkt, dass er schon wieder mit der Kellnerin gesprochen hat, nur dieses Mal ohne ihre Anwesenheit.

Peter setzt sich wieder an den Tisch und beginnt, die Speisekarte zu studieren. Dann fragt er Martina: „Hast du schon gewählt?"

„Nein!", kommt es von ihr kurz und barsch.

Mona bringt die Getränke und nimmt die Essenbestellung auf. Peter möchte ein saftiges Rumpsteak mit Kräuterbutter, Bratkartoffeln und griechischem Hirtensalat. Martina nach einigem Zögern überbackene Putenmedaillons mit Champignonrahmsoße und Kroketten. Dann stürzt Martina den Weinbrand hinunter und spült mit Schwarzbier nach.

Peter trinkt genüsslich einen Schluck aus seinem Glas. Dann schaut er Martina offen an und sagt zu ihr: „Gibt es einen Grund für dein Verhalten?"

„Was heißt ‚Grund'? Hast du mit ihr deine Nächte verbracht, wenn ihr hier getagt habt?"

Peter schüttelt mit dem Kopf. Sind das die neuen Großgrundbesitzerallüren? Oder was soll der ganze Blödsinn? „Zu deiner Beruhigung! Mona ist die Tochter des Besitzers dieser Pension. Als ich sie kennenlernte, war sie 15 Jahre alt. Dass sie sich für die Gastronomie entschieden hat, weiß ich erst seit heute. Und dass ihr Schwarm hier Küchenchef ist, auch nicht länger. Vorhin habe ich das schönste Zimmer des Hauses für unsere Übernachtung bestellt. Jetzt gehe ich unsere Autos in den Hof fahren und dann ihre

Eltern und Lars, Monas Mann, begrüßen. Du kannst mitkommen oder dich weiter eifersüchtig gebärden. Die Entscheidung überlasse ich dir." Peter steht auf und verlässt den Raum.

Martina schaut vor sich hin. Sie weiß nicht, wie sie sich weiter verhalten soll. Was ist plötzlich mit ihnen los? Sophia hat bei der Verabschiedung heute vor ihrer Abreise gesagt, sie solle Papi nicht gehen lassen. Die Kinder brauchen beide ganz dringend. Dann kullerten zwei große Tränen über ihr Gesicht, und sie gab ihr einen Kuss auf die Wange.

Wo ist die Ursache für diese Situation zu finden? Onkel Ole machte heute Morgen auch solche Andeutungen. Peter war heute Nacht unterwegs. Wie Ole sagte, um mit sich ins Reine zu kommen. In was für ein Reines?

Tina, du Nuss! Warum hast du ihn nicht gefragt? Du bist nach Kiel gefahren, warst erbost, dass er dich nicht begleitet hat, und jetzt hier, wieder dein eingebildetes, eifersüchtiges Verhalten!

Das hatten wir schon einmal. Anfang Januar in Borgwedel nach Grits Ausfälligkeiten. Tina, besinne dich und finde einen gemeinsamen Weg. Wir schreiben nicht mehr die Achtziger-Jahre, als sich Peter immer etwas einfallen lassen musste, um die Hindernisse zu umgehen. Wir bleiben heute Nacht hier und fahren erst Morgen irgendwann weiter. Also nutze die Gelegenheit, wieder alles zu richten!

Peter kommt an den Tisch und legt die Autoschlüssel vor Tina. Mona deckt ein, bringt das Essen, und sie beginnen zu speisen.

Mitten in der Mahlzeit geht die Tür auf, und die Bauleute betreten den Raum.

Monas Vater ruft sofort: „Mona, wo sitzt der Doktorsche?"

Sie zeigt auf den Tisch.

Plötzlich ist an Essen nicht mehr zu denken. Die vier Helfer kennen Peter auch alle von der früheren LPG her.

Kulles Schwiegersohn ist auch dabei und sagt zu ihm: „Peter, für deinen Vorschlag umzusatteln, bin ich dir ewig zu Dank verpflichtet. Mona, leg noch zwei Gedecke auf, Peter und seine Frau sitzen natürlich bei uns", sagt Lars und holt sie beide zum Stammtisch.

Vater Peddersen lädt sie zu einer frisch angerichteten, mecklenburgischen Schlachtplatte ein. Peter langt kräftig mit zu, Tina auch vor lauter Hunger, pickt sich aber nur das magere Fleisch heraus, natürlich wegen der Figur. Als Mutter Peddersen dann auch noch für fünf Minuten zu ihnen stößt, ist die Runde vollständig. Auf ein gutes Essen muss ein guter Kräuterlikör folgen. Mona hat jedem, auch Martina, ein frisch gezapftes Bier hingestellt. Ihre Mutter schenkt jedem einen Kräuterschnaps ein. Dann stoßen sie auf Peter und seine hübsche Frau an, die er ihnen so viele Jahre vorenthalten hat.

„Seit wann bist du eigentlich verheiratet, Peter?", fragt Mutter Peddersen.

„Verheiratet noch nicht! Wir kennen uns aber seit 17 Jahren und haben drei Kinder miteinander", antwortet er.

„Alle Achtung, junge Frau, da haben Sie aber trotzdem eine tolle Figur behalten. Wenn die Kinder auch noch so hübsch sind wie Sie, dann hast du echt Glück, Peter", sagt Mutter Peddersen mit anerkennendem Blick.

Peter greift in die Innentasche seines Jacketts und holt die Brieftasche mit den Bildern heraus. Er zeigt ein Familienbild und Einzelbilder der Kinder. Martina wird wieder leicht rot durch die bewundernden Blicke der sechs Männer und zwei Frauen. Peter wird das Ganze langsam auch peinlich und er fragt deshalb, wie es ihnen geht. Die Antworten sind für ihn überraschend, aber auch gleichzeitig sehr interessant.

Die LPG Pflanzenproduktion wurde aufgelöst. Dafür gründen außer dem Gastwirtehepaar, der Tochter und Lars alle eine Agrargenossenschaft zum 1. Januar 1991. Die Wirtsleute mit Tochter und Schwiegersohn bauen die Pension aus. Lars und Schwiegermutter arbeiten in der Küche und Kulle und Mona im Gastraum. Ihr Problem ist nur, dass sich seit November 1989 hier ein Holsteiner herumtreibt, der sein Land zurückhaben will. An ihr Grundstück kann er nicht, aber der Park und weiteres Bauland, das sie gern noch gekauft hätten, gehört ihm wohl. Er hat auch schon Rückübertragungsansprüche gestellt. Peter und Martina wechseln einen kurzen Blick.

„Und was machst du jetzt so, Peter?", fragt Kulle.

„Immer noch das Gleiche, Studenten ausbilden, Bücher schreiben und forschen. Froh bin ich, dass Martina jetzt auch an der Uni ist und Rechtswissenschaften lehrt. Unser gemeinsames Heim steht in Binz auf Rügen", antwortet ihm Peter.

„Da sitzt ja noch eine Doktorsche am Tisch! Donnerblitz und Doria, solch prominente Gäste habe ich schon lange nicht mehr gehabt." Kulle schaut beide verschmitzt und sehr freundlich an.

Sie stoßen alle miteinander an und wünschen sich für die Zukunft alles Gute. Nach einer weiteren Stunde lässt sich Peter den Zimmerschlüssel geben, und beide verabschieden sich von den anderen. Martina geht nach oben ins Zimmer. Peter geht durch die Hintertür zu den Autos und holt ihren Reisekoffer. Als er an der Küche vorbeigeht, sieht er Mutter Peddersen aufräumen und bittet sie um zwei Flaschen Bier und eine Flasche Weizenkorn.

„Na, Peter, hängt der Haussegen schief? Ich habe das schon am Anfang gemerkt!"

„Du hast recht", antwortet er ihr.

„Trotzdem, Peter, ihr beide passt zusammen wie der Deckel auf den Topf. Egal welche Unstimmigkeit besteht, löst das Problem!", sagt Mutter Peddersen und nickt ihm aufmunternd zu.

Peter geht nach oben und verschließt das Zimmer. Martina steht unter der Dusche. Er holt aus dem Koffer seinen Schlafanzug und sein Waschzeug. Als er hört, dass sie das Wasser abstellt, zieht er sich aus und geht ohne einen Ton zu sagen, an ihr vorbei. Tina trocknet sich soeben ab.

Als Peter fertig ist, geht er ins Zimmer, zieht den Schlafanzug an und setzt sich am Fußende des Betts auf das kleine Sofa. Er öffnet eine Flasche Bier und füllt einen Zahnputzbecher zur Hälfte mit Korn. Martina, die recht wenig bekleidet hinter ihm im Bett liegt, beachtet er nicht. Er schaltet den Fernseher mit Ost- und Westprogrammen an und sucht etwas Interessantes. Dann nimmt er einen Schluck aus der Bierflasche und trinkt den Korn.

Plötzlich sitzt Martina neben ihm ebenfalls mit einem Zahnputzbecher in der Hand. „Bekomme ich auch etwas, mein Schatz?"

Er gießt ihr den Becher auch halb voll und öffnet die zweite Flasche Bier.

„Stößt du mit mir an, Peterle?", fragt Martina ganz zärtlich.

Peter füllt seinen Becher nach und stößt mit ihr an. Er sagt auch weiterhin kein Wort.

„Was ist denn mit dir los?", fragt Martina und versucht, sich gleichzeitig bei ihm anzukuscheln.

Peter überlegt kurz und denkt dabei an die Worte von Sophia, Luciano und Mutter Peddersen. Dann sagt er: „Martina, es ist seit gestern eine völlig neue Situation entstanden. Du bist jetzt eine reiche Frau. Du wirst viel Geld haben, hast eine Menge Ländereien und Immobilien. Selbst deine Kinder sind schon stinkreich, ehe sie selbst den ersten Pfennig verdient haben!"

Nachdem sich Peter den Becher nochmals mit Korn gefüllt hat, steht er auf und beginnt, seiner Art entsprechend, im Zimmer auf und ab zu laufen. Als er mit dem Rücken an das Fenster gelehnt stehen bleibt, spricht er weiter: „Ich war die letzten Wochen seit unserem Rügeneinsatz im Sommer so glücklich wie in all den Jahren nicht. Zuerst habe ich mich schwer geärgert, dass ich einen großen Teil meiner Ersparnisse, die ich in vielen Stunden zusätzlicher Arbeit für unsere Familie angehäuft habe, durch die Währungsumstellung verloren habe. Dann dachte ich, wir sind ja beide geprellte Kinder dieser Zeit, aber wir sind trotzdem eine glückliche Familie und werden auch in Zukunft alles gemeinsam meistern. Mir war dabei ganz wichtig, dass wir beide endlich zusammen sind. Alles andere ist egal, nur unsere Liebe zueinander zählt.

Als wir gestern vom Notar kamen, hast du dich in dein Zimmer eingeschlossen. Gut, dachte ich, nach so vielen Neuigkeiten braucht sie ihre Zeit, um sich zu sammeln. Nach einer Stunde wurde ich unruhig, denn wir haben uns versprochen, ab sofort alle entstehenden Probleme gemeinsam zu klären und zu tragen. Dann bist du zum Abendessen gekommen und hast mich gefragt, ob ich mit zu deinem Vater gehe. Ich habe, ohne zu überlegen, ‚Ja' gesagt. Leider musste ich mich erneut von Mitgliedern deiner Familie beleidigen und beschimpfen lassen. Und was hast du dagegen gesagt? Nichts! Als wir dann gestern Abend im Bett lagen, habe ich dir das alles gesagt. Du aber hast mir den Rücken zugedreht und geschlafen.

Ich war nah dran, meine Sachen zu packen und nach Hause zu fahren. Was soll dieses eigenartige Verhalten, Martina, und wie soll es weitergehen?"

Peter sieht ihr an, dass sie seine Worte härter getroffen haben, als er es wollte. Trotzdem lenkt er nicht ein. Wenn diese Situation zwischen ihnen nicht sofort geklärt wird, bleibt für immer etwas zwischen ihnen stehen, das bis hin zum Bruch ihrer Beziehung führen kann.

Martina hockt auf der Couch. Sie hält ihren Becher in der Hand und schaut ihn verständnislos an. Langsam wird ihr klar, dass sie sich nach der Testamentseröffnung wirklich völlig verändert verhalten hat. Aber warum? Hat sie das viele Geld beeindruckt oder wollte sie nur ihrer Oma Dankbarkeit erweisen? Warum hat sie sich aber nicht sofort nach dem Ereignis mit Peter ausgetauscht? Sie hätte sich vor dem Besuch bei ihrem Vater zumindest mit ihm über eine gemeinsame Vorgehensweise abstimmen müssen. Dadurch konnte diese verdammte Bande wieder Peter beleidigen! Und was hat sie zu seiner Verteidigung gesagt? Nichts! Sie wollte nur die Reaktion ihres Vaters auf die neue Situation sehen. Ihre aufgestaute Wut hat sie blind gemacht. Selbst ihre großen Kinder haben das gemerkt! Was haben sie zum Abschied heute Mittag gesagt: Vertragt euch wieder, wir brauchen euch beide!

Sie trinkt ihren Becher aus und bittet Peter neben sich auf die Couch. Verunsicherung prägt ihre Haltung, und ihr ist plötzlich kalt. Sie steht auf und holt sich eine Decke aus dem Schrank. Dann fragt sie: „Peter, liebst du mich noch?"

„Ja Tina, mit allen Fasern meines Herzens! Genauso wie all die Jahre, seit wir uns kennen. Wenn ich aber in die neue Situation als ostdeutscher Habenichts oder wie auch immer nicht hineinpasse, dann sage mir das bitte offen und ehrlich. Dann packe ich meine Sachen und ziehe mich zurück. Vielleicht lässt sich damit auch das schlechte Verhältnis zu deiner Familie wieder zum Guten führen. Ich weiß es nicht!"

Martina steht plötzlich wütend auf. Jetzt läuft sie im Zimmer auf und ab. Dann bleibt sie am Fenster stehen.

„Was denkst du eigentlich von mir, Peter? Ich habe dich noch nie als Habenichts bezeichnet und werde es auch nie tun. Denkst du von mir, dass mir das Geld wichtiger ist als unsere Liebe? Die Jahre nach 1973, als es mir so richtig schlecht ging, habe ich oft gedacht, schade, das einzig Schöne, was uns miteinander verbindet, ist eine tolle Nacht in einer Gartenlaube.

Als ich nichts mehr von dir hörte, war mir klar, dass du dein Ziel erreicht hattest, nämlich mit mir zu schlafen, und dann tschüs! 1980 habe ich dann die Wahrheit über diese Zeit erfahren. Deine Reaktion auf die Mitteilung, dass wir Zwillinge haben, war für mich sehr wichtig. Von da an wusste ich, dass es nie mehr einen anderen Mann als dich in meinem Leben geben wird!

Jetzt, wo wir das alles überstanden haben, wir unsere Planung mit den Kindern für die nächsten Jahre machen können, kommt diese plötzliche, überraschende Erbschaft.

Ich freue mich unsäglich darüber, dass meine Oma an mich gedacht hat, aber ich ärgere mich noch mehr über deine Reaktion. Für mich steht fest, dass wir in zwei Monaten heiraten. Danach werden sofort alle Gelder, Immobilien und Ländereien in den Banken und Grundbüchern auf uns beide zu je einer Hälfte geschrieben. Es gibt dann kein Eigentum von Peter Weseck oder Martina von Holsten mehr. Alles gehört uns beiden. Das heißt, wir beide können nur noch gemeinsam über unseren Besitz verfügen. Einen entsprechenden Antragsentwurf habe ich gestern in den zwei Stunden geschrieben. Wichtig ist mir im Moment nur, dass ich alles auf rechtlichem Wege für unsere Familie von meinem Vater zurückerhalte, was er mir mit Betrug in zwölf Jahren genommen hat.

Peter, da ich Angst vor seiner Reaktion auf meine Forderungen hatte, habe ich dich gebeten, mit dabei zu sein. Dass ich dich nicht gegen ihn und meine dumme Schwägerin verteidigt habe, lag an meiner Aufregung. Mir wird jetzt erst klar, dass wir uns abstimmen hätten müssen. Das nicht zu tun, war ein riesiger Fehler. Entschuldige, das hätte ich voraussehen sollen!" Martina endet und steht mit hochrotem Gesicht vor Peter.

Der steht auf und geht zu ihr. Er umarmt sie und drückt sie ganz fest an sich. Er küsst ihr Haar, ihre Stirn, die Nase und dann erst den Mund. Es folgt ein langer, leidenschaftlicher Kuss. Danach setzen sie sich.

Peter sagt: „Entschuldige, Tina! Ich habe das alles sicher falsch verstanden. Aber verstehe mich bitte, ich habe ein solches Verhalten von dir noch nie erlebt. Seit wir richtig zusammen sein können, haben wir uns immer abgestimmt. Dieses Mal nicht! Das war dann die Ursache für mein Missverständnis. Und noch etwas: Diese ständigen Beleidigungen deines Vaters und deiner Schwägerin vor den Kindern und jeder fremden Person habe ich satt. Am liebsten würde ich ihn anzeigen, doch ohne neutrale Zeugen bringt das wenig Erfolg!"

„Ich weiß, Peter, deshalb möchte ich über Dr. Hartmann eine Anzeige wegen Betrugs gegen meinen Vater und Unbekannt erstatten. Er hat auf jeden Fall Helfer gehabt und Leute, die ihn beraten haben. Als Erstes möchte ich prüfen lassen, wer damals mein Attest ausgestellt und wer es beglaubigt hat. Sollte sein Anwalt beteiligt sein, werde ich dafür sorgen, dass er seine Zulassung verliert. Hilfst du mir dabei, mein Schatz?"

„Was soll diese Frage?", antwortet Peter gekünstelt knurrig. Dann lächelt er und sagt: „Das weißt du doch. Ich werde dir immer helfen, soweit ich das kann! Sag mal, ist dir auch so kühl wie mir?"

Tina nickt. Peter fasst die Heizung an. Sie ist kalt, aber es ist auch schon 1.30 Uhr. Als er sich umdreht, liegt Martina schon in ihrem Bett und hat die Nachttischlampe eingeschaltet. Er schaltet die Deckenbeleuchtung aus und folgt Tina. Als er vor seinem Bett steht, hebt sie ihre Decke einladend hoch. Erst jetzt stellt er fest, dass sie ohne alles daliegt. Peter staunt immer wieder, mit welcher Geschwindigkeit diese Frau ihre Sachen ausziehen kann!

„Mir ist furchtbar kalt. Kommst du mich wärmen?", säuselt es aus ihrem Bett.

Diese Frage kann Peter bei diesem tollen Anblick nicht anders beantworten, als seine Hüllen fallen zu lassen und ganz schnell unter ihrer Decke zu verschwinden.

Bald zeigen rhythmische Bewegungen unter dem Deckbett und immer lauter werdendes Stöhnen, dass sich beide ordentlich erwärmen.

*

Am nächsten Tag treffen sie nach mehreren Halts in Stralsund und Bergen an ihrem „Rügenhaus" ein. Sie haben sich unterwegs in verschiedenen Möbel- und Einrichtungshäusern Angebote, Kataloge und Prospekte geholt. Peter hat an der Universität vom Schlafzimmer, dem Arbeitszimmer, der Kochecke und vom Wohnzimmer mit Kamin und angrenzender Terrasse vergrößerte Kopien anfertigen lassen. Nachdem sie am Samstag in Binz Reinigungsmittel einkaufen waren, werden am Nachmittag Fenster und Böden gesäubert. Sonntag planen und zeichnen sie. Tina ärgert sich, dass ihre schön geputzten Fenster durch Wind und Regenschauer wieder beschmutzt werden.

Die folgende Woche arbeiten beide intensiv an der Universität. Die Nächte verbringen sie in ihrer Wohnung in Grimmen. Beide richten es so ein, dass sie morgens und abends gemeinsam fahren können. Peter hat diese Wohnung, in der er so viele Jahre gewohnt und mit Martina unvergessliche Stunden verbracht hat, zum 30. November gekündigt. Dann werden sie in einem Wohnheim der Universität eine Zweiraumwohnung beziehen. Diese werden sie nutzen, wenn Abendveranstaltungen eine Fahrt nach Binz verbieten.

Beide warten ungeduldig auf Nachricht von Dr. Hartmann. Am Freitagmorgen, ihrem letzten Arbeitstag vor der Einrichtungs- und Urlaubswoche, ruft Martina Dr. Hartmann selbst an.

Gerlinde Paul als ihre künftige Chefsekretärin stellt die Verbindung her. „Ja, hier spricht Gerlinde Paul, Universität Greifswald, Sektion Rechtswissenschaften. Unsere Direktorin Frau Dr. von Holsten möchte Herrn Rechtsanwalt Dr. Hartmann sprechen!"

Am anderen Ende tritt eine kurze Pause ein. Dann antwortet dessen Sekretärin: „Ich verbinde Sie."

„Dr. Hartmann. Wer möchte mich sprechen?"

„Frau Dr. von Holsten. Ich stelle durch", sagt Frau Paul.

„Ja, hier spricht Martina von Holsten. Spreche ich mit Dr. Hartmann?"

„Ja, Frau von Holsten. Aber wieso sind Sie an der Universität in Greifswald? Ich habe alle Post an die Fachhochschule nach Kiel und Ihre Adresse in Borgwedel schicken lassen", sagt er etwas erstaunt.

„Ach du Schreck! Jetzt wird mir klar, warum ich solange nichts von Ihnen gehört habe. Seit dem 1. Oktober 1990 bin ich nicht mehr in Kiel, sondern leite die Sektion Rechtswissenschaften an der Uni Greifswald. Zugegeben, wir sind noch beim Aufbau der Sektion, werden aber ab September 1991 die ersten Juristen ausbilden. Aber, Dr. Hartmann, was gibt es Neues?", fragt Martina zurück.

„Ja, Frau von Holsten, wir müssen uns unbedingt treffen, wenn es ginge, schon morgen", antwortet Hartmann.

„Dr. Hartmann, ich rufe Sie sofort zurück." Tina legt auf und ruft Peter an.

Da Mandy Gruber gerade ins Zimmer kommt und bemerkt, dass Martina am anderen Ende ist, lässt sie sich von ihrer Mitarbeiterin den Hörer geben: „Der Professor ist noch in einer Besprechung", sagt sie ganz offiziell zu Martina, die sie kurz über ihr Anliegen informiert. „Ich kümmere mich darum und rufe zurück, Frau Doktor!", antwortet Mandy.

Sie geht zu Peter in die Besprechung und legt ihm einen Zettel vor. Peter liest und schreibt darauf, dass er in einer Stunde fertig ist. Mandy soll sich wegen der morgigen Übernachtung in Kiel mit Martina verständigen, und der Termin mit Hartmann darf keinesfalls vor 15 Uhr sein. Frau Gruber geht sofort in ihr Zimmer, ruft über eine Direktleitung Martina an und teilt ihr alles mit. Tina dankt ihr und wünscht einen schönen Feierabend. Dann ruft sie Dr. Hartmann an und teilt ihm den Zeitpunkt des Treffens mit. Dieser ist einverstanden.

Tina ruft das Hotel an, indem sie ihre Verabschiedung gefeiert haben. Sie bekommt ein Doppelzimmer bis Dienstag, 10 Uhr reserviert. Es ist jetzt 14 Uhr. Ihr Vorzimmer hat Feierabend.

Sie ruft einfach Ole und Grit an. „Na, was machen unsere drei Sprösslinge?"

„Denen geht es gut. Aber wir haben uns schon Sorgen um euch gemacht, weil keine Antwort von euch kommt", antwortet Grit.

„Wir stecken bis über beide Ohren in Arbeit, Tante Grit. Deshalb sind wir heilfroh, dass gleich Feierabend ist. Nach Peters Besprechung fahren wir nach Kiel. Dr. Hartmann will uns unbedingt morgen Nachmittag sprechen. Nach Borgwedel werden wir am Sonntag fahren, da er eine Menge Papiere nach Hause geschickt hat", erzählt Martina.

„Was hat er denn so Dringendes?", fragt Grit.

„Das weiß ich noch nicht. Aber unser Erlebnis kennt ihr noch nicht. Als wir in das Landhaus von Oma gefahren sind, standen wir vor verschlossenen Toren. Der Verwalter teilte uns über Sprechanlage mit, dass er uns keinen Einlass gewähren darf. Das Grundstück gehöre meinem Vater. Dann hat er uns zwei Doggen an das Tor geschickt. Da kannst du dir sicher denken, was hier losgeht", sagt Martina.

„Das habe ich erwartet und vermute sogar, die beiden, Vater und Sohn, haben dein Erbe in den Jahren verjubelt. Es gab mal ein Gerücht, dass das Landhaus deiner Oma zum Lust- und Jagdhaus umgebaut worden ist. Aber wie gesagt, Gerüchte!

Euren Sprösslingen geht es gut. Die helfen bei der Weinlese mit. In Stuttgart und Karlsruhe waren wir auch schon. Macht euch noch eine schöne Woche, dann habt ihr uns wieder. Wenn ihr etwas Neues wisst, ruft uns an. Ein schönes Wochenende."

„Euch auch, und grüße alle von uns", rufen Peter und Tina zugleich.

Peter ist ins Zimmer getreten, als Grit das Gerücht vom Landhaus erzählt hat. Er hat über Lautsprecher alles mitgehört. Martina hat es sich während des Gesprächs recht bequem gemacht. Ihre Beine hat sie auf die Ablage des Schreibtischs gelegt. Dabei ist ihr Rock bis Mitte Oberschenkel zurückgerutscht. Ein zu schöner Anblick, denkt Peter ganz versonnen.

„Herr Professor, gehört es sich, einer Frau unter den Rock zu schauen?", fragt Martina.

„Wenn sie so schöne Beine hat wie du, auf jeden Fall, hat schon der alte Knigge gesagt", antwortet er.

Martina muss lachen, packt ihren Aktenkoffer ein, holt ihren Mantel, und nach einem Kuss verlassen sie ihr Büro. Jetzt geht es erst einmal nach Rügen. Sie haben beide Anhänger beladen und müssen sie ins „Rügenhaus" schaffen. Am nächsten Morgen wollen sie nach Kiel fahren.

Pünktlich um 15 Uhr sitzen sie bei Dr. Hartmann im Dienstzimmer.

Er bedankt sich bei ihnen für den schnellen Termin und beginnt mit dem eigentlichen Thema: „Frau Dr. von Holsten, sofort nach Ihrer Auftragserteilung habe ich bei der Staatsanwaltschaft in Kiel Anzeige wegen Betrugs und Unterlassung der Informationspflicht in der Erbschaftssache Hedwig Maria von Holsten gegen Ihren Vater erstattet.

Der Name von Holsten, ganz besonders im Zusammenhang mit ihrem Bruder, ist nicht unbekannt. Deshalb wurden über das LKA sofort Ermittlungen eingeleitet. Auch die Steuerfahndung wurde eingesetzt. So wie mir der Staatsanwalt mitteilte, werden alle Delikte im Zusammenhang mit der Testamentseröffnung 1978 in ein Verfahren gefasst.

Nicht Berücksichtigung finden der Inhalt des zweiten Teils des Testaments, nämlich Ihre Immobilien, Ländereien sowie Geldanlagen. Hier ist von Ihnen die Rückübertragung selbst zu prüfen.

Wegen der Verweigerung des Zutritts zum ehemaligen Landhaus Ihrer Großmutter, also Ihres jetzigen Besitzes, habe ich sofort bei der Polizeidirektion Schleswig Anzeige erstattet. Dabei habe ich auch wegen eventueller Rückfragen den hiesigen Staatsanwalt benannt. Noch am letzten Wochenende wurden das Gebäude und der gesamte Landsitz untersucht. Das Personal wurde festgenommen. Seit gestern habe ich die Schlüssel, die ich Ihnen hiermit übergebe. Erschrecken Sie bitte nicht, die Räume sind völlig verändert. Da noch immer Ihre Großmutter im Grundbuch steht, lassen Sie sich möglichst bald eintragen", endet Dr. Hartmann.

„Ich habe eine Bitte. Können Sie sich um den Stand der Rückübertragungen in Vorpommern kümmern?", sagt Martina.

Hartmann bejaht ihre Bitte und lässt seine Sekretärin die entsprechende Vollmacht ausstellen. Bevor sie sich verabschieden, sagt er: „Wenn Sie nach Borgwedel fahren, sollten Sie vorsichtig sein. Der Anwalt Ihres Vaters hat seine Zulassung verloren, und seitdem werden nur noch Orgien im Gutshaus gefeiert. Wenden Sie sich bitte an den Sicherheitsdienst, der Sörensens Haus bewacht."

„Danke. Wir hören bald wieder voneinander", verabschieden sich Martina und Peter.

Sie fahren in ihr Hotel und beziehen das Zimmer. Peter bestellt sich ein Jever und Martina eine Flasche Sekt schon an der Rezeption auf ihr Zimmer. Dann setzen sie sich in ihre Sessel und trinken einen Schluck.

„Hast du Lust, über den ganzen juristischen Kram zu sprechen?", fragt Peter.

„Nein, jetzt auf keinen Fall! Wir haben die ganze Woche hart gearbeitet, und ich freue mich auf die erste gemeinsame Woche mit dir ohne Onkel und Tante, ohne die Kinder und ohne Familiendramen! Nur wir zwei allein! Vielleicht kommen wir da auch mal wieder dazu, miteinander zu schlafen? Hoffentlich auch das erste Mal in unseren gemeinsamen Ehebetten in unserem künftigen Schlafzimmer."

„Guter Gedanke! Das eine können wir aber auch gleich machen", antwortet Peter.

„Nichts wird! Jetzt würde ich einen kleinen Spaziergang vorschlagen, danach machen wir uns frisch, gehen ins Restaurant essen und
dann sehen wir weiter. Einverstanden?"

Peter nickt, und sie ziehen los. Es wird ein schöner Abend, eine
wunderschöne Nacht und ein herrlicher Morgen.

Mit den letzten Aktivitäten der Nacht beginnen sie den neuen
Tag. Nach dem anschließenden kräftigen Frühstück fahren sie zu
Omas Landhaus, das jetzt ihnen gehört.

Die meisten Schlüssel kennt Tina nicht. Demzufolge wurden die
Schlösser ausgewechselt. Als sie die Räume betreten, kommen sie
sich vor wie in einem Bordell. Außer dem großen Wohnzimmer, das
zum Jagdzimmer umgestaltet wurde und wo der alte Tisch, Stühle
und Sessel noch zu finden sind, ist alles Mobiliar verschwunden.
Teils wurde es gegen erotische Möbel getauscht. Sie gehen in den
Garten. Auch hier wurde alles geändert. Wo Rosen und Rhododen-
dren wuchsen, steht ein hässlicher Swimmingpool mit Liegeplätzen.
An das Nebengebäude wurden fünf große Garagen gebaut. In einem Raum des Gebäudes finden sie wahllos übereinandergestapelte
alte Möbel, teilweise von Ungeziefer angenagt. Tina erkennt einige Stücke der alten Einrichtung wieder. Sofort sieht sie vor ihren
Augen Großmutter wieder im Sessel oder auf den Stühlen sitzen.
Tina dreht sich weg und vergräbt ihr Gesicht in die Hände. Am
Zucken ihrer Schultern erkennt Peter, dass sie weint. Er nimmt sie
in die Arme und versucht, sie zu trösten. Danach setzen sie sich auf
eine Bank am See und hängen ihren Gedanken nach. Martina steht
plötzlich auf, prüft, ob alles verschlossen ist, und geht zum Auto. Peter folgt ihr. In Borgwedel holen sie ihre Post und noch einige kleine
Dinge ab und fahren nach Kiel zurück. Sie wollen erst am nächsten
Morgen nach dem Frühstück abfahren. Das Abendessen und ausreichend Getränke lassen sie sich auf das Zimmer bringen. Dann
beginnen sie, die alten Karten mit den Grundstücken zu durchfor-
sten und die Ländereien im Autoatlas zu lokalisieren. Die Aktion
wird erst beendet, als Peter nur mit einem Slip bekleidet aus dem
Bad wiederkommt.

Martina blickt erst kurz auf, doch als sie die eigentliche Absicht
erkennt, springt sie ebenfalls ins Bad. Peter räumt schnell das ganze
Papier auf und schaltet Kuschellicht ein. Dann kommt Tina mit einem Hemd, aber ohne Slip ins Bett.

Am Mittwochabend ist es endlich so weit. Gleich nach ihrer Rückkehr aus Kiel haben sie sich Dienstag in Stralsund das Schlafzimmer ihrer Vorstellungen gekauft. Anlieferung und Aufbau wurden ihnen für den nächsten Morgen um 8 Uhr zugesagt. Sie selbst besorgen sich am gleichen Tag ebenfalls in Stralsund das nötige Zubehör für ihr Bett und die Ausgestaltung des Zimmers. In Greifswald holen sie sich von ihrer Reinigung die Kostüme, Anzüge, Jacken und Hosen ab. Eine Binzer Tischlerei hatte ihr Umkleidezimmer mit Schränken und Regalen versehen. Eine Dekorateurin hatte für Fenster und Türen Gardinen und Vorhänge gefertigt und angebracht.

Die Liefertruppe des Möbelhauses war gegen 10 Uhr fertig. Somit konnten beide sofort mit dem Einräumen der Schränke, Regale und Schübe beginnen.

„Peterle, die Einteilung des Umkleidezimmers ist Frauensache. Du zeichnest für die erotische Beleuchtung unseres Schlafzimmers verantwortlich und das Hochbringen unserer umfangreichen Kleidung!", ruft Tina ihm zu.

Peter denkt: Gut ausgedacht, damit ich heute Abend kein Glied mehr bewegen kann. Aber du sollst dich wundern!

„Peter, hast du mich verstanden?", fragt Martina nach.

„Ja, Tina, ich habe dich verstanden. Jeder deiner Wünsche ist mir Befehl!", antwortet er laut und vernehmlich.

„So ist es recht, mein Schatz, die Frau hat immer das Sagen!" Tina bemerkt dabei nicht, dass Peter schon unmittelbar hinter ihr steht. Als er sie greift, symbolisch über sein linkes Knie legt und ihr drei Klapse auf den gut geformten Po gibt, quietscht sie herzerweichend und erschrocken.

Er stellt sie wieder hin und sagt mit strengem Ton in der Stimme: „Erzürne nie deinen Herrn und Gebieter!"

Beide müssen lachen.

Dann sagt Tina: „Wir brauchen weder das eine noch das andere. Unsere Entscheidungen fassen wir gemeinsam!"

Dann umarmen und küssen sie sich, bevor es an die Arbeit geht.

Gegen 14 Uhr sind sie fertig. Über dem breiten Ehebett hat Peter ein einen Meter fünfzig mal sechzig Zentimeter großes Aktbild eines sich umarmenden und liebenden, jungen Paares angebracht. Daneben hängen rechts und links zwei große japanische Originalfächer, die Motive aus dem Kamasutra tragen. Oberhalb beider Kopfenden sind verstellbare Leselampen angebracht. Auf der breiten Ablage oberhalb des Kopfendes stehen Schmucksteine und besondere Kerzen mit Duftstoffen. Die Lampen auf den Nachtschränken kann man von der Tür des Ankleideraums und vom Bett aus bedienen.

Auf dem zur Seeseite befindlichen Balkon haben bequem ein runder Tisch und zwei Korbsessel Platz. Auf den großen Nachtschränken steht je ein Telefon, neben jedem Bett an der Außenwand des Zimmers ein Stuhl mit hoher Lehne zur Ablage des Morgenmantels.

Tina und Peter gehen nach erledigter Arbeit die Treppe hinauf ins Bad, von da aus durch das Umkleidezimmer ins Schlafzimmer, auf den Balkon und dann wieder nach unten. Sie sind stolz und glücklich über ihren ersten Schritt des Zusammenwohnens in ihrem eigenen Heim auf Rügen.

Nach einem ausgedehnten Spaziergang am Strand geht es zurück in ihr Haus. Der Himmel ist wolkenverhangen, und sie nehmen an, dass ein ähnliches Unwetter wie 1980 aufzieht, als Martina Peter die Existenz der Zwillinge mitteilte. Klasse wäre das! Es würde zu ihrer Stimmung passen!

Martina geht in die Garage und holt ihre Aktenkoffer mit den Erbschaftsunterlagen aus dem Auto. Nachdem nun alle Handwerker das Grundstück verlassen haben, räumt sie ihre ersten Ordner in das gesicherte Arbeitszimmer. Die Unterlagen verschließt sie im Safe. Die Kombination kennen nur sie beide.

Peter hat sich inzwischen mit der Einbauküche befasst. Wenn jetzt der Kühlschrank voll wäre, könnte der passionierte Hobbykoch etwas zaubern, aber so reicht es nur zu einem Imbiss.

„Wollen wir noch einen Moment in unseren Campingwagen gehen? Fast drei Monate war er unser Zuhause", sagt Tina etwas wehmütig.

Sie gehen in ihre Grillecke und setzen sich in ihren gemütlichen Hängerteil.

„Tina, ich habe das gute Gefühl, wir sollten diesen Campinghänger aufarbeiten und renovieren lassen und für immer behalten. Vielleicht können wir ihn in den nächsten Jahren zu Freilufturlauben verwenden", sagt Peter.

„Und was machen wir derweil mit unserer Melanie? Die beiden Großen machen bald ihren eigenen Urlaub. Aber Melanie ist erst neun Jahre alt", entgegnet Martina.

Peter überlegt eine Weile. Dann sagt er: „Ich verstehe deine Bedenken, aber der Erinnerung an so viele schöne Stunden zuliebe könnten wir den Wagen behalten. Vielleicht sollten wir später noch einmal darüber sprechen. Gehen wir morgen das Arbeitszimmer einrichten und die Möbel fürs Wohnzimmer kaufen?"

„Einverstanden. Suchen wir zuerst eine Einrichtung fürs Wohnzimmer, füllen dann unsere Küchenschränke, und wenn dann noch Zeit bleibt, bevor Ole, Grit und die Kinder nach Hause kommen, beginnen wir mit dem Arbeitszimmer", sagt Martina.

Sie verlassen den Wagen und gehen zurück zum Haus. Der Wind ist aufgefrischt, und der Himmel hat sich mit Regenwolken zugehangen. Peter geht ins Schlafzimmer, holt die Balkonmöbel herein und stellt sie vor die verschlossene Tür. Auf den Tisch stellt er einen dreiarmigen Kerzenständer. In den kleinen Kühlschrank im Umkleidezimmer hat er schon am Nachmittag Sekt, Bier und Kräuterlikör gestellt, nur für den Fall, dass sie im Bett noch etwas trinken wollen. Tina ist im Bad verschwunden. Er geht in die Küche und bereitet einen kleinen Imbiss vor. Von ihrem noch recht kleinen Holzstapel am Nebengebäude holt er einen Korb Scheite und stapelt sie am Kamin auf. Danach rückt er die alte Couch von Onkel Karl und Tante Maike, die noch vom Anfeuern vor dem Kamin steht, zurecht, ebenso den kleinen Tisch davor. Er stellt ein Sektglas und zwei Kräutergläser auf den Tisch und für sich ein Bierglas.

Martina kommt die Treppe heruntergelaufen. Sie trägt ein dunkelblaues Kleid mit dünnen Trägern und einem tiefen Ausschnitt. Der leichte Schlitz auf beiden Seiten lässt ihre schönen Beine ahnen. Dazu hat sie sich halbhohe Absatzschuhe angezogen. Auf der dritten Stufe bleibt sie stehen und sagt: „Peter, das sieht fast wie 1980 im ,Rügenhaus' aus, als ich meine Beichte ablegte. Dafür bekommst du gleich einen Schmatz", sagt Martina glücklich.

„Das soll es auch", antwortet ihr Peter mit einem Lächeln.

„Muss ich mir jetzt einen Anzug zur Feier des Tages anziehen?"

„Nein, ich habe dir etwas hingelegt. Wenn du willst, kannst du das tragen", antwortet Tina.

Peter huscht ins Bad. Dieses Kleid, wo habe ich sie bloß in diesem Kleid schon gesehen? Ebenso kommt ihm der Duft des Parfüms bekannt vor. Während er duscht und sich rasiert, denkt er immer wieder darüber nach. Diesen Geruch, den sie ausstrahlt, kennt er nur von gemeinsamen Treffen, wenn sie allein waren. Ein sehr erotischer Duft, denkt er. War es vielleicht das Hotel am Timmendorfer Strand? Er weiß es nicht mehr. Als er sich im Spiegel betrachtet, sagt er zu sich: „Na, mein Kleiner, da gibt es heute bestimmt noch Arbeit für dich!"

Dann legt er sein Parfüm auf, zieht sich an und geht nach unten. Tina hat sich eine Jacke übergezogen und steht auf der Terrasse. Peter geht zu ihr und legt ihr den Arm um die Schultern. Sie lehnen die Köpfe aneinander und schauen zur See. Doch bald öffnen sich die dicken Regenwolken, und sie müssen zurück ins Wohnzimmer. Peter zündet den Kamin an, und Tina stellt die Häppchen und Getränke auf den Tisch. Nachdem die Sektgläser gefüllt sind, stoßen beide an.

Martina sagt mit belegter Stimme: „Mein lieber Peter! Ich freue mich seit Tagen auf diesen, unseren gemeinsamen Abend! Stoßen wir darauf an, dass er immer zu den unvergesslichen Abenden unseres Lebens gehören soll. Prost!"

Peter kann im Moment nichts antworten, denn ein Kloß steckt ihm im Hals. So umarmt und küsst er Martina schweigend. Dann lassen sie sich seine Häppchen schmecken. Traditionsgemäß wird das Essen an besonderen Abenden wie diesem mit einem „Klosterbruder" beendet. Wie immer trinkt Martina das Glas in einem Zug leer und ringt nach Luft. Nach einem Schluck Sekt brennt es nicht mehr so im Hals.

Peter muss lächeln und spricht versonnen: „Genau diese Reaktion von dir auf den Kräuterlikör erinnert mich an unsere erste gemeinsame Nacht: wie wir anfangs versuchten, unsere Nacktheit voreinander zu verbergen, wie befangen der eine neben dem anderen saß und als deine Brust aus der Decke hüpfte, ich große Augen bekam und dachte, genau so hast du sie dir am Kiosk in der Seitenstraße zum Alex vorgestellt."

„Also, Jugendfreund, so sehr befangen fand ich dich am Abend zuvor schon nicht. Ich musste damals gewaltig mit mir kämpfen, dass ich deinem Drängen während des Tanzens nicht schon gleich nachgegeben habe. Oder denkst du vielleicht, ich habe nicht gemerkt, dass in deiner Hose etwas größer und härter wurde und immer häufiger an meinen Oberschenkel stieß? Dich ins Hotelzimmer zu schmuggeln wäre kein Problem gewesen", sagt Tina.

Peter sitzt seitlich zu ihr gewandt auf der Couch und betrachtet ihr Gesicht, in das er sich schon während des Forums verliebt hatte. Er schaut gedankenversunken auf ihr glattes, makelloses Dekolleté mit dem Ansatz zweier wunderschöner Brüste. Natürlich ist ihr Busen heute nach drei Kindern größer als damals mit 18 Jahren, und die herrlich geformten Beine, die das Kleid durch die Schlitze nicht verdecken kann, sind noch ansehenswert wie damals.

Warum ausgerechnet ich solch eine wunderschöne, begehrenswerte Frau bekommen habe, weiß nur der liebe Gott, sagt sich Peter nicht das erste Mal in seinem Leben.

Er greift zur Flasche „Klosterbruder", füllt sein Glas und trinkt es in einem Zug leer.

Martina schaut etwas unsicher. Hat sie ihn mit ihrem letzten Satz irgendwie verletzt? „Hallo, Peter!", ruft sie ihn leise.

Aber er zeigt keine Reaktion. Erst als sie ihn behutsam anstößt, schaut er auf. „Was ist, Tina?", fragt er sie, immer noch in seinen Erinnerungen schwelgend.

„Willst du nicht mit mir sprechen, oder habe ich dir wehgetan?"

„Nein, nein! Ich war nur in Erinnerungen versunken. Entschuldige, was hast du gesagt?", antwortet er.

Tina wiederholt ihre Äußerung.

Darauf sagt Peter in gespieltem Zorn: „Und das sagst du mir erst nach mehr als 17 Jahren. Aber warte, diese Nacht lässt sich nachholen!"

„Nein, Schatz! Damals, als wir uns kennenlernten, warst du ein mageres Bürschchen im Blauhemd. Du warst von der sozialistischen Idee überzeugt, und ich dachte, so ein überheblicher Spinner. Ich saß mit einem Minirock und einer Bluse, alles recht bunt gehalten, in der Versammlung und fand von Minute zu Minute mehr Gefallen an dem Jugendfreund mir gegenüber. Plötzlich beteiligte sich der nicht mehr an der Diskussion. Dafür aber begann er, mich mit verstohlenen Blicken zu mustern", antwortet Martina.

„Was denn, das hast du bemerkt? Als wir das Gebäude verließen, habe ich dir lange nachgeschaut. Im tiefsten Inneren habe ich gehofft, dich wiederzusehen. Der Empfang im Lager war gefühlstötend, aber du weißt, wie es dann weiterging", sagt Peter.

„Siehst du, Schatz, deshalb kann man das alles nicht wiederholen. Schau mal, wir kennen uns jetzt 17 Jahre. Eine Liebe, die so viele Belastungen erfahren hat wie unsere, gibt es sehr selten. Deshalb lass uns miteinander schlafen, wie wir es am besten und am schönsten finden!"

„Tina, habe ich dir eigentlich schon gesagt, wer außer deinem Bruder und deiner ehemaligen Freundin noch an unserem Unglück Schuld trägt?", wechselt Peter plötzlich das Thema.

„Na, diese anzüglichen Lagerheinis!", antwortet Tina.

„Nicht nur! Ich weiß es auch erst seit letztem Freitag. Da hat mich Werner Reich angerufen. Du erinnerst dich sicher an ihn. Er und Dr. Knut Westermann sind Freunde von Ole Sörensen. Die drei haben gemeinsam die letzten zehn Jahre ihre Hände über uns beide und unsere Kinder gehalten. Sie haben ganz besonders über Werner Reich, der übrigens der Stiefbruder von Bernd Schulze ist, vieles über unsere Peiniger herausgefunden. Die Lagerheinis, wie du sie nennst, Petzer und Träger, waren Mitarbeiter der Staatssicherheit in Dresden. Doch sie wären ohne Zuträger nichts geworden. Bei Petzer liefen in Berlin alle Informationen zusammen, die uns beide betrafen.

Der freundliche Gartennachbar in Mahlsdorf, der uns den Schlüssel von Onkel Karls Gartenlaube übergab, war inoffizieller Mitarbeiter der Stasi und hat über seinen Führungsoffizier Petzer informiert.

Der ehemalige Freund meines Vaters, der Parteisekretär der LPG, war seit seiner FDJ-Zeit Spitzel der Stasi.

Das Schlimmste aber ist, dass mein ehemaliger Schwager Harald an der Berufsschule in Görlitz das Gleiche war wie Dr. Rau in Potsdam, also ein offizieller Mitarbeiter der Staatssicherheit. Die falsche Sau, entschuldige, hat bis zur Scheidung von meiner Schwester die ganze Familie ausgehorcht, nehmen wir an. Nicht genug! Als er nichts mehr von Antje erfahren konnte, hat er bis zur Wende seinen Sohn Ronny benutzt.

Die Geschichte mit Dr. Rau vom Institut in Potsdam hast du direkt miterlebt. Dieser Rau ist zwei Tage nach unserer Berufung noch in Greifswald festgenommen worden. Ich hatte doch zu dir gesagt, dass mir der Kerl, der dich beim Empfang beleidigt hat und hinterher am liebsten ausgezogen hätte, irgendwoher bekannt vorkam. Dr. Brauer aus Hessen ist Dr. Rau aus Potsdam. Ihm wurden Fernsehaufzeichnungen aus dem Jahr der Maueröffnung und meine Informationen an Ole zum Verhängnis. So konnte man ihn schnell identifizieren, und er wurde festgenommen. Wie mir Werner Reich sagte, hat er so viel Dreck am Stecken, dass er einige Jahre hinter Gitter verschwinden wird. Tina, ich denke, dass wir damit den letzten Verursacher unseres Unglücks los sind!", sagt Peter zum Abschluss.

Tina sitzt schon lange nicht mehr so fröhlich auf ihrem Platz. Jetzt ist sie in Gedanken versunken. Peter steht auf und geht zur Terrassentür, um frische Luft einzulassen. Doch der Regen wird vom Wind gegen die Tür getrieben. Er geht zum Kamin und legt zwei Scheite nach. Dann setzt er sich zu ihr auf die Couch.

Martina hat sich wieder gefangen. „Peter, warum musste es ausgerechnet uns beide so hart treffen?"

„Tina, ich denke, wir sind nicht die Einzigen. Von vielen Schicksalen weiß keiner etwas. Wichtig ist, dass uns niemand trennen konnte. Wir lieben uns! Ab Dezember werden wir ein Ehepaar sein. Das ist das Höchste in einer Beziehung!" Er zieht sie fest an sich, und Martina erwidert seine Umarmung.

Dann beschließen sie, in ihr neues Bett zu gehen. Peter sichert den Kamin und alle Eingangstüren des Hauses sowie des Grundstücks. Dann geht er ins Umkleidezimmer und ins Bad. Als er das Schlafzimmer betritt, hat Martina die drei Kerzen auf dem Tisch vor der Balkontür angezündet und die Nachtschrankbeleuchtung eingeschaltet. Sie selbst liegt mit aufgestütztem Kopf auf der linken Seite. Sie trägt ein neues, sehr durchsichtiges Nachthemd ohne Slip.

An die Rollos vor den Fenstern und der Balkontür trommelt der Regen.

Kerzenlicht, Sparbeleuchtung der Betten und die Wärme des Heizkörpers schaffen eine erotische Atmosphäre. Peter zieht seinen Schlafanzug aus und steigt nackt in sein Bett. Tina beobachtet jeden Schritt und Handgriff von ihm. Ganz besonders betrachtet sie dabei seinen Körper. Er rückt an sie und umfasst mit der linken Hand ihren Nacken. Dann küssen sie sich lange und leidenschaftlich. Während des Kusses öffnet er an den Brüsten beginnend ihre Schleifen am Hemd.

Tina zieht das nun nutzlos gewordene Teil aus. Peter fährt mit den Fingerspitzen seiner linken Hand an der Außenseite ihres rechten Oberschenkels bis zum Knie. Er beginnt, ihr Dekolleté zu küssen, und verweilt dann an ihrer linken Brust, deren Nippel sich schon längst aufgestellt hat.

Martina hat ihre rechte Hand schon zur Mitte seines Körpers geführt und umfasst sein bestes Stück, wie er immer sagt. Peters Hand wandert auf die Innenseite ihres linken Schenkels. Sie hat ihre Beine geöffnet, und er stellt fest, dass der Pelz an Schamhaaren, der sie immer schmückt und stört, verschwunden ist. Jetzt schämt er sich fast seiner Behaarung. Doch die stört Tina überhaupt nicht.

Als er über ihre Schamlippen fährt, beginnt sie zu stöhnen. „Schatz, ich will dich in mir spüren. Komm, ich halte es nicht länger aus!", haucht sie freundlich fordernd ihm zu.

Peter rückt zwischen ihre Beine. Tina führt sein strammes, bestes Stück in ihre Scheide ein. Dann dringt er tief in sie ein. Sie umklammert ihn mit ihren Beinen, wie 1980 im alten „Rügenhaus". Seine kräftigen Stöße und ihre Gegenbewegungen führen beide bald zu einem an Bewusstlosigkeit grenzendem Orgasmus. Tina umklammert ihn mit ihren Armen und Beinen ganz fest. Die Oberschenkel presst sie an seine Lenden. Die Unterschenkel kreuzt sie auf seinem Rücken. Sie möchte sein Glied in sich behalten. Ein Gefühl der Wonne und der Unzertrennlichkeit durchfließt ihre Körper. Beide halten sich danach völlig erschöpft, aber sehr glücklich in den Armen.

Nach einiger Zeit der Erholung und Besinnung sagt Tina: „Schatz, wir haben soeben einen Höhepunkt unserer Gefühle erlebt, wie ich ihn sicherlich nie mit einem Mann erlebt hätte, den mein Vater für mich ausgesucht hat. Von dem Moment an, als wir uns in Berlin kennenlernten, steht für mich fest, du bist der Mann meiner Träume. Dich wollte ich haben und nicht jemanden, der vielleicht adlig ist oder bei dem das Geld das Zusammenleben entscheidet wie bei meinem Bruder und seiner Frau. Der Verstoß durch meinen Vater hat mich schneller reifer und selbstständiger werden lassen. Ich habe kennenlernen müssen, wie es vielen Menschen in unserem Lande tagtäglich ergeht."

Tina legt sich auf den Rücken und schaut an die Decke ihres Schlafzimmers. „Ich glaube, durch die Verfehlungen meines Vaters und meines Bruders und auch die politisch beeinflusste Haltung deiner Eltern und Geschwister haben wir eine schwere Zeit durchgestanden. Unsere Liebe konnte keiner von ihnen bezwingen. In den ersten sieben Jahren ohne ein Zeichen von dir dachte ich oftmals an die schöne Nacht in der Laube zurück. Unzählige Male wünschte ich mir eine Wiederholung des Erlebnisses. Aber über die Jahre hin ohne ein Zeichen von dir wich die Hoffnung der erbarmungslosen Realität. Dann dachte ich nur noch, miteinander geschlafen, zwei Kinder gemacht, beide hatten wir einen sexuellen Höhepunkt, aber dann hatte es sich mit dem Jugendfreund aus der DDR. Pech gehabt, Martina!

Als wir uns 1980 wieder trafen, stand für mich fest, das kann nicht sein. Ausgerechnet der Mann, der dir zwei Kinder gemacht hat, steht plötzlich als Doktor und Seminarleiter vor dir. Dann habe ich mich zurückgehalten. Als du mir in deiner Wohnung in Babelsberg einige Dinge gesagt hast, stand trotzdem noch deine sozialistische Überheblichkeit zwischen uns!

Dann kam unser heutiges ‚Rügenhaus' an einem Wochenende 1980. Ich habe sehr lange überlegt, was ich dir sage und ob ich mich mit dir nochmals vereinige. Aber ich sah plötzlich die letzte Chance, doch noch den Mann meiner Träume zu bekommen. Ich habe dir die Zwillinge vorgestellt, und wir haben in überschwänglicher Freude und vor allem in Liebe, Melanie unser drittes Kind gezeugt.

Peter, ich möchte dir heute sagen, dass ich seit unserem Treffen in Berlin auf dem Alexanderplatz nie mehr einen anderen Mann wollte als dich. Selbst in den schwersten Zeiten habe ich den Glauben an dich nicht verloren. Ich liebe dich, und das wird nie anders werden. Heute sage ich, es war die Entscheidung meines Lebens und die wird es immer bleiben, egal ob arm oder reich. Wir gehören zusammen, und nichts wird uns mehr trennen!"

Peter ist von Tinas Worten gefesselt und weiß nichts zu erwidern. Nach einer Weile sagt er: „Tina, das war die schönste Liebeserklärung, die mir je eine Frau sagen kann. Ich habe dir dieser Tage meine tiefe Liebe erklärt. Heute möchte ich ergänzen, es wird in unserem Leben keinen Menschen geben, der unsere Liebe zueinander je infrage stellen darf. Ich frage mich nur, warum ich eine so schöne und tolle Frau bekommen habe. Viele intelligente und reiche Männer haben dir sicher den Hof gemacht, aber mich ehemaligen Jugendfreund hast du genommen! Warum?"

„Weil ich dich liebe, mein Schatz! Und wenn dich das beruhigt, wir werden ab heute grundsätzlich alle Höhen und Tiefen gemeinsam meistern. Einverstanden?", fragt sie schon wieder recht einladend vor ihm liegend.

„Ja, Tina! Nur wir beide zusammen können künftige Probleme unserer Familie lösen. Ich liebe dich unsterblich!" Peter küsst sie lang und leidenschaftlich.

Als er Tinas Körper in seinen Armen hält, will er nicht vermeiden, dass sein bestes Stück versucht, zwischen ihre Oberschenkel zu kommen. Sie öffnet sich ihm erneut, drückt Peter aber kurz vor dem Höhepunkt ihrer Erregung auf den Rücken. Kurz danach sitzt Tina auf Peters Schoß. Sie spürt ihn tief in sich und stützt sich mit beiden Händen auf seinem Oberkörper ab. Ihre Brüste wippen im Takt der Bewegungen ihres Beckens. Der nächste Orgasmus steht bevor. Doch dieses Mal steuert Martina, wann er eintritt.

*

Vielleicht ist es die Nacht der Nächte? In völliger Offenheit und Übereinstimmung der Gefühle begegneten sich Martina von Holsten und Peter Weseck.

Martina hatte sich lange auf einen gemeinsamen Abend in trauter Zweisamkeit mit ihrem Peter gefreut.

Obwohl sie ihre drei Kinder über alles liebt und ihre eigene Entwicklung immer hinten anstellen würde, wenn es um das Wohl ihrer Sprösslinge geht, ist diese Woche Urlaub nur zu zweit etwas ganz Besonderes für sie. Sie kennen sich nun 17 Jahre! Davon haben sie sich durch die Intrigen ihres Vaters sieben Jahre nicht gesehen und gesprochen. Erst als sie 1980 im Rahmen ihrer Doktorarbeit zu Studien die DDR besuchte, sieht sie unerwartet Peter wieder. Plötzlich steht er als promovierter Lehrer vor ihr, und sie sitzt als Studentin vor ihm, die zwei Kinder hat, die seine eigenen sind.

Damit war ihr nächstes Problem da. Wie sollte sie sich verhalten? War ihr damaliges Zusammensein nur eine Nacht, die vom Sex geprägt war?

Sollte sie ihm sagen, dass Zwillinge die Folge sind und er schon sechs Jahre Vater ist? Sie hat sich einfach zurückgehalten. Erst als es ihre immer stärker werdende Liebe in Form des berühmten Kribbelns im Bauch nicht mehr zuließ, weiter zu schweigen, sagte sie ihm ihre ganze Wahrheit. Nach seiner spontanen und herzlichen Reaktion stand für sie fest: Das ist mein Mann, auch wenn ich ihn einer anderen wegnehmen muss!

Trotzdem hatten sie durch die Grenze und die vielen Repressalien in ihren Elternhäusern auch in den folgenden Jahren kaum Möglichkeiten, sich richtig kennenzulernen. Erst als ihre Zwillinge 15 und ihr kleiner Nachzügler Melanie acht Jahre alt waren, lernte er sie und die Kinder ihren Vater kennen.

In den letzten zehn Monaten haben sie versucht, einander näherzukommen. Dabei gab es auch Missverständnisse, wenn sie da an Tante Grits Zurechtweisung nach Peters immerhin etwas deftigem Scherz am Jahresanfang denkt oder ihr Verhalten nach der Erbschaftsgeschichte vor wenigen Wochen. Längst verstehen sie sich noch nicht blind.

Aber nach ihrem gemeinsamem Nachmittag, dem Abend und vor allem der tollen Nacht hat sie das Gefühl, dass sie sich um Längen nähergekommen sind. Das gemeinsame Vertrauen zueinander ist gewachsen! All das, was sie sich gestern Abend gesagt und geschworen haben, wird in Zukunft Bestand haben.

Nur ihre Eifersucht muss sie noch zügeln! Aber ich glaube, da geht es mir nicht nur allein so. Sie hat wohlwollend bemerkt, wie er sie während der Berufung und dem Empfang in Greifswald aufmerksam beobachtet hat, damit ihr niemand zu nahe tritt. Auch bei ihrer Verabschiedung in Kiel war das so. Als die Mitarbeiter ihrer Sektion sich mit einer Rose und einem Küsschen auf die Wange verabschiedeten, wurde sein Gesichtsausdruck ziemlich ernst.

Aber ihr geht es schlimmer. Wenn sie an der Universität sieht, wie viele Studentinnen und junge Doktorinnen ihrem Peter nachschauen, könnte sie aus der Haut fahren. Das unumstößliche Vertrauen aufzubauen wird ihre Aufgabe vor und nach ihrer Hochzeit im Dezember.

*

Am nächsten Tag kaufen sie in Sassnitz ihr Wohnzimmer und in Bergen Schränke, Schreibtische und Regale für ihr Arbeitszimmer. Freitagvormittag wird alles angeliefert und aufgebaut. Am Nachmittag fahren sie zu Tante Maike nach Sassnitz. Peter hat sie seit der Beerdigung von Onkel Karl nicht mehr gesehen. Sie haben zwar das Neueste am Telefon ausgetauscht, aber bei Tante Maikes Wortkargheit war das nicht immer einfach.

Peter und Martina klingeln am Gartentor. Eine ältere Frau, Maikes Schwester, öffnet ihnen. Sie sagt, dass Maike seit dem Tod ihres Mannes Depressionen hat. Peter möchte sich bitte darauf einstellen. Nach einer Dreiviertelstunde verlassen sie das Haus wieder. Sie hat nur kurz gelächelt, als er ihr Martina vorstellt und erzählt, dass sie im Dezember heiraten. Einmal hat sie noch „Das Schwein!" gesagt, als ihr Peter kurz mitteilte, dass sich Piet das Leben genommen hat. Keiner wollte mehr mit ihm zu tun haben!

Sie fahren nach Binz zurück und beginnen, das Wohnzimmer einzuräumen. Es soll sich in einem wohnfähigen Zustand befinden, bevor die Kinder wiederkommen.

Die Schule beginnt. Martina hat sich den ersten Tag für Melanie freigenommen und begleitet sie mit Ole in ihre neue Schule. Den Onkel möchte sie gleich der Klassenleiterin vorstellen, falls er sie einmal abholt, weiß diese gleich, wer er ist. Die beiden Großen sind allein nach Bergen ins Gymnasium gefahren. Begleitet werden sie von Mitschülern, die in der Siedlung wohnen. Danach beginnen Ole und Tina, im Arbeitszimmer Möbel aufzustellen. Peter musste zeitig in die Universität. Er möchte außerdem alles im Zusammenhang mit ihrer Zweiraumwohnung im Wohnheim klären.

So hat sie der Alltag wieder, und die Wochen vergehen wie im Flug. Martina kommt bei der Organisation und Gestaltung ihrer Sektion gut voran, dank Gerlinde Paul, die viele Dinge in die Hand nimmt und heranschafft, wovon andere nur träumen dürfen.

„Ich bin eben ein Kind der DDR. Wir haben uns immer zu helfen gewusst, Frau Doktor", antwortet sie Martina, wenn die ihr Organisationstalent bestaunt.

An einem Abend Ende November liegen Tina und Peter in ihren nicht sehr bequemen Betten im Wohnheim. Es ist bei beiden an der Uni sehr spät geworden, deshalb sind sie gleich vor Ort geblieben.

Tina fragt plötzlich: „Schatz, sag einmal, wie sieht denn unsere Hochzeitsliste zurzeit aus?"

Peter sagt eine ganze Weile nichts. Er liegt in seinem Bett und starrt an die Decke. Dann sagt er: „Sehr schlecht, Tina! Im Moment haben wir nur Ole, Grit, meine Mutter, die Geschwister und ihre Kinder eingeladen und als nicht zur Familie gehörend Thomas Kurzweg und Frau. Ansonsten weiß ich niemand."

„Komm, wir gehen nochmals ins Wohnzimmer", sagt Martina.

Daraufhin stehen beide wieder auf, ziehen sich etwas über und setzen sich auf die Couch aus dem „Rügenhaus", die sie sich hierher geholt haben.

„Das Problem ist, Bernd Schulze und Harald Rose mit ihren Frauen fallen weg. Tante Maike nun auch. Es sei denn, du möchtest deinen Vater und deine Schwägerin einladen?", spricht Peter vor sich hin.

„Sag mal, soll ich unsere Hochzeit morgen absagen?", sagt Tina sehr ernst.

„War ein Scherz, Frau von Holsten! Aber so sind wir jetzt erst 20 Personen", antwortet Peter.

Beide sitzen einen Augenblick und überlegen.

„Und deine Freundin von der Hochschule in Kiel?", fragt Peter.

„Wir haben uns vor Jahren aus den Augen verloren. Erst im letzten Jahr kam sie wieder zu uns. Ich hatte bis zuletzt den Eindruck, dass sie auf meinen Posten scharf ist und dich auch nicht schlecht fand. Nein!", sagt Tina entschieden.

„Ist meine Tina etwa eifersüchtig?", fragt Peter.

„Ja, mein Schatz, auf alle und jede. Dich gebe ich nicht mehr her!", sagt Martina mit fester Stimme.

Er umarmt und drückt sie, als möchte er sie nie wieder loslassen. „Ich dich auch nicht, meine Tina", sagt er ihr leise ins Ohr.

Als er sie wieder freigibt, müssen sich beide Tränen der Rührung aus den Augen wischen.

„Wen laden wir dann noch ein, Peter? Bei euch in der DDR war eine Hochzeit manchmal ein Volksfest. Verwandte, Freunde, Bekannte, Nachbarn und Kollegen wurden eingeladen. Bei uns ist das auf den Dörfern so, aber in jedem Bundesland anders. Ich bin noch neu hier und muss noch vieles lernen, aber wie siehst du das?", fragt ihn Tina.

„Na, ich denke, dass mein Nachfolger und jahrelanger Mitarbeiter Dr. Gerd Mahler ein Kandidat wäre, außerdem Mandy Gruber, auf die du hoffentlich nicht eifersüchtig bist?", fragt Peter.

„Erst schon, jetzt nicht mehr! Da bin ich eher auf deine persönliche Referentin oder einige deiner Vorzimmerschnecken eifersüchtig. Mit Dr. Mahler bin ich auch einverstanden. Könnten wir dann vielleicht Gerlinde Paul auch einladen? Wenn ich sie nicht hätte, würde ich mit verschiedenen Dingen hier im Osten nicht zurechtkommen", sagt Tina.

„Da staune ich aber, mit manchen Handlungsweisen hier im Osten, besonders in unserem Doppelbett, kommst du recht gut zurecht. Aber ich bin mit den Personen einverstanden", antwortet Peter.

„Der Mann ist unmöglich. Die Hochzeit ist zu bedenken! Aber vorher vernasche ich ihn noch einmal", spricht Tina leise vor sich hin.

„Wie sieht es mit Angela und Björn, unseren nördlichen Nachbarn, aus?", fragt ihn Martina.

„Eine sehr gute Idee. Da ist Melanies Freundin auch mit dabei. Wie viele sind wir denn nun?"

„Nach meiner Rechnung genau 30 Personen. Davon sind sechs minderjährige Kinder. Unsere beiden Großen zähle ich selbstverständlich zu den Erwachsenen", sagt Tina.

„Auf geht's, Dr. Weseck", sagt Martina. „Oder hast du mich nicht verstanden? Ich sagte, bevor ich die Hochzeit absage, vernasche ich dich noch einmal." Tina steht auf und fasst ihn an der Hand, um ins Schlafzimmer zu gehen.

Martina und Peter verschwinden in ihrem unbequemen Bett. Den Geräuschen nach zu urteilen, scheint es aber so unbequem nicht zu sein.

Die neuen Gäste nehmen die Einladung überrascht, aber mit Freude an.

Nach einer Rektoratssitzung bittet Professor Kurzweg Peter, noch einen Moment bei ihm zu bleiben. „Peter, was meinst du? Ich möchte Martina und auch anderen Mitarbeitern von ihr die Möglichkeit einräumen, schon vor dem eigentlichen Beginn des Lehrbetriebs in der Sektion Rechtswissenschaften Vorlesungen zu halten. Die könnten im fakultativen Rahmen eine Bereicherung für die Wirtschafts-

und auch philosophischen Sektionen bieten. Außerdem kommen dadurch die Damen und Herren Juristen nicht aus der Übung!"

Peter überlegt einen Moment, dann antwortet er: „Mir ist das mehr als recht. Vom wirtschaftlichen Standpunkt betrachtet, stört mich schon lange, dass hochgradige Wissenschaftler damit beschäftigt sind, nur Seminar- und Vorlesungspläne auszuarbeiten. Ich bin auch der Meinung, dass wir der Wirtschaft, den Kommunalverwaltungen und auch anderen Lehreinrichtungen Bildungskurse gegen entsprechende Bezahlung anbieten sollten. Dadurch könnten wir das zweite Semester auch ökonomischer für unseren Etat ausgestalten!"

„Jetzt spricht wieder der erfahrene Manager aus dir. Wird Martina das alles schaffen? Organisatorischer Aufbau ihres Fachbereichs und trotzdem schon voll im Lehrbetrieb arbeiten? Denk daran, dass sie bald auch noch eine Familie mit einer Person mehr betreuen muss", antwortet Thomas mit einem Schmunzeln auf den Lippen.

„Dieses eine Familienmitglied bin ich, der erfahrene Manager. Wir haben uns geschworen, alle Probleme, Höhen und Tiefen des Lebens ab jetzt gemeinsam zu meistern. Wenn ich bedenke, was Martina in all den Jahren trotz dreier Kinder geleistet hat, scheint mir dieses Vorhaben ein Kinderspiel zu sein. Aber vielleicht sprichst du selbst erst einmal mit ihr", antwortet Peter ernst.

„Ja, das werde ich. Ich wollte nur erst einmal deine Meinung hören", sagt Kurzweg abschließend.

So kommt es, dass Martina am 14. Dezember 1990 an der Universität in Greifswald ihre erste Vorlesung hält. Als Thema hat sie das Grundgesetz der Bundesrepublik Deutschland gewählt. Der große Hörsaal der Uni ist bis auf den letzten Platz gefüllt. In den ersten Reihen sitzen das Rektorat und Mitglieder der verschiedenen Lehrkörper. Martina hat noch nie vor so vielen Menschen gesprochen. Doch nach wenigen Minuten gewinnt sie ihre gewohnte Sicherheit zurück. Die Vorlesung ist ein Erfolg, und das genau eine Woche vor der Hochzeit.

Die Hochzeit wird wenige Tage vor Weihnachten 1990 ein wunderschönes Fest. Die Kinder lernen ihre Oma, die Onkel und Tanten kennen. Zwischen den Cousins und Cousinen kommt es sehr schnell zu guten Kontakten. Auch Ole und Grit verstehen sich mit Peters Mutter sehr gut. Gerlinde Paul sowie Martina und Peter sprechen sich jetzt mit dem Vornamen an. Gerlinde hatte die Lacher auf ihrer Seite, als sie in Gedichtform Peters Werdegang bei der AIV vorträgt. Martina musste nur einmal kurz daran denken, wie schön es doch wäre, wenn ihr Vater mit einer ebenso korrigierten Haltung neben Peter sitzen würde wie Peters Mutter neben ihr. Sie darf zu ihr „Mutter" sagen, und diese spricht Tina mit dem Vornamen an. Sie ist sich sicher, dass sie das von ihrem Vater und Peter nie erleben wird. Auf eine Hochzeitsreise verzichten sie vorerst. Durch die neuen Aufgaben in der Sektion Rechtswissenschaften kommt eine zusätzliche Belastung auf Martina zu. Für Peter ist es, trotz seiner eigenen Belastung, selbstverständlich zu helfen. Außerdem wollen sie ihren Kindern gute Eltern sein. Immerhin haben die drei ihre gewohnten Schulen mit allen Freunden und ihr geliebtes Holsteiner Land verlassen. Hier gilt es, jetzt neue Wurzeln zu schlagen, was nicht ganz einfach ist. Dabei wollen Tina und Peter ihnen möglichst helfen.

Über ihre Geschenke haben sich beide gefreut. Es ist sicher nicht leicht, bei einer Hochzeit etwas zu schenken, wenn der Haushalt eben erst komplett neu eingerichtet wurde. Ihre Kinder übergaben ihnen ein gemeinsam angefertigtes Album im A4-Format in beachtlicher Stärke. Eröffnet wurde es mit einem Dankspruch an ihre Eltern und einem großen Bild, auf dem Melanie von ihren Geschwistern in die Mitte genommen wird. Als das Hochzeitspaar das Album durchblättert, stellt es fest, dass es in den nächsten Tagen, denn Sonntag reisen Mutter und Geschwister wieder ab, sich dieses Album genauer ansehen muss. In ihm befinden sich Bilder, die ihnen bekannt, aber auch gleichzeitig unbekannt sind.

Peters Mutter und seine Geschwister haben ihnen eine einwöchige Reise nach Dresden für August 1991 mit abschließendem Besuch in Friedersdorf geschenkt. Je nach Zeit und Wollen wird ihre Hochzeitsreise, geschenkt von Ole und Grit, stattfinden. Sie werden in Amsterdam in ein Fahrgastschiff steigen und dann auf dem Rhein aufwärts bis Straßburg fahren.

So geht das Jahr 1990 zu Ende. Das erfolgreichste und ereignisreichste Jahr, das Martina von Holsten-Weseck und Peter Weseck je gemeinsam erlebt haben. Mit dem Jahr 1991 beginnt der jetzt richtige familiäre und berufliche Alltag.

An der Universität läuft alles normal, nur dass sie aus den neuen Bundesländern weniger Studenten bekommen, da die denken, in den Altbundesländern wird besser ausgebildet. Erfreulich ist, dass bedeutend mehr Anmeldungen für die Sektion Rechtswissenschaften vorliegen, als Studienplätze vorhanden sind. Das macht Martina stolz. In der Konferenz des Rektorats mit allen Sektionsdirektoren im Juni teilt der Prorektor für Studienangelegenheiten, Prof. Dr. Harte, mit, dass die Universität keine Bewerber für Martinas Sektion mehr aufnehmen kann. Alle drei Seminargruppen sind mit 27 Studenten gefüllt. Erfahrungsgemäß werden nicht alle Bewerber den Anforderungen gerecht, sodass der Durchschnitt der Gruppenstärke bei 20 bis 22 Studenten liegen wird. Die Konferenz geht über zwei Tage, da es um das erste Studienjahr nach der Wende mit neuen Lehrprogrammen geht. Am Abend des zweiten Tages, einem Donnerstag, fahren Tina und Peter ziemlich ausgelaugt nach Hause. In der Mensa haben sie noch zu Abend gegessen.

Im „Rügenhaus" treffen sie Ole und Grit im Wohnzimmer vor dem Fernseher. Die zwei Receiver bringen mehr als 100 deutsche und ausländische Programme.

Nachdem sich Tina und Peter geduscht und umgezogen haben, setzen sie sich zu den beiden.

Grit beginnt: „Die beiden Großen scheinen ein Problem zu haben. Wie sie uns sagten, haben sie einen Elternbrief vom Direktor für euch bekommen. Sie sind sich aber keiner Schuld bewusst. Vielleicht könnt ihr mit ihnen noch sprechen. Sie sitzen bei Sophia im Zimmer."

„Wir hätten ihnen sowieso ‚Gute Nacht' gesagt. Vielen Dank für euren Hinweis. Bis Morgen."

Tina gibt beiden noch ein Küsschen auf die Wange, dann gehen sie zu Sophias Zimmer. Vorher schauen sie bei Melanie vorbei. Doch die schläft fest und glücklich.

In Sophias Zimmer sitzen die Zwillinge.

„Nanu, seid ihr noch nicht schlafen? Wir dürfen, weil wir fleißig waren, bis Mittag schlafen. Aber ihr müsst morgen in die Schule", sagt Peter.

„Das ist nicht unser Problem, Papa. Aber warum will euch unser

Direx sprechen? Wir haben nichts Unrechtes getan, oder, Sophia?", fragt Luciano seine Schwester.

„Nein, bisher nicht. Ganz im Gegenteil: Wir dürfen uns von einigen Mitschülern als die Reichen aus dem Westen bezeichnen lassen, und einer hat uns jetzt mal gesagt, wenn wir unser Abi nicht schaffen, werden das unsere Eltern regeln. Papa und Mama, wir möchten nach Schleswig zurück", sagt Sophia mit trauriger Stimme.

„Glaubt ihr, in Schleswig am Gymnasium geht es euch besser? Ihr seid nun mal die Kinder von zwei Wissenschaftlern. Die Liebe hat uns zusammengeführt, als wir beide noch Abiturienten waren. Was wir heute sind, haben wir uns erarbeitet. Und ihr, unsere Kinder, werdet euch genauso wie wir euren Stand in dieser Gesellschaft erarbeiten. Wir wünschen uns, dass alle eure Vorstellungen und Hoffnungen in Erfüllung gehen. Dabei werden wir euch immer unterstützen!", sagt Peter.

Alle drei, Martina, Sophia und Luciano, sitzen und hören seinen Worten zu.

Dann fragt Martina: „Was bringt euch denn so durcheinander?"

„Dieser Brief", antwortet Sophia und überreicht ihn ihren Eltern.

Martina öffnet ihn. Darin liegt eine Einladung für den nächsten Nachmittag zu einem Grillfest mit Gesprächen der Elternschaft der künftigen zwölften Klasse des Gymnasiums. Ein zweites Schreiben ist direkt an Tina und Peter gerichtet. Der Direktor bittet sie zu einem persönlichen Gespräch am gleichen Tag in sein Büro.

„Kinder, diese Einladung ist nichts aussagend, was euch betrifft. Deshalb geht jetzt schlafen. Morgen Nachmittag gegen 17 Uhr werden wir in Bergen sein. Vorher haben wir keine Zeit. Wichtige Termine, sagt ihr bitte eurem Direx. Okay?"

Beide nicken und gehen schlafen.

Am nächsten Tag schlafen Martina und Peter bis gegen 10 Uhr. Sie fühlen sich frisch und erholt. In ihrer Küche nehmen sie ein kräftiges Frühstück ein. Mittag fällt aus. Sie haben den Nachmittagstermin im Auge.

Gegen 17 Uhr treffen sie sich mit den Kindern in der Schule. Martina fragt sie, ob es heute noch etwas Erwähnenswertes gegeben hat. Beide verneinen die Frage. Sie verabreden sich nach dem Gespräch bei den anderen Schülern und Eltern am Grillplatz.

Martina und Peter gehen ins Direktorenzimmer. Dort erwartet sie der Leiter des Gymnasiums und die Klassenleiterin ihrer Großen. Sie begrüßen sich und nehmen Platz.

Der Direktor beginnt: „Frau Dr. von Holsten-Weseck und Herr Prof. Dr. Weseck, ich habe Sie heute zu uns gebeten, weil unser Lehrerkollegium vor einem Problem steht, das wir nur mit Ihnen und Ihren Kindern gemeinsam lösen können. Ihre Tochter Sophia und Ihr Sohn Luciano sind erst nach den Herbstferien zu uns gekommen. Vor wenigen Tagen hatten wir Konferenz aller in Klasse 11 unterrichtenden Lehrer. Hier wurde entschieden, wer nicht für die zwölfte Klasse geeignet ist und nach der elften unsere Schule verlassen muss. Danach hat Frau Pohl, die Klassenleiterin, uns mitgeteilt, dass Sophia und Luciano durchweg sehr gute Leistungen aufweisen. Einige Fachlehrer teilten mit, dass sie bei Klassenarbeiten ihnen nicht bewertete Zusatzaufgaben aus der Abiturstufe übergeben haben. Die gezeigten Ergebnisse haben uns alle verblüfft. Bis auf wenige kleine Fehler waren diese Aufgaben ebenfalls richtig gelöst. Wir haben Sie beide deshalb heute gebeten, zu uns zu kommen, weil wir etwas mit Ihnen besprechen möchten."

Martina und Peter sitzen auf ihren Plätzen und verstehen noch nicht so recht, was Herr Strauch von ihnen möchte. Das Lob und die anerkennenden Worte freuen sie natürlich. Dafür dürfen sich beide nach ihren Aussagen von Mitschülern beleidigen lassen.

Martina entgegnet: „Herr Strauch und Frau Pohl, wir finden es mehr als großartig, dass unsere Kinder solch gute Ergebnisse erreichen. Aber uns haben sie erst gestern Abend mitgeteilt, dass es Mitschüler in ihrer Klasse gibt, die da behaupten, wenn ihr Reichen aus dem Westen nicht weiterkommt, werden eure Eltern schon fürs Abi sorgen. Sophia und Luciano wollen nach Schleswig-Holstein zurück!"

„Frau Dr. von Holsten-Weseck, wir haben diese Diskrepanzen auch schon festgestellt. Das sind Eifersüchteleien von Kindern. Der ehemals Klassenbeste ist scharf auf Ihre Tochter, doch sie weist ihn ab. Sie ist lieber mit einem Jungen aus der Zwölften aus ihrer Siedlung in Binz zusammen. Ihr Sohn hat wohl eine Freundin von einem Gymnasium in Stralsund. Sie muss aber auch aus der Siedlung sein," entgegnet Frau Pohl.

„Wissen Sie, Herr Strauch, mögen diese Kinder untereinander eifersüchtig sein. Ich sehe nur das Problem, dass man mit 17 Jahren zwischen dem Kind und dem Erwachsenen steht. Dann sind aber solche Äußerungen weit von kindlichem Verhalten entfernt und grenzen an Beleidigung.

Das nicht jeder gleich reich ist oder gleiche monatliche Einkommen hat, ist nicht nur ein Kennzeichen des Kapitalismus. Was unsere Familie anbetrifft, mussten wir uns alles hart erarbeiten. Weder meiner Frau noch mir wurde von unseren Eltern etwas geschenkt. Ganz im Gegenteil: Sie stellten sehr hohe Forderungen an uns. Seit etwa neun Monaten leben wir als Familie zusammen und wir, meine Frau und ich, helfen unseren Kindern beim Lernen, wo uns die Zeit dazu bleibt. Deshalb haben sie vielleicht auch ihre sehr guten Leistungen", entgegnet Peter.

Hubert Strauch verständigt sich per Blick kurz mit seiner Klassenlehrerin.

Die antwortet: „Ich habe durch Mitschüler von diesen unschönen Szenen erfahren. Daraufhin habe ich mir beide vorgenommen, und sie werden sich bei Sophia und Luciano entschuldigen!"

„Warum wir Sie heute hergebeten haben, hat einen erfreulichen Grund: Mit Ihrem Einverständnis möchten wir beim Ministerium für Wissenschaft und Bildung beantragen, dass Ihre Kinder ein Jahr vorzeitig das Abitur ablegen dürfen", sagt Direktor Strauch.

Martina und Peter schauen sich überrascht an. Damit hatten sie nun überhaupt nicht gerechnet.

„Sind die Leistungen wirklich so stark, dass sie ein Schuljahr überspringen können?", fragt Martina.

„Unserer Meinung nach, ja", antwortet Strauch.

Tina und Peter wollen zuerst einmal in Ruhe mit ihren Kindern sprechen, ehe sie eine vorschnelle Entscheidung treffen. Damit sind Schul- und Klassenleiterin einverstanden und laden beide zum Elternabend mit Grillen ein.

Frau Pohl wertet kurz das vergangene Schuljahr aus. Dabei muss sie bekannt geben, dass sechs Schülerinnen und Schüler die Klasse verlassen müssen, da sie den Anforderungen nicht gewachsen sind. Sie begrüßt natürlich ganz besonders die neuen Eltern in ihrer Klasse, Herrn Prof. Dr. Dr. Weseck und Frau Dr. von Holsten-Weseck von der Uni in Greifswald. Peter nutzt die Gelegenheit zu betonen, dass ihre Titel nichts mit dem Lernen ihrer Kinder zu tun haben. Sie bitten darum, als Herr Weseck und Frau von

Holsten-Weseck angesprochen zu werden. Beide werden hier nicht im Dienst sein, sondern nur privat.

Jetzt beginnt der gemütliche Teil des Abends. Peter und Martina sitzen mit dem Ehepaar aus der Siedlung zusammen, das in der elften Klasse ein Mädchen hat, Sophias Freundin, und in der jetzigen zwölften Klasse einen Jungen, der ihr Freund ist. Onkel Ole kommt sie später alle mit dem Auto abholen. Es wird eine lustige Runde. Peter lädt Frau Pohl mit der Klasse zu einem Studientag an die Universität nach Greifswald ein. Dieser Vorschlag wird mit einem Johlen der Schüler begrüßt.

Spät am Abend, als Martina und Peter kurz vor dem Einschlafen in ihren Betten liegen, sagt Tina plötzlich: „Peter, ich glaube bald, dass wir unsere akademischen Titel etwas in den Hintergrund rücken sollten. Wenn wir nur unsere Vor- und Nachnamen benutzen, schließen wir die Menschen hier eher auf, als wenn wir uns ständig als Doktoren vorstellen. Sofort werden wir als etwas Besonderes angesehen!"

Peter überlegt einen Moment. Dann antwortet er: „Ich denke, du hast recht! Benutzen wir unsere Titel in dienstlichen und offiziellen Angelegenheiten."

*

Das Schuljahr geht zu Ende. Nachdem sie mit den Zwillingen über das Vorhaben ihrer Lehrer gesprochen haben und alles Für und Wider abgewogen haben, sind sie unter dem Gesichtspunkt, gemeinsam am Ergebnis zu arbeiten, einverstanden.

Für die letzte Juli- und die erste Augustwoche haben sie in Babelsberg ein Ferienhaus gemietet. Von da aus besuchen sie die Sehenswürdigkeiten von Potsdam und Berlin. Zu einem schönen Erlebnis ihres Urlaubs wird Melanies zehnter Geburtstag gestaltet. Dabei kommt den Großen der Gedanke, alle Orte, an denen sich Mama und Papa 1973 kennengelernt haben und 1980 wieder getroffen haben, erneut aufzusuchen. Die Eltern sind damit sofort einverstanden. So beginnen sie beim Forum im „Haus des Lehrers" in Berlin und enden beim ehemaligen Institut für Leitung und Organisation in Potsdam.

Sophia und Luciano interessieren sich darüber hinaus für die Universitäten und Hochschulen der beiden Städte. Immerhin kann es für sie schon in einem Jahr so weit sein, sich für ein Studium hier zu entscheiden.

Der letzte gemeinsame Urlaub mit ihren Zwillingen ist wunderschön. Im nächsten Jahr wollen beide mit ihren Kumpels verreisen.

Als die Familie wieder auf Rügen eintrifft, liegt für Martina eine Einladung für den 22. und 23. August zu einer Fachtagung im Hotel „Königstein" in Dresden vor. Ausrichter ist die Universität Dresden. Dem Poststempel nach muss der Brief an ihrem ersten Urlaubstag in Hamburg aufgegeben worden sein.

Eigenartig! Der Brief wurde in Hamburg abgestempelt, und die Universität liegt in Dresden. Die Tagung liegt genau vor dem Wochenende, an dem sie die geschenkte Dresdenreise von Peters Mutter und seinen Geschwistern beginnen wollen. Der Zufall will es, dass sie schon vor längerer Zeit in besagtem Hotel dafür ein Doppelzimmer bestellt haben. Die Kinder werden in dieser Zeit bei seiner Mutter wohnen und von seinen Geschwistern und deren Kindern die Oberlausitz gezeigt bekommen.

So fährt Martina schon zwei Tage vor ihnen los. Peter kauft mit Melanie eine ordentliche Portion frischen Räucherfisch in Sassnitz ein, den er den Oberlausitzern schon im Dezember versprochen hat. Mit Luciano koppelt er den Anhänger an das Auto. Seine Mutter und seine Schwester Antje wollen ihnen Pflanzen für ihren Garten auf Rügen mitgeben.

Gegen 16 Uhr trifft er in Friedersdorf ein. Da sie doch schneller waren als ursprünglich gedacht, beschließt er, heute noch nach Dresden zu fahren. Er ruft im Hotel an und fragt, ob er schon heute anreisen könne. Seine Frau befindet sich bei der Tagung. Nachdem der Portier den Zusammenhang der Namen von Holsten-Weseck und Weseck sowie die Buchung ab Samstag verstanden hat, teilt er Peter mit, dass seine Frau schon während der Tagung in ihrem Zimmer wohnt, er also nur einzuziehen braucht. Damit ist die Unterbringung gewährleistet.

So fährt Peter um 17 Uhr los und ist aufgrund der schlechten Autobahn erst kurz vor 19 Uhr im Hotel. Je mehr er sich Dresden und ihrer gemeinsamen Unterkunft nähert, befällt ihn ein unruhiges und unbestimmbares Gefühl. Es wirkt in seinem tiefsten Inneren und er weiß aus Erfahrung, dass es nichts Gutes bedeutet.

„Was soll schon sein, Peter, alte Unke?", spricht er mit sich selbst.

Er stellt den Wagen auf dem Hotelparkplatz ab und meldet sich an der Hotelrezeption. Hier bekommt er den zweiten Schlüssel für ihr Zimmer und fragt, wo er seine Frau finden kann.

„Herr Weseck, entschuldigen Sie bitte, die Herrschaften haben heute Mittag das Hotel zu einer Stadtbesichtigung verlassen. Sie müssten aber jeden Moment wieder eintreffen. Für 20 Uhr wurde im Restaurant das Abendessen bestellt. Danach soll wohl noch etwas getanzt werden", unterrichtet ihn der Portier.

„Würden Sie meiner Frau bitte nicht sagen, dass ich schon da bin. Ich möchte sie überraschen", sagt Peter und geht erst einmal in sein Auto zurück.

Hier nimmt er alle wertvollen Gegenstände aus dem Handschuhfach, um sie in seinen Koffer zu stecken. Plötzlich hört er ein bekanntes Klappern von Absatzschuhen auf dem Beton.

Verdammt, da konnte der Portier wohl doch nicht den Mund halten. Aber Martina, die er längst erkannt hat, geht zwei Reihen weiter zu ihrem Auto. Hat sich ganz schön zurechtgemacht, denkt er und bekommt ein flaues Gefühl in der Magengegend.

Tina entnimmt ihrem Auto den extra für ihre Woche gepackten Koffer. Der enthält sein Lieblingskleid, das sie nur für ihren Superabend in der kommenden Woche mitgenommen hat.

Er lässt einer Eingebung zufolge seinen Koffer weiterhin im Auto. Dann geht er ins Restaurant und lässt sich vom Ober einen durch Grünpflanzen verdeckten Zweiertisch zuweisen. Von dort aus kann er die kleine Tafel mit 16 Plätzen gut überblicken, ohne selbst gleich erkannt zu werden. Er bestellt sich ein Wasser und einen Salatteller.

Nach und nach kommen die Tagungsteilnehmer und nehmen am Tisch Platz.

„Also, bei unseren Tagungen sind wir meistens dreimal so viel. Und nur Pärchen sind wir auch nicht. Die Männer überwiegen in der Regel", spricht Peter zu sich selbst.

Doch nun betritt Martina mit einem elegant gekleideten Herrn den Raum und … in seinem neuen Lieblingskleid, das sie während ihrer verspäteten Hochzeitsreise einweihen wollten. Tiefe Enttäuschung steigt in ihm auf. Wollte ihn davor seine innere Stimme warnen?

Martina und der Herr gehen zum Tisch und setzen sich nebeneinander mit dem Rücken zu ihm.

Peter winkt einer Kellnerin und bestellt sich einen doppelten Magenbitter. In der Zwischenzeit werden am Tisch die Bestellungen der „Pärchen" aufgenommen. Das Musikertrio beginnt mit dem ersten Tanz. Der elegante Herr fordert Martina sofort auf. Sie tanzen einen flotten Foxtrott. Als sie an den Tisch zurückkehren, wird serviert. Danach fließt der Sekt in Strömen. Trinken und eng umschlungenes Tanzen wechseln sich bei Martina und ihrem Partner ab. Wenn sie am Tisch sitzen, betastet er sie am Rücken und schiebt immer wieder seine Finger unter den Träger des BHs und des Kleids. Martina lässt ihn gewähren.

Nach 22 Uhr geht sie nach einem sehr engem Tanz, bei dem sich beide gegenseitig ins Ohr flüstern, aus dem Restaurant. Nach zehn Minuten folgt der Herr ebenfalls. Nachdem weitere fünf Minuten vergangen sind, bezahlt Peter und geht. Zuerst sucht er die Toilette auf, um das viele Wasser wegzuschaffen, das er getrunken hat. Irgendwie ist er froh, nur den einen Magenbitter bestellt zu haben. Dadurch ist er klar im Kopf. Aber er hat Angst vor dem, was ihn jetzt vielleicht erwartet.

Peter fährt mit dem Lift in den vierten Stock. Als er den Fahrstuhl verlässt, sieht er am Ende des Gangs den Zimmerkellner einen Servierwagen an einer Tür abgeben. Peter stellt fest, dass er in die gleiche Richtung muss. An besagter Tür hängt ein Schild „Bitte nicht stören!" Er geht bis zum Ende des Gangs. Hier bleibt er stehen und überlegt. Ruhe bewahren, Peter. Nicht handgreiflich werden, aber intelligent und überlegt handeln! Dann verlässt du das Hotel. Frische Luft hilft immer!

Er geht zurück und schließt mit seinem Schlüssel leise die Tür auf. Jetzt steht er in einer Art Vorraum. Die Tür zum Zimmer ist geschlossen. Von drinnen klingt leise Musik. Peter öffnet auch diese Tür leise und sieht den Servierwagen mit zwei angetrunkenen Sektgläsern stehen. Aus dem Doppelbett ragen zwei Paar Füße. Er tritt in den Raum und sieht den Rücken eines nackten Manns vor sich. Die Frau ebenfalls völlig unbekleidet, liegt halb auf der Seite und halb auf dem Rücken. Der Kerl saugt genüsslich an den Nippeln ihrer Brüste. Seine linke Hand befindet sich zwischen ihren leicht geöffneten Oberschenkeln. Das ihr das gefällt, erkennt Peter an dem ihm gut bekannten Stöhnen. Vor ihm liegt Martina, wie er sie eigentlich nach ihrem Ehegelöbnis nur in seinen Armen erleben dürfte.

In ihm steigt eine solche Bitterkeit auf, dass er sich kaum beherrschen kann. Doch er zwingt sich zur Ruhe!

Als der Kerl zwischen ihre Beine gleiten möchte, öffnet Martina die Augen und sieht Peter neben dem Bett stehen. „Peter," schreit sie auf, „was machst du denn hier? Du kommst doch erst morgen?", fiel ihr im Moment nichts Dümmeres ein.

Der Kerl springt schnell in das Nebenbett und versucht, seine Blöße zu verdecken. Martina zieht sich die Decke bis zum Hals und schaut immer noch fassungslos auf Peter.

Dieser ist ganz ruhig und sagt eiskalt ohne eine Regung im Gesicht: „Ich wollte nur sehen, wie es bei Tagungen der Juristen zugeht. Hoffentlich hast du, bevor du mit diesem Kerl ins Bett gestiegen bist, deinen Ehering abgelegt!"

Peter geht auf Martinas Seite des Betts und nimmt ihre rechte Hand. Der Ring fehlt. Er geht zurück und greift in die Innentasche seines Jacketts und wirft ihr den Hotelvertrag auf die Bettdecke.

„Ihnen schenke ich den Zweitschlüssel für das Zimmer. Es ist bis nächsten Freitag gebucht. Eine angenehme Woche mit meiner Noch-Ehefrau!" Peter dreht sich um und geht zur Tür.

„Ach so, Martina, hier hast du noch meinen Ehering! Vielleicht passt er ihm, oder sind Sie auch schon verheiratet?"

Peter zieht sich den Ring vom Finger und legt ihn auf den Tisch. Ohne ein weiteres Wort zu verlieren, verlässt er den Raum. Er beeilt sich, zum Fahrstuhl zu kommen. Erst nachdem sich die Türen hinter ihm schließen, beginnt er, ruhig durchzuatmen. Bloß gut, dass er seinen Koffer im Auto gelassen hat. Er meldet sich an der Rezeption ab, teilt mit, dass der Zweitschlüssel bei seiner Frau im Zimmer ist, und fährt in Richtung Berlin. An der Raststätte „Karlsberg" legt er eine Pause ein, trinkt ein Kännchen Kaffee, isst etwas und fährt nach einer Stunde weiter. Peter ist so maßlos enttäuscht, dass alle Schlafversuche misslingen. So fährt er bis zum „Rügenhaus" durch.

Am nächsten Morgen gegen 9 Uhr trifft er dort ein. Nun ist er 30 Stunden auf den Beinen. Er holt sich eine Flasche Bier aus dem

Kühlschrank. Dann geht er in ein Gästezimmer, in dem er und Martina noch nie gemeinsam auf dem Bett gelegen haben. Er nimmt einen kräftigen Schluck aus der Flasche. Alkohol macht Probleme leichter. 17 Jahre hat er um sie gekämpft! Dann haben sie geheiratet. Wenn sie in den Jahren bis 1980 Kerle gehabt haben sollte, Schwamm drüber. Sie hat ihm aber geschworen, dass es nicht so war. Warum dann jetzt plötzlich, nach dem sie das Ehegelöbnis geleistet haben? Dann schläft Peter ein.

*

Martina benötigt einige Zeit, um das soeben Erlebte zu begreifen. Sie liegt wie gelähmt in ihrem Bett und starrt auf die wieder geschlossene Tür. Sie hat ihren Peter betrogen! Ihn und keinen anderen Mann auf der Welt wollte sie haben! Plötzlich spürt sie eine Hand an ihrer Brust und ihrem Schenkel. Sie begreift sehr schnell, dass das Übel ihres Unglücks immer noch in ihrem Bett liegt. „Raus, verschwinde!", schreit sie ihn an.

„Aber Martina, du musst mir helfen, an deine Universität zu kommen. Dort soll die Stelle des Sektionsdirektors für Recht ausgeschrieben werden. Vielleicht kannst du für mich ein Wort einlegen!"

„Vielleicht hättest du vorhin besser gleich meinen Mann gefragt. Er ist Prorektor an besagter Universität. Und jetzt raus, und komm mir nie wieder unter die Augen!" Tina ist aufgesprungen, zieht sich in Windeseile an. Sie nimmt wahllos einen Rock und eine Bluse aus dem Schrank. Danach greift sie ihren Liebhaber, der sie immer noch verdattert ansieht, und wirft ihn mit samt seiner Sachen auf den Flur. Dann schließt sie das Zimmer, fährt mit dem Lift ins Erdgeschoss und fragt den Portier nach Peter. Dieser versteht sie nicht gleich, sagt aber, dass Herr Weseck sich abgemeldet und das Hotel verlassen hat.

Tina rennt auf den Parkplatz, findet aber außer ihrem eigenen Wagen kein Fahrzeug, das Peter gehört. Sie lehnt sich an ihren Mercedes und beginnt zu weinen, aus Wut und Ekel vor sich selbst. Wie konnte ich das tun? Das verzeiht mir Peter nie. Sie läuft eine Stunde die Prager Straße entlang, ehe sie in ihr Zimmer zurückkehrt. Zuerst sucht sie Peters Ring und den zweiten Zimmerschlüssel. Dann trinkt sie die Sektflasche aus.

Immer wieder überlegt sie, warum sie diesen ehemaligen Studienkollegen, der sie schon als Studentin haben wollte, in ihr Bett gelassen hat. Seit sie Peter kennt, hat sie alle Versuche anderer Männer abgewiesen. Und jetzt das!

Sie legt sich aufs Bett und beginnt erneut zu weinen. Dann fällt sie, angekleidet wie sie ist, in einen unruhigen Schlaf.

An der Haustür klingelt es. Peter wird wach und stellt fest, dass es schon Abend ist. Er öffnet und Angela, ihre Nachbarin, steht vor der Tür.

„Guten Abend, Peter! Ich wollte gerade meinen Rundgang machen und da sehe ich dein Auto im Hof stehen. Wolltet ihr euch nicht in Dresden treffen?", fragt sie ihn.

„Ja, aber ich bin dienstlich zurückgerufen worden und muss Montag in die Uni. Bis dahin habe ich noch einiges vorzubereiten", lügt er.

Angela muss sich ein Lächeln verkneifen. Sie hat heute Morgen schon sein Auto stehen sehen. Mittag rief dann Martina an und fragte, ob Peter zu Hause sei. Angela versprach ihr, ihn auf jeden Fall nicht wegfahren zu lassen.

„Möchtest du bei uns morgen zu Mittag essen?", fragt sie ihn.

„Nein danke, ich brauche nur Ruhe, um mich voll zu konzentrieren. Wenn ich Hilfe brauche, melde ich mich bei euch. Einen schönen Abend noch", sagt Peter und schließt die Tür.

Er ist froh, aus dieser Situation erst einmal herausgekommen zu sein. Als Erstes geht er duschen und sich rasieren. Frisch gekleidet, macht er sich zwei Toastbrote, heizt den Gartenkamin an und setzt sich auf die Terrasse. Plötzlich fällt ihm ein, dass er sich den Abend bei einem Bier und einem Korn so gemütlich wie möglich machen wird. Jetzt erst recht!

Peter geht in die Küche und sieht den Anrufbeantworter blinken. Er ruft ihn ab.

„Peter, hier ist Martina. Bitte verzeih mir. Ich liebe doch nur dich. Wenn du meine Nachricht hörst, ruf mich bitte zurück!"

Peter drückt die Löschtaste. „Wer einmal lügt, dem glaubt man nicht, und wenn er auch die Wahrheit spricht! Was ich da gesehen habe, werde ich meinen Lebtag nicht vergessen", spricht Peter mit sich selbst.

Dann geht er auf die Terrasse zurück und setzt sich an den Tisch. Sein Blick geht zur See. Immer wieder fragt er sich, wie es nun weitergehen soll? Das gestern Abend Geschehene zieht ständig an ihm vorbei. Ausgerechnet die Frau, die er über alles liebt, hintergeht ihn! Das wievielte Mal eigentlich schon?

Er weiß nicht, wie lange er schon grübelt. Langsam beginnt die Abenddämmerung aufzuziehen, und die Positionslichter der vorbeiziehenden Schiffe werden immer deutlicher. Fakt ist, dass ihn sein unbewusstes Gefühl auf der Fahrt nach Dresden wieder einmal nicht getäuscht hat. Peter gießt sich die Gläser nochmals voll. In einem Zug leert er das Schnapsglas.

„Hallo Peter", spricht ihn Martina an und küsst ihn auf die Wange.

Im ersten Moment glaubt er an eine Halluzination. Er legt beide Hände vor sein Gesicht und schüttelt den Kopf.

Als er wieder aufschaut, steht Martina in ganzer Größe vor ihm. „Peter, ich muss unbedingt mit dir sprechen, bitte!"

Er schaut sie nur ungläubig an und schweigt.

„Ich möchte mich aber vorher umziehen!"

Peter nickt nur abwesend. Einen Augenblick bleibt er noch sitzen und schaut auf sein Bierglas. Ich glaube, jetzt fange ich langsam an durchzudrehen. Mit einer Kanne Wasser löscht er die Glut im Kamin, nimmt Flaschen und Gläser und stellt sie auf den Couchtisch. Dabei bemerkt er, dass er höchstens zwei Korn und eine Flasche Bier getrunken hat. Er holt sich ein neues Pils, setzt sich in einen Sessel und beginnt, das Fernsehprogramm durchzuschalten. Als er den richtigen Sender gefunden hat, kommt Martina die Treppe herunter. Sie hat die Hose gegen einen Rock und die karierte Bluse gegen eine gelbliche getauscht. Peter beachtet Tina nicht.

Sie setzt sich unmittelbar neben seinen Sessel auf die Couch. „Bekomme ich auch etwas zu trinken?", fragt sie mit unsicherer Stimme.

„Was möchtest du?", fragt er sie, ohne sie anzuschauen.

„Einen großen Korn und ein Glas Sekt", antwortet Martina.

Peter steht auf und holt das Gewünschte. Er gießt die Gläser voll und schaut weiter zum Fernseher.

Martina fühlt sich nicht wohl und fragt etwas unglücklich, in dem sie ihr Schnapsglas anhebt. „Stößt du mit mir an?"

„Warum nicht? Also auf den gestrigen Abend!", entgegnet er mit so viel Enttäuschung in der Stimme, wie ein Liebender seinem Partner gegenüber, der ihn soeben betrogen hat, haben kann.

Peter trinkt sein Glas aus und spült mit Bier nach. „Martina, was willst du noch von mir? Worum es bei eurer Juristentagung ging, habe ich gestern Abend von 20 Uhr bis gegen 23 Uhr miterleben dürfen. Ich frage mich nur, warum diese Acht-Pärchen-Tagung nicht schon vor unserer Hochzeit stattgefunden hat. Oder war das nur eine Fortsetzung mehrerer vergangener Treffen, von denen ich und die Kinder nichts wissen?

Martina, seit meinem zweiundzwanzigsten Lebensjahr liebe ich dich von ganzem Herzen. Alle Frauen, die ich hätte haben können, auch solche, die genauso hübsch waren und eine tadellose Figur hatten, wie du, habe ich abgewiesen. Dann enttäuscht mich ausgerechnet meine große Liebe. Aber was soll's?

Ich hatte seit gestern Abend genug Zeit nachzudenken. Das Grobe werden deine Juristenkollegen klären. Wie wir das alles unseren Kindern beibringen, weiß ich noch nicht!"

Peter ist schon lange von seinem Sessel aufgesprungen und durch das Zimmer gelaufen. Jetzt stützt er sich auf die Sessellehne und starrt vor sich hin.

Martina sitzt kreidebleich auf ihrem Platz. Ihr sind Tränen in die Augen getreten, aber aus Wut auf sich selbst. Sie gießt sich noch einen Korn ein und trinkt ihn sofort aus. Mut ansaufen nennt man das, denkt sie dabei. Sie fasst sich ein Herz: „Peter, ich weiß, dass ich dich verletzt habe. Ich wollte das alles nicht und habe es trotzdem getan. Was gestern plötzlich mit mir los war, kann ich noch nicht erklären. Werner Merkel habe ich 1975 mit Beginn meines Jurastudiums in Kiel kennengelernt. Er hat immer wieder versucht, mich in sein Bett zu bekommen. Selbst dass ich schon zwei Kinder hatte, störte ihn nicht. Er wollte mich, eine von Holsten, unbedingt in seine Trophäensammlung haben, bekam ich durch Mitstudentinnen heraus. Sein Vater war ein erfolgreicher Rechtsanwalt in Hamburg, ist aber wegen einer undurchsichtigen Geschichte vor zwei Jahren erschossen worden. Ohne Papa ist Söhnchen recht hilflos, habe ich heute Vormittag von einer ehemaligen Kollegin aus Kiel erfahren. Die Acht-Pärchen-Tagung, wie du vorhin formuliert hast, bestand ursprünglich aus 23 Personen. Das Ganze war ein Studiengruppentreffen und keine Tagung. Erst wollte ich Donnerstag wieder abreisen, als ich das mitbekommen habe, aber dann dachte ich, wir treffen uns sowieso am Samstag, machst du also das Treffen mit. Wir haben uns viel in Dresden angesehen. Dass er sich ständig an meine Seite drängelte, war für den Rest der Teilnehmer des Treffens am Freitagnachmittag normal. Er hatte mich auch allen anderen als die Martina von Holsten vorgestellt. Dass ich seit 1990 verheiratet bin, war niemandem bekannt. Ich habe auch nichts davon erzählt, auch nicht, dass ich jetzt drei Kinder mit dir habe. Dass ich an der Uni in Greifswald bin, wusste er schon.

Als du gestern Abend das Zimmer verlassen hast, war ich wie geschockt. Langsam wurde mir klar, was ich da tun wollte. Als er mir dann sagte, dass er mich braucht, um in Greifswald die Stelle des Sektionsdirektors für Rechtswissenschaften zu bekommen, wurde mir vieles klar. Ich habe ihn, so nackt wie er war, mit samt seinen Sachen auf den Flur geworfen. Dann bin ich dir nachgelaufen, doch du warst schon abgereist. Wohin, wusste niemand."

Peter setzt sich in seinen Sessel. „Aber wie konntest du dich mit diesem Komödianten einlassen? Wäre ich fünf oder zehn Minuten später gekommen, hätte er dich gehabt, Martina!"

„Ich weiß es nicht, Peter! Als ich wieder im Zimmer war, habe ich als Erstes deinen Ehering in meine Tasche gelegt und dann den Zweitschlüssel gesucht. Ich dachte, nichts gehört dem Lump, also suche, Martina! Dabei habe ich das hier gefunden: Das sind zwei Tabletten, und das Tütchen enthält irgendein Pulver. Beides muss ihm aus der Hosentasche gefallen sein. Vielleicht könnten wir Michael bitten, die Substanzen im Labor überprüfen zu lassen?"

Peter betrachtet die Tabletten und die Tüte. „Vielleicht ist es ein Aufputschmittel oder etwas gegen Schmerzen. Was weiß ich! Wenn er dir irgendwann am Abend eine Tablette in dein Glas gegeben hat, wirkt die schon einige Zeit. Das könnte auch deine Stimmung erklären", sagt Peter und bleibt trotzdem kühl.

„Peter, ich möchte dir deinen Ring wieder an den Finger stecken. Dort gehört er hin und soll auch dort bleiben!" Martina greift seine rechte Hand und schiebt den Ring wieder auf den Finger.

„Nein, Martina, so weit sind wir noch lange nicht! Ich habe dir bisher alles geglaubt, was du mir erzählt oder geschworen hast. Jetzt will ich erst Beweise sehen. Unser Vertrauensverhältnis hast du schwer verletzt. Vielleicht hast du unsere ganze Familie damit zerstört. Ich hoffe es nicht. Gute Nacht, ich gehe jetzt schlafen!" Peter steht auf und verlässt den Raum.

Martina erkennt, dass sie sein Vertrauen nicht so einfach wiedergewinnen kann. Nach einer Weile schaltet sie den Fernseher aus, löscht das Licht und geht ins Bad. Da alles schon finster ist, denkt sie, Peter mit einem ihrer schönsten, kurzen Nachthemden zu überzeugen. Doch als sie das Schummerlicht einschaltet, stellt sie fest, dass Peter nicht in seinem Bett liegt. Wo kann er sein?

Tina zieht sich ihren Morgenmantel über und geht nach unten. Sie öffnet die Haustür und schaltet die Außenbeleuchtung ein. Ihre beiden Autos stehen vor dem Haus. Sie beginnt, sich Sorgen zu machen. Im Wohnzimmer und auch im Arbeitszimmer ist er nicht. Bleibt nur der Anbau. Martina öffnet die Zwischentür und horcht, da sie im Gang Stimmen hört. Sie geht zum zweiten Gästezimmer und öffnet leise die Tür. Peter liegt auf dem Bett und schaut an die Decke. Die Stimmen kommen aus dem Fernseher.

Sie geht zu ihm und fragt: „Peter, warum liegst du hier und nicht in deinem Bett?"

Er schaut sie an. Dann sagt er mit belegter Stimme zu ihr: „Ein Bett, das nicht mehr mein Bett ist. Wir haben es als unser gemeinsames Bett gekauft und eine wunderschöne erste Nacht darin verbracht. Denkst du, ich kann das vergessen, wenn ich immer wieder an gestern Abend denken muss? Tina, ich bin doch kein Stück Holz! Trotz der ganzen Intrigen und Beleidigungen über die Jahre habe ich mir ein Stück Stolz und vor allem meine Liebe zu dir von niemandem nehmen lassen. Und dann das!"

Martina setzt sich auf den Rand seines Betts. Jetzt ist sie diejenige, die ihr Gesicht in ihren Händen vergräbt. Am Zucken ihrer Schultern erkennt er, dass sie weint. Ihm wird in diesem Moment bewusst, dass er den Bogen überspannt hat. Plötzlich steht sie wieder auf und verlässt das Zimmer. Jetzt ist es Peter, der schnellstens handeln muss. Er weiß, dass Tina eine bewusste und stolze Frau ist. Auch ihre Kraft geht einmal zu Ende. Diese Affäre hat schon viel zu viel davon gekostet. Er springt aus dem Bett und läuft ihr nach.

Als er sein Zimmer verlässt, schließt sie gerade die Zwischentür.

„Tina, warte!", ruft er und läuft den Gang entlang.

Martina ist in der Mitte der Treppe zu ihren persönlichen Räumen stehen geblieben. „Was willst du noch, Peter? Du verzeihst mir nicht, und damit ist alles gesagt", spricht sie mit leiser, fester Stimme.

„Tina, ich verzeihe dir. Ich möchte mich auch für manche törichte Bemerkung bei dir entschuldigen." Peter geht die Stufen bis zu ihr hoch und nimmt ihre rechte Hand.

„Schau, diese zwei Ringe haben 17 Jahre warten müssen, ehe sie zusammengehören durften. Deshalb sollten sie auch nie mehr getrennt werden!" Peter gibt ihr einen Kuss. Dann sagt er ganz ernst: „Frau von Holsten-Weseck, darf ich Sie in Ihr Bett begleiten?"

Martina steht derart überrascht vor ihm, dass sie erst ihr aufkommendes Glücksgefühl bändigen muss, bevor sie im gleichen scherzhaften Ton antwortet: „Das dürfen Sie, Herr Weseck. Ich bitte darum!"

Peter führt Martina bis zu ihrem Bett. Dort hilft er ihr aus ihrem Morgenmantel. Erst jetzt bemerkt er, welch verführerisches Teil sie darunter trägt. Na, da möchte ich mich beeilen. Er geht nach unten, um das Licht zu löschen und den Fernseher auszuschalten. Als er ins Schlafzimmer zurückkommt, schläft Martina tief und fest. In ihrem Gesicht ist die Sorgenfalte einem entspannten und glücklichen Ausdruck gewichen.

Am Sonntagmorgen ist Martina zuerst wach. Lange betrachtet sie ihren Peter, der noch fest schläft. Sie geht sich duschen. Mit viel Gel wäscht sie ihren ganzen Körper ab. Nur dieses Gefühl der Hände von diesem Merkel auf ihrer Haut möchte sie loswerden. Sie kleidet sich an und fährt zu einer nahegelegenen Bäckerei, um Brot, Brötchen und Butter zu holen. Nachdem der Kaffee fertig ist, will sie Peter wecken gehen. Doch der ruft sie auf die Terrasse. Dort ist schon der Tisch gedeckt. Nur Kaffee, Brötchen und Butter fehlen noch. Sogar ein frischer Blumenstrauß steht auf dem Tisch. Sie umarmen sich, und Peter sagt ihr leise ins Ohr, dass er sie sehr lieb hat. Martina drückt und küsst ihn noch mehr. Dann setzen sie sich an den Tisch und frühstücken.

Gemeinsam legen sie ihre Verfahrensweise für die nächsten Tage fest.

Tina informiert Peter, dass sie das Zimmer im Hotel gekündigt hat. Aus Kulanz brauchte sie nur das Wochenende zu bezahlen. Sie möchte auch nie mehr dorthin. Peter versteht sie und schlägt vor, diese geschenkte Woche trotzdem zu einem späteren Zeitpunkt nachzuholen. Tina ist einverstanden. Am Montag wollen sie wegen der Tabletten und des Pulvers mit Oberkommissar Michael Krause sprechen. Er soll die Substanzen untersuchen lassen. Es interessiert beide, welche Rolle dieser feine Herr Merkel hier gespielt hat.

Ansonsten sind sie sich beide einig, dass diese leidige Angelegenheit ihrer beider Geheimnis bleibt. Warum sie ihren Urlaub unterbrechen mussten, dafür gibt es dringende dienstliche Gründe, wie es Peter der Nachbarin schon gesagt hat. Zur Vesperzeit wollen sie in Friedersdorf anrufen und anfragen, ob man noch zwei Betten frei hat.

Am Mittag machen sie einen Marsch von drei Kilometern, um frischen Fisch essen zu können, und zurück wurden es sieben, nur weil Peter Tina unbedingt ein neues Hotel in Binz zeigen wollte. Völlig geschafft, mit Blasen an den Füßen kommen sie zu Hause an.

Der Anrufbeantworter blinkt. Sophia fragt, wo sie eigentlich sind? Ruft uns an!

„Typisch große Tochter", sagt Peter.

„Da muss sie bis heute Abend warten! Schatz, obwohl ich richtig geschafft bin, könnte ich dich jetzt vernaschen, aber leider verlangt die Natur eine ganze Woche zu früh ihr Recht", sagt Martina, die sich Schuhe, Bluse und Rock ausgezogen hat.

„Trotzdem siehst du sexy aus! Und wenn ich könnte, wie ich wollte, wärst du sofort dran", sagt Peter mit Bedauern.

„Mein armer Schatz, hältst du es noch eine Woche aus? Dann holen wir alles nach. Versprochen", sagt Tina tröstend.

„Ich hoffe, meine Mutter hat nicht zu knarrende Betten für uns. Sonst hat das ganze Dorf etwas davon, wenn sich zwei Wissenschaftler lieben", sagt Peter mit Runzeln auf der Stirn.

Beide gehen duschen und legen sich anschließend auf ihre Liegen auf der Terrasse. Es dauert nicht lange, und sie schlafen ein. Nach einer Stunde weckt sie das Klingeln des Telefons.

Peter ist als Erster wach. „Hallo Melanie, rufst du von der Oma aus an? Ja? Dann hole schnell alle ans Telefon, ich hole die Mama, und dann rufen wir dich zurück." Peter legt auf.

Tina steht schon hinter ihm. „Soll ich uns schnell eine Tasse Kaffee kochen?", fragt sie ihn.

Er nickt und baut in der Zwischenzeit die Freisprechanlage auf. Nach etwa sechs Minuten rufen sie zurück.

Sofort ist Melanie am Apparat. „Papi, warum seid ihr denn nicht in Dresden?"

Statt Papi antwortet Mama. „Wir grüßen erst einmal alle Friedersdorfer und ihre Gäste! Warum wir nicht in Dresden sind, hat dienstliche Gründe. Wir könnten aber am Dienstag bei euch eintreffen, wenn Oma weiß, wer noch zwei Betten für uns hat."

„Kommt nur. Euch bekommen wir auch noch unter. Kein Problem! Tina, bringt aber auf jeden Fall den zweiten Anhänger mit. Ich denke, wir haben so viel für euch, dass ihr Transportschwierigkeiten bekommen werdet", antwortet Peters Mutter.

Sie unterhalten sich noch eine ganze Weile mit allen. Da sie sich aber spätestens am Dienstag alle wiedersehen, beenden sie das Gespräch. Am Montag erledigen sie ihr Vorhaben bei Micha Krause, geben ihrer Nachbarin Bescheid, dass sie wieder wegfahren, und starten am nächsten Morgen um 7 Uhr.

*

In der Oberlausitz verbringen die fünf noch eine gemeinsame Woche Urlaub. Martinas Verhältnis zu ihrer Schwiegermutter wird immer herzlicher. Sie lässt sich viele Lausitzer Rezepte von ihr zeigen, Tricks in der Gartenarbeit, und sie sprechen sich ab, wenn Antje und ihr Mann im November ein Schwein schlachten, auf jeden Fall helfen zu kommen. Einen Tag besichtigen sie unter Daniels Führung Görlitz und einen Tag mit Petras Familie das Zittauer Gebirge. Bei Mutter zu Hause füllen Peter und Luciano den Heu- und Strohvorrat für den Winter auf. Die Kaninchen brauchen etwas zu fressen, sagt seine Mutter.

Am letzten Samstag ihres Besuchs werden jegliche Schlafgelegenheiten einschließlich der Zelte mobilgemacht, um die vier Görlitzer und die drei Zittauer unterzubringen. Am Vormittag holt Antje Martina, Kerstin und Petra zum Reiten ab.

Tina weiß nicht, wie lange sie schon nicht mehr auf einem Pferd gesessen hat. Sie fragt Peter: „Willst du nicht mitkommen? Antje hat auch ganz ruhige Stuten."

„Nein danke, die Stute, die ich reite, wirft mich wenigstens nicht ab."

Tina wird vor ihrer Schwiegermutter, den Schwägerinnen und Schwägern ganz rot im Gesicht.

Seine Mutter sagt: „Aber, Peter, so kenne ich dich gar nicht. Wo ist nur deine gute Erziehung geblieben?"

Seine Schwestern und seine Schwäger biegen sich vor Lachen.

Dann sagt Tina: „Wart's nur ab, schon manch vorlautem Reiters Stute warf ihn auf den Steiß, worauf er jammerte, was soll denn dieser Scheiß! In diesem Sinne auf die Pferde hüpft!"

Selbst Peters Mutter muss über das verdutzte Gesicht ihres Sohnes lachen.

Tina gibt ihm einen Schmatz auf die Wange: „Mach's gut, mein Hengst."

Peter steht mit einem recht verdutzten Gesicht im Hof. Mit dieser Antwort hat er keinesfalls gerechnet. Die Schwäger und der Bruder klopfen ihm gönnerhaft auf die Schulter und schlagen vor, Doppelkopf zu spielen. Obwohl Tina nicht nur die Oberschenkel wehtun, sondern alles, was sich diesen anschließt, wird ein vergnügliches Grillfest mit Tanz und allen möglichen Überraschungen gefeiert. In einer etwas ruhigeren Phase erzählt Antje Peter, dass sich der Parteisekretär Siegfried in Görlitz vom Viadukt gestürzt hat. Schade, denkt Peter, mit dem Schwein hätte ich gerne noch abgerechnet.

Montags beladen sie ihre Anhänger und Autos und fahren nach Binz zurück. In den nächsten Tagen vor Schul- und Studienbeginn haben sie noch einiges mit der Schulbehörde wegen Sophia und Luciano zu klären. Auch Melanie geht jetzt ins Gymnasium nach Bergen.

Die meiste Zeit verbringen Tina und Peter in den nächsten Tagen gemeinsam mit Ole und Grit, um einen Zeitplan aufzustellen. Keines ihrer Kinder soll zu kurz kommen. Die Zwillinge sollen ihren Abschluss mit sehr guten Noten schaffen und Melanie ihren Start.

An der Universität läuft alles nach Plan. Tinas erster Jahrgang als Sektion Rechtswissenschaften läuft sehr gut an. Trotz kleiner Korrekturen kann sie dem Prorektor für Studienangelegenheiten volles Gelingen mitteilen.

Sie beschließen, ihre beiden geschenkten Hochzeitsreisen so weit nach hinten zu verschieben, bis alle anstehenden derzeitigen Probleme gelöst sind. Das sind: die Untersuchungshaft von Tinas Vater und Bruder, die Rückübertragungsansprüche und die Erbangelegenheit überhaupt sowie ihr Erlebnis in Dresden. Ganz wichtig ist die Wiederherstellung ihres Landhauses in Schleswig-Holstein.

Als Erstes klärt sich ihr Geheimnis von Dresden. Oberkommissar Krause informiert sie nach ihrer Heimkehr persönlich. Die Tabletten sind ein Aufputschmittel. Wenn man diese jemandem zum Beispiel am Mittag in irgendeine Flüssigkeit gibt, baut sie denjenigen auf. Noch eine zum Abendbrot dazu, und er verliert spätestens nach zwei bis drei Stunden jegliche Hemmungen. Das zweite Mittel in der kleinen Tüte ist reines Heroin.

„Martina, ich muss jetzt von dir wissen, woher du die Substanzen hast", sagt Michael zu ihr.

Ihr ist die ganze Angelegenheit peinlich, aber sie erzählt ihm von ihrem Studiengruppentreffen und sagt auch, dass Merkel sie brauchte, um an die Universität zu kommen. Die Substanzen sind ihm aus der Hosentasche gefallen, ohne dass er es bemerkt hat. Sie gibt ihm noch die ihr bekannte Anschrift von Merkel, mehr aber kann sie nicht sagen.

Wenige Tage später teilt Oberkommissar Krause mit, dass sie ihn gefasst haben. Er gehört zu der Gruppe Dealer, zu der sein Vater gehörte. Sein Vater wurde wegen Veruntreuung von Geldern von der Mafia erschossen. Im Osten sollte Merkel junior neue Märkte finden, besonders an höheren Bildungseinrichtungen, wo Kinder wohlhabender Bürger studieren. Martina ist aus der ganzen Geschichte heraus und wird noch ein Dankeschön vom LKA erhalten.

Nach dieser Mitteilung begehen Peter und Martina einen gemeinsamen Abend in einer Gaststätte in Borgwedel, in der sie auch gleich übernachten. Tinas Fehltritt ist damit vergessen, und Peter fühlt sich wegen seiner Verdächtigungen unwohl. Doch im vertrauten Gespräch miteinander werden die letzten Bedenken ausgeräumt.

Ohne weitere Probleme erreichen sie den Jahreswechsel 1991/1992. Während ihrer Silvesterfeier, die nur im Kreise von Martina, Grit, Ole und Peter stattfindet, machen ihnen ihre liebsten Freunde und Helfer eine unerwartete Mitteilung. Nach Ende des Schuljahres wollen sie in Grits Elternhaus nach Baden-Württemberg ziehen. Sie verlassen den Norden.

Tina und Peter benötigen einige Zeit, um die Mitteilung zu begreifen. Nachdem sie die Gründe erfahren, verstehen sie die Entscheidung. Tina und Peter haben hier ihr Glück und ihre Arbeit gefunden. Was sollen Ole und Grit jetzt allein in Borgwedel? Sie haben einen Käufer für ihr Grundstück und werden deshalb Mitte 1992 in den Süden ziehen.

Kurz nach Mitternacht rufen die Kinder mit ihren Freunden an und wünschen ihren Eltern, Tante Grit und Onkel Ole ein glückliches und gesundes Jahr 1992.

Im April 1992 erfährt Martina, dass die Untersuchungen gegen ihren Vater und den Bruder abgeschlossen sind. Sie selbst und auch Peter brauchen während der Verhandlungen nicht aufzutreten. Das übernimmt Dr. Hartmann für sie. Im ersten Verfahren wird Tinas Vater wegen Steuerhinterziehung, Urkundenfälschung und Zuhälterei zu acht Jahren Gefängnis verurteilt. In einem späteren Verfahren erhält ihr Bruder Arnim wegen Landesverrats zehn Jahre Gefängnis. Seine Frau Luise reicht daraufhin sofort die Scheidung ein und zieht mit ihren Söhnen nach Bayern zu ihren Eltern zurück.

Martina lässt daraufhin durch Dr. Hartmann für das Gut Borgwedel einen beglaubigten Verwalter einsetzen. Dieser bleibt so lange dort tätig, bis sich einschließlich ihrer Erbangelegenheiten alles geklärt hat.

Sophia und Luciano machen gute Fortschritte bei der Bewältigung ihrer erschwerten Abiturvorbereitung. Tina und Peter bleiben in stetem Kontakt zu Klassenleiterin Frau Pohl und Direktor Herrn Strauch. Nach einem harten Jahr des Lernens und Verzichtens auf manche freie Stunde ist es so weit.

Martina und Peter sitzen in der Aula des Gymnasium und halten sich an den Händen vor Glück. Sophia und Luciano haben ihr Abitur vorzeitig und mit ausgezeichneten Leistungen abgelegt.

Am Abend beim Abiturientenball werden zur Tanzeröffnung Martina von Luciano und Peter von Sophia zum ersten Tanz aufgefordert. Traditionell eröffnen die Jahrgangsbesten den Tanz. Viele Fotoapparate blitzen, als fünf Paare, unter ihnen die Zwillinge, die Tanzfläche betreten. Tina und Peter tanzen das erste Mal in der Öffentlichkeit mit ihren großen Kindern. Peter lädt sie danach in einem Gefühl des Glücks und der Freude zu einem Glas Champagner ein.

Während sie trinken, sagt Luciano plötzlich: „Habt ihr etwas dagegen, wenn wir nicht mit euch nach Hause fahren. Wir hätten
heute Nacht noch einiges vor."

„Sophia, du auch? Hast du die Pille genommen?", fragt Martina.

„Aber Mama, die nehme ich schon lange, und es ist nicht das
erste Mal."

„Sophia, ich bin platt. Peter, was sagst du dazu?"

„Na ja, was soll man dazu sagen? Du hattest sie vor 19 Jahren
jedenfalls vergessen. Deshalb haben wir heute zwei solch prima Kinder. Lassen wir es darauf ankommen."

„Ich bin fassungslos. Wer hat denn wen verführt? Na gut, mein
Rock war sehr kurz, und Büstenhalter hatte ich auch keinen um.
Ach, wisst ihr was, macht doch, was ihr wollt. Hauptsache, ihr ver-
saut euch eure Zukunft nicht", sagt Martina.

„Was denn, Mutti, du hast Vati ohne BH und mit kurzem Rock
zielgerichtet verführt, damit wir entstehen konnten? Wir danken
euch beiden. Wer weiß, was wir sonst für Eltern bekommen hätten?
Hoch lebe das Festival!", sagt Luciano.

Seine Schwester Sophia nickt dazu. „Wir sind so glücklich, dass
wir euch haben. Bessere Eltern gibt es nicht, auch wenn du erst
fast 16 Jahre später zu uns gestoßen bist. Aber solche liebevollen
und hilfsbereiten Eltern wie euch finden wir kein zweites Mal. Dafür
möchten wir uns ganz herzlich bei euch bedanken", sagt Sophia.

Tina und Peter sind echt gerührt und drücken ihre beiden Großen ganz fest an sich. Als sich Peter und Martina von den anderen
Eltern verabschieden, weil sie Ole abholt, sind Sophia und Luciano
schon lange verschwunden.

Nach ihren letzten großen Ferien beginnt Sophia in Berlin an
der Humboldt-Universität mit einem Medizinstudium, und Luciano
studiert Agrarökonomie an der Universität in Leipzig. Beide möchten danach in den Norden zurück. Aber einmal sehen, was die Liebe dazu sagt! Anfang August ziehen Ole und Grit auf ihr Weingut
in der Nähe von Freiburg. Melanie nehmen sie für zwei Wochen
mit. Martina und Peter holen jetzt, nach mehr als einem Jahr, ihre
Hochzeitsreise nach. Dieses Mal wohnen sie im Hotel „Bastei" in
Dresden. Es wird für beide eine unvergessliche und sehr erholsame
Woche. Danach fahren sie in Tinas neuem Mercedes Melanie abholen.

Zwei Tage vor dem Oktoberfeiertag werden Dr. Martina von Holsten-Weseck, Dr. Gerd Mahler und Prof. Dr. Kurzweg nach Schwerin in das Wissenschaftsministerium eingeladen. Hier werden Martina und Dr. Mahler mit sieben weiteren Kollegen von anderen Lehreinrichtungen des Landes zu Professoren ernannt.

Als sie am Abend nach Hause kommt, haben Melanie und Peter festlich den Tisch gedeckt. Während sich Martina umzieht, bereitet Peter eine Eierflockensuppe mit frischem Gemüse, Steak „Hawaii" und ein Dessert vor: alles Lieblingsspeisen von Martina. Melanie deckt den Tisch. Peter und seine Tochter stellen kleine Geschenke an ihren Platz. Melanie hat ein Bild von sich für Mutti mit Inschrift anfertigen lassen und Peter ein kleines blaues Kästchen mit goldbedruckten, neuen Visitenkarten. Nach dem Essen setzen sich die drei vor den flackernden Kamin. Bei Sekt, Bier und Saft muss Martina genau erzählen, wie alles war. Da niemand außer Prof. Kurzweg und seinen Prorektoren von der Ernennung wusste, war das Ganze für sie die Überraschung des Jahres und auch eine Anerkennung für ihre vorbildliche Arbeit als Sektionsdirektorin. Kurzweg hatte erst neulich zu Peter gesagt, dass er sich über seine damalige Entscheidung, Martina an die Universität zuholen, immer mehr bestätigt fühlt, den richtigen Schritt gegangen zu sein. Eine bessere Fachkraft hätte er hier nirgendwo gefunden. Die Arbeitsorganisation in ihrer Sektion ist in Ordnung, sie hat ein gutes Klima der Kollegen untereinander geschaffen und ist auch bei den Studenten eine sehr beliebte, angesehene Lehrkraft.

Peter machen diese Worte stolz auf seine Frau, die sich in so kurzer Zeit an der Universität einen guten Namen erarbeitet hat. Heute Abend, wo nur Tina, Melanie und er zusammensitzen, lässt er noch einmal ihr teilweise gemeinsames Leben an sich vorbeiziehen. Dabei wird ihm bewusst, dass Martina mit ihren 37 Jahren sehr viel geleistet hat. Sie hat drei Kindern das Leben geschenkt, selbst studiert und wissenschaftlich gearbeitet. Von der eigenen Familie wurde sie drangsaliert und verstoßen. Aufgrund ihrer Leistungen ernannte man sie zum Sektionsdirektor und zur Professorin an ihrer gemeinsamen Universität in Greifswald. Das verdient seine ganze Hochachtung!

Da Melanie am nächsten Tag schulfrei hat, beschließen sie, einen gemeinsamen Ausflug nach Rostock zu unternehmen. In ihrer Pension in Ribnitz-Dammgarten übernachten sie. Bei dieser Gelegenheit kommt es während des Abendessens zu einem kurzen Gespräch mit den Wirtsleuten Kulle und Doris, die sich auf Martinas Bitte zu ihnen setzen.

„Na, wie laufen eure Geschäfte?", fragt sie Peter.

„Wir können uns nicht beklagen. Der Anbau von vor knapp zwei Jahren reicht schon lange nicht mehr aus. Wir können aber nicht bauen, weil dieser Holsteiner die Rückübertragung zugesprochen bekommen hat. Gleich nach dem „Tag der deutschen Einheit" kam er mit einem Stab von Leuten und hat alle Flurstücke vermessen und mit Pfählen markieren lassen. Deshalb ist auch ein Drittel des Parkplatzes gesperrt", sagt Kulle recht verbittert.

Peter und Martina wechseln kurze Blicke miteinander.

Dann fragt Peter weiter: „Hat sich dieser Herr einmal vorgestellt oder wenigstens seine Anschrift hinterlassen?"

Doris steht auf und geht zum Gläserschrank. In einem Schub wühlt sie eine Weile und kommt dann mit einer Visitenkarte zurück. Die gibt sie Peter. Der liest sie und reicht sie Martina.

„Albrecht von Holsten, Großagrarier, Borgwedel, Vorsitzender des Bauernverbands von Schleswig-Holstein", liest Martina laut vor. Dann fragt sie: „Welchen Preis pro Quadratmeter hat er Ihnen denn angeboten?"

„Also, wenn er überhaupt verkauft, dann nicht unter 600 DM pro qm Bauland, und für die Parkfläche mindestens 1.000 DM pro qm. Er hätte aber jemanden, der ihm noch mehr bietet. Der will ein Hotel bauen und da braucht er den Park und das Bauland. Seitdem haben wir ihn nicht mehr gesehen, warten aber darauf, dass hier täglich irgendwelche Baumaschinen anrücken", antwortet Doris mit brüchiger Stimme.

Martina ist bleich geworden. Sie nimmt ganz langsam die Visitenkarte in die Hand und zerreißt sie in ganz kleine Stücke. Außer Peter schauen alle betroffen auf Martina.

„Herr und Frau Peddersen, leider muss ich Ihnen mitteilen, dass dieser Herr mein Vater ist. Ich schäme mich für ihn, kann Ihnen aber gleichzeitig sagen, dass er Ihnen gegenüber keine Landansprüche geltend machen kann, da das Gelände meinem Mann und mir gehört. Wir wollten Ihnen schon seit einiger Zeit das Land verkaufen. Nur waren in den letzten zwei Jahren so viele Dinge zu regeln, dass wir Ihnen erst heute das Angebot machen können. Damit Sie wieder ruhiger schlafen können, vergessen Sie bitte den Preis meines Vaters ganz schnell. Wir verkaufen ortsüblich!", sagt Martina.

Für kurze Zeit herrscht Schweigen am Tisch. Dann holt Kulle Lars aus der Küche und Mona vom Tresen weg. Die zweite Bedienung muss die Gaststätte übernehmen. Er selbst bringt zwei Flaschen Sekt und Gläser mit. Dann wird, nachdem Doris der Tochter und dem Schwiegersohn die neue Lage erklärt hat, angestoßen.

„Damit unser Notar in den nächsten Tagen mit den Formalitäten beginnen kann, bitte ich Sie um Ihre Karte und gebe Ihnen gleichzeitig meine. Sollten Sie mich nicht erreichen, gibt Ihnen Peter seine auch noch. Damit können wir auch den Preis in den nächsten Tagen festlegen", sagt Martina abschließend.

Schwiegersohn Lars betrachtet die Karten. Dann sagt er: „Sag mal, Peter, darf ich dich überhaupt noch duzen? Du bist Prof. Dr. Dr. und Prorektor an der Uni Greifswald auch noch, und warte mal, deine Frau ist auch Prof. Dr. und Sektionsdirektor an der Uni. Solch hohe Tiere laufen bei uns über den roten Teppich!"

„Untersteht euch. Vor euch sitzen Martina von Holsten-Weseck, Melanie von Holsten-Weseck und Peter Weseck. Unsere Titel vergesst ihr. Wir sind die einfachen Menschen von der Straße und wollen es auch in Zukunft bleiben!"

Alle am Tisch nicken zustimmend.

Für Martina und Peter wird es mit ihrer jüngsten Tochter Melanie ein wunderschönes Wochenende. Das erste Mal sind sie in „kleiner" Familie unterwegs. Das gefällt Melanie besonders gut. Jetzt hat sie Mami und Papi ganz allein für sich.

*

Wieder ist ein Jahr voller Arbeit, großer Anstrengungen und auch schöner Stunden in der Familie vergangen. Sophia und Luciano haben sich an ihren Universitäten in Berlin und Leipzig gut eingelebt. Ihre Leistungen sind ansprechend, und ihre Eltern haben keine Bedenken, dass sie ihr Studium nicht schaffen werden. Was besonders Martina schwerfällt, ist, dass sie sich so selten sehen.

Es ist Mitte Oktober 1993 und ein kalter und trüber Freitag unmittelbar vor Beginn der Herbstferien. Martina kommt als letztes

Familienmitglied nach Hause. Sie hatte von 15 bis 17 Uhr die letzte Vorlesung zu halten. Diese war sehr schlecht besucht, weil die meisten Studenten schon in den Zügen in Richtung Heimat saßen. Melanie übernachtet heute bei ihrer Freundin, dem Nachbarskind.

Nachdem sie sich frisch gemacht hat und beide gemeinsam zu Abend essen, sagt sie zu Peter: „Sag mal, sind unsere beiden Großen genauso wie die Studenten unserer Einrichtung? Damit sie möglichst früh bei der Liebsten oder dem Liebsten sind, werden die Vorlesungen geschwänzt. Was meinst du dazu?", fragt sie Peter.

„Wenn ich Student bei dir wäre, würde ich bis in die tiefste Nacht bei dir weilen. Als Studentin wäre ich schon früh abgehauen", antwortet er trocken.

Martina wirft mit einem Stück Zucker nach ihm. „Veralbern kann ich mich selbst. Peter, du bist gemein. Das hat doch nichts mit Disziplin zu tun, was die hier abziehen."

„Das hat es auch nicht, Tina! Nur haben wir beide genau diese Situation nie kennenlernen dürfen. Du warst für dich allein und ich für mich. Wir haben zwar auf uns gehofft, aber keiner hatte den Kontakt zum anderen. Das ist in der heutigen Zeit anders, es ist alles schnelllebiger geworden. Trotzdem gehe ich mit dir mit, Schludrigkeit wird auf keinen Fall zugelassen. Immerhin sollen deine Studenten einmal deutsches Recht praktizieren", sagt Peter nun wieder ernst.

„Was meinst du, wenn ich die Schwänzer nach den Ferien eine Seminararbeit schreiben lasse?", fragt Tina.

„Frau Professor von Holsten-Weseck, das würde ich nicht so offensichtlich machen. Beginne die Studienwoche nach den Ferien wie gewohnt. Dann aber lasse in einem passenden Seminar am Ende der Woche oder später eine angekündigte, große Arbeit über das Vorlesungsthema schreiben. Mal sehen, wer dann mithält", sagt Peter.

„Du hast recht. Das hilft auf jeden Fall und sieht nicht rachsüchtig aus. Herr Prof. Dr. Dr. Weseck, ich danke für den Rat. Darf ich mein Stück Zucker zurückhaben?"

Peter wirft es ihr zurück. Er trifft dabei wie gewollt genau in den Ausschnitt. „Oh Verzeihung, das habe ich sicher nicht gewollt. Darf ich es persönlich wieder herausholen? Ist mir das peinlich", sagt er ganz betroffen.

„Murks, verdammter, ich schwitze, und das Ding hängt zwischen meinen Brüsten. Alles klebt. Jetzt kann ich mich waschen gehen", sagt Martina, steht auf und geht nach oben.

Als sie wieder nach unten kommt, trägt sie ein sehr luftiges Kleid. Peter weiß sofort, dass diese Nacht recht temperamentvoll wird. Aber er geht jetzt nicht darauf ein. Vielmehr sagt er: „Sollten wir nicht vielleicht unseren Zwillingen je ein Auto kaufen, damit sie schneller nach Hause kommen?"

Tina denkt einen Moment nach. Dann sagt sie: „Zu überlegen wäre das schon. Luciano würde es von Leipzig aus auf alle Fälle schneller schaffen. Sophia bei der schlechten Strecke kaum. Außerdem denke ich, wenn schon Autokauf, dann trägt jeder die Hälfte, und nur ein kleines Ding!"

„Wenn du sagst, ein kleines Ding, meinst du aber nur eins mit maximal 100 PS. Von der Höhe möchten Lucianos einen Meter siebenundachtzig und Sophias einen Meter dreiundsiebzig bequem hineinpassen."

„Da bin ich deiner Meinung. Wenn sie das nächste Mal nach Hause kommen, werden wir mit ihnen sprechen", antwortet Martina.

Danach besprechen sie noch einige Dinge für die nächste Zeit, ganz besonders Martinas Vorhaben, in die Haftanstalt ihres Vaters zu fahren. Peter begrüßt diesen Gedanken, lehnt aber eine eigene Teilnahme ab. Er wird sie dahin begleiten, aber nicht vor seinen Schwiegervater treten.

Martina bekommt die Besuchserlaubnis zuerst bei ihrem Bruder, danach bei ihrem Vater. Arnim ist erfreut, dass sich überhaupt jemand von der Familie sehen lässt. Martina klärt ihn über die neue Situation auf. Er weiß noch nicht, dass sein Vater ebenfalls im Gefängnis einsitzt. Dass sich seine Frau scheiden lassen will, ist ihm bekannt. Die Zustimmung wird er erst im letzten Moment geben, sagt er. Was das auch immer heißen soll. Martina macht sich vorerst keine Gedanken darüber.

Der Besuch bei ihrem Vater läuft ganz anders ab. Als sie zu ihm kommt, begrüßt er sie überaus herzlich. Er bittet sie, zum nächsten Besuch, der doch recht bald sein sollte, ihren Mann mitzubringen.

Peter äußert Bedenken zu dieser plötzlichen Freundlichkeit und geht nach wie vor davon aus, dass der Alte eine Gemeinheit plant.

Als sie beide nach wenigen Wochen zu ihm kommen, begrüßt er Peter unerwartet herzlich als seinen Schwiegersohn. Im weiteren Gespräch tauchen aber immer mehr Anspielungen bis hin zu Beleidigungen auf. Zum Schluss schreit er Peter an und sagt, dass er am Untergang der Familie derer von Holsten Schuld trägt. Er ist und bleibt ein ostdeutsches Kommunistenschwein, und das wird er ihm nie verzeihen. Dann greift er seinen Stuhl und versucht damit, Peter zu schlagen. Die Wachbeamten greifen ein und führen ihn ab.

Martina und Peter sind zutiefst betroffen! Das hatten beide nicht erwartet. Sie verlassen geschockt die Justizvollzugsanstalt.

Einige Tage danach werden sie informiert, dass Tinas Vater an Herzversagen gestorben ist. Obwohl sich Peter keine Vorwürfe zu machen braucht, fühlt er sich mitschuldig am Tod seines Schwiegervaters. Betroffen teilt er seiner Familie in Friedersdorf, Görlitz und Zittau mit, dass Martinas Vater gestorben ist. Durch einen Anruf teilen sie ihm mit, dass seine Schwester Petra und ihr Mann sowie seine Mutter zur Beerdigung kommen werden. Darüber freuen sich Martina und er ganz besonders. Auch Ole und Grit kommen. Alle ziehen für die Tage in das Gutshaus ein. Sophia und Luciano leiten sie vom Marktplatz in Borgwedel zum Grundstück. Leider sind nur sie und einige Nachbarn bei der Beerdigung und sonst niemand. Seine sogenannten Freunde aus dem Jagdverein und dem Bauernverband erscheinen nicht.

Wenige Tage nach der Beisetzung, als Peters Mutter und seine Geschwister sowie Ole und Grit abgereist sind, gehen Martina, Peter, Luciano, Sophia und Melanie in Opas Lieblingsgaststätte zu Abend essen. Sie setzen sich abseits in eine Nische und unterhalten sich, wie es jetzt mit dem Gut weitergehen soll. Währenddessen füllt sich der Stammtisch. Luciano und Sophia schauen immer öfter hin. Peter und Martina sitzen mit dem Rücken zu der sich bildenden Runde und können nicht sehen, wer sich dort setzt.

Plötzlich spricht einer von den Herren sehr laut: „Kameraden, nun sind wir den alten Schlappschwanz los. Dem Herrn sei gedankt! Ich erwarte von euch, dass ihr mich zu eurem neuen Vorsitzenden wählt, damit hier wieder Zucht und Ordnung einzieht, wie unser Führer verlangt hat. Der Sohn ein Vaterlandsverräter, und die Tochter hat sich mehrfach von einem ‚Kommunistenschwein' schwängern lassen. Wir trinken auf die Reinheit unserer Kameradschaft und unserer Rasse, die wieder hergestellt werden muss! Hoch, hoch, hoch!" Sie trinken ihre Gläser leer und werfen sie an eine Wand. Diese ist schon von mehreren solchen Ritualen gekennzeichnet.

Peter steht ganz langsam von seinem Stuhl auf. Sein Sohn Luciano beobachtet ihn und erhebt sich ebenfalls. Dann dreht er sich um und geht auf den Tisch zu. Luciano folgt ihm mit drei Schritten Abstand.

Der Sprecher des Stammtischs stutzt, als er an Peter vorbeischaut. „Du bist doch der Enkel des Alten von Holsten! Was willst du Halbkommunist hier? Wirt, schmeiß das Schwein raus!", sagt der Redner.

Peter antwortet statt Luciano und dem Rest seiner Familie, die mittlerweile alle aufgestanden sind und hinter den zweien Aufstellung genommen haben. Martina tritt für jeden Anwesenden sichtbar an Peters Seite und nimmt seine Hand.

„Ja, das ist der Enkel von Herrn Albrecht von Holsten! Und ich bin das Kommunistenschwein, das ihn und zwei weitere Kinder gezeugt hat. Sie gestatten, dass ich mich Ihnen genauer vorstelle! Mein Name ist Professor Dr. Dr. Peter Weseck, Prorektor der Universität Greifswald. Wenn Sie noch weitere Beleidigungen gegen die Mitglieder meiner Familie äußern wollen oder vielleicht noch einige volksfeindliche Bemerkungen loswerden möchten, dann tun Sie das. Meine Frau, Prof. Dr. Martina von Holsten-Weseck, ist zugelassene Anwältin. Ich bin sicher, Sie wird Ihnen vor Gericht sehr schnell Ihr großes Maul stopfen! Guten Abend, meine Herren ‚Freunde meines Schwiegervaters'! Und Sie, Herr Wirt, sollten sich ganz schnell etwas einfallen lassen. Vielleicht bessere Kundschaft besorgen. Sonst sorgen wir dafür, dass Sie Ihre Konzession verlieren!"

Der Wirt und die Herren am Stammtisch sitzen völlig erstarrt und schockiert auf ihren Plätzen. Selbst der großmäulige Sprecher der Runde bekommt kein Wort mehr heraus.

Die Familie verlässt die Gaststätte und fährt in das Gutshaus. Luciano und Sophia holen schnell mit Tinas Auto von der nächsten Pizzeria für alle etwas zu essen. Die Eltern decken im lange nicht mehr genutzten Speisezimmer neben der Küche den Tisch. Schade, dass Ole und Grit unmittelbar nach der Beerdigung nach Hause gefahren sind. Als die Kinder zurückkommen, bringen sie noch etwas zu trinken mit, zur ordentlichen Verdauung, meint Luciano. Nach dem Essen sitzen sie gemeinsam zusammen und beraten, wie es weitergehen soll.

Das Gut, die Ländereien, die Wälder und die verbleibenden Metzgereien und Verarbeitungsfabriken fallen nun an Martina als Alleinerbin. Arnim, der mit seiner Luise Gütertrennung vereinbart hat, lässt seine Kinder von seinem Erbteil auszahlen. Damit ist er mit den Bayern quitt, wie er bei Tinas letztem Besuch sagte. Als sie sich verabschiedeten, drückte er seine Schwester wie noch nie in seinem Leben und wünschte ihr und ihrer Familie alles Glück auf dieser Welt. Martina überfiel ein unwohles Gefühl. Sie konnte dieses aber nicht deuten. Nach vier Tagen erhielt sie die offizielle Mitteilung aus der Haftanstalt, dass ihr Bruder Selbstmord begangen hat.

*

„Kinder, ich arbeite mit Vati an der Universität Greifswald. Ich möchte, obwohl ich in der Landwirtschaft groß geworden bin, nicht mehr hierher zurück. Peter, möchtest du das?"

„Nein, ich bin auch in der Landwirtschaft groß geworden und habe auch einen solchen Beruf, möchte aber meine Arbeit nicht mehr wechseln."

„Also verkaufen wir das Gut und die Fabriken. Einen Teil des Geldes würde ich gern in das Landhaus unserer Großmutter stecken. Den Rest legen wir an. Wäre das ein Lösungsvorschlag?", fragt Martina.

Alle sitzen sie um den Tisch im Speisezimmer herum.

Peter bemerkt, dass Luciano andere Gedanken zu haben scheint. Deshalb sagt er: „Ich schlage vor, Tina und ich räumen die Küche auf, und Luciano und Sophia schauen nach, ob noch genügend Holz am Kamin liegt. Wenn nicht, füllt ihr bitte auf. Dann treffen wir uns oben."

Dem Vorschlag wird zugestimmt.

„Tina, hast du deinen Vorlesungskoffer zufällig mit?", fragt er, nachdem sie fertig sind.

„Ja, ich hole ihn."

Peter geht mit ihr mit. Er ist der Meinung, dass sie zurzeit nur zu zweit die Außenanlagen betreten sollten. Trotz des Wachdiensts, den sie seit der Zwangsverwaltung durch Martina gemietet haben, ist er sehr vorsichtig.

Das Feuer im Kamin lodert. An einer Wand befindet sich eine überdimensionale Landkarte, die den ganzen Norden der BRD erfasst. Peter stellt sich vor die Karte und stellt fest, dass der alte von Holsten Schildchen an verschiedene Orte gesteckt hat, auf denen Nummern stehen. Es muss also eine Liste geben, auf der zu den Nummern genauere Erklärungen aufgeschrieben sind.

„Die Liste und andere Unterlagen befinden sich im Tresor", sagt Luciano.

Er geht in das Arbeitszimmer von Großvater zum Safe und gibt einen Zahlencode und Buchstaben ein. Die Tür öffnet sich auch nach mehreren anderen Versuchen nicht. Dann fragt er Martina nach den Vornamen und dem Geburtsjahr von Urgroßmutter. Nach der Eingabe von „Hedwig" und der Zahl „1909" lässt sich die Tür öffnen. Luciano nimmt ein A4-Schreibbuch und eine Holzkiste mit Bildern heraus. Dann gehen sie ins Kaminzimmer zurück.

Im Buch sind alle Schildchen erklärt: Gemarkung, Flur, Flurstück, Größe, Bodenwertzahl, Bebauung, Fruchtfolge usw. Großvater hatte ihm einmal vor Jahren in einer Bierlaune erklärt, was die Karte im Zusammenhang mit dem Buch und den Bildern für einen unschätzbaren Wert hat. Für die Kombination hat er immer den Vornamen und das Geburtsjahr eines Familienmitglieds genommen.

Unter den Bildern finden sie Aufnahmen von Martina und Peter in den verschiedensten Situationen in Berlin, Mahlsdorf, Borgwedel, Grimmen und anderen Orten. Nicht nur Peter und Martina, sondern auch die Kinder sind schockiert. Demzufolge wurde jedes Treffen von ihnen ausspioniert. Nur im Bett hat sie niemand fotografiert!

„Hier aus der Schachtel heraus habe ich einige Bilder für euer Hochzeitsalbum genommen. Das hat Opa gar nicht gemerkt", sagt Luciano.

Jetzt erst wird Martina und Peter klar, warum ihnen einige Aufnahmen so unbekannt vorkamen.

„Luciano, du kennst dich hier außer Mama noch am besten aus. Suche stabile Koffer und die Hülle für die Karte. Ich glaube, die lässt sich zusammenlegen. Gut, dass wir die Hänger mitgenommen haben. Wir nehmen alle persönlichen Gegenstände von Opa mit. Dann sehen wir weiter", sagt Martina.

Am nächsten Morgen beim Frühstück in einer nahegelegenen Gaststätte einigen sie sich, die Verwaltung vorerst so weiterlaufen zu lassen. Peter und Luciano wollen sich bis zur endgültigen Klärung der Rückübertragungen in Ostdeutschland einen Verwaltungs- und Finanzierungsplan für alle Güter erstellen. Dazu wollen sie Weihnachten und die Semesterferien im Februar 1994 nutzen. Noch im November 1993 beginnen sie, erste Rückübertragungen zu verkaufen. Die Quadratmeterpreise werden den offiziellen Tabellen der Gemeinden entnommen. Sie behalten nur das ursprüngliche Landhaus von Omas Familie in Buschwitz bei Bergen, einen Dreiseitenhof in Streu zwischen Karow und Prora und ein Herrenhaus bei Middelhagen auf Rügen. Der Dreiseitenhof liegt im Bereich der Agrargenossenschaft von Lucianos künftigem Schwiegervater. Kein Gebäude befindet sich in einem guten Zustand. Aber solange noch nicht alle Verhältnisse geklärt sind, sollen keine vorzeitigen Entscheidungen getroffen werden. Alle Immobilien in Borgwedel und Umgebung werden in den nächsten Jahren verwaltet. Die Kinder sollen erst einmal ihre Ausbildung abschließen, dann werden sie weiter entscheiden. Diese aus der Not geborene Lösung trifft bei allen auf Zustimmung. Peter kommen in den nächsten Jahren seine Erfahrungen in der Leitung und Planung wirtschaftlicher Unternehmen zugute, sodass sie alle Gehälter, Löhne und betriebswirtschaftlichen Dinge finanzieren können.

*

Es ist Anfang Juli 1997. Vor etwa vier Wochen sind im „Rügenhaus" zwei Einladungen eingetroffen. Die eine kam von der Universität Leipzig und die andere von der Humboldt-Universität in Berlin. Tina und Peter werden zur Examensfeier ihrer beiden Großen eingeladen. Zuerst wird Luciano sein Zeugnis erhalten und vier Tage später Sophia.

Peter und Tina fahren nach Leipzig. Lu hat ihnen in einem kleinen Hotel am Rande von Leipzig ein Zimmer reserviert, so wie sie es wollten. Beide nutzen die vier Tage in Leipzig auch gleichzeitig zum Stressabbau.

Prof. Dr. Peter Weseck ist in vielen Universitäten des Landes bekannt. Hier in Leipzig hat er an Tagungen und Erfahrungsaustauschen teilgenommen. Niemand hat bisher Luciano von Holsten-Weseck mit ihm in Verbindung gebracht. Deshalb sind seine Kollegen sehr erstaunt, als er an der Examensfeier hier an der Uni teilnimmt und sich als Vater von Luciano vorstellt.

Luciano erhält für seinen Abschluss ein Ehrendiplom und ein Geschenk des Rektors überreicht. Die Eintragung in das Goldene Buch der Universität muss er noch auf der Bühne mit seiner Unterschrift bestätigen. Seine Freundin Daniela, die er im Sommer 1990 auf Rügen kennengelernt hat, schafft ihr Diplom mit sehr guten Ergebnissen. Die beiden sind ein Beispiel dafür, was Liebe, Verständnis, Anerkennung und gegenseitige Hilfe vermögen.

Peter und Martina werden von Luciano Danielas Eltern vorgestellt. Diese sind anfangs etwas zurückhaltend, ausgerechnet zwei solch „hohe Tiere"muss ihnen ihre Tochter vorsetzen. Danielas Mutter ist zurzeit Hausfrau und erzieht einen kleinen Nachzügler, ein nunmehr fünfjähriges Mädchen. Von Beruf ist sie Tierärztin. Sie fühlt sich solchen Leuten gegenüber immer etwas unwohl, obwohl sie schon lange weiß, wer Lucianos Eltern sind. Doch das stört diese in keiner Weise, stellt sie bald fest. Es entwickelt sich sofort eine offene und herzliche Atmosphäre zwischen den Elternpaaren.

Sie sitzen zusammen an einem Tisch. Bevor das Essen serviert wird, verständigen sich Luciano und Daniela mit verstohlenen Blicken. Martina und Frau Kersten beobachten Daniela, während Peter und Herr Kersten sich über die Landwirtschaft unterhalten. Sie bemerken, dass sie sich aus AIV-Zeiten kennen. Herr Kersten war damals in einer LPG in der Nähe von Rostock tätig und hatte an mehreren Weiterbildungsveranstaltungen, die unter Peters Federführung durchgeführt wurden, teilgenommen.

Bevor beide zum „Du" übergehen können, unterbricht Daniela ihre Fachsimpelei: „Mutti und Vati, Frau Professor, Herr Professor, ich möchte Ihnen etwas sagen. Nein, wir möchten Ihnen etwas sagen. Wir bekommen ein Kind, nein, zwei, weil es Zwillinge sind. So nun ist es endlich heraus!" Daniela beendet ihre Rede mit hochrotem Kopf.

Es tritt erst einmal betretenes Schweigen ein.

Dann umarmt Martina Daniela, die neben ihr sitzt. „Ich wünsche euch beiden viel Glück! Auf meine Hilfe kannst du immer zählen. Ich kenne mich mit Zwillingen aus." Martina gibt Daniela gerührt einen Kuss auf die Wange. „Ich glaube es nicht. Jetzt werden wir Oma und Opa, Peter!"

Nachdem durch diese Mitteilung die Stimmung am Tisch noch offener wird, bestellt Peter eine Runde Sekt und ein Glas Wasser. Daniela und Luciano sagen ab sofort Mutti und Vati zu ihren Schwiegereltern, und die Eltern sprechen sich mit dem Vornamen an. Damit sind die letzten Schranken beseitigt! Es wird für die sechs ein urgemütlicher Abend.

Drei Tage später in Berlin lernen Tina und Peter auch den Freund von Sophia kennen. Ihr Freund heißt Arne und stammt aus Sassnitz. Seine Eltern arbeiten in der Fischfabrik. Das Verhältnis der Eltern untereinander ist genauso zurückhaltend wie einige Tage zuvor bei Luciano und Daniela. Doch Tina und Peter haben jetzt schon Erfahrungen, solche neuen Situationen zu meistern.

Martina fragt plötzlich Sophia: „Und ihr, erwartet ihr auch ein Kind?"

Sophia bekommt einen roten Kopf. „Aber Mutti, wie kommst du denn auf so etwas?"

„Weil uns dein Bruder zu Oma und Opa macht", sagt Martina.

„Wir können uns doch beherrschen, nicht wahr, Arne?"

Der junge Mann läuft dunkelrot an. „Ich denke, ja, Schatz. Wir wollen unsere Facharztausbildung noch machen", sagt er ganz brav.

„Ja, ihr beiden, dann passt mal schön auf. In der Landwirtschaft sagt man, manch kluge Henne hat sich schon ins Nest gemacht", entgegnet Peter trocken.

„Papa, du bist gemein", antwortet Sophia mit Schmollmund.

Diesmal steht Peter auf und drückt seine Tochter.

Martina denkt für sich, ihren Arne hat meine Sophia voll in der Tasche. Das hätte ich mit meinem Peter nicht hinbekommen.

Arnes Eltern sind noch zurückhaltender als Lucianos Schwiegereltern. Trotzdem kommt es am Abend zur Brüderschaft aller.

Martina und Peter spüren auch hier wieder, dass sie durch ihre Titel und Dienststellungen von vielen Menschen als nicht erreich bar angesehen werden. Das belastet sie. Beide möchten nicht, dass sich eine Isolation zu anderen Mitmenschen entwickelt.

Nein, dafür haben sie zu viel in ihrem Leben durchmachen müssen. Immer wieder gab es Leute, die versucht haben, sie in den tiefsten Abgrund zu stoßen. Doch niemand hat es geschafft! Gemeinsam mit ihren drei Kindern haben sie ihr Leben gegen alle Angriffe verteidigt!

*

Als Martina und Peter ihren letzten Arbeitstag vor dem verdienten Jahresurlaub beenden, kommen sie auf die Idee, ins Gewerbe- und Einkaufszentrum am Rande der Stadt zu fahren. Sie schlendern durch einen großen Einkaufsmarkt. Plötzlich kommt Tina die Idee, für den nächsten Abend beide Schwiegerelternpaare zum Grillen mit Übernachtung in das „Rügenhaus" einzuladen. Sie ruft die Familien Götz und Kersten an. Bei Sophias „Schwiegereltern" gibt es keine Probleme, aber die Familie Kersten meldet aufgrund der Erntezeit Bedenken an. Edeltraud möchte erst Udo befragen, der aber noch nicht zu Hause ist. Tina und Peter kaufen ein, als ob schon alle zugesagt haben. Für Melanie kaufen sie noch eine brandaktuelle CD und fahren mit der Fähre von Stahlbrode nach Glewitz zur Insel und dann nach Binz.

Zu Hause angekommen, nimmt Tina die Post aus dem Briefkasten und legt sie neben den Computer im Arbeitszimmer. Beide duschen und ziehen ihre Wohlfühl-Klamotten an.

Melanie hat ihnen einen großen Zettel auf den Küchentisch gelegt: Das Abendbrot steht im Schrank, Bier und Sekt im Kühlschrank. Bin in der Disco, einen schönen Abend und eine tolle Nacht wünscht Mel!

„Klasse, 16 Jahre und solch ein Schlitzohr! Von wem sie das nur hat?", sagt Tina mehr zu sich.

„Natürlich von der Mutter. Der Vater ist schon immer ein Lämmchen gewesen", antwortet Peter so nebenbei, als er die Post durchsieht.

Tina will etwas entgegnen, bleibt aber still, als sie Peters Gesicht sieht. Sie setzen sich auf die Terrasse. Er öffnet einen Brief und überfliegt den Inhalt, dann gibt er ihn Tina. Die liest ihn laut vor:

Hallo Peter,

unser Sohn Frank hat sein Abitur mit sehr guten Leistungen bestan-
den! Er wird ab September an der Universität in Greifswald Rechtswis-
senschaften studieren. Das heißt, du musst weiter für ihn zahlen. Das
gönne ich dir! Wie ich leider erst jetzt erfahren habe, bist du 1980 von
der Pädagogischen Hochschule in Potsdam geflogen und im Nichts ver-
schwunden. Ich hoffe nur, dass du heute wenigstens Straßenkehrer bist,
damit du für deinen Sohn weiterzahlen kannst.

Dr. Sonja Sommer

„Peter, diese Frau ist krank. Sag mal, tickt die noch richtig?"

Peter sitzt nach wie vor wie versteinert auf seinem Platz. „Was
habe ich dieser Frau getan, dass sie solch einen Hass gegen mich
entwickelt? Ich verstehe das nicht!", sagt er.

Plötzlich spürt er Martina an seiner Seite. Sie umarmt und küsst
ihn. „Wir stehen auch das gemeinsam durch, Schatz! Der Hass dieser Frau kann uns nichts anhaben. Glaub mir. Ich hole schnell die
Listen meiner drei Seminargruppen des neuen Studienjahres. Da
sehen wir uns die Namen der Teilnehmer an." Tina verlässt die Terrasse.

Nach einer Weile kommt sie mit einer Mappe zurück. Gemeinsam schauen sie die Aufstellungen der Seminare nach einem Frank
Sommer durch. Stattdessen finden sie den Namen eines Frank Hart
aus Thüringen.

„Tina, ich weiß nicht, wie er heißt. Ich kann Montag nur unseren Rechtsanwalt Dr. Hartmann anrufen. Er muss wissen, wo die
Alimente seit Jahren hingehen. Ich habe meinen Sohn vielleicht
viermal gesehen, alle anderen Kontakte und Versuche wurden von
ihr oder ihrem Rechtsanwalt verhindert. Ich habe seit Jahren für ein
Kind bezahlt, das ich nicht kenne!", sagt Peter verbittert. „Warum
hasst diese Frau mich so? Selbst wenn ich Straßenfeger wäre, könnte es sein, dass ich selbst Familie hätte und sie damit den Kindern
das Geld entziehen würde!"

„Peter, ich glaube nicht, dass diese Sonja völlig ahnungslos ist.
Dass du nicht schlecht verdienst, müsste sie an der Höhe der Alimente festgestellt haben oder zumindest durch ihren Rechtsanwalt
wissen. Nein, diese Frau war unsterblich verliebt in dich. Sie wollte
dich mit aller Macht haben. Sicherlich ist ihr erst viele Jahre später

klar geworden, dass daraus endgültig nichts mehr wird. Eine zutiefst enttäuschte Frau kann zur Furie und unbändig in ihrer Sucht nach Rache werden. Glaub mir das! Ich kenne mich aus. Denke einmal sechs Jahre zurück, an meine Affäre. Als ich damals das Gästezimmer im Anbau verlassen habe, wusste ich, dass ich dich gekränkt hatte. Mir wurde klar, dass ich all das Vertrauen zueinander aufs Spiel gesetzt habe. Aber denkst du vielleicht, ich hätte dich hergegeben? Ich, eine Martina von Holsten, die seit ihrem achtzehnten Lebensjahr um alles kämpfen musste. Ich kann die Frau in meinem tiefsten Inneren verstehen, obwohl ich sie noch nie gesehen habe. Es wäre jetzt zu prüfen, wie gefährlich sie dir noch werden kann", sagt Martina.

Nach einem kurzen Schweigen, währenddessen Peter Martina von oben bis unten betrachtet und ihr dann tief in die Augen schauend sagt: „Weißt du, Martina, es ist eigentlich ein tolles Gefühl, von den Frauen so geliebt zu werden!"

Während seiner letzten Worte ist sie ihm auf den Schoß gesprungen und hält ihn in einer langen Umarmung fest.

*

Die Sommerferien sind vorbei. In ihrem Urlaub in England konnten Martina und Peter ihre Sprachkenntnisse auffrischen. Nun stecken sie seit etwa zwei Wochen wieder voll in der Arbeit.

Heute findet durch den Rektor der Universität, Prof. Dr. Thomas Kurzweg, die Immatrikulation von knapp 600 neuen Studenten statt. Im Präsidium haben neben dem Rektor, seinen Prorektoren, der Staatssekretär aus dem Wissenschaftsministerium und auch der Oberbürgermeister Platz genommen. In der ersten und zweiten Reihe des Auditorium Maximums sitzen die Sektionsdirektoren und Lehrkräfte, dahinter die neuen Studenten und hinter ihnen zahlreich angereiste Eltern und Großeltern.

Der persönliche Referent des Rektors eröffnet die Veranstaltung und begrüßt die Anwesenden: „Sehr geehrte Eltern, Großeltern und Verwandte, liebe Studentinnen und Studenten, meine Damen und Herren Professoren und Doktoren der Lehrkörper unserer Universität!

Im Auftrag des Rektorats darf ich Sie aufs Herzlichste zu unserer heutigen Immatrikulationsfeier begrüßen. Bevor unser Rektor das Wort ergreift, darf ich Ihnen die leitenden Mitarbeiter unserer Universität vorstellen. Der erste Mann an unserer Universität ist der Rektor, Prof. Dr. Thomas Kurzweg!"

Thomas erhebt sich und wird vom Applaus der Anwesenden begrüßt.

„Sein erster Stellvertreter ist der Prorektor für wirtschaftliche Angelegenheiten, Herr Prof. Dr. Dr. Peter Weseck! Das Prorektorat für Studienangelegenheiten leitet Prof. Dr. Klaus Harte, und Prorektor für Wissenschaft und Ausbildung ist Prof. Dr. Pohling. Ich darf Ihnen nun die Direktoren der Sektionen vorstellen!" Wiederum erhebt sich der Genannte von seinem Platz.

„Die Direktorin der Sektion Rechtswissenschaften ist Frau Prof. Dr. Martina von Holsten-Weseck. Ich bitte nun Herrn Prof. Dr. Kurzweg um seine Ansprache."

Nach Thomas' Rede und dem Gelöbnis der neuen Studenten werden diese in ihre Sektionen verabschiedet. Martina begrüßt kurz ihre Neuen und stellt ihnen ihre Seminargruppenleiter vor, die wiederum ihre Studenten mit in die Ausbildungsräume nehmen. Danach verabschiedet sie sich. Sie geht in ihr Büro. Gerlinde fragt, wie es mit einem Kaffee aussieht. Tina ist einverstanden und bittet sie, ihr Gesellschaft zu leisten. Statt eines Kaffees kommt ein Anruf von Mandy Gruber über die Direktleitung.

„Martina, entschuldige, bei Peter im Vorzimmer sind plötzlich zwei Ehepaare aufgetaucht. Deren Auftreten verheißt nichts Gutes. Kannst du mal kommen?", fragt Mandy.

Tina macht sich sofort zu Peters Räumen auf den Weg. Vor dem Sekretariat zwingt sie sich zur Ruhe und verschnauft einen Moment. Dann geht sie hinein. Peter hat die Besucher vorgelassen. Tina geht ebenfalls in sein Büro. Dort starren sie die vier Herrschaften nicht sehr freundlich an. Peter weiß längst, wen er hier vor sich hat, und Martina ahnt es.

Dann beginnt der ältere Herr: „Weseck, was soll die Sekretärin hier?", blafft er Peter an.

„Die wird Ihr unflätiges Benehmen protokollieren, Herr …! Sie vergaßen, sich vorzustellen", sagt Peter ganz ruhig.

Dem Alten bleibt erst einmal der Mund offen stehen. Dann beginnt seine Tochter Sonja, Peter anzuschreien, was ihm einfällt, ihren Vater, den Oberstudienrat, so zu behandeln. Sie verlange, dass diese Angestellte sofort den Raum verlässt. Das ist eine Familienangelegenheit, die diese Frau nichts angeht!

„Und ob, Frau Dr. Sommer", sagt Martina, die sich in der Zwischenzeit neben Peter, der in seinem Sessel am Schreibtisch sitzt, gestellt hat. „Die Sekretärin ist seine Ehefrau! Und zufällig auch noch die Leiterin der Sektion, in der Ihr Sohn studieren möchte. Aber keine Angst, Ihr Sohn wird nichts vom ungebührlichen Verhalten seiner Eltern und Großeltern erfahren! Frank, so heißt er doch, wird auch keine Nachteile während seines Studiums haben. Er ist der Sohn meines Mannes und wird von mir, seiner Stiefmutter, genauso behandelt wie andere Studenten und unsere drei eigenen Kinder. In unserem Haus ist er immer willkommen, Sie und Ihresgleichen nicht!", sagt Martina bestimmt.

„Lange habe ich gebraucht, um zu begreifen, warum ich Frank nicht sehen durfte. Jetzt eben wird es mir klar. Du, Sonja, kannst vielleicht das Wenigste dafür. Aber dein bornierter Vater, der den Funktionären in den Hintern gekrochen ist, hat dir verboten, dass ich mein Kind sehen darf. Den Oberstudienrat hat er sich erschlichen wie viele, die damals und auch heute schon wieder in verschiedenen Positionen sitzen. Mich kotzen diese ‚Wendehälse' so an, dass ich sie am liebsten bloßstellen möchte. Aber im Gegenteil zu dir, Sonja, möchte ich keine Familie zerstören!" Peter hat sich nun doch aufgeregt.

Tina beobachtet ihn. Ein Herzinfarkt in solch einer Situation ist schnell eingefangen. Es klopft an die Tür. Mandy Gruber betritt den Raum. Sie übergibt Peter ein Schreiben von Rechtsanwalt Dr. Hartmann. Er liest und gibt es Martina. Die stellt sich hinter ihn, liest das Schriftstück und gibt es Peter zurück. Dann legt sie beide Hände auf Peters Schultern. Er fasst mit der linken Hand ihre rechte.

„Wer sind Sie?", fragt er den Mann an Sonjas Seite.

„Du hältst den Mund!", schreit der Alte.

„Ich hab's, Sie sind Fred Hart, der Bruder von Sonja und nicht Ihr Ehemann! Sonja, du hast auch nicht promoviert. Du bist nach wie vor Sonja Hart, geschiedene Sommer. Nur dein Vater wollte einen Doktor aus dir machen und dich gut verheiraten. Aber die Hoffnung für ihn versank in der Unendlichkeit, als Weseck 1980 plötzlich aus Potsdam verschwand. Sie keimte von Neuem, als dein Vater mit der Zulassung seines Enkels an der Uni zufällig auf meinen Namen stieß. Als was ich arbeite und wo ich wohne, war nicht schwer herauszufinden. Dann wurde erst einmal der Drohbrief geschrieben und auf den heutigen Tag gewartet. Wenn man einmal hier ist, kann man sich doch gleich den ersehnten Schwiegersohn greifen, nicht wahr, Herr Hart? Daraus wird nichts! Ich bin mit dieser Frau seit sieben Jahren glücklich verheiratet. Wir haben gemeinsam einen Sohn und eine Tochter, je 23 Jahre alt, und noch eine sechzehnjährige Tochter."

Der Alte sitzt da, als hätte ihn der Blitz getroffen, und sagt erst einmal nichts mehr.

„Sonja, ich werde mich in Zukunft um Frank stärker kümmern als bisher. Das verspreche ich nur dir", sagt Peter.

Plötzlich brüllt der Alte von Neuem los: „Du Fatzke, wie sprichst du eigentlich mit einem ‚verdienten Lehrer des Volkes'. Werde das erst einmal, du Niete!"

„Jetzt reicht es mir! Erstens: Die Niete ist mehr geworden, als Ihre Familie werden konnte, und zweitens: Mit solchen Blindgängern wie Sie einer sind, würde ich mich nie duzen! Und jetzt raus! Verschwinden Sie und kommen Sie mir nie wieder unter die Augen!", brüllt jetzt Peter.

Er ist mit seiner Beherrschung am Ende. Dieser verkappte Schwiegervaterverschnitt, er kann nicht mehr. Peter sitzt kreidebleich in seinem Sessel. Schweißperlen stehen ihm auf der Stirn. Tina hat über die Sprechanlage Mandy Gruber gerufen. Gemeinsam sorgen sie dafür, dass die Familie den Raum verlässt.

Als Tina zurückkehrt, sieht sie erst, wie schlecht Peter aussieht. Sie ruft nach einem Glas Wasser. Eine Sekretärin bringt es. Mandy Gruber folgt ihr und öffnet die Fenster. Im Raum riecht es nach Knoblauch, so stank der Alte schon bei seinem Eintritt.

Peter öffnet sich das Hemd und lockert den Binder. „Mandy, gieß uns drei bitte einen Cognac ein."

Sie trinken ihn aus.

Peter steht auf und geht zum Fenster. Er holt tief Luft und bald fängt er sich wieder. Mandy wird von einer Sekretärin aus dem Zimmer gerufen.

Martina geht zu Peter, der immer noch am Fenster steht und drückt sich an ihn. Erst jetzt bemerkt sie, dass sie vorhin in aller Eile ihr Dienstzimmer nur in ihrer hellblauen Bluse verlassen hat. Die Jacke hängt am Garderobenständer. „Verdammt, Peter, ich kann doch nicht so mit durchsichtiger Bluse durch die Gänge gehen. Ich hab doch nur den BH darunter. Jetzt wird mir klar, warum mir die beiden Kerle immerzu auf den Busen gestarrt haben."

„Warum nicht? Da werden die anderen noch neidischer auf den Weseck. Eines Tages wird mich dann einer umbringen, wenn es nicht vorher einer dieser enttäuschten Schwiegerväter schafft!" Peter geht es wieder besser.

Tina gibt ihm einen Kuss.

Dann öffnet sich die Tür. Mandy Gruber kommt herein.

„Entschuldigt, Gerlinde Paul hat mich soeben angerufen. Vor einem deiner Seminarräume im Erdgeschoss scheinen sich Leute mit einem Studenten lauthals zu streiten."

„Ruf den Wachdienst dorthin. Ich glaube zu wissen, was hier vorgeht", sagt Peter und verlässt mit Martina seinen Dienstbereich.

Mit dem Fahrstuhl geht es vom vierten in den ersten Stock. Als sie aussteigen, hören sie aus dem angrenzenden Gang ein Streitgespräch. Sie gehen um die Ecke und sehen die Familie Hart auf einen jungen Mann einschreien.

Der alte Hart sagt soeben in befehlendem Ton: „Frank, du packst jetzt sofort deine Sachen und kommst mit. Ich habe genügend Beziehungen, um dich an einer anderen Hochschule unterzubringen."

„Ich will hierbleiben, verdammt noch mal! Ich möchte endlich einmal meinen Vater kennenlernen, der soll hier unterrichten", sagt Frank schüchtern, aber bestimmt.

„Woher weißt du, dass dein Vater hier ist?", schreit der Alte.

„Durch Mutti", sagt er trotzig.

„Du dumme Kuh. Kannst du nicht einmal dein Maul halten?", brüllt er immer unbeherrschter.

„Jetzt reicht es, Sie ungehobelter Klotz!", ruft Peter. „Sie lassen jetzt sofort den jungen Mann in Ruhe. Merken Sie sich, er ist volljährig. Er entscheidet, was er künftig unternimmt!"

„So, Vater, jetzt hast du mir meinen Sohn auch noch genommen. Ich gehe!" Sonja verlässt den Flur.

Frank weiß im Moment nicht, was er machen soll. Doch irgendetwas hält ihn hier. Der Wachdienst führt die verbleibenden drei Herrschaften unter Protest aus dem Gelände. Peter geht zu ihm hin, dicht gefolgt von Martina.

„Du bist also Frank Hart, mein Sohn. Ich bin Peter Weseck, dein Vater!" Er gibt Frank die Hand.

Der steht stumm vor ihm und weiß vor Überraschung nichts zu antworten. Dann fragt er: „Sie sind mein Vater, der Prorektor?"

„Ja, Frank, in erster Linie dein Vater. Was ich bin, ist zweitrangig."

Peter wird plötzlich so ungewohnt zumute. Er lehnt sich an die kühlende Wand. Dann wird ihm schwindelig, die Knie versagen ihren Dienst, und er rutscht an der Wand zu Boden.

Martina ruft um Hilfe. Frank läuft zum Sekretariat und lässt den Notdienst rufen. Dieser bringt Peter ins nächste Krankenhaus. Martina bleibt die Nacht und den nächsten Tag bei ihm. Glücklicherweise hat er nur einen Kreislaufkollaps erlitten.

Als er erfährt, dass er am vierten Tag entlassen werden kann, soll sich aber die nächsten Tage noch in den Garten setzen, sagt er zu Martina: „Siehst du, ein bisschen frische Luft, ein wenig Sport und viel Sex, und ich bin wieder fit."

„Welcher Arzt hat denn das verordnet? Mindestens acht Wochen nur frische Luft und Rasen mähen, das ist richtig. Sex fällt aus", entgegnet sie.

„Hältst du das so lange aus?", fragt Peter zurück.

„Nein, mein Schatz. Früher ja, heute nicht mehr. Aber es gibt nur etwas, wenn du dich wieder wohlfühlst!"

„Einverstanden!"

Peter wird von seiner Frau aus dem Krankenhaus abgeholt. Martina erzählt ihm, dass sie mit Frank sehr lange gesprochen hat. Sie hat ihm ihre Geschichte aus ihrer Sicht erzählt. Nun müssen beide am Wochenende noch mit ihrer gemeinsamen Variante alles abklären. Dazu hat sie ein Gästezimmer für Frank vorbereitet.

Peter ist damit einverstanden, und sie fahren glücklich, dass alles erst einmal überstanden ist, in ihr hübsches „Rügenhaus". Er wird von seiner ganzen Familie begrüßt, als wäre er Minister geworden. Er fühlt sich wohl im Kreise seiner Lieben. Sophia und Arne müssen noch am selben Abend nach Rostock zurück, wo sie an der Uniklinik drei Jahre ihre Facharztausbildung verrichten und promovieren werden, Sophia als Allgemeinmedizinerin und Arne als Internist.

Luciano hat in der Agrargenossenschaft seines Schwiegervaters angefangen und baut das Management auf. Daniela hilft ihm dabei, solange es ihr Zustand erlaubt. Später, wenn sie das Gröbste überstanden haben, werden sie an der Uni Stralsund ihre Doktorarbeit schreiben. Die volle fachliche Unterstützung haben Eltern und Schwiegereltern versprochen.

Tina und Peter sitzen gemeinsam auf der Terrasse und überlegen, wie sie mit Frank weiter verfahren wollen. Beide kommen zu dem Schluss, um ihm unter seinen Mitstudenten nicht schon anfangs Probleme zu bereiten, holt ihn Luciano am Freitag nach der letzten Vorlesung am Wohnheim ab. Hier auf Rügen soll er einmal das Grundstück und die Familie kennenlernen und das Gespräch mit ihnen führen. Am Samstag gibt es ein großes Familienfest.

Am Freitagabend verabschiedet sich Luciano ganz schnell, denn das Abendbrot bei Daniela wartet. Melanie ist schon zur Disco. So bleiben nur Frank, Peter und Tina. Sie setzen sich ins Wohnzimmer, da von der Ostsee her ein frischer Wind weht. Peter und Frank trinken Bier und hin und wieder einen Schnaps. Tina trinkt ihren Sekt.

„Frank, wann hast du das erste Mal von mir, deinem Vater, erfahren?", fragt Peter unvermittelt.

„Das war zu meiner Jugendweihe 1992. Da hat mir Großvater eine Karte von dir gegeben, mit der Bemerkung: ‚Mehr hat er für dich nicht übrig'", antwortet Frank.

„Nur eine Karte und zu den Geburtstagen, Weihnachten, Ostern und Pfingsten?", fragt Peter ungläubig.

„Die bewusste Karte", sagt Frank.

Peter ist sprachlos. Zu jedem Jubiläum wie Geburtstag hat er einhundert Mark, Weihnachten zweihundert Mark. Ostern und Pfingsten immer fünfzig Mark in den Brief an Sonja gesteckt.

„Ist dir etwas gekauft worden?", fragt Peter.

„Ja, Großvater hat mir zu Geburtstagen ein Geschenk im Wert von fünfzig Mark und zu Weihnachten von einhundert Mark gemacht. Meine Mutter genauso, aber sie konnte bei ihrer Arbeit nicht mehr."

„Als was arbeitet deine Mutter jetzt, Frank?"

„Bis zur Wende hat sie als Deutsch- und Geschichtslehrerin an einer erweiterten Oberschule gearbeitet. Nach der Wende wollte Großvater, dass sie unbedingt noch einmal ein Studium in Potsdam aufnimmt, um den Doktor zu machen. Aber sie war damals schon nervenkrank. Diese ständige Gängelei durch Opa hat sie, glaube ich, kaputtgemacht. So hat sie abgebrochen und arbeitet heute als Erzieherin der Kleinen in der Kita", antwortet Frank.

„Und wie ist es dir ergangen?", fragt Peter sehr interessiert.

„Mir ist die Schule immer recht leicht gefallen. So kam ich auch zu dem sehr guten Abitur. Großvater hat mich in den letzten Jahren immer stärker in die Rechtsschiene gedrängt, damit ich als Rechtsanwalt meinem untreuen Vater heimzahlen kann, was er mir angetan hat."

„Willst du das immer noch?", fragt Peter.

„Nein. Ich wollte es noch nie. Ich habe über die Jahre gesehen, wie Großvater seine Familie drangsaliert. Bei mir existiert schon lange der Gedanke, ihm einmal alles zurückzuzahlen."

„Du willst aber nicht aus Rache Rechtsanwalt werden, sonst müssen wir uns ernsthaft darüber unterhalten", sagt Tina.

„Mit solch einer hübschen und intelligenten Stiefmutter unterhalte ich mich sehr gern", antwortet Frank sehr keck.

„Der ganze Vater", bemerkt Peter

Tina läuft rot an, und dann lachen alle drei.

Nach einer Weile sagt Peter zu seinem Sohn: „Wie stellst du dir nun deine Zukunft und dein ganzes weiteres Leben vor, Frank?"

„Es ist für mich im Moment alles verwirrt. Ich weiß nicht so recht, was ich machen soll. Auf der einen Seite bedauere ich Mutti, andererseits macht mich wütend, dass sie als erwachsene Frau all die Jahre wie ihre Mutter vor diesem Tyrannen von Großvater gekuscht hat. Und trotzdem bin ich ihr dankbar für alles, was sie in den Jahren für mich getan hat.

Jetzt bin ich erst einmal glücklich, dass ich meinen Vater kennenlernen durfte und natürlich seine ganze Familie. Jeder von euch hat mich aufgenommen, als hätte ich schon immer hierher gehört. Das freut mich, und ich danke euch dafür. Eins möchte ich noch sagen, Rechtsanwalt will ich werden, weil es mein Traumberuf ist, nicht aus Rache- oder anderen Gefühlen."

Sie sitzen an diesem Abend bis weit in die Nacht und sprechen über viele Dinge der Vergangenheit und der Zukunft. Das Fest am nächsten Tag mit allen anderen Kindern und Freunden zusammen bleibt jedem lange in Erinnerung. Frank wird behandelt, als ob er nie woanders war. Das bleibt auch in Zukunft so. Nicht ganz ein Jahr gelang es, den anderen Mitstudenten zu verheimlichen, in welchem Verhältnis er zur Sektionsdirektorin und zum Prorektor für wirtschaftliche Angelegenheiten steht. Zuerst musste er sich Spitzen gefallen lassen, doch nach einem ernsten Wort des Seminargruppenleiters wurden diese eingestellt. Frank findet auch bald bei einem Mädchen einer anderen Sektion Anschluss.

Peter bemerkt, dass sein Sohn immer aufgeschlossener und freier in seinem Auftreten wird. Obwohl er nicht weiß, wie sich das Verhältnis zu seiner Mutter und den Großeltern nach der Auseinandersetzung am Studienbeginn entwickelt hat, scheint sich Frank bei ihnen immer wohler zu fühlen.

*

Die Zeit vergeht wie im Flug. Schon ist der Dezember 1999 erreicht. In wenigen Tagen geht das zweite Jahrtausend zu Ende.

Am 21. Dezember begehen Martina und Peter ihren neunten Hochzeitstag und mieten sich vom 21. bis 23. Dezember ein kleines Fischerhaus im Dorf Vitt ganz in der Nähe von Kap Arkona auf Rügen. Gemeinsam haben sie diesen abgeschiedenen Ort gewählt, um noch einmal in Ruhe nach zu erleben, was sie in den Jahren seit 1973 Schönes, aber auch weniger Schönes erlebt haben.

Das Haus liegt am Rand der Siedlung und ist mit einem Reetdach gedeckt. Hinter dem Gebäude stehen eine Garage und ein Schuppen voller Kaminholz. Innen sind der Küchen- und auch der Sanitärteil der heutigen Zeit angepasst. Das Wohn- und Esszimmer sowie die beiden Schlafräume im Dachbereich sind noch im alten Stil dieser Häuser eingerichtet. Der rustikale Wohnraum ist mit einem kleinen Kamin ausgestattet. Martina und Peter haben sich dieses Haus ausgesucht, weil es ihrer romantischen Stimmung entspricht. Hier können sie sich entspannen, einige offene Dinge ungestört klären und sich auf das große Familientreffen zum Jahreswechsel im „Rügenhaus" vorbereiten.

Sie reisen gegen 14 Uhr mit Peters Auto einem geländegängigen Volvo an. Sie räumen für die nächsten drei Tage ihre Sachen aus.

Am 23. Dezember wollen sie mittags wieder zu Hause sein. Nachdem sie alles verstaut haben, Peter den Kamin mit genügend Holz versorgt hat und sie sich umgezogen haben, laufen sie zu einer kleinen Fischgaststätte in der Nähe der See. Dort essen sie gemütlich zu Abend und sind gegen 18.30 Uhr wieder in ihrem Haus. Es ist dunkel geworden. Ein eisiger Wind treibt ihnen Schnee- und Eiskristalle ins Gesicht. Nach wenigen Metern sind sie durchgefroren.

Im Ferienhaus angekommen, nimmt Tina ein heißes Bad, und Peter duscht. In feierlicher Kleidung setzen sie sich an den Kamin, den Peter entfacht hat. Auch etwas zu trinken steht vor ihnen.

Nachdem sie auf einer alten Couch vor dem Kamin sitzen, beginnt Peter: „Meine liebe Tina, ich danke dir für neun Jahre Eheglück. Ich liebe dich immer noch, wie ich dich beim Festival zu lieben begonnen habe. So soll es immer bleiben. Damit möchte ich meinen Schwur vom Tage unserer Hochzeit unterstreichen und ins neue Jahrtausend tragen. Auf unser gemeinsames Wohl!"

Sie stoßen an.

Martina ist gerührt und weiß nichts zu entgegnen. So stellt sie ihr Glas auf den Tisch und umarmt ihren Peter schweigend. Dann küsst sie ihn lange auf den Mund, ehe sie sagen kann: „Du hast mich jetzt etwas überrascht. Das wollte ich dir eigentlich sagen. Peter, ich habe immer noch Schuldgefühle wegen der Affäre in Dresden. Ich dachte immer, wenn ich einmal deinen Fehltritt, diese Sonja, sehen werde, ganz besonders nach ihrem Brief 1997, werde ich zur Ruhe kommen. Aber nein, ganz im Gegenteil: Als wir diesen Auftritt gemeinsam in deinem Dienstzimmer erlebten, habe ich all meine weiblichen Waffen geschärft, um dich, meinen Mann, zu verteidigen. Dabei habe ich erkannt, dass eure Beziehung nie von dir ausgehen konnte. Mir wurde augenblicklich klar, dass du einer gemeinen Intrige aufgesessen warst. Du hättest diese Frau bewusst nie verführt. Dafür kenne ich deinen Geschmack zu genau. Also bleibt die Last meines Fehltritts immer an mir haften!"

Peter muss erst einmal schlucken und gießt ihnen nach. Dann trinkt er mit einem Schluck sein Schnapsglas leer. Er ist so mit seinen Gedanken beschäftigt, dass er Tina gegenüber keine Aufforderung zum Trinken ausspricht. Als er aufsteht und noch immer nichts gesagt hat, fühlt sich Tina wie 1980 im „Rügenhaus" und stürzt das Glas „Küstennebel" mit einem Schluck herunter. Sie würgt an dem

Kümmelgeschmack und trinkt schnell ein Glas Sekt nach.

Peter ist zur Radioanlage gegangen und legt eine CD ein. Als er von Andy Borg „Die berühmten drei Worte" gefunden hat, bittet er Martina zum Tanz. Sie steht überrascht auf und setzt die ersten unsicheren Schritte. Er zieht sie dicht an sich heran wie damals in Berlin.

Normalerweise wäre das der Moment, wo sie auf Abstand gehen müsste, denn sie spürt etwas Hartes an ihrem Oberschenkel. Stattdessen fragt sie: „Möchtest du mit in mein Hotelzimmer kommen?"

„Gerne, aber das löst unser jetziges Problem nicht. Wenn es mir auch schwerfällt, das Bett erst später kennenzulernen, bitte ich dich, neben mir auf der Couch Platz zunehmen. Gestatte bitte, dass ich mir das Oberhemd ausziehe, mir ist furchtbar warm." Peter zieht sich das Hemd aus und Tina ihre Bluse ebenfalls.

„Tina", er hält ihre Hände, „ich dachte, das Thema ist abgeschlossen und erledigt? Warum beginnst du wieder, alte Wunden aufzureißen? Nun endgültig: Wir wissen beide, mit wem du es zu tun hattest. Ich bin heute mehr denn je stolz auf dich, dass du den vielen Versuchungen und eindeutigen Angeboten der Männerschaft in all den Jahren widerstanden hast. So hat mich Ole schon 1980 vor unserem Treffen am ILO informiert. Nachdem wir uns auf Rügen ausgesprochen haben und du mir gesagt hast, dass wir Zwillinge haben, fragte ich mich immer wieder: Warum hält diese Frau nach all dem nur an dir fest? Sie weiß doch gar nicht, welches Leben ich in den vergangenen Jahren gelebt habe. Was findet sie so Interessantes an dir? Normalerweise bin ich nur, wie dein Vater immer sagte, ein Bauer. Ich hätte nach dem Wohlwollen meines Delegierungsbetriebs und der Parteileitung nach dem Studium an eine Polytechnische Oberschule ziehen müssen, um die Kinder dieser Leute zu unterrichten. Eine solche Frau wie dich und noch dazu aus dem Westen war für unsere Vordenker im Dorf undiskutabel. Die sollte man nur zum Schlafen nehmen und dann aushorchen, aber auf keinen Fall lieben oder sogar heiraten.

Genau das war die Linie, der ich nicht gefolgt bin. Die Herren Parteifunktionäre und Stasispitzel wurden immer aggressiver. Dass ich ausgerechnet einem vermeintlichen Freund 1980 in die Arme lief, der bei der Stasi war, konnte niemand wissen, ja nicht einmal ahnen. Meine engsten vertrauten Mitarbeiter und Freunde kannten sein Geheimnis nicht. Ich glaube bald, Vera, seine ehemalige Frau, auch nicht.

Wenn wir uns das Album ansehen, das unsere Kinder uns zur Hochzeit geschenkt haben, bin ich nach wie vor erstaunt, wo da Bilder herkommen, die noch keiner von uns beiden gesehen hat. Nach der Safeöffnung bei deinem Vater wurde mir einiges klar. Wir sind immer und überall beobachtet und fotografiert worden. Nur brauchte die Wirtschaft unsere wissenschaftlichen Leistungen, und da machten sich andere für uns stark. Trotz aller Intrigen und Machenschaften, die uns gegenüber aufgezogen wurden, hat es niemand geschafft, uns zu trennen.

Martina, ich liebe dich, und das wird sich bis an unser Ende nicht mehr ändern. Die Affäre in Dresden ist Geschichte, so sind wir uns einig. Und ab heute streichen wir sie aus unserem Gedächtnis!"

Sie fallen sich um den Hals, drücken sich, und plötzlich sitzt Tina ohne BH vor ihm. Peter hat ihr blitzschnell den Verschluss geöffnet. Schnell haben sie sich den Rest der Sachen ausgezogen. Wenn es auch unbequem auf der alten Couch war, so war der erste Teil ihres gemeinsamen Abends doch schön.

Beide durchfloss ein tiefes Gefühl des Glücks und der Zusammengehörigkeit. Es gibt niemanden mehr aus ihren Familien und ihrem Bekanntenkreis, der sie zielgerichtet und bewusst schädigen könnte. So erleben sie fest umschlungen ein nicht enden wollendes Kribbeln in ihren Bäuchen. Bei Peter war es mehr dieses für ihn damals ungewohnte Gefühl bei der Rückreise von Berlin. Lange bleiben sie vereinigt liegen und küssen sich zärtlich.

Im Raum ist es dunkel geworden. Seit die CD zu Ende ist, hören sie, wie der Wind an den Fensterläden reißt. Peter schaut nach, ob die Haustür verriegelt ist. Dabei sieht er durch die Scheibe ein kräftiges Schneetreiben vor dem Haus. Nur gut, dass sie mithilfe ihrer Melanie den Kühlschrank gut gefüllt haben. Da können sie auch bis zur Abreise im Bett bleiben.

Tina hat inzwischen den Kamin aufs Neue angefacht und brennende Kerzen auf den Tisch gestellt. Nur mit Slip, Bluse und Hemd bekleidet, sitzen sie wieder auf der Couch.

Tina beginnt: „Auf unsere drei eigenen Kinder können wir stolz sein. Die Zwillinge haben ihr Abitur ein Jahr vorzeitig abgelegt, ein hervorragendes Studium durchgeführt und werden spätestens

2001 promovieren. Luciano und Daniela haben uns darüber hinaus im Januar 1998 zu Oma und Opa gemacht. Die kleine Stefanie geht nach der Mutti und der kleine Stefan nach dem Vati. Wie es bei uns ist, Peter!"

„Ja, aber ich bin trotzdem der Ansicht, dass beide etwas von ihrer hübschen Oma haben. Als sie das letzte Mal bei uns waren, habe ich an manchem Gesichtszug und auch an Gestik und Mimik meine Tina erkannt. Und ich bin ein sehr guter Beobachter", antwortet Peter.

„Das stimmt allerdings. Wie du mich immer beobachtest, wenn ich mit anderen Männern spreche, wenn ich mich umziehe oder wenn ich nur mit Hemd bekleidet ins Bett komme. Das ist schon ein scharfer Blick", antwortet Tina mit einem Lachen.

Nun stoßen sie erst einmal an und küssen sich. Tina holt etwas zu knabbern auf den Tisch, dann sprechen sie weiter.

„Unser dritter Schatz, Melanie, hat sich ebenfalls gut entwickelt. Sie wird nächstes Jahr ihre Abiturprüfung mit guten Leistungen bestehen und danach Sozialpädagogik studieren. Leider nicht an unserer Uni, aber es ist vielleicht auch gut so", endet Tina.

„Es ist gut so, Tina. In den letzten Jahren ist die Missgunst der Menschen aufeinander immer größer geworden. Stell dir einmal vor, Luciano hätte sein Studium bei Gerd Mahler an unserer Sektion gemacht. Sofort hätte es selbst unter den Kollegen geheißen, er hätte Protektionen, nur weil ich der Vorgänger von Gerd war. Ein Teil der Menschen im Osten ist heute neidischer und egoistischer, als sie es zu DDR-Zeiten waren. Kollegialität und gegenseitige Hilfe, wie ich sie unseren Studenten bis zur Wende gelehrt habe, gibt es nur noch in seltenen Fällen.

In den letzten Jahren musste ich immer wieder an unser Gespräch nach der Wende in meiner Wohnung in Grimmen denken. Sicherlich sind sie von den ehemaligen eigenen Politikern und erst recht von den neuen mit den blühenden Landschaften maßlos enttäuscht worden. Was du mir über die Handhabung der Demokratie gesagt hast, war geschmeichelt gegenüber dem, was ich in Wirklichkeit erleben muss. Ich denke, wie wir mit unseren Kindern verfahren sind, haben wir es richtig gemacht. Auch mit Frank, unserem ‚jüngsten Kind' mit seinen 22 Jahren. Er akzeptiert dich als seine Stiefmutter und mich als seinen Vater. Sicher wird er nie dieses herzliche und innige Verhältnis unserer Kinder zu uns erreichen, aber er fühlt sich zu uns gehörig. Was macht er eigentlich über den Jahreswechsel?", fragt Peter.

„Er wird Weihnachten bei seiner Mutter verbringen und am 29. Dezember wieder bei uns sein. Dann will er die große Silvesterfeier mit vorbereiten. Ich glaube, für den Dreißigsten hat er mit Lu und seinem künftigen Schwiegervater abgesprochen, beim Schweineschlachten zu helfen. Hoffentlich geht das gut", sagt Martina.

Gemeinsam trinken sie auf den neuen Metzger. Als nächstes wollen sie über die Erbschaften sprechen. Das wird nicht ganz einfach, aber sie wollen zur Jahrtausendwende ihren Kindern einen Vorschlag über den Rest an Grundstücken und ihr Vermögen vorlegen. Diese Festlegungen sollen endgültig sein und notariell beglaubigt werden.

„Tina, muss das noch heute sein? Schau mal, wir haben den ganzen morgigen Tag und den Abend vor uns. Außerdem müsste ich jetzt den Koffer mit den Unterlagen holen. Ich glaube, dass ist zu dieser Zeit nicht gut."

Während seiner Worte streicht seine linke Hand fortwährend über die Nippel ihrer Brust. Diese werden immer größer und härter. Auch die Hitze zwischen ihren Oberschenkeln wird immer stärker. Somit gehen sie in ihre Betten, in denen sich ein Feuer der Liebe entfacht. Das Knarren der Betten muss die Nachbarschaft wecken, denkt Tina, aber der Schneesturm tötet jedes Geräusch.

Am nächsten Morgen wachen sie erfrischt und zufrieden auf. Sie haben nicht so bequem wie in ihren eigenen Betten geschlafen, sind aber für die Vorhaben des Tages gerüstet. Tina betrachtet sich nach dem Duschen im Spiegel. Ich habe immer noch eine tadellose Figur, wenn sich auch am Bauch, den Hüften und den Oberschenkeln kleine Pölsterchen gebildet haben. Aber im nächsten Jahr wird wieder mehr Sport gemacht, und da sie heute Abend sowieso die wirtschaftliche Planung für die Zukunft vornehmen wollen, wird sie Peter auf jeden Fall Lucianos Plan vorstellen.

Leise öffnet sich die Badtür. Peter sieht, wie Tina ihre Brüste, als möchten sie gewogen werden, in den Händen hält.

„Darf ich deine Waage sein?", fragt er.

Tina erschrickt und wirft mit dem Handtuch nach ihm. Dann

huscht sie in den Bademantel und geht sich ins Wohnzimmer anziehen. Während sich Peter wäscht und ankleidet, kocht sie zwei Drei-Minuten-Eier und deckt den Tisch fertig. Ihren Lieblingsduft hinter sich herziehend, setzt er sich auf die kleine Eckbank. Erstaunt schaut er auf die weiße Pracht, die der Sturm heute Nacht mitgebracht hat. Jetzt schneit es immer noch sacht.

Während des Frühstücks, bei dem jeder seinen eigenen Gedanken nachhängt, sagt Martina zu ihm: „Peter, hast du gestern bei unserer Anreise rechts vom Ortseingang die alte Fischerkapelle gesehen?"

„Ja, habe ich."

„Würdest du dann mit mir dort hingehen? Ich war seit Sophias und Lucianos Konfirmation nicht mehr in der Kirche", sagt Martina.

„Ich war noch nie aus persönlichen religiösen Gründen in einer Kirche, wenn ja, dann immer nur zu Studienzwecken. Gehen wir gemeinsam", antwortet Peter.

Sie räumen den Tisch ab, ziehen sich dicke Winterkleidung und ihre Stiefel an. Dann müssen sie ihr Haus erst einmal bis zur Straße vom Schnee freischaufeln. Danach gehen sie los. Es ist kein leichter Weg. Der Wind hat ordentliche Schneewehen gesetzt.

In der Kirche, die den vielen verschollenen Fischern des Dorfes gewidmet wurde, setzen sie sich in die erste Bankreihe. Nach einer Weile steht Peter auf und geht zu einem Tischchen nahe des Eingangs. In einen kleinen Holzkasten wirft er fünf DM und entnimmt einem Korb drei große, weiße Kerzen. Er geht zu dem kleinen Altar zurück, verbeugt sich, entzündet die Kerzen und stellt sie auf einen steinernen Absatz zu anderen Kerzen. Dann verbeugt er sich nochmals und kehrt an seinen Sitzplatz zurück.

Martina schaut ihn fragend an. Dann sagt sie: „Warum drei Kerzen? Eine hätte doch auch gereicht."

„Eine ist für deinen Vater, eine für deinen Bruder und eine für meinen Vater. Der war ein überzeugter Kommunist, aber zum Schluss hat er, glaube ich, mehr an den lieben Gott geglaubt", antwortet Peter ganz leise.

Tina treten Tränen in die Augen. Damit sie Peter nicht sieht, kniet sie nieder und spricht ganz leise ein Gebet für alle drei Verstorbenen. Dann verlassen sie die Kirche. Der Schneepflug hat die zwei Kilometer lange Straße bis Puttgarten geräumt. So entscheiden sie sich, in den Künstlerhof des Orts zu laufen. Martina möchte unbedingt keramische Stücke für ihre Sammlung kaufen. Bis in den Nachmittag hinein verbringen sie dort ihre Zeit und versuchen sich selbst am Töpfern. Mit der Leiterin der Werkstatt, die ihnen einige Handgriffe zur Herstellung von Töpferwaren gezeigt hat, fahren sie bei anbrechender Dunkelheit nach Vitt zurück. Sie wohnt seit ihrer Kindheit dort und nimmt sie mit. Nur zum Studium an der Künstlerischen Akademie in Dresden hat sie fünf Jahre ihr Dorf am Stück verlassen. Ihr Ehemann ist in der Fischereigenossenschaft, ein Sohn ebenfalls, und die Tochter studiert zurzeit Grafik in Berlin.

In ihrer Ferienwohnung angekommen, ziehen sie sich ihre Wohlfühl-Klamotten an, decken den Tisch und essen mit echtem Hunger und Genuss zu Abend.

Danach holt Martina einen Koffer mit Karten und anderen Unterlagen von Borgwedel hervor. Jetzt kommen sie zum zweiten Teil ihres Vorhabens: der Klärung der wirtschaftlichen Angelegenheiten. Tina legt als Erstes die alten Karten ihrer Oma auf den Tisch. Hier sind alle rückübertragenen Grundstücke eingetragen, die sie verkauft oder verpachtet haben. Verpachtungen kamen nur in einigen Fällen für Wälder, Wiesen und Ackerland infrage. Behalten haben sie nur das kleine Landhaus in der Nähe von Bergen, den Dreiseitenhof in Streu zwischen Karow und Binz und ein Herrenhaus in Middelhagen.

„Peter, wir sind uns einig, dass die Gelder von Großmutter für Sophia, Luciano und Melanie, von denen sie nach wie vor nichts wissen, als Starthilfe für die Zeit nach ihrem Studium gedacht sind. Was machen wir aber mit unserem Sohn Frank?", fragt Tina.

Peter überlegt eine ganze Weile, ehe er vorsichtig antwortet: „Tina, ich bin froh, dass du ihn so ohne Weiteres anerkannt hast. Als du damals im September 1997 gesagt hast: ‚Und ich bin seine Stiefmutter', habe ich zuerst geglaubt, ich hätte mich verhört. Deine weiteren Reaktionen haben aber das Gehörte mehr als nur einmal bestätigt. Deshalb schlage ich vor, dass Frank die Hälfte dessen erhält, was das Vermögen jedes der drei gemeinsamen Kinder ausmacht. Wir nehmen diese Summe aus unserem Vermögen, einverstanden?", fragt Peter.

„Nein, Peter", antwortet Martina.

Er sitzt einen Augenblick erstaunt vor ihr.

„Damit bin ich nicht einverstanden. Wenn auch über Jahre verteilt, haben wir vier Kinder. Das entspricht unserem ganzen gewollten oder besser ungewollten Familienaufbau, der sich über Jahre immer wieder gestört hingezogen hat. Er hat mir erst innere Ruhe gebracht, als du heute Morgen die drei Kerzen in der kleinen Kirche angezündet hast. So sollen endlich Frieden, Gerechtigkeit und Gleichheit in unser Haus einziehen. Die Achtung des anderen soll erstes Gebot sein. Deshalb soll unser Sohn Frank die gleiche Summe erhalten wie unsere anderen Kinder!"

Peter muss das Ganze erst verarbeiten. Das dauert seine Zeit. Dann umarmt er seine Tina und möchte nun nicht, dass sie seine aufkommende Rührung sieht.

„Tina, ich bin einverstanden. Damit herrscht Einheitlichkeit in unserer Familie. Jetzt möchte ich mit dir anstoßen. Warte, ich hole Sekt." Schon ist er von seinem Platz und bringt Bier und Kümmel gleich mit.

Sie füllen die Gläser und stoßen auf ihr erstes, übereinstimmendes Ergebnis an. Nun folgt der zweite Abschnitt.

„Peter, nun zu unseren Gebäuden aus Omas Besitz. Das kleine Landhaus in Buschwitz bei Bergen könnte einmal Sophia erhalten, wenn sie sich als Landärztin niederlassen möchte. Dort kann sie wohnen, mit welchem Mann auch immer, und in Bergen praktizieren. Luciano hat Dani, zwei hübsche Kinder, einen tollen Schwiegervater, und die Schwiegermutter ist Tierärztin, spezialisiert auf Großvieh wie Pferde. Er hat mich jetzt einmal auf meine Reitarmut angesprochen und angedeutet, dass er eventuell mit seiner Schwiegermutter auf dem Dreiseitenhof bei Streu einen Reiterhof mit Pension einrichten möchte oder ein Gestüt.

Das Herrenhaus bei Middelhagen renovieren wir erst einmal Schritt für Schritt und heben es für Melanie oder Frank auf. Ich denke, die Erneuerung in den alten Zustand dauert noch Jahre. Dann sollen sie entscheiden, wie es genutzt wird. Wer von beiden leer ausgeht, den unterstützen wir dann, wie er es braucht. Auf keinen Fall möchte ich Großmutters Landhaus in Schleswig hergeben. Das soll einzig und allein unser Glückspunkt und Geheimort werden", sagt Tina.

Es zieht eine Weile Stille in den Raum. Da die Heizung gegen 22 Uhr abschaltet, heizt Peter den Kamin an und nimmt die Flaschen und Gläser mit an den kleinen Couchtisch. Tina bringt die Materialien von Borgwedel mit. Sie setzen sich auf die Couch und warten, bis der Kamin heizt.

Dann beginnt Peter: „Was machen wir mit Borgwedel? Ich habe mit Luciano das Ganze hoch- und runtergerechnet. Wenn keiner von unserer Familie die Geschäftsführung übernimmt, sind wir in zwei Jahren Pleite!", sagt Peter todernst. „Wir müssen Entscheidungen treffen!"

Tina überlegt eine Weile. Dann sagt sie: „Verkaufen! Peter, was bringt uns das Gut meines Vaters noch? Nichts! Du und Luciano, ihr seid Wirtschaftswissenschaftler. Wenn ihr übereinstimmend sagt, dass uns der Pleitegeier ins Haus steht, glaube ich euch das. Deshalb sofort verkaufen!", sagt Martina

„Tina, wir hätten dir schon vor zwei Jahren den Vorschlag unterbreiten müssen, aber wir haben gedacht, das ist dein Geburtsort. Hier hast du unsere Kinder geboren, hier sind du und sie aufgewachsen", sagt Peter.

„Das war das eine Schöne. Aber die Intrigen und die Schmach werde ich nie vergessen. Peter, deine Handlung heute Vormittag in der Kirche finde ich so edel. Mein Vater hätte das an anderer Stelle nicht getan. Deshalb will ich das Gut loswerden!", sagt Martina fest entschlossen.

„Gut, Tina, es ist dein Entschluss! Ich mache dir folgenden Vorschlag! Der Käufer von Oles und Grits Grundstück wäre an Wald und Weiden interessiert. Udo und Edeltraud haben sich den Tierbestand angesehen. Udo würde die Zuchtrinderbestände gegen ein ordentliches Entgelt übernehmen, ebenso die Pferdezucht. Edeltraud sagt, etwas versaut in den letzten Jahren, aber sie bekommt sie wieder hin. Die Schweine möchte ein Bauer nebst Stall kaufen. Das Gutshaus und die Stallungen wären noch. Da würde ich Hartmann ansetzen. Der hilft bestimmt", sagt Peter zum Abschluss.

„Und was wird aus den Angestellten?", fragt Martina.

„Die werden von den neuen Besitzern übernommen oder ziehen nach Rügen und bauen unsere Vorhaben auf. Wir können die eine oder andere Molkerei, Wurst- oder Konservenfabrik nach Rügen mit samt Personal verlagern. Das heißt aber, sie dürfen nicht

Fließbandarbeit leisten, sondern es müssen mehr Manufakturen mit besonders eigenen Geschmacksrichtungen werden. Wirtschaftlich gedacht, gibt es keinen anderen Weg, wenn wir schwarze Zahlen schreiben und Arbeitsplätze schaffen wollen", endet Peter.

„Und wann verkünden wir unseren Kindern die Entschlüsse?", fragt Tina.

„Also, ich denke nach den Weihnachtsfeiertagen. Am 28. Dezember ohne Anhang. Am 29. Dezember ist Schlachten angesagt, und am 31.12. wird gefeiert! Einverstanden? Und jetzt machen wir uns etwas zurecht und machen einen Marsch durch das Dorf, damit die Pölsterchen verschwinden, Frau Doktor", sagt Peter.

„Gemeiner Kerl! Na warte, ich werde auf jeden Fall heute Abend noch prüfen, ob der kleine Kerl unter dem Feinkostgewölbe noch zu finden ist", antwortet Martina schlagfertig.

Der Spaziergang wird eine einzige Tollerei und Balgerei zwischen beiden, aber es macht ihnen Spaß, dass sie wegen der Güter eine einvernehmliche Lösung gefunden haben. Einmal schauen, was ihre Kinder sagen werden. Dann wollten sie bis in den frühen Morgen an den Pölsterchen arbeiten, doch schon nach der ersten Runde im knarrenden Bett fielen sie völlig erschöpft in die Federn. Die frische Winterluft hat sie geschafft.

*

Es ist gut, dass sie in den letzten drei Jahren parallel zu ihrem Wohnhaus ein zweites Gebäude, dessen äußere Form dem ersten gleicht, gebaut haben. Den Rohbau ließen sie von Firmen errichten. Den Ausbau des Erdgeschosses nahmen sie und ihre Freunde selbst vor. Sie richteten sich eine echte Rügener Fischerstube mit Kamin zum Kochen und heizen ein. Dadurch ist wieder so viel Platz in einem Raum, dass bei der wachsenden Größe ihrer Familie auch alle Platz zum Feiern finden. Neben einer hochmodernen Küche, einem Kühlraum und einer kleinen Räucherkammer, die getrennt durch eine Treppe und einem separaten Hauseingang von der Fischerstube liegen, ist das Dachgeschoss mit kleinen Zimmern und Duschen ausgerüstet. Die zweite Treppe liegt an der Nordseite und beginnt in der Bauernstube. Die Dachräume sind nicht zum Wohnen gedacht, sondern nur zum Übernachten. Die Decken sind so stark isoliert worden, dass auch eine etwas lautere Feier Schläfer im Obergeschoss nicht stört.

Die Einweihung des Gebäudes wird die Silvesterfeier zur Jahrtausendwende sein. Dann werden neben Peters Mutter Ole und Grit, seine Geschwister, ihre Kinder mit Enkeln und Lucianos Schwiegereltern anwesend sein.

Am 28. Dezember 1999 bitten Martina und Peter nach dem Vesperkaffee Luciano, Sophia, Frank und Melanie in die gemütliche Sitzecke der Fischerstube unterhalb der nördlichen Treppe. Von Mittag an war für jeden der Raum gesperrt. Tina und Peter benötigten die Zeit, um Karten und Bilder aufzuhängen. Auf jedem Platz der Kinder liegt ein versiegelter Hefter, vor Tina und Peter je ein Ordner. Für 16 Uhr ist der Beginn des Gesprächs festgelegt. Alle erscheinen pünktlich.

Martina beginnt: „Sophia, Luciano, Frank und Melanie! Vati und ich haben euch zu unserer ‚Beratung der besonderen Art der Entscheidungen', so wollen wir sie nennen, gebeten. Wir möchten, dass noch alle offenen Grundstücks- und Vermögensfragen vor dem Jahreswechsel geklärt werden. Deshalb unser heutiges Zusammensein mit einer Entscheidungsfrist von 48 Stunden. Am 30. Dezember um 18 Uhr läuft diese Frist ab. Bis dahin muss sich jeder endgültig entscheiden und uns darüber informieren. Wir geben dann die Ergebnisse an unseren Rechtsanwalt und Notar, Dr. Hartmann.

Ich beginne: Eure Urgroßmutter, die ihr, Frank und Melanie, nicht mehr kennengelernt habt, hat für unsere Familie ein größeres Vermögen hinterlegt.

Ihr wisst, dass es zwischen Vati und mir keine Gütertrennung gibt und jemals geben wird. Das hat einen guten Grund!

Euch ist bekannt, dass wir als Familie nicht zusammenleben durften. Ich spare mir die vielen politischen, aber auch niederträchtigen Gründe eures Opas und meines Vaters. Ich hätte Peter so manch liebes Mal gebraucht, um mich gegen Vater und Bruder zu verteidigen. Ganz wichtig ist aber, dass Peter über all die Jahre der Trennung immer zu mir gehalten hat. Ich erinnere euch an das Neujahresessen 1990 und alle Ereignisse danach. Er hat unsere kleine Familie verteidigt. Wie ich erst seit etwa zehn Jahren weiß, ging es ihm mit seinen Eltern und Geschwistern bis zur Wende genauso. Deshalb haben wir beschlossen, alles gemeinsam zu entscheiden und alle Lasten des Lebens als Ehepaar zu bewältigen. Wir tragen alle finanziellen, wirtschaftlichen und moralischen Dinge gemeinsam.

Doch nun zu euch: Urgroßmutter hat etwas getan, wovon ich nichts geahnt habe. Bevor sie starb, hat sie eine beträchtliche Menge Geld in verschiedenen Anlagen hinterlegt. Dieses Geld sollte unseren gemeinsamen Kindern zu einem Zeitpunkt zur Verfügung stehen, den euer Vater und ich bestimmen, der aber nicht länger als 25 Jahre nach ihrem Tod liegen darf. Deshalb haben wir entschieden, dass der Zeitpunkt vor der Jahrtausendwende der richtige ist, euch zu informieren.

Wir haben entschieden, zwischen euch vier Kindern keine Unterschiede zuzulassen. Jeder von euch erhält die gleiche Summe zum Stichtag 1. Januar 2000, darf aber erst zum Abschluss seines Studiums sein Vermögen nutzen!"

Tina beendet hier ihre Rede und übergibt an Peter. „Sophia und Luciano, ihr könnt über euer Geld ab Januar sofort selbst verfügen. Frank und Melanie, ihr müsst noch bis zum Abschluss eures Studiums warten. Dann bekommt ihr die gleiche Summe. Was Frank anbetrifft, er ist euer Bruder, wenn auch spät zu uns gestoßen, erhält er den gleichen Anteil wie ihr, aber aus den verkauften Ländereien von Oma.

Wir möchten nur das kleine Landhaus in der Nähe von Bergen eventuell für Sophia, wenn sie sich in Bergen niederlassen sollte. Den Dreiseitenhof in Streu für Luciano für sein Vorhaben und das seiner künftigen Schwiegereltern. Nach der Renovierung könnte er als Reiterhof oder Gestüt mit Feriengästen benutzt werden, und das Herrenhaus bei Middelhagen renovieren wir erst einmal", endet Peter.

Tina schließt an und erklärt im Einzelnen, was sie sich nach der Prüfung durch Peter und Luciano vorstellt.

„Was das Gut Borgwedel anbetrifft, haben wir uns entschieden zu verkaufen. Die Rinder- und Pferdezucht übernimmt die Agrargenossenschaft von Lucianos Schwiegervater für ein entsprechendes Entgelt. Die Schweineanlage übernimmt der Käufer von Oles Haus. Den Wald, die Felder und die Fischgründe werden wir verpachten. Die Fabriken prüft Vati mit Prof. Mahler ab Januar auf ihre Wirtschaftlichkeit. Es könnte sein, dass wir sie auch verkaufen oder hier auf Rügen neu bauen. Frank, wenn du morgen mitschlachtest, könntest du später einmal die Betreuung der Wurst- und Konservenfabrik übernehmen." Tina beendet ihre Ausführungen.

Zuerst tritt Schweigen ein.

Dann sagt Luciano zu Frank: „Na, du blutrünstiges Geschöpf. Erst die armen von mir gepflegten Tiere umbringen und dann noch Geld damit machen. Oh, bin ich von meinem Bruder enttäuscht!"

„Lu, kann ich eventuell erst morgen Nachmittag zum Portionieren zu euch stoßen? Ich kann doch kein Tier sterben sehen", sagt Frank total blass im Gesicht und auch so nicht sehr glücklich.

„Ich schlage dir vor, du übernimmst mit Papa den Transport der fertigen Ware. Mama, die Schwiegermutter, Daniela, Sophia und Melanie können die Gläser und Konserven einkochen, und der Schwiegervater und ich helfen den Fleischern. Wir haben zwei magere Schweine einer sehr gut schmeckenden Rasse ausgesucht."

Alle sind einverstanden mit dieser Verfahrensweise.

Dann meldet sich Frank nochmals. „Ich muss etwas sagen. Als ich 1997 an die Universität kam, habe ich niemanden von euch gekannt, geschweige denn gewusst, dass ich drei Geschwister habe. Durch meine Mutter habe ich mit der Einladung zur Immatrikulationsfeier erfahren, dass es sein könnte, dass ich hier meinen Vater finde. Sofort hat sich mein Großvater eingeklinkt. Den Rest dazu kennt ihr. Ich möchte mich deshalb bei euch allen ganz herzlich bedanken und auch sagen, dass mir das Geld nicht zusteht und ich es nicht annehmen kann", schließt Frank.

Es entsteht ein betretenes Schweigen.

Dann spricht Sophia: „Also, wir finden dich als Bruder dufte, und da steht dir auch alles zu, was uns zusteht. Frank, wir drei wissen am besten, wie es ist, ohne Vater aufzuwachsen. Wir haben auch erleben müssen, wie unser Großvater uns alle einschließlich Mutti verstoßen und beleidigt hat. Für ihn war unser Papa der arme Bauer aus dem Osten, der sich eine Adlige greifen wollte. Er hat sich genauso wie dein Großvater immer als etwas Besseres gesehen, als Herr und Herrscher über andere Menschen. Das wirst du von unseren Eltern, die hohe und auch an anderen Lehreinrichtungen anerkannte Dienststellungen haben, nie erleben.

Ich freue mich über Mamas und Papas Vorschlag und bin mit allem einverstanden. Ich brauche keine Bedenkzeit!", sagt Sophia mit einer Entschlossenheit in der Stimme, wie sie Peter bei der jungen Ärztin im Praktikum noch nie erlebt hat.

„Ich möchte mich Sophias Worten anschließen. Sie hat mir aus dem Herzen gesprochen. Vielen Dank, liebe Eltern, und ich brauche auch keine Bedenkzeit. Ich bin mit allem einverstanden!", sagt Luciano entschlossen.

„Es ist schade, dass ich noch fünf Jahre auf das schöne Geld warten muss. Frank, lass dich drücken. Du bist auf jeden Fall einer von uns und hast den gleichen Anteil verdient. Ich bin sicher, dass es unsere Oma auch nicht anders gewollt hätte. Auch ich brauche keine Entscheidungsfrist. Ich bin mit allen Festlegungen einverstanden!", sagt Melanie.

Alle Blicke richten sich auf Frank. Der ist überwältigt von dem, was er eben gehört hat. Dann sagt er unter Schlucken: „Ich danke euch allen. Das erste Mal in meinem Leben habe ich Menschen um mich, meine leibliche Mutter einmal eingeschlossen, denen ich vertrauen kann und die mir ehrlich in der Not helfen werden. Ich bin ebenfalls einverstanden und brauche auch keine Entscheidungsfrist!"

„Dann möchte ich euch noch etwas sagen. Eure Uroma war eine ehrliche und rechtschaffene Frau, die sparsam wirtschaftete und jeden sich mühenden Menschen achtete. Was ihr noch nicht wisst, ist, dass sie von Geburt keine Adlige, sondern die Tochter von Uropas Stallmeister war. Setzt euer Geld also nutzbringend ein", endet Martina.

Peter und Luciano verständigen sich mit Blicken und gehen in die Küche. Dort stehen zwei Tabletts mit Gläsern. Aus dem Kühlschrank nehmen sie eine Flasche Krimsekt, Bier und Küstennebel.

In der Sitzecke hat der Rest der Familie die Akten zusammengeräumt. Peter und Luciano füllen die Gläser. Dann stoßen sie gemeinsam an. Damit ist das letzte offene Problem abgeschlossen. Sie setzen sich wieder auf ihre Plätze.

„Papa und Mama, wir haben mal eine Frage. Können wir zur Feier auch unsere Freunde mitbringen?", fragt Sophia.

„Wo sollen denn die schlafen?", fragt Martina.

„Na, in unseren Zimmern!", antwortet Melanie ihrer Mutter mit einem Lächeln.

„Aber wir kennen sie doch gar nicht, und verlobt seid ihr doch auch nicht", entgegnet Tina ganz ernst.

Stille herrscht plötzlich im Raum. Alle bis auf Peter und Luciano schauen ziemlich ernst vor sich hin.

Dann sagt Peter: „Tina, haben wir uns vor oder nach den Zwillingen verlobt? Hilf bitte meinem schwachem Gedächtnis nach."

Jetzt kann keiner mehr an sich halten. Ein lautes Lachen erschallt und beendet die Runde.

Die letzten drei Tage des Jahres 1999 vergehen voller Arbeit: die Feier vorbereiten, die Gäste begrüßen, Ole und Grit vom Bahnhof abholen und, und, und. Eigentlich hatten sich Tina und Peter für die Nacht vom vorletzten zum letztem Tag des Jahres noch etwas vorgenommen, aber beim Kuscheln schlafen beide ein.

Den 31. Dezember verbringt jeder möglichst mit seiner Familie zusammen.

Martina und Peter fahren nach dem Mittagsschlaf mit dem Volvo und dem beplanten Anhänger nach Ralswiek zu Edeltraud und Udo Kersten, Lucianos Fast-Schwiegereltern, um die kalten Platten und alles andere für den Silvesterschmaus zu holen. Die Bettchen von den Zwillingen und einige andere Sachen werden ebenfalls eingeladen. Dann geht es nach Binz. Dort bereiten in der zur Fischerstube gehörenden Küche Tina, Antje, Petra, Kerstin und Edeltraud das Abendessen vor. Beim Kaffee werden die Skat spielenden Männer mit der Ausgestaltung der Räume beauftragt. Somit kann der Abend beginnen. Nur Peter und Martina gehen während dieser Zeit mit ihren Enkelkindern Stefan und Stephanie spazieren. Sie fühlen sich als Großeltern super und stolz. Wie viele Mal werden sie es noch werden?

Alle sitzen festlich gekleidet am Tisch. Martina und Peter eröffnen und begrüßen alle Anwesenden. Dann wird getrunken, gegessen, gescherzt und gelacht. Es wird ein wunderschöner Abend. Selbst die Freunde von Melanie und Sophia und die Freundin von Frank fühlen sich im Kreise der Familie wohl.

*

Aus dem kleinen Pflänzchen, das sich Liebe nennt, und zwischen zwei Menschen, die aus unterschiedlichen Systemen kommen, gewachsen ist, entstand ein gewaltiger Baum, der in Form von vier

Kindern seine Früchte trägt. Eine Familie, stark in ihrem Willen, fest in ihrer Zusammengehörigkeit und ehrlich im Verhalten der Mitglieder zueinander, ist entstanden.

Martina, eine Adlige aus dem Westen, die nach dem Abitur noch nicht so richtig weiß, was sie einmal werden will, und Peter, ein einfacher Genossenschaftsbauer aus dem Osten, der Lehrer studieren möchte, dazu aber die Delegierung seines Betriebs benötigt, treffen sich beim Festival der Weltjugend in Berlin 1973. Keiner von beiden ahnt die gewaltigen Unterschiede in ihren Anschauungen beim ersten Blickkontakt. Jeder schätzt den anderen nach Äußerlichkeiten ein.

Peter verliebt sich in Martinas Gesicht, ihre Oberweite und die wohlgeformten Beine in einem sehr kurzen Rock. Für ihn bleibt ihre Figur von einer anderen Frau uneinholbar.

Martina findet sein Gesicht, sein Äußeres, seine Haltung und sein Auftreten interessant. Nicht allein des sexuellen Verlangens wegen, sondern aus echter, ehrlicher Zuneigung wurden von beiden in Übereinstimmung der Gefühle und des inneren Verlangens drei Kinder gezeugt.

Was hatten sie beide danach auszustehen? Martina noch mehr als Peter, denn sie wurde von ihrer Familie, die nur auf Titel, eine scheinheilige Ehre und Vermehrung ihres Reichtums ausgerichtet war, mit den kleinen, hilflosen Kindern verstoßen. Zwei ältere Freunde halfen ihr beim Überleben.

Peter, der für eine „Sozialistische Hochzeit" mit der Tochter eines der Mächtigen seines Dorfes erkoren war, kämpfte all die Jahre für sich und seine unerschütterliche Liebe zu Martina. Ihm, dem Jugendfreund, war es jetzt egal, dass Martina eine Adlige ist und aus dem Westen kommt. Er liebt Tina und keine andere Frau!

Seine ganze Kraft steckt er in sein Studium, erst aus Verzweiflung, und als er von Martina erfährt, dass sie gemeinsam Zwillinge haben, für seine Kinder und ihre Mutter, um ihnen einmal etwas bieten zu können.

Trotz aller Intrigen ihres Vaters und Bruders, trotz aller Bespitzelungen und des Verrats von sogenannten Freunden und Verwandten schaffen es beide, unter hoher Disziplin und großer Anstrengung nach 17 Jahren zueinanderzukommen. Martina und Peter haben es mithilfe weniger echter Freunde und vor allem aus eigener

Kraft geschafft, heute akademische Grade zu tragen und leitende Dienststellungen zu belegen.

Ihr Sohn Luciano wird einmal Doktor der Agrarwissenschaften sein wie sein Vater Peter. Sophia, seine Schwester, wird nach der Promotion als niedergelassene Ärztin auf Rügen arbeiten. Den einfachen Menschen helfen ist ein Wesenszug, den sie von ihrer Mutter, Oma und Großmutter in direkter Linie geerbt hat.

Das dritte Kind, Melanie, wird Sozialpädagogin und möchte einmal ein Kinderheim leiten. Nur ausgerechnet Frank, der Stiefsohn von Martina, wird Rechtswissenschaftler wie sie.

Alle Kinder werden etwas, was sie sich erarbeiten müssen. Nichts wird ihnen geschenkt, dafür sorgen ihre Eltern schon mit wachem Auge.

Martina und Peter gehen, ohne dass es jemand bemerkt, gegen 23.30 Uhr aus dem „Fischerstübchen". Im Wohnhaus ziehen sie sich festes Schuhwerk und ihre Anoraks an. Mit einer Thermodecke, zwei dicken Kissen und einem Handscheinwerfer bewaffnet, gehen sie durch den Garten zu ihrem Pfad an den Strand. Es ist kühl. Hin und wieder fallen ein paar Schneeflocken. In ihrer windgeschützten Kuhle machen sie halt.

Tina und Peter setzen sich auf die Kissen und kuscheln sich in ihre Decke ein. Dann schauen sie zur See. Sie lehnen sich aneinander und spüren die Hitze ihrer Körper.

„Peter, ich möchte den Jahreswechsel nur mit dir allein erleben. Ich hab dich so gern und bin glücklich, dass wir mit unseren Kindern auch so gut zurechtkommen!"

„Tina, mir geht es ebenso. Wir beide werden uns niemals mehr trennen. Wir gehören für immer und ewig zusammen. Ich liebe dich mein, Schatz!" Sie umarmen und küssen sich, als im ganzen Lande die Glocken läuten und Tausende Feuerwerkskörper in der Luft explodieren. Ein Teil einer Geschichte geht hier zu Ende. Das Leben der fünf von Holsten-Wesecks geht weiter.

Martina und Peter arbeiten und schreiten weiter ihren Weg. Sie schreiben viele wissenschaftliche Abhandlungen und helfen dadurch ihren Studenten, den Weg ins Berufsleben zu finden. Den richtigen Weg in sein eigenes Leben muss jeder selbst für sich suchen.

Mit Luciano, der mit seinem künftigen Schwiegervater die Agrargenossenschaft leitet und mit seiner Frau sowie seiner Schwiegermutter einen Reiterhof mit Pension aufbauen will, sind seine Eltern sehr zufrieden und glücklich. Sogar Peter erlernt zur Freude seiner Frau noch das Reiten.

Sophia wird 2001 Dr. med. und übernimmt die Praxis eines pensionierten Kollegen in Bergen. Sie zieht mit ihrem Freund in das Haus in Buschwitz.

Melanie beendet 2005 ihr Studium, bleibt aber nicht in Binz, sondern zieht mit ihrem Freund nach Hamburg. Sie sagt, sie habe dort mehr zu tun als auf Rügen, womit sie sicher recht hat.

Frank wechselt zur Enttäuschung seiner Eltern von Greifswald nach Berlin und wird dort sesshaft.

Nachdem sich schon 2000 diese Entwicklung ihrer Kinder abzeichnet, verkaufen Martina und Peter ihr Herrenhaus in Middelhagen an eine Hotelgruppe.

Zum Schluss behalten sie nur wenige Waldflächen auf Rügen zur eigenen Brennholzversorgung und Fischgründe um ihr Landhaus in Schleswig. Wenn sie jetzt auch nicht mehr zu den Großen an Immobilien und Ländereien gehören, bleibt ihnen ihr Familienglück und viel Arbeit am „Rügenhaus", an Omas ehemaligem Landhaus und die Hilfe für ihre Kinder und Enkelkinder.

Ende

Erläuterungen

Begriffe und Kürzel in der DDR: Erläuterung ihrer Bedeutung

ACZ: Agrochemisches-Zentrum, Düngung und Pflanzenschutz.

AIV: Agrar-Industrie-Vereinigung, sollte Landwirtschaft industrialisieren.

BL: Bezirksleitung der FDJ.

Blauhemd: Verbandskleidung der FDJ, am linken oberen Ärmel ist das Emblem der aufgehenden Sonne.

Bodenreform: 1946 im Osten Deutschlands (später: DDR) Enteignung von Großgrundbesitzern und Großbauern, Verteilung auf ehemalige Knechte und Mägde und den Staat.

Borgwedel: Gemeinde in Schleswig-Holstein.

Börse: Lokal in der Potsdamer Innenstadt.

BRD: Bundesrepublik Deutschland.

Broiler: Grill- und Brathähnchen der DDR.

DDR: Deutsche Demokratische Republik.

DFF: Deutscher Fernsehfunk der DDR.

EOS: Erweiterte Oberschule, Abiturstufe.

FDJ: Freie Deutsche Jugend, Jugendorganisation der DDR.

Genossenschaften: Betriebe von Bauern, Gärtnern, Fischern usw.

Hundertergruppe: bestanden aus zehn Zehnergruppen, Leiter, Stellvertreter, Parteibeauftragtem und Sicherheitsbeauftragtem.

ILO: Institut für Leitung und Organisation in der Volksbildung.

Jugendfreund/in: Mitglieder der FDJ.

KL: Kreisleitungen d. Parteien oder Massenorganisationen.

Klosterbruder: gefragter feiner Kräuterlikör in der DDR, 35 Vol. %.

Kunst des Erzgebirges: hauptsächlich kunstvolle Schnitzerei.

LPG: Landwirtschaftliche Produktionsgenossenschaft.

MfS: Ministerium für Staatssicherheit.

NVA: Nationale Volksarmee der DDR.

Ostbahnhof: später Hauptbahnhof Berlins.

PGH: Produktionsgenossenschaften des Handwerks.

PH: Pädagogische Hochschule.

POS: Polytechnische Oberschule, Abschluss 10. Klasse reicht zur Facharbeiterausbildung.

SED: Sozialistische Einheitspartei Deutschlands.

Sekretär: leitet einen Fachbereich in der KL, BL, Zentralrat usw. in Parteien und Massenorganisationen.

Uni: Universität.

Verbandskleidung: Blauhemd.

Volkskunst: künstlerisches Schaffen in der Bevölkerung, Betrieben und Einrichtungen.

Zehnergruppen: Einteilung von Organisationen bei politischen Ereignissen, ein Leiter und neun Mitglieder.

Zentralrat: Leitung der FDJ und d. Pionierorganisation.

ZK: Zentralkomitee der SED.